AF178088

In seiner Kindheit und Jugend verschlang Andreas Winkelmann die unheimlichen Geschichten von John Sinclair und Stephen King. Dabei erwachte in ihm der unbändige Wunsch, selbst zu schreiben und andere Menschen in Angst zu versetzen. Heute zählen seine Thriller zu den härtesten und meistgelesenen im deutschsprachigen Raum. In seinen Büchern gelingt es ihm, seine Leserinnen und Leser von der ersten Zeile an in die Handlung hineinzuziehen, um sie dann, gemeinsam mit seinen Figuren, in ein düsteres Labyrinth zu stürzen, aus dem es scheinbar kein Entrinnen gibt. Die Geschichten sind stets nah an den Lebenswelten seines Publikums angesiedelt und werden in einer klaren, schnörkellosen Sprache erschreckend realistisch erzählt. Der Ort, an dem sie entstehen, könnte ein Schauplatz aus einem seiner Romane sein: der Dachboden eines vierhundert Jahre alten Hauses am Waldesrand in der Nähe von Bremen.

Sie möchten regelmäßig über Neuerscheinungen und Veranstaltungen von Andreas Winkelmann informiert werden? Dann besuchen Sie die Website www.andreaswinkelmann. com oder folgen dem Autor auf www.facebook.com/andreas. winkelmann.schriftsteller oder www.instagram.com/winkel mann.andreas.autor.

Andreas Winkelmann

Die Zucht

Thriller

Rowohlt Taschenbuch Verlag

10. Auflage März 2026

Veröffentlicht im Rowohlt Taschenbuch Verlag,
Rowohlt Verlag GmbH, Kirchenallee 19, 20099 Hamburg
Zuerst veröffentlicht im Rowohlt Taschenbuch Verlag,
Reinbek bei Hamburg, Januar 2016
Copyright © 2015 by Rowohlt Verlag GmbH,
Reinbek bei Hamburg
Die Nutzung dieses Werks für Text- und Data-Mining
im Sinne des § 44b UrhG bleibt explizit vorbehalten.
Umschlaggestaltung Hafen Werbeagentur, Hamburg
Umschlagabbildung JTeivans; duncan 1890/iStock
Satz aus der Janson Text PostScript, InDesign
bei CPI books GmbH, Leck
Druck und Bindung GGP Media GmbH, Pößneck
ISBN 978-3-499-25854-1

Kontaktadresse nach EU-Produktsicherheitsverordnung:
produktsicherheit@rowohlt.de

Für Aylin, die Hunde liebt.

TEIL 1

Der Hund hob den massigen Schädel, reckte die Nase in die Luft und nahm die Witterung auf. Eben noch hatte er friedlich in der Sonne gedöst, jetzt war er hellwach. Helga Schwabe erstarrte mit dem schweren Korb auf der Hüfte auf halbem Weg zwischen Haus und Wäscheplatz. Ihr Blick ging hinüber zu dem undurchdringlichen Maisfeld.

Hatte sie aus der Richtung gerade einen Ruf vernommen? Eine leise, lockende Stimme?

Komm zu mir … Komm zu mir …

Böiger Ostwind strich über das scheinbar endlose Maisfeld. Er ließ die Blätter rascheln, trug ihr geisterhaftes Raunen zu ihr herüber und fuhr in die weißen Laken auf der Leine. Flatternd fingen sie den Wind, bauschten sich spielerisch mit ihm auf, um einen Moment später leblos zu erschlaffen.

Nein, es war nur der Mais, wie immer, beruhigte Helga sich.

Auf den großen Feldern östlich ihres Grundstückes reckten sich die Pflanzen jetzt, Ende September, mehr als mannshoch auf und strotzten nur so vor Kraft. Fegte der Wind in dieses grüne Labyrinth, rieben die harten, scharfkantigen Blätter aneinander. Besonders nachts konnte das recht laut sein, und ein paarmal war Helga davon bereits aus dem Schlaf geschreckt. Sie mochte keine Maisfelder. Die Pflanzen sahen aus wie unheimliche, vielarmige Wesen, und zwischen ihnen herrschte diese eigentümliche, grünliche Dunkelheit. Außerdem erinnerte sich Helga noch gut an die Geschichte vom Bilgenschneider, von dem ihr ihre Großmutter flüsternd erzählt hatte. Mit seinem scharfen Sichelmesser wandelte er zwischen den Reihen, schnitt die Ähren vom Getreide und stahl sie den Bauern. Ab und an holte sich der Bilgenschneider ein menschliches Opfer, schnitt ihm den Kopf ab und tränkte mit dessen Blut den Boden.

Trotz des warmen Spätsommerwetters fror Helga. Auf ihren nackten Oberarmen bildete sich eine Gänsehaut. Von plötzlicher Sorge gepackt, sah sie zu Oleg hinüber. Ihr sechsjähriger Sohn spielte in der Sandkiste, die sein Vater erst im Frühjahr aufgestellt und mit weißem Maurersand gefüllt hatte. Oleg konnte sich stundenlang darin beschäftigen. Wenn er mit seinen bunten Formen einen Sandkuchen nach dem anderen buk, vergaß er vollkommen die Zeit. Perfekt und absolut gleichförmig mussten sie sein. Er verwandte viel Zeit darauf, auch kleinste Unebenheiten zu entfernen.

Pedro, der zwei Jahre alte Berner Sennenrüde, hatte seinen schattigen Platz neben der Sandkiste verlassen und sich zu voller Größe aufgerichtet. Er war eine ruhige und absolut treue Seele. Wenn er sich entscheiden musste, auf wen er aufpassen sollte, dann entschied er sich immer für Oleg. Bei diesen Temperaturen bewegte Pedro sich so wenig wie möglich, und es brauchte schon einen guten Grund, dass er seinen Platz neben Oleg verließ. Jetzt aber trottete er bis an die Grundstücksgrenze, blieb vor dem hüfthohen Maschendrahtzaun stehen und hielt abermals witternd die Nase in den Wind.

Helga stellte den Wäschekorb ab und folgte ihm.

«Was ist, Großer? Hast du etwas gehört?»

Auf dem Feldweg war nichts zu sehen. Und der Mais stand so dicht, dass man nur zwei Reihen tief hineinschauen konnte. Pedro bellte nicht, das tat er so gut wie nie, aber er machte einen wachsamen, konzentrierten Eindruck. Wahrscheinlich hatte er die Witterung eines Hasen in der Nase. Davon gab es hier viele, und Pedro liebte es, sie aufzuscheuchen.

Helga Schwabe war froh, dass sie sich gegen ihren Mann durchgesetzt hatte. Nach dem schrecklichen Tod ihres ersten Hundes hatte Arthur keinen neuen gewollt. Aber da sie hier draußen sehr einsam lebten, Arthur den ganzen Tag auf der Arbeit war und Helga vor allem und jedem Angst hatte, hatte Arthur irgendwann nachgegeben und sich sogar selbst um einen neuen Hofhund gekümmert.

Pedro auf dem Hof zu haben beruhigte sie, auch jetzt. Helga widmete sich wieder ihrer Wäsche. Immer wieder ging dabei ihr Blick zur Sandkiste hinüber.

In seiner angespannten Konzentration wirkte Oleg älter, als er war. Sie wünschte sich, er könnte immer sechs Jahre alt bleiben, aber irgendwann würde die Zeit ihn ihr entreißen. Diese Vorstellung machte sie schon jetzt ein wenig traurig. Arthur und sie hätten eigentlich überhaupt keine Kinder bekommen sollen, zumindest nicht nach Einschätzung der Ärzte. Und neun Jahre lang hatte es auch so ausgesehen, als würden sie recht behalten. Dann aber, als es beinahe schon zu spät gewesen war, hatte Gott sich eingemischt, und Helga dankte dem Schöpfer jeden Abend auf Knien für dieses kleine Wunder aus Fleisch und Blut, das dort im Sandkasten spielte.

Zehn Minuten später hatte sie das letzte Kleidungsstück aufgehängt und machte sich mit dem leeren Korb auf den Rückweg zum Haus. Pedro lag an seinem angestammten Platz neben der Sandkiste und döste.

«Oleg, ich bin drinnen», rief sie ihrem Sohn zu.

«Okay», antwortete er, ohne aufzublicken.

Sie zog die Tür auf und betrat das kühle Haus. Im Wirtschaftsraum stellte sie den Wäschekorb vor die Waschmaschine und bemerkte den leeren Hundenapf unter dem alten Waschbecken.

Das war es also, dachte sie mit einem Blick zur Uhr. *Pedro war hungrig. Deshalb war er so unruhig. Seine Zeit ist ja auch längst vorbei.*

Das Fünfzig-Kilo-Kalb brauchte pro Tag drei Mahlzeiten, um über die Runden zu kommen. Die letzte bekam er stets schon am späten Nachmittag.

Helga bereitete das Fressen zu, eine Mischung aus Nass- und Trockenfutter, und als sie den Löffel auf dem Rand des Metallnapfes abklopfte, tauchte Pedros massiger Schädel vor der verglasten Tür auf.

«Na komm, Vielfraß, sonst fällst du uns noch vom Fleisch.»

Sie ließ ihn herein, schloss die Tür und ging hinüber in die Küche, um mit den Vorbereitungen für das Abendessen zu beginnen. Sie hatte gerade mal fünf Kartoffeln geschält, da stieß Pedro einen dumpfen Laut aus. Kein richtiges Bellen und auch kein Knurren, sondern irgendwas dazwischen. Es klang bedrohlich.

Helga warf einen Blick aus dem Küchenfenster. Es ging auf den Hof hinaus, und wenn sie sich vorbeugte, konnte sie ein Stück der Straße sehen. Da war niemand. Trotzdem begann Pedro böse zu knurren.

Das kannte sie nicht von ihm. Helga ließ Kartoffel und Schälmesser fallen und eilte hinüber in den Wirtschaftsraum.

Pedro stand vor der Milchglasscheibe der Tür. Seine Rute wedelte nicht, sondern war zwischen den Hinterläufen eingeklemmt. Er warf Helga einen schnellen Blick zu, bevor er erneut die Tür anknurrte.

«Was hast du denn?», fragte Helga und öffnete sie.

Pedro schoss bellend davon, lief über die gepflasterte Terrasse auf den Rasen und verschwand zwischen den Bettlaken.

Im selben Moment bauschte der Wind die Laken auf und gewährte Helga einen Blick auf den Sandkasten.

Er war leer.

Arthur Schwabe stieß die Autotür auf. Sofort drang wütendes, heiseres Hundegebell herein. Dazwischen schrie jemand immer wieder einen Namen.

Oleg.

Statt wie üblich das Haus durch die Vordertür zu betreten, lief Arthur Schwabe seitlich daran entlang. Pedro sprang aufgeregt am Zaun hin und her und kläffte in Richtung des Maisfeldes. Helga war nicht zu sehen. Arthur trat durch die Pforte im Zaun, schloss sie hinter sich, damit der Hund nicht weglaufen konnte, lief den abschüssigen Feldweg hinunter und entdeckte seine Frau auf halber Strecke zum Wald. Sie hatte ihm den Rücken zugewandt, beide Hände zu einem Trichter geformt an den Mund gelegt und rief nach Oleg.

«Helga», schrie Arthur.

Sie fuhr herum und rannte ihm entgegen. Ruderte dabei hysterisch mit den Armen. Arthur sah Tränen ihre roten Wangen hinabfließen. Die Haare standen ihr zu allen Seiten ab. Seine Frau wirkte auf ihn wie eine Verrückte.

«Arthur», schrie sie, «Gott sei Dank ... Oleg, ich finde ihn nicht.»

Arthur packte seine Frau bei den Schultern.

«Was ist passiert? Wo ist der Junge?»

Er sprach viel zu laut, viel zu aggressiv, aber die Panik seiner Frau war auf ihn übergesprungen und erfüllte ihn. War dies der Tag, vor dem er sich schon so lange fürchtete?

«Er war im Sandkasten ... ich habe nur Kartoffeln geschält ...»

Ihre Augen zuckten hin und her. Sie roch nach Schweiß,

ihr dünnes ärmelloses Sommerkleid klebte am dicken Körper unter der Küchenschürze.

«Seit wann ist er weg?»

«Ich weiß nicht ... eben ... vielleicht zehn Minuten ... oh, großer Gott, tu doch etwas ... mein Kind ... der Bilgenschneider hat ihn geholt.»

«Beruhige dich», fuhr Arthur seine Frau an und schüttelte sie. Ihr Kopf wackelte wie bei einer Puppe hin und her. Nur mühsam widerstand er der Versuchung, sie zu schlagen. Er hasste es, dass sie immer noch an diese alten Märchen glaubte. War sie denn wirklich so dumm?

Er ließ sie los und sah sich um.

Was sollte er tun? Wo suchen? Wen alarmieren?

Pedro bellte wie verrückt, stand jetzt sogar mit den Vorderläufen auf dem Zaun und bog ihn mit seinem Gewicht weit hinunter. Wäre er nicht so schwerfällig, wäre er sicher längst hinübergesprungen.

Der Hund, schoss es Arthur durch den Kopf.

Er lief zur Pforte zurück und öffnete sie. Pedro kam herangeprescht. Arthur packte das breite Lederhalsband und hielt den Hund fest.

«Such», sagte Arthur. «Wo ist Oleg?»

Der massige schwarzbraune Hund drängte nach vorn und riss Arthur fast von den Füßen. Seine rechte Hand um das Halsband geklammert, stolperte er neben Pedro her. Ohne zu zögern lief der Hund den Feldweg in Richtung Wald hinunter. Je weiter sie sich von ihrem Grundstück entfernten, desto langsamer wurde er. Er schien eine Fährte aufzunehmen. Schließlich machte er einen Satz nach links auf das Maisfeld zu und wäre darin verschwunden, hätte Arthur ihn nicht mit einem kräftigen Ruck zurückgerissen.

«Nein. Sitz», schrie er.

Der Hund begann zu winseln.

Vor Arthur ragten dunkelgrüne Maispflanzen auf, die größer waren als er selbst. Bis in die zweite Reihe konnte er schauen, dahinter verschwamm alles zu einem grünen, wogenden Urwald.

Helga presste sich die zu Fäusten geballten Hände seitlich ans Gesicht. Sie weinte. Dieses Geflenne machte Arthur aggressiv.

«Ruf die Polizei», schrie er sie an.

«Aber ...»

«Sofort.»

Dann wandte er sich wieder dem Maisfeld zu.

«Such, Pedro!»

Der Hund sprang vor und riss Arthur mit sich ins grüne Dickicht. Die scharfkantigen Blätter schlugen ihm ins Gesicht. Der schwere lehmige Boden war voller Furchen. Aber er musste weiter. Er musste Oleg finden, das allein zählte. Der Kleine war ein folgsamer Junge, der nicht einfach das Grundstück verließ. Und er würde auch niemals mit einem Fremden mitgehen. Dass er verschwunden war, konnte nur einen Grund haben: Jemand hatte ihn sich geholt. Und dieser Jemand war mit Oleg durch das Maisfeld geflüchtet. Hoffentlich war noch nicht allzu viel Zeit vergangen, hoffentlich kam er noch rechtzeitig! Er würde jeden töten, der seinem Sohn etwas antat, wenn es sein musste, auch mit bloßen Händen.

Pedro zog nach rechts, Arthur folgte ihm.

Mitten im Maisfeld waren einige Pflanzen umgeknickt. Die so entstandene Fläche war nicht größer als ein Meter im Quadrat. Es sah so aus, als hätte hier ein Kampf stattgefunden. Vielleicht hatte Oleg sich gewehrt.

Pedro schnüffelte hier und da. Er schien die Fährte verloren zu haben.

Arthur ließ das Halsband los. Er wollte sich aufrichten, um seinen schmerzenden Rücken zu entlasten. Da stieß Pedro ein dumpfes Bellen aus und stürmte davon.

«Nein, hier, komm hierher», schrie Arthur, doch es war zu spät.

Alles, was er von seinem Hund noch sah, waren umgeknickte Maispflanzen. Stolpernd folgte er ihm und kam auf eine breite Schneise. Sie verlief in Nord-Süd-Richtung, zerschnitt das große Feld in zwei Teile. Offenbar diente sie den Traktoren dazu, die Pflanzen während der Wachstumsphase mit Pestiziden einzusprühen, ohne sie zu beschädigen.

Schwer atmend blieb Arthur stehen und blickte sich um.

«Pedro», rief er. «Oleg!»

Der Hund bellte. Das kam von unten, wo das Feld gegen den Waldrand stieß. Arthur stürmte los. In der Schneise konnte er schneller laufen. Nach hundert Metern endete das Maisfeld an dem unbefestigten Weg, der am Waldrand entlangführte. Pedro befand sich jetzt links von ihm. Von weitem sah es so aus, als kämpfe er gegen einen unsichtbaren Feind.

Arthur erkannte dunkle, glänzende Flecken im Gras und an den Maisstängeln.

Der schwere, metallene Geruch von Blut erfüllte die Luft.

3

Henry Conroy stand unter der mächtigen Kastanie, die Einfahrt und Vorgarten des alten Resthofes beschattete. Rund um den Stamm hatten die Wurzeln das graue Pflaster aufgeworfen. Es sah aus, als würde sich etwas Gewaltiges aus dem Erdreich emporarbeiten. Nur noch eine hauchdünne Schicht hielt es zurück. Aber nicht mehr lange, der Ausbruch stand kurz bevor.

Henry legte den Kopf in den Nacken und sah in die Krone hinauf. Vereinzelt drang Sonnenlicht durch das dichte Laub. Die Blätter waren allesamt braun gefleckt, der Baum wirkte krank. Das alte, backsteinerne Haus wirkte krank. Alles hier wirkte kank, trotz der ländlichen Idylle und des guten Wetters. Hinter der pockennarbigen Fassade bürgerlichen Alltags lauerte dasselbe Virus, das den Rest der Welt befallen hatte.

Was vor kurzem hier geschehen war, bestätigte Henry Conroy nur in seiner Überzeugung, in einer kranken, nicht therapierbaren Welt zu leben. Was er tun konnte, war, hie und da ein Pflaster aufzukleben, mehr nicht. Aber sofort brachen an anderer Stelle neue Wunden auf. Ein Hoch auf die Arschlöcher dieser Welt, die seinen Arbeitsplatz sicherten.

Henry sah zu der schmalen Teerstraße hinüber, die aus der kleinen Ortschaft Hohberg hierherführte und neben dem Haus der Schwabes in einen Feldweg überging. In der Mitte des Feldweges stand eine hohe Grasnarbe. Die Fahrspuren rechts und links davon waren tief, der trockene Sand darin weich und von breiten Traktorreifen zermahlen. Der letzte Regen lag länger als eine Woche zurück. Die Sonne hatte den Boden ausgetrocknet, auf Reifenspuren brauchten sie also nicht zu hoffen.

Die Spurentechniker arbeiteten in zwei Gruppen. Eine kroch auf Knien durch den Garten der Schwabes, die andere suchte unten am Waldrand. Dort, so hatte ihm sein Kollege Jens Jagoda telefonisch berichtet, hatte der Vater Blutspuren gefunden, eventuell sogar Gewebestücke. Und natürlich war er drauf herumgetrampelt, bevor er die Polizei informiert hatte. Auch Henry würde dieser Anblick nicht erspart bleiben, aber vorher wollte er einen Blick auf das Grundstück werfen. Sollten die Jungs von der Spurensicherung die Leiche des Jungen im Wald finden, würde er es früh genug erfahren, seine Anwesenheit dort unten spielte keine entscheidende Rolle. Wichtiger war die Fahndung, die er sofort eingeleitet hatte. Jeder Polizist in diesem Bundesland – und auch im angrenzenden – musste darüber informiert werden, dass ein sechsjähriger Junge vermisste wurde. Sie würden jeden Pkw anhalten, in dem eine einzelne männliche Person saß. Vielleicht hatten sie Glück und fanden jemanden, an dessen Händen oder der Kleidung Blut klebte. Laien meinten immer, der Abschaum der Gesellschaft sei besonders intelligent, aber das stimmte nicht. Die meisten Straftäter waren saublöd.

Den Blutspuren nach zu urteilen, konnten sie dem Jungen nicht mehr helfen. Aber die Jagd nach dem Täter, die konnten sie noch gewinnen. Leider hatten die Schwabes eine halbe Stunde verstreichen lassen, ehe sie die Polizei gerufen hatten. Verständlich, jeder suchte erst einmal selbst nach seinem Kind. Für die Fahndung war es allerdings schlecht. In einer halben Stunde konnte man weit kommen. In etwas mehr als der doppelten Zeit ließ sich problemlos die Grenze nach Tschechien erreichen.

Henrys Magen grummelte und kniff. Er hatte wenig gegessen, aber daran lag es nicht allein. Es war dieser Fall. Er wollte ihn nicht, und sein Körper sträubte sich dagegen. Da er aber bereits seit drei Tagen nichts weiter getan hatte, als die Ablage zu bearbeiten, hatte der stellvertretende Polizeichef Nikolaus Sackstedt ihn eingeteilt. Natürlich. Henry dachte darüber nach, sich morgen krankzumelden und Jens Jagoda den Kram aufzubürden. Nur um Sackstedt eins auszuwischen.

Morgen. Vielleicht. Aber jetzt musste er ran. Und er durfte keine Fehler machen.

Henry folgte dem Feldweg bis zur Rückseite des Hauses und blieb vor einer Pforte im Maschendrahtzaun stehen. Ein Techniker in weißem Spezialanzug war damit beschäftigt, von dem metallenen Gestänge der Pforte Spuren zu extrahieren.

«Ist er hier durch?», fragte Henry ihn.

Der Mann nickte, ohne seine Arbeit zu unterbrechen.

«Wahrscheinlich. Das Tor stand offen, und die Mutter sagt, es hätte nicht offen stehen dürfen, schon allein wegen des Hundes nicht. Aber sie haben alle dran herumgegrabbelt. Die Mutter, der Vater …»

Henry besah sich den Garten. Von der Pforte bis zum Sandkasten, wo der kleine Oleg zuletzt gesehen worden war, waren es etwa fünf Meter. Das Maisfeld drängte sich bis auf drei Meter an das Grundstück heran. Aus der Sicht eines Entführers waren das geradezu ideale Bedingungen. Natürlich musste man dazu erst einmal wissen, dass hier ein Junge lebte. Der Hof lag einsam am Ende der Teerstraße. Selbst das Navigationssystem hatte Henry nicht wie gewohnt bis vor die Haustür geführt, sondern schon an der einzigen Kreuzung im Ort kapituliert – und von dort aus waren es noch einmal zweihundert Meter die Straße hinunter. Durchgangsverkehr gab es nicht. Hier fuhren nur Landwirte, Förster und Jäger, und die stammten vermutlich alle aus Hohberg oder der näheren Umgebung.

Henry zog das Diktiergerät aus seiner Hosentasche. Es war klein und verschwand fast in seiner Handfläche. Zugegebenermaßen hatte er große Handflächen. Pranken, wie Serena immer gesagt hatte.

«Täter kann das Haus der Schwabes nicht zufällig gefunden haben», sprach er ins Mikrophon. «Familienbeziehungen prüfen. Landwirte und Jäger aus Hohberg überprüfen.»

Er wandte sich an den Spurentechniker.

«Hat sich schon jemand im Maisfeld umgesehen?», fragte er.

«Nicht dass ich wüsste.»

«Der Täter wird den kürzesten Weg zwischen Pforte und Maisfeld gewählt haben. Außerdem wird er das Grundstück von dort aus beobachtet haben. Maispflanzen haben scharfe Blätter. Eventuell hat er Faserspuren oder sogar genetische Spuren hinterlassen. Kümmern Sie sich bitte darum.»

«Wird gemacht», sagte der Techniker und ließ Henry das Tor passieren.

Vor dem rechteckigen Sandkasten aus billigem Nadelholz blieb Henry stehen und betrachtete die Figuren darin. In nahezu exakten Abständen waren Dutzende vierblättrige Kleeblätter aufgereiht.

Sollen die nicht Glück bringen?, dachte er.

Dass dem nicht so war, davon zeugte der große Fußabdruck, der einige der Kleeblattsandkuchen zerstört hatte. Er war mit einem roten Fähnchen markiert und von einem Stützrand aus Kunststoff umgeben. Daneben lag ein Maßstab. Ein weiterer Spurentechniker hockte im Gras und bereitete eine Gipsmischung zu, mit der er den Eindruck ausgießen würde.

«Warum ist der Sand so feucht?», fragte Henry.

Der Techniker drehte sich zu ihm um, und Henry erkannte, dass in dem weißen Anzug eine junge Frau steckte.

«Der Vater sprüht ihn jeden Abend mit dem Wasserschlauch ein, damit er sich formen lässt», antwortete sie. «Wir können von Glück reden … das ist eine der besten Eindruckspuren, die ich je gesehen habe.»

«Glück ist für Menschen ohne Talent und Verstand», sagte Henry. «Zählen Sie sich dazu?»

«Zumindest zähle ich mich nicht zu den Menschen ohne Humor», erwiderte sie und schenkte ihm ein Lächeln.

Henrys Miene blieb unbewegt. Es hatte eine Zeit gegeben, da hatte er Schlagfertigkeit respektiert. Heute nervte sie ihn nur noch. Die Leute sollten ihre Arbeit vernünftig machen, dann musste er auch nicht den Kotzbrocken spielen.

Serena war äußerst schlagfertig gewesen, und wenn sie gut drauf und hellwach gewesen war, hatte er von ihr sogar noch etwas lernen können. Er hatte ihre kleinen verbalen Spielchen geliebt, die für Außenstehende wie Streit gewirkt haben mochten. Sie auch. Es war schon komisch, dass er ausgerechnet jetzt an sie denken musste. Andererseits auch wieder nicht. Er dachte meistens in den abwegigsten Momenten an sie.

Die Spurentechnikerin hatte aber recht. Der Schuhabdruck konnte von großer Bedeutung sein. Vor Gericht zählten nur die Fakten, und dies hier war einer. Sie würden den Täter durch diesen Abdruck nicht finden, aber sie könnten später die Schuhe eines Tatverdächtigen damit vergleichen. Jeder Mensch nutzte die Sohlen seiner Schuhe auf eine ganz bestimmte Art und Weise ab.

«Welche Größe?», fragte er.

«Sechsundvierzig.»

«Irgendeine Besonderheit?»

Die Frau nickte, ließ von ihrem Gipsbrei ab, beugte sich über die Sandkiste und deutete auf den vorderen Bereich des Abdrucks, an dessen Ränder sich die Reste der sandigen Kleeblätter schmiegten.

«Sehen Sie hier ... ein tiefer Riss. Die Sohle ist wohl ziemlich alt.»

Henry erkannte, was sie meinte.

«Alt bedeutet, der Täter könnte diese Schuhe mit der Absicht angezogen haben, sie später zu entsorgen.»

Die Frau schüttelte den Kopf und strich eine Haarsträhne unter die weiße Haube zurück.

«Glaube ich nicht. Vielleicht trägt er diese Schuhe einfach gern. Sie wissen doch, wie ungern sich Menschen von eingelaufenen Schuhen trennen.»

Wieder hatte sie recht. Menschen waren Gewohnheitstiere und als solche berechenbar. Selbst die, die sich für unberechenbar hielten. Aber Glück und Glaube hatten in der Ermittlungsarbeit nichts zu suchen, und Henry ärgerte sich über das Gebrauchsvokabular der jungen Frau.

Er ließ sie ihre Arbeit machen und entfernte sich von dem Sandkasten. Dabei sprach er abermals in sein Diktiergerät.

«Altkleidercontainer an den möglichen Fluchtrouten kontrollieren. Schuhe. Größe 46.»

Schließlich blieb er vor der Wäscheleine stehen. Daran hingen drei weiße, bereits getrocknete Bettlaken, die im Abendwind sanft hin und her schwangen. Henry konnte sich kaum einen friedlicheren, normaleren Anblick vorstellen.

Ihm fielen dunkle Schatten auf den Laken auf. Handabdrücke.

«Von wem stammen die?», fragte er die Spurentechnikerin.

Die hatte damit begonnen, den flüssigen Gips vorsichtig löffelweise in den Plastikrahmen zu füllen. Sie sah nur kurz zu ihm auf.

«Von der Mutter.»

Henry nickte und betrachtete den Wäscheplatz. So, wie die Leinen zwischen dem Sandkasten und dem Haus hingen, wurde die daran aufgehängte Wäsche zu einem Sichtschutz. Sowohl von der Pforte als auch von der rückwärtigen Seite der Grundstücksgrenze aus konnte man sich dem Sandkasten nähern, ohne aus dem Haus gesehen zu werden.

Die Mutter hängt nie wieder draußen Wäsche auf, dachte er.

Er schob die Laken auseinander und warf einen Blick auf die nächste Leine. Daran hingen zwei Unterhosen, die von der Größe her nur dem Jungen gehören konnten. Es waren altmodische weiße Feinripphosen mit Eingriff. Zwischen den beiden klaffte eine Lücke.

Henry hob das Diktiergerät an.

«Klären, wie viele Unterhosen auf der Leine waren. Fehlt eine?»

Kaum hatte er es weggesteckt, klingelte sein Handy.

Gruber war dran.

«Komm bitte zu uns, Henry. Das ist … unglaublich widerlich.»

4

Der Wald umgab sie wie ein schwarzer Ring, hinter dem alles Leben und alle Sicherheit zurückblieben, und das jagte Rieke Schneider Angst ein.

Anderthalb Stunden war sie gefahren, bevor sie ihren altersschwachen Berlingo rückwärts in einen schmalen Waldweg gesetzt hatte. Von dort aus war es noch einmal eine halbe Stunde Fußmarsch durch dichten Wald gewesen. Dass es eine derart menschenleere Gegend in Deutschland überhaupt noch gab, war schon erschreckend genug. Aber dass der merkwürdige Typ, dem sie einen Besuch abstatten wollte, hier lebte, machte es nur noch schlimmer. Aber gut, sie hatte gewusst, worauf sie sich einließ, und kneifen würde sie auf keinen Fall. Vielleicht wäre es aber doch angebracht gewesen, das alles ein bisschen besser zu planen.

Zwar hatte sie zu Hause auf dem Computer Notizen gemacht, einen Lageplan angelegt und anhand der schlechten Fotos, die sie während ihres ersten Besuchs hier draußen mit dem Handy geschossen hatte, überlegt, von wo sie sich am besten nähern könnte. Von einem geplanten Vorgehen konnte bei dieser Aktion aber trotzdem nicht die Rede sein. In der Vergangenheit war es gerade ihre Spontaneität gewesen, mit der ihre Gruppe die größten Erfolge erzielt hatte. Wenn alle anderen mit harten Bandagen kämpften, durfte man selbst nicht zimperlich sein. Aber heute erschien ihr das ganze Unternehmen irgendwie … gewagt.

Rieke Schneider sah zum Himmel hinauf. Noch gab es ein wenig Restlicht, einen rötlich-violett gefärbten, samtenen Schimmer, der unter anderen Umständen schön gewesen wäre und sie in atemloses Staunen versetzt hätte. Spätestens in einer halben Stunde würde es hier zwischen den Tannen vollkommen dunkel sein. Bis dahin musste sie noch abwarten, denn auf den letzten fünfzig Metern vom Waldrand bis zum Grundstück, das von einem einfachen, aber zwei Meter hohen Maschendrahtzaun umgeben war, gab es keinerlei Deckung.

Rieke hasste diese verflixte Warterei. Zu viel Zeit zum Nachdenken tat ihr nicht gut. Handeln war ihr Motto, nicht Zaudern und Zögern. Diese Einstellung hatte sie bereits das eine oder andere Mal in Schwierigkeiten und sogar eine Nacht in den Knast gebracht, aber richtig gefährlich geworden war es nie. Vielleicht wachte ja tatsächlich eine höhere Macht über sie, weil das, was sie tat, wichtig war.

«Du bist so unverschämt dreist, auf dich muss einfach ein Schutzengel aufpassen», hatte Lea einmal gesagt.

Lea war ihre beste Freundin, sie hätte sie von dieser Aktion abgehalten, und genau deshalb hatte sie ihr auch nichts erzählt. Sie war ja sowieso nur hier, um Infos zu sammeln, ein paar gute Fotos zu schießen und, na ja, vielleicht, wenn sich die Möglichkeit ergab, den einen oder anderen Verschlag zu öffnen.

Rieke hätte Lea gern dabeigehabt, aber die lange Autofahrt wäre nichts für ihre Freundin gewesen. Anderthalb Stunden hielt sie einfach nicht durch, sie war noch nicht so weit. Vielleicht würde sie es auch nie wieder sein. Den anderen Mitgliedern ihrer Gruppe hatte sie auch nichts gesagt, weil dann alles wieder nach dem üblichen Schema F abgelaufen wäre. Hintergrundrecherche am PC. Pläne schmieden. Die Rechtslage checken, jeden Beitrag ausdiskutieren und so weiter und so fort.

Das nervte.

Eigentlich war sie sowieso nur noch Lea zuliebe dabei.

Vielleicht sollten sie beide eine eigene kleine, schlagkräftige Gruppe gründen und auf all die Angsthasen und Theoretiker pfeifen.

Ein Licht flammte in der grauschwarzen Ebene vor ihr auf.

Rieke zuckte zusammen und duckte sich tiefer ins Gras. Sie beobachtete das niedrige Stallgebäude, das wie ein zum Sprung geducktes Tier im Halbdunkel dalag. An dessen Giebelwand leuchtete jetzt eine Glühbirne. Niemand ließ sich blicken. Wahrscheinlich schaltete sich das Licht über einen Sensor selbsttätig ein, und der Typ war gar nicht da. Dafür sprach auch, dass Rieke sein Auto nicht entdecken konnte, aber das konnte ebenso gut in der großen Scheune parken.

Rieke hatte den Mann zum ersten Mal in dem Tierfachmarkt gesehen, in dem sie jobbte. An dem Tag hatte sie keinen Dienst gehabt, war aber im Laden gewesen, um mit Stefanie, der Inhaberin, zu quatschen. Stefanie machte hin und wieder bei ihrer Organisation mit. Schon beim Hereinkommen war der Mann Rieke aufgefallen. Er trug einen schmutzigen blauen Overall aus Baumwolle, der ihm zwei Nummern zu groß war und an seinem dünnen Körper herumschlackerte. Außerdem stank er nach einer Mischung aus altem Schweiß und Hundedreck. Seine Füße steckten in schweren Bauarbeiterschuhen, er bekam sie kaum vom Boden hoch und schlurfte bei jedem Schritt wie ein alter Mann, obwohl er sicher nicht älter war als vierzig. Er hatte sich auffallend lange zwischen den Regalreihen herumgedrückt. Rieke und Stefanie hatten ihn für einen Ladendieb gehalten und deshalb genau beobachtet. Schließlich war er aber nach vorn an die Kasse gekommen und hatte nach Würgehalsbändern gefragt. Nach diesen Dingern, die sich unter Zug um den Hals schlossen. War das zu fassen! Wie konnte jemand so dreist sein, danach zu fragen! Rieke hatte ihn sofort zur Rede gestellt, ihm vorgeworfen, dass das Tierquälerei sei und sie so etwas nicht verkauften. Sie hatte ihm angeboten, ihn gleich dort im Laden ein wenig zu strangulieren, damit er nachvollziehen könne, wie sich das für die Tiere anfühlte. Unter ihren wütenden Tiraden hatte er schleunigst den Laden verlassen. Rieke war ihm gefolgt. Der Typ war mit seinem alten blauen Transporter aus der Stadt hinaus in die Einsamkeit der umliegenden Wälder gefahren.

Die Verfolgung hatte sie zu diesem abseits gelegenen Gehöft geführt. Das war vor vier Tagen gewesen, und da hatte sie nicht näher heran gekonnt. Ihre Zeit war knapp geworden, weil sie um achtzehn Uhr ihren zweiten Nebenjob im Crossini antreten musste. Gesehen hatte sie so gut wie nichts. Aber gehört dafür umso mehr, nämlich das Kläffen von mindestens zwei Dutzend Hunden. Großen und kleinen. Sie meinte, sogar Welpen gehört zu haben. Allein das war Grund genug, um wiederzukommen. Einige von ihnen hatten so herzzerreißend geschrien, als würden sie just in dem Augenblick misshandelt.

Vielleicht war sie einem illegalen Züchter auf die Spur gekommen.

Der Blaumann aus dem Laden war jedenfalls nicht ganz koscher. Er hatte ausgesehen wie eins dieser verzogenen Muttersöhnchen, die ihre Aggressionen nur an Schwächeren auslebten: an Kindern oder Tieren. Man kannte sie ja, diese verschlagenen, hinterhältigen Feiglinge, die ständig geduckt durchs Leben liefen.

Und diesem hier würde Rieke persönlich den Kopf abreißen, sollte sie herausfinden, dass er Hunde quälte.

5

Der abgetrennte Kopf lag im dichten Unterholz, sechs Meter von dem Weg entfernt, auf dem Arthur Schwabe das erste Blut entdeckt hatte. Die Spurentechniker hatten bereits Trittplatten aus Kunststoff ausgelegt, auf denen man bis zu dem Fundort vordringen konnte, ohne Spuren zu zerstören oder den Boden zu kontaminieren. Als Henry Conroy dort eintraf, waren zwei Männer in weißen Anzügen damit beschäftigt, Scheinwerfer auf Stativmasten zu montieren. Der Tag schwand dahin, und im Unterholz lauerten bereits die ersten Schatten.

Henry bückte sich unter den Ästen der Bäume und Büsche hindurch. Auf halber Strecke stand ein Spurentechniker vor einem Baum und kratzte etwas aus der Rinde.

«Was ist das?», fragte Henry.

«Blut und Gewebe. Wahrscheinlich wurde der Kopf vom Weg aus in den Wald geworfen, ist gegen diesen Stamm geprallt und bis dort hinübergeflogen.»

Der ältere Mann deutete mit einer Kopfbewegung zu einem Bereich, der mit rot-weißem Flatterband abgetrennt war. Dort hockte Rolf Gruber auf den Knien. Neben ihm stand einer seiner Assistenten und leuchtete mit einer leistungsstarken Taschenlampe den Waldboden vor ihm aus.

Der Gerichtsmediziner verdeckte alles mit seinem breiten Rücken. Henry versuchte sich auf den Anblick vorzubereiten, sofern das überhaupt möglich war. Er war jetzt einundvierzig Jahre alt und hatte in seiner Zeit bei der Kripo einiges gesehen, einen abgetrennten Kopf bisher aber nicht.

«Habt ihr nur den Kopf gefunden?», fragte er und hörte selbst, wie belegt seine Stimme klang.

«Der Körper liegt acht Meter weiter rechts im Dickicht», antwortete Gruber.

Henry sah in die Richtung. Er konnte ein paar Gestalten erkennen, die sich im Unterholz bewegten.

«Wie ist er denn abgetrennt worden, kannst du das schon sagen, Gruber?», fragte er.

«Mit einem scharfen Gegenstand, was dich nicht überraschen dürfte.»

«Warum ist auf dem Weg vorn denn nur so wenig Blut? Wenn der Kopf dort abgetrennt wurde, müsste doch viel mehr davon da sein.»

«Nicht bei einem so kleinen Körper. Bei durchschnittlich achtzig bis neunzig Milliliter Blut pro Kilo Körpergewicht kann nicht mehr als ein Liter Blut in dem Körper gewesen sein ... und es bleibt ja auch immer etwas drin.»

«Häh?», machte Henry, der sich jählings in einer Situation wiederfand, die er nicht ausstehen konnte: Er begriff nicht, wovon Gruber sprach.

«Ein West-Highland-Terrier, du weißt schon, diese kleinen Wadenbeißer. Die wiegen kaum mehr als zehn Kilo. Da ist nicht viel Blut drin.»

Gruber erhob sich und sah ihn durch seine dicken Brillengläser hindurch an.

«Willst du mich verarschen?», fuhr Henry ihn an.

«Den brillanten Henry Conroy so konsterniert zu sehen, rettet mir diesen miserablen Tag», sagte Gruber und grinste.

Henry schob sich etwas näher an den Gerichtsmediziner heran und setzte den bösesten Blick auf, zu dem er sich fähig glaubte.

«Gruber, es geht hier um ein Kind. Einen kleinen Jungen. Da verstehe ich keinen Spaß. Also klär mich besser auf, bevor ich dir den Hals umdrehe.»

«Spiel dich nicht so auf. Du verstehst nie Spaß, egal, um was es geht. Das da unten», er zeigte auf den Waldboden, «ist der Kopf eines Terriers, und der passende Körper dazu liegt da drüben. Das Blut vorn auf dem Weg stammt mit großer Wahrscheinlichkeit von dem Hund, genau kann ich das aber erst nach der Laboranalyse sagen. Der Junge ist nicht getötet worden … zumindest nicht hier.»

«Ein Hund», sagte Henry überflüssigerweise und ärgerte sich, weil sein Hirn diesen Umstand einfach nicht begreifen wollte. Nachdem Gruber ihn angerufen und ihm vom Fund eines Kopfes berichtet hatte, war er davon ausgegangen, dass es sich dabei um den Kopf des kleinen Oleg handelte. Was auch sonst. Wie passte jetzt dieser Hund in das Bild?

Gar nicht. Jedenfalls nicht auf den ersten Blick.

«Das hättest du mir am Telefon sagen können», warf er Gruber vor.

«Ich habe gesagt, wir haben einen Kopf gefunden. Du hast daraus voreilige Schlüsse gezogen, also gib nicht mir die Schuld.»

«Du bist ein Arschloch.»

«Danke, gleichfalls. Wenn du sonst keine Fragen mehr hast, würde ich hier gern weitermachen.»

Henry nickte, wandte sich ab und ging über die Trittplatten zurück zum Waldrand. Er war sauer auf Gruber. Dessen merkwürdiger Humor trieb mitunter absonderliche Blüten. Anfangs hatte Henry gedacht, man müsse so sein, wenn man sich tagtäglich mit Leichen umgab. Nach einer Weile war ihm aber klar geworden, dass Gruber schon immer so gewesen war. Wahrscheinlich schon als Kind.

Als er den Weg am Waldrand erreichte, waren Henrys Gedanken wieder auf den Fall fokussiert.

Der Entführer des Jungen musste nicht zwangsläufig auch

den Hund getötet haben, aber das frische Blut zeugte davon, dass beides vermutlich in einem kurzen zeitlichen Abstand zueinander geschehen war. Es war unwahrscheinlich, dass hier zwei Personen unabhängig voneinander agiert hatten.

Er zog das Diktiergerät hervor.

«Warum tötet er einen Hund? Will er uns damit provozieren? Ist es eine Nachricht, die wir nur noch nicht verstehen? Überprüfen, wo in den letzten Tagen ein Hund dieser Rasse abhanden gekommen ist oder verkauft wurde.»

Er steckte das Gerät weg und sah nach vorn.

Der Weg zwischen Waldrand und Maisfeld war kaum drei Meter breit. Durch die langen, belaubten Äste der Eichen entstand ein Tunnel, in dem man vor Blicken geschützt war. Dass der Weg nur selten benutzt wurde, davon zeugte das grüne Gras, das sogar die Fahrrinnen überwucherte. Eine deutlich zu sehende Doppelspur von Autoreifen zog sich bis zum Ende des Weges, wo er in eine Asphaltstraße mündete.

Offenbar war der Täter mit einem Fahrzeug in diesen grünen Tunnel gefahren, hatte es hier abgestellt, sich im Schutz des Maisfeldes dem Haus der Schwabes genähert, den Jungen entführt, ihn hierhergebracht, einen Hund getötet, den Jungen in den Wagen gesteckt und war dann geflüchtet.

Henry starrte den Weg an, als könne der ihn zu dem Jungen führen. Dann hob er abermals das Diktiergerät an seine Lippen, drückte den Aufnahmeknopf, verharrte, dachte nach und ließ es schließlich wieder sinken.

Ihm fehlten die Worte.

6

Seit auf dem weitläufigen Grundstück die Lampe angegangen war, hatte sich nichts mehr verändert. Einzig das schwache Licht verhinderte den Eindruck, auf ein unbewohntes Gebäude zu starren – und das Bellen der Hunde. Hin und wieder konnte Rieke sie hinter den dicken Mauern der Stallungen hören. Kläglich klangen sie, verängstigt und einsam, und dieses Gejaule ließ in Rieke die Wut hochkochen. Es würde niemals aufhören. Menschen liebten Macht, und wer sonst keine hatte, der übte sie eben über Tiere aus. Das war simpel und feige, im Sinne der Tierquäler aber effizient und befriedigend. Kaum jemand scherte sich um ein paar Hunde, die irgendwo auf der Welt – oder auch vor der eigenen Haustür – gequält wurden. Nicht bei dem, was sonst noch alles geschah in dieser rohen Gesellschaft. Zum Glück gab es ein paar Aufrechte, die wussten, dass Mensch und Tier dieselben Rechte zustanden. Dass nicht einer über dem anderen stehen durfte.

Sie war eine dieser Aufrechten. Und diesem Arschloch da unten würde sie zeigen, was sie draufhatte.

Im Wohnhaus waren nach wie vor alle Fenster dunkel. Es war sicher niemand zu Hause, Rieke lief los. Tau hatte sich in der vergangenen Stunde auf dem langen Gras niedergeschlagen, es war feucht und rutschig, und sie musste aufpassen, damit sie nicht ausrutschte.

In der Hand hielt sie eine Taschenlampe, um den Hals trug sie die teure Digitalkamera, die sie von ihren Eltern zu Weihnachten bekommen hatte. Sie hatte ihnen erzählt, eventuell doch ihren alten Traum von der Tierfotografie wahr machen zu wollen, und dabei immer wieder eingeflochten, wie unglaublich teuer heutzutage gute Kameras waren. Gelogen war das nicht. Immerhin machte sie wirklich Tierfotos damit. Nur etwas andere, als ihre Eltern sich vorstellten.

Sie erreichte den hohen Maschendrahtzaun, der das große Grundstück komplett umschloss. Die Metallpfosten waren teilweise verrostet und der Draht an vielen Stellen verbogen. Er war in die Erde eingelassen, sodass Rieke nicht einfach darunter hindurchkriechen konnte. Sie hatte zwar eine Kneifzange eingesteckt, die sie in dem kleinen Rucksack auf dem Rücken trug, wollte es aber erst einmal ohne Sachbeschädigung versuchen. Sonst würde sich dieser Wichser womöglich noch auf ihre Kosten einen neuen Zaun gönnen, wenn sie erwischt wurde.

Rieke schlich am Zaun entlang und behielt dabei das Haus im Auge. Es war eine alte landwirtschaftliche Anlage, mit großem, langgestrecktem Haupthaus und einigen Nebengebäuden. Das Areal war unübersichtlich, die Büsche und Tannen auf dem Grundstück waren lange nicht zurückgeschnitten worden. Sie wollte jedoch nur zum Stallgebäude. Es hatte kleine Fenster, durch die sie hineinschauen und, falls sie keine offene Tür fand, auch hindurch fotografieren konnte. Sie hoffte aber, eine Möglichkeit zu finden, in die Stallungen hineinzukommen. Dann könnte sie schon heute ein paar der armen Tiere in die Freiheit entlassen.

Der Gedanke spornte sie erneut an.

Und sie hatte Glück. Sie fand eine niedergedrückte Stelle im Zaun, auf die eine Fichte gestürzt war. Die eine Hälfte des Stamms war mit einer Kettensäge zerteilt worden und lag auf dem Grundstück. Die andere Hälfte mit der Wurzel ragte auf ihrer Seite des Zauns schräg aus dem Boden. Das Maschendrahtgeflecht war nur notdürftig wieder aufgerichtet worden, stand aber nicht mehr unter Spannung, sondern war weich und nachgiebig wie alte Haut.

Rieke krabbelte auf den Rest des abgetrennten Stammes bis nach vorn, richtete sich auf, balancierte ihr Gleichgewicht aus und sprang. Sie bekam die Füße nicht hoch genug und berührte den Zaun. Es klapperte. Das Geräusch war in der stillen Nacht geradezu ohrenbetäubend.

Rieke kam auf der anderen Seite auf dem Boden auf, machte sich ganz klein und beobachtete mit angehaltenem Atem das Haus. Ein paar Hunde hatten das Geräusch gehört und bellten. Andere fielen mit ein, und im Nu entwickelte sich lautes Gekläffe.

Das war nicht gut. Andererseits: Wenn jetzt kein Licht anging in dem Wohnhaus, dann war wirklich niemand daheim. Und wenn doch, könnte sie problemlos abbrechen und flüchten.

Also wartete Rieke ein paar Minuten in der unbequemen Stellung ab. Sie spitzte die Ohren, lauschte nach anderen Geräuschen zwischen dem Hundegebell. Es gab keine. Nach und nach beruhigten sich auch die Hunde wieder, und die Stille kehrte zurück.

Mit gebeugten Knien und gekrümmtem Rücken schlich Rieke über den ungepflegten Rasen auf das Stallgebäude zu. Das Licht der Glühlampe zog sie geradezu an, obwohl sie es doch eher meiden sollte. Sie drückte sich an einer dunklen Stelle mit dem Rücken an die Wand.

Kaum hatte sie durchgeatmet, hörte und spürte sie schon, wie es drinnen an der Wand kratzte und schabte. Die Hunde. Sie hatten sie bemerkt. Vielleicht ahnten sie, dass Hilfe unterwegs war. Wahrscheinlich bekamen sie aber einfach nicht genug zu fressen und kratzten den Putz und die Farbe von den Wänden, um wenigstens irgendetwas im Magen zu haben. Halbverhungerte Hunde hatte Rieke schon oft gesehen. Jedes Mal hatte der Anblick ihr fast das Herz gebrochen.

Rieke kratzte ebenfalls mit den Nägeln an der Außenwand und stellte sich vor, die Hunde drinnen würden ihr Zeichen verstehen. Es war ein schönes, ein erhebendes Gefühl, und es besaß die Macht, alle Angst und alle Bedenken beiseite zu fegen.

Von einer Sekunde auf die andere war Rieke wieder voller Adrenalin.

Jetzt oder nie.

Sie nahm die Kamera in beide Hände, klappte den Objektivdeckel ab und schaltete sie ein. Dann schob sie sich an der Wand entlang weiter bis zum nächsten Fenster. Die Fensterbank aus rauem Beton befand sich genau auf Höhe ihres Kinns. Sie musste sich strecken, um in den Stall sehen zu können. Darin war es dunkel. Sie konnte nichts erkennen, aber dieses Problem würde das Blitzlicht lösen.

Bevor sie mit dem hellen Licht ihre Anwesenheit verriet, wollte sie jedoch erst die beiden Holztüren in der Giebelwand des Stalls überprüfen. Sie schlich dorthin und stellte fest, dass sie mit Vorhängeschlössern gesichert waren. Es waren zwar nur kleine Bügelschlösser, aber selbst die würde sie nicht aufbrechen können.

Also doch nur fotografieren.

Zurück vor dem Fenster, schob sie sich auf Zehenspitzen empor, hielt das Objektiv direkt vors Glas und drückte den Auslöser. Obwohl sie die Augen dabei geschlossen hielt, blendete der Blitz sie durch die Lider hindurch. Halb blind lief sie zum nächsten Fenster und wiederholte die Prozedur. Um das dritte Fenster zu erreichen, musste sie um die Ecke des Gebäudes gehen.

Dort stieß sie mit einem gewaltigen Hindernis aus Fleisch und Blut zusammen.

7

Die schwarze Kontur einer großen Gestalt hob sich von dem rasch dunkler werdenden Abendhimmel ab. Henry erkannte sie schon von weitem, während er den Weg zum Haus der Schwabes hinaufstapfte. Seine Laune verschlechterte sich dramatisch.

Kein Ermittler wünschte sich einen Fall von Kindsentführung, denn leider gingen die in den seltensten Fällen gut, ja nicht einmal glimpflich aus. Am Ende war man nur der Überbringer entsetzlicher Nachrichten, und Henry wusste von Kollegen, dass immer auch ein bisschen was beim Ermittler hängen blieb. Nicht gerade Schuld, aber doch die Ungewissheit, ob man alles richtig gemacht hatte. Ob ein anderes Verhalten das entführte Kind eventuell gerettet hätte.

In diesem Fall konnte Henry nicht auf seine Erfahrung vertrauen, er hatte keine. Mit Mord und Totschlag kam er zurecht. Vergewaltigungen hatte er fast ein Dutzend aufgeklärt, auch die Entführung einer wohlhabenden Unternehmersgattin, aber ein Kind ... Es war nicht Angst, was sein sonst so präzises Denken einschränkte, aber er war verunsichert. Ein verschwundener sechsjähriger Junge, ein enthaupteter Hund – das war alles rätselhaft.

Und jetzt musste er sich auch noch mit seinem direkten Vorgesetzten herumplagen: dem stellvertretenden Polizeichef Nikolaus Sackstedt. Sackstedt war eins achtzig groß, leicht übergewichtig und hielt seinen Oberkörper stets etwas nach vorn gebeugt, so als müsse er ein Ungleichgewicht austarieren. Sein Haar begann dünner zu werden, oben am Schädel hatte sich bereits eine Lichtung gebildet. Breitbeinig, die Hände in Politikerpose lässig in den Taschen der Anzughose, stand er da und erwartete ihn.

Als Henry ihn erreichte, bemerkte er eine zweite Person, die aus dem Schatten des Hauses trat.

«Hauptkommissar Conroy», begrüßte Sackstedt ihn und deutete auf die junge Frau. «Ich möchte Ihnen die neue Kollegin vorstellen, Manuela Sperling. Obwohl sie offiziell erst ab kommenden Montag im Dienst ist, hat Frau Sperling sich spontan bereit erklärt, Sie schon jetzt zu unterstützen. Ich finde, das macht Sinn. So ist sie von Beginn an in den Fall involviert.»

Sie war verdammt jung, das war alles, was Henry wahrnahm. Beiläufig schüttelte er ihr die Hand. Er hatte weder Zeit noch Lust, sich mit neuem Personal zu beschäftigen. Um Unterstützung gebeten hatte er auch nicht. Sackstedt mischte sich in seine Ermittlungen ein, wieder einmal, und Henry spürte erneut Abneigung in sich hochkochen.

«In einem solchen Fall können wir jede Hilfe gebrauchen», sagte Sackstedt, als könnte er Henrys Gedanken lesen. «Ein verschwundener sechsjähriger Junge, mein Gott.»

Dinge verschwinden, aber kleine Jungen werden entführt, dachte Henry, hielt sich jedoch zurück.

«Wir wollten uns gerade auf den Weg zu Ihnen machen. Gibt es etwas Neues?», sagte Sackstedt.

Henry setzte ihn ins Bild.

«Ein enthaupteter Hund», wiederholte Sackstedt. «Ich muss sagen, ich bin einigermaßen froh, dass es nicht der Junge ist. Aber so etwas hatten wir auch noch nicht. Vielleicht stammt der Köter aus dem Dorf, lief frei herum und hat den Täter angekläfft.»

«Und der schneidet ihm den Kopf ab, weil man das eben so macht, oder was?»

«Er könnte sich durch den Lärm gestört gefühlt haben. Hat vielleicht befürchtet, entdeckt zu werden.»

«Ein halbwegs normaler Mensch hätte einem so kleinen Hund einen Tritt verpasst, dann wäre der schon abgezogen. Zumal der Täter mit dem Jungen beschäftigt war. Ich denke, ganz so einfach ist die Erklärung nicht.»

«Nun, Sie als einer unserer erfahrensten Ermittler sind sicher schon einen Schritt weiter, nicht wahr?», fragte Sackstedt und sah ihn mit diesem Blick an, den Henry von Anfang an nicht hatte leiden können. Es lag etwas Herablassendes darin. Sackstedt trat einen Schritt auf ihn zu, und Henry befürchtete, er würde ihm eine Hand auf die Schulter legen. Jovialität konnte Henry noch weniger leiden.

«Schon möglich, aber zu diesem Zeitpunkt ist das reine Spekulation. Was wir brauchen, sind Hinweise, deshalb würde ich jetzt gern mit den Eltern sprechen.»

«Ich war gerade bei ihnen», sagte die neue Kollegin. «Herr und Frau Schwabe stehen unter Schock und sind eigentlich nicht in der Lage, Fragen zu beantworten.»

«Ist mir egal», rutschte es Henry etwas heftiger heraus als beabsichtigt. Er fühlte sich von den beiden bedrängt.

«Ich werde mit den Eltern reden, egal, wie es ihnen geht. Ihrem Sohn geht es nämlich wahrscheinlich noch schlechter, und seine Rettung hat für mich oberste Priorität, nicht das Seelenheil der Eltern. Außerdem sollten Sie wissen, dass in neunzig Prozent solcher Fälle der oder die Täter innerhalb der Familie zu finden sind, Frau Rabe.»

«Sperling, ich heiße Sperling», verbesserte sie ihn.

«Bitte», mischte sich Sackstedt ein. «Das hat doch keinen Sinn. Ich finde, wir …»

«Ich habe jetzt keine Zeit für diesen Kinderkram», unterbrach Henry seinen Vorgesetzten, schob sich an der neuen

Kollegin vorbei und schritt über den kurzen Plattenweg auf das Haus zu.

«Conroy», rief Sackstedt ihm hinterher. «So geht das nicht. Sie haben sich genauso wie alle anderen an meine ...»

Den Rest des Satzes schnitt die zugeworfene Haustür ab. In der Stille des Flures wurde Henry sofort klar, dass er sich nicht besonders geschickt verhalten hatte. Ein wenig Diplomatie wäre angebracht gewesen, aber genau die war nicht seine Stärke. Musste es auch nicht sein, er war schließlich Polizist, kein Politiker.

Henry hatte schon von der neuen Kollegin gehört. Solche Personalien beschäftigten den Flurfunk schon Wochen vorher. Vor allem, weil die Planstelle auch intern hätte besetzt werden können. Auf Sackstedts Betreiben hin war jedoch jemand von außerhalb eingestellt worden. Und jetzt, da Henry die neue Kollegin gesehen hatte, vermutete er stark, dass Sackstedt bei seiner Auswahl nach einem hübschen Gesicht gesucht hatte, das er hin und wieder in den Medien präsentieren konnte. Vielleicht fand er ja, die Öffentlichkeit hätte genug von bärbeißig dreinblickenden Ermittlern wie ihm. Jung sollten sie sein heutzutage. Jung, erfahren, äußerst einfühlsam und gleichzeitig belastbar. Als ob es so jemanden gäbe.

Die Tür zum Wohnzimmer stand einen Spaltbreit offen. Licht sickerte auf den Flur. Durch den Spalt sah Henry Arthur Schwabe auf und ab gehen. Er klopfte, drückte die Tür auf und trat ein. Sofort flogen ihm ihre Blicke zu. Helga Schwabe saß in angespannter Haltung auf der Couch, ihre Hände kneteten ein Stofftaschentuch. Ihre Augen waren rot geweint, ihr Haar zerzaust. Sie war eine kleine schwere Frau mit pausbäckigem Gesicht und groben Händen. Arthur Schwabe hingegen war dünn. Er trug eine braune Cordhose und ein langärmliges Karohemd. Henry vermutete, dass er ein zäher und kräftiger Mann war, der eine Menge aushalten konnte. Sein Gesicht sah danach aus. Es wirkte vom Leben gezeichnet.

«Henry Conroy», stellte er sich vor. «Ich bin hier, um ihren Sohn zu finden.»

Die korpulente Helga Schwabe war erstaunlich flink auf den Beinen.

«Oh mein Gott», rief sie. «Sie werden ihn finden, meinen Oleg … Sie bringen mir meinen Oleg zurück, nicht wahr?»

Henry fiel auf, dass die Frau von «ihrem» Kind sprach, nicht von «unserem».

«Was ist mit dem Blut?», fragte Arthur Schwabe und drängte sich zwischen seine Frau und Henry. Er sprach langsam, mit leichtem osteuropäischem Akzent. «Da war alles voller Blut unten am Maisfeld.»

Tatsächlich war es nur wenig Blut gewesen, aber für einen verängstigten Vater, der auf der Suche nach seinem Kind war, musste es ganz anders ausgesehen haben.

«Es stammt von einem Hund. Auf gar keinen Fall von Ihrem Sohn. Ihr Sohn lebt. Er wurde entführt, jemand hat ihn in seiner Gewalt, aber er lebt.»

«Von einem Hund? Was für ein Hund?», fragte Arthur Schwabe. Bevor Henry darauf eingehen konnte, drückte Helga Schwabe sich an ihrem Mann vorbei, schob ihn beiseite und ergriff Henrys Hand. Ihre rauen Hände waren ganz feucht.

«Wo ist er? Wo ist mein kleiner Oleg? Sagen Sie es mir bitte.»

«Das kann ich nicht, noch nicht. Aber der Täter hat Spuren hinterlassen, und ich werde ihn finden. Aber dazu brauche ich Ihre Hilfe. Sie müssen mir einige Fragen beantworten.»

«Was für Fragen?», sagte Arthur Schwabe. Er war sofort in eine defensive Haltung gefallen. Seine Schultern sackten nach vorn, er wurde kleiner, nahm nicht mehr so viel Raum ein. Es waren immer nur Kleinigkeiten in der Körpersprache, die das meiste über das Gefühlsleben eines Menschen verrieten. Schließlich lief mehr als die Hälfte der zwischenmenschlichen Kommunikation auf dieser Ebene ab.

«Setzen wir uns», sagte er. «Wenn Sie Ihren Sohn wiederhaben wollen, müssen Sie meine Fragen beantworten. Anders geht es nicht.»

Also setzten sie sich. Herr und Frau Schwabe nebeneinander, Henry ihnen gegenüber. Er holte sein Diktiergerät hervor und legte es auf den Tisch.

Arthur Schwabe betrachtete es misstrauisch. Unter dem Tisch hindurch konnte Henry dessen Füße sehen. Eine Fußspitze zeigte zu ihm, die anderen in Richtung der Terrassentür. Ein oder zwei Fragen später würden sie beide zur Tür zeigen. Ein Zeichen dafür, dass der Mann sich in Henrys Gegenwart unwohl fühlte und den Raum lieber verlassen würde. Aber warum?

Henry wandte sich zuerst an seine Frau.

«Frau Schwabe ... ich weiß, es ist schwer, aber können Sie mir bitte genau berichten, was geschehen ist?»

Sie starrte ihn verängstigt an und wrang mit aller Kraft das Stofftaschentuch in ihren Händen.

«Pedro und ich ... wir haben es gespürt, vorher schon ... da war etwas im Mais ... etwas Böses. Der Bilgenschneider.»

8

Eine sichelförmige Klinge schwebte über ihr, fast wie der kleine Bruder des Mondes. Rieke erstarrte vor Schreck, und da ihr Finger noch auf dem Auslöser lag, betätigte sie automatisch die Digitalkamera. Grell zuckend riss das Blitzlicht ein wahrhaftes Monster aus der Schwärze. Groß war es, geradezu gewaltig, die Zähne gebleckt, die Augen weit aufgerissen. Mit den Augen stimmte etwas nicht. Sie waren viel zu groß und viel zu ... Ja was? ... Blutunterlaufen? Das Weiß dieser Augen war gar nicht weiß, sondern rot, und Rieke konnte erkennen, dass ein feinverzweigtes Gespinst rot pulsierender Äderchen diesen Eindruck erzeugte. In der hocherhobenen Hand hielt das Monster das Messer mit der gebogenen Klinge. Das Blitzlicht zuckte an dem scharfen Metall hinauf und warf an der Spitze einen sternförmigen Reflex zurück.

Die Kamera verschaffte Rieke eine wertvolle Sekunde. Das Monster war geblendet, und der Hieb mit dem Messer ging daneben. Rieke spürte die Klinge durch die Luft sausen, nah an ihrer linken Schulter vorbei. Einer weiteren Aufforderung bedurfte es nicht. Sie schnellte herum und rannte los. Was auch immer sie hier aufgeschreckt hatte, es würde sie nicht lebend entkommen lassen.

Renn um dein Leben, schrie eine Stimme in ihrem Kopf.

Und das tat sie.

Hinter sich hörte sie ein wütendes Geräusch. Es klang wahrhaftig, als spucke jemand Gift und Galle. Rieke rannte den Weg zurück, den sie gekommen war. Sie hoffte, in der Dunkelheit die Stelle wiederzufinden, wo der Maschendrahtzaun heruntergedrückt war, denn sonst saß sie jetzt in der Falle.

Die Kamera schwang vor ihrer Brust hin und her und schlug ihr schmerzhaft gegen die Rippen. Der leichte Rucksack federte bei jedem Schritt auf ihrem Rücken. Sie gab alles, und sie war schnell. Sport hatte sie immer gemocht und für solche Fälle sogar extra trainiert, kurze Strecken zu sprinten, aber es war ein Unterschied, ob man gegen eine Stoppuhr lief oder ob einem bei völliger Dunkelheit in einem abgelegenen Tal im Wald ein Monster im Nacken saß, dessen Augen bluteten.

Rieke musste sich zwingen, sich nicht umzuschauen. Das hätte zu viel Zeit gekostet, vielleicht wäre sie sogar gestolpert. Es war auch nicht nötig, denn sie konnte ihn hören. Stampfende Schritte und wütendes Grunzen, dicht hinter ihr.

Der Zaun, wo war der verdammte Zaun?

Die Taschenlampe in ihrer Hand fiel ihr wieder ein. Sie schaltete sie ein, riss sie hoch und leuchtete nach vorn. Der Lichtkegel war nur schmal, aber dafür lang. An seinem Ende erkannte sie den Zaun, höchstens zwanzig Meter entfernt. Leider würde es von dieser Seite ungleich schwieriger werden, hinüberzukommen. Und sie hatte nur einen Versuch.

Wie groß war ihr Vorsprung?

Rieke hielt es nicht mehr aus, sie musste sich umschauen. Der Lichtstrahl erfasste den Koloss. Er schaukelte wie eine alte Pferdekutsche, sein Oberkörper schien nicht richtig fest auf dem Becken zu sitzen, er ruderte mit den Armen, als müsse er irgendwelche Hindernisse beiseitefegen. Sie konnte sich täuschen in dem schlechten Licht, aber es sah aus, als trüge er einen blauen Overall.

Er war deutlich zurückgefallen. Wenn da nicht der Zaun gewesen wäre, Rieke hätte ihn ohne weiteres abgehängt.

Sie schätzte die Entfernung erneut.

Ja, es müsste reichen. Selbst wenn sie es beim ersten Versuch nicht über den Zaun schaffte, hatte sie noch genug Zeit, sich aufzurappeln und die Flucht fortzusetzen. Vielleicht gab es ja noch eine andere Möglichkeit, dem Grundstück zu entkommen.

Rieke legte noch an Tempo zu und bereitete sich auf den Absprung vor. Der Zaun hatte an dieser Stelle eine Höhe von vielleicht einen Meter zwanzig. Sie war sicher, es aus vollem Lauf heraus in einem Satz zu schaffen.

Noch drei, noch zwei, noch einen Schritt.

Abstoßen. Jetzt.

Ihre Oberschenkelmuskeln explodierten förmlich und katapultierten sie in die Luft. Sie zog die Beine an, aber im selben Moment schlug ihr die Digitalkamera mit voller Wucht gegen den Unterkiefer und Mund. Sie spürte die Lippe aufplatzen, dann einen scharfen Schmerz, konzentrierte sich nicht mehr auf den Sprung und blieb mit dem linken Fuß an dem lockeren Zaungeflecht hängen.

Der Draht griff nach ihr wie eine Hand und ließ sie nicht wieder los. Sie stürzte, fiel auf den Zaun, drückte ihn herunter, wurde von ihm zurückgeschleudert, aber da sich ihr Fuß darin verfangen hatte, kam sie nicht von ihm los. In einem halben Meter Höhe hing ihr Oberkörper jenseits des Zauns, während ihre Beine sich noch auf dem Grundstück befanden.

Rieke zappelte und schrie, kämpfte mit aller Kraft, bekam ihren Fuß aber nicht los. Sie konnte nicht sehen, womit sie sich in den Metallmaschen verfangen hatte. Vielleicht waren es die Schnürsenkel, vielleicht der ganze Fuß. Die Taschenlampe war ihr entglitten. Sie lag auf dem Boden und leuchtete Richtung Wald. Richtung Freiheit.

Der Koloss war heran.

Er schnaufte und grunzte.

Rieke schrie so laut sie konnte um Hilfe und trat immer

wieder mit dem rechten Fuß gegen den Draht. Es schepperte laut, die Hunde kläfften. Niemand würde es hier draußen hören.

Schließlich verließ sie die Kraft.

«Lass mich bloß in Ruhe», rief sie ihrem Verfolger zu. «Die Polizei ist auf dem Weg hierher.»

Rieke konnte es nicht mit Sicherheit sagen, aber sie hatte den Eindruck, das Monster würde den Kopf schief legen, so wie es Hunde taten. Dann trat es einen Schritt vor und riss den Arm nach oben. Die gebogene Klinge blitzte auf, und im nächsten Moment war Riekes Fuß frei.

Sie fiel über den Zaun.

Nach drüben, in Richtung Freiheit.

Jetzt nichts wie weg.

Schmerz und Erkenntnis fielen mit Verspätung über sie her. Ihr linkes Bein knickte einfach so unter ihr weg, und sie fiel hin. Ein grausames Feuer schoss bis in ihre Hüfte hinauf. Rieke drehte sich herum, packte ihr Bein mit beiden Händen, richtete den Oberkörper ein Stück auf – und wollte nicht glauben, was sie sah.

Ihr Fuß … Er hatte ihn abgehackt!

9

Es war still geworden auf dem Hof der Schwabes. Seit ein paar Minuten saß Henry auf dem Rand der Sandkiste, in der Oleg Schwabe am späten Nachmittag noch Kleeblattsandkuchen gebacken hatte. Die Spurensicherung hatte sie freigegeben. Ausgerechnet Kleeblätter, Glückssymbole.

Er glaubte nicht an solchen Mist. Schon lange nicht mehr.

Henry zog an seiner Zigarette. Der bittere Qualm flutete seinen Körper, und er spürte wieder dieses Ziehen und Zerren, irgendwo tief drinnen. Er wusste, es war nichts Organisches, er war fit. In Momenten wie diesem, wenn er an sich und seiner Umwelt zweifelte, wenn er sich an einen anderen Ort wünschte, war das Ziehen immer besonders stark. Eines Tages würde ein letzter Halt in seinem Inneren zerreißen, und dann würde es nicht mehr länger nur ein Wunsch sein. Dann würde er aufstehen und einfach weggehen und nie zurückkehren.

Aber noch nicht. Noch gab es hier etwas zu tun. Vielleicht war dies sogar der wichtigste Tag der vergangenen Jahre. Sackstedt hatte ihm den Fall aufgebürdet, um ihn scheitern zu sehen. Aber den Gefallen würde er ihm nicht tun. Denn neben dem Ziehen und Zerren spürte Henry noch etwas anderes. Etwas, das er schon lange nicht mehr gespürt hatte: echtes Interesse.

Ein Kind. Ein sechsjähriger Junge. Aus dem Sandkasten vor dem Elternhaus verschwunden, während die Mutter drinnen Kartoffeln schälte. Und als würde das nicht reichen, zusätzlich ein geköpfter Hund. Für Henry sah das Ganze einerseits wie eine sorgsam geplante Entführung aus, andererseits aber auch wieder nicht. Was sollte das mit dem Hund? Und was, wenn der Vater nur zehn Minuten früher nach Haus gekommen wäre? Entweder hätte die Familie dann bereits zusammen in der Küche beim Abendessen gesessen, oder aber der Vater wäre just im Moment der Entführung auf dem Hof aufgetaucht und hätte sie verhindert.

Arthur Schwabe war zu Beginn der Vernehmung sehr nervös gewesen, hatte sich aber in der halben Stunde, die sie gedauert hatte, beruhigt. Er hatte sich einige Male nach dem toten Hund erkundigt und wissen wollen, welche Rasse es war und woher er stammte. Auf konkrete Nachfragen von Henry hatte er abweisend reagiert. Er mochte die Polizei nicht, und er mochte keine Fragen zu seinem Privatleben, so viel stand fest. Möglicherweise war er streng in der Erziehung, vielleicht war er sogar einer von den Typen, denen hin und wieder die Hand ausrutschte, aber der Entführer seines Sohnes war er sicher nicht. Henry hatte das überprüfen lassen. Eine halbe Stunde vor der Tat hatte Arthur Schwabe in seiner Firma, einem Getränkeabfüller, ausgestempelt und war von dort auf direktem Weg nach Haus gefahren.

Henry zog an der Zigarette. Die Glut erhellte für einen Moment sein Gesicht. Aus dem Hintergrund fiel Licht aus den erleuchteten Fenstern des Wohnhauses der Schwabes und zeichnete seinen Schatten auf den Rasen. Dahinter drohte schwarz das Maisfeld.

Henry zog das Diktiergerät hervor.

«Überprüfen, ob es Fälle gibt, in denen Mais- oder Kornfelder eine Rolle spielen», sprach er hinein und steckte es wieder weg.

Er zog ein weiteres Mal an der Zigarette, als er eine Bewegung wahrnahm und erschrak.

Es war die neue Kollegin. Manuela Sperling. Die hatte er doch tatsächlich vergessen.

«Darf ich?», fragte sie.

«Sie sollten sich nicht anschleichen, jedenfalls nicht an mich.»

Sie setzte sich neben ihn auf den Rand der Sandkiste. Unter ihrer beider Gewicht gab das stabile Brett merklich nach. Wieso rückte sie ihm so nah auf die Pelle?

«War nicht meine Absicht.» Sie schüttelte sich. «Brr, ist kühl geworden.»

«Was tun Sie überhaupt noch hier?»

«Den Schwabes Beistand leisten, vor allem ihr. Sie braucht jetzt jemanden, und ihr Mann ist nicht der Typ, der Händchen hält und tröstende Worte findet.»

«Ebenso wenig wie ich, oder was wollen Sie damit sagen.» Sie sah ihn von der Seite her an.

«Ist das eigentlich genetisch bedingt bei Ihnen, oder gefallen Sie sich in der Rolle des Arschlochs?»

Henry war verblüfft. Damit hatte er nicht gerechnet.

«Ist genetisch», antwortete er. «Haben alle Männer in meiner Familie.»

«Na, dann ist es ja gut. Gehen Sie bei Gelegenheit mal zum Arzt. Vielleicht gibt es ein Medikament, das es erträglicher macht.»

«Nicht nötig, ich komme ganz gut zurecht.»

«Aber ihre Umwelt vielleicht nicht, schon mal daran gedacht?»

Henry lachte abfällig durch die Nase, zog an der Zigarette und blickte nach vorn auf das dunkle Maisfeld. Die eine Pflanze halb rechts von ihm sah tatsächlich so aus, als würde sie ihm zuwinken. Verflucht, er brauchte dringend eine Mütze Schlaf.

Seine Kollegin überraschte ihn erneut, indem sie die Hand ausstreckte.

«Manuela Sperling», stellte sie sich vor.

«Hatten wir das nicht schon?»

«Sicher, aber ich dachte mir, wir machen's wie in ‹Täglich grüßt das Murmeltier›. Solange Sie ein Arschloch bleiben, fangen wir immer wieder bei null an.»

Jetzt sah Henry sie sich genauer an.

Sie hatte ein hübsches Gesicht mit hohen Wangenknochen. Die Lippen waren vielleicht etwas zu schmal, passten aber zu ihrer Erscheinung. Von Make-up schien sie nicht viel zu halten, nur auf den Lippen trug sie ein wenig dezente Farbe. Das halblange blonde Haar wirkte in der Dunkelheit fast schwarz. Auch ihre Augen waren jetzt dunkler als vorhin. Sie hatte ein unverbrauchtes, positives Gesicht, das in dem weichen Licht wie ein Gemälde wirkte. Trotzdem meinte Henry, darin einen Schatten erkennen zu können, so als hätte sie bereits etwas erlebt, das sie nicht wieder losließ. Angst hatte sie vor ihm nicht, so viel stand fest. Sie sah ihn unverwandt an. Er kannte nicht viele Menschen, die seinem Blick so lange standhielten.

Henry schüttelte den Kopf, ergriff ihre Hand und drückte sie ein wenig fester, als es angebracht gewesen wäre. Sie nahm es hin, ohne eine Miene zu verziehen.

«Phil Connors», stellte er sich mit dem Namen aus dem Film vor, den er gut kannte. Serena und er hatten ihn einige Male gesehen. Die Stimmung darin hatte ihnen gut gefallen.

Manuela Sperling lächelte. «Alles klar, Punxsutawney Phil. Dann legen Sie mal los und machen mich so richtig fertig. Morgen ist ein neuer Tag, und ich weiß von nichts. Einmalige Chance, würde ich sagen.»

Das Lächeln verschwand und machte einer gewissen Ernsthaftigkeit Platz.

Henry seufzte theatralisch. «Okay, ich entschuldige mich.»

Sie schüttelte den Kopf. «Das verlange ich gar nicht. Bleiben Sie einfach bei der Wahrheit, und sagen Sie mir, warum Sie mich nicht mögen.»

«Ich habe nie gesagt, ich …»

«Ach, kommen Sie, wir sind erwachsen», unterbrach sie ihn.

Henry rückte ein Stück von ihr ab, so als müsste er die Perspektive ändern, um glauben zu können, dass sie real war.

«Sind Sie immer so direkt?»

«Es kam mir vorhin so vor, als würden Sie das schätzen. Sagen Sie es mir, sollte ich mich täuschen, aber ich habe den Eindruck, Diplomatie um des lieben Friedens willen geht Ihnen direkt am Allerwertesten vorbei.»

Henry lachte auf. «Sie erstaunen mich», sagte er. «Meine Reaktion vorhin lag nicht an Ihnen. Ich schätze es nur nicht, wenn sich jemand ungefragt in meine Ermittlung einmischt.»

«Aha. Das ist so ein Männer-Macho-Ding, oder? Meine Ermittlung, deine Ermittlung, mein Revier, dein Revier. Finden Sie ehrlich, dass man damit weiterkommt? Ist dem kleinen Oleg mit archaischen Denkmustern aus der Steinzeit gedient?»

«Ich …», begann Henry, brach dann aber ab.

Er sah zum Maisfeld hinüber.

Die Frau schaffte es doch tatsächlich, dass ihm die Worte fehlten. Nicht nur durch ihre unverblümte, direkte Art, die er absolut nicht gewöhnt war, sondern auch durch das, was sie sagte. Sie hatte recht. Sich an Sackstedt festzufressen half dem kleinen Oleg überhaupt nicht.

«Nein, damit ist ihm überhaupt nicht geholfen», gab Henry zu.

«Aber ganz sicher mit einem vernünftigen Gespräch über diesen Fall, oder?», schlug Manuela Sperling vor.

«Um diese Zeit?»

Sie schüttelte den Kopf. «Ich dachte an morgen … oder besser, in ein paar Stunden. Vielleicht sollten wir die Zeit bis dahin nutzen und ein wenig schlafen.»

In Henry stieg wieder der alte Unwillen hoch. «Wollen Sie mir meinen Job erklären?»

Augenblicklich streckte sie ihre Hand wieder aus. «Noch mal von vorn?», fragte sie und zog die Augenbrauen zusammen. Ihre kleine Nase kräuselte sich ein wenig.

Henry hob abwehrend die Hände. «Bloß nicht. Okay, lassen Sie uns Schluss machen für heute. Morgen wird es anstrengend genug.»

Henrys Wagen parkte noch immer unter der Kastanie. Er konnte keinen weiteren Wagen entdecken.

«Sind Sie mit dem Bus hier?», fragte er.

Manuela Sperling zuckte mit den Schultern. «Ich habe mich nur bei Ihnen eingeschleimt, um nach Hause zu kommen. Vorhin hat mich Herr Sackstedt mitgenommen, aber der ist schon lange weg.»

«Sie sind echt unglaublich.» Henry schloss den Wagen auf und stieg ein. «Na los, kommen Sie schon, bevor ich es mir anders überlege. Ich fahre Sie nach Haus.»

10

Die Laternen auf dem weitläufigen Besucherparkplatz des Uni-Klinikums Traunfeld beleuchteten außer grauem Pflasterbeton nur drei weitere Fahrzeuge. Es war beinahe Mitternacht, und die normale Besuchszeit war lange vorbei. Für die Sterbestation galten aber keine normalen Zeiten, er konnte kommen, wann immer er wollte. An jedem einzelnen Tag der vergangenen zwei Wochen war er um diese Zeit hier erschienen. Drinnen hatte er angegeben, direkt von der Nachtschicht zu kommen. Die Wahrheit konnte er den Schwestern schließlich nicht erzählen.

Er mochte die Nacht, sie war seine Helferin. Nur in der Nacht konnte er tun und lassen, was er wollte. Außerdem passten Dunkelheit und Mond und Sterne besser zum Tod als Sonnenschein und blauer Himmel.

Er zog den Schlüssel ab, stieg aus, umrundete den Wagen, öffnete die hinteren Türen, betrat die Ladefläche und zog die Türen hinter sich zu. Er knipste die kleine Leuchte am Fahrzeugdach an. In ihrem schlechten Licht zog er seinen blauen Overall aus, unter dem er nur eine weiße Unterhose und ein Unterhemd trug. Vom Boden klaubte er das blaue Polo-Shirt auf und zog es an. Es widerstrebte ihm, sich die brettharte enge Jeans überzustreifen, aber es musste sein. Hier in der Stadt kleideten die Leute sich anders, und er durfte nicht auffallen.

Die Rezeption in der Eingangshalle war die ganze Nacht hindurch besetzt. Eine ältere Dame mit gutmütigem Gesicht und müden Augen hinter goldgefassten Brillengläsern sah zu ihm auf und schenkte ihm ein Lächeln. Hier drinnen waren alle höflich, freundlich und zuvorkommend, egal, wie er aussah. Er lächelte schüchtern zurück und beeilte sich, an der Frau vorbei ins Treppenhaus zu kommen. Von dort aus war der Weg zur Palliativstation ausgeschildert. Die Bezeichnung irritierte ihn immer noch. Er hatte Schwierigkeiten mit der Aussprache. Warum nannten sie den Tod nicht einfach bei seinem Namen? Todesstation, dann wüsste doch jeder, was gemeint war.

Die kahlen Wände warfen den Hall seiner Schritte zurück. Er zählte die Stufen, so wie jede Nacht. Nach der einundvierzigsten öffnete er eine schwere feuerfeste Tür und betrat den Vorraum. Hier befanden sich die Zugänge zu den Fahrstühlen. Damit würde er nie wieder fahren. Bei der Einlieferung war ihm nichts anderes übrig geblieben, aber er hatte in dem engen Blechkasten gelitten wie ein Hund. Keine Luft, kein Platz, keine Aussicht.

Hinter einer weiteren Tür veränderte sich alles. Es duftete dezent nach Vanille statt nach Putzmitteln. Die Wände waren in warmen, erdigen Farben gestrichen. Landschaftsmalereien fingen das fokussierte Licht teurer Rahmenspots ein, und wo immer tagsüber ein wenig Sonnenlicht in die Flure fiel, spross kräftiges Grün aus Terrakottatöpfen.

Über allem lag Stille.

Er schlich den Gang hinunter. In der gläsernen Kanzel des Schwesternzimmers hockte die Nachtschwester vor einem Computerbildschirm. Das blaue Licht spiegelte sich auf ihrer Brille. Ihre Finger huschten flink über die Tastatur. Da sie ihm den Rücken zuwandte und er sich geräuschlos bewegte, bemerkte sie ihn nicht. Das war in Ordnung, er musste sich nicht anmelden. Er ging einfach durch bis Zimmer 1408.

Die breite gelbe Tür war nicht verschlossen, das war sie nie. An dem Ort, an dem die Einsamkeit nicht größer sein konnte, sollte sich niemand einsam fühlen. Unter dem Türrahmen blieb er stehen und betrachtete sie.

Das große metallene Bett stand mit dem Kopfende an der rechten Wand. Aus der Technikleiste darüber sickerte sanftes Licht auf die Kissen und ihr Gesicht.

So ein schönes, warmes, lebendiges Gesicht, umflossen von goldenem Haar. Hohe Wangenknochen rahmten eine zierliche Nase, ein kleiner Mund mit vollen Lippen krönte das weiche Kinn, und alles war gebettet in zarte Haut.

Es bedurfte nur eines Blinzelns, und die Realität hielt Einzug. Trotzdem war er dankbar für diesen kurzen Moment, in dem er sie noch einmal so sah, wie er sie als kleiner Junge stets gesehen hatte: als die schönste Frau auf Erden.

Heute war sie alt. Und ein Tumor, der seine gierigen Tentakeln aus seinem Herd in der Lunge ihre Luftröhre emporschickte, der sich darumwand wie Efeu um einen Baum und ihr jeden Tag weniger Luft zum Atmen ließ, hatte Jahre in ihr Gesicht gemeißelt, die sie nie gelebt hatte. Heute war sie fünfundsechzig und sah aus wie achtzig.

Sie schlief.

Ihr magerer Brustkorb hob sich langsam unter dem immensen Gewicht des Todes, der auf ihren Rippen hockte wie ein apokalyptischer Reiter, seine Sporen in ihr Fleisch stieß und sich an ihrer Qual weidete.

Die Bewegung hinter sich bemerkte er eine Sekunde, bevor sich eine weiche Hand auf seine Schulter legte. Es war die Nachtschwester, sie hatte ihn also doch vorbeihuschen sehen.

«Ich weiß, Sie hören es schon viel zu lange, aber ich denke, dies wird ihre letzte Nacht sein. Sie atmet noch schwerer als sonst.»

Er drehte sich zu der Schwester um. Auf dem Schild über ihrer linken Brust stand ihr Name. Silke Kleinfeld. Sie war klein und dünn und wirkte zerbrechlich, doch der Eindruck täuschte sicher. Wer auf dieser Station Dienst tat, konnte einiges aushalten. In ihren Augen lag eine Zuversicht, die er nicht verstand.

«Möchten Sie vielleicht einen Kaffee?», fragte sie.

Er nickte.

«Ich hab noch etwas Kuchen vom Nachmittag hier … wenn Sie möchten.»

Er schüttelte den Kopf.

«Sollten Sie aber, sie werden immer dünner. In so schweren Zeiten muss man genug essen.»

«Später, vielleicht.»

Mit einem Lächeln nahm sie seine Weigerung hin, wandte sich ab und verschwand im Schwesternzimmer. Er sah ihr noch einen Moment nach und dachte, dass sie ihn offenbar sehr genau beobachtete. Wie hätte sie sonst seinen Gewichtsverlust bemerken können? Natürlich wurde er immer dünner. Zu Hause kochte ja auch niemand mehr. Und er schlief viel zu wenig. Er spürte, wie das alles an seine Reserven ging.

Es wurde wirklich Zeit, dass es zu Ende ging. Lange würde er nicht mehr durchhalten.

Mit einem Ruck betrat er das Zimmer.

Er trat ganz nah an das Bett heran und ergriff ihre Hand. Darin war keine Kraft mehr, keine Spannung, und die Haut fühlte sich an wie das Butterbrotpapier, in das sie früher immer seine Schulbrote verpackt hatte. Er ließ die Kuppe seines Daumens darüberhuschen, streichelte sie sanft. Das machte ihm nichts aus. Es war nicht schön, eine Sterbende zu berühren, das nicht, aber es war auch nicht so schlimm, wie er zuerst gedacht hatte.

Ihr Kinn war nach links auf ihre Schulter gesackt. Ihr

rechter Mundwinkel zuckte leicht, so als spüre sie seine Anwesenheit, seine Berührung. Er schloss seine Hände um ihre, beugte sich tief hinunter und sagte:

«Mama, ich bin hier.»

Er wusste, dass das Morphium einen dämpfenden Schleier über ihre Sinne legte. In einem hellwachen Moment hatte sie ihm beschrieben, wie es war, wenn er sie ansprach. Sie hörte ihn, konnte aber nicht sofort reagieren. Es war, als müsse eine zwischengeschaltete Instanz erst die Erlaubnis erteilen für ein weiteres Gespräch.

Heute Nacht bekam sie diese Erlaubnis noch einmal.

Ihre Lider begannen zu flattern, sie drehte den Kopf, dann sah sie ihn an. Früher war ihr Blick auch nicht immer klar und zielgerichtet gewesen, sondern häufig verträumt, in die Weite gestellt, aber gegen die Trübheit, die jetzt darin lag, war das alles nichts gewesen. In diesem Kopf, das erkannte er deutlich, war der Weg zwischen Gedanken und Augen unendlich weit. Und so dauerte es ein wenig, bis sie zu sprechen begann. Ihre trockenen Lippen klebten aneinander, öffneten sich nur widerwillig.

«Mein Sohn», hauchte sie, und ihre Finger schlossen sich um seine Hand.

«Keine Angst. Bald geht es dir besser.»

«Ich … weiß. Aber du … wie wird es dir ergehen?»

Sie sprach sehr langsam, und ihre Stimme zitterte. Dieses Zittern war nicht nur dem Tumor geschuldet, nein, es war aus der Angst geboren, die sie und ihn zeitlebens zusammengeschweißt hatte. Zusammen waren sie immer stark genug gewesen, um alles ertragen zu können. Ihn ertragen zu können.

«Mach dir bitte um mich keine Gedanken, Mama. Mir wird es gutgehen.»

Der Anflug eines Lächelns um ihre Mundwinkel konnte nicht die Sorge in ihrem Blick vertuschen.

«Du könntest fortgehen?», sagte sie sehr leise. Und obwohl überhaupt nicht die Gefahr bestand, dass Er sie hörte, zuckte ihr Blick zur Tür. Seiner ebenfalls. Es war ein über die Jahre hinweg antrainierter Reflex, den sie nicht abstellen konnten.

Ihre Blicke fanden sich wieder.

«Und wohin soll ich gehen?»

«Er … er ist nicht unsterblich, weißt du.»

«Da bin ich mir nicht sicher.»

Sie schloss die Augen und sog mühsam Luft ein. Es war ein Seufzen, kein Atmen.

«Ich … ich habe geträumt, weißt du. In meinem Traum ist das alles nie passiert, und du bist ein ganz anderer geworden als der, der du heute bist. Bitte, versteh mich richtig, ich liebe dich, egal, was du tust, aber … ich bedauere, dass es so gekommen ist.»

Er streichelte ihre Hand.

«Wir haben es uns beide nicht aussuchen können. Es ist eben, wie es ist. Ich muss versuchen, das Beste daraus zu machen.»

Leere Floskeln waren das, an die er selbst nicht glaubte, aber sie waren alles, was er hervorbringen konnte. Mit jedem Besuch an ihrem Totenbett wurde die Angst in ihm größer und größer, und es fiel ihm immer schwerer, sie zu trösten. Viel lieber hätte er sie angeschrien, sie dafür verdammt, dass sie ihn erst in ihre Welt hineingeboren hatte und ihn jetzt einfach so darin zurückließ. Aber das wäre nicht recht gewesen. Sie konnte nichts dafür. Sie hatte ihn immer nur beschützen wollen.

Ihre Lider fielen herab, ihr Brustkorb sank zusammen, ihr

Griff wurde schwach. Er konnte sehen, wie sie verlosch. Tränen schossen ihm in die Augen. Er packte ihre Hand fester und drückte sie sich gegen den Bauch.

«Gott, vergib mir ...», flüsterte sie kaum hörbar.

11

Zu Hause war für Manuela Sperling ein zwanzig Quadratmeter kleines Zimmer mit Waschgelegenheit und Möbeln
aus dem vorigen Jahrhundert. Sie wohnte in einem Pensions-
zimmer mit Frühstück bei Marianne Rieger, einer überge-
wichtigen, herzlichen Frau in den Sechzigern, die durch die
Vermietung der Räume, in denen früher ihre Kinder gelebt
hatten, ihre Rente aufbesserte. Die umgebaute Wohnstube
neben der Küche war der Frühstücksraum. Mit Kachelofen,
plüschigen Gardinen vor den Fenstern und düsteren Bergbil-
dern an den Wänden.

Zu Hause war jetzt also hier. Vorübergehend.

Sie hatte noch ihre Wohnung, aber die Fahrt hierher dauerte mehr als drei Stunden. Sie konnte nicht jeden Abend
zurückfahren. Dies war ihre erste reguläre Stelle als Kommissarin nach ihrem Praktikum, und sie hätte lieber einen
Posten näher an ihrem Wohnort angenommen, aber das war
nach der Wassermann-Geschichte nicht möglich gewesen.
Hans Bender, der cholerische Polizeichef ihrer ehemaligen
Dienststelle, hatte angeblich dafür gesorgt, dass sie aus seinem Dunstkreis verschwand. Vielleicht war es nur ein Ge-
rücht, aber bei dem Chaos, das sie hinterlassen hatte, hätte es
sie nicht gewundert, wenn etwas Wahres daran war.

Es war ja auch egal, hier oder dort. Die Hauptsache war
doch, dass es endlich richtig losging mit dem Leben als Kommissarin bei der Kripo. Sie würde an den Wochenenden und
an den freien Tagen zurückfahren. Für eine Weile würde das
schon gehen. Später konnte sie es sich immer noch überlegen, ob sie den Wohnort wechselte.

Obwohl Gotenburg am Ende der Welt lag, war es auch

deshalb gar nicht so schlecht, weil sie so in Timmys Nähe sein konnte. Er war ihr jüngerer Bruder, und die Uni in Traunfeld, an der er Journalistik studierte, lag nur rund hundert Kilometer entfernt. Schon morgen Abend würde sie Timmy dort besuchen. Er war der Einzige aus der großen Familie der Sperlinge, den sie wirklich vermisste. Nach der Wassermann-Geschichte hatte sie eine Schulter zum Ausheulen gebraucht, und Timmy war wie selbstverständlich für sie da gewesen. Zum ersten Mal war es andersherum gewesen. Nicht sie hatte auf den kleinen Bruder aufgepasst, so wie früher, sondern er auf sie.

Manuela öffnete die Haustür und trat in den schmalen Flur. Es war mucksmäuschenstill im Haus. Im Treppenaufgang brannte eine schwache Lampe. Soweit Manuela wusste, war sie zurzeit der einzige Gast im Haus, es bestand also nicht die Gefahr, jemanden zu wecken. Trotzdem zog sie schon unten im Flur ihre Schuhe aus und schlich auf Socken die Treppe hinauf.

Auf dem oberen Flur schaltete der Bewegungsmelder eine kleine Lampe ein und wies ihr den Weg zu den Zimmern. Ihres lag ganz hinten. Die Tür gegenüber führte in den Duschraum. Daneben gab es eine Toilette. Beides mussten die Gäste gemeinsam nutzen. Das war zwar nicht sehr komfortabel, aber wo sonst konnte man noch für fünfzehn Euro übernachten? Wäre sie jeden Tag gefahren, hätte sie wesentlich mehr für den Sprit ausgegeben. Von dem Stress und Zeitverlust ganz zu schweigen.

Im Zimmer legte Manuela Jacke und Waffe ab und sah sich um.

Der schwarze Koffer lag geöffnet und ausgeweidet auf der Hälfte des Doppelbettes, die sie nicht benutzen würde. Zum Auspacken war sie noch nicht gekommen. Sie hatte eigentlich erst am Montag anfangen sollen und war auf dem Weg hierher gewesen, als der stellvertretende Polizeichef Sackstedt sie angerufen und darum gebeten hatte, ihn in einem aktuellen Fall zu unterstützen. Natürlich hatte sie Ja gesagt, was sonst. Sie brannte darauf, endlich anfangen zu dürfen.

Obwohl es schon spät war, huschte Manuela noch hinüber ins Bad und duschte heiß. Sie hatte das dringende Bedürfnis, den Tag abzuspülen. Ein paar Minuten später lag sie mit noch feuchtem Haar unter der voluminösen Daunendecke und dachte an ihren neuen Kollegen Henry Conroy.

Manuela war erschrocken gewesen, als er sie vor dem Haus der Schwabes so angefahren hatte. Es konnte doch nicht sein, dass sie zum zweiten Mal auf einen Vorgesetzten stieß, mit dem sie nicht klarkam! Zog sie diese Typen etwa irgendwie an?

Gleichzeitig war aber wieder der Ehrgeiz in ihr geweckt, sich in der Männerwelt nicht unterkriegen zu lassen. Sie war mit drei Brüdern aufgewachsen, nur Timmy war jünger als sie. Manuela wusste, was es hieß, sich gegen Jungs zu behaupten. Sie war nicht zart besaitet, aber auch sie hatte ihre Grenzen. Von vornherein abgelehnt zu werden, das tat weh.

Manuela war froh, noch einmal mit ihm gesprochen zu haben. Er war bestimmt nicht einfach, aber er war offenbar auch nicht das komplette Arschloch, als das er zunächst aufgetreten war. Und er kannte und mochte den Film *Und täglich grüßt das Murmeltier*, das machte ihn sympathischer. Statt über den aktuellen Fall hatten sie während der Rückfahrt über den Film gesprochen. Es war ein nettes Gespräch gewesen.

Morgen würden sie einfach von vorn anfangen.

TEIL 2

1

Rieke erwachte auf dem Bauch liegend, die rechte Wange auf kaltem Sandboden, die Hände auf dem Rücken gefesselt. Sie sah einen schmalen, vielleicht zwei Zentimeter breiten hellen Streifen: Licht, das unter einer Tür hindurchschien. Schlagartig kam die Erinnerung und mit ihr die brennende Frage: Was ist mit dem Fuß?

In ihrem Bein loderte eine heiße Taubheit, so als läge sie in der Nähe eines Feuers. Um herauszufinden, ob ihr Fuß noch da war, hätte sie sich aufrichten und nachsehen müssen, aber in der Sekunde, in der ihr Verstand ihr diesen logischen Schritt vorschlug, fühlte sie unermesslich große Angst. Allzu grell und frisch war die Erinnerung. Der Zaun, der sie festhielt, ein Lichtreflex auf der seltsam gebogenen Klinge, ihr Fuß ... verkehrt herum ... abgetrennt ...

Rieke schluchzte laut auf. Rotz lief aus ihrer Nase. Das konnte doch nicht sein. So etwas passierte nur in Hollywoodfilmen, aber nicht in Deutschland. Vor allem nicht ihr. Sie schrie, rief um Hilfe, bettelte und flehte. Eine Minute hielt sie durch, ehe sie verstummte.

Aber was war das? Es kam ihr vor, als habe jemand auf ihren Schrei geantwortet. Ein zischendes Flüstern, so als wolle ihr dieser Jemand zu verstehen geben, leise zu sein.

«Hallo?», fragte Rieke vorsichtig und lauschte. Aber da war nichts. Kein Atmen, kein Rascheln, nichts. Sie hatte sich vom Echo ihrer eigenen Stimme täuschen lassen.

Trotzdem lauschte sie weiter. Und dann spürte sie ein widerliches Pochen. Zunächst nur schwach und kaum definierbar. Der Herd, das spürte sie, befand sich in ihrem Bein. Der Schmerz kehrte zurück.

Rieke begann zu weinen. Tränen liefen ihre Wangen hinab und verschleierten ihren Blick.

«Bitte … bitte nicht …», flüsterte sie mit erstickter Stimme.

Sie musste nachsehen. Sie musste wissen, ob ihr Fuß noch da war. Vielleicht trog ihre Erinnerung. Vielleicht hatte sie es in der Nacht nicht richtig gesehen. Großer Gott, es war dunkel gewesen, und in dem bisschen Licht, das ihre Taschenlampe gespendet hatte, hatte sie doch kaum etwas erkennen können. Niemand hackte einem Menschen einfach so den Fuß ab, nur weil er unbefugt sein Grundstück betreten hatte.

Hoffnung keimte auf. Jetzt *wollte* Rieke einen Blick auf ihr Bein werfen. Aber sie lag auf dem Bauch, die rechte Wange auf den Boden gepresst, und so ging das nicht. Irgendwie musste sie es schaffen, sich auf die Seite zu rollen.

Rieke begann mit vorsichtigen Schaukelbewegungen. Die ersten drei bis vier waren noch in Ordnung, aber als sich die Bewegung auf das Bein übertrug, jubilierte der Schmerz geradezu. Ein inneres Feuer schoss wie ein Blitzschlag durch ihren gesamten Körper, verästelte sich bis in die feinsten Gefäße und ließ Rieke aufheulen wie einen gequälten Hund. Trotzdem wollte sie nicht nachlassen. Wenn sie jetzt eine Pause einlegte, würde es beim nächsten Versuch nur noch schlimmer werden. Nein, da musste sie jetzt durch.

Sie keuchte, schwitzte und fluchte, schaffte es aber schließlich, sich über die rechte Schulter auf die Seite zu drehen. Für einen Moment blieb sie mit geschlossenen Augen liegen, grub die Zähne in die Unterlippe und wartete, bis der schlimmste Schmerz nachließ.

Du musst stark sein, sagte sie sich. Noch bist du am Leben, und wenn du das bleiben willst, dann musst du verdammt noch mal stark sein.

Sie schlug die Augen auf und sah hin.

Das Licht unter dem Türspalt reichte aus.

Der Sportschuh, den sie getragen hatte, war fort, aber der Fuß war noch da. Rieke hätte schreien können vor Glück, hielt sich aber zurück. Stattdessen winkelte sie das Bein an, um ihren Fuß näher betrachten zu können. Allein diese Bewegung tat schon höllisch weh. Sie trug eine blaue Socke, und die war zum Zerreißen gespannt. Das Fußgelenk war stark angeschwollen und fühlte sich an wie ein mit heißem Wasser gefüllter Ballon.

Ihr Magen zog sich zusammen. Was sich darin befand, schoss die Speiseröhre empor und aus ihrem Mund auf den Sandboden. Der Magen zuckte noch ein paar Mal, und als alles heraus war, ließ Rieke sich keuchend auf den Rücken fallen.

Dabei spürte sie den harten Gegenstand in der hinteren rechten Tasche ihrer Jeans. Ihr Handy.

Das Handy steckte noch in ihrer Tasche!

Wenn sie sich zurück auf den Bauch drehte, würde sie es womöglich schaffen, trotz der gefesselten Hände mit den Fingern an das Handy heranzukommen. Sie hatte lange, geschmeidige Finger, die zum Klavierspielen geeignet waren. Danach würde sie das Handy einfach auf den Boden fallen lassen und es mit der Nase bedienen. Es hatte ein Touchscreen, das musste doch gehen.

Sie ignorierte ihr pochendes Bein und wälzte sich auf den Bauch. Sie keuchte und schwitzte, schaffte es aber. Mit den Fingern in die hintere Tasche zu langen war einfach. Sie bekam das Handy zu fassen, zog es heraus und ließ es zu Boden fallen. Dann rollte sie sich einmal um die eigene Achse und drehte sich so weit herum, bis sie mit dem Gesicht ganz nahe am Handy war.

Sie hatte Glück. Es war mit dem Display nach oben gelandet.

Rieke wischte mit der Nase darüber. Schweiß tropfte auf das Glas. Der Startbildschirm erschien. Zweimal tippte sie mit der Nasenspitze daneben. Beim dritten Mal klappte es. Als das Handy begann, Leas Nummer anzuwählen, hörte Rieke plötzlich ein Geräusch.

Sie brach das begonnene Telefonat mit der Nasenspitze ab.

Schritte näherten sich der Tür.

Rieke drehte sich herum und schob sich über das Handy. Sie hoffte, noch genug Zeit zu haben, es wieder in ihre Gesäßtasche zu stecken. Durch ihre hektischen Bewegungen steigerte sich der Schmerz in ihrem gebrochenen Fußgelenk und wurde geradezu infernalisch. Ihre Hände schwitzten so stark, dass sie das flache Handy nicht gleich zu fassen bekam.

Plötzlich verstummten die Schritte.

Rieke hielt inne und starrte zum schmalen Spalt unter der Tür.

Dort stand jemand.

2

«Lea ... hilf mir ...»

Lea schreckte hoch. Kerzengerade saß sie im Bett und atmete stoßweise. Nicht der Wecker hatte sie geweckt, sondern die Stimme ihrer Freundin. In Leas Traum hatte Rieke nach ihr gerufen, und es hatte verzweifelt geklungen, so als sei sie in großer Gefahr.

Der Hilferuf hatte sich aus dem Traum in die Realität gestohlen und sorgte dafür, dass ihr Herz weiterhin unangenehm schnell pochte. Lea legte sich die Hand auf die Brust und atmete bewusst langsam ein und aus, um sich zu beruhigen.

«Was ist los?», fragte Ralf und legte ihr seine Hand auf den Bauch.

«Nichts ... ich hab nur ... schlecht geträumt», sagte Lea.

Ralf zog sie auf die Matratze zurück. Nachdem sie sich gestern Abend geliebt hatten, waren sie nackt eingeschlafen. Sie spürte seine warme Haut, und kaum, dass ihr Becken ihn berührte, wurde er auch schon wieder hart. Lea mochte Sex nach dem Aufwachen. In diesem Schwebezustand zwischen Traum und Realität war er oft besonders intensiv, aber jetzt hatte sie eigentlich keine Lust. Sie war schon viel zu wach. Außerdem steckte ihr noch der Schreck in den Knochen, und sie machte sich Sorgen. Doch schon griff Ralf nach ihrer Brust und streichelte sie zärtlich. Sie traute sich nicht, ihn abzuweisen. Dann hätte sie Rieke ins Gespräch bringen müssen, und auf ihre beste Freundin war Ralf gar nicht gut zu sprechen.

«Ein Albtraum?», fragte er mit schläfriger Stimme. «Soll ich ihn für dich vertreiben?»

Und das tat er. Eine halbe Stunde lang. Auf eine Art, die ihr den Atem raubte und sie verschwitzt in den Laken zurückließ.

Ralf verließ das Zimmer, um zu duschen. Lea blieb auf dem Bett liegen. Der Schweiß kühlte ihre Haut und ließ sie ein wenig frösteln. Sie zog die dünne Decke bis über die Brust hoch, hörte das Rauschen des Wassers und dachte sofort wieder an Rieke. Sie krabbelte zum Nachtschrank hinüber, griff nach ihrem Handy und checkte ihre Mitteilungen. Seit Mitternacht, als sie zum letzten Mal das Handy überprüft hatte, waren keine neuen Nachrichten eingegangen.

Lea dachte nach.

Rieke hatte sich gestern Nachmittag irgendwie merkwürdig verhalten. Gegen vierzehn Uhr hatten sie sich auf einen Cappuccino bei Matteo getroffen. Rieke war eigentlich immer zappelig, eine gewisse Grundnervosität gehörte bei ihr einfach dazu, aber gestern war es besonders schlimm gewesen. Sie war regelrecht aufgekratzt, hatte ihr aber nicht sagen wollen, warum. Bestimmt hatte sie wieder irgendein Ding am Laufen. Etwas, wovon noch niemand erfahren durfte.

Seit Ralf sie wegen einer haarsträubenden Aktion so richtig fertiggemacht hatte, war Rieke auch ihr gegenüber vorsichtiger geworden. Lea bedauerte es, Ralf damals eingeweiht zu haben. Er gehörte nicht zu ihrer Organisation, aber sie hatten einen Fahrer gebraucht, und Ralf hatte zur Verfügung gestanden. Es hatte in einer Katastrophe geendet. Rieke war festgenommen worden, Ralf und sie waren nur knapp davongekommen.

Damals war ihnen zu Ohren gekommen, dass ein Züchter von Rhodesian Ridgebacks seine Tiere wie Zuchtmaschinen behandelte. Beweise hatten sie keine, also waren sie auf Riekes Drängen eines Nachts losgezogen, hatten die Zwinger geöffnet, die Hunde in ihren Citroen Berlingo gelockt und sie ins nächste Tierheim gebracht. Natürlich hatte Rieke vorher noch den Namen ihrer Gruppe an die weiß verputzte Wand des Einfamilienhauses gesprayt, in dem der Züchter lebte.

FreeDogs.

Ralf war danach total ausgeflippt. Er hatte ihr sogar verbieten wollen, sich weiterhin mit Rieke zu treffen und sich von ihr zu solch illegalen Aktionen verleiten zu lassen.

Jetzt erschien er nackt in der offenen Tür und rubbelte sich sein kurzes schwarzes Haar trocken.

«Hat jemand angerufen?», fragte er mit Blick auf ihr Handy.

«Nein, ich hab nur nachgesehen.»

Er warf das Handtuch achtlos auf den Boden, bückte sich, raffte seine Kleidung zusammen und zog sich an.

«Sehen wir uns heute Abend?», fragte Lea. Sie lehnte sich mit dem Rücken an die kalte Wand am Kopfende des Bettes und zog die Knie an den Oberkörper. Sosehr sie Sex am Morgen liebte, so sehr hasste sie es, wenn er danach die Wohnung verließ. Sobald sich die Tür hinter ihm schloss, kam die Einsamkeit. Sie füllte einen erschreckend großen Raum in ihrem Inneren, und Lea fürchtete, es würde niemandem je gelingen, sie gänzlich zu vertreiben.

«Heute Abend ist Squash mit den Jungs», antwortete Ralf, ohne sie anzusehen. «Weißt du doch.»

Da war er wieder, dieser herablassende Tonfall, den Lea nicht ausstehen konnte. Ralf sagte es nicht mit Worten, aber Lea war feinfühlig genug, um die Nuancen dazwischen mitzubekommen.

Ich bin nicht dein Babysitter, ich kann dich nicht jeden Abend in den Schlaf wiegen.

«Ist klar. Ich wollte mich sowieso mit Rieke treffen, hatte ich ganz vergessen», log sie.

Er streifte sich das blaue T-Shirt über und warf ihr einen schnellen Blick zu.

«Was?», fragte Lea. Ihr Ton war schnippisch. Sie hörte es, mochte es selbst nicht, konnte aber nichts dagegen tun.

Ralf zuckte mit den Schultern, drehte ihr den Rücken zu, setzte sich auf die Bettkante und stieg in seine Schuhe. «Nichts. Aber du weißt ja, was ich von ihr halte.»

«Sie ist meine beste Freundin.»

«Schon klar.»

«Du könntest wenigstens versuchen, sie zu mögen.»

«Ich habe es versucht, und das weißt du auch. Aber Rieke macht es einem wirklich nicht leicht. Ich verstehe nicht, wie du dich so oft mit ihr treffen kannst.»

«Du kennst sie eben nicht so wie ich.»

Ralf war mit seinen Schuhen fertig und wandte sich ihr nun zu.

«Nein, das tue ich nicht, aber das heißt nicht, dass ich sie nicht einschätzen kann.»

«Und was soll das wieder heißen?»

«Süße, ich will mich nicht streiten.»

Lea funkelte ihn an. «Sag schon.»

«Sie manipuliert dich, und du merkst es gar nicht», sagte Ralf.

«Blödsinn», erwiderte Lea sofort. «Der einzige manipulative Mensch, den ich kenne, bist du.»

Ralf presste die Lippen zusammen, nickte und stand auf.

«Ich muss los», sagte er leise, schnappte sich seine über der Stuhllehne hängende Jacke und ging zur Tür.

Und schon bedauerte Lea es, so heftig reagiert zu haben. Ralf wusste genau, wann es sich lohnte zu diskutieren und wann nicht. Aber Lea hasste es, sich auf diese Art zu trennen, ohne Abschied, und sei es nur für einen Tag. Sie hatte erlebt, was innerhalb von ein paar Stunden passieren konnte, wie es war, nichts mehr rückgängig machen zu können. Der Tod lauerte auf solche Momente.

«Hey», rief sie ihm nach. «Tut mir leid, ich hab es nicht so gemeint.»

Im Türrahmen blieb Ralf noch einmal stehen, drehte sich zu ihr um und warf ihr diesen traurigen, nachdenklichen Dackelblick zu, den sie zugleich liebte und hasste, je nachdem, wann er ihn anwendete.

«Wenn man etwas sagt, sollte man es auch so meinen», sagte er. «Und ich befürchte, das tust du.»

Damit wandte er sich endgültig ab. Die Wohnungstür fiel hinter ihm ins Schloss.

Lea saß auf dem Bett und starrte die Stelle an, an der er vor kurzem noch gestanden hatte. In ihren Händen vibrierte das Telefon.

Rieke ruft an, stand auf dem Display.

3

Henry Conroy saß in seinem Büro am Schreibtisch und rief die Datei auf.

In seinem Zuständigkeitsbereich gab es nur einen einzigen Namen: einen Mann, der sich als frei betrachten durfte. Frei vor dem Gesetz, aber sicher nicht frei von den Zwängen seiner Gier, und deshalb war es trotzdem wichtig, ihn zu überprüfen. Was Männer wie diesen antrieb, ob krankhafte Veränderungen in den Chromosomen oder doch nur der eigene Wille, war Henry egal. Dieser Mann war wegen Misshandlung und Mordes verurteilt worden. Sein Opfer war ein achtjähriger Junge gewesen. Er hatte seine Haftstrafe abgesessen und musste nicht in die Sicherheitsverwahrung, sondern durfte sich erneut unter die Gesellschaft mischen. Vor vier Monaten war er entlassen worden und nach Gotenburg gezogen. Henry nahm sich vor, den Mann sofort nach der Einsatzbesprechung zu überprüfen.

Er stöpselte sein Handy ans Ladegerät. Dann raffte er die Unterlagen zusammen, die er für die Besprechung benötigte, und verließ das Büro. Vor der Tür stand mit erhobener Faust ein überrascht dreinblickender Jens Jagoda.

«Ich wollte eben klopfen», sagte er.

Oberkommissar Jagoda sah, vorsichtig formuliert, merkwürdig aus. Er war nur eins fünfundsiebzig groß, aber seine überproportional breiten Schultern ließen ihn noch kleiner wirken. Ganz offensichtlich übertrieb er es mit dem Hanteltraining. Zudem hatte er eine Glatze, die seinen ohnehin schon runden Kopf vollends in einen Ball verwandelte. Weil er das wusste und weil er Humor hatte, war er während der WM in Deutschland zu jedem Spiel mit einer als Fußball bemalten Glatze erschienen. Jagoda und er arbeiteten schon ein paar Jahre zusammen und trafen sich auch privat. Henry war sich nicht sicher, ob sie wirklich Freunde waren, aber sie verstanden sich gut. Trotzdem sprachen sie sich im Dienst mit ihren Nachnamen an.

Wie immer hatte Jagoda sein blaues Polo-Shirt in den Hosenbund gestopft. Das sah unmöglich aus, aber er ließ sich nicht davon abbringen.

Henry verließ das Büro, zog die Tür hinter sich zu und schloss ab.

«Gut, dass du da bist. Ich bin auf dem Weg zur Einsatzbesprechung.»

«Deswegen bin ich hier», sagte Jagoda.

«Ja, aber ich möchte, dass du sofort raus zu den Schwabes fährst. Die Hundertschaft wartet auf Einweisung. Du bist doch sowieso im Bilde.»

«Wie du meinst.» Sie gingen den Gang entlang. «Wird Sackstedt dabei sein?»

Henry verzog das Gesicht, als hätte er in eine Zitrone gebissen.

«Musst du mir die Laune verderben? Klar wird der dabei sein. Du weißt doch, wie sehr sich ein solcher Fall eignet, um politisches Kapital daraus zu ziehen.»

«Oder damit unterzugehen», bemerkte Jagoda.

«Mach dir keine falschen Hoffnungen. Wenn etwas schiefläuft, nageln sie uns beide ans Kreuz. Sackstedt weiß sicher schon, wie er sich aus der Schusslinie bringt.»

«Dann sollten wir den Jungen finden.»

«Deswegen schicke ich dich ja raus.»

Jagoda warf ihm einen Blick zu, den Henry mehr spürte als sah.

«Alles klar mit dir?», fragte er.

«Sicher ... warum fragst du?»

«Du siehst aus, als hättest du schlecht geschlafen.»

Henry zuckte mit den Schultern und ärgerte sich darüber, dass Jagoda ihn so gut kannte. «Es war spät, und ich hab auch noch die Neue zu der Pension gebracht, in der sie vorläufig untergebracht ist.»

«Ach ja, die Neue. Wie ist sie denn so?», fragte Jagoda.

Sie erreichten das Foyer. Hier trennten sich ihre Wege. Die Einsatzbesprechung fand im großen Tagungsraum statt, der sich linker Hand in einem flachen Anbau befand. Henry blieb stehen und dachte einen Moment nach, bevor er antwortete.

«Hellwach und schlagfertig», sagte er dann. «Und sie kann gleichzeitig sprechen und denken.»

Jagoda lachte auf. «Na, dann hat sie dir ja einiges voraus.»

«Sehr witzig. Vielleicht stelle ich sie dir an die Seite. Die quatscht dich in Grund und Boden.»

Jagoda grinste, hob abwehrend die Hände und ging rückwärts auf den Ausgang zu. «Nee, lass mal. Soweit ich weiß, hat Sackstedt ohnehin angeordnet, dass du dich um sie kümmern sollst. Führungsaufgabe und so. Viel Spaß dabei.»

Damit verschwand er aus dem Gebäude.

Henry sah ihm einen Moment nach, bevor er sich seufzend auf den Weg in die Einsatzbesprechung machte.

4

Lea schnappte sich Schlüsselbund und Jacke und verließ ihre kleine Zwei-Zimmer-Wohnung. Sie lag im vierten Stock unter dem Dach eines Mehrfamilienhauses. Einen Fahrstuhl gab es nicht. Sie rannte die Treppen hinunter, lief zum Busbahnhof und musste nur drei Minuten warten. Der Bus würde sie bis vor Riekes Haustür bringen.

Sie schaute durch die schmutzige Seitenscheibe auf den dichten Innenstadtverkehr und dachte darüber nach, dass ein eigenes Auto vieles einfacher machen würde. Aber dafür müsste sie erst einmal den Führerschein machen. Lea konnte sich noch gut an ihre erste und einzige Fahrstunde erinnern. An die Angst in der Nacht davor. An die Kopfschmerzen, die schweißnassen Hände, die Bauchschmerzen und das Gefühl, sich übergeben zu müssen. Sie war genau zwei Minuten gefahren, dann hatte der Fahrlehrer das Experiment abgebrochen. Es war noch zu früh gewesen. Vielleicht aber auch zu spät.

Ihre Gedanken kehrten zu Rieke zurück. Ihre Freundin hatte versucht, sie anzurufen, aber aufgelegt, bevor Lea die Chance gehabt hatte, das Gespräch entgegenzunehmen. Sechsmal hatte Lea sie danach versucht zu erreichen, aber Rieke hatte nicht abgenommen. So ein Verhalten kannte Lea nicht von ihr. Was sollte das? Und wie passte ihr Traum dazu? Da stimmte doch etwas nicht.

Nach dem abgebrochenen Telefonat hatte sie nur schnell geduscht und war aufgebrochen, ohne sich das Haar zu föhnen. Jetzt war ihr kalt am Kopf. Hoffentlich war Rieke zu Hause. Dort würde sie das Föhnen nachholen können.

Der Bus hielt, Lea stieg aus und sah zum dritten Stock

des Gebäudes hinauf. Ganz links außen lagen die Fenster von Riekes Wohnung. Lea lief bis zur Haustür und drückte auf den Klingelknopf – viermal hintereinander, das war ihr Erkennungszeichen. Zu ihrer Überraschung ertönte sofort der Summer der Schließanlage. Bevor Lea die Tür aufdrücken konnte, öffnete sie sich langsam von innen.

Hinter der Tür stand eine alte Dame, die sich einhändig auf einen Rollator stützte und mit der anderen mühsam versuchte, die schwere Metalltür aufzuziehen. Ihr Mann, ebenfalls betagt und wohl noch schlechter zu Fuß, hatte von der Wohnungstür aus die Entriegelung betätigt, um ihr zu helfen. Rieke konnte es also nicht gewesen sein.

«Guten Morgen, Frau Fritz.» Sie hielt der alten Dame die Tür auf und half ihr über die Schwelle.

«Ach, mein Kind, das ist aber lieb. So früh schon auf den Beinen?»

«Na klar, ich besuche Rieke. Und wohin geht's bei Ihnen schon so früh?»

Frau Fritz seufzte. «Zum Arzt, mein Kind, in unserem Alter geht's nur noch zum Arzt.» Die alte Dame musterte Lea. «Du siehst nicht gut aus, mein Kind. Viel zu dünn und viel zu blass. Isst du auch genug?»

«Mir geht es gut, danke.»

An der Straße hielt ein Taxi.

«Das ist meins», sagte Frau Fritz. «Und du sollst nicht immer so viel nachdenken. Das sagt die Rieke auch. Sie ist übrigens nicht daheim.»

«Nicht?», fragte Lea überrascht.

«Nein, nein. Ich habe sie gestern Nachmittag wegfahren sehen, und sie ist immer noch nicht wieder da. Das hätte ich gehört. Ich schlafe doch kaum noch.»

«Na, ich schau trotzdem mal nach», erwiderte Lea.

Der Taxifahrer kümmerte sich um Frau Fritz. Lea lief die Treppen hinauf. Sie wunderte sich darüber, dass Rieke mit der Nachbarin über sie gesprochen hatte. Rieke war die Einzige, der sie sich anvertraute und bei der sie sich ausheulen konnte, wenn ihr mal wieder alles zu viel wurde. Sie hatten zwar nie darüber gesprochen, aber für Lea war es immer klar gewesen, dass ihre Probleme niemand sonst etwas angingen.

In der dritten Etage drückte sie den Klingelknopf neben der Tür und klopfte gleichzeitig dagegen.

«Ich bin's. Lea. Komm schon, mach auf.»

Die Tür öffnete sich nicht. Mit einer flinken Bewegung zog Lea ihr Handy aus der Tasche, rief die Freundin an und legte ihr Ohr an das Türblatt.

Rieke nahm nicht ab, und drinnen war auch kein Klingeln zu hören.

5

Henry Conroy überließ der Frau seinen Platz vorn am Rednerpult. Sie war um die fünfzig, leicht übergewichtig und trug einen altmodischen Pagenschnitt. Ihr rundes, gutmütiges Gesicht strahlte Wärme und Herzlichkeit aus. Seine eigene Stimmung war dagegen gerade ausgesprochen finster. Sackstedt hatte die Psychologin Dr. Ravenhorst zur Einsatzbesprechung bestellt. Da keiner der Beamten in diesem kleinen Präsidium bisher einen ähnlichen Fall bearbeitet hatte, war es dem stellvertretenden Polizeichef sinnvoll erschienen, ihnen einen kleinen Exkurs in die Pädophilie angedeihen zu lassen. Henrys Einwände hatte er mit einem Schulterzucken und einem «Was kann es schon schaden» abgetan.

Henry fand, es konnte sehr wohl schaden. Es würde die Sicht der Ermittler zwangsläufig einengen. Sie würden sich nur noch auf den Tätertypus fokussieren, den Ravenhorst ihnen schilderte.

Henry gab zu, dass einiges darauf hindeutete, dass sie es mit einem Pädophilen zu tun hatten, aber sicher war es keineswegs. Er fand es viel zu früh, sich jetzt schon auf dieses Tatmotiv einzuschießen. Es fehlten zwei von Olegs Unterhosen, das hatte Frau Schwabe bestätigt. Der Täter musste sie von der Leine genommen haben. Dafür hatte er sich Zeit genommen und sich dem erhöhten Risiko ausgesetzt, von der Hintertür des Hauses aus gesehen zu werden. Er konnte nicht gewusst haben, dass Frau Schwabe in der Küche war. Und ja, dieses Verhalten deutete auf einen Pädophilen hin. Aber sonst?

Henry kannte und schätzte Frau Ravenhorst und hoffte sehr, dass sie es nicht übertreiben würde.

«Kennt mich hier jemand nicht?», fragte die Psychologin in den Raum hinein.

Im großen Tagungssaal, in dem hundert Personen Platz gefunden hätten, saßen nur zweiundzwanzig. Davon waren ein Dutzend auf die eine oder andere Art in den Schwabe-Fall involviert. Die anderen hatten ihren Teil der Besprechung längst hinter sich, blieben aber, weil es jetzt interessant wurde.

Auf Dr. Ravenhorsts Frage meldete sich nur die Neue. Sackstedt hatte Manuela Sperling zu Beginn der Besprechung bereits begrüßt und vorgestellt. Sie gehörte jetzt offiziell zu Henrys Team. Sackstedt freute sich nach eigenem Bekunden ganz besonders über diesen Zuwachs und vergaß natürlich nicht zu erwähnen, wie schwierig es bei der angespannten Haushaltslage gewesen war, diesen Dienstposten überhaupt wieder zu besetzen.

Manuela Sperling saß ganz hinten und wirkte zwischen den breitschultrigen Männern noch kleiner und schmaler. Zum ersten Mal fiel Henry auf, wie wenige Frauen in diesem Präsidium arbeiteten. Drei, soweit er wusste, aber von den anderen war keine anwesend.

«Ein neues Gesicht?», fragte die Psychologin.

«Nein, das ist schon sechsundzwanzig Jahre alt», antwortete Manuela Sperling mit ziemlich lauter, aber hoher Stimme. Einige Köpfe drehten sich zu ihr um, und sie erntete ein paar Lacher. «Aber ich bin die neue Kollegin. Manuela Sperling.»

Die Ravenhorst lächelte. Dann schien sie über einen plötzlichen Einfall nachzudenken.

«Würden Sie mir kurz helfen, Frau Sperling?», fragte sie schließlich.

«Klar.»

«Danke. Dann kommen Sie doch bitte nach vorn.»

Henry beobachtete die Neue dabei, wie sie zum Pult ging. Sie musste sich zwischen den Stuhlreihen hindurchzwängen. Die Männer schauten ihr auf den Arsch, das war zu erwarten gewesen, denn die Jeans, die sie trug, war eng, ebenso das ockerfarbene, dünne Langarmshirt mit der langen Knopfleiste. Welcher Mann würde bei einer solchen Figur keinen Blick riskieren?

Dr. Ravenhorst schüttelte Manuela Sperling die Hand und positionierte sie mit dem Gesicht zum Publikum.

«Hier sitzen nur Männer», sagte sie mit einem halben Lächeln. «Achtzig Prozent haben Ihnen auf den Hintern geschaut, als Sie nach vorn gekommen sind. Der Rest schläft.»

Gelächter. Die Sperling wurde rot. Da sie kein Make-up trug, konnte Henry sehen, wie sie gleich einem Fieberthermometer von unten nach oben anlief.

«Danke, das war's schon», sagte die Ravenhorst und schickte Manuela wieder nach hinten. Diesmal blickten die Kollegen verschämt zu Boden, außer Henry, der das kleine Schauspiel belustigt beobachtete.

«Meine Herren, machen Sie sich keine Vorwürfe. Ihre Blicke waren eine automatisierte Handlung. Sie haben auf sexuelle Reize reagiert. Völlig normal soweit. Auch für Polizisten. Würden Sie mir zustimmen?»

Es dauerte ein bisschen, aber die Kollegen nickten oder gaben leise murmelnd ihre Zustimmung.

«Hätten Sie bei einer Sechsjährigen auch so reagiert?»

Bevor im Saal Tumult entstehen konnte, hob Dr. Ravenhorst beruhigend beide Hände und fuhr fort:

«Natürlich nicht. Das ist mir klar. Aber ein Mensch mit pädophiler Neigung reagiert genau wie Sie auf sexuelle Reize. Nur dass sein Beuteschema ein anderes ist. Er interessiert sich nicht für Gleichaltrige. Für ihn sind vorpubertäre Jungen oder Mädchen interessant. Aber davon abgesehen sind die Reaktionen die gleichen wie bei Ihnen hier im Saal.»

Die Psychologin legte eine Pause ein und ließ die Männer sich kurz unterhalten, bevor sie fortfuhr:

«Herr Sackstedt hat mich gebeten, Sie in diesem Stadium der Ermittlungen darauf aufmerksam zu machen, mit welcher Art Täter Sie es zu tun haben könnten.»

Die Anwesenden verstummten und richteten ihre Aufmerksamkeit wieder auf die Psychologin.

Dr. Ravenhorst zeigte auf einen bulligen kleinen Mann in der ersten Reihe. Henry kannte ihn. Er hieß Ingo Meyer und gehörte zum Sondereinsatzkommando.

«Wenn Sie einen attraktiven Menschen wie unsere Frau Sperling hier sehen, dann denken Sie ausschließlich und sofort an Sex. Richtig?»

Meyer richtete sich im Stuhl auf und verschränkte die Arme vor der breiten Brust. «Blödsinn», stieß er aus. Es klang wütend. «Was soll der Mist überhaupt?»

«Denken Sie auch daran, wie nett es wäre, sich mit Frau Sperling zu unterhalten, sie kennenzulernen, mit ihr zusammen zu sein?»

«Wenn Sie mich ver...»

Die Ravenhorst würgte Ingo Meyer ab.

«Natürlich tun Sie das. Wie wir alle. Wir sind gern mit Menschen zusammen, die wir mögen – oder auch lieben. Unabhängig vom Sex. Aber welches Bild haben Sie, hat die Öffentlichkeit von Pädophilen? Ich sage es Ihnen, obwohl Sie es wissen. Es ist das Bild eines Mannes, der mit offenem Mund sabbernd am Rand des Spielplatzes sitzt und den Kindern zuschaut. Das Bild eines rein auf seinen sexuellen Trieb fixierten Mannes. Das Bild eines Sexmonsters im absolut negativen Sinn. Aber dieses Bild ist so falsch, wie es nur sein kann. Wenn Sie das nicht aus Ihrem Kopf bekommen, werden Sie Schwierigkeiten haben, solche Täter zu finden.»

«Keiner von uns ist naiv», beschwerte sich ein Kollege in der vierten Sitzreihe. «Wir wissen, dass wir nicht nach einem Monster suchen.»

«Das freut mich zu hören», antwortete Dr. Ravenhorst. «Ich möchte es Ihnen aber noch einmal ins Gedächtnis rufen. Sie suchen nach dem unauffälligsten Mann, den man sich denken kann. Nach einem netten, freundlichen Mann, der nicht auffällt. Außer vielleicht dadurch, dass er in seinem Beruf oder seiner Freizeit die Nähe zu Kindern sucht. Erzieher, Betreuer, Hausmeister, Fußballtrainer – in solchen oder ähnlichen Berufen sind diese Männer anzutreffen. Darauf sollten Sie achten.»

«Es muss sich bei dem Täter aber nicht zwangsläufig um einen Pädophilen handeln», warf Henry ein.

Dr. Ravenhorst nickte. «Richtig. Wir schätzen, dass nur in vierzig Prozent aller Missbrauchsfälle gegen Kinder eine pädophile Störung des Täters vorliegt. Der meisten Täter begehen sogenannte Ersatzhandlungen, weil sie ihre sexuellen Wünsche sonst nicht erfüllt bekommen oder weil sie andere Defizite kompensieren müssen.»

«Welche Defizite wären das?», fragte Manuela Sperling.

«Da geht es meistens um Liebe, Aufmerksamkeit und Anerkennung. Davon sind wir Menschen ebenso abhängig wie von Essen, Trinken und Sex.»

«Und Geld», warf einer der Männer ein und erntete Gelächter.

Dr. Ravenhorst schüttelte den Kopf.

«Um Geld geht es in diesen Fällen nie. Wenn Sie es mit einem echten Pädophilen zu tun haben, dann geht es um

Gefühle und Zuneigung. Diese Menschen leiden unter einer kognitiven Verzerrung. Ein bestimmter Blick, eine Geste, ein Wort, und sie denken, das sexuelle Interesse beruhe auf Gegenseitigkeit.»

«Wie bitte?», kam es aus dem Saal. «Auf Gegenseitigkeit? Wie sollen wir das denn verstehen?»

«Ganz einfach: Stellen Sie sich vor, unsere Frau Sperling hier säße Ihnen gegenüber, sagen wir, bei der Weihnachtsfeier. Sie haben schon eine ganze Weile immer wieder den Blickkontakt zu ihr gesucht, weil sie an ihr interessiert sind. Dann sieht sie plötzlich zu Ihnen herüber und fährt sich mit der Hand durchs Haar. Sie finden, sie tut es in einer lasziven, herausfordernden Art. Sie deuten es als Zeichen und sprechen sie an. Frau Sperling aber juckt nur die Kopfhaut. Sie haben die Zeichen falsch gedeutet. Pädophilen geht es ähnlich. Wenn ein kleines Mädchen seinen Rock ein wenig hochschiebt, um sich zu kratzen, glauben Pädophile, darin ein Zeichen gegenseitiger Anziehung zu erkennen. Eine Aufforderung.»

«Müsste der Täter den kleinen Oleg nicht über einen längeren Zeitraum beobachtet haben, um diese Form der Zuneigung zu entwickeln?», wollte Manuela Sperling wissen.

«Nicht unbedingt. Es kommt auf die Stabilität des Täters an. Wenn er bereits seit längerem intensiv auf der Suche ist, genügt auch ein einziger Blick.»

«Wie passt der getötete Hund ins Bild?», fragte Henry. Darauf konnte er sich noch immer keinen Reim machen. «Ist doch eine makabre Art, seine Liebe zu zeigen, oder?»

Die Psychologin nickte. «Das kann ich Ihnen nicht beantworten, Herr Conroy. Vielleicht diente der Hund einfach nur zur Einschüchterung. Vielleicht hat es auch einen ganz anderen Hintergrund, auf den wir nur nicht kommen.»

6

Von einem schmalen Ring aus Licht umgeben, füllte der dunkle Schatten einer hünenhaften Gestalt den Türrahmen aus. Rieke lag auf dem vollgekotzten Boden, und von dort aus erschienen ihr die Beine wie zwei gewaltige Säulen. Sie steckten in groben schwarzen Arbeitsschuhen mit roten Schnürsenkeln, wie man sie auf dem Bau trug. Vorn war das Leder der Schuhe abgestoßen und abgewetzt, das blanke Metall der Schutzkappen lugte wie Knochen aus Fleisch daraus hervor.

Sofort erinnerte sich Rieke an die blutunterlaufenen Augen, an das monströse Wesen im Blitzlicht ihrer Digitalkamera. An dieses riesige Etwas, das ihr über die Wiese gefolgt war wie ein schwankender Kahn, dabei Grunzlaute ausgestoßen und ein Sichelmesser geschwungen hatte.

Ein Schrei baute sich in Riekes Kehle auf, doch sie drängte ihn zurück. Sie durfte sich nicht von ihrer Panik beherrschen lassen. Was auch immer sie auf diesem einsamen Einödhof aufgeschreckt hatte, es war ganz bestimmt kein Monster. Ein Mann, wenngleich auch groß, vielleicht ein Irrer, ein Mörder, aber doch ein Mensch, mit dem sie sprechen konnte. An dessen Mitgefühl sie appellieren konnte.

«Bitte», jammerte Rieke, «… bitte, helfen Sie mir.»

Unter sich spürte sie ihr Handy vibrieren. Das musste Lea sein. Ihre Freundin war nur einen Tastendruck entfernt und konnte doch nichts tun.

Die schweren Stahlkappenschuhe setzten sich in Bewegung. Nach vier dröhnenden Schritten war er bei ihr, packte sie um die Taille und hob sie vom Boden hoch wie eine Puppe. Rieke schrie auf. Ihr Bein sandte heiße Stiche aus.

Der Mann klemmte sie sich unter den Arm und ging mit ihr zur Tür. Draußen auf dem Gang warf er sie in eine hölzerne Schubkarre.

Sie schlug hart auf. Die vordere Kante drückte ihr gegen den Hals, ihr Unterkörper war verdreht, die Beine angewinkelt. Ein Arm wurde von ihrem Becken eingeklemmt, der andere hing über den Rand der Schubkarre. Die neuen Schmerzen mischten sich unter die ihres gebrochenen Fußes und gingen darin unter. Sie nahm einen intensiven Geruch wahr. Er quoll aus dem alten offenporigen Holz der Schubkarre. So stanken Tod und Verwesung.

Der Mann ging in den Raum zurück.

Mein Handy, dachte Rieke. Es lag noch auf dem Boden. Wenn Lea immer noch versuchte, sie anzurufen, würde das helle Licht des Displays ihn aufmerksam werden lassen.

Rieke versuchte sich aufzurichten. Kaum hatte sie sich ein paar Zentimeter hochgestemmt, tauchte der riesige Schatten im Türrahmen auf. Die massive Holztür wurde mit Wucht zugeworfen.

«Bitte lassen Sie mich doch gehen», versuchte Rieke es erneut.

Die Antwort war ein Hieb auf den Kopf. Sie knallte auf das Holz zurück. Knirschend brach ihre Nase. Blut schoss in einem heißen Schwall hervor, sie spürte es in ihrem Mund und verschluckte sich daran. Ihre Lider flatterten, sie sah helle Lichtpunkte vor den Augen und hörte dabei das furchtbare, jämmerliche Quietschen des Holzrades der Schubkarre. Ein langgezogener, messerscharfer Ton, der sich einer heißen Nadel gleich in ihren Kopf bohrte. Ohne diesen Ton wäre sie bewusstlos geworden, so aber schwamm sie für kurze Zeit an der Grenze. Sie spürte das Rumpeln, mit dem die steife Schubkarre über den Boden rollte. Spürte, wie die Karre abgesetzt wurde. Eine Tür wurde geöffnet, dann ging die Fahrt weiter. Die Lichtverhältnisse änderten sich. Für einen Moment wurde die Umgebung gleißend hell.

Der Himmel, dachte Rieke, das ist der Himmel. Ich bin draußen. Er bringt mich zum Waldrand und kippt mich dort ab. Wie Müll. Dann kann ich fliehen. Mein Auto steht noch gut getarnt in dem Waldweg. Bis dorthin schaffe ich es auch mit dem gebrochenen Fuß, und wenn ich wirklich will, kann ich auch irgendwie fahren. Gerettet, ich bin gerettet. Oh Gott, bitte lass es wahr werden. Ich werde mein Leben auch nie wieder für irgendwelche Hunde aufs Spiel setzen.

Dann verschwand das gleißende Licht, als hätte jemand einen Schalter betätigt. Rieke wurde aus der Karre gehoben. Der Mann trug sie unter seinem Arm ein paar Stufen hinauf. Dabei schnaufte er schwer. Auf dem Weg hinauf kam Rieke wieder zu sich. Sie riss den Mund auf, weil sie durch die gebrochene Nase keine Luft mehr bekam.

Mit ihrem linken Auge konnte sie etwas sehen. Das rechte war zugeschwollen. Sie sah eine staubige Dunkelheit. Lichtlanzen, die durch Spalten zwischen Brettern in einen hohen, hallenartigen Raum fielen. Sah schwere, schwarze Balken, von denen Eisenketten baumelten. Merkwürdige Geräte, die in den Ecken hockten wie verängstigte Tiere.

Kein Gras mehr, kein Himmel, kein Tannenwald. Nichts davon würde sie je wiedersehen. Diese dunkle, staubige Halle würde das Letzte sein, was sie sah. Selbst wenn Lea die Polizei informierte und die ihr Handy orteten, würden sie viel zu spät kommen. Wahrscheinlich hatte das Monster es sowieso ausgeschaltet. Oder zerstört. Sie war verloren. Durch ihre verdammte Sturheit hatte sie sich in diese Situation gebracht und würde hier sterben.

Rieke schrie und schlug um sich. Mit ihren Fäusten traf sie

den massiven Körper, aber es fühlte sich an, als schlüge sie gegen eine Wand. Schließlich warf der Mann sie bäuchlings auf einen hüfthohen Holztisch. Die Platte war rau, mit tiefen Kerben darin. Eher ein großer Holzblock als ein Tisch.

Rieke war fast verrückt vor Angst.

In der Nähe begann ein Hund zu bellen. Dann noch einer, und schon kläffte ein ganzes Rudel.

«Still», brüllte der Mann über ihr. Von einer Sekunde auf die andere verstummten die Hunde.

Dafür ertönte ein anderes Geräusch.

Ein hohles, metallisches Schleifen. Es klang, als schärfe jemand eine Klinge.

Augenblicklich zog sich ihre Blase schmerzhaft zusammen. Ein warmer Fleck breitete sich in ihrem Schritt aus.

«Nein, bitte … bitte nicht.»

Eine große Hand schloss sich um ihren Unterschenkel. Dann sauste etwas durch die Luft, das Rieke nicht erkennen konnte. Ein harter Schlag traf ihr Bein, schüttelte sie durch, dann gleich noch einer und noch einer, und bevor der Schmerz ihr Hirn erreichte, verlor sie das Bewusstsein.

7

Das Erste, was er fühlte, war die Kälte.

Von seiner rechten Hand aus kroch sie den Arm hinauf. Die Finger spürte er schon nicht mehr. Sie waren zu Eis gefroren, das zerbrechen würde, sobald er sie bewegte. Er riss die Augen auf und sah sich um. Der letzte Traum verschwand spurlos, und der Schlaf spuckte ihn in eine Welt zurück, auf die er nur zu gern verzichtet hätte.

Auf einem unbequemen Stuhl sitzend, war er am Bett seiner Mutter eingeschlafen. Noch immer hielt er ihre Hand. Die Kälte ging von ihr aus. Todeskälte.

Mutters Augen waren geschlossen, die Haut im Gesicht war aschfahl. Obwohl er sofort wusste, dass sie gestorben war, beobachtete er eine Weile den eingefallenen Brustkorb unter der Decke. Er brauchte diese Zeit, um zu begreifen, was ihr Tod für ihn bedeutete. In seinem bisherigen Leben hatte es kein ähnlich einschneidendes Erlebnis gegeben. Ihr Tod veränderte alles. Diese Erkenntnis löste eine beinahe schmerzhafte Angst aus.

Er zog seine Hand zurück und rieb sie mit der anderen, um wieder ein Gefühl von Wärme und Leben hineinzubekommen. Dabei erhob er sich vom Stuhl und drückte den Rücken durch. Irgendwas knackte, sein Nacken war verspannt, und hinter den Schläfen lauerten Kopfschmerzen. Ein Blick auf seine Armbanduhr verriet ihm, dass es nach acht Uhr war. Hatte er wirklich mehr als sieben Stunden schlafend auf dem Stuhl verbracht? Er konnte sich nicht erinnern, wann er eingeschlafen war. Und er wusste auch nicht, ob seine Mutter da noch gelebt hatte. Wieso hatte die Nachtschwester ihn nicht geweckt?

Einem ersten Impuls folgend, wollte er sich abwenden und auf dem Gang nach jemandem rufen. Er unterdrückte ihn. Dieser Moment des Abschieds gehörte ihm und seiner Mutter. Einen weiteren würde es nicht geben. Hier und jetzt endete ihr gemeinsamer Weg. Er hatte Zeit genug gehabt, sich mit dem Gedanken an ihren Tod abzufinden. Wochenlang hatte er einfach weitergemacht, funktioniert, hatte Aufträge abgearbeitet.

Nun wusste er nicht weiter.

Was sollte werden?

Hinter ihm öffnete sich leise die Tür.

Er sah über die Schulter. Es war die Nachtschwester, die ihm einen Kaffee gebracht und ein Stück Kuchen angeboten hatte. Sie sah aus, als wäre auch sie gerade erst erwacht.

«Hallo», sagte sie mit sanfter Stimme. «Wie geht es Ihnen?»

Er sah zu Boden, schüttelte den Kopf und spürte, wie sich seine Augen mit Tränen füllten.

Die Nachtschwester trat neben ihn und legte ihm die Hand auf den Oberarm. «Jetzt hat sie ihren Frieden», sagte sie. «Es ist besser so.» Mit der anderen Hand strich sie ihm über den Rücken.

Er spürte den starken Impuls, ihr mitten ins Gesicht zu schlagen. Er wollte sie blutend auf dem Boden sehen, wollte sie anschreien, dass sie doch keine Ahnung hatte. Dass es keinen Frieden gab, für seine Mutter nicht und für ihn schon gleich gar nicht. Nicht alles endete mit dem Tod, manches ging einfach weiter und wurde sogar noch schlimmer.

«Es tut mir leid», sagte die Nachtschwester. «Kann ich irgendetwas für Sie tun?»

Er schüttelte den Kopf.

«Hören Sie. Sie sollten jetzt nach Hause fahren und sich

ausruhen. Ihnen stehen ein paar anstrengende Tage bevor, ehe alles vorbei ist. Wir kümmern uns um die Formalitäten und informieren das Beerdigungsinstitut, das sie uns genannt haben. Fahren Sie nach Hause. Sie können hier nichts mehr tun.»

Beinahe hätte er lauthals gelacht. Ein paar anstrengende Tage! Die Schwester hatte wirklich keine Ahnung. Was ihm bevorstand, ehe alles vorbei sein würde, waren Jahre voller Anstrengung. Jahre, in denen er weiterhin der Sklave sein würde, nur noch schlimmer als bisher, weil die besänftigende Hand seiner Mutter fehlte. Er wollte nicht nach Hause, auf keinen Fall. Nicht ohne sie.

Willen- und kraftlos ließ er sich trotzdem von der Nacht-schwester aus dem Zimmer führen. An der Tür warf er einen letzten Blick zurück. Seine Mutter sah wirklich friedlich aus.

Während in ihm selbst ein Sturm tobte, ruhte sie in Frieden.

Plötzlich hasste er sie und die ganze Welt dafür.

Auch die Nachtschwester.

8

«Sie glauben nicht, dass der Täter pädophil ist?», fragte Manuela Sperling und warf Henry Conroy einen schnellen Blick vom Beifahrersitz zu.

Der Hauptkommissar lenkte den BMW vom Parkplatz des Präsidiums auf die Straße und reihte sich in den morgendlichen Berufsverkehr ein. Manuela fiel auf, wie wenig hier los war. Gotenburg war klein. Kaum mehr als zwanzigtausend Einwohner lebten und arbeiteten hier, da war die Rushhour keine große Sache.

«Glauben hat damit nichts zu tun», entgegnete Henry Conroy in einem Tonfall, der Manuela an gestern erinnerte. Er klang hart und abweisend. Was sollte das jetzt? Eigentlich waren sie doch darüber hinweg gewesen.

Der Wagen beschleunigte stark, und Manuela wurde in den Sitz gedrückt. Conroy schaffte es gerade noch über die Kreuzung, bevor die Ampel auf Rot umsprang.

«In diesem Fall wie in jedem anderen sind nur die Fakten wichtig, nicht ob und was ich glaube», fuhr Conroy fort. «Am besten gewöhnen Sie sich diese Glaubenssache schnell ab. Das hat nichts mit Polizeiarbeit zu tun.»

Manuela überlegte, ob sie sich noch einmal vorstellen sollte, so wie gestern Nacht. Sie verwarf den Gedanken. Heute würde dieser Scherz nicht mehr funktionieren, das spürte sie. Conroy wirkte unausgeschlafen und gereizt. Allein, wie er vorhin in der Besprechung Sackstedt angeschaut hatte – das hatte Bände gesprochen.

«Sie haben also kein Bauchgefühl?», fragte Manuela. «Nie?»

«Wenn ich zu fett gegessen habe, dann habe ich ein

Bauchgefühl. Aber das soll ich Ihnen sicher nicht näher beschreiben.»

«Richtig, darauf verzichte ich gern. Warum sind Sie dann vorhin nicht auf die Ausführungen der Psychologin eingegangen?»

«Weil ich es für falsch halte, die Ermittlungen schon jetzt auf ein bestimmtes Gleis zu stellen. Solange wir keine Fakten haben, müssen alle Richtungen offen bleiben.»

«Und warum besuchen wir dann diesen Mann?»

«Dieser Mann heißt Waldemar Logis, und wir besuchen ihn nicht, sondern werden ihn vernehmen. Er ist einer der üblichen Verdächtigen, die überprüft werden müssen, ein verurteilter Pädophiler. Seinen Hintergrund habe ich Ihnen ja bereits dargelegt.»

«Können wir unterwegs bei einem Juwelier halten?», fragte Manuela wie aus der Pistole geschossen.

Henry Conroy warf ihr einen verdatterten Blick zu.

«Wie bitte?»

«Ich muss mir dringend eine Goldwaage besorgen.»

«Was wollen Sie mit einer Goldwaage?»

«Na ja, so wie es aussieht, muss ich jedes Wort drauflegen, sonst werde ich von Ihnen in einem fort korrigiert. Und wir beide kommen überhaupt nicht weiter.»

Manuela war sich bewusst, wie unverschämt das klang, aber sie hatte keine Lust, sich ständig über den Mund fahren zu lassen. Herrgottnochmal, war dieser Mann anstrengend. In der Besprechung vorhin hatte Manuela ihren neuen Chef noch geradezu sympathisch gefunden. Er hatte das effizient und professionell gemacht und ihr nach der peinlichen Sache mit den Hinternguckern sogar noch ein aufmunterndes Lächeln zugeworfen. Aber jetzt musste sie ihre Meinung wohl noch mal überdenken.

«Hören Sie», begann Henry Conroy, wurde aber vom Klingeln des Handys unterbrochen. Er nahm das Gespräch über die Freisprechanlage entgegen.

«Jagoda hier. Komm so schnell wie möglich zum Hof der Schwabes raus.»

Henry Conroy drückte das Gaspedal weit durch und holte aus dem Wagen heraus, was auf der kurvenreichen Landstraße möglich war. Manuela, die sich selbst für eine forsche Fahrerin hielt, saß angespannt auf dem Beifahrersitz, klammerte sich mit einer Hand an den Griff der Türverkleidung und mit der anderen an den Sicherheitsgurt. In Conroy steckte ein Rennfahrer. Völlig entspannt steuerte er den Wagen in hohem Tempo noch durch die schärfste Kurve.

«Ihr Fahrstil ist eine Zumutung», bemerkte sie.

«Im Polizeidienst hat man es mitunter eilig. Gewöhnen Sie sich dran.»

Die schmale Straße führte abwechselnd durch Wald und Wiesen. Das Grenzgebiet zwischen Deutschland und Tschechien war dünn besiedelt und landschaftlich außerordentlich reizvoll. Sanfte Hügelketten bis zu einer Höhe von fünfhundert Metern wechselten sich mit malerischen Tälern ab. Hier und da lag ein Hof oder ein kleines Dorf eingebettet in dunkle Tannenwälder. Diese Menschenleere machte Manuela ein wenig Angst. Sie mochte es, wenn um sie herum Trubel herrschte. Einkaufscentren und Fußgängerzonen, das war ihr Revier. Hier draußen würde man sich ohne GPS ja verlaufen und in den Wäldern verdursten. Sie rechnete fast damit, nach der nächsten scharfen Kurve einen Elch oder einen Bären auf der Straße zu sehen.

Kein Elch, auch kein Bär. Dafür tauchte die kleine Ortschaft Hohberg auf. Ein Sechshundert-Einwohner-Ort, wie Manuela heute früh im Internet herausgefunden hatte. Hauptsächlich Landwirte und Rentner, nur wenige Kinder. Arbeitsplätze waren rar in dieser Gegend. Der Getränkeabfüller, bei dem auch Arthur Schwabe arbeitete, war mit seinen hundert Mitarbeitern schon der größte Arbeitgeber weit und breit.

Innerhalb der Ortschaft hielt Conroy sich an die vorgeschriebene Geschwindigkeit, die er vorher noch ohne Skrupel ignoriert hatte. Sie passierten den Ortskern. Um einen kopfsteingepflasterten Platz drängten sich eine Bäckerei, ein kleiner Edekamarkt sowie eine Sparkasse. Ein Stück weiter die Straße hinunter entdeckte Manuela ein Hotel mit Restaurant und Kneipe. Es war ein großes, altes Gebäude, früher sicher das schönste am Platz. Doch jetzt fiel die Farbe in dicken Placken von der Fassade, und auf dem Parkplatz rechts des Hauses wuchs Unkraut aus dem Schotter.

Ein deprimierender Anblick, fand Manuela. In einer lebendigen Stadt ließen Menschen solche Makel in den Hintergrund treten. Hier aber stachen sie sofort ins Auge, zogen alle Blicke auf sich und hinterließen ein Bild, das sich dauerhaft einbrannte. *Hohberg? Vergiss es.*

«Fällt Ihnen was auf?», fragte Conroy und beendete die Stille.

Manuela musste sich erst aus ihren trüben Gedanken reißen. «Worauf wollen Sie hinaus?»

«Hier ist kaum jemand auf der Straße unterwegs, und das um diese Zeit. Die Leute haben ihren Ort ziemlich exklusiv für sich, oder?»

«Ja, ist wirklich erstaunlich ruhig. Wollen Sie damit sagen, der Täter muss von hier stammen oder sich hier zumindest sehr gut auskennen?»

Henry Conroy wiegte den Kopf hin und her.

«Das auch. Ich frage mich aber vor allem, warum wir bis jetzt noch keine Aussage zu einem verdächtigen Fahrzeug haben. Der Junge wurde mit einem Wagen abtransportiert, wir haben Reifenspuren gefunden. Ein ortsfremder Wagen fällt hier doch sofort auf. Vor allem, wenn er öfter hier herumfährt. Und das muss er getan haben, wenn der Täter den Jungen ausspioniert hat.»

«Oder es war doch eine Zufallsentführung», gab Manuela zu bedenken. «Der Täter fährt ziellos übers Land, um sich einen Jungen zu schnappen. Zufällig sieht er den kleinen Schwabe und ergreift seine Chance. Frau Ravenhorst sagte ja, dass pädophile Täter durchaus spontan handeln. Sie warten nicht zwangsläufig auf die große Liebe.»

«Sicher, aber ich glaube nicht ...»

Henry Conroy brach ab, als ihm auffiel, was er gerade gesagt hatte.

Manuela warf ihm einen ernsten Blick zu und schüttelte tadelnd den Kopf.

«Wir *glauben* hier nicht, Herr Hauptkommissar, wir ermitteln Fakten», sagte sie mit dunkler Stimme, so als wolle sie ihn nachahmen.

Und endlich konnte er sich ein Lächeln nicht mehr verkneifen. Manuela rollte heimlich mit den Augen. Immerhin war doch noch nicht alle Hoffnung verloren. Sie musste nur hartnäckig bleiben, aber das war ihr geringstes Problem. Darin war sie schon immer gut gewesen. Hartnäckig wie Unkraut, hatte Timmy mal gesagt.

Manuela hatte ihren Bruder früh am Morgen aus dem Bett geklingelt, beziehungsweise einen seiner WG-Mitbewohner, der das Handy weitergereicht hatte. Timmy hatte ihre Verabredung für heute Abend bestätigt, und Manuela freute sich riesig darauf. Sie hatten sich seit dem Wassermann-Fall nicht mehr gesehen.

Conroy verließ jetzt den Ort in westlicher Richtung über eine Gefällstraße und lenkte den Wagen am Betriebshof eines Bauunternehmens vorbei. Dort liefen ein paar Männer herum, die die übliche Bauarbeiterkluft trugen. Neben einer langgestreckten Halle parkten ungefähr zehn Kleintransporter in unterschiedlichen Farben. Grün, Blau, Weiß, Schwarz, allesamt halbvergammelte Karossen. Es sah fast so aus, als ob jemand diese Wagen sammele. Ein Schäferhund lief kläffend am Zaun eines Zwingers auf und ab. Dahinter führte die Straße sie direkt zum Hof der Schwabes.

Ein kleiner breitschultriger Mann mit kahlem Kopf stand dort an den Kofferraum eines Streifenwagens gelehnt und telefonierte. Er trug eine verwaschene Jeans und ein blaues Poloshirt, das er säuberlich in die Hose gesteckt hatte. Aus den Ärmeln ragten Arme, so dick wie Manuelas Oberschenkel. Der Mann sah aus wie einer dieser osteuropäischen Türsteher, von denen man dauernd las.

Der Bullige beendete das Gespräch. Manuela und Henry Conroy stiegen aus und gingen zu ihm.

Er streckte die Hand aus, griente breit und entblößte zwei Reihen erstaunlich großer und weißer Zähne.

«Die Neue, was? Und dann gleich mit diesem Stinkstiefel unterwegs. Ich bin Jens Jagoda. Wenn er zu sehr nervt, kommen Sie zu mir, okay?!»

Manuela litt tapfer unter dem festen Händedruck und stellte sich vor.

«Darauf komme ich möglicherweise zurück», sagte sie mit einem Seitenblick auf Conroy.

Der griff in seine Jackentasche und holte Zigaretten hervor.

«Wenn ihr fertig seid mit Turteln, kannst du mich ja einweihen.»

«Sag ich doch, er ist immer für ein nettes Gespräch zu haben.»

Jagoda ließ Manuelas Hand los und wurde ernst. «Arthur Schwabe ist auf jemanden aus dem Ort losgegangen. Hat ihn vor Zeugen vorm Bäcker niedergeschlagen und beschuldigt, sein Kind entführt zu haben.»

«Sieh mal einer an», sagte Henry Conroy, ohne wirklich überrascht zu klingen. Er zündete die Zigarette an und paffte den Qualm des ersten Zugs in die Luft. «Tun sich jetzt doch Abgründe auf in dieser schönen abgeschiedenen Welt. Hätte mich auch sehr gewundert, wenn nicht.»

Manuela fand das zynisch, behielt es aber für sich.

«Und auf wen ist er losgegangen?»

«Fritz Buhrmann. Bauunternehmer. Hat seinen Betrieb in Hohberg und lebt auch hier.»

«Die Firma an der Straße?», fragte Manuela und zeigte in die Richtung, aus der sie gekommen waren.

Jagoda nickte.

«Buhrmann ist aber auch Jäger. Was man so hört, hat er die ganze Jagd in der Gegend gepachtet und spielt sich als Großgrundbesitzer auf. Schwabe behauptet, Buhrmann hätte seinen ersten Hund erschossen, weil der angeblich gewildert hat.»

«Oha, ein Großwildjäger. Aber warum sieht Schwabe darin einen Grund dafür, dass Buhrmann seinem Sohn etwas antut? Ist doch ziemlich weit hergeholt.»

Jens Jagoda nickte. «Denke ich auch, und jetzt kommen wir in den Bereich der Vermutungen und Gerüchte. Davon gibt es in dieser Gegend mehr als genug, glaub mir. Schwabe sagt, die Leute erzählen, Buhrmann mache zweimal im Jahr

Urlaub in Thailand. Warum dort? Weil es für wenig Geld jeden Sex gibt, den man sich nur vorstellen kann … und wahrscheinlich auch unvorstellbaren. Buhrmann soll an kleinen Jungs interessiert sein. Jetzt O-Ton Schwabe: Der Dreckskerl hat meinen Oleg ausgezogen mit seinen Blicken.»

Manuela zuckte zusammen bei diesem Satz. Und sie bemerkte auch den vielsagenden Blick, den sich Henry Conroy und Jens Jagoda zuwarfen.

«Wo ist Schwabe jetzt?»

Jagoda wies hinter sich. «Im Haus. Hat sich immer noch nicht beruhigt.»

«Gut. Pass auf ihn auf. Ich unterhalte mich mit diesem Buhrmann, komme dann wieder hierher und nehme mir Schwabe noch mal vor. Kommen Sie, Frau Sperling.»

Conroy wandte sich ab und ging zu seinem Wagen.

«Gehen Sie mit», sagte Jagoda zu Manuela, «von ihm können Sie lernen, wie man jemanden bei einer Befragung auseinandernimmt.»

Er grinste wieder sein Gorillagrinsen. Manuela beschloss, ihn zu mögen.

An seinen Händen klebte Blut. Es war geronnen und dunkel-braun, aber es war Blut. An den Oberschenkeln seiner Hose klebte es auch. Er erschrak. Wo kam das ganze Blut her? Er konnte sich nicht erinnern. War es sein eigenes? Hatte er sich verletzt?

Er stieß die Tür auf, fiel aus dem hohen Wagen auf den Waldboden und kroch auf allen vieren davon weg. An einem Moosteppich wischte er seine Hände ab so gut es ging. Er riss sich die ungeliebten Kleider vom Leib, torkelte nur in Unterhose gekleidet zum Wagen, öffnete die hinteren Türen und holte seinen Blaumann aus dem Laderaum. Dann un-tersuchte er seinen Körper auf Verletzungen. Er fand kleine Schnitte auf der Innenseite seiner Oberschenkel. Das Blut stammte also von ihm. Nur von ihm? Sein Blick fiel auf den Waldweg. Hinter seinem Wagen wurde der Weg schmaler und schmaler, war bald nur noch ein Trampelpfad. Er führte bergan. War er oben in seinem Versteck gewesen? Er erin-nerte sich nicht. Was hatte er getan?

Drei Stunden waren vergangen, seit er aus dem Kranken-haus geflohen war und Mutter dort zurückgelassen hatte. Die Fahrt hierher dauerte aber nur eine Stunde.

Er sank auf die Knie, presste sein Gesicht in den Stoff des Blaumanns und begann zu heulen. Dabei atmete er den in-tensiven Geruch ein und beruhigte sich langsam. Schließlich streifte er den Blaumann über. Es fühlte sich an, als käme er nach Hause.

Mit tränennassen Augen sah er hinauf in die Wipfel der Bäume.

Ein hohes weites Dach, unter dem es kein grelles Licht

gab, keine lauten Geräusche. Hier war alles gedämpft und friedlich. Er wünschte sich, ewig hierbleiben zu können.

Er stieg in den Wagen und startete den Motor, rollte den schmalen Waldweg hinunter und erreichte bald den Forstweg.

In diesem Moment wäre es einfach gewesen, rechts abzubiegen und zu verschwinden. Er sah sich schon in einem fremden Land, auf der anderen Seite des Ozeans, so weit fort, wie es nur ging. Niemand würde dort nach dem Blut an seinen Händen fragen. Das war ein tröstlicher Gedanke, wenigstens für einen kurzen Moment. Aber dann kroch die Angst zurück in seine Glieder.

Seine Hände zitterten.

Gleich würde er Ihm gegenübertreten und das Unsagbare aussprechen.

Die Fahrt dauerte keine fünf Minuten. Buhrmanns Villa lag am Ortsrand von Hohberg auf einem unverschämt großen Grundstück in Hanglage. Zur Straße hin demonstrierte ein schmiedeeisernes Tor die finanzielle Potenz des Hausbesitzers. Zwei Videokameras beobachteten die Einfahrt. Henry konnte weit genug vorfahren, um aus dem Wagen heraus den Taster der Gegensprechanlange zu betätigen. Niemand meldete sich, aber die Torflügel schwangen geräuschlos zurück. Henry folgte der Auffahrt. Sie führte in einem sanft geschwungenen Bogen bis direkt vor das Haus und lief in einem großen runden Wendeplatz aus. Das Grundstück war mit alten Bäumen bestanden. Dazwischen erstreckten sich weitläufige, gepflegte Rasenflächen.

Das Haus selbst war ein ausladender Bungalow aus weißem Backstein mit tief heruntergezogenem Dach und Sprossenfenstern. Der gewaltige Schornstein eines Kamins ragte wie ein mahnender Finger aus dem Dach. Rechts befand sich eine Doppelgarage, das weiße Sektionaltor war geschlossen. Vor dem Haus stand ein Mercedes-Geländewagen in Jägergrün.

«Liegt die Baubranche nicht am Boden?», sagte Henry.

«Hier offenbar nicht.»

«Okay», sagte Henry und zog den Zündschlüssel ab. «Es läuft wie eben besprochen. Sie sagen bitte nichts.»

Manuela nickte.

Kaum waren sie ausgestiegen, schwang die Haustür auch schon auf. Henry hätte es nicht überrascht, eine Zofe mit Schürze und Häubchen zu sehen, aber es war der Hausherr selbst, der öffnete.

Fritz Buhrmann war schätzungsweise sechzig Jahre alt und eins achtzig groß. Er war korpulent und hatte einen weißen Haarkranz; oben war er kahl. Er trug eine graue Stoffhose, ein grünes Hemd und eine grüne Weste mit großen Taschen. Er hatte so extreme O-Beine, dass man einen Fußball zwischen den Knien hätte hindurchschießen können. Er schwankte etwas beim Gehen, wahrscheinlich hatte er Hüftprobleme durch die Beinfehlstellung.

Henry stellte sich und Manuela Sperling vor.

«Ich zeige ihn an, wegen Körperverletzung», polterte Buhrmann gleich los. «Und übler Nachrede.»

Er war immer noch außer sich, sein feistes Gesicht war stark gerötet. In der rechten Hand hielt er ein weißes Taschentuch, mit dem er immer wieder Nase und Lippe abtupfte. Seine Verletzungen waren nicht der Rede wert, er blutete nicht mal mehr, aber Schwabe hatte es gewagt, an seinem Status zu kratzen, das wog offenbar viel schlimmer.

«Deswegen sind wir hier, Herr Buhrmann», sagte Henry. «Selbstjustiz wird von der Polizei nicht geduldet. So etwas muss im Keim erstickt werden.»

Buhrmann hatte sich offenbar eine ganze Menge wüster Beschimpfungen zurechtgelegt, doch Henrys Eröffnung brachte ihn erst einmal aus dem Konzept.

«Das … das höre ich gern», sagte er. «Dann kommen Sie bitte herein.»

Er führte sie durch einen absurd großen Flur in ein Wohnzimmer, das sicher hundert Quadratmeter maß. Das Sprossenpanoramafenster über die komplette Breite des Raumes gewährte einen kilometerweiten Blick in die sanft geschwungene Landschaft.

Henry fragte sich, ob man von hier aus den Hof der Schwabes sehen konnte.

«Setzen Sie sich doch bitte», bot Buhrmann an. «Darf ich Ihnen etwas zu trinken anbieten?»

«Gern. Wasser, bitte», sagte Henry.

«Für mich bitte auch», sagte Manuela.

Zu ihrer beider Überraschung wankte der Hausherr davon, um selbst die Getränke zu holen. Henry nutzte die Gelegenheit und trat durch die geöffnete Terrassentür auf die Terrasse hinaus. Er ging bis ganz nach vorn und sah sich um. Der Hof der Schwabes war von dort aus nicht zu sehen, wohl aber das Maisfeld und der Feldweg. Auf dieser Seite des Hauses gab es im Dach einen verglasten Erker. Von dort aus, da war sich Henry sicher, konnte man den Hof ganz sicher sehen.

Er kehrte ins Wohnzimmer zurück und setzte sich so auf die Ledercouch, dass dem Hausherrn nichts anderes übrig bleiben würde, als sich mit dem Gesicht zum Fenster und damit zum Licht zu setzen. Kurz darauf kam er mit drei Gläsern Wasser, die er auf einem Holztablett servierte.

Buhrmann ließ sich schwer in den Sessel fallen und seufzte.

«Was für eine Woche», sagte er. «Erst wird mir ein Bagger für achtzigtausend Euro von einer Baustelle geklaut, und dann kommt dieser Verrückte und schlägt mir beim Bäcker ohne jede Vorwarnung ins Gesicht. Wissen Sie, ich kann ja verstehen, dass er von der Rolle ist, aber er darf doch nicht mit solchen Anschuldigungen durchs Dorf laufen. Wo kommen wir denn da hin?»

Henry nickte.

«Da haben Sie natürlich völlig recht, Herr Buhrmann. Wir werden Ihre Anzeige aufnehmen und weiterleiten. Ich werde später persönlich mit Herrn Schwabe sprechen und ihm ins Gewissen reden.»

Buhrmann sah ihn an und nickte. «Bitte, tun Sie das. Ich möchte ja keinen Unfrieden hier im Ort.»

«Hat er Sie schwer verletzt?», fragte Henry.

«Die Nase hat geblutet, ist aber nicht gebrochen, glaube ich. Und die Lippe schwillt an. Der Mann hat einen harten Schlag.»

«Vielleicht sollten Sie nach unserer Unterhaltung zu einem Arzt fahren und sich untersuchen lassen. Für ein etwaiges Schmerzensgeld wäre das von Vorteil.»

Buhrmann winkte gönnerhaft ab und lehnte sich zurück. «Ach was. Ich bin ja nicht aus Zucker. In meinem Gewerbe muss man hart im Nehmen sein, wissen Sie.»

Henry konnte dem Mann deutlich ansehen, wie er sich entspannte. Er legte die Arme auf die breiten Lehnen des Sessels und schlug das linke über das rechte Bein. Wie immer bei dickeren Menschen sah das ungelenk und unpassend aus, aber es schien eine Haltung zu sein, in der Buhrmann sich wohlfühlte. Er hatte sicher erwartet, dass die Polizei kommen und ihn zu Schwabes Anschuldigungen befragen würde. Jetzt fand er sich selbst in der Rolle des bemitleidenswerten Opfers, man sorgte sich um ihn, bot ihm Hilfe an. Das war es, was Leute wie Buhrmann gewohnt waren: unterwürfige Aufmerksamkeit. Henry hatte ihn jetzt in genau der Verfassung, in der er ihn brauchte, um die Veränderungen, die gleich eintreten würden, besser beurteilen zu können.

«Aber stimmt es denn, was man hört?», fragte Buhrmann mit sorgenvoller Stimme. «Ist der Bengel der Schwabes wirklich verschwunden?»

Henry nickte, trank betont langsam von seinem Wasser und stellte das Glas ab. Das gedämpfte Klong zeugte von der Qualität der dunklen Glasscheibe des Tisches.

«Leider ja. Der kleine Oleg ist gestern am späten Nachmittag verschwunden. Wir haben noch keine Spur und überhaupt keinen Ansatzpunkt. Können Sie uns vielleicht weiterhelfen?»

Der große schwere Mann zuckte mit den Schultern. «Ich wüsste nicht, wie.»

«Haben Sie eventuell verdächtige Fahrzeuge in der Gegend bemerkt? In einem so kleinen Ort müssten die doch auffallen.»

«Nein, nicht dass ich wüsste. Aber ich bin ja auch den ganzen Tag unterwegs.»

«Aber heute nicht.»

«Wie?»

«Es ist fast Mittag, und Sie sind zu Hause.»

«Ach so, ja. Wegen dieser Sache. Ich war anfangs richtig schockiert, müssen Sie wissen. Außerdem habe ich Sie erwartet. Ihr Kollege sagte, ich sollte mich möglichst zu Hause aufhalten.»

«Und wo waren Sie gestern zwischen siebzehn und achtzehn Uhr?»

«Zwischen siebzehn und achtzehn Uhr … Moment …» Buhrmann tat so, als müsse er nachdenken, aber auf diese Frage war er natürlich vorbereitet. Henry wusste, dass dieser Mann nicht dumm war.

«Ach ja, genau. Gegen sechzehn Uhr bin ich von der Baustelle in Reinickenfeld abgefahren. Wir bauen dort eine große Seniorenwohnanlage, ein einmaliges Projekt, integriertes Wohnen. Habe ich mit einigen solventen Partnern zusammen ins Leben gerufen. Damit lässt sich heutzutage noch Geld verdienen. Tja, und von dort aus bin ich direkt nach Hause gefahren und muss so … ach nein, warten Sie, ich hab ja noch einen kleinen Stopp in einer meiner Jagdpachten gemacht. Wollte nachsehen, ob der neue Hochsitz schon steht, den ich in Auftrag gegeben habe. Hat aber nicht lang gedauert. So gegen neunzehn Uhr bin ich hier angekommen.»

Henry beobachtete Buhrmann genau. Noch war er entspannt. In seiner Position war er es sicher gewohnt, frei zu sprechen.

«Kann das jemand bezeugen?»

«Nein, ich lebe allein.»

Buhrmanns Fuß zuckte einmal.

«Kennen Sie Oleg Schwabe, Herr Buhrmann?»

«Vielleicht hab ich ihn mal im Ort gesehen, ich weiß nicht genau.»

Der Fuß zuckte erneut.

«Oleg Schwabe ist sechs Jahre alt. Er hat flachsblondes Haar und blaue Augen. Ein richtig süßer kleiner Junge, niedliches Gesicht. Vergisst man nicht so schnell, wenn man es einmal gesehen hat.»

Buhrmanns Fuß zuckte zweimal schnell hintereinander.

«Wie gesagt, ich weiß es nicht genau.»

«Sie sind also Jäger, Herr Buhrmann.»

«Ja, richtig, ich habe so an die …»

«Fahren Sie hin und wieder auf dem Feldweg am Hof der Schwabes vorbei?», unterbrach Henry ihn. Er ließ seine Stimme jetzt wesentlich härter klingen als zu Beginn der Befragung.

«Auf dem Feldweg?», wiederholte Buhrmann, nahm den Fuß herunter und rutschte ein Stück nach hinten. «Ja, ich denke schon, da in der Gegend steht ein Hochsitz. Ja, da komme ich schon mal vorbei. Warum?»

«Oleg Schwabe ist sechs Jahre alt. Er hat flachsblondes Haar und blaue Augen. Ein richtig süßer kleiner Junge, niedliches Gesicht. Vergisst man nicht so schnell, wenn man es einmal gesehen hat.» Henry wiederholte den exakten Wortlaut von eben.

«Sagten Sie bereits», sagte Buhrmann. Seine rechte Hand lag jetzt auf seinem Oberschenkel. Der Zeigefinger tippelte. Er wirkte verwirrt, und so sollte es auch sein.

«Haben Sie Hunde?»

«Hunde? Wieso? Natürlich habe ich Hunde. Ich bin Jäger.»

«Was für Hunde sind das?»

«Zwei Hannover'sche Schweißhunde, ganz hervorragend für die Jagd geeignet. Ich verstehe aber die Frage nicht.»

Der Zeigefinger ruhte. Auf die Frage nach Hunden reagierte er nicht, also versuchte Henry etwas anderes.

«Sie können das Haus der Schwabes von hier aus sehen, nicht wahr?»

Buhrmann bekam große Augen. «Was sollen diese Fragen?»

«Von hier aus muss man bis direkt auf die Sandkiste schauen können, aus der der kleine blonde Oleg entführt wurde. Haben Sie den Jungen wirklich nie dort spielen sehen, Herr Buhrmann?»

Die rechte Hand des Mannes rutschte auf dem Oberschenkel Richtung Knie und wieder zurück, so als müsse er sie abwischen. Das war eine eindeutige Beruhigungsgeste. Buhrmann reagierte nicht auf die Frage nach den Hunden, wohl aber auf die Frage, ob er Oleg beobachtet hatte. Er fühlte sich unwohl dabei.

«Was weiß ich. Glauben Sie, ich hätte nichts Besseres zu tun, als oben am Fenster zu stehen und die Nachbarschaft zu beobachten? Ich verbitte mir diese Art von Fragen.»

Erstaunlich. Der Mann wusste offenbar sofort, dass es um den verglasten Erker unter dem Dach ging. Ohne Frage wusste er ganz genau, von wo aus man den Hof der Schwabes beobachten konnte. Und als Jäger war er sicher im Besitz eines leistungsstarken Fernglases.

«Das Haar des kleinen Oleg ist derart blond, es leuchtet bestimmt bis hierher.» Henry lächelte gewinnend.

Jetzt rutschten beide Hände hektisch über die Oberschenkel.

«Mir reicht es», sagte Buhrmann energisch. «Ihre Fragen sind impertinent. Ich höre mir das nicht länger an.»

«Haben Sie den Hund der Schwabes erschossen?», fragte Henry.

«Wer sagt das?»

«Uns liegt die Aussage von Herrn Schwabe vor. Sie verstehen sicher, dass wir dem nachgehen müssen.»

«Dann sollten Sie genauer nachfragen. Ich habe den Hund nicht erschossen, sondern ihn vom Wildern abgehalten. Durch Gebrauch meiner Schusswaffe. Dazu bin ich berechtigt. Leider war die Entfernung zu groß, sodass ich den Köter tödlich getroffen habe. Unabsichtlich, wie ich feststellen möchte.»

«Also doch erschossen.»

«Nein», polterte Buhrmann, und Henry hatte den Eindruck, der große Mann würde gleich mit der Faust auf den Glastisch schlagen. «Vom Wildern abgehalten.»

«Hatten Sie sonst noch Kontakt zur Familie Schwabe?»

Buhrmann öffnete den Mund, hielt dann aber inne. Er schien einen Moment nachdenken zu müssen.

«Arthur Schwabe hat bei mir gearbeitet.»

«In Ihrem Bauunternehmen?»

Buhrmann nickte. «Bis zu diesem unsäglichen Vorfall mit seinem Köter. Danach ging es nicht mehr, das werden Sie sicher verstehen.»

«Hat er gekündigt?»

«Ja, nachdem ich ihm diesen Schritt nahegelegt habe.»

Henry seufzte vernehmlich und lehnte sich zurück. Er ließ einen Moment verstreichen, tat so, als müsse er eins und eins zusammenzählen. Buhrmann beobachtete ihn dabei. Seine Augen flogen zwischen Henry und Manuela hin und her. Es schien ihn zu irritieren, dass die Sperling einfach nur dasaß und ihn beobachtete.

«Herr Buhrmann», begann Henry schließlich betont nachsichtig. «Versetzen Sie sich bitte einmal in meine Lage. Ein kleiner Junge ist verschwunden. Der Täter muss sich in Hohberg auskennen, so viel steht fest. Sie stehen der Familie Schwabe nicht gerade freundschaftlich gegenüber. Und Sie haben für den Tatzeitraum kein Alibi.»

«Was wollen Sie damit andeuten?»

«Was würden Sie an meiner Stelle denken?»

Der Bauunternehmer erhob sich mit einem Ruck.

«Wenn Sie jetzt bitte gehen würden. Weitere Gespräche finden ausschließlich im Beisein meines Anwalts statt. Und ich werde mich bei entsprechender Stelle über Sie beschweren. Meine Kontakte reichen weit, glauben Sie mir.»

Henry stand ebenfalls auf. «Am Ende reichen Ihre Kontakte noch bis nach Thailand, was?»

Buhrmann lief knallrot an. Seine Augen verengten sich zu schmalen Schlitzen.

«Raus, sofort.»

Manuela griente noch, als sie die pompöse Torduchfahrt passierten. Sie war begeistert davon, wie Henry den großspurigen Bauunternehmer völlig mühelos hatte auflaufen lassen.

«Nicht schlecht», lobte sie ihn, als sich das Tor hinter ihnen schloss.

Henry stoppte den Wagen an der schmalen Landstraße, die am Grundstück Buhrmanns vorbeiführte.

«Haben Sie gesehen, wie er sich verhalten hat?», fragte er und sah sie an.

«Hab ich. Er reagiert stark auf die Beschreibung des Jungen und den Vorwurf, ihn beobachtet zu haben.»

«Sehr gut. Am Anfang des Gesprächs habe ich eine für ihn angenehme Situation geschaffen. Er hat sich entspannt. Das war nötig, denn nur so kann ich die Veränderungen in seinem Verhalten erkennen. Und die war deutlich.»

«Also halten Sie ihn für den Täter?»

«Vorsicht», sagte Henry. «So schnell geht das nicht. Mir ist eben während des Gespräches ein ganz anderer Tathergang durch den Kopf gegangen.»

«Und welcher?»

«Zwischen den beiden Männern scheint viel Hass im Spiel zu sein. Was, wenn Schwabe Buhrmann wegen Schwarzarbeit erpresst hat, nachdem der ihn rausgeworfen hatte. Was, wenn Buhrmann dem kleinen Oleg mit dem getöteten Terrier nur Angst machen wollte, als Drohung für seinen Vater, und dann ist etwas schiefgelaufen. Der Junge schreit, Buhrmann presst ihm eine Hand auf den Mund und erstickt ihn dabei. Oder er bricht ihm das Genick. Alles unbeabsichtigt, aber in einer solchen Situation kann das durchaus passieren.»

«Interessant», sagte Manuela. «Etwas vage, aber mit der Motivation der Erpressung im Hintergrund doch wieder interessant. Und sie passt auch zu etwas, was mir gerade eingefallen ist.»

«Ich höre.»

«Lassen Sie uns doch mal zu Buhrmanns Betriebshof fahren.»

Zwei Minuten später hielten sie davor und stiegen aus.

Manuela ging vor, bis sie die Kennzeichen der Flotte alter Kleintransporter erkennen konnte.

«Da», sagte sie. «Alles tschechische Kennzeichen. Kann gut sein, dass Buhrmanns Reichtum auf Schwarzarbeit gründet.»

Henry nickte. «Möglicherweise. Aber diese Fahrzeuge würden auch erklären, warum niemand im Ort zum Tatzeitpunkt ein verdächtiges fremdes Fahrzeug gesehen haben will. Hier wimmelt es nur so davon. Der Anblick ist völlig normal.»

Einen Moment standen sie beide nur da und starrten die Wagen an.

«Kommen Sie», sagte Henry schließlich. «Wir müssen noch mal mit Arthur Schwabe reden.»

Manuela Sperling zögerte.

«Wie wäre es, wenn Sie allein mit ihm reden, und ich höre mich ein wenig im Ort um? Bäckerei, Lebensmittelgeschäft, Schlachter … das Übliche eben. Mal hören, was die Menschen im Ort so über Buhrmann und die Schwabes erzählen.»

«Okay», stimmte Henry sofort zu. «Machen wir so. Aber verlaufen Sie sich nicht.»

11

Er stieß die Tür auf, stieg aus, blieb kurz neben dem Wagen stehen und sah sich um. Es war still auf dem Hof. So ruhig war die Meute nur, wenn sie satt und zufrieden war. Diese Ruhe war unheimlich und verstärkte seine Furcht.

Er ging auf das große Haupthaus mit den alten Fachwerk-balken zu. Mit seinen Fenstern, dem großen Tor und dem weit vorgezogenen Dach sah es aus wie ein zum Kampf be-reites Tier.

Seine Beine zitterten, als er sich dem Tor näherte, mit je-dem Schritt ein wenig mehr. Sein Magen zog sich zusammen, die Hände begannen zu kribbeln.

Wie konnte er Ihm diese Nachricht überbringen?

Das war unmöglich. Nein, er konnte es nicht. Und er wollte es auch nicht. Er hätte nie wieder hierher zurückkeh-ren dürfen. Was einmal seine Heimat, sein Zuhause, gewesen war, würde es niemals wieder sein.

Er wandte sich um und sah zum Wagen. *Setz dich rein und flieh*, dachte er. Wenn du das Haus betrittst, wirst du dazu keine Chance mehr bekommen.

Er hörte ein quietschendes Geräusch und fuhr herum.

In seiner ganzen ehrfurchtgebietenden Größe stand Er unter dem Tor.

«Wo kommst du jetzt her?», grollte seine Stimme über den Hof.

Augenblicklich schrumpfte er unter seinem Blick.

«Warum … warum sind die Hunde so still?»

Sein Vater trat einen Schritt vor, kniff die Augen zusam-men und starrte ihn nieder. «Was spielt das für eine Rolle. Hast du mir etwas zu sagen, Sohn?»

Er kam noch einen Schritt näher und stand nun unmittelbar vor ihm. Ein metallischer Geruch stieg ihm in die Nase. Vater trug wie immer die blaue Latzhose mit der großen Tasche vor der Brust. Darin steckten seine Pfeife und der Tabak. Nie ging er ohne aus dem Haus. Die seitlichen Taschen waren ausgebeult von dem Taschentuch in der linken und dem Messer in der rechten. Die blauen, speckigen Träger der Latzhose spannten über einem dicken Bauch. Unter der Hose trug er ein weißes T-Shirt. Auf dem Weiß waren rote Flecken zu sehen. Auch auf seinen Handrücken. Vater hatte Blut an den Händen. Darum also war die Meute so still.

«Rede, verdammt noch mal», fuhr sein Vater ihn an.

«Sie … sie kommt nicht mehr zurück.»

Der Sohn beobachtete das Gesicht seines Vaters ganz genau, versuchte vorauszuahnen, was seine Worte auslösen würden. Aber das war schwierig. Schulterlanges grauweißes Haar umgab den großen Schädel wie ein Vorhang, hing ihm weit über die Augen und beschattete das Gesicht. Der graue Vollbart verschleierte die Mimik zusätzlich, sodass nur ein Blick in die großen roten Augen seines Vaters ihm helfen konnte. In diesen Augen sah er Unverständnis, dann Angst und schließlich Wut. Am Ende war es immer Wut.

Die Pranke fuhr herab, erwischte ihn seitlich am Kopf und warf ihn in den Staub des Hofes. Sein Kopf dröhnte, und er spürte den Geschmack von Blut im Mund.

«Was sagst du da? Wieso kommt sie nicht mehr zurück?»

Er brauchte einen Moment, bis er wieder so weit war, ihm Rede und Antwort zu stehen. Er stützte sich rücklings auf die Ellenbogen auf und sah zunächst nur die derben Arbeitsschuhe mit den roten Schnürsenkeln. Auf den Stahlkappen waren Blutstropfen. Er wagte es nicht, zu ihm hinaufzusehen. Tränen liefen aus seinen Augen. Sein ganzer Körper vibrierte, als würde die Erde beben.

«Mama ist tot», schrie er. Seine Stimme klang sich gegen die seines Vaters wie ein Wispern aus. «Sie ist tot, verstehst du? Sie hat es nicht geschafft. Der Krebs war zu stark. Ich habe ihre Hand gehalten, während sie starb.»

Jetzt heulte er Rotz und Wasser.

Sein Vater stand da wie zu Stein erstarrt. Seine gewaltigen Hände hingen herab und bewegten sich nicht. Eine lange Minute verging. Der Sohn lag heulend im Dreck, sein Vater starrte auf ihn herab.

Schließlich streckte Vater die rechte Hand aus.

«Komm hoch, Junge.»

Die große Hand schwebte über ihm. Sie war Rettungsanker und Todeswerkzeug zugleich. Er brauchte jetzt eine Hand, die ihn hielt, ihm zeigte, wie es weiterging, allein würde er es nicht schaffen. Also griff er zu, legte seine Hand hinein in die seines Vaters und ließ sich von ihm auf die Beine ziehen.

«Lass uns reingehen und über alles reden», sagte Vater mit ruhiger Stimme und drückte ihn an sich. «Wir müssen jetzt zusammenhalten, mein Sohn. Jetzt gibt es nur noch uns.»

Im Stall bellte ein Hund.

12

Manuela lief zu Fuß in Richtung Ortskern. Die Sonne schien warm auf sie nieder. Sie holte die Sonnenbrille hervor und setzte sie auf. Die dünne Jacke ließ sie an, weil man sonst ihre Dienstwaffe sah. So richtig gewöhnt hatte sie sich noch nicht daran, ständig mit dem Ding herumzulaufen.

Ihr Weg führte sie durch eine Wohnstraße. Die Häuser stammten allesamt aus den fünfziger Jahren. Kleine praktische Giebelhäuser mit Garagenanbauten, kein Schnickschnack. Die Dächer waren alt, die Anstriche blätterten ab, neue Zäune oder Carports suchte man vergebens. Die Menschen hier draußen hatten kein Geld übrig, das sie in ihre Häuser stecken konnten. Auf Manuela machte der Ort einen bedrückenden Eindruck. Es schien fast, als würden alle hier auf etwas warten. Etwas Bedeutsames, Großes, das die Menschen aus ihrem Dornröschenschlaf riss.

Vielleicht war die Entführung des kleinen Oleg dieses Ereignis. In einem kleinen Ort, wo jeder jeden kannte, musste so etwas doch einschlagen wie ein Blitz und noch die Lethargischsten unter ihnen wachrütteln.

Die Wohnstraße endete in der Ortsmitte.

Manuela blieb stehen und sah sich um.

Vorhin waren Conroy und sie hier mit dem Wagen durchgekommen. Das verkommene Hotel befand sich gegenüber, der Bäcker und der Edeka-Laden rechts von ihr. In der Mitte des freien Platzes gab es einen Brunnen aus Sandstein. Manuela ging darauf zu. Das Becken war hüfthoch, und aus der mannshohen Säule in der Mitte ragten vier Metallröhren heraus, aus denen wohl mal Wasser gesprudelt war. Das Becken war bis auf ein wenig Regenwasser am Grund trocken.

Algen hatten sich darin gebildet, die modrig rochen. Das Holz der in den Beckenrand eingelassenen Bänke war rissig und ohne Farbe. Silbrige Patina lag darauf.

Trostlos, einfach trostlos.

Manuela wandte sich von dem Brunnen ab und ging auf die Bäckerei zu. Mauske, Brot und Kuchen, stand über dem Eingang auf einem verblichenen braunen Schild. Bevor sie die Tür erreichte, spürte Manuela, dass sie beobachtet wurde. Im Gehen sah sie sich um und entdeckte eine Gruppe von drei Frauen, die neben der Sparkasse im Schatten einer Ulme standen. Sie starrten Manuela ohne Scheu an. Eine stützte sich auf einen Rollator, eine andere hatte zwei volle Plastikeinkaufstüten neben sich auf dem Boden abgestellt, die dritte stemmte gewaltige Arme in ausufernde Hüften.

Manuela änderte die Richtung und steuerte direkt auf das Trio zu. Keine der Damen machte Anstalten, sich zu bewegen. Neugierde umgab sie wie eine leuchtende Aura. Aber auch Argwohn. Freundliche Gesichter waren das nicht. Manuela lächelte trotzdem und wünschte den Damen einen guten Morgen.

Die Reaktionen waren einsilbig.

«Darf ich Sie kurz stören?»

Die Dame mit dem Rollator war sicher schon über siebzig. Sie hatte sich auf das Kunststoffbrett ihrer Gehhilfe gesetzt. Die mit den Plastiktüten war vielleicht Anfang fünfzig, die dritte – sie hatte einen unglaublich riesigen Busen – etwas älter. Alle drei trugen die gleiche Frisur: graue Dauerwelle mit lichten Stellen.

«Womit denn?», fragte Einkaufstüte. Ihr Blick war nicht nur neugierig, sondern wachsam.

«Wohnen Sie schon lange in Hohberg?», begann Manuela.

«Ich bin hier noch geboren», sagte Rollator. «Damals ging das noch mit der Hebamme, aber heute müssen die jungen Dinger ja alle nach Gotenburg ins Krankenhaus fahren, als ob Kinderkriegen 'ne Krankheit wäre.»

«Warum wollen'se das denn wissen?», beharrte Einkaufstüte.

«Ich bin von der Polizei», erklärte Manuela, weil sie spürte, dass das Gespräch sonst gleich vorbei sein würde. «Vielleicht haben Sie schon gehört, dass ein kleiner Junge verschwunden ist.»

«Der kleine Schwabe, nicht wahr?», sagte Riesenbusen. Die kleinen Äuglein verschwanden fast in ihrem Gesicht.

«Ja, Oleg Schwabe. Wir haben leider noch keinen Anhaltspunkt dafür, was mit Oleg passiert sein könnte. Deshalb sind wir auf die Hilfe der Bevölkerung angewiesen. Auf Menschen wie Sie, die sich hier auskennen. Sie hätten es doch bestimmt bemerkt, wenn sich jemand Ortsfremdes hier herumgetrieben hätte. Oder wenn ein unbekanntes Fahrzeug häufiger durch den Ort gefahren wäre.»

Riesenbusen lachte auf und ließ ihre Massen wogen.

«Hier fahren nur noch auswärtige Fahrzeuge», sagte sie amüsiert.

«Wie soll ich das verstehen?», fragte Manuela.

«Na, wie schon. Die ganzen Arbeiter vom Buhrmann, die fahren jeden Tag hin und zurück. Alles Ortsfremde, wenn Sie so wollen.»

«Beschäftigt Buhrmann nur Tschechen?», fragte Manuela.

Riesenbusen wollte antworten, doch Einkaufstüte schnitt ihr mit einer schnellen Handbewegung das Wort ab.

«Warum wollen'se das denn wissen? Was hat das'n mit dem kleinen Schwabe zu tun?»

Manuela sah die Frau an. Sie hatte sich getäuscht. Ihr Blick war nicht nur wachsam, er war geradezu gehässig.

«Wir ermitteln in alle Richtungen», sagte sie und bemühte sich um einen autoritären Tonfall. Leider war ihre Stimme eher dünn.

«Mein Vater und mein Mann haben beide bei dem Buhrmann gearbeitet», krähte die Alte los, die auf dem Rollator saß.

«Als der alte Buhrmann noch lebte, da war das ein reeller Betrieb. Fünfzig Leute haben da geschafft. Alle aus dem Ort oder der Umgebung. War ein anständiges Auskommen. Aber heutzutage …»

Die Alte brach ab und machte eine abwertende Handbewegung.

«Der Junge ist doch vollkommen aus der Art geschlagen.»

«Elfriede!», empörte sich Riesenbusen.

«Is doch wahr», sagte Elfriede.

«Warum ist Oleg Schwabe aus der Art geschlagen?», fragte Manuela.

«Nicht der. Buhrmann. Fritz Buhrmann», klärte Riesenbusen sie auf. «Bei uns ist das der Junge, weil es eben auch einen Alten gegeben hat.»

«Aha. Und warum ist Fritz Buhrmann aus der Art geschlagen?»

Einkaufstüte bückte sich und nahm ihre Tüten vom Boden hoch.

«Ich glaube, wir haben genug erzählt», sagte sie.

«Der kann doch gar kein Geschäft führen, der denkt doch nur an das eine», sagte Riesenbusen. Sie machte keine Anstalten, dem Wink ihrer Bekannten zu folgen.

«Gerda», zischte die. «Das geht uns gar nichts an. Und Fremde schon gleich gar nicht.»

«Wie ist Ihr Name?», fragte Manuela mit scharfer Stimme.

«Wieso?», fragte Einkaufstüte erschrocken.

«Weil ich den Eindruck habe, Sie wollen meine Ermittlungen erschweren. Mich geht das nämlich sehr wohl etwas an. Wenn Sie der Polizei bewusst Informationen vorenthalten, machen Sie sich strafbar. Wie ist Ihr Name?»

«Ich ... ich ...», japste Einkaufstüte nach Luft, wurde krebsrot und stellte die schweren Tüten wieder ab. «Erika Ludewig», sagte sie kleinlaut.

«Frau Ludewig», begann Manuela. «Lassen Sie Ihre Bekannte bitte ausreden.»

Sie wandte sich an Riesenbusen. «Ist Fritz Buhrmann nicht beliebt in Hohberg?»

«Ein Möchtegern ist das», schimpfte plötzlich die Alte los. «Der bringt das ganze Geld durch, was sein Vater verdient hat. Eine Schande ist das. Jawohl, eine Schande für ganz Hohberg.»

Riesenbusen bestätigte die Meinung der Alten mit ausgiebigem Kopfnicken.

«Der alte Buhrmann hat hier ein florierendes Unternehmen aufgebaut, und der wollte es seinem Sohn, dem Fritz, auch gar nicht überlassen, aber dann ist er mit knapp sechzig an einem Herzinfarkt gestorben, und dem Jungen ist alles in den Schoß gefallen. Von Anfang an konnte der nicht damit umgehen. Heute arbeiten doch nur noch Tschechen bei dem. Für wenig Geld. Von den Löhnen kann hier im Ort keiner leben, das kann ich Ihnen sagen.»

«Eine Schande», krähte die Alte dazwischen.

«Bestimmt hat einer von denen den kleinen Schwabe entführt», sagte Einkaufstüte in verschwörerischem und einschmeichelndem Tonfall. «Wer sonst!»

«Seien Sie vorsichtig mit solchen Anschuldigungen, Frau Ludewig», fuhr Manuela sie an. Die Frau ging ihr wirklich auf den Nerv.

«Aber recht hat sie», sagte die Alte. «So viele Fremde hier im Ort. Im Frühjahr ham'se mein Fahrrad geklaut. Hab ich nie wiedergesehen. Das hat die Polizei gar nicht interessiert.»

«Und wenn der Buhrmann seinen Polier nicht hätte, dann wäre er schon längst pleite», sagte Riesenbusen.

«Ach», winkte die Alte ab. «Der is doch keinen Deut besser.»

«Man wird doch wohl noch mal was sagen dürfen», beschwerte sich Einkaufstüte.

Und plötzlich quasselten alle durcheinander. Fuhren sich gegenseitig an. Redeten sich in Rage.

Manuela bedankte sich bei den Frauen und suchte ihr Heil in der Flucht.

Sie konnte die Frauen noch gackern hören, als sie die Tür zum Edekaladen öffnete.

Das hatte sie sich irgendwie einfacher vorgestellt.

13

Sie saßen sich am Küchentisch gegenüber. Zwischen ihnen türmte sich die Stille auf wie eine unüberwindbare Mauer. Das einzige Geräusch kam von der alten Wanduhr, ein stetiges Ticken, das mühsam klang, als ob die Zeiger gegen einen mechanischen Widerstand ankämpfen mussten.

Solange der Sohn denken konnte, hatte die Familie an diesem Tisch zusammengegessen. In die weiße Kunststoffoberfläche hatte die große Pfanne Ringe eingebrannt. Kartoffeln und Gemüse garte in Töpfen, aber das Fleischragout, Mutters Spezialität, schmorte in der großen Pfanne so lange vor sich hin, bis die einzelnen Stücke klein und hart waren und die Fasern beim Kauen zwischen den Zähnen hängen blieben. Wenn die alte schwarze Pfanne auf den Tisch kam, brodelte der Inhalt noch. Die Erinnerung daran war in diesem Moment so stark, dass er meinte, das Fleischragout riechen zu können.

Die Morgensonne wurde zur Mittagssonne. Das Lichtquadrat an der Wand gegenüber dem Fenster wanderte an der Mustertapete hinab und blieb schließlich an dem vergilbten Pappkalender mit dem Werbeaufdruck einer Tankstelle haften. Dort wurde es allmählich blasser und blasser. Draußen bewölkte sich der Himmel. Hin und wieder rüttelte eine leichte Windbö an der kaputten Regenrinne hinterm Haus. Vater hatte sie längst reparieren wollen, doch Regenrinnen waren teuer, und solange das Wasser nicht ins Mauerwerk drang, eilte es nicht.

Der Sohn hielt den Kopf gesenkt und starrte auf seine Finger. Ineinander verschränkt lagen sie auf der Tischplatte. Es kostete ihn Mühe, sie ruhig zu halten. Obwohl es in ihrer

Küche nicht allzu warm war, schwitzte er. Kleine Schweiß-
perlen liefen aus seinen Haaren den Nacken hinab. Die langsam verrinnende Zeit quälte ihn, ließ seine Muskeln, seine
Lider und Mundwinkel zucken. Bei jedem Zucken meinte er,
Vater würde es bemerken und bestrafen.

Vater konnte sehr lange still dasitzen. Das hatte sein
Großvater ihm auf der Jagd beigebracht. Ein Fremder hätte
glauben können, Vater sei im Sitzen eingeschlafen, doch der
Sohn wusste es besser. Vater nannte diesen Zustand «Jagd-
schlaf». Seine Sinne waren hellwach, nur sein Körper schlief.

Bei dem einen oder anderen Atemzug lief ein leichtes Zittern durch Vaters Körper. Die sanfte Vibration drang durch
die Tischplatte zu ihm.

Vater war Kraft, Stärke und Unbeugsamkeit. Er war die
Eiche der Familie, in deren Schutz die kleinen Sträucher
wuchsen. Auf der Welt gab es nichts, was so furchtbar war,
dass es Vater zusetzen oder gar verletzen konnte. Zumindest
hatte der Sohn das bis heute geglaubt. Aber Mutters Tod
schien alles zu ändern.

Sie waren fünfundvierzig Jahre zusammen gewesen, hatten sich kennengelernt, als es ihn noch nicht gab. Und nun
gab Vater ihm die Schuld an Mutters Tod.

Noch hatte er es nicht ausgesprochen, aber es konnte gar
nicht anders sein. Er hatte Vater davon überzeugt, sie in ein
Krankenhaus zu bringen. Natürlich hatte er gehofft, die Ärzte könnten Mutter retten. Er hatte es sich heiß und innig gewünscht und zu Gott gebetet dafür. Tief in seinem Inneren
hatte er aber auch geahnt, dass es zu spät war. Und gerade
deshalb hatte Mutter vom Hof weggemusst.

Er war verwirrt. Alles, woran er geglaubt hatte, geriet ins
Wanken. So hatte er sich noch nie zuvor gefühlt.

Es gab vieles, was er nicht verstand. Das störte ihn nicht

weiter. Wichtig war nur, zu wissen, was richtig und falsch war. Was man tun durfte und was nicht. Mutter sich so lange quälen zu lassen war falsch. Sie hatte Schmerzen gehabt, aber Vater gegenüber war sie unbeugsam und stark geblieben und hatte sich kaum etwas anmerken lassen. Vater hatte ihr Leid nicht gesehen. Er war immer schon streng gewesen. Zu sich selbst genauso wie zu seinem Sohn und seiner Frau. Auf Strenge, Respekt und Angst gründete ihre Liebe zu ihm, und sie hatten sie nie in Frage gestellt. In den letzten Wochen aber, in denen es Mutter so schlechtgegangen war, hatte sich etwas geändert.

Vater hätte sie schon viel früher zu einem Arzt gehen lassen müssen. Seit vier Jahren hatte Mutter unter ständig wiederkehrender Atemnot gelitten, und es war immer schlimmer geworden. Sie hatte nie geklagt, aber sich immer häufiger ausruhen müssen. Natürlich hatte sie es auf ihr Alter geschoben. Im Gegensatz zu Vater war Mutter wirklich gealtert.

Vor einem halben Jahr waren dann die Hustenanfälle dazugekommen.

Anfangs hatte Mutter nur nachts gehustet. Die tiefen, würgenden Laute waren durchs ganze Haus gedrungen und hatten den Sohn wach gehalten. So hatte er gehört, wie Vater sie deshalb beschimpfte und aus dem Bett warf, damit er ungestört weiterschlafen konnte. Nach einer Weile war Mutter dazu übergegangen, sitzend im Sessel im Wohnzimmer zu schlafen. Von da an war es nachts wieder ruhig gewesen. Wahrscheinlich hatte sie in der Position besser atmen können. Vielleicht hatte sie aber auch einfach nicht mehr geschlafen.

Aber als wolle die Krankheit sie nicht davonkommen lassen, hatte sie bald auch tagsüber gehustet. Von da an war es schnell schlimmer geworden. Sie hatte auf den Knien gelegen und Blut gespuckt. Dauernd war sie zusammengebrochen und hatte ihre Arbeit auf dem Hof nicht mehr geschafft.

Schließlich hatte Mutter Vater gebeten, zu einem Arzt gehen zu dürfen. Vater hatte abgelehnt. Und dabei war er geblieben bis zu dem Tag, als er für einige Stunden allein auf dem Hof gewesen und Mutter bewusstlos zusammengebrochen war. Vater, der sonst alles konnte, hatte sich nicht zu helfen gewusst.

Als er abends nach Einbruch der Dunkelheit zurückgekehrt war, war Mutter wieder auf den Beinen gewesen und hatte ihm davon erzählt. Vater hatte sie in die Küche getragen und auf das alte Sofa gelegt, das neben dem Ofen stand. Er hatte zwar nichts für sie tun können, war aber nicht von ihrer Seite gewichen.

Danach hatte er auf seinen Vater eingeredet und ihm versprochen, dass die Ärzte Mutter wieder gesund machen würden. Im Nachhall der schockierenden Ereignisse hatte Vater endlich zugestimmt. Am Tag darauf hatte er seine Mutter ins Krankenhaus in die Stadt gebracht.

«Du hast gelogen», sagte Vater jetzt plötzlich. «Ich habe dir geglaubt. Weil du dich da draußen auskennst. Nur deshalb durfte sie gehen.»

«Vater, ich …»

Er hob die Hand, nur ein wenig, aber es reichte, um den Sohn verstummen zu lassen.

«Ich verstehe, warum du es getan hast. Aber ich will auch, dass du verstehst, was du damit angerichtet hast.»

Vater schwieg einen Moment.

«Seit ich siebzehn war, lebte ich mit deiner Mutter zusammen. Die Tage, an denen wir getrennt waren, kann ich an meinen Fingern abzählen. Dass wir zusammengehören, stand von Anfang an fest, und so sollte es in einer Ehe ja auch sein. Wir haben uns damals ein Versprechen gegeben, vor Gott. Es gilt bis in den Tod. Nicht bis zwei Wochen vorher, sondern bis in den Tod. Verstehst du das, mein Sohn?»

Er nickte.

«Nun, ich glaube nicht. Sonst hättest du anders gehandelt. Meinst du etwa, ich wusste nicht, dass deine Mutter schwer krank ist? Ich wusste es. Aber sie hätte bis zuletzt hier bei uns bleiben müssen. Hier war ihr Platz, nirgends sonst. Hier auf dem Hof hätte sie sterben sollen. Und dann hast du versprochen, die Ärzte würden sie gesund machen. Darauf habe ich vertraut.»

Mit jedem Wort wuchs in dem Sohn ein bisher ungekanntes Gefühl heran. Es war ein Kribbeln von den Fußspitzen bis hinauf in die Finger. Es ließ ihn noch nervöser werden, als er es ohnehin schon war, und es schickte eine heiße Woge durch seinen Bauch. Dieses Gefühl erwuchs aus den ungerechten Anschuldigungen seines Vaters. Am liebsten wäre er aufgesprungen. Er wollte seinem Vater ins Gesicht schreien, dass er ja mit ihm zusammen ins Krankenhaus hätte fahren können, um in ihren letzten Stunden bei seiner Frau zu sein. Aber seit seinem schweren Unfall verließ Vater den Hof nicht mehr.

Er hätte seinem Vater sagen können, dass Mutter nicht auf dem Hof hatte sterben wollen. Zwei Wochen lang hatte er sie im Krankenhaus besucht, und sie hatte nicht ein einziges Mal von ihm verlangt, sie zurück auf den Hof zu bringen. Im Krankenhaus zu sterben war ihr letzter Wille gewesen, und er war stolz darauf, ihn ihr erfüllt zu haben.

Ja, er war wütend. Und diese Wut verlieh ihm die Kraft, seinem Vater zu widersprechen. Er wollte die Vorwürfe hinausschreien, hielt aber im letzten Moment inne.

Was er sah, ließ jede Gegenwehr zusammenbrechen.

Die Augen seines Vaters füllten sich mit Tränen. Eine einzelne Träne rann heraus und versickerte in seinem Bart.

«Du hättest mich nicht belügen dürfen, mein Sohn. Hättest keine Hoffnung wecken dürfen, die es nie gab. Verstehst du das?»

Er nickte ergeben.

«Du weißt, dass du dafür bestraft werden musst.»

Er nickte abermals. Er war nicht nur bereit, jede Strafe zu ertragen, er sehnte sie geradezu herbei.

«Gut», sagte Vater, «dann geh und hol Großvaters Haut.»

14

Die Stimmung im Haus der Schwabes war bedrückend, die Stille zermürbend. Das Warten auf eine Antwort schien Helga Schwabe zu lähmen, ihr jede Kraft aus dem Körper zu saugen. Gestern Abend war sie panisch und voller Angst, aber doch lebendig und kräftig gewesen. Heute war sie nur noch ein Schatten ihrer selbst.

Als Manuela vor fünf Minuten eingetroffen war, hatte sie Helga Schwabe mit einem Stoffbären in der Hand im Garten neben der Sandkiste vorgefunden. Da Henry Conroy im Wohnzimmer noch immer mit Arthur Schwabe beschäftigt war, täuschte Manuela Durst vor und lockte die Frau damit in die Küche.

Helga schenkte ihr ein Glas Orangensaft ein. Dann nahm sie wieder den Stoffbären in die Hände. Sie drückte und knetete ihn und starrte immer wieder gedankenverloren in seine braunen Knopfaugen. Ihr gelocktes Haar stand auf der einen Kopfseite ab, auf der anderen war es platt gedrückt. Manuela stellte sich vor, wie die Frau heute in der Früh aufgestanden war und seitdem mit dem Teddy in der Hand auf der Suche nach ihrem Sohn durchs Haus lief. Vielleicht war sie auch gar nicht im Bett gewesen. Hatte nur kurz mit dem Kopf auf dem Tisch geschlafen.

Der Kühlschrank brummte, eine dicke Fliege stieß immer wieder gegen die Fensterscheibe zum Hof. Ansonsten war es still. Zu still.

Manuela fielen die Fotos an der Wand neben dem Kühlschrank auf. Fröhliche, ausgelassene Fotos von einem kleinen Jungen und einem kleinen Hund, aufgenommen im Garten hinter dem Haus.

«Sind das Oleg und Pedro?», fragte sie und deutete darauf.

Helga Schwabe sah zu ihr auf.

«Wie?»

«Dieser süße Hund. Ist das Pedro?»

«Ja, genau, Pedro. Er ist Oleg nie von der Seite gewichen. Die beiden waren von Anfang an beste Freunde. Wissen Sie, was Pedro seit gestern macht?»

«Nein, was?», fragte Manuela.

«Er läuft am Zaun auf und ab und sucht nach Oleg. Er begreift es nicht … er glaubt, Oleg hätte ihn verlassen. Es bricht ihm das Herz, ich kann es sehen.»

Manuela konnte es ebenfalls sehen. In Helgas Augen. Hund und Mutter reagierten ähnlich auf den Verlust des kleinen Oleg.

«Wer … wer war zuerst da?», fragte Manuela und musste trocken schlucken. «Pedro oder Oleg?»

Helga Schwabe schüttelte den Kopf, als müsse sie irgendwelche Bilder verscheuchen.

«Pedro ist ja erst zwei Jahre alt. Wir haben ihn bekommen, da war Oleg bereits vier. Vorher hatten wir Jack, einen Schäferhundrüden. Der war ein bisschen wild, mit dem konnten wir Oleg nicht allein lassen. Er war aber Arthurs ganzer Stolz, ein richtiger Wachhund. Das da ist Jack.»

Sie deutete auf ein Foto ganz rechts außen. Es zeigte einen kräftigen Schäferhund neben Arthur Schwabe. Schwabe hatte einen Fuß auf einen Hackklotz gestellt. Die Axt steckte noch darin. Er trug einen blauen Arbeitsoverall und derbe Arbeitsschuhe.

«Gestern Nacht, als alle weg waren, wissen Sie, was er da gesagt hat?»

Helga Schwabe starrte gegen die gekachelte Wand.

«Mit Jack wäre das nicht passiert. Jack hätte Oleg nicht für einen Napf Futter im Stich gelassen.»

Ihr Blick flog zu Manuela hinüber. «Aber Pedro kann doch nichts dafür. Ich habe ihn doch reingeholt. Obwohl ich gespürt habe, dass etwas nicht stimmt. Und Pedro auch. Aber ich habe ihn nicht ernst genommen. Wenn jemand Schuld hat, dann ich.»

Manuela trat von den Bildern weg und tätschelte ihren Oberarm.

«Sagen Sie so etwas nicht. Das stimmt nicht. Sie dürfen es nicht einmal denken, hören Sie. Sie sind nicht schuld. Was haben Sie denn überhaupt gespürt?»

«Der Mais … ich dachte, der Mais hätte gerauscht, aber so war es nicht. Es war der Bilgenschneider … er hat nach Oleg gerufen … und als der Junge nicht zu ihm gekommen ist, hat er ihn sich geholt.»

Manuela hatte gestern Abend schon von der Legende des Bilgenschneiders gehört. Das war natürlich kompletter Unsinn, aber in der Vorstellung dieser Frau schien er sehr real zu sein. Plötzlich musste Manuela an den Wassermann denken. An die schemenhafte weiße Gestalt, die am Holzsteg emporgeklettert war. Damals war Manuela für einen kurzen Moment bereit gewesen, an Fabelwesen zu glauben. All ihrer Rationalität zum Trotz.

«Es war ein Mensch, der Ihren Sohn entführt hat, Frau Schwabe. Das kann ich Ihnen versprechen. Hören Sie? Es war ein Mensch.»

Unvermittelt nahm Helga Schwabe eines der gerahmten Bilder von der Wand und hielt es Manuela hin. Es zeigte einen strahlenden, braun gebrannten Oleg, der mit ausgestreckten Armen in einem orangefarbenen Planschbecken stand, die Füße im Wasser. Sein Haar war leuchtend blond, die Zähne strahlend weiß. Ein Ausbund an Lebensenergie und Vitalität. Neben dem Planschbecken stand eine kleine Pedro-Version in Habacht-Stellung.

«Schauen Sie. Ist er nicht ein wunderbarer Junge.»

Manuela nickte. «Ich habe noch nie einen hübscheren Jungen gesehen.» Sie schluckte mühsam und fühlte sich überfordert. Das war eine völlig neue Situation für sie, und sie fragte sich, ob sie sich eines Tages daran gewöhnen würde. Vielleicht war Gewohnheit sogar die einzige Waffe gegen Trauer und Schmerz. Aber noch besaß sie diese Waffe nicht und war verletzbar.

«Wir tun alles, um ihn zu finden», sagte sie leise.

Helga Schwabe sackte auf einen Stuhl und starrte das Foto an.

«Und wenn es doch der Bilgenschneider war? Ich meine ... schauen Sie sich das Foto doch an. Welcher Mensch könnte denn einem kleinen Jungen wie Oleg etwas antun? Das muss doch ein Monster sein.»

15

Großvaters Haut war eine neunschwänzige Katze. Eine *Bicz*, wie man im Polnischen sagte. Der Handgriff bestand aus Erlenholz und war durch die häufige Benutzung ganz schwarz geworden.

Was diese Peitsche so besonders machte, waren die Riemen. Vater behauptete, sie seien aus der Haut seines eigenen Großvaters geflochten. Ob das wirklich stimmte, wusste der Sohn nicht. Er hatte sich nie getraut, Vater nach der Geschichte zu fragen. Denn sobald Großvaters Haut von dem Haken an der Wand genommen war, wurde nicht mehr gesprochen. Dann waren keine Fragen, keine Verteidigungen und keine Ausflüchte mehr erlaubt. Allein der Glaube zählte. Und der Schmerz.

Wenn sie nicht gebraucht wurde, hing Großvaters Haut an einem Haken an der Wand in der Diele. Gleich neben dem großen alten Bauernschrank, in dem Mutter die Bettwäsche aufbewahrte.

Es kam vor, dass Großvaters Haut wochenlang, mitunter sogar monatelang, unbenutzt blieb. Dann setzte sich Staub darauf ab, im Sommer webten Hausspinnen ihre Netze daran, und Schmeißfliegen labten sich an dem eingetrockneten Blut, das daran klebte. Von ihrem Schrecken büßte sie trotzdem nichts ein. Wenn man das Haus verließ oder betrat, musste man daran vorbei. Der Sohn sah nur selten hinüber, meist hielt er den Kopf gesenkt, aber das half nicht. Es gab Tage, da kam es ihm so vor, als würde Großvaters Haut ihn ansehen. Als wäre noch etwas von dem Leben des Mannes darin, den er nie kennengelernt hatte.

Aber Marek hatte Albträume von ihm gehabt. Von einem

entsetzlichen, rot glänzenden Ungeheuer aus rohem Fleisch. Es hatte nachts an das Fenster seines Zimmers geklopft.

Großvaters Haut wachte in diesem Haus über Zucht und Ordnung.

Das Licht in der großen Diele war schummrig, reichte aber aus, um die Einzelheiten zu erkennen. Am Griff der Bicz war eine Lederschlaufe befestigt, daran hing sie kopfüber an einem Eisenhaken. Die neun geflochtenen Schwänze baumelten lang herunter. Jeder einzelne war nicht dicker als ein Bleistift, neunzig Zentimeter lang und am Ende verknotet. Über die Jahre hatte das Leder seine Geschmeidigkeit eingebüßt, war trocken und brüchig geworden, einzelne Fasern standen aus dem Flechtwerk heraus. Sie und die Knoten an den Enden waren es, die den größten Schmerz hervorriefen.

«Wo bleibst du?», rief Vater aus der Küche.

Seine Stimme trieb den Sohn an. Rasch trat er vor und nahm Großvaters Haut mit beiden Händen vorsichtig von der Wand. Den Griff in der einen, die Riemen über dem Rücken der anderen Hand, trug er sie in die Küche.

Vater nahm sie ihm ab. Die Schwänze fielen herunter, die Knoten schleiften durch den Staub auf dem Küchenboden.

Der Sohn streifte das Oberteil des Blaumanns bis auf die Hüften hinunter. Dann trat er an das Kopfende des Tisches und legte sich mit nacktem Oberkörper auf die kalte Platte, von der er so oft und gern Fleischragout gegessen hatte. In diesem Moment fürchtete er sich nicht vor den Schmerzen, sondern davor, dass die Mahlzeiten an diesem Tisch niemals wieder so sein würden wie früher.

Die Arme legte er angewinkelt neben sich und klammerte sich mit den Händen an die Tischkante.

«Bereit, mein Sohn?»

«Ja, Vater.»

Schon schnitt Großvaters Haut durch die Luft und klatschte auf seinen Rücken.

Er zuckte und biss die Zähne zusammen.

Dieser erste Schlag war noch verhalten gewesen. Er war Schlimmeres gewöhnt. Außerdem war es ihm gleichgültig, wie hart sein Vater zuschlug. Diese Strafe hatte er verdient.

Der zweite Schlag trieb ihm die Tränen in die Augen, aber er blieb stumm. Männer ertrugen Schmerzen schweigend. Er bereitete sich auf den nächsten vor. Vater ließ immer genug Zeit vergehen, um den Schmerz zwischendurch etwas abebben zu lassen. In dieser kurzen Verschnaufpause tröstete er sich mit dem Gedanken, dass seine Mutter ihren letzten Willen bekommen würde, ein hübsches Grab auf einem gepflegten Friedhof, und er selbst hätte einen Ort, an den er gehen konnte, wenn ihm hier alles zu viel wurde. Das war es wert. Dafür ertrug er die Züchtigung.

Der dritte Schlag war so heftig, dass er zusammen mit dem Tisch ein Stück nach vorn rutschte. Es folgten drei weitere Schläge, und der Tisch rutschte bis an die Wand. Beim letzten Schlag hätte er beinahe geschrien. Wie immer waren es sechs Schläge. Niemals mehr, aber auch nicht weniger, ganz egal, was man angestellt oder gegen welche Regel man verstoßen hatte. Er war beinahe ein wenig enttäuscht deswegen. Drei oder vier weitere Schläge hätte er noch ertragen. Aber Vater schien genau zu wissen, ab wann die Haut auf dem Rücken ein einziges Meer aus Feuer war und der Schmerz sich nicht mehr steigern ließ.

Schwer atmend, die Zähne so fest aufeinandergepresst, dass ihm die Kiefer schmerzten, blieb der Sohn auf dem Tisch liegen. Er wusste, Vater gönnte ihm diese Minute.

«Wenn du so weit bist, bringst du Großvaters Haut zurück an den Haken. Später werden wir gemeinsam essen. Vergiss bitte das Gedeck für deine Mutter nicht. Und dann werden wie beide darüber nachdenken, wie wir deine Mutter zurück auf den Hof bekommen.»

Ein weiterer, ja nicht einmal zehn weitere Schläge hätten einen größeren Schock auslösen können. Was Großvaters Haut nicht schaffte, schafften Vaters Worte.

«Nein, bitte nicht», flüsterte der Sohn.

16

Manuela fuhr mit Henry Conroy zurück nach Gotenburg. Jens Jagoda und ein paar der anderen Kollegen hielten in Hohberg die Stellung. Das Telefon der Schwabes wurde mittlerweile überwacht, aber an eine Erpressung glaubte niemand so richtig. Bei den Schwabes gab es nichts zu holen.

Die Hundertschaft hatte den ganzen Tag über die nahen Wälder und die Maisfelder abgesucht. Leider ohne Erfolg – nirgendwo eine Spur von Oleg. Immerhin hatte der Täter den geköpften Hund und die Fußspur in der Sandkiste zurückgelassen, also konnte man noch nicht einmal sagen, der Junge sei spurlos verschwunden. Sie konnten damit nur nichts anfangen. Der Fußeindruck brachte gar nichts, solange sie ihn nicht vergleichen konnten.

Ihre Befragung im Ort hatte auch nicht viel gebracht. Die Leute mochten Buhrmann nicht, das war offensichtlich. Sie neideten ihm seinen Besitz. Aber Manuela gegenüber hatte niemand Arthur Schwabes Vermutung von Sexreisen nach Thailand wiederholt. Die Menschen hier nahmen ihm vor allem übel, dass er tschechische Hilfsarbeiter unter Tarif beschäftigte. Wahrscheinlich rührte daher die Missgunst. Buhrmanns Polier, ein Mann namens Carl Theiß, mochten die Leute ebenso wenig. Beim Bäcker hatten sie erzählt, in Wirklichkeit schmeiße er den Laden. Der Mann fürs Grobe, sozusagen.

Manuela hatte Henry Conroy eben davon erzählt.

Er saß nachdenklich hinter dem Steuer und fuhr jetzt wesentlich langsamer als auf der Hinfahrt. «Wir werden das mal an die Gewerbeaufsicht und ans Arbeitsamt weitergeben, aber das sind zwei verschiedene Paar Schuhe.»

«Und Ihre Vermutung mit der Erpressung?»

Conroy zuckte mit den Schultern. «Ich bin nicht gerade zimperlich mit Arthur Schwabe umgesprungen, aber er streitet es ab.»

«Und was glauben Sie?», fragte Manuela.

«Ich hab's schon einmal gesagt: Ich glaube nicht, ich ermittle.»

Manuela winkte ab. «Jaja, habe ich verstanden. Aber ich werde für Sie sicher nicht meinen Sprachduktus verändern. Sie wissen ja auch so, was ich meine.»

«Respekt vor Autoritäten hat Ihnen wohl niemand beigebracht.»

«Ich bin mit drei Brüdern aufgewachsen. Ich weiß, wie man sich durchboxt. Und Autorität allein aufgrund von Diensträngen finde ich spießig.»

«Mit der Einstellung werden Sie es bei der Polizei aber schwerhaben.»

«Machen Sie sich um mich mal keine Sorgen. Außerdem gehen Sie mit Sackstedt ja auch nicht gerade respektvoll um.» Manuela warf ihm einen Blick zu und entdeckte, dass Conroy verhalten grinste.

«Na ja, vielleicht haben wir beide dasselbe Problem», sagte er.

«Ich empfinde das nicht als Problem, sondern als gute Charaktereigenschaft.»

Jetzt nahm er seinen Blick für einen Moment von der kurvigen Straße und sah Manuela an. In seinen grauen Augen lag Nachdenklichkeit.

«Warum sehen Sie mich so an?», fragte Manuela.

Er wiegte leicht den Kopf. «Sie erinnern mich an jemanden.»

«Darf ich fragen, an wen?»

«Nein, dürfen Sie nicht, aber Sie tun es ja trotzdem, oder?»

«Wer nicht fragt, bleibt dumm.»

«Ich verrate Ihnen nicht, an wen Sie mich erinnern. Aber ich mochte diesen Menschen.»

Eigentlich hatte Manuela etwas Schlagfertiges erwidern wollen, biss sich dann aber auf die Zunge. Seine letzten Worte klangen anders. Manuela spürte, dass sie hier privates Terrain betrat, und darauf hatte sie nichts zu suchen.

«Hat Buhrmann nun etwas mit dem Verschwinden von Oleg zu tun oder nicht?», fragte Manuela nach kurzem Schweigen, um das Gespräch wieder auf Dienstliches zu bringen.

Conroy zuckte mit den Schultern. Mit einer Hand steuerte er den Wagen, die andere ruhte auf dem Schalthebel.

«Schwabe tut nicht nur so, er ist wirklich davon überzeugt. Gestern Abend, in der ersten Vernehmung, war er von dem Moment an nervös, als ich den geköpften Hund erwähnte. Er wollte nur noch weg, das signalisierte seine gesamte Körpersprache. Darauf konnte ich mir zunächst keinen Reim machen, aber jetzt kann ich es. Er hat sofort Buhrmann verdächtigt und mit seinem Angriff so lange gewartet, bis die Polizei vom Hof war. Wenn jemand derart überzeugt ist, muss an der Sache etwas dran sein. Das sagt mir meine Erfahrung.»

«Also werden wir uns morgen noch mal mit Buhrmann unterhalten?»

«Auf jeden Fall. Und mit diesem Vorarbeiter, Carl Theiß. Und dann müssen wir auch noch den vorbestraften Sexualstraftäter befragen. Nur in eine Richtung zu ermitteln, wäre allzu leichtsinnig.»

«Wir könnten doch jetzt noch mit ihm sprechen», schlug Manuela vor, hätte sich im selben Augenblick aber am liebsten auf die Zunge gebissen. Sie war mit ihrem Bruder Timmy verabredet und hatte eigentlich keine Zeit mehr.

Henry Conroy schüttelte den Kopf. «Für heute ist Schluss. Die letzte Nacht war schon viel zu kurz.»

Auch wenn es ihr schwerfiel, Feierabend zu machen, solange irgendwo da draußen ein kleiner Junge um sein Leben bangte, Todesängste ausstand und sich nach seiner Mutter sehnte, war sie froh darüber. Es ging nicht anders. Schließlich waren sie keine Maschinen.

«Lebt er noch?», sprach Manuela spontan die Frage aus, die ihr durch den Kopf schoss.

Henry Conroy antwortete nicht sofort.

«Hoffentlich», sagte er schließlich.

17

Das erste Stück rohes Fleisch flog über den Zaun. Sofort stürzten sich die Hunde im weitläufigen Gehege darauf. Einer der Samojeden-Rüden schlug seine Zähne hinein und riss es vom Boden weg. Die eine Seite glänzte blutig-nass, die andere war vom Sand wie paniert. Schon war ein zweiter Rüde heran, größer und kräftiger als der erste. Er jagte dem anderen nach, stellte ihn, biss in das Fleisch und begann zu zerren. Das kleinere Männchen wehrte sich noch ein wenig, aber das war nur Show; es wusste, es hatte seine Beute verloren.

Schon flogen weitere Brocken über den Zaun. Große und kleine Stücke, alle frisch und blutig. Manche landeten im Dreck, andere fingen die Hunde noch in der Luft auf. Je mehr Mäuler gestopft waren, desto leiser wurde es. Bald hatten alle Tiere etwas zu fressen, und man hörte nur noch gelegentlich ein Knurren, untermalt von Schmatzen, vom Knacken und dem Reißen, wenn eine besonders harte Sehne den kräftigen Kiefern der Hunde nachgab.

Der Sohn stand im schützenden Schatten des Hauses und beobachtete den Vater. Wie immer fütterte er seine Samojeden mit Hingabe, in seinem Blick lag Stolz. Früher hatte er Marek so angesehen, aber das war lange her. Die weißen Hunde standen bei Vater an erster Stelle. Immer. Es war seine eigene Zucht, über die Jahre hinweg hatte er es geschafft, ihnen ihre ursprüngliche Kraft und ihren Mut zurückzugeben. Diese Samojeden waren keine Schoßhunde. Sie würden sich auf Wölfe stürzen, wenn Vater es so wollte.

Mutter hatte ihm erzählt, dass Vater als kleiner Junge mit solchen Hunden aufgewachsen war. Sie hatten ihn beschützt. Sein eigener Vater hat ihn oft geschlagen, und wenn es zu schlimm wurde, war er zu den Hunden geflüchtet. Marek hatte sich vorgestellt, wie Vater zusammen mit einem Samojeden in einer kleinen Hütte schlief. Ob es so gewesen war, wusste er nicht. Vater sprach nicht darüber. Aber würde es nicht dessen abgöttische Liebe zu diesen Hunden erklären?

Vater drehte den Eimer um und verschwand in der großen Scheune.

Im Gehege entstand ein neuer Tumult. Der größte Rüde hatte sein erstes Stück Fleisch hinuntergeschlungen, war aber noch nicht satt. Mit wildem, gierigem Blick lief er herum und entschied sich schließlich, einem der kleinen Weibchen sein Fressen wegzunehmen. Das Weibchen knurrte und fletschte die Zähne, war aber nicht mutig genug, sich auf einen Kampf einzulassen. Als der zerrissene Brocken die Mäuler wechselte, war kurz ein blaues Stück Stoff zu sehen.

Der Sohn ging am Zaun entlang und sah genauer hin. Der Rüde war unersättlich, er schlang das Fleisch in sich hinein. Trotzdem sah er das Stück Stoff noch einmal, bevor es im Magen des Tieres verschwand.

Das war nicht gut. So ein Stück Stoff konnte zu einem Darmverschluss führen. Dann würde der Hund eines qualvollen Todes sterben. Dieser Rüde war Vaters Lieblingstier. So kurz nach Mutters Tod würde er dessen Tod nicht auch noch verkraften können. Was war das für Fleisch, das Vater an die Hunde verfüttert hatte? Meist kaufte der Sohn größere Mengen Abfallfleisch in der Großschlachterei an der Autobahn. Das froren sie dann ein. In der Scheune standen zwei riesige alte Gefriertruhen. Aber für aufgetautes Fleisch hatte es zu frisch ausgesehen.

Der Sohn trottete zur Scheune hinüber. In diesen Minuten ging die Sonne über dem Wald unter. Rötliches Licht konturierte die Hügel und Wälder und legte sich wie ein

Glutteppich über die Wiesen und über den Staub des Hofes. Bei klarem Himmel waren die Sonnenuntergänge hier oben immer etwas ganz Besonderes. An ruhigen Tagen, wenn er nicht so aufgewühlt war wie heute, konnte er stundenlang auf der Bank hinter der Scheune sitzen und dabei zusehen, wie es langsam dunkler wurde. Er liebte es, wenn sein Kopf dabei gar nichts dachte und er so vollkommen mit dem Licht verschmolz.

Er trat in den Schatten der Scheune und blinzelte in die tiefe Dunkelheit. Rotes Licht quoll durch die Ritzen zwischen den Wandbrettern und schien daran hinunterzulaufen wie dickflüssiges Blut. Es vermischte sich mit der Dunkelheit zu einem unheimlichen Lichtspiel, in dem aufgewirbelte Staubpartikel tanzten.

Es plätscherte. Mit dem Wasserschlauch spritzte Vater den großen Hacktisch ab, der in der Mitte der Scheune stand. Der Sohn hatte ihn vor vielen Jahren einem Metzger abgekauft, der aus Altersgründen seinen Laden aufgeben musste. Der Tisch hatte eine dicke, unverwüstliche Platte aus Lärchenholz. Vater hielt den harten Strahl auf die Platte gerichtet und spülte Fleischfetzen aus den Rissen und Einkerbungen. Das Wasser, das vom Tisch auf den Boden lief, war rötlich verfärbt.

«Da war Stoff in dem Fleisch.»

«Und?»

«Pjotr hat es gefressen.»

«Er wird's schon überleben», sagte Vater, ohne innezuhalten.

«Was war das denn für Fleisch?»

«Fleisch eben. Was spielt das für eine Rolle.»

«Keine, natürlich nicht», beeilte er sich zu sagen. In der Stimme seines Vaters lag dieser dunkle Unterton, der ihn stets vorsichtig werden ließ. «Wir können essen», schob er hastig nach.

Vater drehte den Wasserschlauch ab und warf ihn zu Boden. Er wandte sich um, wischte sich die Hände am schmutzigen Blaumann ab und kam auf ihn zu.

«Ich muss dir etwas zeigen, komm mit.»

Er folgte ihm über den Hof zu dem Wellblechverschlag, einer alten, rostenden Fertiggarage, die sie für den Rasenmäher nutzten. Sie stand leicht windschief auf nacktem Boden ohne Fundament und würde wohl beim nächsten starken Sturm umkippen.

Vater zog den Holzstab aus dem Scharnier und öffnete die quietschenden Türen.

Sie gaben die Sicht frei auf das Heck eines Wagens.

«Ein Auto?», fragte er überflüssigerweise.

«Das muss weg», sagte Vater. «Die Polizei wird vielleicht danach suchen. Es darf nicht länger hier stehen. Du musst dafür sorgen, dass es verschwindet, hörst du.»

«Ich … ja … sicher, aber …»

«Ich habe schon darüber nachgedacht. Im Handschuhfach liegen die Papiere. Da steht auch eine Adresse. Da bringst du den Wagen hin, heute Nacht.»

«Aber wem gehört er denn?»

«Niemandem. Aber er darf nicht hier gefunden werden. Wir essen zusammen, dann bringst du ihn fort. Hast du das verstanden?»

«Und wie soll ich zurückkommen?»

Vater sah ihn aus zornigen Augen an. «Als ich ein kleiner Junge war, bin ich Tage und Nächte gelaufen, ohne essen oder trinken zu müssen. Ich konnte es, also kannst du es auch. Und auf dem Weg zurück kannst du dir Gedanken darüber machen, wie wir deine Mutter wiederbekommen.»

«Aber das geht nicht, sie ist …»

Die flache Hand seines Vaters traf seine rechte Wange. Sein Kopf schleuderte herum, und im Ohr fiepte es laut.

«Hat Großvaters Haut dich nichts gelehrt?»

«Doch, Vater.»

«Dann widersprich mir nicht und tu, was ich dir auftrage.»

18

Abgestandene und verrauchte Luft schlug ihr entgegen, als sie die Tür aufzog. Der vordere, durch große Glasscheiben abgetrennte Bereich war für Raucher bestimmt, da musste Lea auf dem Weg zur Bar durch. Das Crossini, ein kleines Bistro inmitten der Fußgängerzone von Traunfeld, war beliebt bei den Studenten und jeden Abend voll. Lea hielt die Luft an und durchquerte den Gestank mit schnellen Schritten. Schon den ganzen Tag hatte sie das Gefühl gehabt, durch Nebel zu laufen.

Sie war mit dem Bus kreuz und quer durch die Stadt gefahren, immer auf der Suche nach ihrer Freundin. Zunächst zu dem Tierfachgeschäft, in dem Rieke nebenbei arbeitete. Stefanie, die Besitzerin, hatte sie zuletzt vor zwei Tagen gesehen. Ihr nächster Dienst stand erst morgen an. Danach war Lea zu Riekes Friseur gelaufen. Aber weder dort noch bei ihrem Lieblingsitaliener hatte man sie gesehen. Sie war auch nicht im Crossini aufgetaucht, sollte dort aber um achtzehn Uhr zum Dienst erscheinen. Immerhin.

Zwischendurch war sie sich ein wenig dumm vorgekommen. Rieke war schließlich erwachsen und konnte sich herumtreiben, wo immer sie wollte. Vielleicht hatte sie sogar einen neuen Freund, aber das konnte Lea sich nicht vorstellen, denn über dieses Thema sprachen sie eigentlich immer sehr offen. Allerdings war es schon vorgekommen, dass sie abends in der Bar jemanden kennengelernt und gleich mit nach Hause genommen hatte. Oder mit zu ihm gegangen war. Eigentlich konnte sie an tausend Orten sein, und natürlich war sie nicht verpflichtet, an ihr Handy zu gehen.

Aber genau das machte ihr Sorgen.

Rieke ging immer an ihr Handy.

Es musste etwas passiert sein. Vielleicht hatte Rieke einen Unfall gehabt und lag hilflos in einem tiefen Graben. Ihr Wagen, der altersschwache, halbverrostete Berlingo, stand nicht vor ihrer Wohnung, das hatte Lea überprüft. Zur Polizei zu gehen hatte aber wenig Sinn. Rieke war volljährig, sie musste niemandem Rechenschaft ablegen. Außerdem schreckte Lea vor einem Besuch bei der Polizei zurück.

Es war zehn vor sechs, als sie zum zweiten Mal an diesem Tag das Crossini betrat.

Ihr Weg führte sie direkt an den Tresen. Mario entdeckte sie und winkte ihr zu. Er kam zu ihr hinüber, umarmte sie und küsste sie auf beide Wangen. Übertrieben, fand Lea, ließ es aber wie immer über sich ergehen.

«Na, Bella, wie geht es dir heute? Siehst aus, als hättest du einen schlechten Tag gehabt.»

Mario, der Inhaber des Crossini, war fünfunddreißig, mittelgroß, hatte dunkle Haut und schwarzes, langes Haar. Ein typischer Latin Lover mit Ausstrahlung und Charme.

«War auch ein beschissener Tag», sagte sie und rutschte auf einen der schwarzen Barhocker. «Aber du kannst ihn retten, indem du mir sagst, dass Rieke hinten ist und sich umzieht.»

Erwartungsvoll sah sie Mario an.

Der warf einen schnellen Blick auf seine Armbanduhr.

«Würde ich gern, ehrlich, aber ich habe mich auch schon gefragt, wo sie bleibt. Eigentlich ist Rieke immer zehn Minuten früher da. Was ist denn los?»

«Ich suche sie schon den ganzen Tag. Sie geht nicht ans Handy und reagiert auch nicht auf SMS oder Mails. Sie ist einfach verschwunden.»

Mario runzelte die Stirn. «Komisch, sieht ihr gar nicht

ähnlich. Man kann von Rieke halten, was man will, manchmal ist sie ja wirklich anstrengend, aber zuverlässig ist sie.»

Lea nickte eifrig. «Eben, deshalb mache ich mir ja Sorgen. Es passt einfach nicht zu ihr. Ich weiß nicht … ich befürchte, ihr ist etwas passiert.»

«Was denn?»

«Ein Unfall vielleicht. Sie fährt immer viel zu schnell.»

«Hast du bei der Polizei nachgefragt?»

Lea schüttelte den Kopf. «Ich hatte gehofft, sie hier zu finden.»

Mario hob die Schultern und ließ sie seufzend wieder fallen. «Tut mir wirklich leid, Bella, aber sie ist noch nicht hier. Aber vielleicht verspätet sie sich ja auch nur. Komm, ich geb dir einen Cocktail aus. Sie taucht bestimmt gleich auf.»

Lea zog ihre Jacke aus und sah sich um. Ein paar bekannte Gesichter entdeckte sie, aber niemanden, den sie nach Rieke fragen konnte. Sie warf einen Blick aufs Handy.

Keine Nachricht, kein Anruf. Nicht einmal von Ralf.

Plötzlich fiel die ganze Hoffnung, die sie auf diesen Zeitpunkt zu getragen hatte, wie ein Kartenhaus in sich zusammen. Sie hatte das Gefühl, vom Stuhl zu kippen. Sie klammerte sich mit den Händen am Tresen fest, schloss kurz die Augen und holte tief Luft.

Sie hatte sich noch nie so einsam und verloren gefühlt, trotz der vielen Menschen um sie herum.

19

Die Adresse lag mitten in der Innenstadt in einer engen Einbahnstraße. Rechts und links parkten Autos, dazwischen war gerade noch genug Platz für Manuelas Golf. Sie fuhr langsam, achtete auf die Außenspiegel – der Wagen hatte bereits zwei neue Spiegel, obwohl er erst drei Jahre alt war – irgendwie standen die Dinger zu weit ab – und suchte nach einem Stellplatz.

Fünfhundert Meter weiter fand sie einen. Es war bereits zwanzig Uhr vorbei, sie kam zu spät.

Die Absätze ihrer Schuhe klackerten auf dem Pflaster, und das Geräusch hallte laut in der Häuserschlucht wider. Manuela lief, statt zu gehen. Das tat sie meistens, auch wenn sie es nicht eilig hatte. Geschwindigkeit lag ihr im Blut. Ihr Papa hatte früher oft gesagt, sie käme von einem Planeten, der sich schneller drehe als die Erde, deshalb ginge ihr hier alles zu langsam. Das hatte sich bis heute nicht geändert, eher im Gegenteil. Je älter sie wurde, desto ungeduldiger wurde sie.

Bei Hausnummer vier stand die Eingangstür offen. Das Schloss sah auch nicht so aus, als besäße noch jemand einen Schlüssel dafür. Manuela drückte einmal auf den Klingelknopf, auf dem neben zwei anderen auch ihr eigener Familienname stand, trat dann ein und rannte die ausgetretenen Stufen der breiten Holztreppe hinauf. Das Haus war alt, strahlte trotz seiner Schäbigkeit aber eine gewisse erhabene Eleganz aus.

Als sie in der zweiten Etage ankam, stand Timmy bereits auf dem Treppenabsatz. Von unten betrachtet, wirkte er doppelt so groß, dabei überragte er sie in Wirklichkeit schon um zwei Köpfe.

Timmy griente von einem Ohr zum anderen und hielt die Arme weit geöffnet. «Schwesterherz», rief er laut aus. Seine Stimme hallte durchs Treppenhaus. «Endlich.»

Er schloss Manuela in seine Arme und hob sie vom Boden hoch, als wäre sie federleicht.

«Wie kommt es nur, dass du als Einzige der Familie so klein geblieben bist?», fragte er lachend.

Manuela drückte sich an ihn.

«Ihr seid Körper, ich bin Kopf», antwortete sie wie üblich.

Timmy stellte sie ab, schob sie auf Armlänge von sich und betrachtete sie.

«Die neue Frisur steht dir gut.»

Manuela freute sich über das Kompliment. Timmy war der Einzige, der es bislang bemerkt hatte. Ihr feines Haar war eine Katastrophe. «Feenhaar», nannte ihre Mutter es. Kein Styling hielt lange, und in feuchter Luft kräuselte es sich. Nach dem Wassermann-Fall hatte sie es blondieren und etwas kürzer schneiden lassen. Es endete jetzt knapp über den Schultern und hatte zum ersten Mal so etwas wie Spannkraft.

«Gefällt es dir?»

«Ich würde dich daten, wenn du nicht meine große Schwester wärst.»

Er wuschelte ihr durchs Haar. Dann wurde sein Blick ein wenig ernster.

«Alles klar bei dir? Geht es dir auch wirklich gut?»

Manuela nickte. «Alles gut, ehrlich.»

«Und dein neuer Chef? Wie ist der? Sollte das wieder so ein Arsch sein wie der vorherige, dann knöpfe ich ihn mir persönlich vor.»

Manuela wiegte den Kopf hin und her. «Nein, er ist ganz anders, aber irgendwie auch nicht einfach. Ich denke, ich komme schon klar mit ihm.»

Timmy legte ihr einen Arm um die Schulter und führte Manuela hinein. Auf dem Flur lagen geschätzte zehn Paar Sneakers herum, alle wild durcheinander. Es roch ein wenig muffig. Als Aufhänger für Jacken diente eine gelbe Schnur, die über die gesamte Länge des Flures gespannt war. Ein Staubsauger, dessen Schlauch aus dem Gehäuse gerissen war, stand herum, an einer Wandseite stapelten sich Werbekataloge.

«Wow», sagte Manuela. «Der erste Eindruck ist atemberaubend.»

«Tja, wir geben uns echt Mühe, aber du weißt ja, wie das ist, ganz ohne Frauen.»

«Hauptsache, ihr fühlt euch wohl.»

«Daran besteht kein Zweifel.»

Timmy führte sie ins Wohnzimmer. Ein monströser Flachbildschirm beherrschte die eine Wand, die andere eine Lümmelecke aus Sofa, zwei Sesseln und einem riesigen Sitzsack im Leopardendesign. Auf dem niedrigen Couchtisch lagen die Bedienelemente einer X-Box, offene Chipstüten und ein paar Zeitschriften herum. Dazwischen standen Red-Bull-Dosen. Auf dem Sofa lag ein Typ in Timmys Alter. Er trug nur Shorts und T-Shirt. Seine dicken Beine waren stark behaart.

«Nicht erschrecken. Das ist Dorian», sagte Timmy.

Dorian sah von einem I-Pad hoch und hob grüßend die Hand.

«Bleib ruhig liegen, wenn eine Dame den Raum betritt», sagte Manuela scherzhaft.

«Ich hab's im Rücken, du verstehst.»

«Nee, is klar. Zu viel Sport, oder?»

Dorian verzog das Gesicht zu einem verrutschten Grinsen. Vorsichtig geschätzt hatte er dreißig Kilo Übergewicht.

«Dorian ist Kopf und Körper, und von beidem jede Menge», sagte Timmy. «Ich würde seinen Fettwanst nehmen, wenn ich auch sein Hirn dazubekommen könnte. Er studiert Physik. Bester seines Jahrgangs.»

«Der neue Einstein also. Ich bin beeindruckt.»

«Halb so wild», sagte Dorian. «Dafür kann ich nicht tanzen, nicht abwaschen, nicht kochen, nicht nähen …»

«Halt einfach die Klappe», unterbrach Timmy ihn. «Komm, wir gehen in mein Zimmer.»

Timmys Zimmer war leidlich aufgeräumt, so wie Manuela es von ihm kannte. Es war geräumig, aber überall stapelten sich Zeitschriften und Bücher.

«Ich sehe, du bist immer noch die Leseratte.»

«Und am liebsten lese ich auf Papier. Altmodisch, aber sinnlich.»

Manuela setzte sich auf das Bett, Timmy an den Schreibtisch. Keinen Meter voneinander entfernt, sahen sie sich lächelnd an. Timmy schüttelte den Kopf.

«Frau Kommissarin», sagte er. «Ich kann es noch immer nicht fassen.»

«Hast du etwa daran gezweifelt?»

«Nicht eine Sekunde, dafür kenne ich dich zu gut. Du hast schon immer durchgezogen, was du dir vorgenommen hast. Weißt du, dass ich dich für deinen Mut immer bewundert habe?»

«Ich habe auch nicht mehr Mut als du.»

«Doch. Immerhin hast du mir in der Schule die fiesen Typen vom Leib gehalten. Ich weiß das noch wie heute. Die kleine Sperling, haben sie gesagt, mit der leg dich besser nicht an, die beißt und kratzt.»

«Echt? So einen Ruf hatte ich?»

Timmy nickte. «Papa hat mir sogar mal erzählt, der Rektor hätte sich darüber beschwert, dass alle vier Sperlinge an einer Schule eine Zumutung wären. Einzeln seien wir ja schon unerträglich, aber zusammen …» Timmy rollte mit den Augen. «Aber gegen dich waren wir Jungs lammfromm. Du warst eindeutig die Wildeste. Und daran hat sich ja nicht viel geändert. Deine erste Dienststelle hast du ja quasi von innen heraus platzen lassen.»

Manuela zuckte mit den Schultern. «Dafür war gar nicht viel nötig. Es hat sich fast von allein ergeben.»

Timmy lachte auf. «Ja, sicher.» Er beugte sich vor und nahm Manuelas Hand. «Vielleicht solltest du vorsichtiger sein. Eine Welt ohne dich wäre für mich ziemlich leer.»

Er sah sie aus seinen warmen braunen Augen ganz ernsthaft an, und Manuela verkniff sich eine scherzhafte Entgegnung. Timmy war der Einzige aus der Familie, der die Einzelheiten aus dem Wassermann-Fall kannte. Er wusste, wie knapp es gewesen war.

Sie presste die Lippen zusammen und nickte. «Ich will es versuchen.»

«Mir zuliebe, okay? Du bist nicht mehr an der Schule. Die Jungs da draußen sind wirklich fies.»

«Was du nicht sagst.»

Sie hörten, wie die Haustür geöffnet und zugeworfen wurde. Irgendetwas Schweres landete polternd auf dem Fußboden im Flur.

«Bin da», rief eine männliche Stimme. «Wo ist unser Damenbesuch?»

Timmy verdrehte die Augen.

«Das ist Ralf, Soziologiestudent und Herzensbrecher. Bei dem musst du vorsichtig sein, der versucht, jede Frau um den Finger zu wickeln. Komm, ich stell ihn dir vor. Und dann stoßen wir endlich auf die frischgebackene Kommissarin an.»

Eine halbe Stunde später hatten die Jungs je zwei Flaschen Bier geleert, Manuela nuckelte immer noch an ihrer ersten herum. Sie vertrug nicht viel Alkohol, wollte aber auch nicht als Spielverderberin dastehen. Immerhin tranken Timmy, Ralf und Dorian auf ihr Wohl und ihre Karriere, und zurückfahren würde sie heute nicht mehr. Jeder der Jungs hatte ihr praktisch sein Bett aufgedrängt, besonders Ralf, doch Manuela hatte nur unter der Bedingung zugesagt, dass sie auf der Couch schlafen durfte. Zwar würde sie morgens um fünf aufstehen müssen, weil sie eine Stunde Fahrt vor sich hatte, aber dafür konnte sie den Abend richtig genießen.

Timmys Mitbewohner waren schwer in Ordnung, auch Ralf, der sich als Casanova und Schwerenöter versuchte. Aber Manuela durchschaute ihn: Es war nur ein Spiel. Er probierte gern aus, wie er auf Menschen wirkte.

«Nehmen wir beispielsweise Dorian hier», sagte Ralf gerade und wies mit seiner Bierflasche auf ihn. «Ein Paradebeispiel für Devianz.»

«Häh!», machte Dorian.

«Abweichendes Verhalten, Einstein. Innerhalb gesellschaftlicher Normen ist abweichendes Verhalten normal, aber jemand wie du, der sich so gar nicht in vorhandene Strukturen einfügt, ist auch schon wieder unnormal.»

«Scheiß drauf», sagte Dorian und trank von seinem Bier. Zwischen Shorts und T-Shirt quoll ein Streifen nackten Fleisches heraus. Angenehm anzusehen war er nicht, aber Manuela mochte ihn trotzdem. Er hatte so eine relaxte Art, über den Dingen zu stehen, die ihr völlig abging.

«Mag schon sein», entgegnete Manuela. «Aber von Devianz zu Delinquenz ist es schon noch ein gewaltiger Sprung.»

Ralf winkte ab. «Eben nicht. Mord ist ein abweichendes Verhalten. Sich so beschissen zu benehmen wie Dorian auch. Einzig die Rechtsprechung legt den Unterschied fest.»

Ralfs Handy klingelte. Er warf einen Blick aufs Display, verdrehte vielsagend die Augen und nahm das Gespräch entgegen. Während er zuhörte, stellte er die Bierflasche ab und richtete sich aus seiner halb liegenden Position auf. Sein Gesichtsausdruck wurde ernst. Ein paarmal sagte er Ja und Nein, hörte aber die meiste Zeit einfach nur zu.

«Nein, hör zu ... bleib einfach da sitzen, ich hole dich ab. Ja, wir finden sie schon, mach dir keine Sorgen. In fünfzehn Minuten bin ich da.»

Ralf beendete das Gespräch mit einem tiefen Seufzer. Er warf sein Handy auf den Tisch, fuhr sich durchs Haar und schüttelte den Kopf.

«Wer war das?», fragte Timmy.

«Lea. Sie ist total aufgelöst. Ihr beste Freundin ist verschwunden.»

«Was heißt verschwunden?», fragte Manuela.

Ralf winkte ab. «Das heißt gar nichts. Lea ist, na ja, ein wenig angespannt. Sie hat als Vierzehnjährige bei einem Autounfall ihre Mutter verloren, und da kommt hin und wieder alles hoch.»

«Und was hat das mit ihrer Freundin zu tun?», hakte Manuela nach.

«Gar nichts. Rieke ist alles andere als zuverlässig, und wahrscheinlich ist sie nur wieder mit einem neuen Typen unterwegs. Lea hat sie den ganzen Tag nicht erreichen können, sie ist auch nicht in dem Lokal erschienen, wo sie um diese Zeit eigentlich arbeiten müsste. Jetzt sitzt Lea da und heult sich die Augen aus dem Kopf. Ich muss zu ihr, es nützt alles nichts.»

Er stand auf, steckte sein Handy ein und zog die schlabberig sitzende Jeans hoch.

«Tut mir echt leid», sagte er an Manuela gewandt. «Vielleicht können wir die Unterhaltung ja ein andermal fortsetzen.»

«Klar, warum nicht.» Manuela stand auf. «Aber wenn deine Freundin Hilfe braucht, dann ruf mich an, ja? Du weißt schon: die Polizei, dein Freund und Helfer.»

20

Schritt für Schritt lief er durch die Dunkelheit. Er ging mit gesenktem Kopf und sah nur auf, wenn er nicht wusste, wie es weiterging.

Das Marschieren half beim Denken. In der Dunkelheit stundenlang einen Fuß vor den anderen zu setzen, brachte seine Gedanken wieder ins Gleis. Er dachte an die Frau, deren Auto er in die Stadt gebracht hatte. Dass es einer Frau gehörte, hatte er an dem Namen in den Papieren erkannt. Rieke Schneider. Wie war das Auto auf den Hof gekommen? Was hatte die Frau dort zu suchen gehabt? Wo sie abgeblieben war, fragte er sich nicht. Er wusste es. Das frische Fleisch für die Samojeden, die Stofffetzen daran.

Das hätte Vater nicht tun dürfen. Okay, das Auto war jetzt in der Stadt, aber was, wenn es noch eine andere Spur zu ihnen gab? Was, wenn die Frau jemandem gesagt hatte, wohin sie wollte? Dann würde bald die Polizei auf dem Hof auftauchen. Allein der Gedanke daran ließ Panik in ihm hochsteigen.

Er musste Vorkehrungen treffen. Aber was sollte er tun? Eigentlich wusste Marek es, wollte aber nicht darüber nachdenken. Sein Verstand weigerte sich. Es tat ihm weh. Zwei Jahre hatte er gewartet, und nun sollte es nach zwei Tagen schon vorbei sein?

Vor ihm tauchte eine Kreuzung auf. Sie lag auf der Kuppe eines Hügels. Rechts stand die dunkle Wand des Waldes, links zogen sich endlose Maisfelder dahin, nur durchschnitten von der Straße. Diesen Weg wählte er. Im Mais fühlte er sich geborgen und beschützt. Er mochte das leise Rascheln der Blätter im Wind, mochte den Duft, den die Kolben ausströmten, sobald sie reif zu werden begannen. Er verließ die Straße, überwand einen flachen Graben und brach einen Maiskolben ab. Er ging weiter und entblätterte die gelbe Frucht. Schlug die Zähne hinein. Sie war noch ein bisschen hart, schmeckte aber köstlich. Mutter hatte sie immer in Butter geröstet.

Er kaute, wanderte und fühlte sich schon besser. Aber dann dachte er an Vaters Befehl.

«Mach dir Gedanken, wie wir deine Mutter zurück auf den Hof holen.»

Er hatte keine Ahnung, wie das gehen sollte, und er wollte auch gar nicht darüber nachdenken. Mutter durfte nicht zurück auf den Hof. Beim Abendessen hatte Vater erklärt, es gäbe nur einen Ort, an dem ihre sterblichen Überreste beerdigt werden durften. Der Hof. Ihre Heimat, ihr Zuhause. Nirgends sonst. Er hatte nicht gewagt, dagegen zu protestieren, zu sehr schmerzte ihn noch die letzte Züchtigung mit Großvaters Haut.

«Koste es, was es wolle, deine Mutter kommt zurück auf den Hof. Weder sie noch ich werden je Frieden finden, wenn sie nicht hierher zurückkommt. Und du, Junge, du sorgst dafür. Du hast einen Fehler gemacht, als du sie den Ärzten überlassen hast, und jetzt bringst du das wieder in Ordnung.»

Das waren Vaters Worte gewesen. Jeder Einwand, jeder Hinweis darauf, dass die Polizei nach einer gestohlenen Leiche suchen würde, wären umsonst gewesen. Er wusste nur zu gut, dass er seinem Vater nicht widersprechen durfte.

Er wusste aber auch, dass er es nicht zulassen durfte.

Und dieser Widerspruch machte ihm zu schaffen.

Er beschleunigte seinen Schritt. Wenn er sich beeilte, würde er ein paar Stunden vor Sonnenaufgang schon zurück sein. Dann hätte er noch ein wenig Zeit, sich wenigstens eines Problems zu entledigen, bevor er für Vater das Frühstück zubereiten musste.

21

Eine Viertelstunde nach ihrem Anruf betrat Ralf das Crossini. Er sah abgehetzt und besorgt aus und kam sofort zu ihr an die Bar, legte ihr einen Arm um die Schultern, zog sie zu sich heran und küsste sie auf die Stirn. Es war die Art von Kuss, die ein Vater seiner Tochter gab, und Lea konnte das nicht leiden. Sie ließ es trotzdem über sich ergehen.

«Was ist denn los?», fragte er leise.

«Sie ist nicht gekommen … Rieke … sie hätte um achtzehn Uhr ihren Dienst antreten müssen und ist nicht gekommen. Das hat sie noch nie getan.» Lea hasste den weinerlichen Klang in ihrer Stimme.

Mario kam an die Bar und begrüßte Ralf.

«Ich weiß auch nicht, was los ist», sagte er und zuckte mit den Schultern. «Rieke war doch immer zuverlässig.»

«Hat sie jemand Neues kennengelernt, hier im Laden?», fragte Ralf.

Lea ärgerte sich darüber, dass er immer nur in diese eine Richtung dachte.

«Nicht dass ich wüsste.»

«Wir müssen endlich etwas unternehmen», fuhr Lea dazwischen. «Wenn du mir nicht hilfst, gehe ich allein zur Polizei, trotz allem. Ist mir jetzt alles egal, ehrlich.»

Sie rutschte vom Barhocker und wollte nach ihrer Jacke greifen, die über der Lehne hing. Aber ihr Arm schien zu schweben, der Raum drehte sich plötzlich, und ihre Knie wurden weich. Sie torkelte gegen den Hocker und stieß ihn um. Ralf reagierte blitzschnell und bewahrte sie davor, ebenfalls zu Boden zu gehen.

«Komm erst mal mit raus an die frische Luft, da überlegen

wir uns was», sagte er, lehnte sie gegen den Tresen und half ihr in die Jacke. Diesen Gentleman-Scheiß hatte er wirklich gut drauf. Lea blinzelte gegen ihre schweren Lider an. Die anderen Gäste beobachteten sie. Jemand schüttelte angewidert den Kopf, eine junge Frau lachte abfällig. Lea hasste sie. Mario, der hilflos neben ihr stand und wie ein Schuljunge aus der Wäsche guckte, hasste sie auch. Er hatte sie abgefüllt und damit zum negativen Mittelpunkt des Abends gemacht.

Scheiße! Warum starrten die sie alle an?

Lea wollte die lachende Frau anpöbeln, da legte Ralf ihr den Arm um die Taille und zog sie weg.

«Du hast zu viel getrunken», raunte er ihr zu, während er sie zum Ausgang führte.

«Ich habe drei Stunden in dieser verdammten Bar gesessen, ohne dich. Da werde ich ja wohl was trinken dürfen.»

Ralf öffnete die Tür und lotste sie hinaus in die Fußgängerzone. Die kühle Nachtluft fühlte sich gut an auf ihren erhitzten Wangen. Ihre Lungenflügel sogen die Atemluft ein, als seien sie kurz vor dem Ersticken gewesen. Der Druck, der sich in den vergangenen drei Stunden in ihr aufgebaut hatte, ließ ein wenig nach.

«Geht's wieder?», fragte Ralf und sah sie besorgt an.

Lea schüttelte den Kopf, löste sich aus seiner Umarmung und torkelte ein paar Schritte zur Seite. Sie hatte das Gefühl, sich übergeben zu müssen. Doch als sie sich an einer Hauswand abstützte und vornüberbeugte, verschwand der Brechreiz.

Sie spürte Ralf hinter sich und hasste ihn dafür, dass er sie in diesem Zustand sah. Er war immer so gefasst, so zielorientiert, so beschissen gut. Sie hatte ihn noch nie betrunken gesehen.

«Hör zu», begann sie mit brüchiger Stimme, ohne ihn

anzusehen. «Ich weiß, dass etwas passiert sein muss. Rieke würde sich nicht einfach so aus dem Staub machen. Niemals. Ich muss jetzt wissen, ob du mir hilfst. Wenn nicht ... ganz ehrlich, dann verpiss dich.»

Bei den letzten Worten wandte sie sich um und sah Ralf in die Augen. Er wich ihrem Blick nicht aus, aber er wirkte erschrocken.

«Okay, ich helfe dir», sagte er. «Aber jetzt bringe ich dich erst einmal nach Hause. In deinem Zustand richtest du heute gar nichts mehr aus.»

Lea schüttelte den Kopf und wollte protestieren, doch sofort meldete sich der Brechreiz zurück. Heißer Schmerz schoss ihr durch den Schädel. Ihr Blick verschwamm in Tränen, die Knie wurden wieder weich. Sie ließ sich rückwärts gegen die Hauswand sacken.

«Okay ...», sagte sie leise. «Bring mich nach Haus ... bitte.»

Die Wände waren kalt und feucht. Oleg, den schon seit Stunden großer Durst quälte, beugte sich vor, streckte die Zunge raus und leckte an der rauen Steinwand. Es tat gut, die Zunge zu befeuchten, aber das bisschen Wasser gelangte nicht bis in seinen Hals. Er leckte weiter und schluckte mehrmals trocken, dann gab er auf. Sein Hals war ganz trocken. Bestimmt war er so staubig, wie es bei ihm unterm Bett aussah, zu Hause.

Zu Hause.

Wenn er doch nur endlich dort wäre. Bei Mama und Papa. Sie würden mit ihm schimpfen, vor allem Papa, aber trotzdem wünschte Oleg sich nach Hause.

«Und dich nehme ich mit, Bobby», sagte er leise in die Dunkelheit, die ihn umgab. «Du kommst mit mir nach Hause, okay.»

Bobby antwortete nicht, aber das machte nichts. Es reichte, dass er da war. Oleg hätte sich allein gefürchtet, hätte geweint, aber für Bobby musste er stark sein.

Er wollte die Hand nach seinem neuen Freund ausstrecken, zuckte aber zurück.

Ein Geräusch.

Von weit her. Leise. So, als klopfe jemand von innen gegen die Schranktür in seinem Zimmer. Oleg war ein paarmal nachts aufgeschreckt wegen dieses Geräusches. Geschrien hatte er nicht, denn Papa mochte es nicht, wenn Jungs sich wie ängstliche Mädchen aufführten. Er hatte dann einfach nur dagelegen, die Decke hochgezogen bis zum Kinn, und gelauscht.

Oleg war sich sicher: Der Mann, der ihn geholt hatte, war

der Mann aus seinem Schrank. Und jetzt kam er wieder. Vielleicht, um zu tun, womit er gedroht hatte.

Oleg rutschte mit dem Rücken gegen die kalte, feuchte Wand und zog die Knie ganz dicht an den Körper. Er zitterte. Das Geräusch näherte sich, wurde lauter. Plötzlich Licht. Ein schmaler Streifen, der unter der Tür hindurch in den Raum kroch.

Es dauerte noch einen Moment, ehe die Tür geöffnet wurde.

Oleg verschmolz mit der Felswand, wurde zu Stein. Niemand würde ihm jetzt noch wehtun können. Er war unsichtbar.

Die derben Arbeitsschuhe mit den roten Schnürsenkeln kamen trotzdem auf ihn zu.

Er schrie.

Von früher

Die nadeldünne blaue Quecksilbersäule des Thermometers schien in der bitteren Kälte erstarrt zu sein. Großvater zog umständlich den Handschuh aus Fuchsfell aus und klopfte mit seinem krummen, verhornten Zeigefinger gegen das Glas. Die Säule bewegte sich keinen Millimeter.

«Ist bei Minus 21 stehengeblieben», sagte Großvater und zog seinen Handschuh wieder an. «Die hatten wir gestern Abend schon, jetzt werden's noch sechs mehr sein.»

Die Atemwolken vor seinem Mund bewegten sich erstaunlich langsam, fast schien es so, als stiegen sie nicht auf, sondern ab, augenblicklich gefroren zu Hunderten schwerer Eiskristalle.

Der Junge legte den Kopf in den Nacken und sah zum schwarzen Himmel empor. Die Luft um ihn herum knackte vor Kälte. Sie biss ihm in die Wangen, dem einzigen ungeschützten Bereich seines Gesichts. Keine zwei Minuten nachdem sie das Haus verlassen hatten, spürte er sie durch seine halbwegs verschlissenen Hosen an seinen Beinen nagen. Lange war es nicht mehr so kalt gewesen. Jede Nacht fiel die Temperatur noch ein paar Grad tiefer, und die Erwachsenen machten sich große Sorgen. Im Ort, so munkelte man, starben die Alten und Schwachen wie die Fliegen. Viele hatten keine wärmende Kleidung, und alle waren unterernährt und geschwächt.

«Bist du auch gut eingepackt?», fragte sein Großvater und sah auf ihn hinab.

Der Junge nickte und verschwieg die Kälte an seinen Beinen. Reden konnte er nicht, weil ein Schal seinen Mund verdeckte, außerdem hatte er Angst, die Zähne würden ihm gefrieren. Großvater hatte gestern davon gesprochen. Er hatte gesagt, es wäre so verflucht kalt, dass einem die Zähne gefrieren und dann ausfallen

würden. Das wollte der Junge auf keinen Fall. Großvater musste das früher passiert sein, denn ihm fehlten mehrere Zähne, und
wenn er Fleisch aß, was selten genug vorkam, dauerte es immer
ewig.

«Dann wollen wir heute einen Mann aus dir machen, was?
Sechs ist ein gutes Alter dafür. Als ich sechs war, hat mein Vater
mich auch das erste Mal mit zur Jagd genommen. Bist du aufgeregt?»

Der Junge nickte heftiger und murmelte ein leises Ja hinter
seinem Schal. Er war aufgeregt, und wie. Gestern Abend, vor dem
Zubettgehen, nachdem Mama noch den alten Teppich zusätzlich
über seiner Bettdecke ausgebreitet hatte, damit er nicht so sehr fror,
war Großvater noch einmal an sein Bett gekommen und hatte angekündigt, dass sie beide früh am Morgen, noch bevor die Sonne aufging, auf die Jagd gehen würden. Das hatte der Junge sich
schon so lange gewünscht, und vor lauter Aufregung hatte er die
ganze Nacht kaum ein Auge zugemacht. Bisher hatte Mama verboten, dass er mit auf die Jagd ging. Aber irgendwas hatte sich geändert. Etwas, über das die Erwachsenen nicht mit ihm sprachen.
War ja auch egal, endlich durfte er mit Großvater auf die Jagd,
das allein zählte.

Er wäre auch gern mit seinem Vater auf die Jagd gegangen,
doch der war noch nicht zurück. Er war schon sehr lange fort. Der
Junge konnte sich nicht einmal mehr an das Gesicht seines Vaters
erinnern.

«Nehmen wir Oblomov mit?», fragte er laut genug, damit
Großvater ihn hören konnte.

Der schüttelte den Kopf.

«Oblomov ist zu schwach, er hat in den letzten Tagen kaum
etwas gegessen. Und die anderen drei sind noch zu jung für die
Jagd. Nein, mein Sohn, wir gehen allein, wir beide. Wir schaffen
das schon, nicht wahr?»

«Klar schaffen wir das. Und dann bringen wir viel Fleisch mit, damit Oblomov sich so richtig sattfressen kann.»

Als er das sagte, spürte der Junge seinen eigenen Bauch knurren. Sich satt zu essen war etwas, von dem alle sprachen, aber keiner tat es. Gestern hatte es wieder nur die dünne Suppe mit den Kartoffel- und Karottenscheiben gegeben. Mama hatte für den Geschmack, und damit sie besser sättigte, noch etwas Fett hineingetan. Dazu hatten sie das alte harte Brot gekaut, das sie immer im Tausch gegen Ziegenmilch von ihrer Nachbarin bekamen. Großvater hatte nur die Suppe gegessen, das Brot konnte er nicht mehr kauen, und der Junge hatte sich darüber amüsiert, wie laut Großvaters Magen während des Essens geknurrt hatte. Laut wie ein Bär. Dagegen war sein eigener ganz leise gewesen. Das zerrende Gefühl darin signalisierte Hunger. Sie hatten das Haus ohne Frühstück verlassen. Aber darüber machte der Junge sich keine Sorgen. Er würde das schon aushalten. Und wenn sie von der Jagd zurückkehrten, mit einem Reh oder einem Fuchs, vielleicht sogar einem Hirsch, dann endlich könnten sie sich alle so richtig sattessen. Die Nachbarin auch, wenn sie wollte.

Der Junge blickte zu seinem Großvater auf. Von dessen Gesicht konnte er kaum etwas sehen. Zum einem wurde es von seinem grauen Vollbart bedeckt, zum anderen trug er die alte Ledermütze, deren Fellrand weit überstand und das Gesicht beschattete. Das Einzige, was er sah, waren trockene, rissige, aufgesprungene Lippen. Und die Augen. In diesem Moment sahen sie traurig aus. Traurig und müde.

«Du nimmst den Schlitten», sagte er.

Der Junge lief zum Schuppen hinüber, in dem das Holz gelagert wurde. Er war so gut wie leer. Ein wenig Reisig, ein paar Zweige, mehr lag nicht darin. An die großen Holzstapel konnte er sich kaum noch erinnern. Selbst den Hackklotz hatten sie schon verheizt. Seit ein paar Tagen war der Schuppen selbst dran. Die

Rückwand fehlte bereits. Dort stand der Schlitten. Der war auch aus Holz, aber Großvater hatte ihn nicht verheizen wollen, weil sie ihn zum Transportieren brauchten. Außerdem ließen sich die Hunde davorspannen. Sonst jedenfalls, jetzt aber nicht, denn die Hunde waren zu schwach.

Der Junge packte das steifgefrorene Seil und zog den Schlitten hinter sich her. Neben seinem Großvater ging er zwischen Haus und Schuppen hindurch auf den Waldrand zu. Dabei sah er nach links hinüber, dorthin, wo die Hundehütten standen. Vier Stück waren es, kleine Verschläge, deren Eingänge mit alten Lumpen verhängt waren. Die Hunde hatten sie bestimmt gehört, ließen sich aber nicht blicken. Die Samojeden hatten dickes, für den Winter geeignetes Fell, aber wahrscheinlich war es ihnen trotzdem viel zu kalt.

Je weiter sie sich vom Haus entfernten, desto tiefer wurde der Schnee. Bald reichte er dem Jungen bis zu den Knien, und er war froh, in den Fußstapfen seines Großvaters gehen zu können. Schon bald schwitzte er vor Anstrengung. Bei jedem ihrer Schritte knarzte der Schnee. Das war ein unheimliches Geräusch, und in der sie umgebenden Stille klang es sehr laut. Der Junge fragte sich, ob es nicht die Tiere verschrecken würde, die sie doch jagen wollten.

Er fragte seinen Großvater danach.

«Du bist klug, mein Sohn», sagte der, blieb stehen und sah sich zu ihm um. Sein Atem ging schwer. «Wenn es hier Wild geben würde, wäre es schon längst geflüchtet, aber hier in der Nähe der Höfe gibt es schon lange keins mehr. Ich fürchte, wir haben einen langen Fußmarsch vor uns. Ich kenne da so eine Stelle ... na ja, zumindest früher gab es dort immer Wild. Dort werden wir uns auf die Lauer legen. Was meinst du? Kannst du eine Stunde marschieren?»

«Sogar zwei», antwortete der Junge im Brustton der Überzeugung.

«*Gut, das wirst du auch müssen.*»

Dann drehte sein Großvater sich um und stapfte weiter. Schon beim zweiten Schritt schüttelte ihn ein Hustenanfall. Er strauchelte, sackte in den Schnee, stützte sich mit den Händen ab und kämpfte sich wieder hoch. Hustend und spuckend ging er weiter.

Der Junge folgte ihm. Dort, wo sein Großvater sich mit den Händen abgestützt hatte, entdeckte er einen roten Fleck im Schnee.

Der Husten machte dem Jungen Angst. In den letzten Tagen war es immer schlimmer geworden, und ein paarmal hatte er beobachtet, wie Großvater einen dicken Batzen Blut in den Schnee gespuckt hatte. Es ging ihm nicht gut, das verstand der kleine Junge auch, ohne dass es ihm ein Erwachsener sagen musste.

Schon allein deshalb mussten sie auf die Jagd. Sie alle, auch die Hunde, brauchten dringend etwas zu essen, vor allem aber Großvater. Er war viel älter als alle anderen, da vertrug man Hunger nicht mehr so gut. Die Jagd war in diesen Wäldern verboten, aber darum kümmerte sich niemand. Es war auch niemand da, der es kontrollieren würde. Aber Mutter hatte erzählt, im Nachbarort sei ein Wilderer erschossen worden. Wegen seiner Beute, nicht weil er sich strafbar gemacht hatte. Sie würden also aufpassen müssen. Möglicherweise waren noch andere unterwegs in dieser Nacht, die genauso großen Hunger hatten wie sie selbst.

Durch tiefen Schnee stapften sie einen sanften Hang hinab. Die Schneefläche war völlig unberührt. Sie lag da wie eine aus Diamanten gewirkte Decke.

Plötzlich blieb Großvater stehen. Der Junge stoppte ebenfalls und verhielt sich ganz still. Großvater hatte ihn vorher in die Regeln der Jagd eingewiesen, er hatte sich alles ganz genau gemerkt und wusste, wie er sich zu verhalten hatte.

Sein Großvater ging in die Knie, und er tat es ihm gleich.

«Siehst du», sagte der alte Mann und deutete mit dem unför-

migen Handschuh auf eine Spur im Schnee, die sich dank ihres Schattenwurfs wie ein schwarzer Faden von dem übermächtigen Weiß abhob.

«Was ist das?»

«Eine Hasenspur. Es gibt also noch welche. Und dieser hier ist erst vor kurzem hier entlanggelaufen. Wir sollten ihm folgen. Bleib immer dicht hinter mir.»

Großvater erhob sich, nahm das Gewehr von der Schulter und ging voran. Der Junge packte das Seil des Schlittens fester und folgte ihm. Dabei versuchte er noch leiser zu sein und atmete kaum. Die Spur führte sie zu einem bewaldeten Graben. Großvater blieb abermals stehen.

«Im Herbst war der Graben voll Wasser, wir sollten lieber nicht drübergehen. Das Eis könnte brechen.»

Also schlugen sie einen Bogen, bis sie zu einer Stelle gelangten, an der der Graben besonders schmal war. Dort wagten sie es und sprangen hinüber. Drüben stapften sie dann in die Richtung zurück, in der sie den Hasen vermuteten. Großvater fand die Spur wieder und deutete wortlos darauf. Der Junge kam sich vor wie ein großer Jäger. Allein dieser Spur zu folgen war schon ein Abenteuer, wie würde es dann erst sein, den Hasen zu schießen? Oder vielleicht sogar einen Hirsch. Vor Hirschen hatte der Junge Angst. Im Herbst hatte er einen auf der Wiese hinterm Haus gesehen. Mit seinem mächtigen Geweih und den Dampfwolken, die aus seinen Nüstern gequollen waren, hatte er furchterregend ausgesehen. Fast wie ein Drachen.

Großvater folgte der Spur bis zum Waldrand. Dort blieb er stehen und drehte sich zu dem Jungen um.

«Ist dir warm genug?», fragte er leise.

«Ja.»

«Gut. Wir werden hier am Waldrand Stellung beziehen. Wenn es heller wird, kommt vielleicht das Wild heraus. Es hat keinen

Sinn, dem Hasen durch den Wald zu folgen, wir würden uns nur verlaufen.»

Das machte den Jungen ein bisschen traurig, andererseits freute er sich aber auch darauf, sich auf die Lauer zu legen. Er folgte seinem Großvater, bis der eine geeignete Stelle gefunden hatte. Dort nahm er das Schaffell vom Schlitten und breitete es auf dem Boden aus. Sie legten sich bäuchlings nebeneinander darauf. Großvater öffnete seinen riesigen Mantel und breitete ihn über sich und den Jungen aus. Den Lauf des Gewehrs legte er in Richtung des offenen Feldes auf einem stabilen Ast ab.

«Jetzt müssen wir Geduld haben», flüsterte er dem Jungen zu. «Geduld ist sowieso das Wichtigste bei der Jagd. Das Wild ist schlau und vorsichtig, es kommt nur heraus, wenn es sich sicher fühlt. Also dürfen wir nicht da sein, obwohl wir da sind. Verstehst du, was ich meine?»

Der Junge nickte ernst. Er wusste ganz genau, was Großvater damit sagen wollte.

«Wir müssen unsichtbar sein», sagte er.

«Genau.» Er streichelte seinen Kopf. «Du wirst einmal ein richtig guter Jäger, das weiß ich.»

Ja, ein guter Jäger, das würde er werden. Der Junge nahm es sich ganz fest vor. Der größte Jäger aller Zeiten, und wer bei ihm war, der würde nicht hungern müssen. Die Menschen nicht und die Hunde auch nicht.

Die Zeit erstarrte, und die Kälte kroch durch das Schafsfell in ihre Körper. Der Junge spürte sie tief in seinen Knochen, trotzdem bewegte er sich nicht. Hin und wieder sah er zu seinem Großvater hinüber. Dessen Vollbart war längst gefroren, er sah aus wie der Winter höchstpersönlich. Zweimal beobachtete er, wie ihm die Augen zufielen, aber nur kurz. Großvater riss sie wieder auf und starrte konzentriert über den Lauf des Gewehrs.

«Ich werde müde», sagte er irgendwann. «Das ist nicht gut.

Merk dir eins, mein Junge: Wer in der Kälte müde wird, der erfriert.»

«Ja, Großvater.»

«Was würdest du am liebsten erlegen?»

Darüber musste der Junge nicht lang nachdenken. «Den Hirsch. Der ist groß, davon können alle essen, auch Oblomov.»

Großvater nickte. «Du denkst auch an die Hunde, das ist gut. Sie sind unsere besten Freunde. Wir sollten sie nicht so behandeln, aber was bleibt uns übrig, in diesen Zeiten.»

Zum ersten Mal, seit sie auf der Lauer lagen, hustete Großvater. Er tat es hinter seinen Handschuhen, aber sein Körper zuckte dabei auf und nieder, und der Junge meinte, einen ganz merkwürdigen Geruch wahrzunehmen.

Er wartete ab, bis der Anfall vorbei war.

«Großvater ... du stirbst doch nicht, oder?»

«Wie kommst du denn darauf?»

«Weil du so hustest.»

Der alte Mann schüttelte den Kopf. «Ich werde irgendwann sterben, so wie jeder Mensch, aber der verdammte Husten bringt mich nicht ins Grab. Außerdem muss ich doch auf dich aufpassen und dir die Jagd beibringen, nicht wahr? Wer soll das denn sonst tun?»

Der Junge überlegte einen Moment.

«Vielleicht mein Papa, wenn er zurückkehrt.»

Großvater sah ihn an, und sein Blick war ganz ernst dabei.

«Dein Vater ...», begann er, sah zu Boden, schüttelte den Kopf, sah wieder auf, «ach, was soll's, irgendwann erfährst du es ja sowieso. Dein Vater ist ein Taugenichts, und ich wünschte, er würde niemals zurückkehren. Du, deine Mutter und ich, wir sind ohne ihn besser dran.»

«Was ist ein Taugenichts, Großvater?»

Darüber dachte der alte Mann lange nach, bevor er antwortete.

«Das ist jemand, der anderen das Essen wegfrisst, ohne etwas dafür getan zu haben.»

Im Bauch des Jungen grummelte es, und er spürte erneut ein scharfes Ziehen in seinen Eingeweiden. Von diesem Moment an hasste er seinen Vater.

TEIL 3

Teil 3

1

Zwei Nächte ohne Oleg waren zwei Nächte ohne Schlaf. Endlose Stunden voller Bangen und Hoffen, Verzweiflung und Angst. Am frühen Morgen fühlte sich Helga Schwabe wie betäubt. In ihrem Kopf dämpfte eine Watteschicht alle Empfindungen und Gedanken. Der Schlafmangel zerrte an ihrer Kraft. Er veränderte sie.

Mühsam erhob sie sich aus dem Bett. Sie zitterte. Es fühlte sich an wie eine Unterzuckerung. Sie hatte Angst, die Besinnung zu verlieren. Sie klammerte sich an den Schrank, schloss die Augen und biss sich auf die Unterlippe, nur um etwas zu spüren. Diese Taubheit musste weg. Sie musste doch stark sein. Wer sonst, wenn nicht sie.

Denn Arthur war es nicht. In seiner Wut und seiner Enttäuschung war er keine Hilfe. Ganz im Gegenteil. Er vergiftete die ohnehin angespannte Atmosphäre im Haus, und Helga stellte sich schon jetzt die Frage, ob es zwischen ihnen je wieder so sein würde wie früher. Seit Oleg verschwunden war, war ihr Mann noch wortkarger als ohnehin schon. Er hatte ihr vorgeworfen, nicht gut genug aufgepasst zu haben. Außerdem hatte sie gesehen, wie er Pedro zweimal kräftig in die Seite getreten hatte. Der Hund hatte leise gewinselt, den Schwanz eingezogen und sich irgendwo im Garten versteckt.

Helga brauchte so dringend Arthurs Stärke, doch er verwehrte sie ihr. Seit sein erster Hund Jack erschossen worden war und er seinen Beruf als Maurer verloren hatte, war Arthur immer unzugänglicher geworden.

Helga hatte ihn irgendwann in der Nacht aufstehen hören, meinte sogar, die Haustür gehört zu haben. Da sie zwischendurch aber immer mal wieder für kurze Zeit eingedöst war, war sie sich nicht sicher. Die Betthälfte neben ihr war leer. Er war nicht zurückgekehrt. War er etwa mitten in der Nacht aufgebrochen, um nach Oleg zu suchen?

Was sollte nur werden, falls ihr Sohn nicht wieder …

Nein, nein, nein, diesen Gedanken wollte Helga nicht zulassen! Oleg würde wiederkommen, ganz gewiss. Gott war nicht so. Er schenkte ihr nicht gegen alle Voraussagen einen Sohn, um ihn ihr dann wieder zu nehmen.

Sie warf sich ihren Bademantel über und wankte auf den Flur hinaus.

Im Haus war es still und kalt.

«Arthur», rief sie vorsichtig.

Eine Antwort bekam sie nicht.

In der Küche auf der Spüle standen noch die Gläser und Tassen, aus denen die Polizisten getrunken hatten. Noch nie zuvor hatte Helga ihre Küche abends in diesem Zustand verlassen, aber gestern war ihr alles egal gewesen.

Sie setzte Kaffee auf. Überlegte dabei, ob Arthur vielleicht doch zur Arbeit gefahren war. Sein Chef hatte ihm vorläufig frei gegeben, er musste also nicht dorthin. Er hasste diese Stelle. Er schleppte nur Getränkekisten von einem Ort an den anderen. Und das, obwohl es ihm immer so wichtig gewesen war, mit seiner Hände Arbeit etwas von Wert und Dauer zu erschaffen. Konnte das möglich sein? War er zur Arbeit gefahren?

Sie ging in die Waschküche. Dort hatte Pedro seinen Schlafplatz. Der große Hund lag auf seiner Decke und sah sie verschlafen an. Das Weiß seiner Augen war so rot, als hätte er die ganze Nacht geweint. Sonst sprang er morgens immer auf, wenn sie die Waschküche betrat, doch heute blieb er liegen. Sie hatte den Hund noch nie so jämmerlich gesehen.

Helga ging vor ihm auf die Knie. Tätschelte seinen Kopf. Sein Schwanz bewegte sich ein wenig, wahre Hundefreude sah jedoch anders aus.

«Er wird wiederkommen, ganz bestimmt», sagte Helga. «Wir beide müssen nur ganz fest daran glauben, hörst du?»

Als sie die letzten beiden Worte ausgesprochen hatte, stellte Pedro seine Ohren auf und hob seinen massigen Schädel. Erst sah er Helga an, dann zur Hintertür, die in den Garten hinausführte.

«Nein, nein, du hast mich falsch verstanden, jetzt kommt Oleg nicht. Aber bald, ganz bald. Wir müssen nur noch ein wenig Geduld haben.»

Doch von Geduld wollte Pedro nichts hören. Er stand auf und drängte sich an Helga vorbei zur Tür. Schwanzwedelnd blieb er davor stehen und sah sie auffordernd an. Es tat Helga leid, dass sie Hoffnung in ihm geweckt hatte. Wenn sie ihn jetzt hinausließ, würde er in der Sandkiste nach Oleg suchen. So wie gestern.

Aber raus musste er natürlich trotzdem.

Helga hatte Mühe, wieder auf die Beine zu kommen. Sie war viel zu dick, das wusste sie, aber bisher hatte ihr Gewicht sie nie eingeschränkt. Heute schon. Sie musste sich am Waschbecken festhalten, um überhaupt hochzukommen. Der Raum drehte sich, ihr wurde schlecht. Sie schlug die Augen zu und hielt sich mit beiden Händen fest.

Pedro bellte. Dann kratzte er an der Tür. Das hatte er noch nie getan.

«Was hast du denn?»

Irgendwas musste da draußen sein.

Waren die Polizisten wieder da?

Oder war Arthur im Garten?

Helga öffnete die Tür.

Pedro stürmte hinaus, lief in den Garten und verschwand im Nebel.

Helga trat auf die Terrasse hinaus. Der Nebel war dicht und grau. Die Welt sah so aus, wie es sich in ihrem Kopf anfühlte. Es war kühl geworden über Nacht. Helga raffte den Bademantel vor ihrer Brust zusammen und ging weiter.

«Arthur?», rief sie.

Sie hörte Pedro bellen und ging in die Richtung, in der sie ihn vermutete. Ihre nackten Füße streiften die Nässe von den Grashalmen.

«Pedro, komm her, komm zu mir.»

Sie näherte sich der Grundstücksgrenze. Die Maispflanzen tauchten aus dem Nebel auf. Wie ein Heer mahnender, schweigender Soldaten standen sie da. Wasser tropfte von ihren Blättern. Helga bekam eine Gänsehaut. Immer wieder musste sie an diese verfluchte Geschichte vom Bilgenschneider denken. Eines stand für sie fest: Kurz bevor Oleg verschwunden war, hatte jemand aus dem Maisfeld heraus gerufen. Leise. Lockend. Verführerisch.

Helga fand Pedro in der Nähe der Pforte. Freudig erregt sah er sie an und hechelte. So benahm er sich sonst nur, wenn Oleg mit seinem Vater unterwegs gewesen war und zurückkehrte. Plötzlich verkrampfte sich Helgas Magen, und ein Hitzeschwall schoss durch ihren ganzen Körper. Von einer Sekunde auf die andere war die alte Kraft wieder da.

«Oleg!», rief sie laut. «Oleg, bist du das?»

Eine Antwort bekam sie nicht, aber das war egal. Der Hund konnte sich nicht derart täuschen. Er hatte seinen besten Freund gewittert, eine andere Erklärung gab es nicht für sein Verhalten.

Helga öffnete die Pforte im Maschendrahtzaun. Sofort stürzte Pedro hindurch und lief den Feldweg hinunter.

Sie folgte ihm. Spürte nicht die kleinen Steine unter ihren nackten Füßen, spürte nicht mehr die feuchte Kälte des Nebels. Dachte nicht mehr. Verließ sich nur noch auf den Instinkt des Hundes. Der war schon wieder im Nebel verschwunden. Irgendwo dort vorn, wo Helga die dunkle Wand des Maisfeldes im Nebel erahnen konnte, bellte Pedro wie verrückt.

Aber war das nicht ein drohendes Bellen?

Helga erstarrte mitten im Schritt. Was, wenn der Bilgenschneider zurückgekehrt war, um nun sie zu holen?

Da vorn.

Zwischen den Maispflanzen.

Da hatte sich doch etwas bewegt.

Sie sah genauer hin.

Ein Fuß schob sich zwischen den Pflanzen hervor, ein Arm, dann …

Ihr Schrei blieb Helga im Halse stecken. Ihr Herz setzte aus, sie bekam keine Luft mehr.

2

Um halb sechs verließ Manuela Sperling still und heimlich die WG ihres Bruders. Timmy und Dorian schliefen noch. Ihr Schnarchkonzert war bis hinaus ins Treppenhaus zu hören. Ralf war in der Nacht nicht mehr zurückgekehrt. Natürlich waren er und seine Freundin nach seinem überstürzten Aufbruch das Gesprächsthema gewesen. Timmy hatte erzählt, Ralfs Freundin Lea habe mit vierzehn ihre Mutter bei einem Verkehrsunfall verloren und sei seitdem traumatisiert. Sie fuhr kein Auto und musste sich, wenn sie irgendwo mitfuhr, auf den Rücksitz legen und die Augen schließen. Laut Timmy war sie ein liebenswertes, hübsches Mädchen mit einem starken Willen, aber durch den Unfall mitunter auch schwierig. Es war schon häufiger vorgekommen, dass Ralf mitten in der Nacht zu ihr musste, um sie zu trösten. Sie hatte zwar noch einen Vater, aber kaum Kontakt zu ihm. In ihren Augen trug er wohl die Schuld an dem Unfall.

Spät in der Nacht war Timmy noch einmal zu ihr an die Couch gekommen, hatte ihr eine zusätzliche Decke gebracht und sich mit einem Kuss auf die Stirn verabschiedet, weil er morgens, wenn sie aufbrechen wollte, nicht wach sein würde. Dieser Kuss hatte sich merkwürdig und schön zugleich angefühlt. Manuela war froh, einen Bruder wie Timmy zu haben. Jeder Mensch brauchte jemanden, an den er sich anlehnen und auf den er sich verlassen konnte.

Ein Zitat, das sie irgendwo mal gelesen hatte, war ihr in den Sinn gekommen. Es passte auf sie selbst wie kein zweites, deshalb hatte sie es sich gemerkt.

All unser Übel rührt daher, dass wir nicht allein sein können.

Normalerweise grübelte Manuela nicht über solche Sachen nach, aber in der unruhigen Nacht auf der Couch – auf Unmengen von piksenden Chipskrümeln – hatte sie sich nicht dagegen wehren können. Hier bei den Jungs zu schlafen, fühlte sich besser an als die letzte einsame Nacht in der Pension der Frau Rieger. Alleinsein war Mist, so viel stand mal fest. Es war ein Zustand, den sie nicht allzu lange ertrug.

Manuela drückte die Wohnungstür leise hinter sich ins Schloss und lief die Treppe hinunter.

Draußen auf der Straße schlug ihr kühle, feuchte Luft entgegen. Der Wetterfrosch im Autoradio kündigte nach Auflösung morgendlicher Nebelfelder schönes Spätsommerwetter an, das noch bis Ende der Woche anhalten sollte.

Mit Hilfe des Navis fand Manuela einen Weg aus der Stadt. An der Ausfallstraße hielt sie an einer Tankstelle, tankte den Golf voll und kaufte ein belegtes Brötchen. Sie aß es auf der Weiterfahrt, krümelte ihre Hose voll und schmierte etwas von dem Dressing ans Lenkrad und an die Armaturen. Gestern Abend hatte es nur Bier, Cola, Chips und Salzstangen gegeben, typischer Studentenfraß eben. Dementsprechend groß war das Loch in Manuelas Magen. Sie litt ohnehin dauernd unter Hunger.

Je weiter sie aus der Stadt herauskam, desto dichter wurde der Nebel. Auf der Autobahn reduzierte sich die Sicht auf fünfzig Meter und weniger. Manuela fühlte sich wie auf einem Blindflug. Sie drosselte das Tempo, schaltete die Nebelleuchten ein und konzentrierte sich. Der Scheibenwischer wischte die Nässe von der Windschutzscheibe und quietschte dabei nervtötend. Nebel war scheiße. Den sollte man komplett abschaffen, fand Manuela. Wozu sollte der überhaupt gut sein?

Für die Rückfahrt hatte sie eine Stunde eingeplant. Sollte es auf der kompletten Strecke so neblig sein, würden es aber wohl eher zwei Stunden werden. Für acht Uhr war eine Einsatzbesprechung angesetzt. Sie hatte gehofft, vor Dienstbeginn noch in die Pension fahren und duschen zu können. Sie warf einen Blick in den Innenspiegel, um ihre Frisur zu überprüfen. Die war natürlich schlafzerzaust. So konnte sie unmöglich zur Besprechung erscheinen.

Als sie wieder nach vorn sah, war da plötzlich alles rot und gelb.

«Nein!», schrie sie laut und trat mit aller Kraft aufs Bremspedal.

Der Golf sank tief ein, sie wurde nach vorn gedrückt, klammerte sich ans Lenkrad, ließ die Bremse aber nicht los. Die Räder blockierten nicht, der Wagen brach nicht aus. Er rutschte auf dem nassen Asphalt genau auf das Heck eines LKW-Aufliegers zu, der wie eine gewaltige Wand aus dem Nebel auftauchte. Es war, als ob seine flackernden Warnblinklichter Manuela zuschrien: *Halt an, halt an, halt an.*

Der Golf wurde langsamer, das Heck rutschte ein wenig nach links, Manuela steuerte dagegen und trat weiterhin das Bremspedal gegen das Bodenblech. Nach einer gefühlten Ewigkeit kam der Golf endlich zum Stehen. Keine fünf Meter von der massiven Stoßstange des Aufliegers entfernt. Wäre sie nur zehn Stundenkilometer schneller gefahren …

Manuela dachte den Gedanken nicht zu Ende. Stattdessen schaltete sie die Warnblinkanlage ein, löste den Sicherheitsgurt und sprang aus dem Wagen. Nichts wie raus aus der Kiste, bevor ein anderer Wagen mit einem weniger umsichtigen Fahrer sie unter den Lkw schob. Sie lief zur Mittelleitplanke und stieg hinüber.

Beide Fahrspuren der Autobahn waren durch kreuz und quer stehende Autos und Lkws versperrt. In dem dichten Nebel konnte Manuela den Grund dafür nicht erkennen. Ein weiteres Fahrzeug tauchte schlidddernd aus dem Nebel auf. Ein weißer Kleintransporter. Der Fahrer schaffte es, den Wagen rechtzeitig zum Stehen zu bringen. Der Fahrer, ein Mann in Manuelas Alter, schaltete sofort die Warnblinkanlage an, sprang heraus und war mit drei Sätzen bei ihr hinter der Leitplanke.

«Fuck!», rief er. «Was für eine Scheiße ... Das war knapp ... verflucht knapp ... hoffentlich kommt da ...»

Aber da kam schon das nächste Fahrzeug. Ein 40-Tonner. Der Fahrer brachte sein schweres Gefährt gefühlvoll zum Stehen. Er sprang aus dem Führerhaus, schnappte sich aus einem Fach zwei Warndreiecke und lief am rechten Fahrbahnrand zurück. Nach wenigen Schritten verschwand er im Nebel.

«Setzen Sie einen Notruf ab», sagte Manuela zu dem Fahrer des Kleintransporters.

Dann trat sie hinter der schützenden Leitplanke hervor. Weiter vorn standen einige Leute gestikulierend auf der Fahrbahn. Sie waren weit genug vom Stauende entfernt. Manuela ging zu ihnen.

«Was ist passiert?»

«Da soll ein Lkw umgekippt sein.»

Manuela ließ sie stehen und lief auf dem Mittelstreifen weiter vor. Der Stau war lang. Sie passierte mindestens zwanzig Fahrzeuge. Dann erst sah sie den auf der Seite liegenden Lkw. Es war ein 7,5-Tonner. Die hinteren Doppelreifen zeigten in Manuelas Richtung. Wasserdampf stieg aus dem Kühler auf. Die Ladeklappe stand auf. Hinter dem Lkw lagen kleine Körper auf der Fahrbahn. Manche waren blutig, andere wirkten unversehrt, bewegten sich aber nicht. Es dauerte eine Sekunde, bis Manuela begriff, was sie da sah.

Hunde.

Auf der Autobahn lagen Hunde.

Sie ging näher heran. Einige der Tiere wiesen üble Verletzungen auf. Andere liefen unversehrt zwischen den Autos umher. Über der ganzen Szenerie lag eine geradezu unheimliche, gespenstische Stille, die nur das Winseln und Quietschen der Welpen durchdrang.

Welpen, dachte Manuela, das sind alles Welpen.

Der Lkw hatte Hundewelpen geladen.

Manuela ging dicht am Heck des umgestürzten Lkws vorbei und warf einen Blick auf das Kennzeichen: Der Wagen stammte aus Rumänien. Die Karosserie schien nur aus Rost und Dreck zu bestehen. Unter einem der dicken hinteren Zwillingsreifen war ein Hundewelpe zu Tode gequetscht worden. Nur das Köpfchen mit den herausquellenden, gebrochenen Augen schaute darunter hervor.

Nur eine Sekunde sah Manuela hin, aber das reichte. Würgend wandte sie sich ab, lief zur Leitplanke hinüber und übergab sich in das hohe Gras dahinter. Das Brötchen kam quasi unverdaut wieder heraus.

«Hier, nehmen Sie», sagte jemand hinter ihr.

Manuela spuckte ein letztes Mal aus und drehte sich dann um. Ein älterer Mann mit Vollbart hielt ihr ein Papiertaschentuch entgegen. Manuela nahm es und wischte sich den Mund ab.

«Danke.»

Der alte Mann nickte.

«Eine Schande, nicht wahr?»

Seine Stimme zitterte, ob vor Wut oder Trauer, konnte Manuela nicht einschätzen.

«Furchtbar, ganz furchtbar», stammelte sie und warf das benutzte Taschentuch hinter die Leitplanke. «Was ist passiert?»

Der Mann zuckte mit den Schultern. «Ich weiß es nicht.

Vermutlich ist der Fahrer zu schnell unterwegs gewesen. Man kennt das ja von diesen Terminfahrern. Immer in Eile. Denen ist das Wetter völlig egal.»

«Ist außer den Hunden jemand zu Schaden gekommen?»

Die Augen des Mannes verengten sich zu Schlitzen.

«Der Fahrer sitzt da vorn auf der Straße und raucht. Hat einen Schock, der arme Kerl. Ich wünschte, er hätte sich den Hals gebrochen.»

Der Hass in der Stimme des alten Mannes erstaunte Manuela.

«Aber es war doch ein Unfall», sagte sie.

«Natürlich, ein Unfall, aber sehen Sie sich doch mal um. Diese Welpen wurden ohne jede Sicherung transportiert. Wahrscheinlich sind die sowieso alle illegal.»

«Was heißt illegal?»

«Importe aus dem Osten. Dort gibt es Zuchtfabriken, die den Bedarf an niedlichen Kuscheltieren für den Westen kaum stillen können. Kaum müssen sie nicht mehr gesäugt werden, schmeißt man sie auf Lkws wie diesen und schafft sie ohne Papiere hierher. Guckt doch sowieso keiner mehr hin. Und wenn, macht es auch keinen Unterschied. Einen Transport erwischen sie, zwanzig kommen durch. Ist immer noch ein prima Geschäft, glauben Sie mir.»

«Also kommen solche Transporte öfter vor?»

Der Mann schüttelte verzweifelt den Kopf. «Hier im Grenzbereich dauernd. Eine Sauerei, aber niemand interessiert sich dafür. Außer vielleicht ein paar Tierschutzheinis, die kaum etwas ausrichten können.»

Der Mann wandte sich ab.

«Wenn Sie Hunde lieben, schnappen Sie sich einen, dann hat das Gemetzel hier wenigstens noch einen Sinn», rief er Manuela im Fortgehen zu.

Verwirrt blieb Manuela am Straßenrand zurück und ließ ihren Blick über das Chaos gleiten. Eine weibliche Stimme sprach irgendwo sanft auf einen winselnden Welpen ein. Auf der Gegenfahrbahn raste ein heulender Polizeiwagen vorbei und warf sein zuckendes blaues Licht in den schmutzig grauen Nebel. Die ganze Szenerie wirkte wie aus einem Gruselfilm. Unwirklich, grausam, traumatisierend.

In Manuela keimte ein Gedanke auf, der ihr einen kalten Schauer über den ganzen Körper jagte.

3

Lea fühlte sich hundeelend. Die Cocktails mit Rum und süßem Likör hatten die gleiche Wirkung auf sie wie eine handfeste Grippe. Ihr Schädel dröhnte, ihre Ohren und Nebenhöhlen fühlten sich verstopft an, und sobald sie die Augen öffnete, drehte sich alles.

Also blieb sie einfach liegen.

Ralf hantierte in der Küche. Lea konnte die Kaffeemaschine röcheln hören.

Kaffee konnte sie jetzt gut gebrauchen. Scheiß Alkohol. Warum hatte sie die Cocktails getrunken? Das tat sie doch sonst nicht. Die Rückfahrt in Ralfs altem Auto hatte den Abend schließlich komplett ruiniert. Wie immer hatte sie sich auf die Rückbank gelegt, sich blind und taub gestellt. Ihre Phantasie hatte ihr vorgegaukelt, wie die Fahrzeuge aus dem Gegenverkehr auf ihre Spur drifteten. Wie die Scheinwerfer immer größer und größer wurden, gleißender, kreischender …

Sie wurde das einfach nicht los. Keine Therapie hatte etwas daran geändert. Der Unfall lag mehr als fünf Jahre zurück, aber der Schrecken hatte nichts von seiner Intensität verloren. Wahrscheinlich würde sie niemals selbst einen Wagen steuern.

Ralf kam mit zwei Tassen aus der Küche. Er trug nur seine Unterhose, sein Haar war zerzaust.

«Der ist besonders stark», sagte er und reichte ihr eine Tasse.

«Das brauche ich auch.»

Lea schob sich gegen das Kopfende und nahm die Tasse entgegen. Allein der Geruch tat schon gut.

Ralf setzte sich neben sie auf die Matratze. «Wie geht's dir?», fragte er und sah sie besorgt an.

«Mein Kopf platzt.»

«Das sind die Cocktails.»

«Ich weiß … war ich sehr schlimm?»

Ralf legte ihr eine Hand auf das nackte Knie und streichelte es sanft.

«Mach dir darüber bitte keine Gedanken. Du warst einfach nur verzweifelt.»

Lea trank von ihrem Kaffee. Er war noch zu heiß, aber sie musste jetzt einfach etwas tun. Sie schämte sich vor Ralf und wollte ihm nicht in die Augen schauen.

«Mir ist da noch etwas eingefallen», sagte sie.

«Und was?»

«Gestern, als ich auf der Suche nach Rieke war, war ich auch in dem Tierfachgeschäft, in dem sie jobbt. Die Inhaberin, Stefanie, hat mir von einem Vorfall erzählt, der sich vor vier oder fünf Tagen dort abgespielt hat.»

«Was für ein Vorfall?»

«In dem Laden hat ein Kunde nach Würgehalsbändern für Hunde gefragt. Rieke stand grad an der Kasse und ist natürlich ausgeflippt, du kennst sie ja.»

«Kann ich mir lebhaft vorstellen», sagte Ralf.

«Na ja, jedenfalls ist sie dem Typen gefolgt. Stefanie konnte mir aber nicht sagen, was daraus geworden ist. Rieke war seitdem nicht mehr im Laden. Sie arbeitet ja nur an zwei Tagen in der Woche dort.»

«Ich weiß, worauf du hinaus willst, aber das war vor vier Tagen. Vorgestern ist Rieke noch bei dir gewesen. Auch wenn sie dem Typen zu sehr auf den Sack gegangen ist, wird der ihr ja wohl kaum etwas angetan haben, oder?»

«Schon, aber vielleicht ist sie ja noch mal zu ihm gefahren. Allein. Es wäre nicht das erste Mal, dass sie so etwas macht.»

«Und warum hat sie dir dann nichts davon erzählt?»

Lea kannte die Antwort. Rieke konnte Ralf nicht leiden, deswegen hatte sie nichts gesagt. Nach dieser missglückten Aktion, bei der sie alle beinahe im Knast gelandet waren, war Ralf heftig auf Rieke losgegangen. Seitdem war Rieke vorsichtiger geworden und weihte auch Lea nicht immer ein. Schon gar nicht, wenn sie allein losziehen wollte. Das tat weh. So etwas sollte es unter besten Freundinnen nicht geben.

«Ach, ich ahne, was jetzt kommt», sagte Ralf, der ihr Schweigen richtig deutete. «Jetzt bin ich auch noch daran schuld.»

Lea schüttelte den Kopf. Sie wollte ihm nicht schon wieder Vorwürfe machen. Gestern Abend hatte er sich wirklich süß um sie gekümmert. Außerdem brauchte sie seine Hilfe – und seinen Wagen.

«Was hast du jetzt vor?», fragte Ralf.

«Auf keinen Fall will ich untätig herumsitzen. Irgendwas muss schiefgelaufen sein.»

«Also melden wir es bei der Polizei?»

Lea schüttelte den Kopf.

«Das können wir später immer noch machen. Ich habe eine andere Idee.»

4

Die Einsatzbesprechung sollte um acht Uhr beginnen. Um fünf Minuten vor acht schoss Manuela Sperling mit ihrem Golf auf den Parkplatz des Präsidiums, pflügte mit dem rechten Vorderrad durch die Blumenrabatten und quetschte ihren Wagen schwungvoll, aber perfekt in eine enge Lücke. Sie bekam die Tür nicht ganz auf und musste sich herauswinden wie eine Schlange, blieb mit einer Tasche ihrer Jacke an dem Türschnapper hängen und riss sich die Naht auf.

«Verflixt noch mal!», fluchte sie in die Nebelsuppe.

Die Jackentasche hing wie ein lebloser Zungenlappen herab. Schade drum, es war ihre Lieblingsjacke. Manuela zog sie aus und warf sie auf den Rücksitz. Dann schnappte sie sich ihre Handtasche, schloss den Wagen ab und spurtete über den weitläufigen Parkplatz auf das zweigeschossige Gebäude zu.

Sie würde es auf die Minute rechtzeitig schaffen. Immerhin hatte sie gerade erst angefangen, und zu spät zu kommen würde keinen guten Eindruck machen. Besonders, da doch ein neuer Fall anlag. Natürlich konnte sie nichts für den Unfall, der sie aufgehalten hatte. Dass sie es überhaupt noch geschafft hatte, verdankte sie den Kollegen von der Schutzpolizei. Denen hatte sie ihr Problem geschildert, und sie hatten sie durch die Rettungsgasse die Unfallstelle passieren lassen.

Als sie durch die Eingangstür hindurch war, warf sie einen schnellen Blick auf die Wanduhr.

Eine Minute vor acht.

«Ja!», entfuhr es Manuela laut. Sie ballte die Hand zur Faust, als hätte sie gerade ein Wettrennen gewonnen. Das brachte ihr die amüsierten Blicke einiger männlicher Kollegen ein, die vor dem Kaffeeautomaten in der Halle standen.

Die Tür zum Besprechungsraum war bereits geschlossen.

Mist. Sie würde auffallen. Na, egal. Nach der Sache mit der Psychologin gestern kannte sie ohnehin jeder.

Ohne zu klopfen, riss Manuela die Tür auf und machte sich auf überraschte und vorwurfsvolle Blicke gefasst.

Aber der Raum war leer.

Ihr Blick flog zur Uhr. Nein, sie hatte sich nicht geirrt. Es war eine Minute nach acht. Was war hier los?

Manuela ließ sich gegen den Türrahmen sacken, stützte sich mit den Händen auf den Oberschenkeln ab und atmete lautstark aus. Das Adrenalin hatte sie bis hierher auf Trab gehalten, doch jetzt verpuffte die Wirkung. Sie hatte es versaut. Irgendwas war passiert, und sie hatte es nicht mitbekommen, weil sie nicht eine halbe Stunde vor Dienstbeginn da gewesen war. Jetzt verfluchte sie sich dafür, gestern Abend noch zu Timmy gefahren zu sein. Sie hätte das Treffen besser auf das Wochenende verschieben sollen.

Sie wollte sich schon auf den Weg zu Conroys Büro machen, als der stellvertretende Polizeichef Sackstedt den Gang hinunterkam. Er sah sie erstaunt an.

«Was tun Sie hier? Ich habe Sie doch Conroy zugewiesen?»

«Ich ... na ja, da war ein Unfall auf der Autobahn und ... wieso ist denn keine Einsatzbesprechung?»

«Die ist verschoben. Sie wissen also noch nichts von der aktuellen Entwicklung?»

«Was für eine Entwicklung?»

Sackstedt sah sie mit einem Blick an, den Manuela nicht deuten konnte.

«Kommen Sie, wir gehen in mein Büro. Ich kläre Sie auf. Außerdem muss ich sowieso etwas mit Ihnen unter vier Augen besprechen.»

5

Das Einsatzlicht auf dem Wagendach spuckte sein blaues Licht gegen die Nebelwand. Es vermischte sich mit der feuchten Watte zu einem gespenstischen Schein. Es wirkte fast, als führe die Straße direkt in eine andere Dimension. Henry Conroy fühlte sich wie in einem schlechten Traum.

Schon wieder steuerte er den BMW mit Höchstgeschwindigkeit über die Landstraße, schon wieder Richtung Hohberg. Nur dass die Straße heute nach weniger als fünfzig Metern im Nebel verschwand.

«Sachte», sagte Jens Jagoda auf dem Beifahrersitz. «Wir kommen noch früh genug an.»

Da war sich Henry nicht sicher.

Der Anruf hatte ihn auf dem Weg zur Einsatzbesprechung erreicht. Henry wollte gern glauben, was der aufgeregte Beamte am Telefon gesagt hatte, aber er fürchtete die Enttäuschung. Schließlich wusste er nur zu gut, mit welcher Grausamkeit die Dinge manchmal schiefliefen.

«Ich glaub es einfach nicht», sagte Henry.

«Geht mir genauso. Deswegen will ich aber nicht an einem Baum enden. Dein Fahrstil ist eine Zumutung.»

Henry musste lächeln. «Genau das Gleiche hat gestern die Sperling gesagt.»

«Die Frau hat eine bemerkenswerte Auffassungsgabe», sagte Jagoda. «Wo steckt sie eigentlich?»

«Keine Ahnung. Ich rufe sie an, sobald wir Genaueres wissen.»

«Wie gefällt Sie dir?»

Die letzte Kurve vor Hohberg tauchte aus dem Nebel auf. Henry bremste stark ab.

«Bisher macht sie ihre Sache gut.»

«Aha.»

Auf der folgenden geraden Strecke warf Henry Jagoda einen schnellen Blick zu. «Was hat dieses Aha zu bedeuten?»

Henry preschte durch den Ort. Die Häuser wirkten noch grauer und trostloser als ohnehin schon.

«Ich glaube, die Kleine tut dir ganz gut», sagte Jagoda.

«Wie soll ich das bitte verstehen?»

«Tu doch nicht so. Du merkst es doch selbst.»

«Wovon redest du?»

«Davon, dass du dich seit gestern verhältst, als hättest du ein paar Dosen Red Bull gekippt. Sie macht dir richtig Dampf, oder?»

«Lass bitte deine Anspielungen. Sie ist eine Kollegin, nichts weiter. Außerdem ist sie anstrengend, sie quasselt einfach so drauflos. Manchmal ist sie richtig frech.»

Jagoda grinste breit. «Ich werde mich persönlich beim Nikolaus bedanken», sagte er. «Genauso ein Geschenk hast du gebraucht.»

Vor dem Resthof der Schwabes parkten zwei Streifenwagen. Sie gehörten zu der kleinen Dienststelle im Nachbarort.

«Gar nichts wirst du», sagte Henry beim Aussteigen. «Ich glaube sowieso nicht, dass sie lange hierbleibt. So eine wie die passt nicht in diese verschlafene Gegend.»

Vor der Haustür wartete ein junger Beamter in Uniform.

«Ist er es wirklich?», fragte Henry ihn.

«Ohne Zweifel.»

«Und sind alle im Haus?»

«Ja, außer dem Vater. Der ist nicht zu finden.»

«Arthur Schwabe ist nicht da?»

«Nein. Seine Frau weiß auch nicht, wo er sein könnte.

Aber die ist sowieso völlig aus dem Häuschen und kaum ansprechbar.»

Dass Arthur Schwabe nicht da war, fand Henry bedenklich. Der Mann hatte bereits bewiesen, dass er sich nicht unter Kontrolle hatte. Schwabe war aggressiv. Hoffentlich baute er keinen Mist.

«Suchen Sie nach dem Mann», wies Henry den Polizisten an. «Fahren Sie zu diesem Bauunternehmer Buhrmann. Vielleicht hat er sich dort blicken lassen.»

Der junge Polizist nickte. Für einen Moment sah es so aus, als wolle er noch etwas sagen. Schließlich machte er sich doch auf den Weg.

«Jetzt bin ich aber gespannt», sagte Henry zu Jagoda.

«Ich auch. Aber wir sollten auf die Psychologin warten.»

«Scheiß drauf. Ich will ihn sehen. Sonst nichts.»

Henry betrat das Haus. Auf dem schummrigen Flur stand eine Beamtin in Uniform mit auf dem Rücken verschränkten Armen. Helga Schwabe schoss von links aus einer Tür, verschwand gegenüber in einer anderen und kam nur Sekunden später mit einem Bademantel in der Hand zurück.

«Gleich wird dir wieder warm, mein Schatz», hörte Henry sie sagen.

Die Beamtin bemerkte ihn und wandte sich um. Henry kannte sie bereits von gestern. Sie hieß Marle Schierling und war nicht älter als dreißig. Eine hübsche Frau mit klaren blauen Augen und blondem Haar, das sie zu einem Pferdeschwanz gebunden trug. Trotz des schlechten Lichts konnte Henry sehen, dass ihre Augen tränenfeucht waren.

«Ist er unversehrt?», fragte Henry.

Sie nickte. «Sonst hätte ich längst den Rettungsdienst gerufen. Ihm fehlt nichts. Er war ein bisschen unterkühlt und sehr durstig. Frau Schwabe hat ihm einen heißen Kakao gekocht und ihn gebadet. Sie trocknet ihn gerade ab. Vielleicht warten Sie noch einen Moment.»

Henry nickte. «Kommen Sie, wir gehen in die Küche.»

«Sie hätten das verhindern müssen», sagte Henry zu der Beamtin, als sie in der Küche standen. Die Tür zum Flur stand einen Spaltbreit offen.

Sie riss erschrocken die Augen auf. «Was verhindern?»

«Das Bad natürlich. Der Junge könnte Spuren an sich tragen. Wissen Sie, ob er nicht missbraucht wurde? Seine Mutter vernichtet wahrscheinlich gerade jeden Hinweis, der das belegen oder widerlegen könnte.»

Henry hatte leise, aber nachdrücklich gesprochen. Die Beamtin war jung und unerfahren, aber daran hätte sie trotzdem denken müssen. Jetzt war es zu spät. Der Junge war sicher blitzblank geschrubbt.

«Ich ... es tut mir leid, aber ich ...»

Henry winkte ab. «Ist egal jetzt. Was ist überhaupt passiert?»

Marle Schierling zuckte mit den Schultern. «Ich weiß es nicht. Die Mutter reagiert kaum auf Fragen. Sie kümmert sich nur um ihren Sohn. Sie hat ein paarmal gesagt, der Bilgenschneider hätte ihn ihr zurückgegeben. So wie ich es verstanden habe, kam er einfach so aus dem Maisfeld. Ist das zu fassen? So etwas habe ich noch nie gehört. Ich meine ...»

Sie hob die Arme und ließ sie wieder fallen. Ihr fehlten die Worte. Henry wusste aber auch so, was die junge Beamtin meinte. Der Junge hatte sich schließlich nicht einfach nur verlaufen. Er war entführt worden. Aber kein Entführer, vor allem kein Triebtäter, brachte sein Opfer zurück.

«Ist Ihnen sonst etwas aufgefallen?», fragte Henry.

Die Beamtin wollte schon den Kopf schütteln, hielt aber inne.

«Ach so, ja, er hat einen Hund dabei.»

«Was?» Henry meinte, sich verhört zu haben.

«Der Junge ... Oleg, er hat einen Hund dabei. So einen kleinen weißen niedlichen. Er lässt ihn gar nicht wieder los, klammert sich richtig daran. Deshalb muss Pedro in der Waschküche bleiben.»

«Und wird dieser Hund etwa auch gerade gebadet, verfluchte Scheiße?»

Marle Schierling starrte ihn nur an. Henry konnte sich kaum noch zurückhalten. Am liebsten hätte er sie ordentlich zur Sau gemacht. Aber statt loszuschreien, schüttelte er den Kopf.

«Los, gehen Sie raus. Helfen Sie Ihrem Kollegen bei der Suche nach Arthur Schwabe.»

Das ließ sich die Beamtin nicht zweimal sagen.

Henry und Jens Jagoda sahen sich ratlos an.

«Damit komme ich nicht klar», gab Jens zu. «Wieso bringt der Junge einen Hund mit?»

«Wir müssen unbedingt mit ihm reden. Jetzt!», sagte Henry mit Nachdruck.

«Wenn du ihn ohne die Psychologin vernimmst, reißt der Nikolaus dir den Arsch auf.»

«Ist mir völlig egal.»

Als Henry das Badezimmer betrat, bot sich ihm ein Bild, das seinen Ärger augenblicklich verfliegen ließ. Ein klein wenig konnte er verstehen, warum die Schierling das nicht verhindert hatte.

Der kleine Oleg Schwabe saß in einen weißen Bademantel gehüllt auf dem Toilettendeckel. Seine nackten Füße baumelten herunter. Vor ihm hockte seine Mutter auf den Knien, auch sie im Bademantel. Sie föhnte ihrem Sohn das Haar. Es war längst trocken, trotzdem fuhr sie immer wieder zärtlich mit ihrer pummeligen Hand hindurch. Der Junge hielt den Kopf gesenkt. In seinen Armen hielt er einen kleinen weißen Hund. Der Hund betrachtete den lauten Föhn mit Argwohn, schien sich ansonsten aber wohlzufühlen.

Es war ein zutiefst friedliches Bild. Wenn so etwas möglich war, dann war vielleicht doch nicht alle Hoffnung in der Welt verloren. Ein Triebtäter, der Mitleid empfand und sein Opfer zurückbrachte. Eine zwar geschockte, aber doch nicht traumatisierte Familie, der mehr Glück zuteil wurde als allen Lottogewinnern dieser Welt zusammen.

Helga Schwabe bemerkte ihn. Ihr pralles Gesicht war stark gerötet. Tränen liefen ihr die Wangen hinab.

«Er ist wieder da!», rief sie gegen den Föhn an.

6

Tom Küster und Marle Schierling hielten vor dem geschlossenen Tor der Zufahrt zur Villa des Bauunternehmers Fritz Buhrmann.

«Wir haben Scheiße gebaut», sagte Marle Schierling. «Wir hätten nicht zulassen dürfen, dass der Junge gebadet wird. Er hätte sofort ins Krankenhaus gemusst.»

Tom Küster nickte. Er nahm Marle kurz in die Arme und strich ihr dann sanft über die Wangen.

«Nimm es dir nicht zu Herzen. Es war meine Schuld. Ich bin der Dienstältere, ich hätte daran denken müssen. Aber ich war einfach zu baff, weil der Junge wiederaufgetaucht ist.»

Marle nickte, presste die Lippen zusammen und schluckte Enttäuschung und Wut hinunter. «Wir stehen zusammen dafür gerade, okay?»

«Wie immer.»

Tom küsste sie auf den Mund. Ihre Lippen schmeckten ein wenig salzig, als hätte sie auf der Fahrt hierher geweint. Er hatte Marle kennengelernt, als sie zu ihm in die Dienststelle versetzt worden war. Vom ersten Moment an hatte es zwischen ihnen geknistert. Sie war wirklich eine tolle Frau und er bis über beide Ohren verliebt. Er könnte Conroy in den Arsch treten dafür, dass er sie zum Weinen gebracht hatte. Auch wenn er natürlich recht hatte. Aber hätten sie Helga Schwabe den Jungen gleich wieder wegnehmen sollen, um ihn ins Krankenhaus zu bringen?

«Geht's wieder?», fragte er.

Marle nickte.

«War Conroy unfair?»

«Nein, eigentlich nicht.»

«Okay, lass uns Arthur Schwabe finden. Vielleicht vergisst Conroy die Sache dann ja.»

Tom Küster drückte auf die Klingel. Niemand reagierte darauf. Er versuchte es noch einmal. Plötzlich preschte von hinten ein weißer Pritschenwagen heran und bremste scharf ab. Auf der Tür klebte der Werbeaufkleber des Bauunternehmens Buhrmann. Ein Mann in Arbeitskleidung stieg aus.

«Was'n los?», fragte er.

«Wer sind Sie?», fragte Marle.

«Novak. Ich arbeite für Buhrmann. Alle warten auf Chef, aber geht er nicht an Telefon. Büro schickt mich nachsehen.»

Marle und Tom sahen sich verdutzt an.

«Haben Sie die Nummer Ihres Chefs?»

«Sicher.»

Der Bauarbeiter zog sein Handy hervor und nannte die Nummer. Tom rief sie von seinem Handy aus an. Es konnte ja sein, dass Buhrmann nicht von seinem Angestellten gestört werden wollte. Außerdem wollte er auf jeden Fall die Aussage von Novak überprüfen, um nicht schon wieder einen Fehler zu machen. Aber es stimmte. Niemand ging ans Telefon.

«Haben Sie noch eine Nummer?»

Der Tscheche schüttelte den Kopf und fuhr sich mit der Hand übers kurzrasierte Haar. «Wenn Chef nicht macht Freigabe, können wir nicht anfangen mit neue Baustelle.»

«Herr Buhrmann weiß also, dass er dringend erwartet wird?», fragte Marle.

«Büro schickt mich, weil zweiter Chef auch zu spät, aber einer von beiden muss sagen, wann losgeht mit Baustelle. Buhrmann oder Theiß.»

«Okay», sagte Tom. «Fahren Sie bitte zurück, und warten Sie auf dem Betriebshof. Wir kümmern uns darum.»

«Wieso Polizei hier?», wollte Novak wissen.

«Routineermittlung. Fahren Sie jetzt bitte zurück», wich Tom der Frage aus.

Sie warteten, bis der Pritschenwagen fort war.

«Ich geh rein», sagte Tom.

«Sollten wir nicht Verstärkung rufen?»

Er schüttelte den Kopf. «Ich schau erst nach. Ich hab keine Lust, mich noch mal vor Conroy zu blamieren. Nachher hat Buhrmann nur verschlafen, und wir rücken hier mit voller Manpower an.»

«Gut, aber sei vorsichtig.»

Tom Küster nickte und trat auf das Tor zu. Er war Sportler. Es kostete ihn kaum Mühe, hinüberzuklettern. Von der anderen Seite winkte er Marle kurz zu. Dann ging er über die breite, geschwungene Auffahrt durch den Park. All der Protz und Prunk war ihm zuwider, und er fand es auch nicht richtig, dass einer mit dem Bau von Häusern so reich werden konnte, während Polizisten, die immerhin das Funktionieren der Gesellschaft eines Staates sicherten, sich kaum ein eigenes Häuschen leisten konnten. Zudem war Buhrmann weit über die Kreisgrenzen bekannt dafür, ein arroganter Kerl zu sein, der sich wie ein Großgrundbesitzer aufführte und übel mit seinen Leuten umging. Kein Wunder, dass er mittlerweile nur noch in Tschechien Arbeiter fand.

Polizeimeister Tom Küster ging bis zu der breiten Treppe der Villa und erstarrte. Im Schatten hinter den Säulen lag in einem See geronnenen Blutes ein Hund. Tom sah die tiefe Wunde im Brustkorb. Jemand hatte den Hund abgestochen.

Er griff gleichzeitig zu Waffe und Funkgerät, um Marle zu bitten, jetzt doch Verstärkung zu rufen. Vor allem aber sollte sie Conroy informieren.

Mit gezogener und entsicherter Waffe trat er dann über den Hund hinweg auf die Haustür zu.

Jetzt bloß keinen Fehler machen, dachte Tom. Er musste natürlich nachsehen, durfte aber keine Spuren zerstören. Die schwere Haustür stand einen Spaltbreit offen. Tom drückte sie mit der Fußspitze auf und trat in die Halle.

«Hallo, hier ist die Polizei. Herr Buhrmann, sind Sie da?», rief er.

In dem weitläufigen Eingangsbereich hallte seine Stimme gespenstisch nach. Tom war schon einmal als Erster am Tatort eines Mordes angekommen. Damals hatte er das Gleiche empfunden. Es war fast, als ob der Tod eine besondere Atmosphäre hinterließ. So wie hier. Leere und Stille. Aber auch, als ob die Zeit stehengeblieben wäre. Tom fühlte sich, als bewege er sich durch Watte.

«Herr Buhrmann?»

Er bekam keine Antwort.

Auf dem gefliesten Boden waren Spuren von schmutzigen Schuhen zu sehen. Sie führten den Flur hinunter und verblassten und verschwanden schließlich. Tom achtete darauf, diese Spuren nicht zu beschädigen. Nacheinander warf er einen Blick ins Wohnzimmer, ins Büro, die Küche und einen Raum, den man wohl als Bibliothek bezeichnen konnte. Nirgends war Buhrmann zu sehen. Er fand auch keine Kampfspuren.

Dann schob er mit der Fußspitze vorsichtig die Tür zu einem Bad auf.

Der Anblick ließ ihn erstarren.

7

Das Gesicht war alles andere als ein schöner Anblick. In tiefen Höhlen lagen glanzlose Augen mit einem widerwilligen Ausdruck darin. Drahtige Haare sprossen, wo keine hätten sein sollen, die Lippen waren schmal und scharf wie das Fallbeil einer Guillotine, bereit, Urteile zu fällen über alles und jeden. In dünnem grauem Haar, eingewickelt wie Fliegen in einem Spinnenkokon, leuchteten rote, blaue und grüne Lockenwickler.

Lea hatte sechsmal klingeln müssen, bevor Frau Koch überhaupt an die Tür gekommen war. Wie wenig erfreut sie war, am frühen Morgen von zwei jungen Leuten gestört zu werden, verbarg sie nicht.

«Was wollt ihr! Ich hab doch gesagt, ich will die Zeitung nicht mehr. Mein Tobi ist gestorben, letzte Woche, jetzt brauch ich euer Käseblatt nicht mal mehr für den Käfig.»

«Frau Koch, wir sind nicht von der Zeitung», sagte Lea laut. Sie wusste, die alte Dame war schwerhörig. «Erkennen Sie mich denn nicht? Ich bin es, Lea, die Freundin von Rieke Schneider. Ich hab mich doch mal wegen des Schlüssels bei Ihnen vorgestellt.»

Frau Koch war zweiundsiebzig Jahre alt und wohnte eine Etage unter Rieke. Nachdem Rieke ihren Schlüssel zweimal in der Wohnung vergessen und der Öffnungsdienst ihr richtig tief ins Portemonnaie gelangt hatte, war sie auf die Idee gekommen, Frau Koch einen Schlüssel für Notfälle anzuvertrauen. Der Schlüssel war dort sicher, und man kam jederzeit heran, denn die alte Dame hatte eine schlimme Hüfte und verließ ihre Wohnung kaum noch.

«Was für ein Schlüssel? Ich habe keinen Schlüssel.»

«Bitte, Frau Koch, es ist ein Notfall. Rieke hatte einen Unfall und ist im Krankenhaus. Ich muss ihr ein paar Sachen bringen.»

Das war die Geschichte, die sich Lea auf dem Weg hierher im Auto ausgedacht hatte. Die Fahrt war die Hölle gewesen. Sie hatte auf dem Rücksitz gelegen, geschwitzt, sich festgeklammert und Ralf immer wieder aufgefordert, langsamer zu fahren und besser aufzupassen.

«Ein Unfall», wiederholte die alte Dame, und ihr Gesicht wurde etwas weicher. «Das ist ja ganz furchtbar. Mein Schwager hatte auch einen Autounfall, damals, 82, als er wegen der Anstellung im …»

«Frau Koch, wir haben es leider eilig», unterbrach Lea sie. «Könnten Sie mir bitte den Schlüssel geben.»

«Ja, ja, natürlich, Frau Schneider hat ja auch extra gesagt, dass Sie ihn jederzeit haben können. Warten Sie, ich hole ihn.»

Frau Koch schlurfte in Puschen und Bademantel davon und kehrte eine gefühlte Ewigkeit später mit dem Schlüssel zurück.

«Wie geht es Frau Schneider denn? Es ist doch hoffentlich nicht so schlimm, oder?»

«Nein, nein, nur ein paar kleine Schnittwunden und eine Gehirnerschütterung», log Lea. «Aber sie wird ein paar Tage im Krankenhaus bleiben müssen.»

«Bestellen Sie bitte meine Genesungswünsche.»

«Mache ich, Frau Koch. Und entschuldigen Sie bitte die Störung.»

Ehe Frau Koch sie noch länger in ein Gespräch verwickeln konnte, lief Lea schon mit dem Schlüssel in der Hand die Stufen hinauf. Ralf folgte ihr. Bevor Lea die Tür aufschloss, klingelte sie. Es tat sich nichts.

In der Wohnung roch es nach Riekes Parfüm. Lea ging voran. Nacheinander schauten sie in Küche, Bad und Schlafzimmer und kamen schließlich im Wohnzimmer an.

«Und nun?», fragte Ralf.

Das fragte Lea sich auch. Hoffnung und Naivität hatten ihr bis zuletzt vorgegaukelt, Rieke in der Wohnung zu finden. Vielleicht schwer gestürzt und unfähig, Hilfe zu rufen.

Jetzt stand sie mitten im Raum und sah sich verzweifelt um.

«Hier muss es doch irgendeinen Hinweis darauf geben, was sie vorhatte», sagte sie.

«Ich probiere den Computer», sagte Ralf. Er ließ sich auf dem billigen Drehstuhl nieder und schaltete den Rechner ein.

Im selben Moment fiel Lea ein, dass ihre Freundin seit ein paar Monaten ein Tablet besaß. Ein Ratenkauf, den sie sich eigentlich nicht leisten konnte. Auf diesem Gebiet war Rieke für Versuchungen sehr empfänglich.

Lea suchte nach dem Gerät, fand es aber nicht. Sie ging ins Schlafzimmer hinüber. Das Bett, ein Futon für zwei Personen, war ungemacht. Ein Stapel Zeitschriften lag auf dem Boden, dazwischen ein benutztes Sektglas. Ein Höschen und ein Hemd waren achtlos aufs Fußende geworfen worden, wahrscheinlich war es Riekes Schlafwäsche. Auf dem zweiten Kopfkissen lag das Tablet. Lea schnappte es sich und ging zurück ins Wohnzimmer.

«Mist. Passwortgeschützt», sagte Ralf, der mit grimmigem Blick vor dem Computer saß.

«Versuch ihren Geburtstag», sagte Lea und nannte Ralf die Daten.

«So blöd ist doch heute keiner mehr», entgegnete er, gab sie aber trotzdem ein. «Nee, passt nicht.»

Lea ließ sich auf die Couch fallen und schaltete das Tablet

ein. Hoffentlich hatte Rieke es nicht auch mit einem Passwort geschützt. Aber nein, hatte sie nicht. Allerdings wusste Lea nicht, wonach sie eigentlich suchte. Also öffnete sie zunächst den Kalender. Der war voller Einträge. Die Zeiten, zu denen sie bei Stefanie im Tiergeschäft arbeiten musste, die Termine für ihren anderen Job im Crossini. Für den gestrigen Abend fand sich ein Eintrag. Der Abend davor war frei gewesen.

Da der Terminkalender nichts weiter hergab, wechselte Lea zum Startbildschirm zurück und öffnete das Notizbuch. Für einen Moment empfand sie Skrupel, schob sie aber beiseite. Schließlich ging es hier nicht um Neugier. Rieke würde es verstehen.

Der Titel der neuesten Notiz stach Lea sofort ins Auge.

Würgeleinen.

Darunter hatte sie in Stichworten aufgeschrieben, was im Laden vorgefallen war.

«Schau dir das an», stieß Lea aus. Sie ging mit dem Tablet zu Ralf hinüber.

Zusammen lasen sie den kurzen Text.

«Sie ist dem Kerl also hinaus aufs Land gefolgt», fasste Ralf zusammen. «Allerdings hat sie nicht aufgeschrieben, wohin genau.»

«Aber sie hat eine Skizze gemacht, hier.»

Das große Rechteck aus einer unruhigen schwarzen Linie sollte wohl ein Grundstück darstellen. Darin waren drei weitere, kleinere Rechtecke gezeichnet.

«Sieht aus wie ein Gehöft, oder?», mutmaßte Ralf. «Schau mal nach, ob sie auch Fotos gemacht hat.»

Und tatsächlich. Sie fanden Fotos eines alten Hofes. Sie waren aus großer Entfernung aufgenommen und zeigten verschiedene Gebäude, eingebettet in ein bewaldetes Tal. Am deutlichsten waren eine große Scheune und der Giebel des Haupthauses zu erkennen. Er war zu der Schotterstraße hin ausgerichtet, die unten auf dem Foto zu sehen war. Die Fotos waren wohl am späten Nachmittag aufgenommen worden, es fehlte an Licht. Alles wirkte düster und eng, irgendwie bedrückend. Hunde waren keine zu sehen, aber ein Fahrzeug. Ein großer blauer Kastenwagen. Die hinteren Türen standen offen.

«Ist da jemand auf der Ladefläche?», fragte Lea.

Ralf vergrößerte das Foto mit einer Fingerbewegung. Dadurch wurde die ohnehin schlechte Aufnahme noch pixeliger. Trotzdem konnte Lea erkennen, dass ein Mensch in dem Wagen war. Das Gesicht war nur ein heller, verpixelter Fleck. Die Gestalt sah fast wie ein Gespenst aus.

Ralf zoomte aus dem Foto raus. Eine Weile betrachteten sie es schweigend.

«Sieh mal dort, was ist das?», sagte Ralf schließlich und zeigte mit dem Finger auf das langgestreckte flachere Gebäude rechts vom Haupthaus. Eine offen stehende Tür war als schwarzer Fleck in der roten Ziegelsteinwand zu erkennen.

Er vergrößerte den Bildausschnitt.

Jetzt wurde es deutlicher. An den Rändern des schwarzen Flecks sah man hellere Streifen, die grob die Konturen eines Körpers nachbildeten. Eine Gestalt stand in dem Türrahmen und füllte ihn fast gänzlich aus. Aber das konnte nicht stimmen. Die Tür war breit und hoch, die Relationen passten nicht zueinander. So riesig konnte doch kein Mensch sein.

«Es ist zu ungenau», sagte Ralf und verkleinerte das Foto wieder.

«Mist. Kein Hinweis, wo das sein könnte», sagte Lea. «Wenn man Richtung tschechischer Grenze fährt, gibt es bestimmt jede Menge solcher Höfe.»

«Was hast du noch gesagt? Wie lange ist Rieke dem Mann aus dem Laden gefolgt?»

«Eine Stunde, steht in ihren Notizen.»

«Aber nicht, in welche Richtung?»

Lea schüttelte den Kopf. Diese schluderigen Notizen passten zu Rieke. So war sie.

«Sag mal, hat Rieke nicht auch ein Handy?», fragte Ralf nachdenklich.

«Ja, ein Smartphone. Warum?»

«Ein Smartphone kann man orten.»

8

Buhrmann hockte auf den Knien vor der Toilettenschüssel. Sein nackter Hintern ragte Richtung Tür. Es war ein fetter, behaarter Hintern voller Leberflecke – und roter Striemen. Buhrmanns Hose hing ihm in den Kniekehlen, und auf dem Boden lag ein breiter, aufwendig gearbeiteter Ledergürtel. Jemand hatte ihm mit seinem eigenen Gürtel den Arsch versohlt.

Die Arme waren auf dem Rücken gefesselt. Dazu hatte der Täter einen weißen Kabelbinder benutzt. Dank unzähliger Polizeiserien benutzten fast alle Täter diese Dinger. Keiner von denen beherrschte mehr einen vernünftigen Knoten.

Buhrmanns Kopf hing in der Toilettenschüssel. Sein kahler Hinterkopf ragte daraus hervor. Der Polizist Tom Küster hatte bereits an der Halsschlagader nach einem Puls gefühlt, aber keinen gefunden. Henry Conroy hatte die Prozedur zur Sicherheit wiederholt, mit dem gleichen Ergebnis. Buhrmann war tot. Henry hatte die Leiche sonst nicht weiter berührt, erst musste die Spurensicherung sich damit beschäftigen. Er ging aber davon aus, dass Buhrmann im Standwasser der Toilettenschüssel ertränkt worden war.

Was für ein beschissener Tod, dachte Henry. Er war kein Freund voreiliger Schlüsse, aber für diese grausame Tat kam nur einer in Frage.

Arthur Schwabe.

Er war noch nicht wiederaufgetaucht. Mittlerweile galt er als flüchtig und wurde als dringend tatverdächtig gesucht. Die Maschinerie lief, sie würden den Mann früher oder später finden, schließlich war er ein einfacher Familienvater ohne kriminelle Erfahrung oder Kontakte in die Unterwelt.

Aber es ärgerte Henry, weil er es hätte kommen sehen müssen. Er hätte Arthur Schwabe in Schutzhaft nehmen sollen. Er hatte sich davon einlullen lassen, dass er gestern Abend, als er und Jens Jagoda mit ihm sprachen, nicht mehr aggressiv gewesen war. Ganz im Gegenteil, er war am Boden zerstört und völlig fertig gewesen.

Hatte Buhrmanns Tod etwas damit zu tun, dass Oleg heute früh aufgetaucht war? Hatte Arthur Schwabe seinen Sohn hier gefunden und nach Hause geschickt, während er selbst geflüchtet war?

Das lag nahe, aber noch hatten sie keine Hinweise in diese Richtung. Sie würden das ganze Haus auf den Kopf stellen müssen. Vor allem aber mussten sie mit dem kleinen Oleg sprechen. Er war der Einzige, der ihnen wichtige Informationen liefern konnte.

Henry hatte die Psychologin Dr. Ravenhorst zu den Schwabes beordert und auf Wunsch von Frau Schwabe Manuela Sperling noch dazu. «Diese nette junge Polizistin, kann die nicht kommen» – so oder ähnlich hatte Frau Schwabe sich geäußert. Für Henry war das in Ordnung. Er war selbstkritisch genug, um zu wissen, dass die Sperling viel einfühlsamer war. Er würde sich ja doch nicht zurückhalten und den Jungen unter Druck setzen. Es war klüger, sie das machen zu lassen.

«Oh, Scheiße», erklang es hinter ihm.

Henry wandte sich um. In seine Gedanken vertieft, hatte er auf Buhrmanns haarigen Arsch gestarrt. Hinter ihm stand Gruber. In dessen Vollbart hingen Brötchenkrümel.

«Und das direkt nach dem Frühstück», sagte der Bayer.

Henry trat beiseite. «Hab ich dir eigentlich je gesagt, wie sehr ich dich um deinen Job beneide?»

«Musst du nicht, das weiß ich auch so. Besonders gut gedeiht in Deutschland die Pflanze Neid.»

Gruber betrat das Gäste-WC und stellte seinen Koffer ab. Er zog ein Paar Einmalhandschuhe hervor und streifte sie sich über. Dabei sah er Henry herausfordernd an.

«Sonst noch was, Herr Kommissar?»

«Vielleicht wurde er anal missbraucht. Sieh doch bitte nach.»

Gruber zeigte ihm den Mittelfinger, und Henry wandte sich ab, um den Mann seine Arbeit machen zu lassen.

Er sah auf die Uhr. Er hoffte auf schnelle Ergebnisse und wäre gern hiergeblieben, aber es gab genug anderes zu erledigen. Zu den Schwabes zu fahren zum Beispiel. Wenn er schon nicht direkt beteiligt war, wollte er wenigstens in der Nähe sein, sobald der Junge vernommen wurde. Andererseits musste er sich auch um Arthur Schwabe kümmern. Und das war im Moment dringender. Der Junge war schließlich in Sicherheit.

Als Henry auf den Hof hinaustrat, kam ihm der Polizist Tom Küster entgegen. Er wirkte bedrückt.

«Es gibt ein Problem», sagte er.

«Gibt es immer, davon leben wir ja. Worum geht's?»

«Dieser Bauarbeiter, Novak, war gerade noch mal da. Buhrmanns rechte Hand, der Polier Carl Theiß, ist bislang nicht in der Firma erschienen. Er geht auch nicht ans Telefon. Novak ist zu ihm rausgefahren und hat dort Buhrmanns Wagen gefunden.»

Als sie den Wagen sah, krampfte sich ihr Herz zusammen. Sie hatte das Gefühl, keine Luft mehr zu bekommen.

Ralf, der zwei Schritte hinter ihr gegangen war, prallte gegen sie und brachte sie beinahe zu Fall.

«Hey», rief er. «Warum bleibst du stehen?»

Lea schnappte nach Luft.

«Das … das gibt's doch gar nicht.»

Sie waren aus Riekes Wohnung gekommen. Das Haus, in dem die Wohnung lag, befand sich in einer reinen Wohnstraße. Mit Blumen bepflanzte Betonkübel standen in der eigentlich schnurgeraden Straße als Geschwindigkeitsbegrenzer. Um diese Zeit waren viele der Parklätze an den Seiten frei, deshalb fiel der silberne Kastenwagen auf, der hinter einem der Betonkübel stand.

«Ist das Riekes Karre?», fragte Ralf.

Lea nickte. «Aber … das … ich bin mir ganz sicher, dass er gestern noch nicht hier stand.»

Wenn Rieke spät nach Hause kam, konnte es passieren, dass sie weit entfernt parken musste. Deswegen war Lea gestern weit in beide Richtungen gegangen.

«Und vorhin?», fragte Ralf.

«Ich weiß es nicht. Wir sind aus der anderen Richtung gekommen, ich habe nicht darauf geachtet.»

Lea war verwirrt. Dass der Berlingo hier stand, passte nicht zu dem, was sie oben in Riekes Wohnung herausgefunden hatten.

Weder Lea selbst noch Ralf waren Technikfreaks. Ralf besaß nur ein No-Name-Smartphone, weil er der Meinung war, alles andere würde den sozialen Unfrieden schüren.

Aber auch ohne Erfahrung war es nicht schwer gewesen, Riekes Smartphone zu orten. Sie hatten auf dem Tablet eine App für den Ortungsdienst gefunden. Ralf hatte ein paar Minuten damit herumgespielt und schließlich herausgefunden, wie man die Suchfunktion aktivierte. In der Liste der zur Verfügung stehenden Geräte war nur Riekes Smartphone aufgeführt gewesen. Allerdings musste für den Ortungsdienst das Passwort eingegeben werden. Nach kurzem Überlegen war Lea eingefallen, dass Rieke ihr diese ID mal genannt hatte, damit Lea über Riekes App-Konto Musik herunterladen konnte. Das war schon lange her, bestimmt zwei Monate, aber Lea hatte nicht sehr tief in ihren Erinnerungen graben müssen. Es war eine Zahlenfolge, die ihr damals schon ein Lächeln entlockt hatte: Riekes Geburtstag, ihr Alter und ihre Körbchengröße. «Die letzten beiden verändern sich, daher ist das absolut sicher», hatte sie augenzwinkernd gesagt.

Ralf hatte die ID eingegeben, und dann war es noch einmal kribbelig geworden, denn es hätte ja sein können, dass Rieke sie zwischenzeitlich geändert hatte. Hatte sie aber nicht. Das Tablet hatte losgelegt, und sie hatten gespannt auf den Bildschirm gestarrt. Riekes Telefon musste eingeschaltet sein, denn nur so konnte die App funktionieren.

Nach ein paar Sekunden war die erlösende Meldung auf dem Bildschirm erschienen.

Standort verfügbar.

Riekes Handy war geortet. Allerdings nicht sehr genau, sondern in einem Bereich von fünf Kilometern. Sie hatten in Googlemaps nachgeschaut: Das Handy lag siebzig Kilometer außerhalb der Stadt in der Nähe der tschechischen Grenze. Dort gab es fast nur Wald, ein paar Wiesen dazwischen, Hügel, zwei Flüsse und einige wenige Straßen. Gebäude hatten sie selbst mit der Vergrößerung nicht entdeckt. Deshalb war Lea im ersten Moment davon ausgegangen, dass Rieke mit dem Wagen dorthin gefahren und verunglückt war. Vielleicht lag sie seit zwei Tagen hilflos irgendwo eingeklemmt und kam nicht an ihr Handy heran. Das hätte alles erklärt.

Aber nun stand der Berlingo hier. Hier, wo er gestern noch nicht gestanden hatte.

Lea lief über die Straße und schaute in den Wagen. Darin war es so unaufgeräumt wie immer. Auf der Rückbank lagen zwei Jacken und ein paar Schuhe von Rieke. Der Fußraum vor dem Beifahrersitz und vor der Rückbank war schmutzig, ein brauner angebissener Apfel und eine halb leer getrunkene Wasserflasche lagen daneben. Auf dem Beifahrersitz lag ein Autoatlas. In der Halterung an der Windschutzscheibe steckte das billige Navi.

Ralf trat neben sie.

«Ist doch ihrer, oder?»

«Ja.»

«Und du bist dir absolut sicher, dass er gestern nicht hier stand?»

Für diese Frage hätte Lea ihn schon wieder anschnauzen können. War es denn so schwer für ihn, ihr einmal zu vertrauen? Aber wahrscheinlich lag das gar nicht an ihr. Wahrscheinlich vertraute er einfach aus Prinzip nur sich selbst.

«Bin ich», sagte Lea kurz angebunden.

«Das heißt, sie ist hier gewesen», konstatierte Ralf.

Er klang, als sei die Sache damit für ihn erledigt. Das war sie aber nicht, ganz und gar nicht. Begriff er denn nicht, was das alles bedeutete? Riekes Auto stand hier, ihr Handy befand sich irgendwo weit entfernt in der Walachei. Sie selbst war nicht auffindbar. Man musste doch kein Polizist sein, um sich darauf einen Reim zu machen!

«Du meinst also, dieser Typ aus dem Laden, dem sie

gefolgt ist, hat sie entführt und hält sie gefangen. Findest du nicht, dass du ein wenig übertreibst? Wir sind hier in Deutschland, nicht irgendwo tief in den Karpaten.»

Lea warf Ralf einen wütenden Blick zu.

«Du hast doch nur keine Lust, dich zu kümmern.»

Ralf hob abwehrend die Hände.

«Okay, okay, wir wollen nicht streiten. Hör zu, ich sage dir, was wir tun werden. Wir gehen zur Polizei und ...»

«Kommt nicht in Frage», unterbrach Lea ihn. Dieses Thema war zwischen ihnen längst geklärt, und er hatte kein Recht, es überhaupt anzuschneiden.

«Okay, ich dachte ja nur, du würdest in diesem Fall eine Ausnahme machen.» Ralf überlegte einen Moment. «Pass auf, ich habe noch eine andere Idee.»

Er zog sein Handy hervor.

10

Manuela hielt vor dem Haus der Schwabes und stieg aus.

Es war fast zehn Uhr. Die Sonne hatte den Nebel verdampft. Nur in den schattigen Tälern hielt er sich noch. Die Luft roch frisch und würzig. Es war still. Von der Polizei war niemand zu sehen. Das wunderte Manuela. Wo war Henry Conroy? Oder die Psychologin? Manuela hatte einen Auflauf erwartet, immerhin war der kleine Oleg überraschend aufgetaucht. Das war doch eine Sensation!

Conroys Anruf hatte sie erreicht, kurz nachdem sie Sackstedts Büro verlassen und ihr eigenes bezogen hatte.

Jawohl, ihr eigenes Büro. Mit einer Tür, die sie, wenn sie wollte, hinter sich schließen konnte. Und das, obwohl ihr als Neuling sicher keins zustand. Manuela hatte schnell durchschaut, was dahintersteckte. Sie sollte Sackstedts Wasserträgerin sein. Eine Informantin in einem Kleine-Jungs-Spiel, in dem sie als Mädchen eigentlich nur verlieren konnte. Allzu deutlich war Sackstedt nicht geworden, dafür war er zu intelligent, aber Manuela hatte es auch so verstanden. Tja, sie würde das Büro genießen, so lange es ging. Warum sollte sie nicht ihren Vorteil aus dem internen Streit zwischen Conroy und Sackstedt ziehen?

Manuela wollte gerade zum Haus rübergehen, da klingelte ihr Handy. Die Nummer im Display kannte sie nicht.

«Hier ist Ralf Krüger, erinnerst du dich?»

«Klar. Timmys Mitbewohner. So lange ist es ja noch nicht her. Wie geht es deiner Freundin?»

«Na ja, deswegen rufe ich an. Sie steht hier neben mir. Ihre Freundin Rieke ist noch nicht wiederaufgetaucht, und wir haben gerade etwas Merkwürdiges entdeckt.»

Manuela war nicht ganz bei der Sache, und als dann auch noch ein blauer Opel Astra mit der Dr. Ravenhorst am Steuer vorfuhr, hörte sie gar nicht mehr zu. Sie winkte der Psychologin, ging ein paar Schritte auf den Feldweg hinaus und unterbrach Ralf schließlich.

«Du, hör mal … ich bin gerade ein bisschen im Stress. Ich kann euch sowieso nicht helfen, das ist ein anderer Bezirk bei euch, da bin ich nicht zuständig. Am besten geht ihr auf eine Dienststelle in Traunfeld und meldet eure Freundin dort als vermisst. Die Beamten werden euch dann schon helfen.»

«Ja, ich weiß, aber Lea … na ja, sie ist …»

«Tut mir wirklich leid, Ralf, ich kann jetzt nicht mehr sprechen. Wie gesagt, wendet euch an die Polizei vor Ort. Ruf mich doch heute Abend noch mal an, okay?»

Sie verabschiedete sich von ihm. Wenn sie Zeit gehabt hätte, hätte sie sich gekümmert, aber unter diesen Umständen ging es nun mal nicht.

Manuela kehrte auf den Hof zurück. Dr. Ravenhorst wartete neben ihrem Wagen.

«Hat man Sie schon informiert?», fragte Manuela.

Die kleine pummelige Frau mit dem roten Haar nickte. «Ich weiß Bescheid. Die Mutter hätte Sie gern dabei.»

Sie schüttelten sich die Hand.

«Schön, Sie so schnell wiederzusehen», sagte Dr. Ravenhorst. «Wie läuft es bisher?»

Manuela zuckte mit den Schultern. «Vor allem läuft es rasend schnell, aber ich komme zurecht.»

«Darauf wette ich. Sie nehmen mir das doch nicht übel, diese Sache gestern bei der Einsatzbesprechung?»

«Ach was.» Manuela machte eine wegwerfende Handbewegung. «War doch richtig cool. Ich habe noch nie so viele verdutzte Männergesichter in einem Raum gesehen.»

Die Psychologin lächelte.

«Um diese Burschen aus der Reserve zu locken, muss man sich was einfallen lassen. Aber das wissen Sie sicher besser als ich.»

Dr. Ravenhorst legte Manuela eine Hand auf den Oberarm und führte sie Richtung Haustür.

«Jemanden wie Sie können wir hier wirklich gut gebrauchen. Ich muss schon sagen, da hat Herr Sackstedt mal ein gutes Händchen bewiesen.»

«Wie meinen Sie das?»

«Na ja, er hat Sie gegen den Willen des Chefs durchgesetzt. Der hätte die Stelle lieber intern besetzt, aber Sackstedt war der Meinung, in diese verschlafene Inspektion müsste dringend mal frisches Blut. Sie können sich sicher vorstellen, dass sich kaum jemand freiwillig in diese Gegend versetzen lässt.»

«So ganz freiwillig bin ich auch nicht hier», gab Manuela zu. Warum auch nicht. Konnte ruhig jeder wissen, dass die intriganten Spielchen ihres alten Chefs Hans Bender sie hierhergeführt hatten. Damit hatte sie kein Problem.

«Tatsächlich.» Dr. Ravenhorst hob die Brauen. «Das scheint Ihrer Motivation aber nicht zu schaden.»

«Ich bin schon motiviert geboren.»

Dr. Ravenhorst lachte laut auf. «Ja, das glaube ich gerne. Wir beide sollten bei Gelegenheit mal zusammen essen gehen. Sie erzählen mir mehr darüber, und ich weihe Sie in die Geheimnisse unserer Dienstelle ein.»

«Davon gibt es sicher eine Menge», sagte Manuela und dachte kurz an das Gespräch mit Sackstedt.

«Ein Abendessen wird dafür kaum reichen, aber es ist ein Anfang», bestätigte die Psychologin.

Vor der Haustür der Schwabes blieben sie stehen.

«Bevor wir jetzt hineingehen, sollten wir abstimmen, wie es da drinnen laufen wird. Haben Sie schon einmal ein traumatisiertes Kind vernommen?»

Manuela schüttelte den Kopf.

«Gut, dann überlassen Sie das Reden bitte mir. Sollte ich allerdings spüren, dass der Junge zu Ihnen leichter Vertrauen aufbaut als zu mir, dann gebe ich Ihnen ein Zeichen, und Sie machen weiter.»

«Ich? Aber ich weiß doch gar nicht …»

«Unfug», unterbrach die Psychologin Manuela. «Sie haben eine verspielte und kumpelhafte Art, so etwas mögen Kinder.»

«Verspielt», echote Manuela verblüfft.

«Im positiven Sinne. Sie sind nicht so holzig verknöchert wie viele andere Beamte.»

«Holzig verknöchert … nee, dann doch lieber verspielt.»

«Sag ich doch. Und jetzt lassen Sie uns reingehen.»

11

Von Hohberg aus führte eine schmale Nebenstraße in ein Tal hinab und über einen Bach, der zu dieser Jahreszeit nicht viel Wasser führte. Jenseits des Baches wand sich die Nebenstraße einen bewaldeten Hügel hinauf. In dem dunklen Tannenwald wurde sie zu einer unbefestigten Forststraße.

Henry Conroy und Jens Jagoda waren auf dem Weg zu Carl Theiß' Hof. Zuvor waren sie auf dem Betriebshof des Bauunternehmens gewesen und hatten mit der Sekretärin und Buchhalterin des Unternehmens, Verena Elfers, gesprochen. Ihr hatten sie auch vom Tod ihres Chefs berichtet. Sie war nicht am Boden zerstört gewesen, aber doch sichtlich geschockt.

Von ihr hatten sie außer dem Wohnort noch einiges mehr über Carl Theiß erfahren. Verena Elfers Meinung nach war es schon seit Jahren Theiß, der das Unternehmen in Wirklichkeit führte. Buhrmann war noch immer der, der die Geschäfte anbahnte, er hatte beste Kontakte in Politik und Wirtschaft. Aber Theiß kümmerte sich um die Abarbeitung der Aufträge, um die Mitarbeiter, einfach um alles. Theiß sei ein harter Hund, aber das müsse er auch sein, denn auf dem Bau herrsche ein rauer Ton, erzählte sie. Es gab niemanden, der gegen ihn aufmuckte, und wenn doch, war er schneller weg, als er gucken konnte. Durch die Nähe zur tschechischen Grenze war es leicht, ständig an neue Mitarbeiter heranzukommen. Auf die Frage, ob es Schwarzarbeit gebe in dem Unternehmen, wollte die Elfers jedoch nicht antworten.

Sie hatte ihnen aber freimütig erzählt, dass Theiß gern und viel Alkohol trank und deswegen schon einige Male zu spät gekommen war.

Henry befürchtete das Schlimmste.

Wenn Arthur Schwabe Buhrmann misshandelt und getötet hatte und wenn er glaubte, auch Theiß könnte etwas mit dem Verschwinden seines Sohnes zu tun haben, dann kamen sie wahrscheinlich zu spät. Schwabe befand sich auf einem Rachefeldzug.

In der Vergangenheit hatte Henry oft darüber nachgedacht, wie er handeln würde, wenn jemand sein Kind umbrächte. Immer dann, wenn wieder einmal einer dieser Fälle durch die Medien ging, war ihm diese Frage durch den Kopf gegangen. Seine Antwort war eindeutig: Er konnte Menschen, die sich an den Tätern rächen wollten, verstehen. Und wenn er schon Verständnis hatte, wie weit war es dann noch bis zur Selbstjustiz? Ein kleiner Schritt, ein großer? Henry hoffte, es niemals herausfinden zu müssen.

Arthur Schwabe tat ihm leid. Der Mann hatte ein ruhiges, hartes und ehrliches Leben geführt, bis irgend so ein kranker Typ auf die Idee gekommen war, seinen Sohn zu entführen. Alles Weitere folgte aus dieser Tat. Schwabe würde, wenn er denn tatsächlich Buhrmann umgebracht hatte, ins Gefängnis wandern. Die Familie wäre dann zerstört, daran änderte Olegs Rückkehr auch nichts.

Henry warf sich vor, Schwabe falsch eingeschätzt zu haben. Dessen merkwürdiges Verhalten am ersten Abend hatte ihn zwar stutzig gemacht, aber nicht alarmiert. Wieso hatte er nicht erkannt, dass Arthur Schwabe dazu in der Lage war, jemanden zu töten? Er war doch so überzeugt von sich und seiner Fähigkeit, Menschen einzuschätzen. Sie quasi zu lesen.

Das war doch alles eine große Scheiße. Man sah nun mal immer nur vor die Stirn, nicht weiter. Fußstellung, Handbewegungen, Mimik, das war ja alles sehr aufschlussreich, aber es verriet doch nichts über die Abgründe, die tief in einem Mann schlummerten.

«Du bist so still», sagte Jagoda und unterbrach Henry in seinen Gedanken.

«Dafür quasselst du wie ein Waschweib.»

«Wer hätte das ahnen können», überging Jagoda den Spruch.

«Ich. Immerhin bin ich nicht erst seit gestern Bulle.»

«Stimmt. Hatte ich ganz vergessen. Du bist ja perfekt.»

«Tu mir einen Gefallen, ja? Lass diesen Scheiß. Ich hab da jetzt keinen Bock drauf.»

Die Straße überwand einen Scheitelpunkt. Dahinter fiel sie sanft in ein Tal ab. Weil der Hang talwärts gerodet war, hatten sie freien Blick auf einen vielleicht hundert Meter tiefer liegenden Hof. Sie sahen drei Gebäude. Ein Wohnhaus, einen Stall und eine Scheune. Das Grundstück war mit einem weitläufigen einfachen Bretterzaun eingefriedet.

«Einsamer Platz zum Leben», bemerkte Jagoda.

«Wer hier draußen lebt, muss die Einsamkeit schon lieben», antwortete Henry. Mit «hier draußen» meinte er aber nicht den Hof, sondern die ganze Region. Man konnte hier fast glauben, die Erde sei eine Scheibe und deren Rand nicht weit entfernt.

Ein grüner kastenförmiger Geländewagen der Marke Mercedes stand vor dem geschlossenen Tor des Grundstücks.

«Novak hatte recht», sagte Henry. «Der gehört Buhrmann.»

Henry parkte seinen BMW dahinter. Sie stiegen aus. Sofort hörten sie Hundegebell.

Jagoda legte eine Hand auf die Motorhaube des Geländewagens.

«Kalt», sagte er.

Beide zogen ihre Waffe, überprüften und entsicherten sie. Dann öffnete Henry das Holztor.

Der Hund war schon gut in Fahrt, aber sobald Henry einen Fuß auf das Grundstück setzte, legte er noch mal zu. Als Wachhund war er offensichtlich eine Granate. Sehen konnten sie ihn nicht. Es hörte sich an, als befinde er sich in der Scheune.

Das Wohnhaus war ein altes Bauernhaus mit Fachwerkgiebel. Es wirkte gepflegt, die Farbe auf den Balken war frisch. Zwei mit Blumen bepflanzte Sandsteintröge standen rechts und links des Einganges. Von der Buchhalterin hatten sie erfahren, dass Carl Theiß nicht verheiratet war und allein auf dem Hof lebte. Wenn das stimmte, und sie hatten keinen Grund, daran zu zweifeln, dann hatte der so bezeichnete harte Hund ein Faible für Blumen. Die Menschen waren eben doch mehr als das Klischee, das man gern erwartete.

Henry klingelte. Jagoda sicherte.

Die rasselnde Klingel hallte in einer großen Diele wider. Der Hund geriet regelrecht in Ekstase. Ein oder zwei Minuten noch, dann würden seine Stimmbänder reißen. Wenn dieser Köter frei herumliefe, hätten sie ihn wahrscheinlich erschießen müssen, um überhaupt auf das Grundstück zu gelangen.

Henry klingelte ein zweites und drittes Mal.

«Wir gehen außen rum», sagte er schließlich. «Du links, ich rechts.»

Henry hatte die Sonnenseite des Hauses erwischt. In einem Blumenbeet wuchsen außergewöhnlich schöne Rosen. Auch der Rest des Gartens, Rasen mit einigen Beeten und Büschen, wirkte gepflegt. Hier investierte jemand viel Zeit und Leidenschaft. Henry spähte durch jedes Fenster ins Haus, konnte aber nichts Auffälliges entdecken. Nach dem dritten Fenster erreichte er eine Nebentür. Sie bestand aus Holz und hatte eine langgestreckte Milchglasscheibe in der Mitte. Die ideale Tür für einen Einbruch.

«Herr Theiß», rief Henry laut.

Nur der Köter kläffte.

Henry nahm an, dass Theiß tot war. Wahrscheinlich hatte Fritz Buhrmann in seiner Angst versucht, Arthur Schwabes Wut auf Theiß zu lenken. Vielleicht hatte er seinen Adjutanten beschuldigt, etwas mit dem Verschwinden Olegs zu tun zu haben, um sein Leben zu retten.

Natürlich gab es auch noch eine andere Möglichkeit.

Was, wenn Arthur Schwabe richtiglag?

Rührte sein Hass auf den Bauunternehmer wirklich nur daher, dass der seinen Hund erschossen hatte? In einem so kleinen, engen, fast schon in sich geschlossenen Ort wie Hohberg durfte man Gerüchte nicht unterschätzen. Die Leute bekamen immer etwas mit. Und den Gerüchten nach war Buhrmann ein Sextourist. Womöglich auch Carl Theiß?

Jagoda tauchte an der Hausecke auf. Er hielt den Lauf seiner Waffe zu Boden gerichtet und zuckte mit den Schultern.

«Nichts.»

«Gut, dann gehen wir hier rein», sagte Henry und sah sich nach einem Stein um, mit dem er das Glas der Tür einschlagen könnte.

12

«Das ist Bobby.»

Oleg saß im Wohnzimmer auf der Couch und ließ die kurzen Beine baumeln. Sein weizenblondes Haar strahlte förmlich und war akkurat gescheitelt. Die Wangen waren rosig, die blauen Augen klar und wach. Und voller Liebe für den kleinen weißen Yorkshire-Terrier, der in Olegs Schoß lag und sich dort sichtlich wohlfühlte.

Einen Hund dieser Rasse hatten sie enthauptet unten am Waldrand gefunden, am Tag von Olegs Verschwinden. Manuela fragte sich, ob der Junge diese grausame Tat mit angesehen hatte.

«Hallo, Bobby, du fühlst dich aber wohl, was? Ich glaube, er mag gern von dir beschützt werden», sagte Dr. Ravenhorst an Oleg gewandt.

Oleg lächelte schüchtern, sah auf den Hund hinab und streichelte dessen Kopf. Manuela hätte alles dafür gegeben, um zu erfahren, was in dem Jungen vorging. Äußerlich wirkte er völlig normal. Aber es hätte nicht den Hinweis der Psychologin gebraucht, um Manuela ahnen zu lassen, dass es in seinem Inneren völlig anders aussah. Was hatte er in der kurzen Zeit, die er verschwunden gewesen war, erlebt? Oleg wieder laufen zu lassen war ein großes Risiko für den Täter. Auf irgendeine Art und Weise musste er auf ihn eingewirkt haben, damit er ihn nicht verriet.

«Ich muss ihn auch beschützen. Er hat nämlich niemanden mehr, auf der ganzen Welt nicht», sagte Oleg.

«Wie traurig», sagte die Psychologin. «Aber zum Glück hat er ja nun dich. Sag mal, Oleg, woher hast du Bobby denn? Wer hat ihn dir gegeben? Kannst du mir das verraten?»

Oleg zog den kleinen Hund etwas näher zu sich heran.

«Pedro und Bobby sind meine besten Freunde», sagte er mit Nachdruck.

Dann presste er die Lippen zu einem schmalen Strich zusammen. In diesem Augenblick schlich sich etwas in das Gesicht des Sechsjährigen, das nicht seinem Alter entsprach. Etwas Düsteres, Verschlagenes.

Helga Schwabe, die auf der Couch neben ihm saß, war sichtlich nervös, wenn auch bester Dinge. Sie knetete ihre Hände und veränderte im Sekundentakt die Sitzposition. Nichts an ihr erinnerte noch an die tiefverzweifelte Frau von gestern Abend. Man hatte ihr das Liebste auf der Welt genommen und wieder zurückgegeben. Diese Achterbahnfahrt der Gefühle putschte sie auf, und das war gut. Sie würde diese zusätzliche Kraft brauchen. Noch hatte sie in all der Aufregung nicht nach ihrem Mann gefragt, und Manuela hatte ihr nicht gesagt, dass nach ihm gefahndet wurde.

«Wo war Bobby denn vorher zu Hause? Kannst du mir das sagen, Oleg?»

Oleg schüttelte den Kopf. Sonnenlicht fiel durch das Fenster in sein Haar und ließ es wie gesponnenes Gold glänzen.

«Aber er muss doch ein Zuhause gehabt haben», beharrte die Psychologin mit sanfter Stimme.

«Er hat kein Zuhause mehr», rief Oleg plötzlich laut. «Er kann nirgendwohin, weil sein Bruder und seine Eltern tot sind. Ich kann ihn doch behalten, Mama, ich darf doch?»

Für einen kurzen Moment flackerte Panik auf in den Augen des Jungen. Manuela ahnte, was für ein perverses Spiel der Entführer mit dem Jungen gespielt hatte. *Du tust, was ich will, oder Bobby stirbt.* Manuela konnte die Worte quasi hören.

Helga Schwabe nickte. «Natürlich darfst du ihn behalten.» Sie streckte ihre pummelige Hand aus und strich ihrem Sohn zum wiederholten Mal über den Kopf. «Er verträgt sich doch so gut mit Pedro.»

«Dann ist euer Zuhause jetzt auch sein Zuhause», sagte Dr. Ravenhorst. «Nicht wahr, Bobby, hier gefällt es dir. Und der Oleg, der passt auf dich auf, so, wie er es die ganze Zeit schon getan hat. Wie lange passt du denn schon auf den kleinen Bobby auf?»

Oleg beruhigte sich und überlegte kurz. «Seit der Mann mich mitgenommen hat.»

Ein Schauer lief Manuelas Rücken hinab. Es war nicht, was Oleg, sondern wie er es gesagt hatte. Beiläufig, ohne besondere Betonung, als wäre es das Normalste der Welt, von einem Mann mitgenommen zu werden.

«Ach so. Dann kennt ihr euch ja schon richtig gut und seid Freunde geworden. War Bobby die ganze Zeit bei dir?»

Oleg nickte.

«Und was hast du gemacht, wenn er mal Pipi musste?»

«Die Höhle war groß genug, da konnte er in die Ecke machen.»

Helga Schwabe zuckte zusammen. Sie war von Dr. Ravenhorst vor dem Gespräch instruiert worden, sich nur auf direkte Fragen von Oleg hin einzumischen. Offenbar hörte sie jetzt zum ersten Mal von einer Höhle.

«Und wo war diese Höhle?»

Der Junge zog die Augenbrauen zusammen. «Unter der Erde», sagte er wie selbstverständlich.

«Und wie war das mit dem Futter? Hat der Mann dir auch Futter für Bobby gegeben?»

Oleg schüttelte den Kopf. «Es gab nichts zu essen, die ganze Zeit nicht, deswegen habe ich ja auch so laut gerufen.»

«Was? Du hast so lange nichts gegessen?», empörte sich Dr. Ravenhorst. «Dann bist du ja bestimmt noch immer hungrig, oder?»

Oleg lächelte. «Mama hat mich vorher gemästet wie die Gänse.»

«Das finde ich aber gemein, dass der Mann euch beiden nichts zu essen gegeben hat. Ich würde ihm gern sagen, dass man so etwas doch nicht tun darf. Sag mal, wie heißt er denn?»

«Hat er nicht gesagt», sagte Oleg, ohne aufzusehen.

«Und hat er denn gesagt, warum er dich mitgenommen hat?»

Unter dieser Frage wurde Oleg etwas kleiner. Manuela hätte es wahrscheinlich gar nicht bemerkt, hätte Henry Conroy sie nicht auf das Lesen unbewusster Verhaltensweisen aufmerksam gemacht.

«Ich bin nicht durch die Pforte gegangen», sagte Oleg. «Das darf ich nicht, und das habe ich auch nicht gemacht.»

Helga Schwabe strich ihrem Sohn wieder über den Kopf. «Das wissen wir doch. Mach dir keine Sorgen, mein Schatz. Die nette Dame möchte nur wissen, warum der Mann dich mitgenommen hat.»

Dr. Ravenhorst reagierte in keiner Weise auf diese Einmischung, aber Manuela konnte sich denken, dass sie nicht erfreut war.

«Na, wegen Bobby hat er mich mitgenommen», sagte Oleg schließlich im Brustton kindlicher Überzeugung. «Bobby konnte doch nicht allein bleiben, wegen …»

Oleg brach ab. Auf seinen Unterarmen stellten sich die feinen blonden Härchen auf.

«… wegen seinem Bruder», vervollständigte er den Satz so leise, dass sie ihn kaum noch verstehen konnten.

«Seinem Bruder geht es gut, mach dir keine Sorgen», sagte Dr. Ravenhorst.

Oleg starrte sie aus großen Augen an.

«Aber er ist doch ... der Mann hat ...»

«Mach dir keine Sorgen. Dort, wo Bobbys Bruder jetzt ist, geht es ihm gut. Es gibt einen Extra-Himmel für Hunde, weißt du?»

Oleg sagte nichts. Manuela konnte sehen, wie es hinter seiner Stirn arbeitete. Sie fand es klug von der Psychologin, dem Jungen diese Vorstellung von einem Hundehimmel einzupflanzen. Vielleicht würde sie seine reale Erinnerung ein wenig abmildern.

Dr. Ravenhorst ließ Oleg einen Moment nachdenken, bevor sie die nächste Frage stellte.

«Seid ihr denn auch zusammen Auto gefahren, Bobby und du?»

Oleg nickte. «Aber da hat es ganz doll drin gestunken, und mir ist richtig schlecht geworden. Ich musste fast brechen.»

«Muss ich beim Autofahren auch oft», winkte Dr. Ravenhorst ab. «Vor allem, wenn es so wild zugeht. Ist der Mann wild gefahren?»

«Nee, aber so lange. Ich mag nicht so lange fahren, und es hat gerumpelt und gestunken. Bobby hatte auch Angst.»

«Das glaube ich dir. Du, sag mal, ihr habt aber bestimmt irgendwo angehalten. Wo war das denn?»

«Weiß ich nicht. Ich bin eingeschlafen, glaube ich, und als ich wieder wach war, da war ich in der Höhle, und schlecht war mir auch noch. Wenn Bobby nicht da gewesen wäre, dann hätte ich mich viel mehr gefürchtet.»

«Wie gut, dass du Bobby dabeihattest. Dieser Mann, kannst du mir erzählen, wie er aussah? Hatte er so schöne blonde Haare wie du?»

Oleg schüttelte den Kopf.

«Waren seine Haare braun?»

Oleg schüttelte den Kopf.

«Welche Farbe hatten sie denn?»

Der Junge griff nach dem Hund und drückte ihn gegen die Brust. Er vergrub seine Hände im weichen Fell und streichelte den Hund mechanisch.

«Oleg?», hakte Dr. Ravenhorst nach. «Welche Farbe hat das Haar des Mannes?»

Oleg duckte sich und sah über seine Schulter zum Fenster. Dann sah er die Psychologin an. Sein Blick glitt unruhig hin und her. Der Hund litt sichtlich in den Händen des Jungen, der jetzt zu fest zugriff.

«Er kommt zurück», flüsterte Oleg.

«Wer kommt zurück?»

«Ich darf nichts sagen. Gar nichts. Wenn ich was sage, dann kommt er zurück. Und dann macht er mit Pedro und Bobby das Gleiche, was er mit seinem Bruder gemacht hat.»

13

Kumrow hieß der Ort, in dessen Nähe sie Riekes Handy geortet hatten.

Die Fahrt dorthin sollte laut Navi dreiundsiebzig Minuten
dauern. Für Lea bedeutete das, eine Stunde und dreizehn Minuten in der Hölle verbringen zu müssen – auf dem Rücksitz
von Ralfs Wagen liegend, das Gesicht in den Händen vergraben, die Beine in fötaler Stellung angewinkelt, sämtliche
Muskeln des Körpers angespannt.

Das alles half aber nicht gegen das Kopfkino. Immer und
immer wieder lief diese eine Erinnerungssequenz ab. Scheinwerfer, die auf sie zu rasten, greller wurden, schließlich explodierten. Und weil sie das nicht eine Stunde am Stück ertragen konnte, hatten sie auf der Strecke nach Kumrow viermal
halten müssen. Jedes Mal hatte Lea den Wagen fluchtartig
verlassen, sich einen Ort mit freiem Blick auf den Horizont
gesucht und so lange den blauen Himmel angestarrt, bis das
Zittern nachließ. Wegen der Stopps hatte die Fahrt nicht
dreiundsiebzig Minuten gedauert, sondern etwas mehr als
zwei Stunden.

Als sie endlich das Ortsschild von Kumrow passierten, war
es bereits ein Uhr durch.

«Ich muss unbedingt was essen», sagte Ralf.

Lea hatte überhaupt keinen Hunger, ihr ganzer Körper
war verkrampft, aber gegen eine Pause hatte sie trotzdem
nichts einzuwenden.

«Vielleicht gibt es eine Gaststätte hier.»

Danach sah es allerdings nicht aus. Diese Gegend war ab-
gelegen. Es gab hier weder eine Autobahn noch eine Schnell-
straße, sondern nur schmale Landstraßen, und je näher sie

der Grenze kamen, desto schlechter wurden die. Die nächste Stadt mit mehr als zehntausend Einwohnern war sechzig Kilometer entfernt. Zwischen den Hügeln und Wäldern lagen eher Weiler als Dörfer. Die Gehöfte waren alt, man sah ihnen an, dass den Besitzern entweder das Geld fehlte oder sie zu alt waren, um sie zu pflegen. Lea war nie zuvor hier gewesen, und sie wusste auch nicht, wie es jenseits der Grenze aussah, die seit dem Beitritt Tschechiens zum Schengenraum 2007 offen war und nicht mehr kontrolliert wurde. Auf dieser Seite jedenfalls sah es bedrückend aus. Selbst die beinahe wilde Natur hier schaffte es nicht, den Eindruck von Leere und gleichzeitiger Enge zu mildern.

Gleich hinter dem Ortsschild wurde der Asphalt von Kopfsteinpflaster abgelöst. Der Wagen rumpelte darauf wie eine alte, blattgefederte Kutsche. Lea wurde auf dem Rücksitz durchgeschüttelt und richtete sich auf.

«Können wir nicht zu Fuß nach einem Lokal suchen?»

Ralf diskutierte nicht, sondern suchte den nächsten Parkplatz. Neben einer schiefen Backsteinmauer wurde er fündig. Erst als sie ausgestiegen waren, bemerkten sie, dass dahinter der Friedhof lag.

«Mitten im Ort», bemerkte Ralf.

«Das war früher so.»

«Und da hier noch früher ist …» Ralf sah sich um, hob die Arme und ließ sie in einer verzweifelten Geste wieder sinken. «Da fällt mir dieser Bericht ein. War online, ich glaub, im Spiegel. Es hieß, man sollte nicht mit einem neuen Wagen in diese Gegend kommen. Hier verschwinden die Autos wie nichts. Der Wirt eines Hotels meinte, wenn er Gäste hat, die mit dem Wagen da sind, würde er abends mit dem Traktor Feldsteine auf die Straße rollen, als Barriere gegen die Diebesbanden.»

Lea ließ ihren Blick schweifen. Überall triste, graue Häuser ohne Farbe. Ungepflegte Vorgärten. Sie sah einen Bauernhof mit einem riesigen Misthaufen zur Straße hin. Eine morastige Lache stand auf der rissigen Betonplatte. Wahrscheinlich sickerte die braune Brühe nach und nach ins Grundwasser.

«Sollen wir lieber wieder einsteigen?», fragte sie.

«Quatsch. Meine Karre wird nicht mal hier geklaut. Ein großer Vorteil, findest du nicht?»

Ralf fuhr einen VW-Polo, der so alt war, dass der Lack bereits total verblasst war. An den Rändern der Radkästen fraß sich der Rost empor. Er hatte recht. Sie konnten sich getrost zu Fuß auf die Suche nach einem Lokal machen.

Nebeneinander liefen sie den Bürgersteig entlang. Nach zehn Minuten erreichten sie so etwas wie den Mittelpunkt des Ortes. Die Straße verzweigte sich hier in drei Richtungen. In dem Rondell in der Mitte wuchs eine uralte verknöcherte Eiche, die nur noch wenig Laub trug.

«Zu Weihnachten hängen sie bestimmt Lichterketten dran», witzelte Ralf.

Zwanzig Meter die Straße hinunter entdeckten sie eine Gaststätte.

«Na, wer sagt's denn», sagte Ralf und ging voran. «Komm schon, ich sterbe vor Hunger.»

Es war ein roter Backsteinbau mit tief heruntergezogenem Dach. In den bröckeligen Fugen wuchs Moos. Von den Fensterrahmen blätterte die Farbe ab. Die Scheiben waren wohl seit Jahren nicht mehr geputzt worden. Dorfstube, stand auf einem handgemalten Schild über der Tür. Rechts und links neben der Tür waren schmale Werbeschilder für Fertigbaguettes Marke Tiefgefroren angebracht. Davor standen ein Aufsteller, der Eis am Stiel anpries, ein einzelner Tisch und ein roter Sonnenschirm mit Coca-Cola-Aufschrift.

«In der Not frisst der Teufel Fliegen», sagte Ralf und wies auf die Schilder mit den Fertigbaguettes. «Komm, lass uns reingehen.»

Lea wollte nicht, aber noch weniger wollte sie sich wie ein zickiges und anstrengendes Mädchen benehmen und sich von Ralf dafür maßregeln lassen. Also folgte sie ihm in die Gaststube.

Darin war es schummrig. Als Erstes fiel ihr der schale Biergeruch auf, dann die Spinnweben in den Ecken an der Decke.

«Ein echter Geheimtipp», flüsterte Ralf ihr zu und grinste. «Gourmettempel.»

Auf einem umlaufenden Regal standen Hunderte alter Bierkrüge, die meisten mit Zinndeckel. Imitationen von Bierfässern hingen an den Wänden. Dazwischen Werbeschilder von fast allen bekannten Biermarken. Hier war jemand mit echter Leidenschaft am Werk.

«Kann ich helfen?»

Die Stimme kam aus einem dunklen Durchgang. Die Frau, die daraus hervortrat, war alt, vielleicht fünfundsechzig. Sie hatte volles weißes Haar, war dünn, fast ausgemergelt, trug aber gutsitzende, saubere Kleidung.

«Ich sterbe vor Hunger», sagte Ralf auf seine einnehmende Art. Auf fremde Menschen zugehen, das konnte er wirklich. «Können wir bei Ihnen etwas zu essen bekommen?»

«Sicher. Ich mache die beste Bolognesesoße weit und breit», sagte die Frau.

Bevor Lea Ralf darauf hinweisen konnte, dass darin Hackfleisch enthalten war, das man frisch zubereiten musste, klatschte der bereits in die Hände.

«Na, das klingt doch wunderbar. Eine große Portion bitte, so eine für einen richtigen Kerl. Für dich doch auch, Lea, oder?»

Lea schüttelte den Kopf und presste die Hand auf den Bauch. «Mir ist noch ein wenig schlecht von der Fahrt. Ich nehme lieber nur ein Glas Cola.»

Sie erntete ein schmallippiges Lächeln.

«Kommt sofort. Setzen Sie sich bitte. Was möchte der junge Mann trinken?»

«Auch Cola bitte.»

Sie ließen sich an einem Tisch am Fenster nieder. Als Lea auf die Bank rutschte und sich dabei auf der Tischplatte abstützte, fasste sie in klebrige Flecke.

«Wie kannst du hier nur Bolognese bestellen», flüsterte sie Ralf zu. «Willst du dir den Magen verderben?»

«Ach was», wiegelte er ab. An seinem Blick konnte Lea sehen, dass sie ihn aber doch beunruhigt hatte.

«Wenn sie zurückkommt, frage ich sie ein bisschen aus. Vielleicht weiß sie ja was.»

«Worüber?»

«Worüber schon. Über die Gegend, in der wir Riekes Handy vermuten.»

«Wieso vermuten? Es muss da sein.»

«Ja, aber nicht zwangsläufig auch Rieke. Das solltest du dir klarmachen. Möglicherweise sind wir umsonst hier rausgefahren.»

«Willst du einen Rückzieher machen?», fuhr Lea ihn an.

«Nein. Aber ich bin immer noch der Meinung, wir hätten zuerst die Polizei informieren sollen.»

«Du hast dir doch schon eine Abfuhr bei der Schwester deines Freundes eingefangen, reicht das nicht? Kapier es doch, die Polizei interessiert sich nicht dafür. Rieke ist volljährig, sie kann sich aufhalten, wo sie will. Es würde ewig dauern, bis die Bullen sich darum kümmern.»

«Du solltest da nicht so pessimistisch sein, nur weil du …»

«Hör auf», unterbrach Lea ihn. «Ich will nicht diskutieren. Jetzt sind wir schon einmal hier und suchen auch nach ihr. Wir fahren da raus, und wenn uns etwas verdächtig vorkommt, können wir immer noch die Bullen rufen.»

«Ja, ja, schon gut, wie du willst.»

«Behandle mich bitte nicht wie ein kleines Mädchen.»

Ralf rollte mit den Augen. «Du solltest dich mal hören. Wenn ich nicht wüsste, wie die wirkliche Lea ist, dann wäre ich schon längst weg. Ich hoffe, sie taucht wieder auf, wenn wir Rieke gefunden haben.»

Lea hatte schon den Mund geöffnet, um sich zu verteidigen, doch in diesem Augenblick kam die Wirtin mit dem Essen. Lea schluckte die Worte hinunter. Weil Ralf recht hatte. Sie war nicht sie selbst. Noch schlimmer: Sie wusste nicht einmal mehr, wer sie war.

«So, da haben wir einmal Spaghetti Bolognese nach Kumrower Art für einen richtigen Kerl», sagte die Wirtin und stellte einen großen, gutgefüllten Teller vor Ralf auf den Tisch. Die rote Fleischsoße darauf sah gut aus und roch auch so.

«So schnell», sagte Lea. Sie konnte es sich einfach nicht verkneifen.

«War noch warm, deshalb ging es so schnell. Die Leute hier essen zeitig zu Mittag. Ihr glaubt nicht, wie viele Hausfrauen mich hassen, weil ihre Männer mittags lieber bei mir essen als zu Hause. Ich wünsche guten Appetit.»

«Sieht ganz wunderbar aus», schleimte Ralf sich ein und griff nach Löffel und Gabel.

Die Wirtin blieb mit zufriedenem Lächeln neben dem Tisch stehen. Lea glaubte, ein teures Parfüm riechen zu können. Dior, wenn sie sich nicht täuschte. Das passte überhaupt nicht ins Bild.

«Wohin soll's denn gehen?», fragte die Wirtin.

Ralf schob sich den ersten Löffel Spaghetti in den Mund. Also musste Lea antworten.

«Wir sehen uns die Gegend an. Ist ja wirklich sehr schön hier.»

Die Wirtin warf ihr einen misstrauischen Blick zu. «Die Einheimischen finden es schön hier, allerdings, aber doch nicht so junge Leute wie ihr. Hier ist doch nichts los.»

«Genau das reizt uns ja. Wir suchen die Ruhe in der Natur», sagte Lea. «Und ehrlich gesagt sind wir auf der Suche nach einem Drehort.»

Das war ihr spontan eingefallen, und sie hielt es für eine gute Idee.

«Einem Drehort», wiederholte die Wirtin. «Seid ihr vom Fernsehen?»

«Nein, von der Uni. Für unsere Abschlussarbeit drehen wir einen Kurzfilm. Darin geht es um die Vor- und Nachteile, wenn man so abgeschieden lebt.»

Die Wirtin lachte trocken auf.

«Na, da seid ihr hier genau richtig. Mit den Vorteilen werdet ihr Probleme haben, aber Nachteile gibt es genug. Gerade hier in der Grenzregion. Hier klauen sie wie die Raben. Bei mir wurde in den letzten fünf Jahren siebenmal eingebrochen. Ich habe nichts mehr von Wert hier drin, nichts. Und die Politik? Die lässt uns im Stich, wie immer. Vor ein paar Jahren gab es in einem Umkreis von fünfzig Kilometern noch drei Polizeidienststellen, jetzt gibt es keine einzige mehr. Wenn wir einen Notfall haben, rücken die aus der Stadt an und brauchen fast eine Stunde bis hierher. Sparen, sparen, sparen, das ist alles, was man von den Politikern hört, aber wie wir hier leben, das interessiert keinen von denen.

Ich bin seit zehn Jahren Bürgermeisterin in Kumrow, und ich bin zweiundsiebzig Jahre alt. Wisst ihr, was das bedeutet?»

Ralf wischte sich mit einer Serviette Soße vom Kinn.

«Was denn?», fragte er.

«Dass es kein Jüngerer machen will. Das Durchschnittsalter liegt bei fünfundfünfzig. Nur noch alte Säcke hier. Wir sterben aus, und genau darauf hoffen die in der Stadt doch. Dann reißen sie hier alles weg und machen Felder draus für Biosprit und diese unsäglichen Biogasanlagen.»

«Von hier bis zur tschechischen Grenze, das ist doch alles Waldgebiet, oder?», fragte Ralf.

Die Wirtin nickte. «Hauptsächlich.»

«Und lebt dort jemand?»

«Ein paar Leute schon. Es gibt ja immer welche, denen kann es nicht ruhig genug sein. Warum?»

«Na ja, wir würden gern mit jemandem sprechen, der so richtig einsam lebt. Wüssten Sie da jemanden?»

«Für euren Film?»

«Genau.»

Sie wackelte mit dem Kopf, als müsste sie ihre Gedanken abwägen.

«Es gibt schon noch zwei, drei Höfe da draußen. Und einen, der so richtig einsam liegt, fast schon auf der Grenze. Aber mit den Leuten könnt ihr nicht sprechen.»

«Warum nicht?»

«Die sind ein bisschen merkwürdig und lassen sich sicher nicht filmen. Niemand aus dem Ort hat Kontakt zu denen. Früher, als wir hier noch einen Edeka hatten, kam der Junge hin und wieder zum Einkaufen, oder die Mutter. Aber seit der Laden weg ist, hab ich keinen mehr von denen gesehen. Ich weiß ehrlich gesagt gar nicht, ob die noch da leben.»

«Können Sie uns den Weg erklären?»

Die Wirtin lachte auf. «Kann ich, aber wie gesagt, das ist vergebene Liebesmüh. Die wollen mit niemandem etwas zu tun haben.»

Dann nahm sie einen Bierdeckel und fertigte eine Wegeskizze an.

14

«Warte mal», sagte Jens Jagoda und hielt Henry davon ab, die Scheibe einzuschlagen.

Henry ließ die Hand mit dem Feldstein darin sinken und sah ihn fragend an.

«Dieser Hund … vielleicht ist Theiß ja in der Scheune, und der Köter bellt deswegen so.»

Henry sah zu der großen Holzscheune hinüber. Sie war ebenso gepflegt wie das Wohnhaus. Das Holz war frisch gestrichen, die Schindeln auf dem Dach lagen akkurat, keine fehlte. Leider gab es kein Fenster, durch das man hätte hineinschauen können. Nur das große, zweiflügelige Tor zum Hof hin.

«Könntest recht haben», sagte Henty und ließ den Stein fallen. «Fragt sich nur, wer das Tor aufmacht und sich mit dem Hund auseinandersetzt.»

«Kollege Schusswaffe», sagte Jagoda und hob seine Waffe an.

«Du würdest den Hund erschießen?»

«Du nicht?»

Henry überlegte. «Nur im äußersten Notfall.»

«Na also … Komm, lass uns nachsehen.»

Jagoda ging voran. Henry war nicht wohl bei dem Gedanken, das Tor zu öffnen und den Hund herauszulassen. Er dachte daran, Verstärkung von der Spürhundgruppe anzufordern, verwarf den Gedanken aber wieder. Das wäre doch etwas zu peinlich. Mit dieser Situation würden sie auch allein fertig werden.

Das Tor war mit einem einfachen metallenen Riegel gesichert. Ein Schloss hing nicht davor.

«Jeder zieht eine Hälfte auf und verschanzt sich dahinter», sagte Henry, «und dann schauen wir, wie der Hund reagiert. Vielleicht haut er ja einfach ab.»

Unter dem ohrenbetäubenden Gekläff des Hundes legte Henry den Riegel zurück. Dann packten beide zu und zogen die Torflügel auf.

Aber der Hund kam nicht.

Henry und Jens lugten zeitgleich hinter den Torhälften hervor.

Nur wenig Licht fiel in die Scheune, der größte Teil blieb im Dunkeln. An einem Holzpfeiler auf der rechten Seite war der Hund angebunden. Das Seil stand unter Hochspannung, hielt aber noch. Er kläffte sie wütend an. Henry kannte sich mit Hunderassen nicht aus. Dieser war mittelgroß, weiß, mit braunen und schwarzen Flecken und Schlappohren. Er hatte Schaum ums Maul herum, Sabber tropfte hinunter. Er gab alles, schien aber bald am Ende seiner Kräfte zu sein. Seine Flanken zitterten bereits heftig.

Henry und Jens traten hinter den schützenden Torflügeln hervor.

«Ruhe», schrie Henry.

Der Hund wurde nur noch lauter. Henry ließ seinen Blick durch die Scheune wandern. Darin standen keine landwirtschaftlichen Geräte, sondern Baumaschinen. Betonmischer, Dieselaggregate, Paletten voller Zementsäcke, schwarze Kübel, ein großer Haufen weißer Maurersand auf einer sorgsam darunter ausgebreiteten Folie. Links lagerten weiße Kalksandsteine.

Der Mann, den Henry für Carl Theiß hielt, hing kopfüber auf halber Strecke zwischen einem Betonmischer und dem Hund. Seine Beine waren an den Fußgelenken mit einem groben Strick zusammengebunden. Ein Ende des Strickes verschwand in der Dunkelheit und war wahrscheinlich an einem Deckenbalken befestigt. Der Sandboden rings um ihn herum war blutbesudelt. Das Gesicht, nein, der komplette Kopf des Mannes war zerfetzt. Haut und Fleisch waren abgefressen, der bleiche Schädelknochen und die Kiefer mit den Zähnen lugten durch die wenigen Reste. Da waren keine Augen, keine Nase, keine Lippen mehr. Auch die Hände waren bis auf die Handwurzel abgefressen. Ein Schwarm Fliegen machte sich an den Wunden zu schaffen.

«Verflucht, ist das eklig», stieß Jens Jagoda aus. Er wandte sich ruckartig ab und stolperte ins Tageslicht zurück.

15

Die Welpen wuselten herum wie die Ameisen um ihren Bau. Einige quietschten, andere kläfften, sie sprangen übereinander, aufeinander, stießen sich beiseite und kämpften um den besten Platz für die Futterausgabe. Im Grunde benahmen sie sich genau wie die großen Samojeden, nur auf eine niedliche, fast schon bezaubernde Art und Weise.

Marek kippte das Trockenfutter in den Bottich aus Sandstein. Sofort wurde das Gerangel noch ein wenig heftiger. Am Ende fand aber jeder der zwei Dutzend Welpen seinen Platz. Sie waren allesamt gesund und gut im Futter und würden einen Haufen Geld einbringen. Marek konnte sich erinnern, wie jeder einzelne ausgesehen hatte, als er sie von drüben geholt hatte. Eingeschüchtert, dünn, krank, mit mattem Fell und glanzlosen Augen.

Ihr jetziger Zustand war sein Verdienst. Er kümmerte sich gern um die Welpen, es war seine Lieblingsarbeit auf dem Hof. Ihnen beim Fressen zuzuschauen beruhigte ihn.

Und Beruhigung hatte er bitter nötig.

Vater hatte entschieden, Mutter zurück auf den Hof zu holen. Er wollte nicht hören, dass die Behörden ihren Namen und ihre Adresse kannten und dass es in diesem Land verboten war, Angehörige auf dem eigenen Grundstück zu beerdigen. Das alles war Vater egal. Er dachte nur bis zu einem gewissen Punkt. Alles danach interessierte ihn nicht. Hatte ihn nie interessiert.

Aber noch aus einem ganz anderen Grund durfte Marek nicht zulassen, dass Mutter zurück auf den Hof kam. Und er war bereit, sich dafür gegen seinen Vater zu stellen. Ihm zitterten die Knie, wenn er nur daran dachte, ihm wurde speiübel, und er hatte große Angst, aber dieses Mal würde er seinen Mann stehen.

Marek bemerkte eine Bewegung hinter sich und fuhr herum. In der geöffneten Stalltür stand im Gegenlicht sein Vater.

«Was machst du da?», fuhr er ihn lautstark an. «Musst du dich nicht ums Abendessen kümmern?»

«Es ist alles fertig, ich wollte nur schnell die Welpen füttern», beeilte Marek sich zu sagen.

Vater duckte sich unter dem Türsturz hindurch, betrat den Stall, kam zu ihm und legte ihm seine schwere Hand auf die Schulter.

«Dich bedrückt doch etwas, mein Sohn. Was ist los?»

Marek sah zu Boden.

«Ich vermisse Mutter», sagte er. Es war das Einzige, was ihm einfiel, und es war die Wahrheit.

«Das tue ich auch, glaub mir. Wenn ich morgens aufwache und an den vor mir liegenden Tag denke, den ich ohne sie verbringen muss, dann bricht es mir das Herz. Dafür gibt es keinen Trost. Und deshalb ist es so wichtig, sie zurück auf den Hof zu holen. Wenn sie hier unter uns ist, dann ist es nicht so schwer. Dann können wir sie jeden Tag spüren. So, und nicht anders, soll es sein. Und jetzt komm, mein Sohn. Wir wollen essen. Die Nacht wird lang und anstrengend.»

16

«Wald, Wald, Wald … man könnte meinen, wir wären in Sibirien.»

Ralf schlug mit der Hand aufs Lenkrad und seufzte.

Vor einer knappen Stunde hatten Lea und er die Gaststätte mit der Skizze der Bürgermeisterin verlassen. Zu dem Zeitpunkt war Lea hoch motiviert gewesen. Sie hatten ein Ziel, auch wenn sie nicht wussten, ob sie dort eine Spur von Rieke oder vielleicht sogar ihr Handy finden würden. Wichtig war nur, dass sie nicht mehr blind in der Gegend herumfuhren.

Aber genau das taten sie jetzt.

Die Skizze war Mist, das hatte Ralf oft genug gesagt. Vielleicht war sie aber auch ganz gut, und er deutete sie nur falsch, wollte es aber nicht zugeben. Lea konnte es nicht beurteilen, denn sie lag wieder auf dem Rücksitz des Wagens. Sie schwitzte und ihr war übel, aber sie fühlte sich nicht mehr so schlecht wie noch während des ersten Teils der Fahrt. Die Bilder der entgegenkommenden Scheinwerfer hatten sie seit der Abfahrt aus Kumrow nicht mehr gequält. Zuerst hatte sie dem Frieden nicht getraut, doch mittlerweile gestattete sie sich die Hoffnung, dass es besser wurde. Vielleicht war es nur eine Frage der Zeit? Seit dem Unfall war sie lediglich kurze Strecken gefahren. Vielleicht war das der Fehler gewesen, vielleicht hätte sie sich der Angst bewusst stellen müssen.

«Kannst du nicht mal versuchen, mir zu helfen?», motzte Ralf von vorn. Er klang verzweifelt. Es machte ihm keinen Spaß, in dieser verlassenen Gegend herumzufahren. Er tat es nicht für Rieke, sondern ihr zuliebe, aber lange würde er nicht mehr durchhalten.

Lea nahm ihren ganzen Mut zusammen und stemmte sich

hoch. Sie hielt sich an der Lehne des Beifahrersitzes fest und vermied den Blick auf die Straße. Stattdessen sah sie Ralf an.

Der erschrak, bremste und warf ihr einen schnellen Blick über die Schulter zu.

«Schön, dich zu sehen», sagte er.

«Lass uns kurz aussteigen, ja?»

Ralf stellte den Wagen ab, und sie stiegen aus.

Um sie herum stand dichter Wald. Das Dach der hohen Fichten ließ nur wenig Licht hindurch. Links stieg das Gelände steil an, rechts fiel es ab. Hinter Kumrow war die Landschaft zunehmend hügeliger geworden.

Sie atmeten tief ein. Die Luft roch würzig nach Rinde und Tannenzapfen. Dazu kam die unerhört tiefe Stille. Da kein Wind ging, schwiegen sogar die Baumwipfel, und außer ihnen schien es hier niemanden zu geben, der etwas zu sagen hatte. Eine solche Stille hatte Lea bisher nur ein einziges Mal erlebt: in den wenigen Minuten nach dem Unfall.

«Eigentlich ganz schön hier», sagte Ralf.

«Psst», machte Lea und hob die Hand.

Sie lauschte.

Eine Minute, zwei Minuten. Ihre Ohren stellten sich auf die Stille ein, und schließlich filterten sie etwas heraus, was Lea unbewusst schon viel früher wahrgenommen hatte.

«Hörst du das?», fragte sie flüsternd.

«Was?», fragte Ralf ebenso leise. Er stand jetzt ganz dicht bei ihr und starrte zu dem nahen Waldrand hinüber.

«Hundegebell», sagte Lea.

Nach Olegs Vernehmung brach Manuela auf, um sich mit Henry Conroy bei Buhrmanns Villa zu treffen.

Dr. Ravenhorst hatte das Gespräch abgebrochen, als Oleg vor Angst zu zittern und zu schreien begonnen hatte. Die Blockade, die der Täter mit der Drohung gegen Pedro und Bobby geschaffen hatte, würde nur sehr schwer zu knacken sein. Ihn davon zu überzeugen, dass seinen beiden besten Freunden nichts geschehen konnte, würde lange dauern. Bei einem Kind in Olegs Alter musste man sehr behutsam vorgehen.

Manuela traf zeitgleich mit Conroy vor der Villa ein. Ihr neuer Chef sah mitgenommen aus. Nicht übermüdet, sondern als hätte er etwas gesehen, was ihm auf den Magen geschlagen war. Er erzählte ihr von dem Fund in der Scheune von Carl Theiß. Das erklärte sein Aussehen natürlich. Allein schon die Vorstellung reichte, dass sie sich genauso fühlte, wie er aussah.

«So etwas tun Hunde doch nicht», stieß sie aus.

«Da täuschen Sie sich», sagte Conroy. «Auf der Rückfahrt hierher erinnerte ich mich an einen Artikel, den ich unlängst gelesen habe. Es ging um eine ganze Reihe merkwürdiger Todesfälle. Alte Menschen, die unbemerkt in ihren Wohnungen gestorben waren und tagelang darin lagen. Man fand sie ohne Gesicht und Hände. Ihre Hunde hatten sie abgefressen. Nicht aus Hunger, sondern aus irgendeinem anderen Grund, den sich niemand so recht erklären kann.»

Einen Moment standen sie schweigend auf dem Hof. Im Haus herrschte emsige Lebendigkeit. Die Spurentechniker waren wie eine Horde Ameisen über die Villa hergefallen. Danach würden sie sich Theiß' Hof vornehmen.

«Wie ist es bei Oleg gelaufen?», wollte Henry Conroy wissen.

Manuela erstattete Bericht.

Unzufrieden schüttelte Conroy den Kopf. «Hat Frau Ravenhorst wirklich alles versucht?»

«Hat sie. Der Junge ist traumatisiert. Diese Nummer mit dem Hund ist wirklich fies. Versuchen Sie mal, sich in den Jungen hineinzuversetzen. Sie werden entführt, müssen mit ansehen, wie ein kleiner süßer Hund getötet wird, und bekommen dann einen ebensolchen Hund mit dem Auftrag in die Hand, auf ihn aufzupassen. Und mit der Drohung, ihm würde es sonst genauso ergehen. Ich glaube, der Junge würde alles tun, um Bobby zu beschützen. Besonders weil der Täter auch Pedro mit in seine Drohung einbezogen hat.»

Henry Conroy sah mit leerem Blick die lange Auffahrt hinunter.

«Ein ziemlich perfides Arschloch», sagte er.

«Glauben Sie, es war Buhrmann?»

«Der den Jungen entführt hat? Keine Ahnung. Was mich stört, ist diese knallharte Vorgehensweise hier und bei Theiß. War das wirklich Arthur Schwabe? Im ersten Moment sieht es wie ein Racheakt aus. Aber Schwabe ist ein bisher unbescholtener Mann. So jemand mutiert doch nicht einfach so zum Mörder.»

«Einfach so sicher nicht», sagte Manuela. «Aber immerhin ist sein Sohn entführt worden. Vielleicht weiß er nicht einmal, dass Oleg wieder zu Hause ist.»

«Tja, das ist die zentrale Frage, nicht wahr? Hat Arthur Schwabe seinen Sohn befreit?»

«Aber dann hätte Oleg doch gesagt, dass sein Vater ihn gerettet hat», gab Manuela zu bedenken.

«Auch wieder wahr. Davon war nicht die Rede?»

«Mit keinem Wort.»

Henry seufzte. «Ich will ehrlich sein. Ich habe keine Ahnung, was hier abläuft. Wir müssen unbedingt mit Arthur Schwabe reden ... und mit dem Jungen. Wann versucht Dr. Ravenhorst es wieder?»

«Morgen.»

«Verflucht, das dauert zu lange.»

«Ist aber nicht zu ändern.»

Henry Conroy sah Manuela mit einem merkwürdigen Blick an. Sie wusste nicht, was sie davon halten sollte.

«In der Hoffnung, dass Sie mich überraschen ... Was denken Sie? Ganz spontan.»

Für einen Moment war Manuela überrumpelt. Der knurrige Henry Conroy fragte sie, die Anfängerin, nach ihrer Meinung? Manuela wusste nicht so recht, ob sie sich wirklich geehrt fühlen oder ob sie vorsichtig sein sollte. Schließlich hatte sie schon schlechte Erfahrungen gemacht.

Sie entschied sich, Henry Conroy zu vertrauen. Wenn jemand wie er nicht aufrichtig war, dann war es wohl niemand.

«Ganz spontan? Hunde.»

«Wie, Hunde?»

«Na ja, es wimmelt hier nur so von Hunden. Von Anfang an. Fällt Ihnen das nicht auf?»

«Schon, aber wir sind auf dem Land, da hat fast jeder einen Hund.»

Irgendwas an dem Satz interessierte Manuela, sie kam nur nicht darauf, was. Einen Moment überlegte sie, ob sie Conroy von dem Unfall auf der Autobahn erzählen sollte. Sie entschied sich dagegen. Zuerst wollte sie Klarheit in ihre Gedanken bringen.

«Na schön», sagte Conroy hörbar enttäuscht. «Wir machen Folgendes. Sie fahren ins Präsidium und hängen sich an den PC. Finden Sie alles heraus, was es über Buhrmann, Theiß und Schwabe herauszufinden gibt. Sie können doch am PC recherchieren?»

«Wenn es im Netz etwas gibt, dann finde ich es», sagte Manuela.

«Henry, kommst du mal rauf?», rief plötzlich eine Stimme von oben.

Aus dem Erkerfenster im Dach ragte ein Kopf. Es war einer der Spurentechniker. «Das solltest du dir ansehen.»

«Ich komme», rief er. Dann wandte er sich Manuela zu. «Legen Sie los, Frau Sperling. Wir treffen uns später im Präsidium.»

«Wird gemacht, Chef», sagte sie und wandte sich ab. Jetzt würde sie zwar nicht erfahren, was der Spurentechniker oben im Haus entdeckt hatte, aber das war nicht so schlimm. Sie brauchte jetzt Ruhe für ihre Überlegungen.

Sie lief die lange Auffahrt hinunter. In ihrem Kopf formte sich eine Idee. Die hatte zwar nichts mit Conroys Auftrag zu tun, aber sie schien ihr vielversprechend.

«Überall Hunde», murmelte sie vor sich hin.

Henry stieg die mit dickem Teppich ausgelegten Stufen ins Obergeschoss hinauf.

Oliver Hase, der Chef der Spurentechniker, führte ihn in einen Raum mit großem Erkerfenster. Vor dem Fenster stand eine gemütliche Sitzgruppe. Ein hochwertiger Fernsehsessel, bei dem sich Lehne und Fußteil elektrisch verstellen ließen, daneben ein runder Tisch mit Glasplatte. Auf der Platte stand ein olivgrünes Fernglas.

Oliver Hase deutete auf das Fenster. «Du hattest recht. Man kann bis in den Garten der Schwabes gucken. Und wenn man das Fernglas benutzt, erkennt man sogar Details.»

Henry trat neben ihn. Der freie Blick über die sanft geschwungene Landschaft war einmalig. Von hier oben sah man erst, wie gerade die langen Reihen der Maispflanzen standen. Henry stellte sich Buhrmann vor. Wie er hier gesessen hatte. Das Fernglas vor den Augen, eine Hand in der Hose. Wie er dem Jungen beim Spielen im Garten zugeschaut hatte. Vielleicht hatte der Kleine im Sommer nackt in einem Planschbecken gebadet. Musste es sich Buhrmann nicht geradezu aufgedrängt haben, sich dem Grundstück durch das Maisfeld zu nähern?

Plötzlich war sich Henry sicher: Buhrmann war der Täter. Es war doch immer jemand aus dem näheren Umfeld des Opfers. Gut, es gab auch Fälle, in denen es ein völlig Fremder war. Aber das war selten. Meist hatte schon lange vor der Tat ein erster Kontakt stattgefunden, zumindest ein Sichtkontakt.

So wie hier. Die Situation lag geradezu auf der Hand.

Deute ich sie gerade deshalb falsch?, fragte Henry sich.

«Wir haben noch etwas», sagte Oliver Hase.

Er stand vor einem Wandschrank auf der rechten Seite des Raumes. Ein modernes, teures Möbel mit viel Glas. Hase schob eine Tür zurück. Dahinter herrschte gähnende Leere. Hase griff hinein und schob nun die Rückwand beiseite.

«Schau einer an», staunte Henry. «Ein Geheimfach?»

Hase nickte. «Ich bin nur drauf gekommen, weil auf allen Flächen und Kanten des Schranks Staub liegt, nur vor diesem Fach nicht. Warum aber sollte jemand dauernd ein Fach benutzen, in dem sich nichts befindet?»

Das Geheimfach war ungefähr sechzig mal sechzig Zentimeter groß. Hase leuchtete mit der Taschenlampe hinein. Henry erkannte ordentlich aufgereihte DVDs.

«Ich hab schon nachgesehen», sagte Hase. «Alles legal gekauft und alles normale Pornographie.»

«Keine Kinder?»

Hase schüttelte den Kopf.

Henry betrachtete das Fach und dachte dabei laut nach.

«Buhrmann war aufgeschreckt durch meinen ersten Besuch. Warum lässt er das Fernglas hier stehen? Und dieses Fach ist nicht besonders gut versteckt. Du hast es schnell gefunden. Was würdest du tun, wenn du mit einer Hausdurchsuchung rechnen müsstest?»

«Wenn ich blöd wäre, würde ich alle Spuren vernichten. Wenn ich schlau wäre, würde ich einige dalassen, aber nur die, die für mich zwar peinlich sind, aber keine Folgen haben. Ein Fernglas. Pornofilme. Dinge, die ein erfolgreicher, aber alleinstehender Mann besitzt. Das kann jeder nachvollziehen.»

Henry nickte. Oliver Hase hatte recht. Sie sollten hier verarscht werden.

«Stellt die ganze verdammte Bude auf den Kopf», sagte

er. «Ich bin mir sicher, wir finden etwas. Möglicherweise das Versteck, in dem er den Jungen gefangen gehalten hat. Seid bloß nicht zimperlich.»

Von früher

Das war kein Mensch, was sich da aus der Nebelwand löste und über die weiß strahlende Schneedecke auf den Hof zukam. Der kleine Junge erstarrte.

Er hätte an einen Tagtraum glauben können, wenn die Hunde nicht sofort zu bellen begonnen hätten. Nicht nur Oblomov, der Rudelführer, auch Olumuk, Odin und Jurij begannen zu kläffen. Sie klangen längst nicht mehr so kräftig wie noch vor ein paar Monaten, bevor der Winter über das Land hergefallen war, aber immer noch bedrohlich.

Die Gestalt aber, die über die freie, tiefverschneite Wiese stapfte, schien keine Angst vor den Hunden zu haben.

Der Junge blieb auf halbem Weg zwischen Holzschuppen und Wohnhaus stehen. Seine Mutter hatte ihn hinausgeschickt, um einen Korb Holz ins Haus zu holen. Diesen Korb ließ er jetzt fallen.

Die Gestalt wankte, versank bei jedem Schritt fast knietief im Schnee, kämpfte sich aber stetig weiter vorwärts. Da es in den letzten zwei Tagen wärmer geworden war – die Temperatur lag heute knapp über dem Gefrierpunkt –, hatte sich über dem eiskalten Schnee eine dichte Nebelbank gebildet. Die große freie Wiese war bis zum schwarzen Waldrand eine einzige weiß flirrende Landschaft. Je länger der Junge hineinstarrte, desto weniger sah er. Die Gestalt schien sich in dem Nebel aufzulösen, dann tauchte sie plötzlich wieder daraus auf und nahm Konturen an, die den Jungen glauben ließen, es mit einem bösen Fabelwesen zu tun zu haben. Es war zerlumpt wie eine alte Vogelscheuche, schien Flügel zu haben und lange, klauenartige Hände.

Die Angst wurde zu groß. Er rief nach seiner Mutter und lief zum Haus hinüber, riss die Tür auf und stürmte in die Küche.

Mama stand am Tisch und rollte eine winzige Menge Teig ganz dünn aus. Sie wollte Klößchen daraus machen. Der Junge konnte sie nicht mehr sehen, essen wollte er sie schon gar nicht, aber es gab nichts anderes.

Seine Mama starrte ihn fragend an. Große Augen in einem hohlwangigen Gesicht.

«Da kommt jemand», sagte der Junge und wies mit der Hand in Richtung der Wiese.

«Wer?», fragte Mama.

«Ich weiß nicht. Ich habe Angst.»

Mama ließ die Teigrolle fallen und wischte sich die Hände an der Schürze ab.

«Hol das Gewehr», sagte sie.

Der Junge lief los. Das Gewehr stand im Schrank auf dem Flur. Seit zwei Wochen schon war es nicht mehr benutzt worden. In den Wäldern gab es nichts mehr zu jagen, aber das war nicht der einzige Grund: Großvater war jetzt einfach zu krank. Sein Husten war immer stärker geworden, der Tee, den Mama ihm aus einem Zwiebelsud kochte, half nicht. Seit drei Tagen hütete er schon das Bett. Sein Husten erfüllte nachts das Haus und hinderte alle am Schlafen.

Der Junge nahm das Gewehr heraus und überprüfte es. Es war geladen, wie immer. Dafür sorgte er selbst, seit Großvater zu krank war.

Mama wartete in der Tür zum Hof. Sie hatte das große Brotmesser in der Hand und ließ es unter ihrer Schürze verschwinden. Sie konnte mit dem Gewehr nicht umgehen und wollte es auch nicht lernen, also behielt der Junge es in den Händen. Es war seine Aufgabe, die Familie zu beschützen, jedenfalls solange Großvater krank war, und er würde das auch schaffen. Niemand würde diesen Hof plündern und ihnen die letzten kargen Vorräte wegnehmen. So etwas passierte in der Gegend jeden Tag. Die Menschen kamen aus den Städten, in denen es noch viel weniger gab. Sie bestahlen die Bauern, und oft blieb jemand tot zurück.

Mama nickte ihm zu und trat hinaus in den schmutzigen Schnee des Hofes. Der Junge folgte ihr. Draußen riss er den Gewehrlauf hoch und zielte grob in die Richtung, aus der sich die Gestalt dem Hof näherte.

Die Hunde bellten noch immer, waren aber schon leiser geworden. Sie kämpften auch nicht gegen ihre Ketten an, dafür waren sie einfach zu schwach.

Die Gestalt war näher gekommen. Sie befand sich jetzt dort, wo im letzten Sommer noch der Holzzaun gestanden hatte. Großvater hatte ihn längst abgebaut, damit sie das alte trockene Holz verfeuern konnten.

Mama, die nicht mehr so gut sah, kniff die Augen zusammen und blinzelte.

«Was ist das?», fragte sie.

Der Junge war sich nicht sicher. Aber wie ein Fabelwesen sah es jetzt, auf die kürzere Entfernung, nicht mehr aus. Steckte da nicht ein menschliches Gesicht unter der Fellmütze?

Der Junge legte das Gewehr an. Er war aufgeregt und hatte Angst, aber er bemühte sich, so ruhig wie möglich zu bleiben. Das Gewehr war schwer, er würde es nicht allzu lange halten können. Vielleicht sollte er sich lieber in den Schnee legen, so wie Großvater es ihm gezeigt hatte?

«Halt», rief Mama laut und deutlich. Das Wort schien gegen den Nebel zu prallen und wieder zu ihnen zurückgeworfen zu werden. «Was wollen Sie hier?»

Und tatsächlich blieb die Gestalt stehen.

Sie verschwamm vor den Augen des Jungen. Er legte den Finger an den Abzug und überlegte, ob er einfach schießen sollte. Die anderen, so hatte Großvater es erzählt, stellten auch keine Fragen. Sie nahmen sich, was sie kriegen konnten, ohne Rücksicht.

Aber er tat es nicht. Er wusste, es war nicht richtig, einfach so einen Menschen zu erschießen.

Und ein Mensch musste es wohl doch sein, denn er rief ihnen etwas zu. Ein einzelnes Wort nur, das der Junge nicht verstand. Sofort hörten die Hunde auf zu bellen.

Mutter atmete scharf ein. Dann stieß sie ein leises «Nein» aus. So angsterfüllt, wie der Junge es von ihr noch niemals zuvor gehört hatte. Er ließ den Gewehrlauf sinken und sah zu seiner Mama hinüber.

Eine weiße Atemfahne stand vor ihrem bleichen Gesicht.

«Magda?», hallte es über den Hof, und jetzt verstand es auch der Junge. Es war der Name seiner Mutter. Großvater nannte sie so. Magda. Die Gestalt dort draußen vor dem Hof kannte den Namen seiner Mama.

«Um Gottes willen», stieß sie aus, ließ das Messer unter ihrer Schürze auf den Boden fallen und setzte sich mit steifen Schritten in Bewegung. Sie ging auf die Gestalt zu.

«Mama, nicht ins Schussfeld laufen», warnte der Junge, aber sie hörte nicht auf ihn.

Der Junge schob sich seitlich bis zum Holzschuppen hinüber. Dort kniete er sich neben den Hauklotz und legte den Lauf des Gewehrs darauf ab. Aber statt die Gestalt wieder ins Visier zu nehmen, beobachtete er die merkwürdige Szene. Auch die vier Hunde beobachteten nur noch. Oblomov hatte sich sogar auf seine Hinterläufe gesetzt. Er schien keine Gefahr mehr zu wittern.

Als seine Mama die zerlumpte Gestalt beinahe erreicht hatte, legte der Junge seine Wange wieder ans Gewehr und zielte auf den Brustkorb des Mannes. Auf diese Entfernung, und dazu noch aufgestützt, würde er nicht danebenschießen. Sein Großvater hatte ihm das Schießen sorgfältig beigebracht.

Mama blieb vor dem Mann stehen. Ihre Arme hingen steif herunter. Sie sprachen miteinander, aber der Junge konnte nichts verstehen. Schließlich trat der Mann einen Schritt vor. Der Junge beugte den Finger am Abzug. Er war bereit. Als er aber sah, wie seine Mutter ihre Hand ausstreckte und die Hand des Mannes erfasste, streckte er seinen Zeigefinger wieder aus.

Mama und der Mann kamen jetzt auf ihn zu.

Der Junge ließ das Gewehr auf dem Hackklotz liegen und stand auf.

TEIL 4

1

Ein geschotterter Forstweg führte tief in den dunklen Fichtenwald hinein. Mit jedem Meter wurde er schlechter. Schlaglöcher reihten sich aneinander. Rechts fiel der Hang zwanzig Meter hinab. An manchen Stellen hatte das Regenwasser große trichterförmige Stücke aus dem Weg herausgespült.

Fünfzehn Minuten Fahrtzeit von der Landstraße entfernt, spannte sich eine alte Holzbrücke über ein Bachbett. Sie wirkte alt und morsch. Unmittelbar davor stoppte Ralf den Polo. Sie stiegen aus und gingen nebeneinander bis zur Mitte der Brücke. Das Rauschen des Wassers übertönte alles. Hundegebell würden sie hier nicht mehr hören.

Durch die baumfreie Schneise konnten sie bis ins Tal hinunterschauen. Über den Wiesen lag eine milchig blaue Dunstschicht, in der das Sonnenlicht zu versickern schien.

«Ich weiß nicht, ob wir noch weiter fahren sollten», sagte Ralf und stampfte mit dem Fuß auf, als traue er der alten Brücke das Gewicht seines kleinen Polos nicht zu. «Vielleicht kommt hier gar nichts mehr. Und dann dieses Schild ... ich weiß wirklich nicht.»

Lea verstand, was er meinte. Die Brücke war nicht das Problem, die würde schon halten. Aber am Beginn des Forstweges hatten sie unter den Ästen einer Fichte ein altes verwittertes Holzschild mit der Aufschrift «Privatweg. Benutzen verboten» entdeckt. Auf Leas Betreiben hin hatten sie die Warnung ignoriert. Das Hundegebell war eindeutig aus der Richtung gekommen.

«Jetzt umzukehren wäre doch blöd», sagte Lea. «Das Tablet sagt eindeutig, dass sich Riekes Handy in dieser Gegend befindet.»

«Oder irgendwo in einem Umkreis von fünf Kilometern. Die Ortung funktioniert hier draußen nicht besonders präzise. Oder das Handy liegt in einem Gebäude. Das wäre auch eine Erklärung.»

«Dann müssten wir das Gebäude ja finden können», beharrte Lea.

Ralf seufzte, entgegnete aber nichts mehr.

Er war kurz davor, die Sache abzubrechen, das spürte Lea. Leider hatte er recht. Was sie hier taten, war einigermaßen idiotisch. Aber was blieb ihnen übrig? Die Polizei würde nicht nach Rieke suchen, jedenfalls nicht so schnell, und sie hatten durch die Handyortung wenigstens einen Anhaltspunkt. Sollte sich herausstellen, dass Rieke sich hier in den Wäldern bei ihrem Opa aufhielt, von dem sie nie etwas erzählt hatte, umso besser. Aber daran glaubte Lea nicht, das wäre naiv. Ein Autounfall in der Einsamkeit schied aus, Riekes Berlingo stand ja unbeschadet vor ihrem Haus. Damit stellte sich auch die Frage, wie sie überhaupt hier rausgekommen war. Busverbindungen gab es nicht.

Seit geraumer Zeit hatte Lea einen Verdacht, mit dem sie sich nicht beschäftigen wollte: Jemand könnte Riekes Handy mitgenommen haben, nachdem er ihr etwas angetan hatte.

Lea griff nach Ralfs Hand. «Lass uns noch ein Stück fahren, bitte.»

«Okay. Zehn Minuten noch. Wenn wir bis dahin nichts gefunden haben, kehren wir um.»

«Einverstanden», sagte Lea.

Sie stiegen ein und fuhren weiter. Die Brücke hielt.

Nach acht Minuten endete ihre Fahrt vor einer geschlossenen hölzernen Schranke. Ralf stellte den Motor ab, und sie stiegen erneut aus. Sofort hörten sie das Gebell.

«Das ist viel näher jetzt», bemerkte Lea.

Hinter der Schranke führte der Forstweg weiter. Sie konnten ihn bis zur zweiten Kurve einsehen, bevor er im Wald verschwand.

«Lebt hier wirklich jemand?», fragte Ralf.

«Wir gehen zu Fuß weiter», entschied Lea.

«Ein Stück weiter habe ich einen Stichweg gesehen, nicht weit von der Brücke entfernt. Da können wir meinen Wagen verstecken. Zu Fuß sind wir viel unauffälliger.»

Lea war ihm dankbar, dass er an dieser Schranke nicht einfach aufgab.

«Dann los», sagte sie. Bevor sie einstieg, verharrte sie in der geöffneten Tür.

Plötzlich war es still.

Die Hunde bellten nicht mehr.

2

Manuela brannten die Augen.

Der Bildschirm war alt und schlecht, das war der Hauptgrund dafür. Die Anspannung, die sich im Laufe der Onlinerecherche eingestellt hatte, trug ebenfalls dazu bei. Über zwei Stunden hatte sie sich keine Pause gegönnt. Sie war einer schier unglaublichen Sache auf der Spur, deren Auswirkungen sie noch gar nicht überblicken konnte. Wenn sich bestätigen sollte, was sie befürchtete – und die Indizien sprachen dafür –, würde das bundesweit eine Welle ungeahnten Ausmaßes auslösen.

Manuela fragte sich, warum das bisher niemandem aufgefallen war.

Vielleicht weil es einfach zu abwegig war. Weil Informationen zwischen den verschiedenen Bundesländern und Polizeidienststellen nicht richtig flossen. Oder weil bisher niemand die Verbindung gesehen hatte.

Es war achtzehn Uhr vorbei. Manuela griff zum Handy und rief Henry Conroy an. Der meldete sich nach dem ersten Klingeln und versprach, dass er in ein paar Minuten im Präsidium eintreffen würde. Sie sagte ihm nur, dass es Neuigkeiten gab und sie ihn erwartete.

Warten. Alles in und an ihr war viel zu zappelig dafür. Also sprang Manuela auf, schnappte sich Waffe und Jacke und verließ ihr Büro. Sie spurtete den Gang hinunter, zog aus dem Automaten einen Kaffee, legte eine Serviette um den heißen Plastikbecher und trug ihn ins Erdgeschoss hinunter. Im Gebäude war es mittlerweile sehr ruhig. Der diensthabende Beamte am Empfang sah müde aus und grüßte lustlos. Manuela trat mit dem Kaffee in der Hand auf den

Parkplatz hinaus. Der sonnige Tag hatte einen warmen, fast sommerlichen Hauch hinterlassen, und doch roch die Luft schon nach Herbst. Über ihr spannte sich ein beeindruckend klarer Himmel. Manuela blieb mit in den Nacken gelegtem Kopf stehen und sah hinauf. Diese Unendlichkeit brauchte sie jetzt. Ihr Hirn war viel zu voll mit Ideen, Thesen, vor allem aber mit schrecklichen Fällen. Der Himmel rückte in diesem Moment zwar nichts zurecht, aber er brachte Freiraum. Denkraum.

Henry Conroy fuhr vor, und sie ging ihm entgegen.

«Trinktemperatur», sagte sie und reichte ihm den Becher.

«Danke», sagte er überrascht. «Kommt genau richtig. Was machen Sie hier draußen?»

«Ich muss mich bewegen. Wenn ich zu lange sitze, werde ich kribbelig und kann nicht mehr denken.»

«Sie laufen ständig auf Hochtouren, was?»

«Tja, der Ofen brennt gut, was soll ich machen. Können wir ein bisschen zu Fuß gehen? Ich berichte Ihnen dabei, was ich herausgefunden habe.»

«Gern. Nach einer Stunde im Wagen kann das nicht schaden.»

Also gingen sie. Vom Parkplatz hinunter auf die jetzt unbefahrene Straße.

«Also, was gibt's? Hatte Buhrmann Dreck am Stecken? Oder Theiß?», fragte Conroy und nippte an dem Kaffee.

Manuela gestand ihm, dass sie bisher nicht dazu gekommen war, seine Anweisung abzuarbeiten.

Zu ihrer Überraschung lächelte er. «Sie tun sowieso, was Sie wollen, oder?»

«Nein, aber ich setze Prioritäten. Etwas anderes erschien mir wichtiger. Es tut mir leid, wenn ich …»

«Nein, ist schon gut. Ich kann das verstehen. Ich bin ja selbst nicht anders.»

Es mochte am frühen Abend liegen, an den gedämpften Geräuschen, dem weiten Himmel, vielleicht auch nur an seiner Erschöpfung oder an allem zusammen, jedenfalls war Henry Conroy so gelassen, wie Manuela ihn bisher noch nicht erlebt hatte.

«Vier», sagte Manuela. «Vier verschwundene Jungen im Alter zwischen sechs und neun Jahren. In einem Zeitraum von 1997 bis heute. Verteilt über das ganze Bundesgebiet, aber in diesem Bundesland nur Oleg. Er wäre die Nummer fünf geworden ... wenn nicht etwas schiefgelaufen wäre.»

Henry blieb stehen und sah sie an. «Sie sprechen von vier Jungen, deren Verschwinden nicht aufgeklärt wurde?»

«Keine Leichen, keine Spuren, nichts. Alle wurden in ländlichen Gebieten entführt. In zwei Fällen lauerte der Täter nachweislich in Maisfeldern.»

«Scheiße», stieß Henry aus.

Manuela nickte. «Aber das ist noch längst nicht alles. Zum Zeitpunkt des Verschwindens der Jungen lebten in den Familien Hunde. Es ist in allen vier Fällen gleich.»

«Woher wissen Sie das?»

«Ich habe die Dienststellen angerufen. Habe mir die Finger wund- und die Ohren heißtelefoniert. Es ist schon spät, also waren einige Kollegen nicht mehr im Dienst, einer ist sogar schon in Pension. Ich habe meine Nummer hinterlassen und es sehr dringlich gemacht. Innerhalb einer Stunde haben sich alle zurückgemeldet. Wenn es um Kinder geht, opfert jeder seinen Feierabend. Alle konnten sich an den Hund der jeweiligen Familie erinnern, sogar noch an den Namen. Die mussten nicht einmal in die Akten sehen.»

«Wurden auch getötete oder enthauptete Hunde aufgefunden?»

«Nein.»

«Woraus schließen Sie dann, dass eine Verbindung besteht, abgesehen von den Maisfeldern?»

«Jede der Familien hatte sich zwei bis drei Jahre zuvor einen Hund angeschafft. Sie kennen das. Das erste Kind kommt, man baut oder kauft ein Haus im Grünen, schafft sich ein Idyll, in dem ein Hund natürlich nicht fehlen darf. Wenn das Kind aus dem Gröbsten raus ist, ist der richtige Zeitpunkt für einen tierischen Freund. So war es doch bei den Schwabes auch.»

«Worauf wollen Sie hinaus?», fragte Henry und sah sie über den Rand des Kaffeebechers hinweg an.

Manuela holte tief Luft. Es musste jetzt endlich raus, auch wenn es vielleicht abenteuerlich und weithergeholt klang.

«Wenn Buhrmann oder Theiß nicht die Täter waren, woher wusste der Täter, dass es auf dem Hof der Schwabes einen kleinen Jungen gibt? Und woher wusste er, dass er diesen Jungen mit einem Hund ködern und erpressen kann?»

«Ich ahne, was jetzt kommt.»

«Ich habe noch nicht bei den Familien angerufen, damit wollte ich warten, bis ich mit Ihnen gesprochen habe. Aber ich bin überzeugt, wenn wir da anrufen, werden wir erfahren, dass diese Hunde alle über ein und denselben Händler gekauft wurden. Ein Täter, der sich seine Opfer durch das Vermitteln von Hundewelpen aussucht.»

Als Manuela es endlich ausgesprochen hatte, klang es selbst für sie nicht mehr so recht plausibel. Hatte sie sich in etwas hineingesteigert? Angefeuert durch den Unfall heute früh auf der Autobahn?

Henry Conroy wiegte den Kopf hin und her. Er wirkte skeptisch.

«Da stellen sich mir viele Fragen. Was ist mit Buhrmann und Theiß? Die wären dann außen vor, und das kann ich mir nicht vorstellen. Und warum lässt so ein Täter zwei bis drei Jahre vergehen, bis er sich die Jungen holt? Sie haben selbst gesagt, dass dieser Zeitraum zwischen dem Ankauf und der Entführung vergangen ist.»

Manuela zuckte mit den Achseln. «Vielleicht braucht er sie in einem bestimmten Alter. Vielleicht hält er sie länger gefangen und wird nur aktiv, wenn … na ja, Sie wissen schon, wenn er Nachschub braucht. Vielleicht bricht sein Trieb nur sporadisch mit ihm durch. Vielleicht verkauft er die Jungen. Es gibt so viele Gründe, die ich mir vorstellen kann.»

Henry starrte mit leerem Blick in den Nachthimmel hinauf. Dann kippte er den letzten Schluck Kaffee hinunter.

Er sah sie an.

«Es war gut, dass Sie zuerst mit mir gesprochen haben. Denn wenn wir die Eltern anrufen, wird das eine Menge Staub aufwirbeln.»

«Das heißt, Sie glauben mir?»

Henry schüttelte den Kopf. «Ich wiederhole mich nur ungern, aber mit Glauben hat das nichts zu tun. Sie haben Indizien gefunden, und denen werden wir nachgehen. Allerdings werden wir deshalb andere Indizien nicht übersehen. Vielleicht haben Sie recht mit Ihrer Vermutung, vielleicht liegt die Lösung aber auch in der Troika Arthur Schwabe, Fritz Buhrmann und Carl Theiß. Die Spurentechniker suchen noch in den Häusern, das wird die ganze Nacht dauern. Ehrlich gesagt, erwarte ich geradezu, dass sie einen Hinweis finden, der belegt, dass Oleg Schwabe dort gefangen gehalten wurde.»

«Okay», sagte Manuela. «Damit kann ich leben.»

«Na, da habe ich aber Glück. Gegen ein paar Überstunden haben Sie wohl nichts?»

Manuela drückte den Rücken durch und streckte die Brust raus.

«Machen wir die Nacht zum Tag.»

«Gehen wir in mein Büro?», fragte Manuela, als sie zurück im Präsidium waren.

«Sie haben ein Büro?» Henry Conroy klang überrascht.

«Hat mir der Nikolaus gebracht», sagte Manuela mit einem verschmitzten Lächeln und führte ihn den Gang hinunter.

«Sackstedt?»

Sie nickte. «Für eine kleine Gegenleistung natürlich.» Manuela öffnete die Tür.

«Hier saß Frau Tanner. Die ist in Mutterschutz», sagte Henry. Dann sah er Manuela aus schmalen Augen an. «Was für eine Gegenleistung?»

Manuela schloss die Tür und lehnte sich mit dem Rücken dagegen. «Informationen.»

Henry zog seine Jacke aus und warf sie auf die Lehne des Besucherstuhls. «Aha», machte er. «Sie müssen nicht weiterreden. Vielleicht sollten Sie sich sogar sehr gut überlegen, was Sie jetzt sagen.»

Manuela zuckte mit den Schultern. «Was gibt es da zu überlegen. Sackstedt möchte darüber informiert werden, wie die Zusammenarbeit mit Ihnen klappt.» Manuela zog die Augenbrauen zusammen und kräuselte die Nase. «Nein, eigentlich erwartet er wohl, dass ich ihm Fehler melde, auch wenn er das nicht so formuliert hat», setzte sie hinzu.

«Natürlich nicht, dafür ist er zu gerissen.»

«Was läuft da zwischen Ihnen?», fragte Manuela und ließ sich auf den Drehstuhl fallen.

«Er kann mich nicht leiden und ich ihn nicht. Sackstedt will alle kontrollieren, verlangt ständig Berichte, mischt sich aktiv in Ermittlungen ein und so weiter. Dadurch geraten wir ständig aneinander. So wie vor dem Haus der Schwabes, als Sie dabei waren.»

«Also eigentlich nur Kinderkram», konstatierte Manuela. «Revierkämpfe, wie unter Hunden.»

Sie sahen sich an. Einen Moment länger, als es nötig gewesen wäre, und ein bisschen intensiver, als es richtig gewesen wäre. Manuela entdeckte die Lachfalten in seinen Augenwinkeln. Wie kamen die dorthin? Er lachte doch kaum.

«Müssen Sie eigentlich immer aussprechen, was Ihnen durch den Kopf geht?»

«Muss ich nicht, aber ich tue es gern.»

«Damit handeln Sie sich Ärger ein, das ist Ihnen doch wohl klar.»

Manuela nickte. «Ich wiege vierundfünfzig Kilo. Ich bin immer mindestens einen Kopf kleiner als alle anderen, und ich sehe aus, als würde der Wind mich umhauen. Was bleibt mir übrig? Wenn ich nicht die Klappe aufmache, habe ich gar nichts.»

Henry rutschte mit dem Besucherstuhl auf die andere Seite des Schreibtisches, damit sie beide in den Computermonitor schauen konnten.

«Dann werde ich mich wohl an Ihre vorlaute Klappe gewöhnen müssen.»

Er war ihr jetzt sehr nah. So nah, dass sie seine Bartstoppeln und die feinen bernsteinfarbenen Streifen in seinen braunen Augen sehen konnte.

«Ich kann aber versuchen, mich ein bisschen zurückzunehmen», sagte Manuela.

«Schön, auf der Basis können wir zusammenarbeiten, oder?»

Sie nickte. Irgendwie hatte sie gerade einen Kloß im Hals.

3

«Da kommt ein Wagen … runter von der Straße!»

Ralf griff nach Leas Hand und zerrte sie von dem Forstweg weg ins Unterholz. Sie stolperte über einen Ast, fiel hin, entglitt seinem Griff.

«Warte.» Panik klang aus ihrer Stimme.

Der Wagen kam aus der Richtung, in die sie unterwegs waren. Der Weg war hinter der Schranke immer steiler geworden, deshalb hatten sie beide schwer geatmet und gekeucht und das Motorgeräusch erst im letzten Augenblick gehört.

«Komm schon!» Ralf packte Lea, wuchtete sie hoch und zog sie mit sich. Das Unterholz war licht, sie mussten einige Meter in den Wald hineinlaufen, um sich verbergen zu können. Hinter ihnen wurde das Motorengeräusch immer lauter. Schon hörten sie Steine unter den Reifen knirschen.

«Runter, los, runter!»

Lea und Ralf ließen sich fallen, wo sie waren. Der Boden war dank einer dicken Moosschicht weich. Auf dem Bauch robbte Ralf zu Lea, legte ihr einen Arm auf den Rücken und presste sie tiefer hinunter.

«Kopf runter», zischte er.

Sekunden später tauchte das Fahrzeug auf. Es war ein blauer Kastenwagen älteren Baujahrs. Eine Person saß am Steuer. Mehr konnten sie auf die Schnelle nicht erkennen.

Das Motorengeräusch wurde schnell leiser, der Wagen verschwand hinter der nächsten Kurve. Dicht an Ralf gedrängt, verharrte Lea auf dem Waldboden. Ihr Herz wummerte entsetzlich schnell. Eine feingliedrige Spinne lief vor ihren Augen über das Moos. Der intensive Geruch von Pilzen stieg ihr in die Nase. Wie fremd ihr eine solche Umgebung war! Sie konnte sich nicht erinnern, wann sie zuletzt auf Waldboden gelegen hatte.

Als das Motorgeräusch völlig verklungen war, kehrten die Waldgeräusche zurück. Wie in einer hohen Halle schallte der Gesang der Vögel über ihren Köpfen. Zwei, vielleicht drei Minuten blieben sie liegen. Wartend, lauschend. Leas Herzschlag beruhigte sich. Die Panik legte sich.

«Vielleicht ist das gut für uns», sagte sie leise.

«Warum?»

«Weil es doch sein könnte, dass jetzt niemand mehr da ist.»

«Das kannst du nicht wissen.» Ralfs Augen waren geweitet, und er fuhr sich mit einer verzweifelten Geste über Gesicht und Haar. Er hatte Angst. «Scheiße … wir sollten abhauen, mir ist das alles nicht geheuer. Außerdem wird es in ein oder zwei Stunden dunkel.»

«Ich gehe weiter», entgegnete Lea entschieden und richtete sich auf. «Aber ich will dich zu nichts zwingen.»

«Toll. Allein lassen kann ich dich aber auch nicht.»

Lea zuckte mit den Schultern. «Deine Entscheidung.»

Ralf stand auf und klopfte sich die Nadeln von der Kleidung. «Nein, eben nicht. Aber was soll's … komm, sehen wir uns diese Einsiedelei an. Eins sage ich dir aber jetzt schon: Ich begehe weder Hausfriedensbruch noch einen Einbruch.»

4

Manuela hatte zwei Familien angerufen, Henry Conroy die beiden anderen. Bei ihr waren die Mütter am Apparat gewesen. Sobald sie sich als Polizistin zu erkennen gegeben hatte, war die Stimmung gekippt. Manuela konnte die Ablehnung und Reserviertheit in den Stimmen der Frauen nachvollziehen. Die Fälle lagen teilweise mehr als zehn Jahre zurück. Die Eltern hatten irgendwie gelernt, mit der Situation zu leben. Da war keine Hoffnung mehr in ihren Stimmen, nur Resignation. Sie wollten nicht daran erinnert werden, wollten keine Wunden aufreißen, die vielleicht gerade eben so verheilt waren. Und nun rief eine Polizistin an und stellte Fragen, die bisher niemand gestellt hatte.

Henry Conroy und sie hatten sich zuvor eine Strategie zurechtgelegt. Sie behaupteten, Aktennotizen zu überprüfen, reine Routinearbeit. Sie verfolgten keine neue Spur, vielmehr ginge es im Zuge einer Umstrukturierung der Abteilung darum, die Akten zu dem Fall in einem fehlerlosen Zustand an eine andere Abteilung weiterzugeben.

Im Wesentlichen hatten die Eltern alles bestätigt: Zum Zeitpunkt des Verschwindens der Jungen hatten in den Familien Hunde gelebt. Zwei waren bereits gestorben, zwei lebten noch. Sie waren jeweils ein paar Jahre zuvor angeschafft worden. Der Zeitraum schwankte zwischen zwei und vier Jahren vor dem Verschwinden der Kinder. Dies war die erste augenfällige Verbindung zwischen diesen Fällen. Die zweite war, dass die Hunde über einen privaten Händler vermittelt worden waren. Die Familien hatten sich auf eine Zeitungsanzeige hin gemeldet. Sie hatten eine Handynummer angerufen, jemand war zu ihnen gekommen, hatte Welpenfotos gezeigt, sich die Gegebenheiten angeschaut, und zwei bis drei Wochen später war ihnen ein Welpe quasi ins Haus geliefert worden. Zwar ohne Papiere, aber geimpft und entwurmt und billig. In allen vier Fällen war es ein Mann mittleren Alters gewesen. Leider konnte ihn niemand gut beschreiben. Normal, unauffällig, wie jeder andere, das hatten die Eltern gesagt. Und da die Sache so lange zurücklag, konnte sich auch niemand an die angerufene Nummer erinnern. Aufbewahrt hatte sie sowieso niemand. Es war frustrierend.

«Es nützt nichts, wir kommen nicht weiter.» Manuela warf ihren Kugelschreiber auf den Schreibtisch. «Scheiße!»

«Na, na, na, nicht gleich den Kopf hängen lassen. Wir haben doch einiges erreicht», sagte Henry Conroy.

«Aber nicht genug», entgegnete Manuela.

Henry lehnte sich zurück und verschränkte die Hände im Nacken. «Ach so. Sie wollten den Fall noch heute Abend lösen. Schon mal etwas von Geduld gehört? In unserem Job ist …»

«Jetzt kommen Sie mir bitte nicht damit. Das habe ich schon oft genug gehört. Geduld kommt in meinem Sprachschatz nicht vor und wird sowieso total überschätzt.»

Henry lächelte und schüttelte den Kopf.

«Sie müssen noch eine Menge lernen, Frau Sperling.»

«Und Sie bringen es mir bei?»

«Ganz bestimmt nicht. Sie sind ja beratungsresistent. Menschen wie Sie lernen durch Fehler, nicht durch gute Ratschläge.»

«Wie schön, dass Sie mich so gut einschätzen können.»

«Sie sind nicht halb so rätselhaft, wie Sie vielleicht annehmen.»

«Sie dafür doppelt. Allein schon der Name. Woher stammt Conroy? England?»

«Irland. Mein Vater war Ire, meine Mutter ist Deutsche. Das ist überhaupt nicht rätselhaft. Was wollen Sie sonst noch wissen?»

«Sind Sie verheiratet?», platzte es aus ihr heraus.

Er schüttelte stumm den Kopf. Er war also nicht verheiratet. Noch nie gewesen? Gerade so noch nicht? Geschieden, getrennt? Fragen über Fragen, die Manuela interessierten, die sie aber nicht stellte. Sie entschied, dass Henry Conroy ihr mit Geheimnissen besser gefiel.

«Und, was sehen Sie?»

Er riss sie aus den Gedanken.

«Bitte?», fragte sie nach.

«Sie haben mich doch gerade mit Ihrem Blick durchbohrt. Irgendwas gefunden?»

«Habe ich gar nicht.»

«Ach so, dann war das sicher ein Augenkrampf.»

«Genau.»

Manuela wandte sich dem Bildschirm zu. Bekam sie gerade rote Ohren, oder was war das? Das konnte doch nicht wahr sein. Seit wann ließ sie sich von einem Mann aus der Reserve locken?

Das Klopfen an der Tür erschreckte sie beide. Fast gleichzeitig riss sie jemand auf.

«Frau Sperling, können Sie …»

Nikolaus Sackstedt verstummte, als er Henry Conroy sah. Der blieb mit im Nacken verschränkten Händen sitzen, das rechte Bein angewinkelt auf dem Aktenschredderer abgestellt. Er machte keine Anstalten, diese entspannte und etwas unhöfliche Position zu ändern.

«Herr Conroy … das trifft sich ja gut», sagte Sackstedt. «Ich komme soeben vom Staatssekretär Lieberknecht. Im Innenministerium macht man sich Sorgen. Könnten Sie mich bitte über den aktuellen Stand der Dinge informieren.»

Henry warf einen Blick auf seine Armbanduhr. «Es ist fast acht. Um diese Zeit macht man sich im Ministerium noch Sorgen?»

«Sparen Sie sich Ihren Sarkasmus. Auch anderswo wird nicht nach Stechuhr gearbeitet. Ich plane für morgen eine Pressekonferenz und muss auf dem Laufenden sein. Also.»

Manuela hörte zu, wie Conroy Sackstedt ins Bild setzte. Dass er auch ihre Hundespur erwähnte und sie nicht einfach unter den Tisch fallen ließ, rechnete sie ihm hoch an.

«Was ist das für ein Käse», sagte Sackstedt unwirsch. «Wissen Sie, wie viele Hunde jeden Tag in Deutschland über solche Händler verkauft werden? Nein? Tausende, wenn nicht mehr. Das ist doch reiner Zufall. Warum verschwenden Sie wertvolle Dienstzeit darauf, wo Ihnen der Täter doch praktisch auf dem Silbertablett serviert wurde?»

«Dann wissen Sie mehr als ich», sagte Henry.

«Ich kann eins und eins zusammenzählen», sagte Sackstedt. «Arthur Schwabe tötet Fritz Buhrmann, in derselben Nacht taucht der Junge wieder auf. Wie eindeutig brauchen Sie es denn noch?»

Manuela konnte Henry seinen Ärger ansehen. Er nahm die Hände aus dem Nacken und stand auf. Er überragte Sackstedt um Haupteslänge, allein dadurch verschob sich die gefühlte Autorität. Darüber hinaus war Conroys gesamte Erscheinung weit präsenter als die des stellvertretenden Polizeichefs.

«Der Junge könnte ebenso gut auf dem Hof des ebenfalls getöteten Carl Theiß oder sonst wo versteckt gewesen sein. Die Spurentechniker haben noch keinen Hinweis gefunden. Sich ohne Indizien auf eine Ermittlungsrichtung festzulegen ist fahrlässig.»

«Ach, Sie glauben also lieber an Zufälle. Hören Sie, Conroy: Nehmen Sie Buhrmann lieber genauestens unter die Lupe, statt sich mit irgendwelchen kruden Hundehändler-Theorien zu beschäftigen. Ich sage Ihnen, wir haben den Täter. Und wir brauchen hier bestimmt keinen zweiten Fall Peggy. Was das angeht, war der Herr Staatssekretär sehr deutlich. Um dreizehn Uhr wird es morgen eine Pressekonferenz geben. Bis dahin will ich belastbares Material. Habe ich mich klar ausgedrückt?»

Henry verschränkte die Arme vor der Brust. «Versuchen Sie, die Ermittlungen zu beeinflussen?»

Sackstedt fixierte ihn. «Ich unterstütze Sie lediglich, denn das scheint mir hier doch sehr notwendig, Hauptkommissar Conroy. Möglicherweise fehlt es Ihnen in diesem Fall an Augenmaß.»

«Möglicherweise fehlt es Ihnen an Praxis, Herr Sackstedt. Entweder lassen Sie mich so ermitteln, wie ich es für richtig erachte, oder sie entziehen mir den Fall.»

Jetzt kreuzten die beiden Männer die Blicke, und Manuela begriff, wie schnell aus Kinderkram Ernst, womöglich sogar blutiger Ernst, werden konnte. Hier standen sich zwei männliche Egos dermaßen im Weg, dass es Manuela reizte, den Mund aufzumachen, aber sie hielt sich zurück. Für flapsige Sprüche war jetzt vielleicht nicht der richtige Zeitpunkt.

«Darüber werde ich bis morgen dreizehn Uhr entscheiden», sagte Sackstedt mit mühsam unterdrückter Wut in der Stimme. «Und Sie werden bei der Pressekonferenz dabei sein», sagte er an Manuela gewandt. Er zeigte mit dem Finger auf sie, als wolle er sie erdolchen.

Dann drehte er sich mit einem Ruck um und verschwand.

5

«Bald geht die Sonne unter. Wir haben nicht mehr viel Zeit.»

Mit skeptischem Blick sah Ralf zum Himmel hoch. Dank des klaren Wetters war es noch hell genug, aber das würde sich in einer Viertelstunde ändern. Unter den hohen Fichten war es bereits finster.

Sie lagen bäuchlings nebeneinander am Waldrand. Vor ihnen fiel ein Grashang steil in ein Tal ab. Die Straße, der sie zu Fuß gefolgt waren, endete in diesem Tal und war zugleich der einzige Zugang. Das Tal hatte die Form eines Tropfens und lag eingebettet zwischen den bewaldeten Hängen. Es war ein so abgeschiedener und einsamer Ort, wie Lea selten einen gesehen hatte. Sie fragte sich, wie jemand hier leben konnte.

Das Gehöft beanspruchte den größten Teil des Talbodens für sich. Es bestand aus drei Gebäuden, war von einem Maschendrahtzaun umgeben und entsprach der Skizze, die Rieke auf ihrem Tablet angelegt hatte. Sie beobachteten es bereits seit mehr als zehn Minuten. Bisher hatte sich dort nichts getan. Hin und wieder bellte ein Hund, ein paar andere fielen mit ein, aber sie verstummten rasch wieder. Menschen waren nicht zu sehen. Ohne das Gebell, und wenn ihnen der blaue Kastenwagen nicht entgegengekommen wäre, hätte Lea das Gehöft für verlassen gehalten.

Sie dachte an Rieke. Hatte sie auch auf dieser Anhöhe gelegen und den Hof beobachtet? Die Stelle war günstig und von dem Forstweg aus gut zu erreichen. Wie mochte sie sich ganz allein hier gefühlt haben? Bestimmt hatte sie Angst gehabt, aber Rieke war eben nicht der Typ Mensch, der sich von seinen Ängsten einschränken ließ. Schon gar nicht, wenn es um das Wohl von Hunden ging. War ihr das jetzt zum Verhängnis geworden?

«Ist vielleicht sowieso besser, wenn wir uns in der Dämmerung anschleichen», sagte Lea.

«Spinnst du?», erwiderte Ralf. «Ich lauf hier doch nicht im Dunkeln herum. Nachher schießen die auf uns.»

«Da ist doch gar keiner.»

«Nur weil wir niemanden sehen, heißt das nicht, dass da niemand ist. Ich glaube nicht, dass auf einem so großen Hof nur eine Person lebt.»

«Gut, dann gehen wir jetzt runter und sehen uns um.»

«Wir betreten aber nicht das Grundstück», beharrte Ralf.

Lea stand auf und ging am Waldrand entlang, bis sie die Stelle erreichte, die dem Gehöft am nächsten war. Sie hatte gesehen, dass hier in der Nähe ein umgestürzter Baum den Maschendrahtzaun auf halbe Höhe niedergedrückt hatte. Dorthin wollte sie. Natürlich würde sie das Grundstück betreten, deshalb waren sie ja hier. Ralf würde ihr schon folgen.

Ohne auf ihn zu warten, lief sie den Hang hinunter. Der war so steil, dass sie gleich ordentlich in Fahrt kam. Das Gras reichte ihr bis an die Waden. Sie musste auf Maulwurfshügel und Kaninchenlöcher achten, warf aber immer wieder einen Blick zum Hof, um sich zu vergewissern, dass sie nicht beobachtet wurde. Es blieb still dort unten. Nicht einmal die Hunde bellten.

«Lea, warte!», rief Ralf von hinten.

Nein, das tat sie nicht. Stattdessen lief sie noch ein bisschen schneller. Sie wusste nicht, warum, aber irgendwie hatte sie das Gefühl, sich beeilen zu müssen. Vielleicht wurde Rieke auf dem Hof gefangen gehalten und brauchte schnell Hilfe.

Sie erreichte die niedergedrückte Stelle im Zaun und kniete sich hin. Kurz darauf ließ sich Ralf neben sie fallen.

«Das war gefährlich», schimpfte er. «Wenn jemand im Haus ist, hätte er uns durchs Fenster sehen können.»

«Wenn jemand da wäre, wäre er schon längst rausgekommen», hielt Lea dagegen.

Darauf erwiderte Ralf nichts. Schweigend beobachteten sie das weitläufige Grundstück. Vom Zaun bis zum Stallgebäude waren es bestimmt fünfzig Meter. Möglichkeiten zum Verstecken gab es außer einem hohen Holzstapel nicht.

«Wir müssen näher ran», sagte Lea.

«Kommt gar nicht in Frage. Ich habe dir gesagt, wir betreten das Grundstück nicht. Das wäre unbefugtes Betreten, und so etwas ....»

«Du musst ja nicht mitkommen», unterbrach Lea ihren Freund. Seine Jammerei ging ihr gewaltig auf die Nerven. Gerade in solchen Situationen sollten Männer doch Mut beweisen und sich nicht hinter Gesetzen verstecken. Aber es war ja auch nicht seine Freundin, die vermisst wurde.

Plötzlich begannen die Hunde laut zu bellen.

Lea und Ralf ließen sich ins Gras fallen. Schweigend warteten sie ab. Auf dem Hof tat sich nichts, und die Hunde beruhigten sich wieder. Lea wollte schon aufstehen, hielt aber noch mal inne.

«Was ist das?», fragte sie flüsternd.

Sie robbte auf dem Bauch ein Stück vor und griff nach dem glänzenden Teil, das sie entdeckt hatte. Es war so groß wie ihr halber Daumen. Auf der einen Seite bestand es aus schwarzem Kunststoff, auf der anderen aus silbrigem Metall. Eine Kante wies eine Bruchstelle auf.

Sie zeigte es Ralf. «Was ist das?»

Er nahm es ihr ab und betrachtete es eingehend. «Ich weiß nicht ... es sieht aus wie ... könnte von einem technischen Gerät stammen.»

Lea nahm die Stelle im Gras, an der sie das Teil gefunden hatte, genauer in Augenschein. Es dauerte nicht lange, bis sie erneut etwas fand. Diesmal wusste sie sofort, um was es sich handelte.

«Eine Speicherkarte», flüsterte sie und pulte den blauen, plastikummantelten Chip aus dem Gras. «Eine Acht-Gigabyte-Speicherkarte.»

«Tatsächlich», sagte Ralf. «Von einem Handy, oder was?»

«Gib mal das Teil», sagte sie und streckte die Hand aus.

Ralf legte es hinein.

«Das stammt von einer Digitalkamera», sagte Lea und legte die Speicherkarte daneben.

«Scheiße, du könntest recht haben.»

Lea zog ihr eigenes Handy aus der Gesäßtasche. Es war ein modernes Smartphone.

«Vielleicht passt die Karte rein», sagte sie mehr zu sich selbst als zu Ralf.

«Vergiss es. Wenn die nass geworden ist, geht sie nicht mehr.»

Lea versuchte es trotzdem. Sie schaltete das Handy aus, zog die Speicherkarte heraus, die voller Musik und Fotos und kurzer Videos war, und schob die gefundene in den Schlitz.

«Passt», sagte sie und schaltete das Handy wieder ein. Während es lud, sah sie, dass die Netzanzeige nur einen Balken hatte. Wenn sie telefonieren müssten, hätten sie ein Problem. Sicher gab es in diesem Tal nur einige wenige Stellen, an denen es eine Verbindung gab.

Sie wählte den Ordner für Fotos an, dann die Speicherkarte und starrte wie gebannt auf das Display.

«Es klappt!», rief sie leise.

Den Bruchteil einer Sekunde später erstarrte sie. «Oh mein Gott», sagte sie.

Sie kannte die angezeigten Fotos. Sie stammten aus dem Museum für bildende Künste. Vor zwei Monaten war sie zusammen mit Rieke dort gewesen. Rieke hatte wie immer ihre teure digitale Spiegelreflexkamera dabeigehabt. Lea erkannte sich selbst auf den Fotos. Lachend, feixend, eine Schnute ziehend. Sie hatten viel Spaß gehabt an dem Tag.

«Die ist ja von Rieke», stellte Ralf fest.

Lea zappte durch die Fotos, bis sie die letzten vier erreichte. Es waren schlechte Fotos, offenbar mit Blitzlicht durch eine Scheibe hindurch aufgenommen. Man konnte auf dem kleinen Handydisplay nicht viel erkennen. Weißer Hintergrund, vielleicht so etwas wie ein Gatter. Und Augen, die das Licht des Kamerablitzes reflektierten. Viele Augen. Mehr als ein Dutzend Paare.

Schließlich schob Lea das letzte Foto in den Vordergrund. Ralf zuckte genauso zusammen wie sie.

«Shit», sagte er neben ihr. «Was ist das?»

Rieke hatte das Foto anscheinend in Bewegung aufgenommen. Es war verwischt und total überbelichtet. In dem grellen Weiß schwebten Augen. Sehr große, sehr rote Augen, die eindeutig nicht von einem Hund stammten. Aber drum herum, das war doch Fell! Und die Zähne, die konnten doch auch nur von einem Hund stammen.

«Was ist das?», wiederholte Ralf, diesmal drängender.

Noch nie hatte Lea beim Anblick eines Fotos solche Angst empfunden. Ihr war, als starre sie ins Antlitz des Bösen.

«Sie ist auf dem Grundstück gewesen und hat Fotos gemacht», sagte sie leise.

Mehr nicht. Was es bedeutete, dass die Speicherkarte ihrer Kamera außerhalb des Grundstückes lag, zusammen mit dem abgebrochenen Deckel, war beiden klar.

Lea stand auf. Ihrer Freundin war etwas zugestoßen, das

stand nun fest. Alle Hoffnung und alle Ausflüchte waren vergebens. Sie konnten nur hoffen, dass Rieke noch lebte. Sie brauchte ihre Hilfe, und Lea würde nicht abhauen, nur weil sie Angst hatte. Ihr Leben wurde schon viel zu sehr von Ängsten bestimmt. Hier und heute musste sie Mut beweisen.

«Lea, warte», sagte Ralf und packte sie am Handgelenk. Er hockte noch im Gras und sah sie eindringlich an. «Das ist gefährlich.»

«Ist mir egal. Ich werde sie suchen.»

«Sei doch vernünftig. Lass uns zurück ins Dorf fahren und von dort die Polizei anrufen.»

Lea schüttelte so heftig den Kopf, dass ihr Haar hin und her flog. Sie entriss ihm ihre Hand.

«Auf keinen Fall. Ich habe schon viel zu lange gezögert.»

Ohne auf Ralf zu warten, kletterte Lea auf den schräg im Boden steckenden Baumstamm. Vorn angelangt, ging sie in die Hocke, stieß sich ab und sprang hinüber. Sie kam sanft auf, drehte sich um und blickte zurück. Ralf stand mit hängenden Schultern da. In seinen Augen lagen Angst und Unsicherheit.

Sie wandte sich ab und marschierte los. Wie auch immer er sich entschied, Lea war davon nicht abhängig.

Als sie hörte, dass er ebenfalls über den Zaun sprang, fiel ihr ein Stein vom Herzen.

6

Um einundzwanzig Uhr begann für Silke Kleinfeld der Arbeitstag. Anders als viele ihrer Kolleginnen liebte sie die Nachtschicht. Nachts waren die Menschen ruhiger und gelassener. Die Welt selbst war ruhiger, die hektische Betriebsamkeit des Tages legte sich schlafen, und das war genau das Gefühl, das Silke brauchte, um selbst Ruhe zu finden. Der Dienst auf der Palliativstation war nicht einfach. Emotional verlangte er einem alles ab. Aber wenn man bereit war, sich auf das Sterben, den Tod und die Menschen, die zurückblieben, einzulassen, dann bekam man auch viel zurück. Und das überwog bei weitem den Schmerz und die Trauer.

Silke stand vor dem Personaleingang, zog an einer Zigarette und beobachtete den pilzförmigen Kopf einer Laterne auf dem Parkplatz. Das Licht zog Dutzende Insekten an. Wieder und wieder stießen sie gegen die Sonne ihres Universums, prallten dagegen, stürzten zu Boden und starben.

Jeden Abend kam sie extra zehn Minuten zu früh, um hier zu stehen und zu rauchen. An Abenden wie diesem, wenn es warm war und der Geruch des herannahenden Herbstes in der Luft lag, waren das zehn Minuten, die darüber entschieden, mit was für einer Stimmung sie ihren Dienst antrat. Heute war die Stille hinter dem großen städtischen Krankenhaus besonders tief. Hier draußen ließ der intensive Geruch nach abgeernteten Feldern Silke spüren, dass der Herbst nahte. Dass wieder eine Jahreszeit zu Ende ging. Wie sehr sie doch auch selbst in dem ewigen Kreislauf von Leben und Sterben, von Wachsen und Vergehen verwurzelt war. Und das war beruhigend und tröstlich.

Silke wusste, es würde eine schöne Nacht werden. Egal,

wer heute starb, oder ob die Verwandten den Schmerz kaum ertrugen, es würde eine schöne Nacht werden. Alles war gut.

Sie drückte die Zigarette im Aschenbecher aus, atmete noch einmal tief durch und wollte sich gerade der Eingangstür zuwenden, als sie eine Bewegung bemerkte.

Von ihrem Platz aus konnte sie den hinteren Teil des Besucherparkplatzes einsehen. Die Mitarbeiter des Krankenhauses waren angehalten, ihre Fahrzeuge in diesem Teil abzustellen, weil er am weitesten vom Eingang entfernt lag und man den Besuchern den langen Weg nicht zumuten wollte. Um diese Zeit parkten dort nur sehr wenige Autos. Silke selbst war wie immer mit dem Bus gekommen.

Wieder diese Bewegung. Das Licht war schlecht hier hinten, sodass sie zunächst nur eine dunkel gekleidete Person erkannte. Sie hielt sich am Rand des Platzes und kam auf sie zu. Die Art, wie diese Person sich bewegte, kam Silke bekannt vor. Dieses Gebückte, Verhuschte.

Mit dem Türgriff in der Hand verharrte sie.

«Hallo», rief die Person und hob die Hand. Eine ungelenke, schüchterne Geste.

«Hallo», entgegnete Silke überrascht. «Marek. Was machen Sie denn hier?»

Der Mann blieb ein paar Meter von ihr entfernt stehen. Er trug einen blauen Overall, wie man ihn in Werkstätten trug. Er war zu groß und schlotterte an ihm herum.

«Ich … ich möchte … meine Mutter noch einmal sehen.»

Er stand da wie ein kleiner Junge, der nicht wusste, wohin er gehen oder was er tun sollte, von aller Welt verlassen. Silke hatte miterlebt, wie sehr dieser Mann an seiner Mutter hing. Er hatte nie viel gesprochen und auf Fragen oft nur mit einem Schulterzucken geantwortet. Silke wusste, dass es noch einen Vater gab, der aber sehr krank war und seine Frau deshalb nicht hatte besuchen können. Dieser Marek hatte trotz seines Alters – Silke schätzte ihn auf Ende dreißig – ein kindliches Gemüt. Sie hatte Mitleid mit ihm. Sie ließ die Türklinke los und trat zwei Schritte auf ihn zu.

«Marek», begann sie, «es tut mir leid, aber Ihre Mutter ist nicht mehr hier.»

Er riss die Augen auf. «Nicht mehr hier? Aber ... aber wo ist sie dann?»

«Es geht Ihnen nicht gut, oder?», fragte Silke. «Wollen Sie vielleicht einen Moment mit hineinkommen? Wir könnten uns drinnen unterhalten.»

Er schüttelte den Kopf. Viel zu heftig. Außerdem wich er ein paar Zentimeter zurück.

«Nein, ich kann nicht. Ich muss meine Mutter ... sie ... wo ist sie denn?»

«Wir haben darüber gesprochen, erinnern Sie sich? Sie hatten einen Bestattungsunternehmer ausgewählt, und der hat Ihre Mutter gestern im Laufe des Tages abgeholt. Das ist so üblich. Sie können Ihre Mutter dort besuchen, aber sicher nicht mehr heute.»

«Bestattungsunternehmer?», wiederholte Marek und richtete sich ein wenig auf. «Davon weiß ich nichts. Ihr könnt doch nicht einfach meine Mutter wegschaffen.»

Silke ahnte, was geschehen war. Im Rahmen der üblichen Formalitäten hatte man ihn ganz sicher auch um die Angabe gebeten, welches Bestattungsunternehmen sich nach dem Tod seiner Mutter um die Angelegenheit kümmern sollte. Es kam oft vor, dass sich Angehörige darüber noch keine Gedanken gemacht hatten, vor allem solche, die den Tod nicht akzeptieren wollten, und dann schlug das Krankenhaus zwei Unternehmen vor. Vielleicht hatte Marek unterschrieben, ohne sich den Namen gemerkt zu haben.

«Wir haben Ihre Mutter nicht einfach weggeschafft. Sie ist jetzt an einem ruhigeren, schöneren Ort. Wir können aber gern zusammen nach oben gehen und nachschauen, wohin sie gebracht wurde.»

Silke selbst wusste es nicht. Darum kümmerte sich die Stationsleitung.

«Ich muss zu ihr», sagte Marek. «Sagen Sie mir, wo sie ist.»

Seine Stimme klang jetzt anders. Nicht mehr unsicher und brüchig, sondern fest und von einem Selbstbewusstsein getragen, das Silke an diesem Mann noch nie bemerkt hatte.

«Das geht jetzt nicht. Wie schon gesagt, wir …»

«Jetzt. Sofort.»

Er machte einen schnellen Schritt auf sie zu. Silke wich zurück. Die Situation hatte sich grundlegend geändert, und sie wusste nicht, wie sie damit umgehen sollte. Verzweifelte Angehörige wurden oft aggressiv, damit kam sie klar, und es verrauchte meistens genauso schnell wieder, wie es aufgeflammt war. Dieser Marek erschien ihr aber plötzlich wirklich bedrohlich. Silke wurde bewusst, dass sie ganz allein mit ihm war. Niemand konnte sie hier sehen, auch nicht aus den Fenstern.

Sie ging rückwärts. Die Tür war ja nur zwei Meter entfernt.

Aber das war zu weit. Viel zu weit.

7

Das Tierheim lag in einem Gewerbegebiet am Stadtrand. Die großzügige Außenfläche grenzte an einen Bahndamm und war von einem hohen Maschendrahtzaun umgeben. Henry Conroy stellte seinen Wagen unter einer Straßenlaterne ab. Manuela stieg als Erste aus und warf einen Blick über die flachen, alten Gebäude, die sie an Lungenheilanstalten aus den siebziger Jahren erinnerten. Im vordersten Gebäude brannte hinter einem der Fenster Licht.

«Wie ein Gefängnis», bemerkte Conroy und trat neben Manuela.

«Wahrscheinlich empfinden es die Tiere genauso», sagte sie. Besonders einladend wirkte die Anlage wirklich nicht. Wahrscheinlich litt das Tierheim, wie fast alle Institutionen, die sich dem Tierschutz verschrieben hatten, unter Geldmangel.

«Na los, gehen wir rein.»

Conroy ging voran. Neben der Drahtgitterpforte hing eine Tafel mit den Öffnungszeiten und einem Klingelknopf. Er drückte darauf.

Um diese Zeit war längst geschlossen. Aber die Dame, die hier nachts arbeitete, hatte sich am Telefon bereit erklärt, sie zu empfangen. Die Initiative für dieses Gespräch war von Henry Conroy ausgegangen. Darüber war Manuela wirklich froh. Sie hatte ihm schließlich von dem Unfall auf der Autobahn erzählt und dass dieser ihre Gedanken in eine neue Richtung gelenkt hatte. Conroy hatte sie mit einem merkwürdig abschätzenden Blick angesehen. Manuela war sich sicher gewesen, dass er ihr nicht folgen würde, aber dann hatte er gelächelt, den Kopf geschüttelt und gesagt:

«Sie denken wirklich kreativ.»

Manuela hatte bei verschiedenen Tierschutzorganisationen angerufen, aber schnell hatte die Realität sie wieder eingeholt: Es war einfach zu spät. Es war entweder niemand ans Telefon gegangen, oder der Anrufbeantworter war angesprungen.

Frau Zickmantel aus dem Tierheim war die Einzige gewesen, die sich gemeldet hatte. Sie musste auch nicht überredet werden, sondern hatte sich fast schon aufgedrängt. Ihrem eigenen Bekunden nach wusste sie als Mitglied des Vereins «Freiheit für vier Pfoten» einiges über illegalen Welpenhandel.

Dementsprechend gespannt trat Manuela von einem Bein aufs andere, als sie vor der Pforte warteten.

«Was für ein schöner Abend», bemerkte Conroy.

Manuela folgte seinem Blick zum Himmel hinauf. Die Sonne war vor mehr als einer Stunde untergegangen, es war längst dunkel. Die Luft war klar, die Sterne funkelten fast schon dreidimensional. Ihr Chef hatte recht: Es war ein schöner Abend. Aber nicht für alle. Und bevor der Täter nicht gefasst war, waren ihr die Sterne egal.

Die Tür ging auf, und Frau Zickmantel lief über den gepflasterten Weg auf sie zu. Sie war klein, höchstens eins sechzig, aber sehr dick. Sie wankte wie ein Schiff auf hoher See, wahrscheinlich litt sie unter Hüft- oder Knieproblemen. Sie trug eine grüne Latzhose. Das karierte Arbeitshemd darunter hing ihr aus dem Hosenbund. Um den kurzen Hals hatte sie sich einen roten Schal gewickelt. Ihr rosiges Gesicht war an Freundlichkeit kaum zu überbieten.

«Haben Sie gut hergefunden?», fragte sie beim Händeschütteln. Die Hände der Frau waren kalt und unglaublich rau.

Frau Zickmantel führte sie in ein Büro. Alles darin wirkte irgendwie provisorisch. Die Regale, die unter der Last der Ordner ächzten, waren alt und billig. An den Wänden gab es keinen freien Platz, überall hingen Tierfotos oder Werbeplakate für Tiernahrung. Zwei große Schreibtische standen Kopf an Kopf und bildeten eine riesige Fläche, die unter Papieren, Flyern und Werbematerialien verschwand. Rechts neben der Tür gab es eine Sitzgruppe, bestehend aus vier Campingstühlen und einem Holztisch.

«Nehmen Sie Platz. Möchten Sie etwas trinken? Einen Kaffee vielleicht?»

Manuela dankte und lehnte ab. Henry Conroy ebenso.

«Schön, aber ich brauche noch einen.»

Sie ging zum Schreibtisch hinüber und goss aus einer blauen Thermoskanne Kaffee in einen benutzten Becher. Der Becher trug die Aufschrift eines Hundefutterherstellers. Überhaupt roch es in dem Büro stark nach Trockenfutter. Manuela mochte den Geruch. Bei ihrer Tante hatte es in der Küche immer so gerochen. Sie hatte einen Beagle gehabt, mit dem Manuela als Mädchen viel Zeit verbracht hatte. Ihre Eltern hatten in ihrer Etagenmietwohnung nie einen Hund halten wollen.

Frau Zickmantel ließ sich auf einen Stuhl fallen. Sie strahlte sie an.

«Eine willkommene Abwechslung», sagte sie. «Da wird mir die Nacht nicht so lang. Wie kann ich Ihnen denn helfen? Sie sprachen am Telefon von illegalem Welpenhandel.»

Manuela nickte. «Wir ermitteln in einem Fall, der Fragen dazu aufwirft, und wir haben gehofft, dass jemand vom Tierheim uns weiterhelfen kann. Deswegen sind wir Ihnen auch sehr dankbar, dass Sie heute Abend noch mit uns sprechen.»

Frau Zickmantel winkte ab. «Kein Problem. Über dieses

Thema kann ich die ganze Nacht sprechen. Wenn ich erst mal in Rage bin, hält mich so schnell nichts mehr auf. Aber ich mache Ihnen einen Vorschlag. Eigentlich muss ich noch zwei Katzen mit Medikamenten versorgen, aber das dauert höchstens fünf Minuten. Mögen Sie sich in der Zwischenzeit vielleicht einen kleinen Film anschauen? Den hat unser Tierschutzverein zusammengeschnitten. Er erklärt einiges viel besser, als ich es mit Worten kann.»

Manuela und Henry nickten.

Frau Zickmantel stand auf und richtete den PC-Monitor, der auf einem der Schreibtische stand, in ihre Richtung aus.

«Der Film ist bei youtube hochgeladen», erklärte sie. «Wir haben schon über siebzehntausend Klicks. Aber sehen Sie sich ihn in Ruhe an.»

Sie startete den Film, nahm ihre Kaffeetasse und verschwand.

Der Film zeigte einen unauffälligen weißen Transporter, einen Mercedes Sprinter. Die Hecktüren standen offen. Auf der Ladefläche stapelten sich bis unter die Decke Transportkäfige für Tiere. Große, mittlere, kleine, manche von der Größe von Handtaschen. Auch Drahtkörbe waren darunter. Aus allen Boxen schauten traurige und angsterfüllte Augen heraus. Es gab keinen Ton in dem Film, was die Bilder noch eindringlicher, fast schon unerträglich machte.

Die Szenerie wechselte. Die wackelige Kamera zeigte ein kleines heruntergekommenes Ladenlokal. Über der Tür stand in deutscher und tschechischer Schrift «Tierhandlung». Die offensichtlich versteckt geführte Kamera zeigte im Inneren des Ladens ein Dutzend Hundewelpen, aufs engste zusammengedrängt. In ihren Augen lag die gleiche Angst.

Wieder wechselte der Ort. Ein Wald. In einer Vertiefung lagen Dutzende tote Körper übereinander. Fliegen surrten über dem Massengrab. Maden wanden sich in den leeren Augenhöhlen der toten Hunde.

Manuela wandte den Blick ab. Henry atmete scharf ein. Es waren nur zwei oder drei Sekunden, die das Bild gezeigt wurde, aber die reichten aus. Manuelas Magen rebellierte.

Frau Zickmantel stand in der Tür.

«Man schätzt, dass jährlich über fünfundzwanzigtausend Welpen aus Tschechien und der Slowakei illegal nach Deutschland transportiert werden. In völlig ungeeigneten Transportern, so wie Sie es eben gesehen haben. In dem Wagen waren achtzig Welpen eingepfercht. Meist zu zweit in viel zu engen Boxen. Sie lagen in ihrem eigenen Kot und Urin. Viele sind krank. Augenentzündungen, Ohrenentzündungen, Durchfallerkrankungen, Parvovirose. Nur wenige dieser Transporte werden entdeckt. Und die Tiere, die nicht verkäuflich sind, landen in solchen Massengräbern. Ein Paar von denen, die darin lagen, lebten noch. Gerade so.»

Frau Zickmantel drehte den Bildschirm wieder in die alte Position zurück. Sie hatte den Film ganz sicher nicht zum ersten Mal gezeigt und war gar nicht bei den Katzen gewesen. Sie hatte nur den größtmöglichen Schock erzielen wollen.

«Deutschland ist Hundeland. Nicht jeder, der sich einen Hund wünscht, kann sich einen leisten, deshalb boomt das Geschäft mit den illegalen Tieren aus dem Osten. Diese Tiere stammen aus regelrechten Zuchtfabriken. Sie werden mit gefälschten Impfpapieren hierhergeschafft und verkauft. Oder die Leute fahren über die Grenze und kaufen sie dort. Es gibt Hunderte solcher Läden wie den im Film. Und für jeden Hund, der auf diese Art und Weise verkauft wird, werden sechs neue unter den erbärmlichsten Umständen nachgezüchtet. Es ist ein teuflischer Kreislauf, den nur die Käufer durchbrechen können. Aber die wollen nicht oder können nicht oder machen sich schlicht keine Gedanken. Und darum leiden diese Tiere immer und immer weiter.»

Frau Zickmantel kam an den Tisch und setzte sich wieder auf ihren Platz. Sie war noch dieselbe Frau, sie füllte den Stuhl immer noch aus, aber sie hatte sich doch verändert in der kurzen Zeit. Ihre Augen strahlten nicht mehr, auf ihrem Gesicht lag ein Schatten, der die Freundlichkeit verdeckte. Vor ihnen saß eine Frau, die an den Menschen verzweifelte.

Henry Conroy räusperte sich.

«Wie werden diese Welpen denn an die Käufer gebracht?», fragte er. «Mal abgesehen von den Läden an der Grenze.»

«Auf ganz unterschiedliche Art und Weise. Über Tierhandlungen hier bei uns in Deutschland zum Beispiel. Am häufigsten aber über Zeitungs- oder Internetanzeigen. Dort wird den Menschen vorgegaukelt, sie hätten es mit seriösen Züchtern zu tun. Auf die Frage, warum diese Rassewelpen gerade bei ihnen so günstig sind, lassen die sich immer wieder neue Antworten einfallen. Weil sie ihre Zucht auflösen, weil die Oma krank ist, weil sie nichts verdienen wollen, da ihnen das Wohl der Tiere am Herzen liegt, und so weiter und so fort.»

«Haben Sie schon davon gehört, dass solche Händler zu den Käufern nach Hause kommen?», fragte Henry.

Frau Zickmantel nickte. «Das ist eine gängige Vertriebsmethode. Man tut so, als müsse man sich die Umstände ansehen, in die der Hund verkauft werden soll, und begründet das mit dem Wohl der Tiere. Ist ein Garten vorhanden? Ist die Wohnung groß genug? Ist der zukünftige Halter überhaupt tauglich? All das interessiert die Händler aber nicht wirklich. Sie wollen damit nur verschleiern, dass sie praktisch aus dem Wagen heraus verkaufen. Nach erfolgtem Vertragsabschluss wird dann ein Welpe der gewünschten Rasse geliefert. So einfach ist das. Zwar entfällt auf diese Art für die Käufer das Vergnügen, einen Welpen aus einem Wurf auszusuchen, aber damit können die meisten leben. Sie sparen ja mehrere hundert Euro.»

«Was kostet ein … sagen wir mal, Berner Sennenwelpe auf dem Schwarzmarkt?», fragte Henry.

«Hundertfünfzig Euro. Bei einem seriösen Züchter mit entsprechenden Papieren sind es in der Regel fünf- bis achthundert Euro.»

«Was für ein Unterschied», sagte er.

«Vor allem für die Tiere», entgegnete Frau Zickmantel.

Manuela konnte dem Gespräch nicht mehr richtig folgen. Es dauerte einen Moment, bis sie darauf kam, woran das lag. Es war ein Wort, das Frau Zickmantel gerade benutzt hatte.

Vertragsabschluss.

«Werden bei dieser Art Handel wirklich Verträge gemacht?», fragte sie.

«Manchmal. Aber die sind das Papier nicht wert, auf dem sie gedruckt stehen. Reine Augenwischerei, um dem Ganzen einen Anstrich von Seriosität zu verleihen.»

Manuela suchte und fand Henry Conroys Blick.

Sie erkannte, dass er in diesem Moment genau das Gleiche dachte wie sie.

Verträge wurden in der Regel aufbewahrt, gerade im korrekten Deutschland.

«Danke, Frau Zickmantel», sagte Henry und stand auf. «Sie haben uns wirklich sehr geholfen.»

8

«Lauf!», schrie Ralf Krüger aus voller Brust.

Lea schnellte herum und sah sofort, wovor sie weglaufen sollte. Zwar war es dunkel in dem abgelegenen Tal, aber der Hund war groß und hatte weißes Fell, deshalb war er gut zu erkennen. Geduckt kam er aus einem Bereich des Grundstückes herangefegt, in dem sie noch gar nicht gewesen waren. Sie sah nur den Bruchteil einer Sekunde hin, dann rannte sie. Ralf, der ein paar Meter vorangegangen war, war dicht hinter ihr. Lea rannte planlos in irgendeine Richtung, sie wollte nur weg von dem Hund. Bis zu der Stelle im Zaun, über die sie gesprungen waren, würde sie es nicht schaffen. Dafür war der Hund zu schnell.

Vor ihr tauchte die große Scheune auf. Eine offene Tür zu finden war vielleicht die einzige Chance, die sie hatten. Lea hielt auf das Tor zu. Sie hörte, wie in dem flachen Stallgebäude die Hundemeute zu kläffen begann. Ralf und sie waren davon ausgegangen, dass alle Hunde dort eingesperrt waren. Wie hatten sie nur so dumm sein können? Natürlich gab es auf einem derart abgelegenen Hof Wachhunde.

Lea prallte gegen das Holztor. Ein hölzerner Riegel hielt es geschlossen, und der war mit einem massiven Vorhängeschloss gesichert. Hier würden sie nicht hineinkommen.

Weiter, sie musste weiter.

Hinter sich hörte sie den verdammten Köter. Er knurrte.

Lea rannte. Auf der anderen Seite des Hofes entdeckte sie eine Wellblechgarage. Schon während sie darauf zulief, sah sie, dass das Tor schief in den Angeln hing und nicht abgeschlossen war.

«Ralf, hierher», schrie sie, ohne sich umzusehen.

Sie packte die eine Torhälfte und riss daran. Da das Gras davor hochstand, gab sie nur widerwillig nach und ließ sich auch nur einen Spalt öffnen.

Lea sah zurück.

Ralf war noch zwanzig Meter entfernt. Der Hund hatte ihn eingeholt und schlug seine Fänge in Ralfs rechte Wade. Ralf kam ins Trudeln, warf die Hände in die Höhe und stürzte. Er landete hart auf dem staubigen Boden. Der Hund ließ nicht los. Er rüttelte und riss an Ralfs Bein. Der schrie vor Schmerz und versuchte, den Hund loszuwerden. Lea erkannte, dass er keine Chance hatte. Sie musste ihm helfen.

Eine Waffe, sie brauchte eine Waffe.

Hektisch warf sie einen Blick in das Dunkel der Wellblechgarage. Gleich vorn neben der Tür stand eine Schaufel. Die schnappte sie sich.

«Hau ab», schrie sie und schwang die Schaufel.

Der Hund reagierte nicht. Lea schlug auf den Boden. Kurz ließ der Hund von Ralf ab und knurrte sie an. Dabei zog er die Lefzen hoch und ließ sie seine gefährlichen Zähne sehen. Dann schlug er sie wieder in Ralfs Bein.

Lea holte abermals aus und zielte auf den Hund. Im letzten Moment wich das Vieh zurück, und das Schaufelblatt knallte auf Ralfs Knie. Sein Schrei war markerschütternd. Der Hund tänzelte zurück, fixierte Lea und bleckte die blutverschmierten Zähne. Ralf robbte nach vorn, bis er auf ihrer Höhe war.

«In die Garage», schrie sie, ohne ihn anzusehen. Sie versuchte, den Hund mit der Plattschaufel in Schach zu halten, stocherte damit nach ihm, doch der hatte keine Angst. Er kam immer näher. Lea wich Schritt für Schritt zurück. Ralf schleppte sich mühsam bis zu der Wellblechgarage und quetschte sich durch den Spalt. Lea drohte noch einmal mit der Schaufel und folgte Ralf dann. Schnell riss sie das windschiefe Tor hinter sich zu und hielt es an dem u-förmigen Metallgriff fest.

Sofort sprang der Hund bellend und knurrend dagegen. Lea spürte den Aufprall durch ihre Arme bis in die Schultergelenke. Die gesamte Garage erzitterte unter der Wucht der Sprünge. Der Hund ließ nicht nach, immer wieder warf er sich gegen das Tor. Verzweifelt hielt Lea dagegen, biss die Zähne aufeinander und kämpfte gegen den Schmerz in ihren Armen an. Wenn sie das Tor losließ, waren sie verloren, das wusste sie. Und hier gab es nichts, womit sie es hätte sichern können. Sie spürte, dass der Griff locker saß.

«Ralf, hilf mir», schrie sie.

Sie konnte ihn nicht sehen, er war irgendwo hinter ihr. Sie konnte ihn auch nicht hören, denn der Hund kläffte viel zu laut, außerdem dröhnte es jedes Mal, wenn er gegen das Garagentor prallte. Es war ein ohrenbetäubendes Spektakel.

Ein paar Sekunden noch, dann würde sie aufgeben. Ihre Arme zitterten bereits. Doch der Hund ließ nicht nach.

Plötzlich tauchte Ralf neben ihr auf. Er schnappte sich die Plattschaufel, nutzte sie als Krücke, kämpfte sich daran hoch, lehnte sich dann gegen Lea und steckte den Schaufelstiel durch den u-förmigen Griff. Er schob ihn bis über die zweite Torhälfte und blockierte damit den Eingang.

Lea ließ den Griff los, stolperte zurück und ging zusammen mit Ralf zu Boden. Angsterfüllt starrte sie den provisorischen Riegel an. Der Hund attackierte weiterhin das Tor, und unter seinen Sprüngen rutschte die Schaufel weiter durch den Riegel, bis das Blatt dagegenstieß.

Das Tor wackelte und zitterte, aber es hielt.

9

Der Mais bot ihm Schutz. Langsam schob er sich durch die engstehenden Reihen. Die harten Blätter streiften seine Schultern, schlugen ihm ins Gesicht, schienen nach ihm zu greifen und ihn zurückhalten zu wollen. Obwohl er groß war, überragten die Pflanzen ihn um Haupteslänge. Zwischen ihnen war es stockdunkel, das schwache Licht des Mondes drang hier nicht hinein. Er ging langsam, damit die raschelnden Blätter ihn nicht verrieten. Nach einer Weile erreichte er den Rand des Maisfeldes. Aus dessen Schutz heraus beobachtete er das Haus.

Die Fenster waren dunkel. Anscheinend schliefen alle.

Was ihm Sorgen bereitete, war der Wagen, der auf dem Hof vor dem Haus parkte. Der gehörte da nicht hin. Fünf Minuten beobachtete er ihn, dann endlich sah er etwas. Ein rötlich-orangefarbenes Glimmen. Es tauchte in einem regelmäßigen Rhythmus auf. In dem Wagen rauchte jemand.

Er zog sich tiefer ins Maisfeld zurück und ging ein Stück Richtung Osten. Dabei entfernte er sich von dem Haus. Als er sicher sein konnte, aus dem Auto heraus nicht gesehen zu werden, arbeitete er sich erneut an den Rand des Feldes vor, überprüfte den Feldweg, huschte hinüber und verschwand auf der anderen Seite wieder im Mais. Von dort waren es nur noch wenige Schritte bis zum Zaun. Der war nur hüfthoch. Kein Problem, darüber hinwegzusteigen. Geduckt lief er über den kurzgemähten Rasen auf das Haus zu. Der direkte Weg führte ihn an der Sandkiste vorbei. Er warf einen Blick hinein und glaubte, die Kleeblattsandkuchen darin erkennen zu können. An der Hintertür steckte er behutsam den Schlüssel ins Schloss, öffnete und trat ein.

Drinnen war es dunkel.

Er spürte den warmen Atem des Hundes und das leichte Wedeln seiner Rute. Natürlich hatte Pedro ihn längst erkannt, wahrscheinlich schon, als er über den Zaun gestiegen war, sonst hätte er angeschlagen.

Arthur Schwabe ging vor dem Schlafplatz in die Knie, streckte die Hand ins Dunkel und strich Pedro über den Kopf. Erst jetzt bemerkte er den anderen Hund. Er lag vor Pedros Bauch und schien sich dort wohlzufühlen.

«Hast du einen neuen Freund?», flüsterte Arthur. Dann strich er auch dem kleinen Hund über den Kopf. «Wo kommst du denn her?»

Er erhob sich und schlich in die Küche hinüber. Oben an dem großen Kühlschrank leuchteten ein grünes und ein orangefarbenes Kontrolllämpchen. Sie spendeten so gut wie gar kein Licht, doch jetzt reichte es aus, um zumindest die Umrisse der Einrichtung erkennen zu können. Arthur verspürte nagenden Hunger, schon seit Stunden, aber er traute sich nicht, die Kühlschranktür zu öffnen. Das Licht wäre verräterisch. Also klappte er den hölzernen Brotkasten auf, tastete darin herum und fand eine Scheibe Brot. Sie war schon angetrocknet, doch das störte ihn nicht. Beinahe ohne zu schlucken stopfte er sie in sich hinein. Danach ließ er Leitungswasser in ein Glas laufen und spülte nach.

Das Gefühl, endlich wieder etwas im Magen zu haben, war unvergleichlich schön.

Arthur zog die Tür zum Flur auf. Ungefähr in der Mitte des Flures befand sich in einer zwanzig Zentimeter über dem Boden angebrachten Steckdose ein schwaches Nachtlicht. Er selbst hatte es installiert, damit man nachts nicht immer das große Licht einschalten musste. Jetzt störte es ihn. Um zu den Schlafräumen zu gelangen, musste er an der verglasten Haustür entlang. Würden es die Polizisten draußen in dem Wagen bemerken, wenn jemand vor dem Licht entlanghuschte?

Er musste es wagen. Etwas anderes blieb ihm nicht übrig.

Mit schnellen Schritten lief er durch den Flur.

Vor Olegs Zimmer blieb er stehen, drückte die Tür auf und spähte hinein. Der Junge lag nicht in seinem Bett, aber damit hatte er gerechnet. Also schlich er zum Elternschlafzimmer. Die Tür war nur angelehnt. Er schob sich hindurch, trat einen Schritt in den Raum und verharrte. Helga hatte den Rollladen heruntergelassen. Es war stockdunkel. Er hielt die Luft an und lauschte. Hörte zwei Menschen leise und gleichmäßig atmen. Dieses Geräusch beruhigte ihn nicht nur, es spülte ein Glücksgefühl durch seinen Körper, wie er es lange nicht mehr erlebt hatte. Oleg war zu Hause.

Er tastete sich zu dem alten Lehnstuhl vor, auf dem er seine getragene Kleidung abzulegen pflegte, und sank darauf nieder. Einfach nur dasitzen und den Schlafgeräuschen seiner Familie lauschen, das war es, was er jetzt wollte. Es würde für lange Zeit das letzte Mal sein. Dieser Gedanke erfüllte ihn mit großer Traurigkeit. Er hatte nicht anders handeln können, aber jetzt wünschte er sich, er wäre besonnener gewesen und hätte seiner brennenden Wut nicht nachgegeben, der Wut, die immer schon sein größtes Problem gewesen war. Sie hatte ihm immer wieder im Weg gestanden, und nun hatte sie sein Leben endgültig zerstört. Seinen Sohn atmen zu hören, zu wissen, dass es ihm gutging, tröstete ihn ein wenig. Aber die Trauer blieb.

Oleg wurde unruhig.

Er bewegte sich und nuschelte etwas, das Arthur nicht verstehen konnte. Helga würde davon nicht aufwachen, sie hatte einen tiefen und festen Schlaf. Sie war nie aufgewacht, wenn er nachts aus dem Schlafzimmer geschlichen war, um auf die Toilette zu gehen.

Das Nuscheln seines Sohnes wurde lauter und deutlicher. Worte kristallisierten sich heraus, schließlich ganze Sätze. Er schien einen Albtraum zu haben. Vielleicht erlebte er den ganzen Schrecken gerade noch einmal. Obwohl Arthur den Wunsch verspürte, seinen Sohn zu wecken und zu erlösen, blieb er still sitzen und hörte zu.

«Nein, Bobby, das geht nicht … ich kann nicht … so schnell kann ich nicht laufen … bitte, Bobby, lass mich doch … der Mann hat gesagt, wir dürfen das nicht …»

Er stöhnte gequält, warf sich hin und her. Die alte Matratze quietschte leise.

«Sechs, ich bin sechs … ich darf allein nicht durch das Tor gehen … Mama und Papa werden sonst böse … ich bin sechs … nein, Bobby, bitte nicht, wenn er uns hört, wird er auch böse, und dann … und dann … lass uns einfach hier warten, Bobby, Papa wird bestimmt bald kommen und mich holen, und dann nehmen wir dich mit … vielleicht kannst du bei uns wohnen … in meinem Bett, du kannst in meinem Bett schlafen …»

Der Junge warf sich abermals hin und her und stöhnte noch lauter.

«Er kommt, Bobby … ich kann ihn hören, er kommt zurück … geh weg, geh wieder rüber, du darfst nicht hier sein …»

Jetzt hielt Arthur es nicht mehr aus. Er konnte nicht länger mit anhören, wie sich sein Sohn durch diesen Albtraum quälte. Er stand auf, ging zum Bett hinüber, zu der Seite, auf der er sonst schlief, tastete sich auf der Matratze vor und legte sich neben Oleg. Er schlang ihm einen Arm um die Schulter und zog ihn zu sich heran. Er presste ihn ganz dicht an sich und spürte seine Wärme an seiner Wange.

«Psst», sagte er. «Es ist vorbei, mein Sohn. Du brauchst keine Angst mehr zu haben.»

«Papa?», fragte Oleg.

«Ich bin hier, ich bin bei dir. Du musst keine Angst haben.»

«Kannst du Bobby retten, Papa? Er ist noch in der Höhle. Ich hab ihm versprochen, dass du kommst und ihn rettest. Er ist doch schon so lange da.»

10

Statt zu schreien, spielte Silke Kleinfeld weiterhin die Bewusstlose. Sie lag bäuchlings in einem fahrenden Wagen. Unter ihr fuhren die Reifen über Asphalt. Von dem Holzboden ging ein ekelhafter, fast schon betäubender Gestank aus. Silke brauchte einen Moment, bis sie kapierte, dass es nach Kot und Urin roch. Aber nicht von Menschen, sondern von Hunden. Da sie selbst viele Jahre lang einen Retriever gehabt hatte, wusste sie, wie Hundescheiße roch.

In ihrem Hals bildete sich ein Kloß, und es verlangte viel Selbstbeherrschung, nicht zu würgen.

Silke konnte sich nicht erinnern, wie sie in diesen Wagen gekommen war. Das Letzte, woran sie sich erinnerte, war, dass sie vor Marek zurückgewichen war. Was hatte er getan? Hatte er sie geschlagen? War sie verletzt? Silke fühlte in ihren Körper hinein. Nein, so weit schien alles in Ordnung zu sein. Sie hatte nur starkes Kopfweh.

Warum hatte Marek sie angegriffen und mitgenommen? Er war doch immer so friedlich gewesen, so zurückhaltend. Nie hätte sie gedacht, dass von diesem schüchternen Mann eine Gefahr ausgehen könnte. Fragen, Unsicherheit und Angst vermischten sich in ihr zu einem panischen Cocktail. Sie hielt es nicht mehr länger aus, sie musste sich einfach umsehen.

Silke hob den Kopf. Um sie herum herrschte eine eigentümlich rot gefärbte Dunkelheit. Plötzlich hörte sie ein kräftiges Pochen, spürte es sogar durch den Holzboden hindurch, auf dem sie lag. Sofort wurde der Wagen langsamer, und in das rötliche Licht mischte sich das orangefarbene Zucken des Blinkers.

Silke hob den Kopf noch ein wenig mehr, aber was sie jetzt zu sehen bekam, ließ sie aufschreien und bis an die Fahrzeugwand zurückweichen.

Da saß ein Monster. Es hatte die Knie angewinkelt und seine Unterarme darauf abgelegt. Die unglaublich großen behaarten Hände hingen locker dazwischen. Der riesige Schädel war von wildem Haar und einem wallenden Bart umwuchert. Aus diesem Fell heraus starrten Augen sie an, die abwechselnd rot und orange leuchteten.

Der Wagen hielt. Eine blinde Scheibe zwischen Fahrerkabine und Laderaum rutschte herunter. In dem schmalen Spalt erschien Mareks Gesicht.

«Wo habt ihr sie hingebracht?», fragte er.

«Ich ... ich ...»

«Meine Mutter, wo habt ihr sie hingebracht? Sag es!»

«Der Bestatter hat sie abgeholt. Ich weiß es nicht genau, es gibt zwei, die in solchen Fällen mit dem Krankenhaus zusammenarbeiten.»

«Zwei?»

Silke nickte eifrig.

Darüber schien Marek nachdenken zu müssen. Derweil starrte das Monster sie ausdruckslos an. Unter seinem Blick zog sich Silkes Blase zusammen.

«Und welcher kommt öfter?», fragte Marek.

«Das ist ...» Silke brach ab und dachte nach. Wenn sie es sich recht überlegte, rief die Stationsleitung in drei von vier Fällen einen bestimmten Bestatter an.

«Hellmann», stieß sie aus. «Hellmann in der Föhrenstraße. Ja, der wird es gewesen sein.»

Sie kam sich ein bisschen wie eine Verräterin vor, aber es tat auch gut, einen vermeintlich Schuldigen gefunden zu haben. Jetzt, wo die beiden wussten, wo ihre Mutter war, würden sie sie doch sicher gehen lassen. Sie war doch gar nicht mehr nützlich.

Die Scheibe wurde mit einem schabenden Geräusch geschlossen. Unmittelbar darauf setzte sich der Wagen in Bewegung. Nun sickerte wieder rotes Licht in den Laderaum. Silke stützte sich mit beiden Händen auf dem Boden ab und drückte sich so weit in eine Ecke, wie es nur ging. Dabei ließ sie das Monster nicht aus den Augen.

«Bitte», sagte Silke, «bitte, lasst mich doch gehen ...»

Es öffnete den Mund und entblößte eine Reihe unglaublich großer Zähne. Sie schimmerten blutig in dem roten Licht der Rückleuchten.

«Du wirst es sehen», sagte das Monster mit knarrender Stimme.

«Was? Was werde ich sehen?»

«Ihr Lächeln. Und es wird das Letzte sein, was du in deinem Leben siehst.»

Silke hatte keine Ahnung, was das bedeuten sollte, aber es klang so entsetzlich, dass sie vor Angst in die Hose machte. Ein warmer Fleck breitete sich zwischen ihren Beinen aus. Sie trug ihre Arbeitskleidung, eine dünne weiße Baumwollhose, darunter nur einen knappen Slip. Die Nässe würde den Stoff durchsichtig erscheinen lassen, er würde an ihrer Haut kleben. Zu ihrer Angst gesellte sich Scham.

Silke dachte an ihr Handy. Es lag in ihrer Handtasche. Am Raucherplatz hinter dem Krankenhaus hatte sie die Tasche an die Wand gestellt, um die Hände frei zu haben. Wenn sie Glück hatte, stand sie immer noch dort, und eine Kollegin hatte sie vielleicht schon längst gefunden und die Polizei informiert. Ja, ganz bestimmt! Sie durfte nicht so schnell die Hoffnung aufgeben. Sie konnte doch nicht einfach so entführt werden, ohne dass jemand etwas bemerkte.

Aber Ähnliches geschah in Deutschland jeden Tag, das wusste Silke. Menschen verschwanden, manche spurlos, viele tauchten niemals wieder auf.

Wirre Vorstellungen von ihrem eigenen Tod wirbelten durch Silkes Kopf und wechselten sich mit Hoffnung ab. Gerade als es an ihrem Hintern von der Nässe unangenehm kalt wurde, bog der Wagen ohne zu blinken in eine holperige Straße ein. Sie fuhren sicher auf Kopfsteinpflaster. Silke suchte nach Halt, fand keinen und wurde hin und her geworfen. Nach ein paar Minuten war die Rüttelei vorbei. Der Wagen fuhr ein Stück rückwärts, dann wurde der Motor abgestellt. Die Fahrertür öffnete sich, wurde leise zugedrückt, wenig später ging einer der hinteren Türflügel des Laderaums auf.

Silke dachte nicht nach. Sie stieß sich ab und hechtete auf die Tür zu.

Sie kam nicht weit. Sie wurde am Bein gepackt und zurückgerissen. Noch bevor sie schreien konnte, presste sich eine riesige Hand auf ihr Gesicht. Ein Arm umschlang ihren Oberkörper, quetschte ihre Rippen, sie bekam keine Luft mehr, strampelte mit den Beinen und biss zu. Aber statt nachzulassen, verstärkte sich der Druck noch. Silke wurde schwarz vor Augen, ihre Bewegungen wurden langsamer. Die Plastiksohlen ihrer flachen Schuhe rutschten über den Holzboden. Ein Schuh flog davon.

Schließlich fielen ihre Arme herunter wie nutzlose Anhängsel, und ihre Beine zuckten ein letztes Mal.

11

Der Hund hatte aufgegeben.

Seit ein paar Minuten war es still in der Wellblechgarage. Lea hatte schon geglaubt, das Vieh würde sie zum Einsturz bringen. Der scheppernde Lärm hallte noch immer in ihrem Kopf nach.

Sie hatte sich mit Ralf in den hinteren Bereich der Garage zurückgezogen. Dort lagen sie auf staubigem Sandboden. Ob der Hund noch vor dem Tor lauerte, wusste Lea nicht, aber sie ging davon aus. Sie waren gefangen. Solange der Besitzer den Hund nicht an die Kette legte, würden sie hier nicht herauskommen.

Ralf stöhnte vor Schmerzen.

«Ich muss mir dein Bein ansehen», sagte Lea. Es war stockdunkel in der Garage, sie konnte nicht einmal die Hand vor Augen erkennen. Ihr Handy hatte eine Taschenlampenfunktion. Sie holte es hervor und warf erst einmal einen Blick auf das Display. Kein Empfang.

«Aber ganz vorsichtig», jammerte Ralf.

Lea rutschte nach unten und leuchtete mit dem Handy sein rechtes Bein ab. Die Jeans war zerrissen und blutgetränkt.

«Ich kann nichts erkennen, ich muss die Hose hochziehen.»

«Bitte ... sei vorsichtig, das tut höllisch weh.»

Er trug eine weite Jeans, daher konnte Lea sie bis zum Knie hochziehen. Sie tat es so behutsam wie möglich, trotzdem schlug Ralf verzweifelt mit den Händen auf den Boden, unterdrückte aber einen Schrei. Was Lea im Licht der Handylampe zu sehen bekam, stülpte ihr den Magen um. Sie musste ihr Würgen unterdrücken.

Der Hund hatte Ralf die Wade regelrecht zerfleischt. Ein großes Stück Fleisch hing herunter, das klaffende Loch entblößte den Knochen. Blut sickerte aus der zerfransten Wunde. Wo die Haut noch einigermaßen intakt war, sah Lea die Löcher, die die Zähne hineingestanzt hatten.

«Wie … wie sieht es aus?», fragte Ralf. Mühsam presste er jedes Wort zwischen den Zähnen hervor.

«Nicht gut», antwortete Lea. «Du musst unbedingt ins Krankenhaus.»

«Verflucht … verfluchte Scheiße, hätte ich mich bloß nicht darauf eingelassen», heulte Ralf los und schlug wieder in den Sand.

«Ich muss die Blutung stoppen.»

Lea entfernte den Gürtel aus Ralfs Hose. Es war ein breiter Ledergürtel mit massiver Schnalle. Lea hatte nie den Führerschein gemacht und auch keine Erste-Hilfe-Ausbildung absolviert, aber sie wusste, dass man die Blutzufuhr eines Beines oben in der Leistengegend abbinden konnte. An der Innenseite des Oberschenkels verlief eine der Hauptarterien. Wenn sie die massive Schnalle darauf positionierte und den Gürtel ganz straff zuzog, müsste es eigentlich gehen.

Ralf half ihr so gut es ging. Als sie den Gürtel zuzog, schrie er auf.

«Geht's so?»

Er nickte mit zusammengebissenen Zähnen. Tränen liefen ihm aus den Augenwinkeln und zogen helle Spuren in den Schmutz, der in seinem Gesicht klebte.

«Es ist besser, wenn ich die Hose wieder runterziehe und etwas drum herum wickele, damit kein Schmutz in die Wunde kommt», sage Lea. «Hältst du durch?»

Er nickte wieder.

Lea nahm das Handy zwischen die Zähne, damit sie die Hände frei hatte. Dann zog sie das Hosenbein ganz vorsichtig wieder hinunter und zuckte immer dann zusammen, wenn auch Ralf zuckte. Dass er solche Schmerzen erleiden musste, tat ihr ungeheuer leid. Lea zog ihre dünne Jacke aus. Darunter trug sie nur ein Langarmshirt und einen BH. Sie zog das Shirt aus und die Jacke wieder an. Sie wickelte es um Ralfs Unterschenkel und verknotete es mit den Ärmeln. Das war alles andere als perfekt, aber mehr konnte sie unter diesen Umständen nicht tun.

Sie wischte sich die blutigen Finger an ihrer eigenen Hose ab. Schließlich rutschte sie nach oben und bettete Ralfs Kopf auf ihren Beinen. Sie sah ihn an. Seine Pupillen waren geweitet, er zitterte und schien unter Schock zu stehen. Noch immer liefen Tränen aus seinen Augenwinkeln. Sie streichelte seine Wange.

«Es tut mir so leid ... ich hätte das nicht von dir verlangen dürfen.»

«Egal ... ist egal jetzt ... wir müssen hier weg.»

«Aber wie? Du kannst nicht laufen.»

«Was ... was ist mit dem Handy ... kannst du Hilfe rufen?»

Lea versuchte es. Sie bekam keine Verbindung.

«Wenn er zurückkommt und uns hier findet ... sagte Ralf. «Wir dürfen nicht hierbleiben.»

«Was sollen wir tun?»

«Du ... du musst zum Auto laufen. Dann kommst du her und holst mich ab.»

Leas Blick wanderte zur Tür. Die Schaufel steckte immer noch im Griff. Sie allein bewahrte sie davor, dass der Hund über sie herfiel. Sie konnten hier nicht raus.

Ralf packte ihre Hand. «Bitte», sagte er, stöhnte unter

Schmerzen und quetschte ihre Hand zusammen. «Ich will hier nicht sterben.»

«Das wirst du nicht. Wir finden einen Weg.»

Sie hielt das Handy hoch und leuchtete die Garage ab.

12

In ihrem Traum hörte Helga Schwabe Oleg sprechen, und seine Stimme weckte sie. Sie tastete nach dem Schalter der Nachttischlampe, schaltete das Licht ein und sah ihren Mann Arthur im Bett liegen. Sie erschrak und stieß einen Schrei aus. Arthur reagierte sofort. Er presste ihr die Hand auf den Mund und unterdrückte den Schrei.

«Psst.»

Helga nickte, und er nahm die Hand weg. Sie richtete sich auf. Arthur trug die Kleidung, in der sie ihn zuletzt gesehen hatte, bevor er in der Nacht verschwunden war. Er war schmutzig, sein Haar klebte verschwitzt an seinem Kopf. Zudem roch er unangenehm nach altem Schweiß. Er hatte einen Arm um seinen Sohn gelegt und streichelte ihm über den Kopf. Oleg war wach. Aus verschlafenen Augen sah er Helga an.

«Arthur», flüsterte sie. «Mein Gott, was ist nur passiert?»

«Das weißt du doch. Die Polizisten haben es dir doch sicher erzählt.» Er sprach mit gedämpfter Stimme.

Ja, sie hatten es ihr erzählt, aber Helga hatte es nicht glauben wollen. Zu so etwas war ihr Mann doch gar nicht fähig! Nicht ihr Arthur, der zwar aufbrausend sein konnte, aber nie jemandem etwas zuleide getan hatte. Auch sie oder seinen Sohn hatte er nie geschlagen.

Als sie ihm jetzt in die Augen sah, wusste sie plötzlich, dass es stimmte. Aber Arthur hatte es ganz sicher nur getan, um Oleg zu retten, und dass ihr Sohn jetzt unversehrt zwischen ihnen im Bett lag, war sicher sein Verdienst. Man durfte nicht töten, das war Helga natürlich klar, aber man durfte erst recht keine kleinen Jungen entführen.

«Ich muss fort», sagte Arthur. «Aber ich wollte nicht gehen, ohne Lebewohl zu sagen. Und ich musste Oleg sehen, musste mich davon überzeugen, dass es ihm wirklich gutgeht.»

«Aber wohin willst du denn?» Helgas Stimme zitterte. Es gab so vieles, was sie ihren Mann fragen wollte, doch nichts davon schien ihr jetzt noch wichtig. Sie begriff, dass er ohne sie flüchten wollte. Ihre Familie würde auseinandergerissen werden.

«Erinnerst du dich an das Haus meiner Großeltern, von dem ich dir erzählt habe?»

«Das in der Nähe ...»

Arthur legte einen Zeigefinger an seine Lippen und schüttelte den Kopf. Helga verstand. Er wollte nicht, dass Oleg zu viel mitbekam. Was der Junge nicht wusste, konnte er auch nicht ausplappern. Sie wusste auch so, welches Haus er meinte. Seine Großeltern stammten aus dem östlichen Polen, aus einer abgelegenen, ländlichen Gegend. Das Haus, das sie nach ihrem Tod hinterlassen hatten, hatte er geerbt. Weil es dort aber keine Arbeit, ja nicht einmal einen Arzt oder eine Schule gab, verfiel es ungenutzt.

«Dorthin gehe ich. Und wenn es hier ruhiger geworden ist, wenn alles vorbei ist, dann kommt ihr nach, du und Oleg. Dort drüben werden sie bestimmt nicht nach mir suchen. Ihr kommt nach, ja? Versprichst du mir das, Helga?»

Sie nickte. Natürlich würden sie nachkommen, auch wenn sie im Moment nicht glaubte, dass das funktionieren konnte.

«Wohin gehst du, Papa?», fragte Oleg.

Sein Vater strich ihm sanft über die Wange. «Ich muss noch ein wenig arbeiten, aber wir sehen uns bald wieder. Versprochen. Du darfst aber niemandem sagen, dass ich hier war. Das muss unser Geheimnis bleiben. Du kannst doch ein Geheimnis für dich behalten, mein Sohn, nicht wahr?»

Oleg nickte.

«Das wusste ich. Ich bin sehr stolz auf dich.»

Als Arthur wieder zu Helga aufsah, war sein Blick sehr eindringlich.

«Hast du gehört, was Oleg gesagt hat, kurz bevor du das Licht angeschaltet hast?», fragte er.

Helga schüttelte den Kopf. Sie konnte sich zwar erinnern, Olegs Stimme gehört zu haben, verstanden hatte sie aber nichts.

«Hör genau zu», begann Arthur, «das ist sehr wichtig.»

Weiter kam er nicht.

Draußen erklang plötzlich das Geräusch eines Automotors, dann schlugen Türen zu, und Menschen sprachen leise miteinander.

«Die Polizei», flüsterte Arthur. «Ich muss weg, sofort.»

«Arthur, nicht …»

Helga wollte nach ihrem Mann greifen, aber sie fasste ins Leere.

«Keine Zeit», zischte er. «Denk daran, was ich gesagt habe. Warte ab, bis Gras über die Sache gewachsen ist, und dann komm mit Oleg nach. Ich warte dort auf euch, egal, wie lange es dauert.»

Bevor Helga reagieren konnte, war er aus dem Schlafzimmer verschwunden.

Arthur huschte über den Flur und sah hinter der Glasscheibe zwei dunkle Gestalten stehen. Er konnte sich nicht erklären, wie sie ihn bemerkt hatten. Aber vielleicht hatten sie das auch gar nicht. Vielleicht gab es irgendwas, was sie mit Helga besprechen mussten. Wenn es so war, dann hatte er eine Chance. Dann konnte er entkommen.

Es klingelte an der Tür.

Arthur lief in die Küche, schnappte sich aus dem Brotkasten eine weitere Scheibe Brot und schob sie in die Innentasche seiner Jacke. Dann öffnete er eine Schranktür und holte einen Tonkrug hervor, der ganz oben und ganz hinten stand, wo man ihn nicht sehen konnte. Darin bewahrten sie ihre eiserne Geldreserve auf. Er nahm alles heraus, stopfte sich die Scheine in die Hosentasche und lief hinüber in den Waschraum.

Pedro stand aufrecht und sah ihn an. Der kleine Hund begann zu kläffen.

«Pass gut auf die beiden auf, hörst du?», sagte Arthur und strich Pedro im Vorbeigehen ein letztes Mal über den Kopf.

Vor der Hintertür blieb er stehen, legte eine Hand auf die Klinke und lauschte. Sein Herz schlug wie wild. Vorn klingelte es abermals, aber hier hinten war alles ruhig. Die Polizisten waren gar nicht seinetwegen hier. Niemand hatte ihn kommen sehen, und niemand würde ihn gehen sehen.

Er drückte die Klinke hinunter, zog die Tür auf und huschte in den Garten hinaus.

Die Bewegung sah er erst im allerletzten Moment.

«Herr Schwabe», sprach ihn eine Männerstimme an. «Polizei. Machen Sie keinen Unsinn.»

Arthur stieß den Mann mit beiden Armen weg. Dann rannte er. Über die Terrasse, am Sandkasten vorbei, unter den Wäscheleinen hindurch. Hinter ihm schrie jemand seinen Namen, aber Arthur rannte weiter. Das Maisfeld war nur noch wenige Meter entfernt. Wenn er es erreichte, hätte er es geschafft. Zwischen den Pflanzen würde er unsichtbar werden, niemand würde ihn finden. Und er war schnell, konnte immer noch rennen wie ein junger Mann.

«Stehen bleiben», schrie die Stimme hinter ihm.

Vom Tierheim waren Manuela Sperling und Henry Conroy direkt nach Hohberg hinausgefahren. Beide waren sich einig, nicht bis morgen früh warten zu wollen, um der Spur nachzugehen, auf die Frau Zickmantel sie gebracht hatte.

Die Schwabes hatten Pedro vor zwei Jahren gekauft, vielleicht hatten sie nicht einmal einen Kaufvertrag abgeschlossen, die Chance war also gering, aber versuchen mussten sie es. Möglicherweise verfügte auch eine der anderen Familien über einen Kaufvertrag, aber bei denen konnten sie um diese Zeit nicht mehr anrufen, geschweige denn auftauchen. Helga Schwabe würde sicher Verständnis haben. Außerdem war Olegs Fall der jüngste. Die Erfolgsaussichten waren hier am größten.

Als Henry Conroy den Wagen vor dem Hof der Schwabes ausrollen ließ, war es schon nach zehn Uhr abends. Trotz des langen Tages und der kurzen und unbequemen Nacht auf der Couch in der WG ihres Bruders war Manuela hellwach und aufgeregt. Während der Fahrt hatte Henry sie ein paarmal ermahnt, nicht ständig mit den Fingernägeln auf der Armablage herumzutrommeln.

Die beiden Polizeibeamten, die zum Schutz der Schwabes und für den Fall abgestellt waren, dass Arthur Schwabe auftauchte, stiegen aus und kamen ihnen entgegen.

«Herr Conroy», sagte der eine überrascht. «Ist etwas passiert?»

«Nein, wir müssen nur noch einmal mit Frau Schwabe sprechen. Schlafen die schon?»

«Im Haus ist vor zwei Stunden das Licht ausgegangen. Seitdem ist es still», antwortete der Polizist.

«Wir klingeln trotzdem.»

Manuela folgte Henry zur Haustür. Durch die verglaste Tür hindurch sahen sie schwaches Licht auf dem Flur. Henry klingelte. Nach einer angemessenen Wartezeit klingelte er noch einmal. Sie starrten beide die Tür an, deshalb bemerkten sie den Schatten, der von rechts nach links über den Flur huschte.

«Was war das?», fragte Manuela.

«Ich habe keine Ah...» Henry stockte und griff nach seiner Waffe. «Bleiben Sie hier, und klingeln Sie weiter.»

Er gab den beiden Polizisten ein Zeichen, ihm zu folgen. Dann lief er am Haus entlang in den hinteren Bereich des Grundstückes.

Henry ahnte, was los war.

Arthur Schwabe hatte sich ins Haus geschlichen, ohne dass die beiden Kollegen etwas mitbekommen hatten. Er musste durch die Hintertür gekommen sein.

Gerade als er die Tür erreichte, wurde sie auch schon geöffnet.

Er sprach den Mann an. Zwar erkannte er ihn im Dunkeln nicht, aber wer sollte es sonst sein, wenn nicht Arthur Schwabe. Er rechnete nicht mit Gegenwehr, daher überraschte ihn der Stoß gegen die Schulter. Henry stolperte zurück und fiel unsanft auf den Hintern. Seine Zähne schlugen aufeinander, und er biss sich auf die Zunge. Der Schmerz war heiß und grell. Sofort schmeckte er Blut. In der Dunkelheit sah er Arthur Schwabe über das hintere Grundstück aufs Maisfeld zulaufen. Sie würden ihn nicht finden, wenn er darin verschwand.

Henry rappelte sich auf, lief bis zur Sandkiste vor und

ging in Schussposition. Er rief dem Flüchtigen hinterher, der schon fast den Zaun erreicht hatte: «Stehen bleiben.»

Es war zu dunkel, um einen wirklich gut gezielten Schuss abzugeben, und die Gefahr, den Mann tödlich zu treffen, war zu groß. Henry ließ die Waffe sinken. Sollte Schwabe doch abhauen. Irgendwann würden sie ihn sicher irgendwo aufgreifen. Vielleicht würden Hunger und Durst ihn auch zurück nach Hause treiben.

Henry sah, wie Schwabe zum Sprung über den Zaun ansetzte, doch dann wurde er plötzlich langsamer und stoppte schließlich kurz davor. Von hinten kamen die beiden Kollegen angerannt. Henry gab ihnen mit einem Handzeichen zu verstehen, dass sie warten sollten.

Mit hängenden Schultern stand Arthur Schwabe einfach nur da und starrte ins Maisfeld. Als Henry bis auf drei Meter heran war, sprach er ihn an: «Herr Schwabe, ich bin es, Henry Conroy. Kommen Sie, das hat doch keinen Sinn.»

Schwabe drehte sich langsam um. Der Mann würde ihn nicht angreifen. Er war fertig. Tränen liefen über sein Gesicht.

«Sie müssen den Jungen retten», sagte er mit heiserer Stimme.

«Welchen Jungen?» Henry verstand nicht.

«Oleg … er hat es mir gesagt. Es gibt noch einen zweiten Jungen.»

14

Der Spalt war schmal und ließ sich nur minimal weiter öffnen. Dort, wo das dünne Wellblech der Garage an einer Metallstütze vernietet war, war Schluss.

Ralf lag mit dem Rücken an die Wand gelehnt auf dem Boden und leuchtete mit Leas Handy. Sie begutachtete den vielleicht zwanzig Zentimeter breiten Spalt an der Rückseite. Wahrscheinlich war er entstanden, weil die Garage sich unter der Wucht der Sprünge des Hundes etwas zur Seite geneigt hatte.

Dieser Spalt war die einzige Möglichkeit, dem metallenen Gefängnis zu entkommen.

«Das müsste gehen», flüsterte sie. Sie wandte sich um und sah Ralf an.

Er schwitzte stark, war gleichzeitig aber leichenblass, und seine Lippen zitterten. Auf seinen Augen lag ein matter Glanz. Das Shirt, das sie ihm um den Unterschenkel gebunden hatte, war bereits blutgetränkt. Sie hatte sein Bein zwar abgebunden, aber Ralf bestand darauf, den Gürtel hin und wieder zu lockern, damit sein Bein nicht abstarb. Wahrscheinlich hatte er recht damit.

«Du musst durchhalten», sagte sie und strich ihm über die Stirn. Sie fühlte sich ganz kalt an. «Und du musst irgendwie diesen Hund ablenken.»

«Ich ... ich weiß ... ich tue einfach so, als würde ich das Tor öffnen.»

Er nahm Leas Hand und drückte seinen Autoschlüssel hinein.

«Du musst es schaffen, hörst du?»

Lea nickte. Sie wusste, was er damit meinte. Nicht nur,

dass sie dem Hund entkommen und in der Dunkelheit zurück zum Auto laufen musste. Nein, sie würde fahren müssen. Und sie wusste nicht, ob sie das konnte oder ob die Panik sie lähmen würde.

«Ich lasse dich nicht im Stich. Das verspreche ich dir.»

«Und fahr diese Bestie über den Haufen, wenn du zurückkommst. Los, hilf mir zur Tür.»

Lea packte Ralf unter den Achseln. Er selbst stieß sich mit dem gesunden Bein ab. So schafften sie es zum Tor hinüber. Ralf setzte sich so hin, dass er mit einem Arm den Stiel der Plattschaufel erreichen konnte.

«Geht es so?», fragte Lea.

Er nickte mit zusammengebissenen Zähnen.

Lea beugte sich noch einmal zu ihm hinunter und küsste ihn auf die Lippen. Auch die waren entsetzlich kalt. «Halt durch, ich hole dich.»

Dann wandte sie sich ab, positionierte sich vor dem Spalt und nickte Ralf zu. Der zog an dem Schaufelstiel, ließ ihn gegen das Tor knallen und schlug zusätzlich mit der Hand dagegen.

Sofort begann der Hund zu kläffen. Einen Augenblick später sprang er gegen das Tor.

Lea quetschte sich durch den Spalt an der Rückwand. Sie blieb mit der Jacke irgendwo hängen, zerrte daran, riss sich los und fiel nach draußen. Während vor der Garage das Spektakel weiterging, kroch Lea auf allen vieren davon. Um sie herum standen niedrige Tannen dicht an dicht. Das war ideal, so würde der Hund sie nicht sehen. Sie kämpfte sich durch das vertrocknete Geäst, zerkratzte sich dabei das Gesicht und musste immer wieder ihr Haar losreißen.

Dann endete das Dickicht. Lea stand auf, wischte sich Spinnweben und Dreck aus dem Gesicht und orientierte sich. Sie hatte befürchtet, über einen Zaun klettern zu müssen, doch das blieb ihr erspart. Die Garage markierte die Grundstücksgrenze, und sie befand sich bereits außerhalb davon. Die Zufahrt zum Hof lag jetzt links von ihr, von dort drang auch das Gekläff des Hundes herüber.

Sie lief los, hielt auf den Waldrand zu, verschwand im Schwarz unter den Fichten, schlug sich ein paar Meter fast blind hindurch und stolperte dann auf den Forstweg.

Dort drehte sie sich um und sah zum Hof zurück.

Das Gekläff und die metallisch krachenden Schläge, wenn der Hund gegen das Tor der Garage sprang, hallten durch die Nacht.

«Halte durch», flüsterte Lea.

Und rannte los.

15

«Ich konnte nicht einfach abhauen … Nicht nach dem, was Oleg mir erzählt hat. Sie müssen diesen anderen Jungen retten … verstehen Sie?»

Arthur Schwabe sprach mit eindringlicher Stimme. Seine Hände zitterten, er schwitzte stark und sah aus, als würde er jeden Moment zusammenbrechen. Die letzten Tage mussten für ihn die Hölle gewesen sein.

Henry saß dem Mann im Wohnzimmer der Schwabes auf der Couch gegenüber, flankiert von Manuela Sperling, die sich aber aus dem Verhör heraushielt. Sie hatten das vorher so besprochen. Schwabe war nicht der Typ Mann, der sich von einer Frau unter Druck setzen ließ. Die beiden uniformierten Beamten hatte Henry hinausgeschickt, damit Schwabe sich nicht bedroht fühlte. Außerdem hatte er ihm die Handschellen abgenommen. Das Risiko, dass Schwabe in seinem Zustand einen weiteren Fluchtversuch unternahm, war gering. Dieser Mann war am Ende seines Weges angekommen. Das Adrenalin war versiegt, Wut und Hass erloschen.

Henry konnte sich noch gut an das erste Gespräch vor zwei Tagen erinnern, das er genau hier mit den Schwabes geführt hatte. Da hatte er einen kräftigen, zähen, entschlossenen Mann vor sich gesehen. Heute sah er ein Wrack. Zwei Tage hatten gereicht, um ein Leben zu zerfleischen.

«Was genau hat Oleg denn erzählt?», fragte Henry. Er wollte, dass Schwabe es in Manuela Sperlings Gegenwart wiederholte. Denn diese Aussage würde diesen ohnehin undurchsichtigen Fall erneut umkrempeln.

«Dass da noch ein anderer Junge in der Höhle ist … und dass er schon ganz lange dort ist.»

«Und hat er auch einen Namen genannt?»

Arthur Schwabe nickte energisch. «Bobby, der Junge heißt Bobby.»

Henry und Manuela sahen sich an. Der Name. Oleg nannte den kleinen weißen Hund so, der gegen ihn als Druckmittel eingesetzt worden war und den er mitgebracht hatte. Und leider hatte der Kleine die ganze Sache mitbekommen und wollte nicht mit den Polizisten sprechen, die seinen Vater gejagt und gefangen genommen hatten. Auch Helga Schwabe war nicht gewillt, jemand anderes als Dr. Ravenhorst zu ihrem Jungen zu lassen. Henry hatte die Psychologin bereits aus dem Bett geklingelt. Sie war auf dem Weg hierher.

«Ihr Sohn war gerade aufgewacht, als er das zu Ihnen gesagt hat, nicht wahr?»

«Ja, aber er hat die Wahrheit gesagt. Er hat diesem Jungen doch versprochen, dass ich ihm helfen würde. Glauben Sie, ich hätte aufgegeben, wenn ich meinem Sohn nicht glauben würde?»

Arthur Schwabe hätte verschwinden können, das stimmte. Ein Satz über den Zaun ins Maisfeld, und er wäre weg gewesen. Zumindest vorläufig.

«Aber sonst hat er nichts gesagt? Keine Beschreibung, oder so?»

Schwabe schüttelte den Kopf. «Ich bin dann weggelaufen.»

Henry wusste nicht, was er glauben sollte. Oleg war von seinem Vater aus einem Albtraum geweckt worden und hatte vielleicht einfach Elemente dieses Traumes wiedergegeben. Wahrscheinlich war er dort in der Höhle nicht mit einem weiteren Jungen eingesperrt gewesen, sondern mit dem Hund, den er Bobby nannte. Henry war kein Psychologe, aber er wusste, dass traumatisierte Kinder leicht etwas durcheinanderbrachten.

«Wir werden dem auf jeden Fall nachgehen, Herr Schwabe», sagte er. «Wenn es diesen Jungen gibt, werden wir ihn finden. Sie bleiben aber dabei, dass Sie Oleg weder in Buhrmanns Haus noch auf dem Hof von Carl Theiß gefunden und befreit haben?»

Schwabe nickte.

«Dann erklären Sie uns doch bitte, was bei Fritz Buhrmann vorgefallen ist.»

Arthur Schwabe ließ seinen Kopf sinken.

«Ich wollte doch nur wissen, wo Oleg ist», sagte er kaum hörbar. «Aber Buhrmann hat nur gelacht, hat mich verspottet und als Trottel beschimpft. Da bin ich … ich bin so wütend geworden … und dann ging alles so schnell … ich weiß auch nicht mehr … Buhrmann hat am Ende behauptet, Theiß wisse, wo Oleg ist.»

«Aber das war gelogen, oder?», fragte Henry. So ähnlich, wie Schwabe es gerade schilderte, hatte er sich den Tatverlauf vorgestellt.

«Ich weiß es nicht. Er war nicht da. Ich kann es mir aber vorstellen. Theiß ist ein wirklich schlechter Mensch.»

«Moment», hakte Henry ein. «Was sagen Sie? Theiß war nicht da?»

Arthur Schwabe schüttelte den Kopf.

«Ich habe zwei Stunden auf ihn gewartet, dann bin ich weg.»

Henry sah den Mann aus schmalen Augen an. Suchte nach der Lüge, sah aber nur einen verzweifelten Vater.

«Haben Sie Fritz Buhrmann in dessen Toilette ertränkt?», fragte er.

Ohne ihn anzusehen, nickte Schwabe.

«Und haben Sie Carl Theiß ebenfalls getötet?»

Jetzt ruckte Schwabes Kopf hoch. Sein Blick flog zwischen Henry und Manuela hin und her.

«Nein … ich sag doch, er war nicht da. Wieso …?»

«Wie sind Sie von Buhrmanns Haus zum Hof von Theiß gekommen?», fragte Henry.

«Mit … mit meinem Wagen. Da hab ich auch drin geschlafen, irgendwo in den Wäldern.»

Henrys Verstand arbeitete auf Hochtouren, aber er verstand nicht, was hier gespielt wurde. Bis eben war für ihn völlig klar gewesen, dass Arthur Schwabe Buhrmann und seinen Adjutanten Theiß getötet hatte. Er hatte ein Motiv, das beste der Welt: Rache.

«Ist Theiß tot?», fragte Schwabe nach.

Henry war einen Moment nicht ganz bei der Sache gewesen, und als er sich jetzt wieder auf Schwabe konzentrierte, sah er Angst in den Augen des Mannes. Angst wovor? Sein Sohn und seine Frau waren in Sicherheit, er selbst hatte sich mit seiner Verhaftung abgefunden.

«Was ist hier los?», fragte Henry in schärferem Ton.

«Vielleicht hat er sich wegen Oleg selbst getötet», sagte Schwabe. «Theiß ist ein Feigling.»

«Und dann lässt er sich von seinem eigenen Hund das Gesicht wegfressen», fuhr Henry den Mann laut an. «Herr Schwabe, wissen Sie eigentlich, was Sie getan haben? Selbst wenn Sie einen milden Richter mit Verständnis finden, verschwinden Sie für die nächsten zehn Jahre hinter Gittern. Für einen Doppelmord noch länger. Alles deutet auf Sie als Täter hin. Wenn Sie etwas wissen, dann packen Sie endlich aus, Herrgott noch mal.»

Schwabes Kopf sank noch tiefer, den Rücken hielt er gekrümmt.

«Ich hab sie gefahren», sagte er leise.

«Wie bitte?», fragten Henry und Manuela gleichzeitig.

«Buhrmann und Theiß … ich habe sie gefahren.»

«Wohin gefahren?»

«Über die Grenze nach Tschechien. Da gibt es diese Bars.»

«Bordelle?», hakte Henry nach.

Schwabe nickte. Es schien ihm peinlich zu sein, dieses Wort zu benutzen. Henry wusste natürlich, wie es hinter der Grenze nach Tschechien aussah. Dort gab es Bordell an Bordell, für jeden Geschmack war etwas dabei. Der Begriff Grenzverkehr hatte hier seine ganz eigene Bedeutung.

«Sie haben also Buhrmann und Theiß über die Grenze gefahren, damit die sich dort in den Bordellen vergnügen konnten. Habe ich das richtig verstanden?»

Schwabe nickte.

«Warum sind die beiden nicht selbst gefahren?»

«Weil sie immer getrunken haben … sehr viel. Zurück konnten sie gar nicht mehr selbst fahren.»

«Wann und wie oft haben Sie sie gefahren?»

«Über zwei Jahre mindestens einmal die Woche.»

«Und was haben Sie gemacht, während die beiden im Club waren?»

Arthur Schwabes Kopf ruckte hoch. Seine Augen waren blutunterlaufen.

«Ich habe im Wagen gewartet. Immer. Anfangs hat Buhrmann mich eingeladen, ich sollte doch mit reinkommen. Es würde ja niemand erfahren, hat er gesagt, aber ich wollte nicht. So etwas tue ich nicht. Ich habe im Wagen gewartet, manchmal die ganze Nacht. Helga habe ich erzählt, dass wir auf Montage unterwegs sind. Ich hab die Stunden ja auch bezahlt bekommen, aber ich war nie mit drin. Nie! Das müssen Sie mir glauben.»

Der flehende Blick und die nervösen Finger verrieten Henry genau das Gegenteil von dem, was er glauben sollte. Aber Schwabe befand sich in einer Ausnahmesituation, in der sich die nonverbalen Zeichen nur schlecht lesen ließen.

«Okay. Sie haben also im Wagen gewartet. Ich glaube Ihnen. Aber von dort aus haben Sie doch bestimmt etwas gesehen. Was haben Sie gesehen, Herr Schwabe?»

Arthur Schwabe schüttelte den Kopf.

«Also waren Sie doch mit drin, in diesen Bordellen. Geben Sie es doch zu.»

«Nein», schrie Schwabe.

Manuela zuckte zusammen, aber Henry war darauf gefasst gewesen. Es war, als würde man bei Schwabe auf einen Knopf drücken, der nur für eine bestimmte Funktion da war.

«War ich nicht. Das ist einfach nur abartig, so etwas würde ich nie tun.»

«Dann sagen Sie uns doch, was Sie gesehen haben. Was ist daran so schwierig?»

Es wurde einen Moment still. Henry war bereit, dem Mann Zeit zu geben, damit er sich beruhigen konnte.

«Sie haben geschwiegen und fühlen sich jetzt schuldig. Deswegen wollen Sie nichts sagen, nicht wahr?»

Henry war überrascht, dass Manuela sich einmischte. Eigentlich sollte sie ja den Schnabel halten. Dass sie das nicht besonders gut konnte, hatte er bereits begriffen, aber sie würde lernen müssen, in Verhören einer bestimmten Taktik zu folgen. Er würde später mit ihr darüber sprechen.

«Ja», sagte Schwabe.

«Was bedeutet ‹ja›?», fragte Henry.

«Ich hätte nicht schweigen dürfen.»

«Und worüber haben Sie geschwiegen?»

«Die Mädchen ... die waren kaum älter als vierzehn.»

«Welche Mädchen?» Henrys Stimme wurde aggressiver. Er hatte langsam die Nase voll davon, Schwabe jedes Wort aus der Nase ziehen zu müssen.

«Aus den Bars, hinter der Grenze ... die waren noch so jung.»

«Und woher wollen Sie das wissen? Sie waren doch gar nicht mit drinnen.»

«Wir haben die Mädchen mitgenommen. Auf Theiß' Hof, übers Wochenende.»

«Wie bitte? Habe ich das richtig verstanden? Sie haben Mädchen aus den Bordellen mitgenommen auf den Hof des Herrn Theiß? Was haben denn die Zuhälter dazu gesagt?»

Schwabe zuckte mit den Schultern. «Buhrmann hat so viel Geld.»

Konnte das stimmen?, fragte Henry sich. Andererseits, wenn Theiß und Buhrmann auf dem Hof ihre eigene kleine Party feiern wollten und dafür bezahlten, warum nicht. Geld regierte die Welt.

«Aber da waren Sie natürlich auch nicht dabei, richtig?»

Schwabe schüttelte den Kopf.

«Freitagabends bin ich rüber, habe die Mädchen geholt, sie zu Theiß' Hof gebracht und bin dann nach Hause gefahren. Ich habe nie eines der Mädchen auch nur angefasst. Das waren doch noch Kinder.»

«Aber geweigert haben Sie sich auch nicht.»

Darauf erwiderte Schwabe nichts. In diesem Moment kapierte Henry endlich, warum Schwabe so überzeugt war davon, dass Buhrmann und Theiß seinen Sohn entführt hatten. Warum Buhrmann Schwabes ersten Hund erschossen hatte. Warum Schwabe gekündigt worden war.

«Sie haben die beiden mit Ihrem Wissen erpresst, richtig?»

Arthur Schwabe nickte.

16

Alles war schiefgelaufen, und nun würde es in einer Katastrophe enden. All die Jahre war er so vorsichtig gewesen. Nie hatte es auch nur den Hauch eines Verdachts gegeben, doch was sie jetzt getan hatten, würde nicht unbemerkt bleiben. Sie hinterließen eine Spur.

Er hatte es nicht verhindern können. Sein Plan war nicht aufgegangen. Er hatte seinem Vater versprochen, Mutter zurück auf den Hof zu holen, doch das war eine Lüge gewesen. Sie hatte woanders sterben wollen, und ganz bestimmt wollte sie auch nach ihrem Tod nicht wieder zurück auf den Hof. Nie hatte er gegen seinen Vater rebelliert, nie dessen Befehle und Entscheidungen in Frage gestellt, in dieser Sache jedoch musste er sich gegen ihn stellen.

Für Mutter. Für ihr Andenken.

Vater hatte den Hof seit seinem schweren Unfall nicht mehr verlassen, er konnte ja kaum noch laufen. Heute aber war er mitgekommen in die Stadt, fast als hätte er gespürt, dass er seinem Sohn nicht vertrauen konnte. Alle seine Einwände hatten nichts genützt. Am Ende hatte Vater mit Großvaters Haut gedroht. Also hatte Marek sich gebeugt, und sie waren zusammen in die Stadt gefahren.

Marek hatte den Plan gehabt, nicht auf den Hof zurückzukehren. Er besaß ein wenig Geld, den Wagen, und er wusste, wie er sich weiteres Geld beschaffen konnte. Er hatte einfach so drauflosfahren wollen. Richtung Süden, wo es vielleicht Freiheit für ihn gab.

Stattdessen war er jetzt auf dem Rückweg zum Hof. Mit zwei Leichen und seinem Vater auf der Ladefläche.

Auf dem Parkplatz des Krankenhauses war die Situation

eskaliert. Von ihm unbemerkt, war Vater ausgestiegen, hatte sich angeschlichen und das Gespräch belauscht. Die Nachtschwester wusste, wohin Mutter gebracht worden war, also hatte Vater entschieden, sie mitzunehmen. Als sie vor dem Bestattungsunternehmen fliehen wollte, hatte er sie getötet.

Marek war durch eine Hintertür in das Bestattungsinstitut eingedrungen. In der Aufbahrungshalle hatten drei Leichen gelegen, zwei alte Männer – und seine Mutter. Minutenlang hatte er einfach nur dagestanden und sie angeschaut. Sie hatte friedlich und entspannt auf ihn gewirkt. Und warum auch nicht? War sie doch in dem festen Glauben gestorben, dem Lächeln des Samojeden entkommen zu sein.

In seinem ganzen Leben war Marek noch nie etwas so schwergefallen. All seine Kraft hatte es ihn gekostet, sich Mutters Leichnam über die Schulter zu werfen und zum Wagen zu tragen. Nicht weil er sich vor Toten ekelte, sondern weil er einen Verrat beging.

Die Rückfahrt war lang und einsam gewesen, und er hatte genug Zeit gehabt, nachzudenken. Noch war nicht alles verloren. Tief in seinem Kopf begann eine Idee Gestalt anzunehmen. Sie war ungeheuerlich, und er konnte sie nicht zu Ende denken. Sein Verstand weigerte sich schlichtweg. Und doch war sie da, zumindest der Kern, und je länger sie in ihm schwelte, desto weniger erschreckend erschien sie ihm. Vielleicht musste es so sein. Vielleicht war sein ganzes Leben zwangsläufig auf diesen einen Moment zugesteuert. Eine feige Flucht kam nun nicht mehr in Frage. Er musste sich den Dingen stellen.

Der altersschwache Transporter quälte sich den ansteigenden Forstweg hinauf. Marek schaltete einen Gang hinunter, damit er nicht absoff. Der Motor heulte auf. Hinten auf der Ladefläche polterte etwas. Er konnte jetzt aber nicht die Luke öffnen und nachsehen. Der Forstweg war einspurig und in schlechtem Zustand, er musste sich aufs Fahren konzentrieren.

Marek hielt es für eine Täuschung, als er irgendwo vor sich zwischen den Bäumen ein Licht aufblitzen sah. Schließlich gab es hier keinen Gegenverkehr.

«Tut mir leid. Ihre Hundehändlertheorie verliert an Überzeugungskraft», sagte Henry Conroy und zog an der Zigarette.

Wie schon vor zwei Tagen saßen er und Manuela mitten in der Nacht auf dem Rand der Sandkiste im Garten der Schwabes und starrten auf das Maisfeld hinaus. Arthur Schwabe war vor zehn Minuten abgeholt worden. Er würde die Nacht in Untersuchungshaft verbringen, eine Nacht von vielen hinter Gittern, die noch folgen würden. Zeitgleich war Dr. Ravenhorst eingetroffen. Die Psychologin hatte sich erst einmal darüber beschwert, dass sie es überhaupt in Betracht zogen, einen sechsjährigen traumatisierten Jungen um diese Zeit noch zu vernehmen. Schließlich hatte sie eingewilligt, aber nur, weil Oleg noch wach war. Und weil Manuela ihr eindringlich klargemacht hatte, wie wichtig Olegs Aussage zu dem vermeintlichen Jungen in der Höhle war. Seit ein paar Minuten hielt Dr. Ravenhorst sich mit Helga Schwabe und Oleg im Schlafzimmer auf. Henry und Manuela blieb nichts anderes übrig, als zu warten.

«Warum?», fragte Manuela.

«Weil durch Schwabes Aussage noch eine ganz andere Fraktion ins Spiel kommt. Eine, der alles zuzutrauen ist.»

«Und welche?» Manuela wusste nicht, worauf Conroy hinauswollte.

«Die Bordellbetreiber und Zuhälter. Wenn Schwabe seinen Chef und Theiß erpresst hat, hat er unwissentlich auch sie erpresst. Vielleicht kooperierten sie sogar geschäftlich miteinander. Vielleicht hat Buhrmann sich auch nur an sie gewandt, weil er sich die Hände nicht schmutzig machen wollte. Das würde auch erklären, warum Oleg so plötzlich wiederaufgetaucht ist.»

«Echt? Mir erklärt sich da gar nichts», erwiderte Manuela.

«Weil Sie auf Ihre Hundehändlertheorie fixiert sind. Also, ich erkläre es Ihnen. Buhrmann beauftragt die Bordellbetreiber. Sie sollen sich Oleg schnappen, um Schwabe einen Denkzettel zu verpassen. Sie sollen den Jungen aber nicht töten, sondern ihn nach zwei Tagen wieder laufen lassen. Buhrmann meinte wohl, das würde reichen, um Schwabe zur Raison zu bringen.»

«Klingt echt blöd», sagte Manuela. «Buhrmann muss doch klar gewesen sein, dass er damit die Polizei auf den Plan ruft und dass er in unser Sichtfeld gerät. Es wäre doch viel einfacher gewesen, ein paar Schläger auf Schwabe anzusetzen.»

«Buhrmann war sicher nicht der Hellste unter der Sonne, und diese Bordellbetreiber sind mehr oder weniger auch nur Tiere. Die handeln eben so. Außerdem konnte Buhrmann ja nicht ahnen, dass Schwabe gleich auf ihn losgeht. Und sie wollten den Jungen ja wieder gehen lassen. Wahrscheinlich haben die geglaubt, dass damit auch die Ermittlungen eingestellt werden würden.»

«Haben Sie eigentlich Ihr Diktiergerät dabei?», fragte Manuela.

Henry sah sie überrascht an. «Ja?»

«Können Sie es mir kurz leihen?»

«Wozu?»

«Sie wiederholen noch einmal, was Sie gerade gesagt haben. Ich nehme es auf und spiele es Ihnen vor. Dann können Sie im Originalton hören, wie Sie mit kruden Gedankenspielen versuchen, einer schwachen Theorie auf die Beine zu helfen. Das hilft manchmal.»

Henry sah sie erstaunt an. Sein Mund stand dabei offen. Das sah etwas unvorteilhaft aus, fand Manuela und musste lächeln.

«Sie sind unglaublich», stellte er schließlich fest.

«Ich glaube, das haben Sie an exakt diesem Ort um exakt die gleiche Zeit schon einmal gesagt.»

«Haben Sie eigentlich einen Freund?», fragte Henry.

«Nein, warum? Wollen Sie sich ins Spiel bringen?»

«Wundert mich nicht.»

«Was soll das denn bitte heißen?»

«Sie sind anstrengend, hat Ihnen das noch nie jemand gesagt?»

«Und was soll daran schlecht sein?»

«Na ... alles. Sie nerven Ihre Umwelt und treten den Menschen dauernd auf die Füße. Wer hat Ihnen eigentlich Ihre Umgangsformen beigebracht?»

«Meine Brüder, und dafür bin ich ihnen sogar dankbar. Meine Umgangsformen sind nämlich tipptopp. Das Problem liegt allein bei Ihnen. Sie sind ... unflexibel», konterte Manuela.

«Ach, ich bin unflexibel? Nur weil ich neben Ihrer Hundehändlertheorie noch eine zweite ins Spiel bringe? Sie weigern sich doch, über etwas anderes nachzudenken. Wer von uns ist denn hier unflexibel?»

«Also schön, dann sind wir eben beide unflexibel. Ist ja auch kein Wunder, um diese Zeit.»

«Oh, sie gibt nach. *Das* ist ein Wunder.»

«Ich gebe nicht nach, ich signalisiere Verständnis, um unsere Arbeitsatmosphäre nicht zu vergiften.»

«Natürlich, klar, was sonst. Ach, scheiße, vergessen Sie es einfach. Ich habe keine Lust und keine Energie mehr, um mit Ihnen zu streiten.»

«Wir streiten doch gar nicht, wir diskutieren, und genau das sind Sie nicht gewöhnt. Sie blockieren zu schnell, fühlen sich angegriffen und verhindern damit konstruktive Gespräche.»

Henry lachte auf, warf seine Zigarette auf den Rasen und stand auf.

«Ich muss jetzt mal ganz konstruktiv pinkeln», sagte er und ging zum Maisfeld hinüber.

Manuela erhob sich ebenfalls. Im selben Moment trat Dr. Ravenhorst aus der Hintertür. Manuela ging zu ihr hinüber.

«Und?», fragte sie.

Dr. Ravenhorst deutete mit einem Nicken zu Conroy, der gerade so noch als Schatten vor dem Maisfeld zu erkennen war. «Sollen wir nicht auf ihn warten?»

«Nee, der ist beleidigt.»

«Warum?»

«Weil sich meine Theorie nicht mit seiner deckt.»

«Männer», sagte die Psychologin. «Der kriegt sich schon wieder ein. Er ist einfach schon zu lange allein. Da verlernt man die Regeln der Kommunikation.»

«Genau das habe ich auch gesagt, aber er glaubt es ja nicht. Wieso ist er denn allein?»

«Er hat seine Frau durch einen Unfall verloren. Das liegt aber schon fünf oder sechs Jahre zurück, ich weiß es gar nicht so genau.»

«Oh, ach so», sagte Manuela, und der Ärger, den sie eben noch empfunden hatte, verrauchte. Sie suchte Henrys Schatten in der Dunkelheit. Eben hatte sie dort einen Sturkopf gesehen, der ins Maisfeld pinkelte. Jetzt sah sie nur noch einen einsamen Mann, der sich gegenüber seiner Umwelt abgeschottet hatte.

«Oleg schläft jetzt», wechselte Dr. Ravenhorst das Thema.

Manuela schaute sie direkt an. «Haben Sie etwas erfahren können?»

«Das ist schwer zu sagen. Oleg spricht davon, dass er mit einem anderen Jungen zusammen in dieser Höhle war. Er hat den Jungen, den er Bobby nennt, aber nicht gesehen. Nur gehört. Sie haben miteinander gesprochen. Er spricht aber auch mit dem Hund, den er ebenfalls Bobby nennt. Oleg kann mir nicht sagen, warum er den Hund so nennt. Ich weiß nicht genau, ob Oleg den Jungen erfunden hat oder nicht.»

«Warum sollte er das tun?»

«Kinder tun das häufig. Zwanzig bis dreißig Prozent aller Kinder erfinden einen Freund oder eine Freundin. Wir nennen das einen imaginären Gefährten. Am häufigsten kommt es bei Kindern im Alter zwischen drei und sieben Jahren vor. Oleg fällt in diese Altersgruppe. Allerdings ist es so, dass missbrauchte Kinder in der Regel keine imaginären Gefährten erfinden. Das hat damit zu tun, dass traumatische Erlebnisse die kindliche Kreativität hemmen. Einzelkinder wie Oleg hingegen neigen häufiger dazu, sich einen Spielgefährten zu erschaffen, als Kinder mit Geschwistern. Möglicherweise gab es die Neigung zur Erfindung eines imaginären Gefährten schon vor der Entführung, und die Zeit der Isolation während seiner Gefangenschaft hat sie forciert. Das würde auch die Namensdopplung zwischen Hund und Kind plausibel erklären.»

«Also können Sie uns auch nicht sagen, was Wahrheit und was Einbildung ist?»

Dr. Ravenhorst schüttelte den Kopf.

«Nein, kann ich nicht. Wenn nicht gerade irgendwo ein Junge vermisst wird, der Bobby heißt, dann würde ich sagen, Oleg bildet sich diesen Jungen nur ein.»

Es fühlte sich so an, als würde in Manuelas Kopf eine Fackel entzündet. Erleuchtung war ein zu schwaches Wort für das, was dort gerade stattfand. Sie wurde quasi von innen heraus geblendet. Sie taumelte einen Schritt zurück, wandte sich dann um und schrie:

«Conroy, packen Sie ein, wir müssen los.»

Geduckt, zum Sprung bereit am Boden kauernd, die Zähne gefletscht – er jagte ihr aus ein paar Metern Entfernung eine scheiß Angst ein. Aber natürlich würde der altersschwache Polo Lea nicht angreifen. Sie musste sich hier nicht irgendwelchen Monstern oder beißwütigen Hunden stellen, sondern einer tiefsitzenden Angst, die sie seit Jahren beherrschte.

Der Wagen stand noch genau so im Waldweg, wie sie ihn zurückgelassen hatten. Ganz weit hinten, damit man ihn vom Forstweg aus nicht sah.

Lea öffnete die Fahrertür. Die Innenbeleuchtung ging an, das erste Licht seit ihrer Flucht vom Hof. Auf dem Weg, als es schon zu spät gewesen war, hatte sie gemerkt, dass Ralf ihr Handy behalten hatte. Ärgerlich. Vielleicht gab es hier Empfang, und sie hätte Hilfe rufen können, aber darüber nachzudenken ergab keinen Sinn.

Das Lenkrad, die Pedale, kuppeln, schalten … im Prinzip wusste Lea, was zu tun war. Sie hatte ja mal eine Fahrstunde absolviert. Die war allerdings in einer Katastrophe geendet. Das durfte ihr jetzt nicht passieren. Sie musste es schaffen. Wenn nicht, dann würde Ralf dort oben in der Wellblechgarage sterben. Wenn die Wunde ihn nicht tötete, dann vielleicht der Hund. Oder dessen Besitzer, wenn er zurückkehrte.

Lea nahm ihren ganzen Mut zusammen und stieg in das Auto. Den Schlüssel ins Zündschloss, Zündung an, starten. Der Wagen hoppelte nach vorn. Mist, der Gang war eingelegt. Sie nahm ihn raus und versuchte es noch einmal. Zuverlässig sprang der Motor an.

Lea suchte nach dem Lichtschalter, fand ihn, zuckte aber

zurück. Nein, lieber noch warten. Erst auf der Landstraße würde sie das Licht einschalten.

Den Gang einlegen, die Kupplung langsam kommen lassen, etwas Gas geben, und … der Wagen hoppelte erneut und soff ab.

«Komm schon», flüsterte Lea, «du weißt doch, wie es geht.»

Zweimal würgte Lea den Wagen noch ab, schließlich wollte er nicht mehr anspringen. Lea schwitzte und fluchte. Verzweifelt versuchte sie es ein letztes Mal. Der Anlasser jaulte durch die Nacht, und endlich erwachte der Motor wieder zum Leben. Es musste jetzt klappen, ein weiteres Mal würde er nicht anspringen. Bevor Lea abermals die Pedale bediente, atmete sie tief ein und aus und dachte an Ralf. Er verließ sich auf sie.

Langsam kommen lassen, etwas Gas geben … er rollte, ja, er rollte. Sie fuhr! Lea hätte schreien können vor Glück. Sie klammerte sich mit beiden Händen ans Lenkrad und rollte im Schneckentempo den Waldweg entlang. Sie sah nichts. Aus Angst, gegen einen Baum zu fahren, schaltete sie das Licht nun doch ein. Die Scheinwerfer rissen einen engen Tunnel aus Licht in den Wald. Rechts und links beugten sich Bäume und Büsche über den Wagen, die Zweige schienen nach ihm zu greifen.

Als der Stichweg auf den Forstweg stieß, hielt Lea nicht an, sondern rollte ungebremst nach links den Berg hinauf. Ein paar Minuten fuhr sie langsam im ersten Gang weiter und beobachtete dabei durch den Rückspiegel den Weg. Sie konnte nirgendwo ein Licht entdecken.

Der Motor jaulte jetzt gequält, außerdem war sie viel zu langsam. Ralf würde verbluten, wenn sie nicht schneller fuhr. Also fasste Lea sich ein Herz und schaltete in den zweiten

Gang hoch. Das klappte besser als gedacht. Kein Hoppeln, kein Abwürgen. Nach zwei weiteren Kurven schaltete sie auch noch in den dritten Gang hoch. Dabei beließ sie es aber. Auf dem engen, kurvenreichen Forstweg konnte und wollte sie nicht schneller fahren.

Keine Scheinwerfer, schoss es ihr durch den Kopf. Sie sah keine Scheinwerfer auf sich zu rasen. Vielleicht lag es daran, dass sie fahren *musste*. Ein Menschenleben hing davon ab. Sie konnte sich nicht feige nach hinten auf die Rückbank in ihr Selbstmitleid verkriechen. Heute nicht. Und vielleicht nie wieder.

Bald tauchte der Hof im Scheinwerferlicht auf. Sofort sprang der Hund vor der Wellblechgarage auf. Er war schneeweiß, mittelgroß und hatte einen kräftigen Brustkorb. Sein Gebiss war beeindruckend.

Lea stoppte zwanzig Meter von dem Holztor entfernt und dachte nach.

Sie wusste, sie konnte nicht aussteigen und es einfach öffnen. Der Hund würde sie sofort anfallen. Es war aber auch zu stabil, um einfach so hindurchzufahren. Dafür war der kleine Polo nicht gemacht, und dieser Wagen war ihre Lebensversicherung. Wenn er bei der Aktion kaputtging, waren sie verloren.

Lea entschied sich dagegen. Stattdessen fuhr sie den Polo so nah wie möglich an die Wellblechgarage heran. Sie stieg aus, ließ aber den Motor laufen und die Tür geöffnet.

Der Hund kläffte wie von Sinnen. Lea lief zu dem kleinen Tannenwäldchen und robbte durch das dichte Unterholz zu dem Spalt, aus dem sie vorhin geflüchtet war. Dieser Spalt war ihre einzige Chance. Ralf musste einfach hindurchpassen. Eine andere Möglichkeit hatte er nicht.

«Ralf, ich bin es», rief sie und drückte ihr Gesicht an den

Spalt. Es war dunkel in der Garage. Kein Licht. Leas Herz blieb stehen. Er hatte doch ihr Handy, warum leuchtete es nicht? Wie lange war sie fort gewesen? Eine Stunde? Er konnte in der Zeit doch nicht verblutet sein, oder?

«Ralf», schrie sie.

Auf der anderen Seite der Garage legte der Hund noch zu, kläffte jetzt infernalisch, sprang aber nicht gegen das Tor.

Plötzlich tauchte ein Auge hinter dem Spalt auf. Lea fuhr zurück.

«Lea …», flüsterte Ralf. «Endlich.»

«Ralf … Gott sei Dank … du lebst … ich hab's geschafft, ich bin gefahren. Jetzt kommen wir von hier weg … wie geht es dir …»

Lea begann zu weinen und zu schluchzen und konnte kaum noch sprechen.

«Ich … ich muss weggetreten sein … das Handy, der Akku ist leer, und meins ist weg, ich … ich muss es auf dem Hof verloren haben, als der Hund … ich weiß nicht.»

«Egal, ist alles egal, ich bring dich hier raus. Aber du musst durch diesen Spalt. Ich kann nicht auf den Hof fahren. Hörst du, du musst durch den Spalt kriechen.»

Ralf betrachtete den Spalt.

«Ich kann nicht», sagte er.

«Doch, du kannst. Ich konnte das Auto fahren, also kannst du auch durch diesen Spalt klettern. Tu mir das nicht an, hörst du. Warte, warte ….»

Lea setzte sich auf den Hintern, stemmte sich mit den Füßen gegen die Wellblechwand und zog. Die Wand bewegte sich, der Spalt wurde ein wenig breiter. Das Metall schnitt ihr in die Handflächen.

«Los, komm, ich ziehe es auseinander.»

«Mein Bein ... ich kann nicht», sagte Ralf mit weinerlicher Stimme.

«Verdammte Scheiße, jetzt komm schon!», schrie Lea und zog mit aller Kraft an der Metallwand. Sie spürte warme Nässe in ihren Händen, biss aber die Zähne zusammen und ließ nicht los.

Ralf versuchte es. Mit dem Kopf zuerst. Dann die Schultern. Er kam durch, es passte. Lea zog, schrie, ließ nicht los, damit die Wand ihn nicht einklemmte. Doch da sprang plötzlich auf der anderen Seite der Hund wieder gegen die Pforte. Die Erschütterung schoss in Leas Hände und Arme. Die Metallkante fraß sich tiefer in ihr Fleisch. Sie schrie, ließ aber nicht los. Ralf krallte die Hände in den Boden, packte nach den Ästen der Tannen, zog und stemmte sich aus dem Spalt und quoll daraus hervor wie bei seiner Geburt aus dem Unterleib seiner Mutter.

Schließlich war er draußen, und Lea ließ die Wand los. Sofort schnellte sie in ihre alte Position zurück. In der Dunkelheit konnte Lea nicht sehen, wie schlimm verletzt ihre Hände waren. Es tat weh und blutete.

Sie krabbelte zu Ralf hinüber.

«Komm, wir müssen weiter. Im Auto kannst du dich ausruhen, nicht hier, hörst du?»

Sie rüttelte an seiner Schulter und sah ihm aus einem Zentimeter Abstand in die Augen. Sein Blick war trüb. Er sah aus, als würde er jeden Moment wegdriften.

«Ja ... ich komme», sagte er leiernd, rührte sich aber nicht.

Lea tat es nicht gern, aber was blieb ihr übrig. Sie trat gegen sein verletztes Bein. Der Schmerz ließ ihn aufschreien und katapultierte seinen Verstand zurück in die Realität.

«Jetzt komm endlich», schrie sie ihn an.

Sie krabbelte voraus, und er folgte ihr. Am Ende musste sie

ihn unter den Tannen hervorziehen. Gemeinsam schafften sie es bis zum Wagen. Lea öffnete die hintere Tür. Sie packte Ralf unter den Achseln und bot ihre letzte Kraft auf, um ihn in den Wagen zu bekommen. Mit angewinkelten Beinen blieb er auf der Rückbank liegen. Er wimmerte vor Schmerzen.

Lea warf die Tür zu.

Sie verharrte.

Der Motor lief noch, deshalb war es nicht ruhig, aber der Hund hatte aufgehört zu bellen. Für einen Moment hatte sie geglaubt, ein anderes Geräusch gehört zu haben. Sie lauschte. Nein, da war nichts. Sie musste sich getäuscht haben.

Schnell stieg sie ein.

«Wir schaffen das, halt durch. Nicht mehr lange, dann sind wir bei einem Arzt.»

Als Lea den Schaltknüppel anfasste, zuckte sie zurück. Ihre Hände! Sie hielt sie ins Licht. Wie Lebenslinien zogen sich zwei blutige Schnitte quer über die Handinnenflächen. Sehr tief waren sie nicht, aber sie taten weh und bluteten stark. Und jetzt musste sie damit auch noch fahren.

«Wir schaffen es», wiederholte sie mehr für sich selbst als für Ralf und legte mit spitzen Fingern den Gang ein.

Diesmal schaffte sie es bereits beim ersten Versuch. Der Wagen rollte. Auf dem großen freien Platz vor dem Grundstück konnte sie wenden, ohne zurücksetzen zu müssen. Im zweiten Gang rollte sie langsam bergab. Nur nichts riskieren jetzt. Sie konnte das Lenkrad wegen der Wunden nicht richtig festhalten. Es war schmierig von ihrem Blut.

Der kleine Polo holperte durch die Schlaglöcher, hin und wieder stöhnte Ralf auf. Schon nach ein paar Minuten Fahrt spürte Lea, dass ihre Kraft sie verließ. Der Adrenalinpegel, der sie bisher aufrecht gehalten hatte, sank. Sie begann zu zittern und spürte Schwindel.

«Wir schaffen das … wir schaffen das …», sagte sie immer wieder.

Der Weg den Berg hinunter kam ihr unendlich lang vor. Dabei hatte sie die Brücke über den Bach, die ungefähr die Hälfte der Strecke markierte, noch nicht einmal erreicht.

Hinter der nächsten Kurve sah sie zwischen den Bäumen Licht aufblitzen.

Scheinwerfer. Es waren Scheinwerfer. Sie kamen auf sie zu, wurden größer und größer, kein Platz zum Ausweichen, keine Chance.

«Neiiin», schrie Lea und schlug sich die blutigen Hände vor die Augen.

19

Es war weit nach Mitternacht, als sie die Büroräume des Polizeipräsidiums betraten. Außer der Nachtbereitschaft war niemand mehr da. Das Präsidium – ohnehin nicht gerade ein Ort des prallen Lebens – wirkte zu dieser Zeit noch spießiger und provinzieller. Manuela wurde plötzlich wieder bewusst, in welche Einöde es sie verschlagen hatte. Aber im Moment konnte sie sich auch nicht über Langeweile beklagen, ganz im Gegenteil: So langsam ging ihr die Puste aus. Sie war früh aufgestanden und hatte sich die ganze Zeit unter Druck gefühlt, aber dieser Tag wollte und wollte kein Ende nehmen. Manuela wunderte sich, wie Henry Conroy das durchhielt. Immerhin war er bestimmt fünfzehn Jahre älter als sie. Aber er wirkte immer noch fit. Während ihr selbst auf der Rückfahrt im dunklen Wagen immer wieder die Augen zugefallen waren, war er gefahren – und zwar abermals in seinem wahnwitzigen Tempo, als galt es, ein Rennen zu gewinnen.

«Diese eine Sache überprüfen wir noch», sagte Henry Conroy. Nebeneinander stiegen sie die Treppenstufen in den zweiten Stock hinauf. «Dann ist Feierabend. Wir müssen irgendwann auch mal schlafen.»

«Die Frage ist nur, ob wir dann noch schlafen können», sagte Manuela.

«Ich auf jeden Fall. Denn egal, was wir finden, vor morgen früh können wir nichts mehr machen.»

Damit hatte er natürlich recht. Aber wenn sie fanden, was Manuela befürchtete, würde sie das dennoch den Rest der Nacht wach halten. Sie wusste es nicht mit letzter Sicherheit, denn sie hatte die gespeicherten Unterlagen nur überflogen, in den Tiefen ihrer Erinnerung aber regte sich dieser eine Gedanke wie ein Wurm und wollte einfach keine Ruhe geben. Ohne Dr. Ravenhorsts Bemerkung hätte Manuela diese Verbindung sicher nicht hergestellt, jedenfalls in dieser Nacht nicht mehr.

Sie erreichten Conroys Büro.

Er setzte sich hinter den Schreibtisch und fuhr den PC hoch. Auch er hatte einen dieser alten Rechner, bei denen das ewig dauerte. Manuela tigerte derweil durch den kleinen Raum, von einer Wand zur anderen und wieder zurück. Dabei hielt sie die Arme vor dem Brustkorb verschränkt und schlug immer wieder mit der flachen Hand gegen ihren Oberarm.

«Sie machen mich nervös», murrte Conroy.

«Ich bin nervös.»

«Und deshalb muss ich es auch werden, oder wie?»

«Dass Sie es nicht sind, stört mich irgendwie.»

Er ließ seine Finger über die Tastatur fliegen.

Manuela konnte sich nicht länger zurückhalten. Sie kam um den Schreibtisch herum, stützte sich mit beiden Händen auf der Platte ab und schaute auf den Bildschirm. Das Programm war langsam, man musste durch mehrere Portale und jedes Mal eine Dienststellennummer eingeben, damit die Abfragen zugeordnet werden konnten.

«Sie müssen …»

«Ich kenne mich mit dem System aus», unterbrach er sie.

Sie streckte die Finger nach der Tastatur aus, doch er ließ sie nicht dran. Ihre Hände berührten sich kurz.

Manuela konnte ihn riechen. Einen letzten Hauch seines Aftershaves, aber auch ihn selbst. Obwohl er den ganzen Tag unterwegs gewesen war, roch er gut. Er sah richtig verwegen aus mit seinen Stoppeln, den dunklen Augen, dem langen welligen Haar und den Lachfalten in den Augenwinkeln. Fast schon wie ein Abenteurer, der tagelang in der Wildnis gewesen war.

«So, da haben wir es gleich», murmelte er und öffnete den ersten Fall. «Die Familie heißt Triebel und der Junge … Kevin. Passt nicht.»

Mit dieser Familie hatte Conroy telefoniert. Manuela, die zuvor die Akten alle durchgegangen war, konnte sich trotzdem erinnern. Kevin Triebel war sieben Jahre alt gewesen, als er verschwunden war. Seine Familie lebte in ländlicher Umgebung im Münsterland. Sein Vater war Tierpfleger und kümmerte sich um die letzten Wildpferde Europas, die dort beheimatet waren. Kevin war es gewohnt, allein draußen unterwegs zu sein. Am 27. August 2008 war er mit dem Fahrrad aufgebrochen und seitdem nicht wieder gesehen worden. Das Fahrrad war am Rand eines Maisfeldes gefunden worden. Weitere Spuren hatte die damals rasch gegründete Soko Kevin nicht gefunden. Kevin hatte einen Hund gehabt, einen Münsterländer, der ihn überallhin begleitete. Dieser Hund war ebenfalls verschwunden.

Henry öffnete den nächsten Fall. Manuelas Finger trommelten auf der Tischplatte herum, ihr Fuß tippte gegen eine der Drehstuhlrollen.

«Ich schütte Ihnen gleich eine Packung Baldrian in den Hals», knurrte Conroy.

Manuela hörte auf zu zappeln.

«Familie Brinkmann», bemerkte Conroy.

Ben Brinkmann war 2004 in den Sommerferien verschwunden. Er lebte mit seiner geschiedenen Mutter in der Nähe von Lagerlechfeld in Baden Württemberg im Haus seiner pflegebedürftigen Großmutter. Ben war am späten Nachmittag mit seiner selbstgebastelten Angel zum nahe gelegenen Lech gegangen, um dort zu angeln. Die Mutter war im Garten gewesen und hatte ihren Sohn von dort aus sehen können. Sie war aber eingeschlafen. Als sie erwachte, war ihr Sohn verschwunden. Die Angel lag noch am Ufer, ein Wurm auf dem Haken. Natürlich war man zuallererst davon ausgegangen, er sei in den Fluss gefallen und ertrunken. Man hatte den Fluss abgesucht, den Leichnam aber nicht gefunden. Später geriet der leibliche Vater, ein arbeitsloser Kraftfahrer, in den Fokus der Ermittler. Vor ihm waren Mutter und Sohn zwei Jahre zuvor aus dem Haus der Familie geflüchtet. Der Mann war alkoholabhängig und konnte kein Alibi nachweisen. Es waren aber keine Indizien gegen ihn gefunden worden, und er wurde nie angeklagt. Ein unlösbarer Fall. Ben hatte, da er durch die Trennung verhaltensauffällig geworden war, anderthalb Jahre zuvor einen Airdale-Terrier geschenkt bekommen.

Der dritte Fall, den Henry öffnete, war der der Familie Feldmann. Die Feldmanns betrieben einen Geflügelhof im niedersächsischen Wietzendorf, den sie auch heute noch hatten. Anfang September war Oliver Feldmann zusammen mit seinem Vater auf dem Traktor hinausgefahren, um Gülle auf die bereits abgeernteten Getreidefelder auszubringen. Der Traktor war mitten auf dem Acker mit einem Motorschaden liegengeblieben. Der Vater hatte per Handy jemanden von der Werkstatt gerufen. Während die beiden Männer damit beschäftigt gewesen waren, den Traktor zu reparieren, hatte der Vater nicht auf den Jungen geachtet. Fast eine halbe Stunde war er unbeaufsichtigt gewesen und verschwunden. Die Ermittler hatten herausgefunden, dass der Junge durch ein angrenzendes Maisfeld verschleppt worden war. Es gab Faserspuren an den Blättern, sowohl vom Jungen als auch vom Täter. Es gab auch Reifenspuren, die aber nicht zugeordnet werden konnten, sodass die Ermittlungen ins Leere liefen. Drei Jahre zuvor hatte der Vater einen neuen Hofhund angeschafft, weil der alte gestorben war.

Ben Brinkmann und Oliver Feldmann. Die Namen passten nicht. Blieb noch der vierte und letzte Fall.

Henry öffnete ihn.

«Familie Dorn. Der Junge heißt … Robert», sagte er.

«Robert», wiederholte Manuela und erstarrte. «Genau, Robert Dorn, das war es. Ein geläufiger Spitzname für Robert ist …?»

Sie sah Conroy an, damit er ihren Satz vollendete.

«Bobby», sagte er. «Ich glaub es nicht.»

«Steht doch aber da. Ich hab's doch gewusst.»

«Da steht Robert», entgegnete Henry Conroy. «Wir können aber nicht mit Sicherheit wissen, ob er mit diesem Spitznamen angesprochen wurde.»

«Aber wir können anrufen und fragen.»

Henry sah zu ihr auf. «Nicht um diese Zeit … nein, heute nicht mehr.»

Er ließ sich erschöpft nach hinten gegen die Lehne sinken.

«Aber Sie sehen es doch genauso wie ich?», fragte Manuela. «Oleg Schwabe hat nicht phantasiert. Er war mit diesem Jungen zusammen eingesperrt, und der Junge ist immer noch in dieser Höhle, von der Oleg gesprochen hat.»

Henry schloss die Augen. Als er sie wieder öffnete, wirkte er unendlich müde.

«Robert Dorn wurde vor zwei Jahren entführt.»

Henry musste nicht genauer ausführen, was er damit sagen wollte. Der Schrecken, der dahinterstand, war unvorstellbar. Manuela deutete auf die Bildschirmmaske.

«Ich kann mich an das Gespräch mit dem zuständigen Ermittler erinnern. Joachim Brenn heißt der Mann, er ist schon im Ruhestand. Er klang ziemlich angefressen, als ich auf diesen Fall zu sprechen kam. So, als hätte er noch immer daran zu knabbern.»

Manuela rutschte mit dem Hintern ganz auf den Schreibtisch und ließ die Beine baumeln.

«Ich entschuldige mich», sagte Conroy schließlich, und seine Stimme klang alt und schwach. «Sie hatten den richtigen Riecher.»

«Okay, Entschuldigung angenommen. Und was machen wir jetzt?»

Er sah sie an. «Jetzt? Schlafen. Wenigstens ein paar Stunden.»

«Und danach?»

«Wo lebt dieser Joachim Brenn?»

«Göttingen.»

«Und die Familie Dorn?»

«Auch.»

«Dann fahren wir dorthin. Die Informationen, die wir brauchen, bekommt man nicht am Telefon. Und mit den Eltern sollten wir sowieso persönlich sprechen. Wir brechen um sechs auf, noch bevor Sackstedt uns dazwischenfunken kann. Der würde ja doch nur auf die Zuständigkeiten hinweisen und es uns untersagen.»

«Scheiße», entfuhr es Manuela.

«Was ist?»

«Ich hab in dem ganzen Trubel vergessen, Frau Schwabe nach einem Kaufvertrag für den Hund zu fragen.»

«Rufen Sie morgen von unterwegs an.» Henry stand auf. «Für heute ist Schluss. Ich kann nicht mehr. Ohne Schlaf machen wir nur Fehler.»

Ja, er hatte recht. Sie würden Fehler machen oder etwas Wichtiges übersehen. Für heute hatten sie mehr als genug getan. Nur leider entfachte diese neue Spur in Manuela ein neues Feuer, und das bisschen Schlaf, das sie auf der Rückfahrt im Wagen bekommen hatte, schien ihrem Körper fürs Erste zu reichen. Vielleicht wollte sie aber auch nur nicht nach Hause.

«Soll ich Sie zu Ihrer Pension bringen?», fragte Henry Conroy, als könnte er ihre Gedanken lesen.

Manuela seufzte. «Ich glaube, Frau Rieger schmeißt mich bald raus. Entweder komme ich mitten in der Nacht, oder ich bin die Nacht über fort. Die gute Frau hat bestimmt ein völlig falsches Bild von mir.»

Henry deutete auf eine Tür, die in einen Nebenraum führte.

«Ich genieße hin und wieder den Luxus eines Feldbettes im eigenen Büro. Trete ich Ihnen gern für diese Nacht ab. Ich muss dringend mal wieder nach Hause, nach dem Rechten sehen.»

Manuela hob abwehrend die Hände.

«Nein, danke, dann doch lieber die Pension Rieger. Holen Sie mich morgen früh wieder ab?»

Henry nickte. «Das passt gut. Wir starten gleich von dort aus, früh um sechs. Wenn alles gut läuft, sollten wir am frühen Nachmittag wieder hier sein.»

Vor der dunklen Pension stieg Manuela aus und beugte sich noch einmal in den Wagen.

«Schlafen Sie gut.»

Er nickte. «Sie auch.»

Manuela warf die Tür zu und sah dem Wagen lange nach. Möglicherweise hatte sie sich getäuscht. Das Cockpitlicht war schlecht, aber sie glaubte doch, dass Conroy ihr ein Lä-

cheln geschenkt hatte. Eines von der warmen, freundschaftlichen Sorte.

Manuela seufzte tief und ging auf die Pension zu.

Polizeiarbeit war wirklich nicht einfach.

20

Er hatte das Verlies lange nicht mehr betreten. Seit zwei oder vielleicht sogar drei Jahren war er nicht mehr hier unten gewesen. Freiwillig betrat er es sowieso nicht. Es war feucht dort, roch modrig, der Boden bestand aus gestampftem Lehm, und unter der niedrigen Decke hingen unzählige Spinnen in ihren Netzen. Spinnen verabscheute er zutiefst.

Heute aber musste er hinunter. Die Umstände verlangten es. Vater verlangte es. Abermals trug er einen Körper über der Schulter.

Marek hatte keine Ahnung, woher dieses Auto so plötzlich gekommen war und was die jungen Leute hier zu suchen hatten. Das vor Panik starre und schrill schreiende Mädchen zu überwältigen war leicht gewesen, und der Junge auf dem Rücksitz war nicht mehr bei Bewusstsein. Ihn sollte Marek nicht ins Verlies bringen. Sie würden ihn noch in der Nacht entsorgen.

Bei all dem Durcheinander war Marek selbst beinahe panisch geworden, aber Vater hatte die Ruhe bewahrt und wie immer die Aufgaben verteilt. Es war gut, eine Aufgabe zu haben. Vater und er hatten die beiden jungen Leute auf die Ladefläche gepackt. Dann hatte Marek den kleinen Wagen und Vater den Transporter zurück zum Hof gefahren. Dort angekommen, war ihnen schnell klar geworden, dass sie es mit Einbrechern zu tun hatten. Die jungen Leute waren auf dem Hof gewesen. Oblomov hatte sie gestellt und den jungen Mann schwer verletzt. Er war ein guter, furchtloser Schutzhund und hatte seinen Auftrag erfüllt.

Marek hatte den kleinen Wagen in die windschiefe Blechgarage gefahren. Vater hatte den Transporter rückwärts vor die Scheune gesetzt. Vater hatte noch nichts gesagt, aber Marek ging davon aus, dass er den Wagen morgen von hier würde fortbringen müssen. Die beiden Einbrecher brachten jetzt alles durcheinander, aber sobald sich die Wogen geglättet hatten, würde Marek weiter über das nachdenken müssen, worüber er während der Rückfahrt aus der Stadt nachgedacht hatte.

Mit dem leichten Mädchenkörper auf der Schulter stieg er die Holzstufen ins Verlies hinunter. Unten legte er ihn in die bereitstehende Schubkarre, denn der Keller war gerade hoch genug, sodass er selbst aufrecht gehen konnte, mit jemandem auf dem Rücken war das aber nicht möglich. Marek betrachtete das Mädchen. Aus der Platzwunde über dem rechten Auge sickerte immer noch ein wenig Blut. Er hatte sie mit dem Kopf gegen die Seitenscheibe des Wagens geschlagen, damit sie endlich still war. Ihr Geschrei hatte ihm Kopfschmerzen bereitet. Tot war sie nicht, aber die Bewusstlosigkeit war offenbar tief.

Marek packte die Griffe der Schubkarre. Der Gang führte leicht abfallend tiefer unter die Erde. Drei einzelne, nackte Glühbirnen wiesen ihm den Weg. Am Ende lag das Verlies. Er legte den schweren Eichenholzriegel vor der Tür zurück und zog sie auf. Im Verlies selbst gab es kein Licht. Gegenüber der Tür hing jedoch die letzte der drei Glühbirnen. In deren schwachem Licht sah Marek im Verlies etwas auf dem Boden liegen, was dort nicht hingehörte. Er hob es auf. Es war ein Handy. Es war eingeschaltet, aber der Akku war fast leer.

Langsam wurde Marek klar, was hier los war.

Die jungen Leute waren keine Einbrecher. Sie waren auf der Suche nach der Frau, deren Auto Marek in die Stadt gefahren hatte! Sein Vater wusste nichts über Handys. Auch nicht darüber, dass sie geortet werden konnten. Vielleicht hatte er es übersehen, vielleicht war es ihm aus seiner Unwissenheit heraus auch einfach egal gewesen.

Marek ließ das Handy zu Boden fallen und trat so lange mit dem Absatz seines Stiefels darauf herum, bis es nur noch Schrott war. Dann holte er das Mädchen aus der Schubkarre und warf sie im Verlies zu Boden. Er durchsuchte ihre Taschen, fand darin aber kein weiteres Telefon.

Auf dem Weg zurück nach oben dachte Marek nach.

Früher oder später hatte so etwas passieren müssen. Vater war einfach zu unbedarft. Er glaubte, mit dem Rest der Welt nichts zu tun zu haben.

Der alte Mann stand hinten am Wagen und zog den jungen Mann an den Beinen daraus hervor. Der war zu Besinnung gekommen und schrie wie ein Verrückter. Er verstummte erst, als er mit dem Hinterkopf auf die Stoßstange, die Anhängerkupplung und dann auf den Boden schlug. Vater zog ihn durch den Staub auf den großen Schlachtertisch zu.

«Hilf mir», befahl Vater.

Gemeinsam wuchteten sie den jungen Mann auf den Tisch.

«Zieh ihn aus. Ich hole mein Werkzeug», sagte Vater.

Marek tat, was er ihm befahl. Er hasste es, aber was blieb ihm anderes übrig. Dieses eine Mal würde er seinem Vater noch helfen, es machte ja auch keinen Unterschied mehr. Er wusste, dass sich seine Zeit hier auf dem Hof ihrem Ende näherte. Alles würde sich ändern.

«Bist du so weit?»

Vater riss ihn aus seinen Gedanken.

«Nur noch die Schuhe», sagte Marek und beeilte sich. Er spürte, dass Vaters Blick auf ihm ruhte. Er beobachtete ihn genau. Merkte er etwas? Wusste er vielleicht sogar, was im

Kopf seines Sohnes vorging? Wenn ja, dann war Marek verloren.

Als der Körper nackt war, trat er von dem Schlachtertisch
zurück.

Vater legte seine Werkzeuge darauf ab. Das geschliffene
Metall glänzte im Licht der Glühbirne. Beil, Säge, Messer,
alles war gepflegt, auch wenn die Messerklingen mittlerweile vom vielen Schärfen die Form einer Sichel angenommen
hatten. Vater hatte in seiner Jugend Metzger gelernt, und
dieses Werkzeug stammte noch aus seiner Lehre.

«Darf ich zu Mutter gehen?», fragte Marek.

«Nein, du hilfst mir hier», donnerte sein Vater.

Marek wagte nicht, dagegen aufzubegehren.

Als das Beil zum ersten Mal niederfuhr, zuckte er noch
zusammen.

Von früher

Alles war anders, seit der Mann auf dem Hof war. Der Mann, der angeblich sein Vater war. Seit zwei Tagen war er hier, hatte aber noch kein Wort mit dem Jungen gesprochen. Mutter sprach auch kaum noch. Es kam dem Jungen so vor, als wäre mit der Ankunft des Mannes die Kälte nun doch ins Haus gedrungen, die sie bislang unter großen Mühen hatten fernhalten können. Davor hatten sie die allermeiste Zeit in der Küche verbracht, dem einzigen Raum im Haus, in dem noch geheizt wurde. Des Nachts hatte sie die Türen zu den Kammern, in denen sie schliefen, offen stehen lassen, damit es wenigstens ein klein wenig warm wurde darin. Großvater, Mutter und der Junge hatten sich abgewechselt dabei, nachts aufzustehen und Holz nachzulegen. Am Ende waren es nur noch Mutter und er gewesen, weil Großvater zu schwach war. Doch nun blieben die Türen geschlossen. Die zu der Kammer, in der Großvater seit Tagen hustend in seinem Bett lag, wurde gar nicht mehr geöffnet. Der Junge durfte nicht mehr hinein. Großvaters Husten war längst nicht mehr so laut, und die Abstände zwischen den Anfällen wurden größer. Instinktiv ahnte der Junge, dass das kein gutes Zeichen war.

Der Mann, der wie ein Gespenst aus dem Schneenebel auftauchte war, bestand auch darauf, dass der Junge allein schlief. Nicht mehr bei seiner Mutter im Bett. Der Junge hasste es, allein bei geschlossener Tür zu schlafen. Und er hasste diesen Mann, der vorgab, sein Vater zu sein. Der Junge verstand jetzt, was sein Großvater gemeint hatte, damals bei der Jagd.

Drei Decken hüllten den Jungen ein, und doch schaffte es die Kälte irgendwie, darunterzukriechen. Nach ein paar wärmeren Tagen hatte der Winter zum nächsten Frosthieb ausgeholt. Dort, wo der Schnee schon zu schmelzen begonnen hatte, waren große

Eispfützen entstanden. Der Hof war so glatt, dass man sich kaum noch darüberwagen konnte. Von den Dächern hingen Eiszapfen, die so lang waren wie der Arm des Jungen. Der Himmel schien viel weiter und höher zu sein als sonst, so als hätte die Kälte ihn auseinandergesprengt. Weil sie kaum noch Holz hatten, hatte der Mann aus dem Nebel damit begonnen, das Haus zu verheizen. Der Junge hatte gesehen, wie er mit Brettern von den Betten und Türen aus dem Obergeschoss zum Schuppen hinübergegangen war, um sie zu zersägen. Großvater hatte sie stets angehalten, das Feuer nicht zu groß werden zu lassen. Er hatte schon früh erkannt, dass der Winter in diesem Jahr die Menschen für ihren gotteslästerlichen Krieg bestrafen würde. Der Mann aus dem Nebel aber ließ den Ofen wummern. Mutter und der Junge hatten es anfangs genossen und seit langer Zeit mal wieder die dicken Pullover ausgezogen. Aber schon bald war dem Jungen aufgefallen, wie schnell der Ofen das Holz fraß. Als er seine Beobachtung aussprach, fing er sich dafür eine schallende Ohrfeige von dem Mann ein.

«Ab jetzt sage ich, wo es langgeht. Besser, du gewöhnst dich schnell dran.»

Der Mann hatte seine Hand unter das Kinn des Jungen gelegt und fest zugedrückt. Die Schmerzen waren dem Jungen egal gewesen, aber vor den schmalen gelben Augen des Mannes, der sein Vater sein sollte, hatte er Angst bekommen. Solche Augen hatte er nie zuvor gesehen. Sie waren nicht wie die von Großvater oder von Mutter. Sie waren … kalt. Diese Kälte war ganz tief in ihn gekrochen, und deshalb konnte er noch so viele Decken über sich ausbreiten, er würde trotzdem frieren. Der Mann aus dem Nebel hatte die Kälte mit ins Haus gebracht, und dafür hatte er nicht einmal die Tür öffnen müssen.

Der Junge begann zu bibbern.

Er streckte seinen Kopf unter der Decke hervor und lauschte.

Großvater hatte schon eine ganze Weile nicht mehr gehustet. *Vielleicht schlief er ja endlich. Aus dem Nachbarzimmer, in dem Mutter mit dem Mann aus dem Nebel schlief, drangen keine Geräusche herüber. An den vergangenen Abenden hatte es so geklungen, als müsse Mutter schwere Arbeit verrichten. Sie hatte gekeucht und gewimmert, immer wieder.*

Der Junge fragte sich, warum es so still geworden war.

Wo waren denn alle?

Er lauschte noch einen Moment, dann kämpfte er sich unter den Decken hervor und setzte die Füße auf die Holzdielen. Die Kälte kroch sofort durch seine abgewetzten Socken. Er drückte sich hoch und schlich zur Tür hinüber. Dort legte er ein Ohr an das Holz und lauschte erneut. Kein Geräusch. Waren sie hinausgegangen? Warum sollten sie das tun? Es war spät und längst dunkel draußen. In der Dunkelheit war die Kälte unerträglich. Sie fror einem die Nasenlöcher zu.

Der Junge traute sich, die Tür zu öffnen. Zunächst nur einen schmalen Spalt, durch den er den Küchentisch und die Spüle sehen konnte. Auf dem Tisch standen zwei Becher. Die Stühle waren zurückgeschoben. Der Junge öffnete die Tür weiter und trat in die Küche. Er schlich hinüber zu Großvaters Schlafzimmer, huschte schnell hinein und schloss die Tür. Es war sehr kalt und sehr dunkel darin. Außerdem roch es merkwürdig. Der Junge konnte sich nicht erinnern, dergleichen je gerochen zu haben. Es war ein ekelhafter, schleimiger Geruch, und er wurde stärker, je weiter der Junge sich an das Bett seines Großvaters herantastete. Er kannte den Raum gut genug, um auch in absoluter Dunkelheit nirgends anzustoßen. Mit kleinen Schritten schob er sich vor bis an das Bett. Dort blieb er stehen, hielt den Atem an und lauschte.

«Großvater?», flüsterte er.

Keine Antwort.

Der Junge streckte die rechte Hand aus. Seine Fingerspitzen ertasteten ein eiskaltes, feuchtes Laken, darunter spürte er die

Strohmatratze. Sie sank zur Mitte hin tief ein, also lag Groß-
vater noch im Bett. Der Junge schob seine Finger vor, bis sie die
Schulter berührten.

«Großvater?», flüsterte er noch einmal.

In der Dunkelheit vor ihm begann sein Großvater zu husten.
Er würgte Schleim hervor, schluckte ihn hinunter, verschluckte sich
daran und hustete wie wild. Dabei packte er die Hand des Jungen
und ließ sie nicht wieder los. Endlich ebbte der Hustenanfall ab.
Großvaters harter Griff wurde weicher.

«Bist du das, mein Junge?», fragte seine Stimme aus dem Dun-
kel.

«Ja, ich bin's.»

«Schön ... Das ist schön», sagte die brüchige, verschleimte
Stimme. «Wo ist deine Mutter?»

«Ich weiß es nicht. Ich glaube, sie ist mit dem Mann hinaus-
gegangen. Großvater, was soll ich nur tun? Alles ist so anders ge-
worden.»

«Ich weiß, mein Junge ... Ich weiß. Hör zu ... hör mir genau
zu, ich werde es nur einmal sagen können ...»

Sein Großvater atmete ein paarmal mühsam ein und aus. Der
Junge beugte sich weiter vor, um auch wirklich jedes Wort verste-
hen zu können.

«Er ... er ist dein Vater», drang es aus der Dunkelheit an seine
Ohren. «Aber du darfst ihm nicht vertrauen, hörst du? Er ist ein
gemeiner Mensch ohne Ehre und Anstand ... es ... es wäre für uns
alle besser gewesen, der Russe hätte ihn nach Sibirien geschafft.
Junge ... lass nicht zu, dass er ...»

Ein erneuter Hustenanfall schüttelte seinen Großvater durch.
Der Junge hielt ihm tapfer die Hand, auch wenn es wehtat. Er
brannte darauf, zu erfahren, was sein Großvater ihm noch zu sa-
gen hatte. Er würde alles tun, worum er ihn bat. Alles. Und wenn
er verlangen würde, die Flinte aus dem Schrank zu nehmen und

damit den Mann zu erschießen, der sein Vater war, dann würde er es tun. Ohne zu zögern.

In den Hustenanfall mischten sich andere Geräusche.

Der Junge schrak auf.

Das war die Tür zum Hof. Die Stimme des Mannes erklang in der Küche. Der Junge saß in der Falle. Er konnte nicht wieder in seine Kammer zurück. Er würde einfach so lange hier bei Groß-vater bleiben, bis Mutter und der Mann zu Bett gegangen waren. Mutter schaute sowieso nicht mehr nach ihm. Vorher hatte sie ihn abends auf die Stirn geküsst und ihm schöne Träume gewünscht. Doch der Mann aus dem Nebel hatte gesagt, das wäre alberner Kinderkram und das Balg müsse endlich lernen, erwachsen zu werden.

«Versteck dich», sagte Großvater leise.

Er ließ sich blitzschnell auf den Boden fallen und rollte sich unter das Bett. In der Mitte hing es tief durch, doch der Junge war dünn genug, um trotzdem drunterzupassen. Er blieb auf dem Bauch liegen, eine Wange gegen die staubigen kalten Bodendielen gedrückt, und starrte aus großen Augen in die Dunkelheit.

Die Tür wurde aufgestoßen. Licht fiel in den Raum. Er sah die Beine des Mannes, dahinter den grauen Rock seiner Mutter, wie sie sich am Ofen in der Küche zu schaffen machte. Seine Stiefel blieben vor dem Bett stehen, und der Junge erkannte Blut darauf. Es glänzte frisch und feucht.

«Was ist, alter Mann, lebst du noch?»

Der Junge beobachtete, wie seine Mutter ebenfalls den Raum betrat. Sie blieb auf halbem Weg zwischen Tür und Bett stehen.

«Wie geht es ihm?», fragte sie zaghaft.

«Er krepiert.»

«Vielleicht sollten wir ihn in die Küche an den …»

«Unsinn», unterbrach der Mann sie barsch. «Er krepiert, so oder so. Riechst du nicht, wie es hier drinnen stinkt? Das ist der

Atem des Todes. Den habe ich draußen im Graben oft genug gero-
chen. Wir sollten so gnädig sein und es beschleunigen.»

«Nein!», stieß Mutter erschrocken aus. «Ich koche noch mehr
von dem Zwiebelsud ... Zwiebeln sind genügend da ... Vielleicht
hilft es ja doch irgendwann.»

«Sag mal, spinnst du?», fuhr der Mann sie an. «Keine einzige
Zwiebel vergeudest du noch an den alten Wichtigtuer. Geh raus.
Sieh zu, dass du das Fleisch gar bekommst. Ich habe Hunger.»

Fleisch? Der Junge wurde hellhörig. Fleisch hatte es schon lange
nicht mehr gegeben. Aber woher hatten sie es? Woher stammte das
Blut auf den Schuhen des Mannes? War er mit Mutter auf der
Jagd gewesen? In der Nacht und bei der Kälte?

Mutter verließ zögernd den Raum.

Die Schuhspitzen des Mannes schoben sich noch etwas näher ans
Bett heran, und als er zu sprechen begann, hörte der Junge, dass
der Mann sich tief über das Bett gebeugt hatte.

«Ich war nie gut genug für deine Tochter, alter Mann», sagte
er leise, aber der Junge verstand jedes Wort. «Nie konnte ich dir
etwas recht machen. Du hast dir gewünscht, ich würde im Feld
krepieren, nicht wahr? Aber das bin ich nicht. Ich bin wieder hier,
und jetzt gehe ich nie wieder fort. Aber du, alter Mann, du gehst.
Und ich werde dafür sorgen, dass dein alter Kadaver noch für etwas
gut ist.»

TEIL 5

1

Das Radio lief noch. Es spielte *Stand By Me*, und Ben E. Kings Stimme klang genauso einfühlsam und sanft wie immer. Sie konnte sich nicht bewegen, hatte aber auch keine Schmerzen. Also waren sie noch einmal davongekommen. Der Abschlussball war für sie gestorben, und in dieser Nacht würde sie nicht geküsst werden, aber was spielte das für eine Rolle, wenn sie mit dem Leben davonkam.

Lea konnte nur mit einem Auge sehen, das andere war verklebt oder zugeschwollen, sie wusste es nicht. Auf ihrem Schoß lag das Blumenbukett, das Mama ihr geschenkt hatte, bevor sie losgefahren waren. Glassplitter hatten sich darin verfangen. Einige glitzerten blutig rot, und auch die feine weiße Gaze, mit der der Strauß umwickelt war, war an einigen Stellen rot.

«Mama?», fragte sie. Ihre Stimme klang leise und brüchig, gar nicht wie sie selbst. Statt einer Antwort hörte sie ein abnehmendes Sirren. Dazwischen ein beständiges Zischen.

«Mama!»

When the night has come, and the land is dark ...

Mama antwortete nicht, und in Lea breitete sich eine unvorstellbare Angst aus. Sie musste all ihre Kraft aufbieten, um den Kopf zu bewegen. Schmerzen hatte sie keine, doch es fühlte sich an, als kämpfe sie gegen einen starken Widerstand an.

No, I won't be afraid, oh I won't be afraid ...

Doch, sie hatte Angst. Sie hatte sogar entsetzliche Angst.

Ihre Mutter starrte sie aus großen Augen an. Blut lief an ihrer rechten Gesichtshälfte hinunter, viel Blut. Ihr Kopf war abgeknickt.

«Mama, bitte, sag doch was …»

Aber Mama schwieg, und in ihren gebrochenen Augen glaubte Lea, die Scheinwerfer zu sehen. Sie rasten auf sie zu, wurden groß und größer, blendeten sie, füllten ihren Kopf aus, explodierten …

Lea riss die Augen auf.

Dunkelheit.

Stille.

Kein Licht, kein Ben E. King, kein Sirren und Zischen, kein blutverschmierter Blumenstrauß auf ihrem Schoß.

Im ersten Moment sah sie absolut nichts. Dafür spürte sie umso deutlicher starke Kopfschmerzen und ein heißes Brennen an ihrer Schläfe. Ihr war schlecht. Sie hatte das Gefühl, sich übergeben zu müssen. Zunächst blieb sie reglos liegen und versuchte, sich darüber klarzuwerden, was passiert war. Die Scheinwerfer. Der Unfall. War sie tot? Lag sie bereits in einem Sarg?

Plötzlich setzte die Erinnerung ein. Ralf. Der Hund. Die Fahrt bergab. Ein Auto war auf sie zugekommen. Die Scheinwerfer …

Ab dem Moment aber gab es keine Erinnerung mehr. Lea wusste nicht, was passiert war oder wo sie sich befand.

Vorsichtig tastete sie mit den Fingern den Boden ab. Der war sandig und etwas feucht und roch nach Erde. Sie hob den Kopf vorsichtig an und blinzelte in die Dunkelheit. Sofort wurde ihr schwindelig. Als ob sie frei im Raum schwebte. Losgelöst von der Schwerkraft. Also war sie doch tot.

Der Schwindel wurde stärker und stärker. Sie übergab sich.

Nein, tot war sie nicht. Dafür war der eklige Geschmack in ihrem Mund zu real.

Lea wischte den Speichelfaden weg und kämpfte sich in eine sitzende Position hoch. Sie streckte die rechte Hand aus und tastete in die Dunkelheit. Sie wollte etwas fühlen, sich davon überzeugen, dass sie existierte. Doch da war nichts. Nur der Boden, auf dem sie lag.

Stand by me ... stand by me ..., hallte es durch ihren Kopf.

«Ralf?», fragte sie leise.

Keine Reaktion.

«Ralf, bist du hier?»

Auf dem Rückweg den Berg hinunter mussten sie auf den Bewohner des Hofes gestoßen sein. Er hatte sie überwältigt und hier eingesperrt. Aber wenn man sie aus dem Auto gezerrt und hierher verschleppt hatte, dann musste Ralf doch auch hier sein.

«Rieke?», fragte Lea in die Dunkelheit.

2

«Robert Dorn wurde von seinen Eltern Bobby genannt.»

Der Mann, der das sagte, war siebenundsechzig Jahre alt. Er hatte dichtes graues Haar, buschige weiße Augenbrauen und ein zerfurchtes, sonnengebräuntes Gesicht. In seinen blaugrauen Augen glomm der alte Jagdinstinkt wieder auf, der früher einmal da gewesen sein musste.

«Ich wusste es», stieß Manuela aus.

Joachim Brenn hatte sie nicht bei sich zu Hause, sondern in seinem Ferienhaus am See empfangen. Dort verbrachte er jeden sonnigen Tag, und da es davon in Deutschland nicht genug gab, sah er nicht ein, warum er nur wegen seines Besuchs von dieser Regel abweichen sollte. Manuela mochte den Mann auf Anhieb. Er war klein, drahtig und flink und schien in seinem Leben hier draußen am Wasser richtig aufzugehen. Keine Spur von ruhestandsbedingter Depression, Traurigkeit oder gar Verzweiflung.

Sie saßen in bequemen Rattanstühlen auf einer kleinen Holzterrasse, die einen Meter auf den See hinausragte. Instinktiv hatte Manuela sich den Stuhl geschnappt, der am nächsten zum Haus stand. Henry Conroy berichtete ihrem pensionierten Kollegen, warum sie hier waren, und Manuela schaute immer wieder auf den See hinaus. Ein-, zweimal hatte sie geglaubt, dort etwas Schwarzes aus dem Wasser auftauchen zu sehen, aber das war sicher nur eine Täuschung gewesen. Der Wassermann-Fall war noch sehr präsent. Hier am Wasser zu sitzen, es riechen zu können und plätschern zu hören, setzte ihr doch zu.

«Sie meinen also, der Täter kundschaftet seine Opfer aus, indem er Hundewelpen an Familien mit Kindern verkauft?»

Joachim Brenn schüttelte den Kopf. «Auf diesen Zusammenhang wäre ich in tausend Jahren nicht gekommen.»

«Ehrlich gesagt, ist meine junge Kollegin hier darauf gekommen. Sie wollte sich partout nicht davon abbringen lassen.»

Joachim Brenn sah Manuela mit väterlich-gutmütigem Blick an.

«Meinen Respekt, Frau Sperling.»

Sein Kompliment freute Manuela. Es freute sie auch, dass Conroy zugegeben hatte, dass ihr die entscheidende Spur aufgefallen war. Während der zweieinhalbstündigen Fahrt hierher war er wieder sehr schweigsam gewesen. Manuela hatte die Mauer, die ihn umgab, richtiggehend gespürt. Wovor schützte er sich? Vor der Vorstellung, dass mit großer Wahrscheinlichkeit irgendwo ein kleiner Junge in einer Höhle saß und Todesängste ausstand? Oder vor einer Welt, die ihn bereits mehr als einmal auf die Bretter geschickt hatte? Litt er noch immer unter dem Verlust seiner Frau?

«Was können Sie uns über den Fall Dorn erzählen?», fragte Henry jetzt.

«Sie wissen, dass ich Ihnen eigentlich gar nichts erzählen und Sie stattdessen an meine ehemalige Dienststelle verweisen sollte», antwortete Brenn.

Henry nickte. «Die Zeit drängt, und wir hatten gehofft, Sie ...»

Brenn unterbrach ihn mit einer Handbewegung. «Schon klar. Deswegen sitze ich jetzt ja hier mit Ihnen. Wissen Sie, vier Jahre vor der Pensionierung an einem solchen Fall zu scheitern und ihn ungelöst mit in den Ruhestand zu nehmen, das ist nicht leicht. Ich habe anfangs noch versucht, weiter daran zu arbeiten. Aber dann starb meine Frau, und mir wurde klar, dass ich die letzten Jahre für mein eigenes Leben nutzen sollte. Ich habe zwei Enkel, wissen Sie? Es gibt lebendige Kinder, um die ich mich kümmern kann. Um die Toten habe ich mich lange genug gekümmert. Irgendwann muss Schluss sein.»

Das klang wie eine Rechtfertigung, fand Manuela. Nicht ihr oder Henry, sondern sich selbst gegenüber. Hinter dem zufriedenen Äußeren versteckte sich wohl doch mehr, als Manuela gedacht hatte. Aber wie sollte es auch anders sein, bei dem Berufsleben, das der Mann hinter sich hatte.

«Robert Dorn, genannt Bobby, verschwand am 23. September vor zwei Jahren. Ähnlich wie heute war es ein beinahe schon heißer Spätsommertag. Fünf Jahre zuvor hatte die Familie Dorn sich einen alten Hof auf dem Land gekauft. Der Vater, Harald Dorn, ist Architekt. Er renovierte den Hof in Eigenregie. Die Mutter, Regina Dorn, half dabei und kümmerte sich um die Kinder. Es gibt noch eine jüngere Schwester, Theresa, heute müsste sie vier Jahre alt sein. Nach zwei Einbrüchen auf dem Hof hatte sich die Familie einen Hund gekauft. Ich kann mich an den Hund erinnern, er hieß Tyson, eine deutsche Dogge. Ich habe mich nie mit der Familie darüber unterhalten, woher der Hund stammte. Nie.»

Joachim Brenn starrte auf den See hinaus.

«Ohne den Unfall auf der Autobahn wäre ich auch niemals drauf gekommen», sagte Manuela. Der Mann tat ihr leid. Sie wollte nicht, dass er sich Vorwürfe machte.

Er lächelte.

«Tja … die meisten anderen wären auch dann nicht drauf gekommen. Na gut, wie auch immer. Es war ein Montagabend, als Bobby verschwand, ähnlich wie in Ihrem Fall direkt vom Hof der Eltern. Die Mutter war mit dem Abendessen und dem kleinen Mädchen beschäftigt, der Vater war auf dem Dachboden, um Dämmwolle anzubringen. Gegen den Staub trug er einen Schutzanzug mit Kapuze und hörte nichts von dem, was um ihn herum vorging. In der Küche schrie das kleine Mädchen, und die Dunstabzugshaube lief, deswegen bekam auch Frau Dorn nichts mit. Wir konnten nachvollziehen, wie der Junge verschwand. Bobby spielte auf einem Holzturm im Garten, den sein Vater für ihn gebaut hatte, so einem mit Rutsche und Schaukel. Der Turm steht in einer riesigen Sandkiste. Darin haben wir Schuhabdrücke der Größe 46 gefunden. Zusammen mit den Fasern im nahe gelegenen Maisfeld waren das aber die einzigen Spuren.»

«Gab es denn keine Reifenspuren?», fragte Henry.

«Nein, nach den Spuren in dem Maisfeld musste der Täter seinen Wagen auf der anderen Seite des Feldes geparkt haben. Auf dem asphaltierten Wirtschaftsweg eines Gasversorgungsunternehmens, das dort eine Bohrstation betreibt. Also nein, keine Reifenspuren.»

«Was war mit dem Hund, dieser Dogge?», wollte Manuela wissen. «Hat die nicht angeschlagen?»

Joachim Brenn presste die Lippen zusammen, bevor er antwortete.

«Einen Tag zuvor hatte Frau Dorn Tyson morgens verändert vorgefunden. Der Hund speichelte stark und konnte die Hinterhand kaum bewegen. Sie brachten ihn in eine Tierklinik. Dort vermutete man eine Vergiftung, legte dem Hund einen Atropintropf und behielt ihn für zwei Tage da. Ich habe den Tierarzt vernommen. Er sagte, der Hund habe sich an Schneckenkorn vergiftet. Ein Schädlingsbekämpfungsmittel, das von Landwirten gegen Schneckenbefall ausgebracht wird. Wir fanden in der Umgebung des Hauses aber keine Rückstände. Ich ging davon aus, dass der Täter den Hund gezielt vergiftet hat. Ich hatte also eine Spur, die den Hund der Familie betraf, aber ich habe nicht die richtigen Schlussfolgerungen gezogen.»

Joachim Brenn klang jetzt bitter, aber Manuela fiel auf die Schnelle nichts ein, womit sie ihn hätte aufmuntern können. Wahrscheinlich war das ohnehin unmöglich. Immerhin wurde dem Mann gerade bewusst, dass er Bobbys Entführer vielleicht hätte auf die Spur kommen können.

«Möglicherweise kann die Familie Dorn uns mit einer Information weiterhelfen», sagte sie.

«Und die wäre?»

«Wir müssen wissen, woher sie den Hund haben. Möglicherweise laufen die Fäden bei einem einzigen Hundehändler zusammen.»

Manuela hatte während der Fahrt bei Helga Schwabe angerufen und sie darum gebeten, in ihren Unterlagen nach einem Kaufvertrag für Pedro zu suchen. Frau Schwabe hatte es ihr versprochen, aber sie hatte irgendwie abwesend geklungen, sodass Manuela nicht wusste, ob sie sich darauf verlassen konnte. Sie brauchten diese Information aber dringend. Wenn sie den Händler nicht ausfindig machten, konnten sie dem kleinen Bobby nicht helfen.

«Ich verstehe», sagte Joachim Brenn. «Aber wir können nicht einfach so zu den Dorns gehen und ihnen Hoffnung machen. Vielleicht erfüllt sie sich nicht. Das können wir der Familie nicht antun.»

Manuela nickte. «Das verstehe ich. Aber was können wir stattdessen tun?»

Joachim Brenn dachte einen Moment nach.

«Lassen Sie mich kurz telefonieren», sagte er und stand auf.

«Ist Ihnen nicht gut? Irgendwie machen Sie den Eindruck, als ob Sie sich hier nicht wohlfühlten», fragte Henry Conroy, nachdem Joachim Brenn in dem Wochenendhaus verschwunden war.

Manuela lächelte gequält.

«Kann man so sagen. Ich sitze nicht gern am Wasser. Ich bin traumatisiert und werde wahrscheinlich nie wieder in einem See schwimmen.»

Ihr fiel etwas ein, woran sie bislang noch gar nicht gedacht hatte. Henry Conroy hatte sich offenbar nicht die Mühe gemacht, nachzuforschen, von welcher Dienststelle Manuela gekommen und was dort vorgefallen war. Das wäre für ihn doch ein Klacks gewesen. Sie rechnete es ihm hoch an, dass er es nicht getan hatte. Den Vertrauensvorschuss konnte sie gut gebrauchen.

Sie wollte ihm gerade alles erzählen, als sein Handy klingelte. Conroy führte ein kurzes Gespräch, legte auf und sah sie an.

«Das war Jagoda. Nikolaus kocht vor Wut. Die Pressekonferenz ist auf vierzehn Uhr verschoben, er will Sie unbedingt dabeihaben. Außerdem hat Jagoda die Tageszeitungen der letzten Woche durchgesehen. Keine Anzeige dabei, die für uns interessant ist.»

Henry hatte Jagoda damit beauftragt, sich in den aktuellen Zeitungen nach Anzeigen umzusehen, in denen Hundewelpen angeboten wurden. Zunächst in ihrem Landkreis, in dem es immerhin drei verschiedene Regionalzeitungen gab. Später würden sie organisieren müssen, dass sich ein Heer von Mitarbeitern um alle Zeitungen bundesweit kümmerte. Aber das müsste Sackstedt genehmigen.

«Aber was viel wichtiger ist», setzte Henry hinzu und hob die Augenbrauen, «Carl Theiß hat einen Aktenvermerk. Es gab vor drei Jahren eine Gefährderansprache einer anderen Dienststelle. Theiß soll demnach über mehrere Wochen vor einer Schule herumgelungert und den Schulhof beobachtet haben. Bei der Polizei behauptete er, Störche zu beobachten.»

«Störche?»

Henry zuckte mit den Schultern. «Warum nicht? Sind schöne Tiere.»

«Kam noch was nach?»

«Nein. Zumindest vor der Schule wurde er nicht wieder gesehen, aber dann wäre er ja auch echt dämlich.»

«Weiß man, für welche Altersgruppe er sich in der Schule interessiert hat?

«Ist eine Gesamtschule.» Er schüttelte den Kopf. «Ich verstehe nicht, wie Buhrmann und Theiß da mit drinhängen. Die beiden waren auf junge Mädchen scharf, nicht auf kleine Jungs.»

«Vielleicht hängen sie ja auch gar nicht mit drin. Kann doch sein, dass das alles Zufall ist», sagte Manuela.

Joachim Brenn kam zurück auf die Veranda.

«Kommen Sie», sagte er. «Wir fahren zu dem Tierarzt, der den Hund der Dorns behandelt hat. Ist mir lieber, als gleich die Familie Dorn aufzuschrecken.»

Zwanzig Minuten später hielten sie vor der Praxis des Tierarztes. Sie lag am Rand einer Ortschaft direkt an einer Landstraße. Das Schild neben der Einfahrt wies darauf hin, dass es sich um eine Praxis für Groß- und Kleintiere mit angegliederter Tierklinik handelte. Das Haus mit dem langgestreckten Anbau war noch nicht alt. Alles war ordentlich und machte einen gehobenen Eindruck.

«Dr. Horstmann hat die größte Praxis in der Gegend»,

klärte Brenn sie auf. «Er beschäftigt drei angestellte Tierärzte und vier Helferinnen.»

«Sieht so aus, als liefe es ganz gut», bemerkte Conroy.

Brenn zuckte mit den Schultern. «Tierliebhabern ist fast nichts zu teuer.»

Sie mussten noch ein paar Minuten im Wartezimmer warten, das dem einer Praxis für Menschen in nichts nachstand. Schließlich kam Dr. Horstmann auf sie zu. Er war ein fast zwei Meter großer, kräftiger Mann, hatte nur noch wenig Haar und ein freundliches Gesicht mit roten Wangen. Er trug Jeans und ein kariertes Hemd. Als Manuela ihm die Pranke schüttelte, kam sie sich wie eine Zwergin vor.

«Klar kann ich mich erinnern», sagte Dr. Horstmann auf Brenns Frage mit dröhnender Stimme. «Tyson haben die Dorns von mir.»

«Ich verstehe nicht», sagte Henry Conroy.

«Worum geht es denn überhaupt?», wollte der Tierarzt wissen.

Brenn klärte ihn in kurzen Sätzen auf, verschwieg aber, dass es eventuell eine Spur zu Bobby Dorn gab.

«Kommen Sie mal mit», sagte Horstmann und lief voran, ohne zu warten. Ihnen blieb nichts anderes übrig, als ihm zu folgen. Manuela musste sich anstrengen, um nicht den Anschluss zu verlieren. Sie kamen an einigen Behandlungsräumen vorbei. Ein kleiner weißer Hund lag auf einem Tisch, und eine Tierarzthelferin kämpfte mit einer garstigen Katze. Sie ließen die eigentliche Praxis hinter sich und traten durch zwei Schleusen in einen Bereich, der eher wie ein Tierheim aussah.

«Das ist meine Auffangstation», klärte Dr. Horstmann sie auf. «Kostet eine Menge und bringt nichts ein außer Ärger.»

Rechts und links des breiten, gekachelten Ganges standen

379

großzügig bemessene Gitterboxen. Spielzeug lag darin, Wassernäpfe waren am vorderen Gitter installiert. In jeder Box gab es eine niedrige Hütte zum Zurückziehen.

«Siebzehn Boxen, zehn sind belegt», brüllte Dr. Horstmann gegen das Gekläff an. «Und das ist meistens so.»

Ein paar von den Hunden sprangen freudig an den Gittern hoch, wedelten mit den Ruten und machten ein Affentheater. Andere wiederum standen oder lagen apathisch herum. Manuela verspürte sofort den Drang, einen dieser traurigen Hunde mitzunehmen. Sie überlegte schon, wie sie das anstellen konnte, obwohl sie eigentlich wusste, dass es schon wegen ihres Berufes unmöglich war.

Dr. Horstmann ging weiter. Erst als die nächste schwere Metalltür hinter ihnen ins Schloss fiel, konnten sie sich wieder unterhalten. Sie befanden sich jetzt außerhalb des Gebäudes. Der Blick ging auf eine große grüne Freifläche hinaus, die mit Drahtzäunen in mehrere Bereiche unterteilt war. Manuela zählte hier mindestens acht Hunde unterschiedlicher Größe, die darin herumliefen.

«Die sind aus der Quarantäne heraus», sagte Dr. Horstmann. «Vor acht Wochen habe ich vom Kreisveterinäramt zwölf Hunde übernommen. Sie stammen aus einem illegalen Transport, der auf der Autobahn gestoppt wurde. Der Wagen war der Polizei wegen seines schlechten Zustandes aufgefallen. Er kam aus Rumänien. Die Bedingungen des Transportes waren derart schlecht, dass die Polizei eine Weiterfahrt untersagte. Also sind sie jetzt hier.»

«Und der Besitzer? Holt er die Tiere nicht wieder ab?»

Dr. Horstmann lachte laut. «Die Hälfte der Hunde war krank. Und versuchen Sie mal, in Rumänien den Besitzer ausfindig zu machen. Sie kriegen ja nicht mal mehr den Fahrer, wenn der wieder drüben ist.»

«Warum erzählen Sie uns das?», fragte Henry.

«Ganz einfach: weil es damals mit dem Hund der Dorns genauso war. Tyson stammt aus so einer Lieferung. Ich glaube, es waren nur acht Hunde. Tyson war damals ein kerngesunder Welpe, auch das kommt vor. Er wurde geimpft, und nach der Quarantänezeit haben wir ihn weitervermittelt. Nämlich an die Dorns.»

Manuela war enttäuscht. Sie war fest davon ausgegangen, dass die Familie Dorn ihren Hund über einen illegalen Händler bekommen hatte. Jenen Händler, von dem sie glaubte, dass er als Täter für die Entführung der Jungen in Frage kam. Doch anscheinend war die lange Fahrt umsonst gewesen.

«Haben Sie die Kontaktdaten von dem Händler?», fragte Henry Conroy.

«Von welchem?»

«Von dem, aus dessen Fuhre der Hund der Dorns stammt.»

Dr. Horstmann dachte nach und stülpte dabei die Unterlippe vor.

«Möglicherweise. Es ist ja schon eine Weile her. Kommen Sie, gehen wir ins Büro. Vielleicht findet meine Frau, wonach Sie suchen. Wissen Sie, dieser Papierkram ist nicht so mein Ding.»

Der Tierarzt ging voran, und sie folgten ihm wortlos. Manuela fragte sich, was Henry Conroy bezweckte. Selbst wenn sie die Kontaktdaten des Händlers bekamen, so schied er als möglicher Täter doch aus. Die Dorns waren ganz offensichtlich zufällig an ihren Hund gekommen.

Im Büro wurden sie von Bettina Horstmann begrüßt, der Frau des Tierarztes. Sie war kaum kleiner als ihr Mann, sodass Manuela sich fragte, wie die Kinder der beiden wohl aussehen mochten. Dies war anscheinend ein Haushalt voller Riesen.

Frau Horstmann hörte sich ihre Frage an, nickte, trat auf ein hohes und raumbreites Regal zu, in dem nur schwarze Leitzordner standen, und zog zielsicher einen davon heraus. Sie blätterte kurz darin, klappte den Bügel auf und entnahm ihm ein paar Blätter.

«So, da haben wir es. Zu dem Transport gehörten damals acht Welpen. Nach der Quarantäne haben wir sie auch alle vermitteln können. Ich habe hier aber leider nur die Polizeidienststelle, die den Fall damals bearbeitet hat. Wenn es Personendaten des Fahrers oder des Besitzers der Hunde gibt, dann hat sie die Polizei.»

Henry schrieb sich die Dienststelle auf. Sie bedankten sich und verließen die Praxis.

«Und jetzt?», fragte Manuela niedergeschlagen. Ihre schöne Spur schien im Sande zu verlaufen.

Henry warf einen Blick auf seine Armbanduhr. «Wenn wir es zur Pressekonferenz noch schaffen wollen, dann müssen wir jetzt los.»

«Überlassen Sie mir das», bot Joachim Brenn an. «Ich kenne jemanden in der Dienststelle. Wenn es eine Adresse oder einen Namen gibt, dann finde ich ihn heraus. Vielleicht werde ich den Fall ja doch noch los.»

«Das würde uns sehr helfen», sagte Henry.

Sie gaben sich zum Abschied die Hand.

«Nicht den Kopf hängen lassen», sagte Brenn zu Manuela. «Sie sind schon weiter, als ich es je war.»

«Danke. Schön, Sie kennengelernt zu haben. Wir hören dann voneinander, ja.»

«Sobald ich etwas habe, melde ich mich», versprach der pensionierte Kommissar.

Er grüßte mit erhobener Hand, als Manuela und Henry vom Parkplatz rollten.

3

Mutter lag in der kleinen Kammer neben der Küche. Ihr Körper verschwand unter der dicken Daunendecke, ihr Kopf ruhte auf einem weißen Kissen. Die Wangen unter aschgrauer Haut waren so tief eingefallen, als hätte ihr jemand den Kiefer entfernt. Die Lippen schienen sich bereits aufzulösen.

Vor ihm lag eine Tote. Das sah und das roch man. Es gelang Marek nicht mehr, sie sich als schöne Frau vorzustellen, so wie sie ihm noch im Krankenhaus erschienen war.

«Geh zu ihr und nimm Abschied», sagte Vater.

Sie standen beide in der geöffneten Tür. Eben hatten sie noch zusammen am Tisch gesessen und gefrühstückt. Er hatte für seinen Vater Rühreier mit Speck gemacht, auf die Art, wie Mutter es sonst jeden Morgen getan hatte. Der Speck musste erst eine Weile in Butter angebraten werden. Erst kurz bevor die Butter braun wurde, durfte man die Eier dazugeben. Für eine Weile hatte der Duft des Frühstücks den Geruch des verfaulenden Körpers überlagert.

«Das habe ich schon, im Krankenhaus», sagte er kraftlos.

«Das ist nicht dasselbe, und das weißt du auch. Also geh schon.» Vater legte ihm eine Hand auf die Schulter und schob ihn vor. «Ich lass dich mit ihr allein.» Seine schwere Hand verschwand. Marek hörte ihn durch die Küche in die Diele gehen. Kurz darauf fiel die Dielentür zu.

Die Stille war enorm.

Er rührte sich nicht von der Stelle und starrte das Gesicht seiner Mutter an. In der zurückliegenden kurzen Nacht hatte er kein Auge zugetan. Seine Gedanken hatten sich ständig um die eine Frage gedreht: Wie konnte er es noch verhindern? Bisher war ihm nichts eingefallen. Die meisten Möglichkeiten fielen aus, weil er seinem Vater nicht gewachsen war.

Er trat zwei Schritte vor und legte die flache Hand auf die aufgebauschte Decke.

«Es wird nicht passieren, ich verspreche es dir, Mutter», sagte er.

Dann wandte er sich ab, verließ die Kammer und schloss die Tür. Mechanisch deckte er den Tisch ab und spülte das Geschirr. Alle Aufgaben, die zuvor seine Mutter erledigt hatte, fielen nun ihm zu. Schon jetzt musste er sich Gedanken machen darüber, was es zum Mittagessen geben sollte. Vater hatte bereits angedeutet, dass es viel zu lange kein Fleisch mehr gegeben hatte.

Während seine Hände spülten, formte sich in seinem Kopf eine Idee. Noch war sie roh und ungeformt, aber sie gefiel ihm bereits. Er lächelte und gab sich der Vorstellung hin, wie es sein würde, wenn er sie in die Tat umgesetzt hatte.

Dabei geriet er ins Träumen.

Und erschrak heftig, als Vater plötzlich in der Küche stand. Er hatte ihn nicht gehört.

«Hast du dich von ihr verabschiedet?»

«Ja, hab ich.»

«Gut, das ist gut.»

Vater kam zur Spüle und warf zwei sauber filetierte, große Steaks darauf.

«Heute gibt es Fleisch mit Kartoffeln und Rotkohl, so wie deine Mutter es immer zubereitet hat. Zu ihren Ehren werden wir ein Festmahl essen. Ich möchte, dass du dich schön anziehst, so wie es sich für diesen Anlass gehört. Und wenn wir gegessen haben, werden wir deine Mutter auf ihrem letzten Weg begleiten. Hast du mich verstanden, Sohn?»

Er nickte.

«Dann sag es auch.»

«Ja, Vater.»

«Gut. Dann kümmere dich darum. Um Punkt zwei wird gegessen. Keine Minute später.»

4

«Kommen Sie in mein Büro, beide!»

Der stellvertretende Polizeichef Nikolaus Sackstedt fing Henry Conroy und Manuela Sperling auf dem Gang ab. Manuela hatte den Eindruck, dass er dort schon eine ganze Weile auf sie gewartet hatte. Er schien unter Hochdruck zu stehen. Kein Wunder, es war kurz nach eins, und in einer Dreiviertelstunde sollte die Pressekonferenz beginnen, bei der er sie unbedingt dabeihaben wollte. Wahrscheinlich würden sie nichts sagen dürfen, sondern nur als Dekoration für ihn dienen. Manuela hatte überhaupt keine Lust auf diese Veranstaltung.

Die lange Rückfahrt hatte Henry Conroy in Rekordzeit absolviert, sonst hätten sie es kaum pünktlich geschafft. Bevor sie aus dem Wagen gestiegen waren, hatte er Manuela gebeten, sich in dem zu erwartenden Gespräch mit Sackstedt möglichst zurückzuhalten. Er würde die Sache schon regeln. Er hatte dabei so frech gegrinst, dass Manuela es ihm nicht übel genommen hatte. Ob sie sich daran hielt, hing aber von Sackstedts Verhalten ab. Und wie es aussah, war der schon auf hundertachtzig. Er hatte nicht einmal «bitte» gesagt.

Kaum war die Tür geschlossen, legte Sackstedt auch schon los.

«Was fällt Ihnen ein! Sie hatten keine Reisegenehmigung und schon gar keinen Auftrag, in einem anderen Bundesland zu ermitteln.»

Er sprach nicht laut, aber seine Stimme klang schneidend.

«Wir haben lediglich Informationen eingeholt, die für die Ermittlungen hier wichtig sein könnten», entgegnete Henry ruhig.

«Und dafür fahren Sie um die halbe Welt?»

«Falls Sie sich um die Kosten Sorgen machen, die übernehme ich.»

«Ich mache mir Sorgen um Ihre Arbeitsauffassung, Herr Conroy. Sie missachten meine Anweisungen, Sie setzen sich einfach darüber hinweg. Wir spielen hier im Team. Einzelgänger sind nicht gefragt.»

«Wir waren zu zweit unterwegs», mischte Manuela sich ein. Sie konnte sich einfach nicht zurückhalten. Mit dem Vorwurf des Einzelgängertums hatte ihr voriger Chef sie schon zur Weißglut gebracht.

«Von Ihnen bin ich ebenfalls enttäuscht», fuhr Sackstedt sie an. «Sie haben ziemlich schnell vergessen, wer Sie hierhergeholt hat.»

«Sollte das für die Ermittlungsarbeit eine Rolle spielen?», fragte Manuela.

Sackstedt funkelte sie an. «Bei der Polizei hält man sich an Regeln.»

«Das hat schon bei meiner alten Dienststelle nicht besonders gut funktioniert», entgegnete Manuela in scharfem Ton. «Sie haben sich doch sicher informiert. Warum haben Sie meinen Wechsel hierher trotzdem unterstützt?»

Darauf erwiderte Sackstedt nichts. Er sah von einem zum anderen. An seiner Stirn pulsierte eine Ader.

«Was haben Sie in Göttingen überhaupt gewollt?»

Henry klärte ihn in kurzen Sätzen auf, verschwieg aber, dass Joachim Brenn in der Sache weitere Erkundigungen einholte.

«Also hat Ihre sogenannte Spur nichts ergeben», resümierte Sackstedt. Seine Stimme troff vor Sarkasmus.

«Oleg Schwabe hat von einem Jungen gesprochen, der Bobby …»

Weiter kam Manuela nicht. Sackstedt schnitt ihr das Wort ab.

«Ich habe bereits mit Frau Ravenhorst gesprochen. Ich bin auf dem Laufenden. Sie tendiert zu der Auffassung, dass der Junge Phantasie und Realität vermischt. Es ist unwahrscheinlich, dass es diesen anderen Jungen gibt. Sie sind in der Gegend herumgefahren und haben Arbeitszeit verschwendet, nur weil ein traumatisierter sechsjähriger Junge herumphantasiert. Nennen Sie das professionelle Ermittlungsarbeit?»

Manuela wollte etwas entgegnen, schluckte es aber hinunter. Stattdessen zog sie einen der Besucherstühle zu sich heran und setzte sich.

Sowohl Sackstedt als auch Henry Conroy sahen sie erstaunt an.

«Tut mir leid», sagte Manuela. «Bei so viel Ignoranz wird mir ganz schwummerig.»

«Wie bitte?», entfuhr es Sackstedt.

«Herr Sackstedt», mischte sich Henry ein, der sich ein Grinsen gerade noch verkneifen konnte. «Wenn Sie ein Problem mit mir haben, dann klären Sie das auch mit mir und tragen es nicht auf dem Rücken meiner Partnerin aus. Und schon gar nicht auf Kosten der Ermittlungen. Da draußen läuft ein Irrer herum, der kleine Jungen entführt, und zwar schon seit Jahren. Möglicherweise hat er noch einen Jungen in seiner Gewalt. Sollte dieser Junge sterben, weil Sie die Ermittlungen blockieren, dann wird das jeder erfahren. Darauf gebe ich Ihnen mein Wort.»

«Was fällt Ihnen ein!»

«Ach, da wir gerade so schön miteinander plauschen … Haben Sie Frau Sperling unter Druck gesetzt, damit sie Ihnen Informationen über mich zuträgt?»

«Was!» Sackstedt lief rot an. Er schnappte nach Luft wie ein Fisch auf dem Trockenen.

«Wenn Sie erlauben, würden wir gern wieder an die Arbeit gehen», sagte Henry. Er trat neben den Stuhl, auf dem Manuela saß, und tat so, als würde er ihr aufhelfen wollen.

«Geht es wieder, Kollegin?»

«Gerade so.»

«Meinen Sie, Sie schaffen das mit der Pressekonferenz?»

Manuela schüttelte den Kopf. «Ich glaube, ich muss mich einen Moment hinlegen.»

Henry bot ihr seinen Arm an, und sie hakte sich bei ihm ein. Gemeinsam verließen sie das Büro und ließen einen sprachlosen Nikolaus Sackstedt zurück.

5

«Das wird Konsequenzen haben», sagte Henry, sobald er die Tür zu seinem Büro hinter sich geschlossen hatte. «Sackstedt lässt sich nicht einfach so auf der Nase herumtanzen.»

«Lassen Sie uns den Jungen und den Täter finden. Dann beruhigt der sich schon wieder.»

«Klar, machen wir. Wissen Sie zufällig, wo die beiden sind?» Er grinste schief.

In diesem Moment brummte Manuelas Handy. Die angezeigte Nummer kannte sie nicht.

«Hier ist Joachim Brenn.»

«Einen Moment bitte, Herr Brenn. Ich stelle auf Lautsprecher, damit mein Kollege mithören kann.»

Sie legte das Handy auf den Schreibtisch.

«So, kann losgehen.»

Joachim Brenns Stimme schepperte aus dem kleinen Lautsprecher, war aber gut zu verstehen.

«Ich habe mit den Kollegen aus der betreffenden Dienststelle gesprochen. Begeistert waren die nicht, aber sie haben mir aus alter Verbundenheit geholfen. Leider kommen wir da nicht weiter. Der Fahrer des Transporters, von dem der Welpe stammt, den die Dorns übernommen haben, heißt Miroslav Svoboda. Er ist Tscheche und stammt aus Prag. Es gibt keine Telefonnummer. Angehalten wurde er, weil er mit blanken Reifen unterwegs war. Die Streife hat die Ladung kontrolliert und die Tiere gefunden. Nachdem die Hunde vom Kreisveterinäramt übernommen wurden, durfte der Fahrer gehen. Die Kollegen haben später gar nicht erst versucht, ihn ausfindig zu machen. Zwecklos, sagen sie.»

«Also sind wir genauso schlau wie vorher», sagte Manuela und spürte, wie ihre Motivation in den Keller sackte.

«Nicht ganz», sagte Brenn. «Wie Sie sich vorstellen können, kann ich jetzt nicht einfach so an meinen See zurückkehren und angeln. Ich bin jetzt doch zu den Dorns gefahren, um mit ihnen zu sprechen. Einzelheiten zur Gemütslage der Eltern erspare ich Ihnen. Aber Folgendes habe ich erfahren: Herr Dorn hatte sich bereits einige Monate um einen Hund bemüht, bevor er sich an die Tierauffangstation von Dr. Horstmann wandte. Er hatte auf eine Zeitungsanzeige hin eine Handynummer angerufen. Jemand kam zu den Dorns raus, um sich die Gegebenheiten anzuschauen.»

Manuela war elektrisiert. Auch Henry rückte näher an das Telefon heran.

«Hat er die Nummer noch? Oder einen Namen?», fragte Manuela.

«Der Typ, der ihm einen Welpen verkaufen wollte, kam Dorn nicht ganz astrein vor. Er hat ihn am folgenden Tag angerufen und ihm gesagt, dass er kein Interesse mehr habe. Das alles liegt mehr als vier Jahre zurück, natürlich hat er die Nummer nicht mehr, warum auch. Er hatte die Geschichte längst vergessen und ist nur durch mein gezieltes Nachfragen wieder drauf gekommen.»

«Und der Name? Kann er sich an den Namen erinnern?»

«Auch nicht. Er meint aber, es sei ein Name mit osteuropäischem Klang gewesen. Möglicherweise fällt er ihm ja noch ein.»

«Wie sieht es mit einer Personenbeschreibung aus?», fragte Henry.

«Dorn wäre bereit, mit einem Zeichner zusammenzuarbeiten. Er meint, an das Gesicht könne er sich noch halbwegs erinnern.»

«Mist», sagte Henry. «Wie bekommen wir das auf die Schnelle hin? Ihr ermittelt offiziell ja gar nicht in der Sache.»

«Es gibt da einen pensionierten Zeichner, mit dem ich öfter angeln gehe. Ich hab ihn schon angerufen. In einer Stunde treffen wir uns und fahren zu den Dorns raus. Meint ihr, mit einem inoffiziellen Phantombild wäre euch auch geholfen? Ich schick es euch per Fax, sobald es fertig ist.»

«Herr Brenn, Sie sind ein Schatz», rief Manuela ins Telefon. «Wenn das vorbei ist, komme ich vorbei und drücke Ihnen einen ordentlichen Kuss auf die Wange.»

Er lachte am anderen Ende der Leitung.

«Nehme ich gern entgegen. Aber noch lieber wäre mir, Sie brächten den Jungen mit.»

Manuela und Henry sahen sich über den Schreibtisch hinweg an.

«Und jetzt?», fragte Manuela.

Was Brenn ihnen mitgeteilt hatte, war nicht nichts, aber es brachte sie in diesem Moment auch nicht weiter. Ein Phantombild war zwar keine schlechte Sache. Sie konnten es den Schwabes zeigen und damit eventuell, wenn es sich um die gleiche Person handelte, ihren Verdacht festigen. Um damit den Täter zu finden, mussten sie aber wenigstens ungefähr wissen, wo sie suchen sollten. Es in Dienststellen in der ganzen Bundesrepublik zu verteilen würde langfristig vielleicht zu einem Fahndungserfolg führen. Aber was war mit jetzt? Mit heute? Mit dem Jungen in der Höhle, der auf Rettung wartete?

Henry Conroy seufzte. «Ehrliche Antwort?»

«Bitte immer und nur.»

«Ich weiß es nicht. Wir stecken fest. Wenn Oleg Schwabe sich doch nur erinnern könnte, wo er festgehalten wurde. Ansonsten sieht es im Moment so aus, als müssten wir warten.»

«Das ist doch Mist», sagte Manuela. «Warten ist gar nichts für mich. Aber mir fällt gerade was ein.»

Sie griff zum Handy und rief bei den Schwabes an.

«Frau Schwabe, haben Sie schon in Ihren Unterlagen nach einer Rechnung oder etwas Ähnlichem für Pedro gesucht?»

«Ich, äh … ich weiß nicht … mein Mann hat …»

«Frau Schwabe, bitte, es ist wirklich wichtig. Wenn wir den Täter nicht finden, der Ihren Sohn entführt hat, wer weiß, was er dann dem anderen Jungen antut, mit dem Oleg zusammen eingesperrt war. Wir sind auf Ihre Hilfe angewiesen, Frau Schwabe. Soll ich zu Ihnen kommen und Ihre Ordner durchforsten?»

Am anderen Ende wurde es still. Manuela hörte Helga Schwabe schwer atmen. Sie spürte, dass die Frau etwas sagen wollte. Es schien ihr schwerzufallen.

«Mein Mann, Arthur …», begann sie schließlich, brach aber gleich wieder ab.

«Es geht ihm gut, Frau Schwabe. Wir mussten ihn in Untersuchungshaft nehmen, es ging nicht anders. Aber es geht ihm gut.»

«Er … also … Arthur hat sich darum gekümmert.»

«Worum?»

«Na ja, eigentlich habe ich nach einem neuen Hund gesucht, damals, nachdem Jack erschossen wurde. Aber ich konnte keinen finden. Arthur hat dann bei diesem Händler angerufen. Das ist mir wieder eingefallen, als ich nach einem Vertrag gesucht habe. Ich hatte das völlig vergessen, das müssen Sie mir glauben, es ist ja auch schon so lange her. Ich habe keinen Kaufvertrag gefunden, ehrlich, um so was hat sich immer Arthur gekümmert. Ich weiß gar nicht, wo ich suchen soll.»

Helga Schwabe klang verzweifelt und den Tränen nah.

«Ganz ruhig, Frau Schwabe, ich glaube Ihnen ja. Ihr Mann hat damals also Kontakt zu dem Händler aufgenommen. Ist das richtig?»

«Ja», sagte sie schniefend.

«Wissen Sie noch, wie dieser Kontakt zustande gekommen ist?»

«Nein. Eines Tages kam dieser Mann, hat sich alles angesehen, und kurz darauf hat er Pedro gebracht. Mehr weiß ich nicht. Arthur wird doch keinen Ärger bekommen deswegen, oder?»

«Deswegen nicht, nein.» Manuela fragte sich, ob die etwas einfältige Frau eigentlich verstanden hatte, wie es um ihren Mann stand. «Danke, Frau Schwabe, ich melde mich wieder bei Ihnen. Bleiben Sie bitte zu Hause.»

Manuela legte auf und sah Henry Conroy an.

«Wir müssen dringend mit Arthur Schwabe reden.»

6

Die Fahrt zur Justizvollzugsanstalt dauerte fünfzehn Minuten. Weitere zehn Minuten später saß Henry Conroy allein in einem kleinen Besprechungsraum und wartete auf Arthur Schwabe.

Manuela Sperling war nicht mitgekommen. Sie hatten sich geeinigt, Sackstedt nun doch den Gefallen zu tun und um des lieben Friedens willen an der Pressekonferenz teilzunehmen. Auch wenn sie nur als Staffage diente, war es doch eine Erfahrung wert, fand Henry. Außerdem würde es Sackstedt hoffentlich fürs Erste beruhigen.

Die kleine Showeinlage seiner neuen Kollegin in Sackstedts Büro nötigte ihm Respekt ab. Je mehr Zeit Henry mit seiner neuen Kollegin verbrachte, umso mehr mochte er diese quirlige, energiegeladene kleine Frau. Dabei war sie gar nicht sein Typ. Natürlich verglich er sie mit Serena, das ließ sich gar nicht vermeiden. Serena war stark und ruhig gewesen, ein Fels in der Brandung. Bei ihr hatte er immer wieder Zuflucht und Sicherheit gefunden. Auch rein äußerlich konnte der Unterschied kaum größer sein: Serena war sehr sinnlich und weiblich gewesen, die Sperling war dagegen eher burschikos, fast schon wie ein Junge.

Die Metalltür auf der anderen Seite des Raumes öffnete sich, und Arthur Schwabe wurde hereingeführt.

Er sah beschissen aus. Noch beschissener als gestern Abend, als Henry ihn in seinem Garten gestellt hatte. Eine Nacht im Gefängnis mochte nicht viel sein, aber es war immerhin eine Nacht in Gefangenschaft, die dem Mann einen Blick in die Zukunft offenbarte. Denn ganz egal, wie diese Sache ausging, Arthur Schwabe würde noch viele Nächte hinter Gittern verbringen. Wahrscheinlich war ihm das in der zurückliegenden Nacht klar geworden.

Er ließ sich auf den Stuhl fallen und sah Henry an.

«Wie geht es Oleg und Helga?», fragte er.

«Ihrer Familie geht es gut, Herr Schwabe. Machen Sie sich keine Sorgen. Wir haben immer noch eine Streife vor dem Haus stehen. Die passen auf sie auf.»

«Die standen da gestern Nacht auch, trotzdem bin ich ins Haus gekommen», sagte Schwabe.

«Sie hatten aber auch einen Schlüssel. Glauben Sie denn, dass Ihrem Sohn immer noch Gefahr droht?»

Henry konzentrierte sich auf Schwabes Mimik. Seit langem übte er sich im Lesen von Mikromimik, aber unter diesen Umständen war das nicht einfach. Der Mann stand unter großer Spannung. Nichts an seinem Verhalten entsprach seiner Natur. Irgendwo auf dem Gang schlug eine Tür laut zu. Sofort zuckte Schwabe zusammen, und sein Blick irrte durch den Raum.

«Ich weiß nicht», antwortete er mit Verspätung. «Haben Sie den anderen Jungen schon gefunden? Bobby?»

«Das ist nicht so einfach. Wir wissen ja nicht einmal, wo wir suchen sollen. Aber vielleicht können Sie uns ja weiterhelfen.»

Er schüttelte den Kopf. «Oleg hat nichts gesagt. Nur, dass der Junge Bobby heißt und schon lange da ist.»

«Erzählen Sie mir von Pedro. Wie sind Sie an den Hund gekommen?»

«Pedro? Wieso Pedro? Was hat jetzt der Hund damit zu tun?»

«Eine ganze Menge, Herr Schwabe. Erzählen Sie mir bitte alles so genau wie möglich.»

Schwabe antwortete nicht sofort. Sah auf seine Hände

hinab. Dann zur Tür hinüber. Seine Augen suchten einen Fluchtweg, er wollte weg, fühlte sich unwohl. Lag es an der Umgebung oder an Henrys Fragen?

«Von so einem Händler», sagte Schwabe schließlich leise.

«Was war das für ein Händler?»

«Ich weiß nicht ... da gibt es nicht viel zu erzählen. Er verkauft billige Hundewelpen. Ich habe angerufen, er ist vorbeigekommen, hat sich Haus und Garten angeschaut und zugestimmt. Wir haben uns ein paar Fotos angesehen, und zwei Wochen später brachte er den Welpen vorbei. Für hundertfünfzig Euro. Sonst kosten die dreimal so viel. Das hätten wir uns nie leisten können, und Oleg wollte doch so gern wieder einen Hund haben.»

«Der Händler, wie sah er aus?»

Schwabe zuckte mit den Schultern.

«Normal halt. Ungefähr so groß wie ich, dünn, mit hängenden Schultern. Ja, das weiß ich noch. Er ging, als würde ihn irgendwas runterdrücken. Verstehen Sie? Diese Menschen, die immer von irgendwoher einen Angriff erwarten, so einer war das. Gesprochen hat er nicht viel, nur das Nötigste. Aber das reicht ja auch.»

«Würden Sie ihn auf einer Zeichnung wiedererkennen?»

«Ich weiß nicht ... wahrscheinlich schon. Aber was sollen diese Fragen? Hat dieser Mann etwas mit Olegs Verschwinden zu tun? Wir haben Pedro doch schon länger als zwei Jahre. Das kann doch nicht sein.»

Henry antwortete nicht. Er spürte, dass er hier einen gewaltigen Schritt weiterkommen konnte, und wollte sich nicht aus dem Konzept bringen lassen.

«Wie haben Sie diesen Händler kennengelernt?»

«Ich hab ihn angerufen.»

«Und die Nummer? Woher hatten Sie die?»

«Ich weiß nicht ... von ... ich glaube ...»

An dieser Stelle erstarrte Arthur Schwabe. Henry konnte sehen, wie sich in seinem Kopf eine Erkenntnis bildete.

«Von Theiß», flüsterte er schließlich. «Carl Theiß hat mir die Nummer gegeben.»

Damit hatte Henry nicht gerechnet. «Sind Sie sicher?», fragte er nach.

«Ja, absolut.»

«Und wie ist das zustande gekommen?»

«Na ja, damals ... Buhrmann, dieser Scheißkerl, er hatte gerade Jack erschossen, hat einfach behauptet, mein Hund hätte gewildert, aber wir wussten ja beide, worum es ging. Theiß kam zu mir, und wir haben geredet. Buhrmann wollte mich aus der Firma raushaben, aber das war in Ordnung, ich hätte da ohnehin nicht mehr gearbeitet. Theiß hat mich gewarnt. Er meinte, ich solle Ruhe geben und dass das alles eine Nummer zu groß für mich wäre. Ich war wegen Jack wütend, sehr wütend ... ich wollte Buhrmann den Kopf einschlagen, so wütend war ich. Jack war doch der beste Hund der Welt ...»

Arthur Schwabe brach ab und schüttelte den Kopf.

Henry ließ ihm diesen Moment.

Mit brüchiger Stimme fuhr Schwabe fort: «Dann gab Theiß mir diese Handynummer von dem Händler. Er sagte, ich soll mir einen neuen Hund besorgen und Ruhe geben. Er hat mir auch noch zweihundert Euro gegeben ... für den Hund.»

«Diese Nummer, haben Sie die irgendwo notiert?», fragte Henry. Er wusste, dass die Chance gegen null ging, aber fragen musste er trotzdem.

Schwabe überraschte ihn ein weiteres Mal. Er nickte.

«Ich hab damals alles aufgeschrieben, was diese beiden

Dreckstypen mit mir gemacht haben. Alles. Jede Kleinigkeit. Ich dachte, man kann ja nie wissen. Bestimmt hab ich auch die Handynummer und den Namen dieses Händlers aufgeschrieben.»

Henry rückte ein Stück vor. «Und wo? Wo sind diese Notizen?»

Arthur Schwabe erklärte es ihm, und Henry sprang auf, weil er es plötzlich höllisch eilig hatte. Doch Schwabe griff nach seinem Arm.

«Die Mädchen», sagte er und sah Henry flehentlich an.

«Welche Mädchen?»

«Die ich zu Theiß' Hof gefahren habe ...»

«Was ist mit denen?»

Arthur Schwabe kämpfte mit sich. Und als er dann endlich weitersprach, war es, als spucke er ein Gift aus, das ihn in den letzten Jahren innerlich verätzt hatte.

«Ich habe nie eines von denen wieder zurückgefahren.»

Alles war vorbereitet für das letzte große Festmahl der Familie.

Die schäbige alte Holzplatte des Tisches war unter einer gestärkten weißen Decke verborgen. In der Mitte reckte ein Leuchter seine drei Arme empor, schlanke rote Kerzen steckten in den Halterungen. Marek hatte für drei Personen gedeckt. Das Gedeck für Mutter, das unbenutzt bleiben würde, befand sich auf der Seite des Tisches, die der Kammer zugewandt war. Er hatte das feine weiße Porzellan aus dem Schrank im Wohnzimmer hervorgeholt. Zuletzt hatten sie es an Vaters Geburtstag vor einem halben Jahr benutzt. Neben den Tellern lag das alte Silberbesteck.

Vater trug seinen schwarzen Anzug, dazu ein weißes Hemd, aber keine Krawatte. Vaters Anzug war schon immer eine Nummer zu klein gewesen. Mutter hatte den Bund der Hose erweitert und den Saum der Beine und der Ärmel ausgelassen, trotzdem war alles zu kurz. Wenn er sich setzte, konnte man seine nackten weißen Schienbeine sehen.

Vater beugte sich vor und entzündete die drei Kerzen.

Marek schwitzte in seinem Anzug. Angst und Anspannung pressten ihm den Schweiß aus den Poren. Noch einmal ließ er seinen Blick über die Tafel gleiten. War alles perfekt? Würde Vater etwas merken?

Die Kartoffeln dampften in der hohen weißen Schüssel. Das Fleisch lag auf der Anrichteplatte. Es war viel zu frisch, er hatte es lange braten müssen, damit der Geruch verschwand, wahrscheinlich war es jetzt zu trocken. Es würde Vater nicht schmecken. Mit dem Rotkohl würde es keine Probleme geben. Mutter hatte ihn noch zubereitet und tiefgefroren. Marek hatte viel Mühe darauf verwandt, den Geschmack mit frischen Äpfeln und Rotwein noch zu verbessern.

Vater prostete in Richtung der kleinen Kammer.

«Auf dich, Liebe meines Lebens. Möge das Lächeln des Samojeden dich begleiten.»

Dann tranken sie. Marek schluckte mühsam. Vaters Worte hatten wieder dieses abscheuliche Bild in ihm hervorgerufen. Das durfte nicht passieren. Ab jetzt hing es aber nicht mehr von ihm ab. Er war darauf angewiesen, dass die Natur ihm half.

Vater setzte sich. Marek ging zu ihm hinüber und tat ihm Kartoffeln und Rotkohl auf. Viel Rotkohl, denn Vater liebte ihn.

«Sieht gut aus», sagte er anerkennend.

Trotz seiner Anspannung freute Marek sich über dieses Lob. Vater lobte nicht oft, aber wenn er es tat, dann war es ehrlich gemeint. Ein Lob von ihm hatte Marek schon immer mit Wärme erfüllt und ihn beflügelt, und so war es auch heute.

Er tat sich selbst auf und setzte sich.

«Guten Appetit», sagte Vater.

Sie aßen schweigend. Beim Essen wurde nicht gesprochen. Marek zwang sich, nur auf seinen eigenen Teller zu schauen. Zwischendurch huschte sein Blick aber doch immer mal wieder zu Vater hinüber. Schmeckte es ihm? Würde er etwas merken?

Aber Vater sagte nichts. Er aß und aß und aß. Seine Kiefern mahlten. Die Schluckgeräusche füllten die Küche. Immer wieder nahm er sich von dem Rotkohl nach. Der schien ihm heute besonders gut zu schmecken.

8

Eine Dreiviertelstunde nach der Pressekonferenz hielt Manuela vor dem Haus der Schwabes. Noch im Präsidium hatte Conroy sie angerufen und nach Hohberg geschickt. Offenbar hatten Olegs Eltern doch noch Unterlagen über den Welpenkauf.

Die Pressekonferenz hatte nur eine Viertelstunde gedauert. Tatsächlich hatte Manuelas Rolle darin bestanden, neben Sackstedt zu sitzen und gut auszusehen. Das war ihr leicht gefallen, denn in Gedanken war sie ganz woanders gewesen, während die Pressevertreter ihre Fragen gestellt hatten.

Was würde Henry von Arthur Schwabe erfahren? Wusste er doch mehr, als er zugegeben hatte? Und wie würde die Phantomzeichnung ausfallen, die Joachim Brenn hoffentlich gerade anfertigen ließ? Manuela spürte, sie kamen dem Täter näher, kreisten ihn ein, und bald würden sie wissen, wo er sich verbarg. Es war eine Jagd, und in Manuela war der Jagdinstinkt geweckt.

Sie parkte hinter einem Streifenwagen und ging auf die Beamten zu, die im Schatten der Kastanie warteten, Tom Küster und Marle Schierling.

«Tun Sie mir bitte einen Gefallen», sprach sie Tom Küster an. «Fahren Sie in Ihre Dienststelle. Da müsste jede Minute ein Fax eintreffen, ein Phantombild. Bringen Sie es bitte so schnell wie möglich hierher, ja?»

«Alles klar.» Er verschwand mit dem Streifenwagen und ließ seine Kollegin zurück.

Marle Schierling sah ein wenig unglücklich aus.

«Wegen neulich, als der Junge wiederaufgetaucht ist …»

Manuela unterbrach sie mit einer schnellen Handbewegung. «Zerbrechen Sie sich darüber nicht den Kopf. Ich hätte wohl auch nicht anders gehandelt. Die einzigen Menschen, die keine Fehler machen, sind die, die nichts tun.»

Marle Schierling lächelte schüchtern. «Aber HK Conroy war schon ziemlich sauer.»

Manuela nahm sich die Zeit für eine Frage. «Haben Sie eigentlich Angst vor Conroy?»

«Angst würde ich es nicht nennen. Aber er hat so seinen Ruf.»

«Aha. Und was ist das für ein Ruf?»

Die Polizistin zuckte mit den Schultern. «Er soll sehr streng sein», sagte sie vorsichtig.

«Streng», wiederholte Manuela. «Der ist nicht streng, sondern verklemmt und so steif wie eine Eichenbohle. Das ist alles. Aber keine Bange, den klopfen wir schon noch weich.» Sie lächelte, ließ die junge Kollegin stehen und ging ins Haus.

Helga Schwabe saß mit ihrem Sohn in der Küche. Oleg trank Kakao und aß ein Stück Kuchen.

«Wie geht es meinem kleinen Helden?», fragte Manuela und strich dem Jungen durchs Haar.

«Gut. Ich backe gleich Sandkuchen. Willst du mitmachen?»

Manuela sah, wie sich Helga Schwabes Gesicht veränderte. Sie würde ihrem Sohn sicher nicht verbieten, in der Sandkiste zu spielen, aber wohl war ihr dabei nicht. Wahrscheinlich würde sie keine Sekunde von seiner Seite weichen.

«Oh, das würde ich gern, aber ich muss noch was arbeiten.»

«Mama hat gesagt, du musst den Mann fangen, der mich geholt hat?», fragte Oleg mit ernster Stimme. Sie passte gar nicht zu einem Sechsjährigen.

«Genau. Ich fange ihn und sperre ihn ein, damit er so was Blödes nicht noch einmal macht.»

«Und damit er Bobby und Pedro nichts tut.»

«Und auch sonst niemandem auf der Welt», sagte Manuela. Meinte Oleg den Hund oder den Jungen, der angeblich mit ihm zusammen eingesperrt gewesen war? Für einen kurzen Moment spielte sie mit dem Gedanken, Oleg noch einmal zu befragen, verwarf ihn aber. Das war Aufgabe der Psychologin, nicht ihre. Sie hatte einen anderen Auftrag.

«Frau Schwabe, haben Sie den Ordner schon gefunden?»

Manuela hatte sie von unterwegs angerufen und ihr von dem Ordner erzählt, den ihr Mann beschrieben hatte. Ein normaler schwarzer Aktenordner, von Hand mit Kugelschreiber beschriftet. B für Buhrmann, T für Theiß.

Frau Schwabe nickte. «Er liegt auf dem Wohnzimmertisch. Ich habe ihn hinter den anderen Ordnern im Regal gefunden. Genau, wie Sie gesagt haben. Geht es meinem Mann gut?»

«Ich würde sagen, den Umständen entsprechend. Da, wo er ist, geht es niemandem wirklich gut.»

«Kann ich ihn besuchen?»

«Bald. Bleiben Sie vorerst lieber hier bei Ihrem Jungen. Der braucht Sie dringender.»

Manuela verschwand ins Wohnzimmer, ließ sich auf die Couch fallen und schlug den Ordner auf.

Zuoberst waren Gehaltsabrechnungen abgeheftet, die auf den Namen Arthur Schwabe ausgestellt waren. Sie stammten aus der Zeit, als Schwabe noch für Buhrmann gearbeitet hatte. Hinter einigen der Abrechnungen waren Notizzettel abgeheftet. Darauf waren handschriftlich Zahlen notiert. Zahlen zwischen Fünfhundert und Zweitausend. Manuela ging davon aus, dass es sich um Summen handelte, die Schwabe für sein Schweigen und seine Fahrdienste von Buhrmann in bar erhalten hatte.

Weiter fanden sich Listen mit Tages- und Uhrzeiten. In einer getrennten Spalte war entweder ein B. oder ein T. notiert oder beides. Mit den Listen konnte nur derjenige etwas anfangen, der sie angefertigt hatte, aber sie schienen wohl die Besuche von Buhrmann und Theiß in den Clubs auf der anderen Seite der Grenze zu vermerken. Manuela nahm sich nicht die Zeit, sie zu zählen. Es waren mehrere Dutzend.

Es gab auch Fotos.

Buhrmann und Theiß vor einem Club, der Rotfuchs hieß. Sie gingen darauf zu, Schulter an Schulter. Auf einem anderen Bild kamen sie heraus. Theiß stützte Buhrmann, der offensichtlich sturzbetrunken war. Im Hintergrund waren verschwommen zwei Männer zu sehen. Wiederum ein anderes Bild zeigte sie, wie sie mit einer Gruppe von vier Mädchen herauskamen. Die Tür des Bordells stand offen, Licht fiel heraus. Ein Mann lehnte im Türrahmen. Er schien zu lachen. Das Foto war unscharf, von dem Gesicht war nicht viel zu erkennen. Vom Inneren des Clubs gab es keine Aufnahmen. Entweder sagte Schwabe die Wahrheit, und er war nie darin gewesen, oder aber er hatte keine Chance gehabt, dort zu fotografieren. Manuela konnte gut nachvollziehen, wie in Arthur Schwabe während der langen Nächte vor dem Club der Gedanke gereift war, Buhrmann und Theiß zu erpressen.

Ganz weit hinten fand Manuela, wonach sie suchte.

Auf einem DIN-A4-Blatt waren ein Datum sowie die Zahl Zweihundert notiert, dazu ein großes T. Wahrscheinlich handelte es sich dabei um das Geld, das Theiß Schwabe für einen neuen Hund gegeben hatte. Oder besser gesagt: das er ihm gegeben hatte, um ihn ruhigzustellen. Darunter stand eine Handynummer. Und ein Name.

Jetzt hatten sie ihn.

Manuela rief Henry Conroy an. Ihre Finger zitterten, während sie wählte. Sie war so aufgeregt wie nie zuvor. Eine Handynummer und ein Name, was für ein Glück. Und in ein paar Minuten vielleicht auch noch ein Gesicht dazu! Der Mann konnte einpacken.

«Ich hab das Fax vor fünf Minuten rausgeschickt», sagte Henry. «Die Zeichnung ist richtig gut geworden. Was haben Sie gefunden?»

«Der Mann heißt Darkowiak. Der Vorname steht hier nicht, aber eine Handynummer.»

Manuela gab ihrem Chef die Nummer durch und beendete das Gespräch. Sie wollte hinaus und auf die Rückkehr von Tom Küster warten. Den Aktenordner nahm sie mit. Als sie die Wohnzimmertür öffnete, stand der kleine Oleg davor. Aus seinen großen blauen Augen sah er sie von unten herauf an.

«Oleg!», stieß Manuela überrascht aus. «Willst du zu mir?»

Der Junge nickte.

Manuela ging in die Knie, um auf Augenhöhe mit ihm zu sprechen. Er wirkte traurig und sah dabei unglaublich süß aus. Diese großen blauen Augen waren wirklich beeindruckend.

«Wo ist mein Papa?», fragte Oleg.

«Der ist bei uns in der Stadt. Wir müssen ganz viel mit ihm besprechen, weißt du? Aber es geht ihm gut. Er hat ein eigenes Zimmer und auch sonst alles, was er braucht.»

«Mama hat gesagt, Papa wollte mich retten und muss deswegen ins Gefängnis.»

Manuela schluckte. Das war hart. Natürlich musste die Mutter mit ihrem Sohn darüber sprechen, es war unausweichlich, aber warum gerade jetzt? Der Junge stand doch schon genug durch. Vielleicht wäre es grundsätzlich besser gewesen, die Psychologin hätte das getan.

«Oleg ... das kann sein. Ich weiß es nicht. Ein Richter muss das entscheiden. Aber was deine Mama sagt, stimmt. Dein Papa wollte dich retten. Er ist ein ganz mutiger Mann.»

«Deshalb brauche ich auch keinen anderen», sagte Oleg im Brustton kindlicher Überzeugung.

«Was brauchst du nicht, mein kleiner Held?»

«Einen Papa, ich brauch keinen anderen. Das habe ich dem Mann auch gesagt. Ich hab doch schon einen, und der ist der mutigste auf der Welt. Und lieb hat er mich auch.»

«Natürlich hat er dich lieb. Das soll ich dir auch von ihm sagen. Wollte der Mann denn, dass du einen anderen Papa bekommst?»

Oleg nickte.

«Der Mann wollte mein Papa sein. Er hat gesagt, ab heute ist er mein Papa, und ich müsste ihn sehr sehr lieb haben, weil er der einzige Papa ist, der sich noch um mich kümmert. So wie ich mich um Bobby kümmere.»

Manuela sah zu Helga Schwabe auf, die in der geöffneten Küchentür stand. Tränen rannen der Frau über die Wangen. Immer wieder tupfte sie sie mit dem Geschirrtuch ab.

«Hör mal zu, mein Kleiner. Du hast den besten Papi der Welt und brauchst ganz bestimmt keinen anderen. Der Mann, der dich geholt hat, hat gelogen. Verstehst du? Und er hätte dich niemals so lieb gehabt wie dein Papi.»

«Hat er aber gesagt. Er hat gesagt, er hat mich ganz doll lieb, wenn ich ihn auch lieb habe. Aber das wollte ich nicht, er war so komisch. Ich hatte Angst vor dem Mann.»

«Das glaube ich dir. Aber jetzt musst du keine Angst mehr haben. Wir werden den Mann bald einsperren.»

Instinktiv entschied sich Manuela für einen neuen Plan. Sie spürte, dass es richtig war.

«Du kannst dich doch bestimmt noch an sein Gesicht erinnern, oder?»

Oleg nickte.

«Super. Pass mal auf. Ich hole schnell ein Bild, und du sagst mir, ob das der Mann ist, der dich geholt hat. Meinst du, du bekommst das hin?»

«Sperrst du meinen Papa dann nicht ins Gefängnis?», fragte Oleg.

Manuela presste die Lippen zusammen. Sie würde jetzt lügen oder zumindest nicht die volle Wahrheit sagen, und es fiel ihr so schwer wie noch nie zuvor in ihrem Leben.

«Nein, mein kleiner Held, ich sperre deinen Vater nicht ins Gefängnis.»

Manuela stand auf. Sie konnte seinem Blick kaum standhalten aus Angst, er würde die Lüge erkennen. Sie nahm ihn bei der Hand und führte ihn in die Küche zurück.

«Er wollte unbedingt mit Ihnen sprechen», flüsterte Helga Schwabe tränenerstickt.

Manuela nickte. «Ist schon in Ordnung. Ich gehe kurz raus, der Kollege kommt gleich mit einem Bild. Ich möchte, dass Sie und Oleg es sich ansehen. Einverstanden?»

«Ja, sicher.»

Manuela eilte mit dem Aktenordner in der Hand hinaus. Schon lange war sie nicht mehr so froh gewesen, Tageslicht zu sehen. Das kurze Gespräch mit Oleg hatte sie ganz traurig gemacht. Von der Freude über den Fahndungserfolg und dem erwachten Jagdtrieb war nichts mehr übrig, denn jetzt verstand sie erst wirklich, wie viel in dieser Familie kaputtgegangen war. Den Täter zu verhaften würde nichts davon reparieren.

Als sie den Ordner auf dem Rücksitz ihres Golf verstaut hatte, kam auch schon Tom Küster angerast. Sein Streifenwagen wirbelte eine riesige Staubwolke auf.

«Schneller ging es nicht», keuchte er, sprang aus dem Wagen und wedelte mit dem Fax.

Manuela nahm es ihm ab. In diesen Bleistiftskizzen sahen alle Männer aus wie Verbrecher, auch dieser: Er hatte ein schmales Gesicht mit hohen Wangenknochen und tief in dunklen Höhlen liegenden Augen. Das Haar setzte hoch an. Die Ohren wirkten unpassend groß. Die Lippen waren nur dünne Striche.

Konnte dieser Mann ein Kindesentführer und Mörder sein? Hatte er vier kleine Jungen ihren Familien entrissen?

Äußerlichkeiten, das hatte Manuela aus ihrem letzten Fall gelernt, halfen bei solchen Fragen nicht weiter. Noch hinter der schönsten und charismatischsten Fassade konnte sich ein Monster übelster Sorte verbergen, und die fieseste Visage konnte einem herzensguten Menschen gehören.

Manuela ging zurück ins Haus.

Oleg und seine Mutter warteten in der Küche. Manuela legte das Fax vor den Jungen auf den Tisch. Ihr Herz wummerte unerträglich schnell. Wenn irgendjemand den Täter wiedererkennen würde, dann Oleg.

«Ist das der Mann, der dich geholt hat?», fragte sie.

Oleg nickte.

«Frau Schwabe», wandte Manuela sich an seine Mutter. «Hat dieser Mann damals den Welpen an Sie verkauft? Hat er Ihnen Pedro ins Haus gebracht?»

Helga Schwabe nickte ebenfalls.

Es begann noch während des Festessens.

Das Schlucken fiel Vater zunehmend schwerer. Der ohnehin weit hervortretende Kehlkopf seines Vaters schien noch größer zu werden und hüpfte unruhig im Hals auf und ab. Vater trank sein Wasser aus und verlangte mehr. Marek goss ihm ein weiteres Glas ein. Ein paar Minuten lang geschah nichts, doch dann räusperte Vater sich mehrmals kräftig und fasste sich an den Hals.

«Das Fleisch war zu trocken», sagte er, nahm sein Glas und leerte es. Dann zog er das Jackett aus und warf es über einen leeren Stuhl. Er schwitzte.

Eine Handvoll, zehn Beeren, so hatte Mutter es ihm beigebracht, reichten. Da sein Vater größer und stärker war als alle Männer, die Marek kannte, hatte er doppelt so viele gepflückt. Als Vater mit den Welpen beschäftigt gewesen war, hatte Marek sich aus dem Haus geschlichen. Weit gehen musste er nicht. Er kannte die Stelle, an der drei dieser Bäume wuchsen, sehr genau. Der Weg hinauf zu seinem Versteck verlief daran entlang. Ein steiler Weg, den Vater mit seinem kaputten Bein nicht gehen konnte.

Zwanzig dunkelblaue, reife, süßliche Tollkirschen – und Vater hatte fast den ganzen Rotkohl allein aufgegessen.

Er räusperte sich laut.

Marek wagte es, ihn direkt anzusehen. Früher, so hatte es ihm seine Mutter erzählt, hatten die Frauen in Italien geringe Mengen Tollkirsche zu sich genommen, um damit ihre Pupillen zu vergrößern und attraktiver zu wirken. Daher stammte auch der Name «Belladonna», schöne Frau. Die Augen seines Vaters waren tiefschwarz. Das Gift wirkte.

Sein Vater bemerkte seinen Blick, fixierte ihn, sah dann die Schale, in der sich nur noch ein kleiner Rest Rotkohl befand.

«Warum hast du keinen Rotkohl gegessen?», krächzte er.

«Ich mag ihn nicht.»

Vater fasste sich abermals an den Hals und keuchte: «Was hast du getan, Sohn?»

Marek rutschte vorsichtshalber mit seinem Stuhl nach hinten, damit er schnell flüchten konnte. Er hatte noch nie beobachtet, wie die Tollkirsche wirkte oder wie lange es dauerte, bis ein Mensch starb. Er wusste nur, was Mutter ihm erzählt hatte.

«Ich habe für dich gekocht», sagte Marek ruhig. Er fand, er klang so erwachsen und selbstbewusst wie nie zuvor. «Ein Festmahl für Mutter. Und für dich. Dein letztes.»

«Was hast du getan?», flüsterte Vater.

«Du hast nicht begriffen, warum Mutter nicht hier auf dem Hof sterben wollte, nicht wahr? Sie hat sich gefürchtet, Vater. Sie wollte unbedingt in einem Krankenhaus sterben. Sie wollte wie andere Menschen auch auf einem Friedhof beerdigt werden. Sie wollte nicht mit dem Bild des lächelnden Samojeden vor Augen sterben.»

Marek wurde immer lauter, und die nächsten Worte spuckte er seinem Vater entgegen: «Ich habe es ihr versprochen, und ich werde dafür sorgen.»

«Das hast du nicht zu entscheiden», stieß Vater hervor, sprang auf, packte dabei die Tischkante und wuchtete den schweren Eichentisch mit all dem guten Geschirr hoch, als wiege er nichts. Er kippte auf die Kante, das Geschirr zerbarst, Scherben flogen herum.

Marek sprang auf und wich zurück. Richtung Tür.

«Was hast du getan?», wiederholte sein Vater und kam

auf ihn zu. Er stand sicher auf den Beinen, wankte nicht, er schien genauso stark und furchterregend wie eh und je.

Warum nur hatte Marek nicht noch mehr Beeren unter den Rotkohl gemischt? Sein Vater war anders als andere Menschen. Was, wenn ihn das Gift nicht tötete?

Marek wich zurück. Dabei rutschte er auf dem Rest Rotkohl aus, strauchelte, fand keinen Halt und fiel hin. Sofort war Vater über ihm und trat ihm in die Rippen.

«Du undankbarer Taugenichts», schrie er jetzt. «Du Jammerlappen von einem Mann. Hast du Tollkirschen in den Rotkohl getan?»

Marek heulte auf. Dann brüllte er seinem Vater entgegen: «Ja, ja, ja. Damit du stirbst. Damit wir endlich unsere Ruhe haben, Mutter und ich. Du unmenschliches Scheusal!»

Vater verpasste ihm einen weiteren Tritt. Da Marek sich wegdrehte, traf er ihn diesmal in den Rücken. Der Schmerz schoss seine Wirbelsäule hinauf, und für einen Moment meinte Marek, gelähmt zu sein.

Dann bückte Vater sich, packte ihn am Hemdkragen und ließ sich mit beiden Knien auf Mareks Brustkorb nieder. Das immense Gewicht seines Vaters presste ihm die Atemluft aus dem Körper.

«Dann sterben wir gemeinsam», schrie Vater.

Er griff nach dem Rotkohlrest auf dem Boden. Marek warf den Kopf von einer Seite auf die andere und presste die Lippen fest aufeinander. Gleichzeitig versuchte er, sich unter den Knien seines Vaters hervorzuwinden.

«Friss den Rotkohl, du elendiger kleiner Wicht.»

Vater schlug ihm mit der freien Hand auf die Nase. Sie brach sofort, das Knacken hallte in Mareks Kopf wider. Blut schoss hervor und lief ihm in den Rachen. Augenblicklich schwoll die Nase zu, sodass er keine Luft mehr bekam. Es

blieb ihm nichts anderes mehr übrig, als den Mund aufzu-
reißen.

Vater drückte ihm den Rotkohl zwischen die Zähne.

«Friss, du jämmerliches Muttersöhnchen.»

10

Es war sechzehn Uhr vorbei. Die Hälfte der Rückfahrt in die Stadt hatte Manuela bereits geschafft, als ihr Handy brummte. Hoffentlich war das Conroy. Hatte er die Adresse dieses Darkowiak schon ausfindig gemacht? Oder vielleicht sogar per Funkzellenortung dessen Aufenthaltsort ermittelt? Nein, das konnte nicht sein. Conroy hatte Namen und Handynummer erst seit etwas mehr als einer halben Stunde. Manuela wusste, sie musste geduldiger sein, doch ihr Körper wollte das einfach nicht akzeptieren. Sie fuhr sogar schon den gleichen Rennfahrerstil wie Conroy. Das tat sie sonst nie.

Sie war überrascht, als sie auf das Display schaute. Der Anruf kam nicht von Conroy, sondern von ihrem Bruder Timmy. Für einen klitzekleinen Moment überlegte sie, ob sie nicht rangehen sollte. Immerhin würde sie die Leitung für einen wichtigen dienstlichen Anruf blockieren. Aber dann brachte sie es nicht übers Herz.

«Hey, kleiner Bruder, wie geht's?»

«Bestens, Schwesterherz. Fährst du gerade?»

«Ja, ist aber kein Problem. Die Freisprechanlage ist eingeschaltet, und ich bin allein im Wagen. Was gibt's denn?»

«Ich störe dich wirklich nur ungern …»

«Hey, du störst nie. Leg schon los.»

«Vielleicht blamiere ich mich auch bis auf die Knochen, aber ich muss es wenigstens versuchen.»

Jetzt war Manuela einigermaßen alarmiert, denn ihr sonst so sonniger Bruder klang wirklich besorgt.

«Du machst es aber spannend», sagte sie.

«Kannst du dich noch an Ralf erinnern, meinen WG-Kumpel?»

«Der etwas arrogante Frauenaufreißer?»

«Eben der. Ralf bat mich gestern um deine Handynummer. Hat er dich angerufen?», fragte Timmy.

Erst jetzt fiel Manuela der Anruf wieder ein. In der kurzen Zeit war so viel passiert, sie hatte ihn glatt vergessen.

«Ja, irgendwann am Vormittag. Ich hatte leider keine Zeit für ihn und habe ihm gesagt, er soll sich an eine Dienststelle bei euch in Traunfeld wenden. Ich bin hier in Gotenburg gar nicht zuständig. Wieso? Ist diese Freundin immer noch nicht wiederaufgetaucht?»

Timmy seufzte. «Nicht nur das, jetzt ist Ralf auch noch verschwunden. Und seine Freundin Lea kann ich auch nicht erreichen.»

«Was heißt, er ist verschwunden?»

«Er war die Nacht über nicht in der WG, aber das kommt ja öfter vor. Wir wollten heute früh zusammen zur Uni fahren, aber er ist nicht aufgetaucht. Um vierzehn Uhr waren wir erneut verabredet, er wollte mich mit zurücknehmen. Aber wieder kein Ralf. Und keiner geht ans Handy. So langsam mach ich mir echt Gedanken. Was hat er denn gestern von dir gewollt?»

«Was er gewollt hat?» Darüber musste Manuela nachdenken. Sie hatte ja nur mit halbem Ohr hingehört.

«Ich glaube, die haben wohl das Auto der Freundin vor deren Wohnung gefunden, und das kam ihnen komisch vor. Ich habe ehrlich gesagt gar nicht richtig hingehört. War gerade im Stress. Aber wie gesagt, ich kann ihm gar nicht helfen. Ich habe ihm geraten, er soll bei euch in der Stadt zur Polizei gehen. Hat er das nicht getan?»

«Weiß ich nicht, ich habe ihn nach dem Anruf weder gesprochen noch gesehen. Ich kenne so ein Verhalten von Ralf nicht. Er ist eigentlich die Zuverlässigkeit in Person. Der hätte mich nie einfach so vor der Uni stehen lassen. Zumindest hätte er angerufen.»

«Okay, gib mir mal die Namen durch. Ich hab selbst gerade viel um die Ohren, aber ich lasse sie mal durchs System laufen. Eine Suche kann ich allerdings nicht veranlassen.»

«Ist klar. Also: Rieke Schneider, Ralf Krüger und Lea Conroy.»

Manuela erstarrte.

«Wiederhole mal bitte den letzten Namen», sagte sie mit tonloser Stimme.

«Lea Conroy.»

«Weißt du, woher sie kommt?»

«Nee, sorry. Wieso, stimmt was nicht? Du klingst plötzlich so komisch.»

«Nein … ist alles in Ordnung. Timmy, ich muss Schluss machen. Ich rufe zurück, wenn ich was habe. Bleib bitte erreichbar, ja?»

Manuela beendete das Gespräch.

Sie konnte kaum noch atmen.

11

Nicht atmen, bloß nicht atmen oder schlucken. Er hatte das Gift im Mund.

Aber das war nicht so einfach, denn Vater drückte noch eine Handvoll Rotkohl hinterher. Marek spuckte aus, und der Rotkohl landete im Gesicht seines Vaters, blieb in dessen struppigem Bart hängen. Ein klein wenig schluckte Marek aber auch hinunter. Er konnte es nicht verhindern.

Vater zuckte zurück. Für einen kurzen Moment verringerte sich das Gewicht auf Mareks Bauch. Er reagierte sofort. Mit beiden Händen stieß er seinen Vater von sich und rollte sich gleichzeitig zur Seite. Da er aber eingezwängt zwischen der Küchenzeile und dem umgeworfenen Tisch lag, kam er nicht schnell genug weg. Vater griff nach ihm, bekam sein Haar zu fassen und riss ihn daran zurück. Marek schrie auf, packte nach dem Handgelenk seines Vaters und versuchte sich zu befreien, aber dessen Griff war einfach zu fest.

Aber dann lockerte er sich plötzlich. Vater räusperte sich, röchelte, spuckte aus, und plötzlich verschwand die Hand aus Mareks Haar.

Er rollte sich schnell bis zur Tür. Erst dort schaute er zurück.

Sein großer, stolzer Vater hockte gekrümmt auf den Knien. Er hatte beide Hände an den Hals gelegt und schien sich übergeben zu müssen. Doch mehr als würgende Geräusche brachte er nicht hervor.

Schwer atmend zog Marek sich am Türrahmen hoch. Alles tat ihm weh, Blut lief ihm aus der Nase und tropfte zu Boden. Die Küche war ein einziges Schlachtfeld. Vater hatte kaum eine Minute gebraucht, um ihn so gut wie fertigzumachen. Seine Nase war gebrochen, eine Rippe sicher auch, aber was viel schlimmer war: Er hatte etwas von dem vergifteten Rotkohl geschluckt. Hoffentlich hatte das Gift in solch geringer Konzentration keine Wirkung. Marek hatte einen trockenen Mund, er gierte nach Wasser, auch, um seinen Mageninhalt zu verdünnen, doch um an den Wasserhahn zu kommen, hätte er an seinem Vater vorbeigemusst – und das traute er sich nicht.

Sein Plan reichte nur bis hierher. Weiter hatte er nicht gedacht.

Er hatte sich vorgestellt, dass Vater noch während des Essens tot über seinem Teller zusammenbrechen würde. Aber wie es schien, wirkte das Gift doch nicht so schnell. Zwar würgte Vater immer noch und schien Probleme mit dem Atmen zu haben, aber er fiel nicht. Stattdessen packte er nach der Kante der Arbeitsfläche und zog sich daran hoch. Fassungslos sah Marek mit an, wie sein Vater wieder auf die Beine kam. Schließlich stand er und wandte sich ihm zu.

«Das wirst du bereuen», presste er mühsam zwischen den Zähnen hervor. «Ich werfe dich den Hunden zum Fraß vor.»

Marek stolperte rückwärts auf die Diele hinaus. Dort war es wie immer schummrig. Im hell erleuchteten Rechteck der Küchentür erschien ihm die Gestalt seines Vaters gewaltig. Wie hatte er nur eine Sekunde daran glauben können, er würde mit ihm fertigwerden?

Renn, schoss es ihm durch den Kopf. Renn so schnell du kannst. Dreh dich nicht um und komm niemals wieder zurück.

Aber er konnte nicht rennen. Seine Muskeln waren steif. Mühsam stakste er rückwärts. Sein Vater kam auf ihn zu. Aber seine Bewegungen waren eckig. Plötzlich begann sein rechter Arm unkontrolliert zu zucken.

Mareks Blick ging nach links. Es war wie ein Reflex. Dort hing Großvaters Haut. Er wusste jetzt, was er zu tun hatte.

All die Jahre hatte Marek die Bicz immer nur auf Anweisung seines Vaters vom Haken genommen. Und immer war er es gewesen, der bestraft worden war.

Ohne zu zögern, griff Marek zu.

Die Bicz wog schwer in seinen Händen. Fast glaubte er, Leben in den Fasern zu spüren.

«Nein!»

Marek fuhr herum.

Vater stand in der Küchentür. Mit beiden Händen stützte er sich am Rahmen ab.

«Lass die Finger davon, du Nichtsnutz», fuhr er ihn an.

Angst konnte Marek nicht erkennen im Gesicht seines Vaters. Nur Wut. Und vielleicht Erstaunen darüber, dass sein eigener Sohn, der all die Jahre so gut funktioniert hatte, sich nun so anders verhielt.

Marek ließ die Riemen der Peitsche zu Boden fallen, sodass die verknoteten Enden auf den staubigen Boden klackerten.

Vater löste sich vom Türrahmen und kam auf ihn zu. Er bewegte sich wie ein Untoter. Eckig, unkoordiniert, seine Arme fuhren wie Dreschflegel durch die Luft.

Mit der Peitsche in der rechten Hand ging Marek rückwärts. Wich vor seinem Vater zurück. Aber diesmal nicht aus Angst, sondern weil er ein Ziel verfolgte. Er musste ihn aus der Diele auf den Hof hinauslocken.

Vater bleckte die Zähne. Sie waren leicht bläulich gefärbt vom Rotkohl.

«Ich werde dich Gehorsam lehren.»

Marek holte aus. Die Riemen pfiffen durch die Luft. Es fühlte sich gut an, Großvaters Haut zu schwingen. Es fühlte sich richtig an. Der Schlag war nicht gezielt gewesen und traf nicht. Aber Vater zuckte trotzdem zurück. Er schien gegen die Unmengen Gift in seinem Körper unempfindlich zu sein, aber vor der Peitsche hatte er Angst.

Wie konnte das sein?

Marek holte abermals aus, ließ die Riemen durch die Luft schnellen und ging dabei Schritt für Schritt zurück. So hielt er Vater auf Distanz. Schließlich spürte er die Dielentür in seinem Rücken, drückte sie auf und stolperte auf den Hof hinaus.

Augenblicklich begannen die Hunde zu kläffen. Marek ging einige Schritte bis in die Mitte des Hofes und blieb dort stehen.

Vater trat aus dem Haus.

Sofort schlug er die Hand vor die Augen und schrie auf. Das grelle Licht blendete seine unnatürlich geweiteten Pupillen. Mit der anderen Hand tastete er durch die Luft wie ein Blinder. Wahrscheinlich sah er so gut wie nichts.

Jetzt oder nie.

Marek holte aus, schwang die Bicz und lief schreiend auf seinen Vater zu.

Die Riemen klatschten ihm gegen den Bauch, sie rissen das Hemd entzwei und blutige Striemen in die Haut. Marek hatte so fest geschlagen, wie er konnte. Vater brüllte auf und krümmte sich zusammen. Marek holte abermals aus. Die Riemen klatschten auf den breiten Rücken und zerfetzten auch dort den Stoff des weißen Hemds. Aus Erfahrung wusste Marek, wie grässlich die Schmerzen waren.

Zum ersten Mal sah Marek seinen Vater mit entblößtem Oberkörper. Sah alte Narben auf dem Rücken, die zweifellos – von Peitschenhieben stammten.

Er wird nicht zum ersten Mal mit Großvaters Haut geschlagen, schoss es Marek durch den Kopf.

Verwirrt blieb er stehen. Beinahe hätte Vater es geschafft, ihm die Peitsche aus der Hand zu reißen, aber im letzten Moment zog Marek sie zu sich, holte zu einem weiteren Schlag aus und trieb seinen Vater vor sich her über den Hof. Weil die Hunde im Stall waren, stand das Gatter offen. Mit zwei weiteren Schlägen trieb Marek ihn in den geräumigen Zwinger.

Marek zog das Gatter zu und verriegelte es.

Das Geräusch alarmierte seinen Vater.

«Was soll das?», krächzte er. «Was tust du?»

«Mach die Augen auf, Vater», schrie Marek. «Gleich wirst du es sehen ... Das Lächeln deiner geliebten Samojeden.»

12

Als sie auf den Parkplatz des Präsidiums fuhr, hatte Manuela es geschafft, sich einigermaßen zu beruhigen. Schließlich konnte es sich auch um einen Zufall handeln. Eine zufällige Namensgleichheit, die rein gar nichts zu bedeuten hatte.

Im Laufschritt überquerte Manuela den Parkplatz, flog praktisch die Stufen ins zweite Stockwerk hinauf und platzte ohne zu klopfen in Henry Conroys Büro.

Er war nicht da.

Schritte auf dem Gang. Manuela sah hinaus. Es war Jens Jagoda. Er sah erschöpft und mürrisch aus.

«Zwei total unübersichtliche Tatorte und viel zu wenig Personal», polterte er los und drängte sich an Manuela vorbei ins Büro. «Wie soll man so vernünftige Arbeit ... Ist Henry nicht da?»

Manuela schüttelte den Kopf. «Ich bin auch gerade erst reingekommen. Keine Ahnung, wo er ist.»

«Rufen wir ihn doch einfach mal an.» Jagoda wollte schon sein Handy zücken, doch Manuela fiel ihm in den Arm.

«Moment», sagte sie. «Können wir vorher miteinander reden?»

«Klar. Worüber?»

Jens Jagoda ließ sich hinter dem Schreibtisch auf Conroys Drehstuhl fallen, als wäre es sein eigener.

«Hat Henry Conroy eine Tochter?», fragte sie.

«Von wem haben Sie das?»

«Ja oder nein?», beharrte Manuela.

«Ja, er hat eine erwachsene Tochter. Warum?»

«Stimmt irgendwas nicht mit den beiden?», hakte Manuela nach. Bevor sie mit dem rausrückte, was Timmy ihr erzählt hatte, wollte sie so viel wie möglich wissen.

«Schlimme Sache», sagte Jens. «Henrys Frau, Serena, ist bei einem Unfall ums Leben gekommen. Ich kannte sie. Sie war wirklich klasse, und die beiden waren füreinander geschaffen. Man findet als Polizist nicht oft eine Frau, die den schwierigen Job so bedingungslos akzeptiert. An dem Abend hatte Lea Abschlussball der Tanzschule. Sie wollten gemeinsam dorthin fahren, aber Henry kam mal wieder nicht aus dem Büro weg. Ich weiß nicht mal mehr, um welchen Fall es damals ging. Also fuhr Serena mit ihrer Tochter, sie wollten sich vor dem Festsaal treffen. Henry war sogar pünktlich da, er war ja schon in der Stadt. Aber seine Frau und seine Tochter kamen nie an. Serena war sofort tot. Lea war schwer verletzt, ein paar Tage stand es auf der Kippe. Sie hat sich durchgekämpft, aber sie war danach nicht mehr dieselbe.»

«Scheiße», sagte Manuela und schluckte den Kloß hinunter, der sich in ihrem Hals gebildet hatte.

Jens nickte. «Kann man so sagen. Lea wirft ihrem Vater bis heute vor, dass er nicht gefahren ist. Zuletzt haben die beiden nur noch gestritten, und es war für Henry beinahe eine Erleichterung, als sie für das Studium nach Traunfeld zog. Er bezahlt ihr die Wohnung, glaube ich. Und ich weiß, dass er darunter leidet, immer noch. Er hat nicht nur seine Frau, sondern auch seine Tochter verloren bei diesem Unfall. Deswegen kann er manchmal ein ganz schönes Arschloch sein.»

«Ist nicht schwer zu verstehen.»

«Das Schlimme ist: Er kapselt sich zunehmend ab. Ein Einzelgänger war er schon immer, aber in den letzten Jahren ist er quasi zum Eremiten geworden. Sie tun ihm aber richtig gut.»

«Ich?»

«Ja. In den paar Tagen, seit Sie hier sind, ist er zugänglicher geworden.»

Darauf erwiderte Manuela nichts. Sie hätte sich gern über das Kompliment gefreut, konnte es aber nicht. Sie musste sich Jagoda endlich anvertrauen.

«Ich muss Ihnen was erzählen. Vielleicht ist es nur blinder Alarm», begann sie. Dann berichtete sie Jens Jagoda alles, was sie von Timmy erfahren hatte.

Er sah sie mit finsterem Blick an.

«Das hat gerade noch gefehlt», sagte er. «Ausgerechnet jetzt.»

«Was meinen Sie?»

«Na ja, ich denke, sie wird mit diesem Typen abgehauen sein.»

Manuela schüttelte den Kopf. «Nein, das glaube ich nicht. An dem Abend, als ich bei meinem Bruder war, hat dieser Ralf sich echt Sorgen um Lea gemacht. Der ist nicht der Typ, der einfach mit einem Mädchen durchbrennt.»

Jagoda blähte die Wangen auf und atmete geräuschvoll aus.

«Tja, dann weiß ich auch nicht. Erzählen Sie es Henry. Er wird schon wissen, was zu tun ist.»

«Was soll sie mir erzählen?», kam es von der Tür. Henry Conroy trat ins Büro.

Er warf einen roten Schnellhefter auf den Schreibtisch und hockte sich auf die Tischkante.

«Die Handynummer ist eine Sackgasse», sagte er, bevor Manuela den Mund aufmachen konnte. «Sie ist keinem Teilnehmer zuzuordnen und seit mehr als einem Jahr nicht mehr belegt. Was davor war, wissen wir nicht, wahrscheinlich gehörte die Nummer zu einem nicht registrierten Prepaid

Handy. Den Namen Darkowiak gibt es allein in unserem Bundesland siebenunddreißig Mal. Ich habe die Liste hier drin. Das wird eine Menge Arbeit. Es gibt einen Darkowiak in unseren Datenbanken, der 2001 wegen Körperverletzung verurteilt wurde, und einen weiteren, der wegen Trunkenheit am Steuer seinen Lappen abgegeben hat. Das war 2008. Ansonsten nichts.»

Er schüttelte den Kopf und schlug mit der flachen Hand auf den Schreibtisch. Manuela zuckte zusammen.

«Wir haben einen Namen, eine Phantomzeichnung und eine Handynummer und kommen trotzdem keinen Schritt mehr weiter. Und Sackstedt, dieser feige Hund, verweigert mir den Antrag auf eine Funkzellenortung für den Bereich, in dem das Haus der Schwabes liegt. Nicht zu rechtfertigen, meint er. Der Staatsanwalt würde den Antrag sowieso ablehnen. Das ist doch dummes Gefasel. Gerade in einer so einsamen Gegend ergibt das doch Sinn! Wie viele Nutzer würden wir da kriegen? Höchstens zwei Dutzend. In Berlin haben sie Hunderttausende von Nutzern wegen brennender Autos gefilzt. Sackstedt hat doch nur Angst vor schlechter Presse.»

Manuela wusste, dass die Funkzellenortung wegen Missbrauchs ins Gerede gekommen war. Es gab sogar politische Forderungen, sie abzuschaffen. Kein Wunder also, dass jemand wie Sackstedt sich dem Antrag verweigerte.

Henry seufzte müde.

«Ich bin drauf und dran, mir die Psychologin zu schnappen und den Jungen noch mal zu befragen. Er ist ein Augenzeuge, Herrgott noch mal. Es kann doch nicht sein, dass wir nichts aus ihm rausbekommen.»

«Er ist vor allem ein schwer traumatisiertes Kind», bemerkte Manuela.

Henrys Schultern sackten nach unten.

«Sie haben ja recht. Was macht ihr beiden eigentlich hier? Krisensitzung?»

Manuela und Jens Jagoda sahen sich schweigend an.

«Was ist los?», fragte er. «Habe ich was Wichtiges verpasst?»

Manuela erzählte es ihm.

Er griff nach seinem Handy, suchte eine Nummer aus dem Speicher und rief an, aber es meldete sich niemand, denn Henry drückte den Anruf wieder weg. Henry wählte eine weitere Nummer, wahrscheinlich den Festnetzanschluss, wie Manuela glaubte. Auch hier meldete sich offenbar nur der Anrufbeantworter.

«Hey, Kleine, dein Vater hier», sagte Henry. «Bitte nimm ab, wenn du da bist. Es ist sehr, sehr wichtig. Oder ruf mich bitte zurück. Es ist wirklich wichtig.»

Henry legte auf und sah Manuela an. Er wirkte nicht so panisch, wie Manuela befürchtet hatte. Etwas befremdlich fand sie den Ton, in dem er auf den Anrufbeantworter gesprochen hatte. Nicht herzlich, so wie sie selbst mit Timmy sprach, sondern distanziert und vorsichtig. Ihre Beziehung schien wirklich nicht die beste zu sein.

«Sie geht fast nie ran, wenn ich anrufe», sagte Henry. «Wann haben Sie davon erfahren?»

«Auf der Rückfahrt von Hohberg, also vor einer Dreiviertelstunde.»

«Es muss ja nicht unbedingt etwas passiert sein», mischte sich Jagoda ein.

«Ich weiß», sagte Henry. «Sie ist ziemlich unzuverlässig geworden. Geht nicht mal mehr regelmäßig zu ihren Vorlesungen. Gut möglich, dass sie mit diesem Typen abgehauen ist.»

«Ralf heißt dieser Typ», sagte Manuela. «Und das glaube ich nicht. Er wirkte zuverlässig.»

Henry Conroy fixierte sie aus schmalen Augen. «Und was glauben Sie stattdessen?»

«Ich … ich weiß es nicht. Ich meine …»

«Rufen Sie Ihren Bruder an, jetzt», unterbrach Henry sie. Manuela zog ihr Handy hervor und rief Timmy an. Er schien auf den Anruf gewartet zu haben. Nach dem ersten Klingeln war er dran.

«Hi, Timmy, ich bin's. Ich stell dich auf Lautsprecher, damit meine Kollegen mithören können.»

«Ja, okay.»

«Ist einer von ihnen wiederaufgetaucht?», fragte Manuela.

«Nein. Und ans Handy gehen sie immer noch nicht», antwortete Timmy.

«Hallo, hier spricht Henry Conroy», mischte sich Henry ein. «Ich bin der Vorgesetzte Ihrer Schwester, und Lea ist meine Tochter. Können Sie mir sagen, was sie mit diesem Ralf zu tun hat?»

Falls Timmy verwundert war, ließ er es sich nicht anmerken.

«Sie haben eine Beziehung, schon seit einem halben Jahr.»

«Und Rieke Schneider?»

«Ist ihre beste Freundin … als Vater sollten Sie das doch eigentlich wissen, oder?»

«Das geht Sie einen Scheiß an», blaffte Henry.

«Hey, jetzt mal langsam», fuhr Manuela dazwischen. «Kein Grund, unhöflich zu werden.»

Henry Conroy schloss die Augen, atmete tief ein und aus und öffnete sie wieder. «Okay, war nicht so gemeint. Wo könnten die drei hin sein?»

Timmy dachte einen Moment nach.

«Ich weiß es nicht. Aber diese Rieke Schneider ... soviel ich weiß, ist die in so einer Tierschutzgruppe aktiv. Hin und wieder hat Lea da wohl auch mitgemacht, jedenfalls hat Ralf mal so etwas erwähnt.»

«Tierschutzgruppe? Was bedeutet das?»

«Na ja, die treten Leuten auf die Füße, die ihre Tiere schlecht behandeln. Soweit ich weiß, geht es da hauptsächlich um Hunde.»

Manuela atmete scharf ein. Henry Conroy sprang vom Schreibtisch auf, und Jens Jagoda ruckte auf dem Stuhl nach vorn.

«Sind Sie sicher?»

«Nein, sicher bin ich nicht. Ich meine aber, mich daran erinnern zu können, dass die Gruppe Freedogs oder so heißt. Ja, doch, ich bin mir sicher. Die haben es mit Hunden.»

13

Der Zwinger war an die Stirnseite der Stallungen angebaut. Er bestand aus zwei Meter hohem Maschendraht, der zwischen Metallpfosten gespannt war. Ein Betonfundament verhinderte, dass die Hunde sich unter dem Draht durchgraben konnten. In der Wand des Stallgebäudes gab es zwei Durchbrüche, vierzig mal vierzig Zentimeter große Löcher, vor denen alte Säcke als Wind- und Kälteschutz hingen. Diese Löcher ließen sich durch ein Fallschott schließen, das man von außerhalb des Zwingers herunterlassen konnte.

Marek wickelte den Draht von dem Haken in der Wand. Dann zog er daran, öffnete damit das Fallschott und befestigte den Draht wieder.

Vater taumelte in der Mitte des Zwingers umher. Mit der einen Hand hielt er seine Augen bedeckt, während er mit der anderen in der Luft herumfuchtelte.

«Nein», schrie er, so laut er noch konnte. «Nein, nein, nein!»

Erst glaubte Marek, er wäre gemeint, aber dann merkte er, dass etwas nicht stimmte.

«Nicht, das darfst du nicht! Lass ihn in Ruhe. Lass Großvater in Ruhe!»

Wie gebannt stand Marek am Zwinger. Sein Vater nahm die Hand von den Augen und schlug mit beiden Fäusten auf einen imaginären Feind ein, die Lider hielt er dabei geschlossen. Das Sonnenlicht schien ihm starke Schmerzen zu bereiten.

«Wenn du Großvater etwas antust, dann bringe ich dich um», schrie er.

Die erste Schnauze erschien im Loch in der Wand. Sie witterte. Dann schob sich der schneeweiße Kopf heraus. Es war Caligula, das erkannte Marek an dem kleinen schwarzen Fleck unter dem rechten Auge. Der Rüde kam immer als Erster heraus, er war das Alphamännchen. Caligula war groß und kräftig für einen Samojeden, und er musste sich tief bücken, um durch das Loch zu passen. Einmal draußen, schüttelte er sich. Das herrlich weiße, langhaarige Fell bauschte sich wie frischer Pulverschnee.

Caligula reckte die Nase in den Wind und witterte abermals. Der Geruch schien ihn zu verwirren. Vater blutete von den Peitschenhieben, und Blut ließ den Rüden wild werden. Darauf hatte Vater seine Tiere abgerichtet.

Der Hund bemerkte Marek am Zaun. Er sah ihn an. Marek lief ein eisiger Schauer den Rücken hinab.

Da war es, das Lächeln.

Eine Laune der Natur, die unter anderen Umständen vielleicht hübsch gewesen wäre, aber nicht hier. Wenn Vaters Samojeden lächelten, dann war es, als lächle einem der Teufel persönlich ins Gesicht.

Vater war ein strenger Erzieher. Auch für die Hunde gab es eine Peitsche, außerdem Würgehalsbänder, die sie immer wieder zerbissen und die Marek ständig nachkaufen musste. Kannten Hunde so etwas wie Rache?

Caligulas Blick war eindeutig.

Er gehört mir. Misch dich nicht ein.

Der stolze Rüde wandte den Blick ab und trottete ein paar Schritte vor. Jetzt fixierte er Vater, der immer noch durch den Zwinger taumelte, schrie und nach jemandem schlug, den es nicht gab.

Nach Caligula verließen Oblomov, Rasputin und Zeus den Stall. Sie krochen durch das Loch. Wie ihr Anführer schüttelten sie ihr weißes Fell und nahmen sofort die Witterung auf. Sie verhielten sich wie Wölfe, die im Rudel jagten. Mit langsamen, selbstsicheren Bewegungen kreisten sie Vater ein. Vorerst hielten sie Abstand, und Vater schien die Hunde noch nicht bemerkt zu haben. Offenbar hatte ihn das Gift der Tollkirsche verrückt werden lassen.

Caligula bückte sich tief, fletschte die Zähne und stieß ein heißeres Knurren aus. Er war noch jung und hatte bisher nie ein lebendes Opfer reißen müssen. Bisher war er stets mit fertig zubereitetem Fleisch gefüttert worden. Maulgerechten Stücken, um die er sich nur mit den anderen Hunden des Rudels streiten musste. Deshalb ließ Vater ihn nachts auch nicht raus, um den Hof zu bewachen. Die Wachaufgabe übernahm seit Jahren der alte Oblomov. Und wie gut er darin war, hatte er in der letzten Nacht gezeigt. Er hatte dem Jungen praktisch die Wade vom Knochen gerissen.

Die anderen scharrten mit den Vorderläufen, blieben aber auf Abstand. Sie würden nicht angreifen, bevor Caligula es nicht tat. Den schien aber irgendwas zu stören. Vielleicht war es ja Vaters wildes Gebaren, seine Schreie und Schläge. Vielleicht aber auch etwas anderes. Roch er vielleicht nach dem Gift?

Plötzlich ging alles sehr schnell.

Der Alpha-Rüde schoss vor, prallte gegen Vaters Brustkorb und riss ihn von den Füßen.

Vater schrie und schrie und schrie.

Einer der Hunde erwischte die Kehle.

Die Schreie brachen ab.

Danach hörte man nur noch wütendes Fletschen und Reißen, Knurren und Zerren. Wie gebannt stand Marek am Zaun und konnte den Blick nicht abwenden.

Einer der Hunde löste sich aus dem Getümmel und starrte

zu ihm herüber. Das weiße Fell war ums Maul herum blutverschmiert. Von den Zähnen troff Blut.

Der Samojede lächelte.

Von früher

Der Winter wollte nicht aufhören. Aber das Brennholz war aufgebraucht, alle Möbel, auf die sie verzichten konnten, ebenso. Seit drei Tagen wurde der Junge gleich nach dem Frühstück hinaus in die Wälder geschickt, um Reisig zu sammeln. Alles, was er am Waldboden fand, bündelte er mit einem groben Seil zusammen. Er musste immer weitergehen, um überhaupt noch etwas zu finden.

Er hatte sich gerade auf den Rückweg zum Hof gemacht. Sein Bündel wog nicht viel, trotzdem war der Marsch anstrengend. In der letzten Nacht hatte es wieder einmal geschneit. Seine eigenen Spuren der vergangenen Tage, in die er hätte treten können, waren verschwunden. Der Junge musste neu spuren. Atemwolken verdampften vor seinem Gesicht. Sein ganzer Körper dampfte. Wenigstens musste er bei dieser Arbeit nicht frieren. Doch wenn er stürzte und sich etwas brach oder wenn er in einen der vielen Entwässerungsbäche fiel, dann würde er erfrieren. Sein Vater würde nicht nach ihm suchen. Und er würde wohl auch Mutter davon abhalten. Immerhin würde dann ein Esser weniger am Tisch sitzen.

Sein Vater war der schlechteste Mensch der Welt, und sein Hass auf ihn wurde immer größer. Er bedauerte es, an jenem Tag, als sein Vater wie ein Geist aus dem Schneenebel aufgetaucht war, den Abzug nicht betätigt zu haben. Jetzt lag das Gewehr nicht mehr im Schrank auf dem Flur, sondern im Schlafzimmer der Eltern unter dem Bett. Unerreichbar für ihn.

Sein Vater hatte ihren ältesten Gefährten und treuesten Begleiter geschlachtet. Einfach so, weil er Hunger hatte. Niemand hatte mit dem Jungen darüber gesprochen, und auch Mutter hatte nur den Kopf geschüttelt und behauptet, sie wisse nicht, wo Oblomov sei. Er müsse sich wohl von der Kette losgerissen haben. Vielleicht hatte er einem Hasen nachgestellt und war dabei erfroren. Aber die Lüge

hatte ihren Blick beschattet. Der Junge wusste Bescheid. Er hatte
das Blut auf den Schuhen seines Vaters gesehen.

Ein Esser weniger.

Diese Worte hatte der Junge in den zurückliegenden Tagen bei
Tisch oft gehört. Dabei war es um Großvater gegangen. Der kam
überhaupt nicht mehr aus seiner Kammer heraus, und er hustete
auch nicht mehr. Nur noch nachts, wenn es ganz still war im Haus,
konnte der Junge ihn schwer atmen hören.

«Lass ihn in Ruhe, dann stirbt er schneller, und wir haben einen
Esser weniger am Tisch.»

Der Junge stolperte und fiel hin. Für einen Moment bekam er
keine Luft. Trotzdem geriet er nicht in Panik. Er legte das Reisig-
bündel ab, suchte sich eine feste Stelle und drückte sich hoch. Schnee
klebte in seinem Gesicht, in den Nasenlöchern, den Augenhöhlen,
den Ohren. Er blieb hocken, leckte sich den Schnee von den Lippen
und schüttelte den Rest ab. Sein Gesicht war vom langen Marsch
erhitzt, und die Abkühlung tat gut.

Es war nicht mehr weit bis zum Hof.

Ein paar Minuten noch.

Als er sich aufrappelte, hörte er Hundegebell.

Dass mussten Igor, Jurij und Olomuk sein. Obwohl sie noch
jung waren, waren auch sie geschwächt und bellten nur noch ganz
selten. Jetzt aber klangen sie aufgeregt. Der Junge sprang auf
die Beine, schulterte das Bündel und stapfte weiter, so schnell er
konnte.

Vater hatte Hunger. Sicher holte er sich den nächsten Hund.

Das durfte er nicht. Der Junge wollte das unbedingt verhin-
dern.

Der Schnee schien ihn aufhalten zu wollen. Bei jedem Schritt
zerrte er an seinen Füßen. Die letzte Steigung vorm Hof zog sich
endlos dahin. Der Junge keuchte und kämpfte und spürte seine
Kraft schwinden. Schließlich warf er das Reisigbündel beiseite. Von

da an ging es besser. Fünf Minuten später erreichte er die Kuppe. Von dort aus konnte er den Hof sehen. Er lag zweihundert Meter weit entfernt in einer Senke.

Der Junge blieb stehen, um zu Atem zu kommen.

Auf seine Oberschenkel abgestützt, starrte er voraus. Die Hunde bellten nicht mehr. Es war erschreckend still geworden auf dem Hof. Über der weiten weißen Schneefläche flirrte die Luft, sodass der Junge nicht viel erkennen konnte. Er sah das Haus, die Scheune und den Schuppen. Er sah die kahlen Bäume und die Umrisse der niedrigen Hundehütten. Und er glaubte, die Hunde sehen zu können.

Waren es zwei oder drei?

Er stampfte weiter. Stolperte, rappelte sich wieder auf, kämpfte sich durch den Schnee. Starrte dabei immer nach vorn. Was war das da zwischen den Hundehütten? Dieser große dunkle Fleck im Schnee?

Als er näher heran war, erkannte er, dass Igor, Jurij und Olomuk fraßen. Zwischen den Hundehütten war der Schnee ganz rot. Und er dampfte. Das war Blut. Blut und Fleisch.

Wo hatten sie es her? Vater würde doch kein Fleisch an die Hunde verfüttern.

Der Junge ging ganz nah heran. Als die drei weißen Samojeden ihn bemerkten, drehten sie ihre Köpfe und sahen ihn an. Sie lächelten, aber ihr Lächeln war blutverschmiert. Und dann knurrten sie. Bösartig und warnend.

Langsam ging der Junge rückwärts. Plötzlich hatte er Angst vor den Hunden. Die Samojeden fraßen weiter, behielten ihn aber im Blick. Der Haufen Fleisch, um den sie sich geschart hatten, war groß. Der Junge warf einen genaueren Blick darauf.

Was er sah, ließ sein Blut gefrieren.

Aus dem Haufen ragte ein Fuß hervor. Verhornte, gelbe Nägel. Der Junge wandte sich mit einem Ruck ab, fiel auf die Knie

und übergab sich. Heiß quoll das bisschen Haferschleim, das er ge-
frühstückt hatte, aus ihm heraus. Sein Kopf drohte zu platzen. Er
wusste, was er gesehen hatte, eine Täuschung war nicht möglich.
Diese langen gelben Nägel ... nein, bitte ... so etwas würde sein
Vater doch nicht tun ...

... einen Esser weniger ... einen Esser weniger ...

Die Worte hallten im Kopf des Jungen wider. Sein Bauch zog
sich wieder schmerzhaft zusammen. Er würgte und spuckte, aber
es kam nichts mehr heraus. Auf Händen und Knien hockend, hörte
er, wie die Hunde hinter ihm fraßen. Hörte das Reißen von Sehnen
und Muskelfleisch. Das Brechen von Knochen.

Heulend und zitternd krabbelte er bis in die Mitte des Hofes.

«Großvater?», schrie er. «Großvater!»

Seine Stimme hallte zwischen Haus und Schuppen in der eisi-
gen Winterluft wider.

Links eine Bewegung. Es war Vater. Er trat aus dem Schup-
pen. Er trug die große schwere Schürze, die Großvater getragen
hatte, wenn die Schweine geschlachtet wurden. Früher, als es noch
Schweine auf dem Hof gegeben hatte. Die Schürze war blutbesu-
delt. Die Hände seines Vaters ebenso. Jetzt fuhr er mit dem Hand-
rücken durch sein Gesicht, wischte sich die tropfende Nase ab und
hinterließ auch dort einen roten Streifen.

«Was machst du denn schon hier?», fuhr er den Jungen an.
«Wo ist das Holz?»

Der Junge antwortete nicht.

Er starrte an seinem Vater vorbei in den Schuppen. Seit sie die
Rückwand zum Verfeuern abgebaut hatten, fiel von hinten Licht
herein. Genug Licht, um erkennen zu können, was sein Vater dort
tat.

Über einem Holzgerüst an der Wand hing etwas Dünnes, Lap-
piges. Es glänzte rot und nass. Blut tropfte von den Enden zu Bo-
den. Der Junge hatte schon dabei zugesehen, wie sein Großvater

das Fell von Rehen und Hirschen an dieses Gerüst gehängt hatte. Dies hier sah genauso aus. Nur nicht so haarig.

… ein Esser weniger …

Sein Vater spuckte in den Schnee, wischte sich abermals durchs Gesicht und sagte:

«Die Viecher wollten seine Haut nicht fressen, keine Ahnung, warum. Aber ich hab schon eine Idee, was ich damit anfange.»

TEIL 6

1

«Wenn das alles zusammenhängt, werfe ich meine Ansichten über Glauben und Zufall über Bord», hatte Henry gesagt und war aus dem Büro gestürmt.

Das war vor zehn Minuten gewesen. Seitdem war Manuela allein.

Conroy versuchte, über ihr Handy den Aufenthaltsort seiner Tochter Lea herauszufinden. Jagoda schickte die Phantomskizze an alle Dienststellen im Bundesland. Außerdem bemühte er sich um einen Kontakt nach Tschechien. Vielleicht kannte dort jemand den Mann.

In der Zwischenzeit hatte Manuela bereits fünf Darkowiaks angerufen. Sie gab sich als potenzielle Käuferin eines Hundewelpen aus. Womöglich schreckte sie den Täter damit erst recht auf, aber irgendwas musste sie tun, und etwas anderes war ihr nicht eingefallen. Die fünf Darkowiaks hatten allerdings nichts mit Hunden am Hut. Behaupteten sie zumindest.

Manuela seufzte und fuhr sich mit den Händen durchs Haar. Ihre Gedanken prallten wie Atome aufeinander und zerschossen sich gegenseitig.

Lea Conroy, Rieke Schneider, Ralf Krüger. Oleg Schwabe. Die anderen verschwundenen kleinen Jungen. Buhrmann und Theiß. Prostitution jenseits der Grenze. Illegaler Welpenhandel. Das waren alles einzelne Versatzstücke, zwischen denen sich offenbar kein Bezug herstellen ließ. Der Täter, der Oleg Schwabe entführt und womöglich Robert Dorn in seiner Gewalt hatte, war wahrscheinlich ein Pädophiler. So jemand änderte nicht sein Beuteschema und ging plötzlich auf Zwanzigjährige los. Das passte nicht. Lea Conroy lebte und studierte in Traunfeld, an derselben Uni wie Timmy. Die Stadt lag fast hundert Kilometer entfernt in nördlicher Richtung. Von Hohberg war sie allerdings nur etwa die Hälfte der Strecke entfernt. Hohberg lag ungefähr in der Mitte zwischen Traunfeld und Gotenburg.

Liefen die Fäden doch in Hohberg zusammen?

Nein, das konnte auch nicht sein. Die anderen Jungen waren übers gesamte Bundesgebiet verteilt entführt worden.

Die Grübelei brachte Manuela nicht weiter. Als sie bei den Schwabes aufgebrochen war, war alles noch so schön klar gewesen. Sie hatten einen Namen, ein Bild, eine Handynummer. Sie hatten die Zusammenhänge. Seit Timmys Anruf stimmte nichts mehr.

Sie hörte jemanden auf dem Gang. Leise, federnde Schritte. Weder Conroy noch Jagoda, denn die beiden stampften eher.

Nikolaus Sackstedt erschien im Türrahmen.

Den hatte Manuela völlig vergessen. War er noch wütend auf sie, weil sie nicht wie erhofft mit ihm zusammen gegen Conroy arbeitete?

«Niemand da?», fragte er. Er wirkte aufgeregt. Schaute immer wieder auf ein Schriftstück in seinen Händen.

«Wenn ich niemand bin, dann ja.»

«So meinte ich das nicht. Wo ist HK Conroy?»

«Unterwegs.» Manuela ging davon aus, dass Sackstedt nichts von Lea wusste, und sie würde es ihm bestimmt nicht auf die Nase binden.

«Der Name, den Sie von den Schwabes haben, lautet doch Darkowiak, richtig?»

«Richtig.»

«Ich habe hier eine Meldung von den Kollegen aus Traunfeld. Es geht um den Diebstahl eines Leichnams. Er wurde in

der Nacht von gestern auf heute aus den Räumen eines Be-
stattungsunternehmens gestohlen. Die Kollegen bitten uns,
bei der Familie vorbeizuschauen, weil wir näher dran sind.
Der Name der Verstorbenen lautet Elisabeth Darkowiak.»

«Was!», rief Manuela, sprang auf und riss dem verdutzten
Sackstedt das Blatt Papier aus der Hand.

Es stimmte. Elisabeth Darkowiak.

Die Kollegen aus Traunfeld hatten die Wohnadresse
gleich mitgeschickt.

Forstweg 1. 27331 Kumrow.

2

Immer wieder war Lea kurz eingeschlafen. Es war ein Wechsel zwischen Traum und Albtraum, zwischen Hoffnung und Verzweiflung. Ihr ging es zunehmend schlechter. Ihr Mund war trocken, die Zunge klebte am Gaumen. Die Gier nach Wasser, und sei es auch nur ein Tropfen, wurde immer unerträglicher. Ihr Körper schrie nach Flüssigkeit. Gleichzeitig fühlten sich ihre Muskeln wie Pudding an. Sie hatte nicht mehr die Kraft, sich zu bewegen.

Ihre Gedanken wanderten zu Rieke und Ralf. Wahrscheinlich waren beide tot. Wer auch immer sie hier eingesperrt hatte, würde sich nicht die Mühe machen, sich um Ralfs Verletzungen zu kümmern. Mittlerweile war er sicher verblutet. Und Rieke? Dass sie auf dem Hof gewesen war, bewies die Speicherkarte. Sie war aber nicht hier mit ihr eingesperrt. Lea ahnte, was das bedeutete.

Sie erinnerte sich an das letzte Foto auf der Speicherkarte aus Riekes Kamera. Die unscharfe Gestalt mit den gebleckten Zähnen zwischen wuchernden Haaren. Hielt dieser Mann sie gefangen? War das überhaupt ein Mensch?

Lea hatte Angst davor, dass dieses Wesen zu ihr kommen würde. Diese Angst lähmte sie zusätzlich. Plötzlich sehnte sie sich nach ihrem Vater. Seit Jahren schon vermisste sie ihn, aber die verletzte, dickköpfige Lea hatte es nicht fertiggebracht, den ersten Schritt zu tun. Sie hatte darauf gehofft, dass er zu ihr kommen und sich entschuldigen würde. Aber musste er das überhaupt? Er hatte den Wagen doch nicht gelenkt, der Mama getötet hatte. Er war einfach nur nicht da gewesen. Wieder einmal nicht da gewesen.

Jetzt war es zu spät für diese Einsicht. Sie würde ihren Vater nicht wiedersehen. In diesem Moment wünschte sich Lea nichts sehnlicher, als noch einmal von ihm in den Arm genommen zu werden. Alles sollte so werden wie früher.

Sie schluchzte laut auf.

Plötzlich flammte Licht auf. Ein schmaler Streifen in Bodennähe. Kurz darauf hörte sie Schritte. Jemand kam.

Die Schritte verstummten. Stille. Aber nur einen kurzen Moment.

Dann ein metallenes, schnappendes Geräusch.

Und plötzlich gleißend helles Licht.

Unter Blaulicht jagte der Konvoi aus sechs Fahrzeugen durch den kleinen Ort Kumrow nahe der tschechischen Grenze. Henry Conroy fuhr mit Manuela Sperling auf dem Beifahrerplatz an der Spitze. Ihnen folgten Jens Jagoda, zwei Streifenwagen sowie zwei zivile Fahrzeuge, in denen Mitglieder der Spezialeinheit saßen. Sackstedt hatte nicht nur alles genehmigt, was Henry Conroy verlangt hatte, sondern sich auch noch persönlich darum gekümmert und Druck gemacht. Wenn es darauf ankam, war der Mann also doch zu etwas zu gebrauchen. Manuela rechnete es dem stellvertretenden Polizeichef hoch an, dass er in dieser Situation seine persönlichen Befindlichkeiten vergaß.

Lea Conroys Handy war nicht in Betrieb und konnte nicht geortet werden. Das Landeskriminalamt hatte nur den Bereich ermitteln können, an dem das Handy zuletzt Kontakt zu einem Sendemast hergestellt hatte. Und das war ausgerechnet in der Nähe von Kumrow gewesen, jenem Ort, in dessen Nähe die Darkowiaks lebten.

Als Henry Conroy davon erfahren hatte, war er nicht mehr zu halten gewesen.

Er fuhr noch schneller als sonst, aber längst nicht mehr so souverän. Manuela traute sich nicht, ihn während der Fahrt anzusprechen. Die Straßen waren eng, in schlechtem Zustand und sehr kurvig. Ihr war es lieber, er konzentrierte sich aufs Fahren. Wie es in ihm aussah, konnte sie sich vorstellen, sie musste ihn nicht danach fragen.

Kumrow war nur eine Ansammlung trostloser alter Häuser ohne Farbe. Manuela hatte schon von Hohberg gedacht, dass man dort nicht leben konnte, aber diese Gegend war noch weit trister und öder. Es war vielleicht unfair, so zu denken, denn es gab sicher Menschen, die gern hier lebten, aber ihr war diese Landschaft unheimlich.

Sie passierten das Ortsausgangsschild. Sofort rückte der Wald dicht an die Fahrbahn.

Henry gab Gas.

Die Bäume verschmolzen zu einem dunklen Tunnel.

Es ging jetzt bergan. Manuela sah rechts den Hang hinunter. Wer hier die Kontrolle über seinen Wagen verlor, prallte entweder gegen den dicken Stamm einer Fichte oder raste einen Abgrund hinab.

«Kann nicht mehr weit sein», presste Henry Conroy zwischen den Zähnen hervor.

Auf dem Navi war der Forstweg als dünner weißer Strich eingezeichnet. Ihr Ziel war die Stelle, wo er von der Landstraße abzweigte. Was danach kam, zeigte das Navi nicht an. Die Hausnummer eins gab es darin nicht.

Henry ging vom Gas, um nicht an der Abzweigung vorbeizufahren. Weit über das Lenkrad gebeugt, starrte er aus der Windschutzscheibe. Manuela sah das Schild zuerst und machte ihren Chef darauf aufmerksam. Es wies den Weg als Privatweg aus und verbot die Benutzung. Hinter dem Schild hing windschief ein blecherner Briefkasten an einem Holzpfahl. Ein Name stand nicht darauf.

«Ich glaube, hier sind wir richtig», sagte Henry, lenkte den Wagen in den Weg und gab Gas.

Sie fuhren jetzt auf einem schmalen, geschotterten Weg. Hin und wieder strichen die langen Äste der Fichten flüsternd über das Dach.

4

Der alte Zwanzig-Liter-Metallkanister aus NVA-Beständen war verteufelt schwer. Auf dem langen Weg hinunter ins Verlies musste er ihn immer wieder absetzen. An der Tür der hinteren Kammer begann er, Benzin zu verschütten, bis zur hölzernen Treppe. Dort übergoss er die Stufen und arbeitete sich nach oben. Schließlich wuchtete er den Kanister aus dem Keller, kroch selbst daraus hervor und ließ die Falltür zufallen. Auch sie übergoss er mit Benzin.

Dann stellte er den zur Hälfte geleerten Kanister ab und richtete sich auf. Er spürte dabei einen scharfen Schmerz im Rücken und wischte sich den Schweiß von der Stirn. Da unten war es verflucht warm. Kurz dachte er darüber nach, welch grausames Ende das doch war. Aber es ging nicht anders. Es durfte nichts übrig bleiben. Hier musste alles verschwinden. Feuer war noch immer die beste Methode, um Spuren zu verwischen.

Er wuchtete den Kanister vom Boden hoch, bewegte sich rückwärts durch die große Scheune und tränkte alles, was brennbar war, mit Benzin. Als er den mächtigen Schlachtertisch übergoss, schüttelte es ihn. Das Benzin spülte Fleischfasern und Blut aus den Ritzen im Holz. Wie viele Menschen waren hier zerlegt worden? Sieben Mädchen hatten sie hierhergebracht, das wusste er. Aber was der Alte sonst noch so getrieben hatte, davon hatte er keine Ahnung.

Aber das spielte jetzt auch keine Rolle mehr.

Er musste zusehen, dass er hier fertig wurde.

Mit dem Kanister in der Hand verließ er die Scheune und schloss das Tor. Den restlichen Inhalt verteilte er davor. Dann ließ er den Kanister einfach fallen.

Er fühlte sich beobachtet. Die verdammten Hunde. Satt lagen sie in dem Zwinger herum, waren aber immer noch wachsam. Sie sahen furchterregend aus. Dieses merkwürdige Lächeln hatte er nie gemocht. Und jetzt war das Fell um die Schnauzen herum auch noch blutverschmiert.

Bestien.

Nicht einmal vor ihrem Herrn hatten sie haltgemacht. Dabei hatte der Alte stets so voller Anerkennung über sie gesprochen.

«Die fressen alles, da bleibt nichts übrig. Nicht einmal die Knochen. Die vergraben sie und holen sie ein Jahr später wieder hervor, wenn sie schön mürbe sind», hatte er behauptet.

Er wandte sich schaudernd ab.

Das Haus musste noch präpariert werden. Nichts durfte stehen bleiben. Vier Kanister hatte er. Einer war leer. Ein weiterer stand neben ihm. Damit würde er die Spur auf dem Hof legen. Schließlich musste er weit genug entfernt sein, wenn er das Benzin entzündete. Die anderen beiden Kanister standen noch auf der Ladefläche des Transporters.

Als er sich nach dem zweiten Kanister bückte, hörte er Motorengeräusche.

Der Wald wich zurück, und der Forstweg endete an einer freien Fläche. Vor einem hölzernen Tor stand ein vergammelt aussehender grüner Kastenwagen, die Schnauze in Richtung Forstweg gewandt. Hinter dem Tor erahnte Manuela den Ausblick auf ein trichterförmiges Tal und sah einige Gebäude.

Henry Conroy bremste scharf, brachte den Wagen ein paar Meter hinter dem Kastenwagen zum Stehen und stieg hastig aus. Manuela konnte zunächst den Gurt nicht lösen. Aber dann schaffte sie es und folgte ihm.

Conroy hatte bereits seine Waffe gezogen. Er hielt sie auf den Transporter gerichtet und bewegte sich vorsichtig rechts daran entlang. Manuela, die den linken Weg gewählt hatte, hatte einen besseren Blick auf das Gehöft. Sie hörte hinter sich die anderen Fahrzeuge stoppen und Türen schlagen und zog ebenfalls ihre Dienstwaffe.

Auf dem Hof entdeckte sie einen einzelnen Mann vor einer großen Scheune. War es der vom Phantombild? Er war zu weit entfernt und hielt sich außerdem im tiefen Schatten der Scheune. Sie konnte sein Gesicht nicht erkennen. Er stand gebückt da und griff nach einem grünen eckigen Gegenstand auf dem Boden.

«Lassen Sie das!», rief Manuela und schwenkte ihre Waffe in seine Richtung.

Der Mann richtete sich auf und griff dabei mit einer Hand hinter seinen Rücken.

Im nächsten Moment trat Henry hinter dem Kastenwagen hervor.

«Polizei! Nehmen Sie die Hände hoch», rief er laut und

deutlich. Seine Stimme hallte zwischen den Gebäuden wider.

Ein Hund begann zu bellen. Dann fielen mehrere andere mit ein.

Der Mann zog etwas hinter seinem Rücken hervor. Manuela war sich nicht sicher, glaubte aber, dass es eine Waffe sein könnte. Sie war noch immer abgelenkt von dem eckigen Gegenstand, der neben dem Bein des Mannes stand. Das war doch ein Benzinkanister, oder? Bevor ihr Verstand das begriffen hatte und sie «Nein» schreien konnte – oder tat sie es doch? –, schoss Henry Conroy.

Das Projektil traf den Mann ins rechte Bein, durchdrang es und schlug in den grünen Kanister ein. Der Mann wurde auf den Boden gerissen, zugleich schoss neben ihm eine Stichflamme empor. Es gab einen lauten Knall, und der Kanister flog ein paar Meter in die Höhe. Augenblicklich stand der Mann in Flammen. Rasend schnell hüllte das Feuer ihn ein und griff auch noch auf das Scheunentor über. Der Mann schrie, schlug um sich, torkelte auf die Scheune zu und krachte gegen das brennende Tor.

«Scheiße», schrie Henry Conroy und sprintete los.

Von hinten kamen die Mitglieder der Sondereinheit in ihren schwarzen Kampfanzügen heran. Einer lief zurück und holte aus dem Einsatzwagen einen kleinen Feuerlöscher. Bis er den Mann erreicht hatte, lag dieser längst reglos da. Der Feuerlöscher zischte, weißer Staub erstickte die Flammen. Gemeinsam mit Henry Conroy packte er den Mann an den Füßen und zog ihn bis in die Mitte des Hofes, fort von der brennenden Scheune, von der bereits eine gewaltige Hitze ausging.

Obwohl er nicht länger als zwanzig Sekunden gebrannt hatte, war der Mann tot. Sein Gesicht und seine Hände waren schwarz verkohlt. Wo die Haut abgeplatzt war, schien blutiges Fleisch hindurch. Die Haare waren komplett verbrannt. Es stank ekelhaft nach verbranntem Fleisch. Manuela hatte diesen Geruch noch nie wahrgenommen; er kroch bis in ihren Magen. Das war zu viel. Sie rannte vom Feuer weg in die andere Richtung und schaffte es gerade noch bis an einen hohen Maschendrahtzaun.

Vornübergebeugt, eine Hand in den Maschendrahtzaun geklammert, hielt sie ihr Haar zurück und übergab sich. Wie durch einen Schleier nahm sie das Geschrei der Männer wahr, das Knistern und Knacken des sich ausbreitenden Feuers. Sie spuckte ein paarmal aus, um diesen ekelhaften Geschmack loszuwerden, doch es gelang ihr nicht. Als ihr Magen sich beruhigt hatte, richtete sie sich auf.

Weiße Hunde starrten sie aus wenigen Metern Entfernung an.

Sie lächelten.

Das war keine Einbildung. Es war ein blutiges, grauenhaftes Lächeln. In der Sekunde, in der sie es sah, wusste Manuela, dass sie es niemals wieder vergessen würde.

Aber es kam noch schlimmer.

Einer der Hunde tänzelte ein paar Schritte zur Seite und machte den Blick frei auf einen Kopf – einen menschlichen, an Nase, Mund und Ohren angefressenen Kopf. Die toten Augen darin starrten sie an. Langes wirres Haar stand vom Schädel ab. Ein Stück weit entfernt lagen Reste vom Brustkorb, größtenteils vom Fleisch befreit.

Dann schnellte einer der Hunde plötzlich vor und prallte gegen den Zaun. Manuela wich mit einem Aufschrei zurück, löste gerade noch rechtzeitig die Hand aus dem Draht und fiel auf den Hintern. Der Hund fletschte die Zähne, bellte wie von Sinnen und sprang immer wieder gegen den Zaun.

Das Metallgewebe bog sich beängstigend weit in Manuelas Richtung. Hastig robbte sie ein paar Meter zurück. Noch in der Bewegung hörte sie einen Schuss. Der Hund wurde zurückgeschleudert und blieb regungslos im Staub liegen.

Hinter Manuela stand einer der Männer der Spezialeinheit mit seinem Präzisionsgewehr im Anschlag. Zwei Sekunden verharrte er in seiner Stellung, bevor er das Gewehr sinken ließ. Er kam zu ihr, streckte seine Hand aus und half Manuela hoch.

«Bleiben Sie weg von dem Zwinger», sagte er und dirigierte sie in Richtung des Hauses.

Die Front der Scheune brannte mittlerweile lichterloh. Die gewaltige Hitze drang bis zu Manuela herüber.

Henry Conroy hatte links von der Scheune im Garten einen gelben Wasserschlauch gefunden. Er stand gefährlich nah an der lodernden, leckenden Feuerwand und richtete den erbärmlichen Wasserstrahl in die Flammen. Der Lärm des Feuers war enorm, deshalb war Manuela sich nicht sicher, aber sie glaubte, Conroy immer wieder einen Namen rufen zu hören.

6

Zwei Stunden später war das Feuer nahezu gelöscht. Natürlich nicht von Henry Conroy, sondern von drei Feuerwehren der umliegenden Gemeinden. Sie waren viel zu spät gekommen und hatten nicht mehr tun können, als ein Übergreifen der Flammen auf das Wohnhaus zu verhindern.

Vier kräftige Männer der Spezialeinheit hatten Henry von seinem verzweifelten Löschversuch abgehalten. Da war sein Gesicht bereits stark gerötet und die Augenbrauen verkohlt gewesen. Dennoch hatte er sich gegen die Männer gewehrt, die ihn schließlich in den Schutz des Hauses gezerrt hatten.

Seitdem hatte er kein Wort mehr gesprochen. Manuela hatte versucht, mit ihm zu reden, doch er hatte sie brüsk abgewiesen. Er stand einfach nur da und starrte auf die Scheune, in der er seine Tochter vermutete. Sein Schuss hatte den Kanister getroffen und die Feuersbrunst ausgelöst. Und auch wenn es so ausgesehen hatte, als würde der Mann eine Waffe ziehen – leider hatten sie bisher keine finden können –, hätte ein präziserer Schuss ein Feuer verhindern können. Henry wusste das. Er gab sich die Schuld an dem Inferno.

Manuela spürte seine Verzweiflung und fragte sich, wie sie ihm helfen konnte. Sie ahnte, dass er nicht mit der Psychologin reden würde, aber Manuela rief Dr. Ravenhorst trotzdem an und bat sie her. Einerseits für Henry, nur um sicherzugehen, andererseits brauchte sie ihren Rat.

Der bis zur Unkenntlichkeit verbrannte Mann war ziemlich sicher Marek Darkowiak, der Hundehändler. Der Tote hatte nicht mal mehr Ähnlichkeit mit einem Menschen, geschweige denn mit sich selbst, aber wer sollte es sonst sein? Abschließende Sicherheit würde nur ein DNA-Vergleich oder ein Abgleich mit zahnmedizinischen Unterlagen bringen. Letztere hatten sie noch nicht gefunden, dafür aber ausreichend Familienfotos, und ihre Phantomskizze war gut genug, um Marek Darkowiak darauf identifizieren zu können.

Der Kopf und die Körperteile im Zwinger gehörten nach diesen Fotos zu Jaroslav Darkowiak, Mareks Vater. Und die bereits halb verweste und übel stinkende Leiche in der kleinen Kammer neben der Küche war Elisabeth Darkowiak, Mutter und Ehefrau. Sie war aus dem Bestattungsinstitut in Traunfeld gestohlen und hierhergebracht worden. Drei Familienmitglieder, drei Leichen.

Auf diesem Hof hatte sich unmittelbar vor ihrer Ankunft eine entsetzliche Tragödie abgespielt. Die Gründe dafür würden sie wohl nie in Erfahrung bringen. Zwischen Vater und Sohn hatte es der Spurenlage in der Küche nach einen heftigen Streit gegeben. Die roten Flecken auf dem Boden stammten nicht nur vom Rotkohl, sondern auch vom Blut einer der beiden Männer. Wie Jaroslav Darkowiak in den Zwinger zu den Hunden gekommen war, darüber konnten sie nur spekulieren. Nach den Familienfotos zu urteilen, hätte Marek niemals eine körperliche Auseinandersetzung gegen seinen Vater gewinnen können. Jaroslav war zu Lebzeiten ein Riese gewesen, mehr als zwei Meter groß und dazu noch außergewöhnlich kräftig. Sein Gesicht war hinter einem rauschenden Vollbart verborgen gewesen, der nur die tiefliegenden Augen frei gelassen hatte. Allein das Betrachten der Fotos hatte bei Manuela schon Angst ausgelöst.

Marek war hingegen klein und schmächtig gewesen, wahrscheinlich auch schüchtern. Auf keinem der Fotos hatte er in die Kamera geschaut oder gar gelächelt. Aber gelächelt hatte keiner von ihnen, auch die Frau nicht. Offenbar hatten auf diesem Hof nur die Hunde gelächelt.

Die Hunde.

Einer der Männer der Spurensicherung hatte Manuela aufgeklärt, es handelte sich um Samojeden, eine alte russische Rasse, die früher vom Volk der Nenzen in der sibirischen Tundra als zuverlässige Wach- und Schutzhunde gehalten worden waren. Sie wehrten Angriffe von Bären und Wölfen ab, waren gute Jagdbegleiter und außerdem sehr ausdauernde Schlittenhunde. Inzwischen waren sie zu den üblichen Spiel- und Kuscheltieren verzüchtet.

Manuela war nicht wieder am Zwinger gewesen. Dieser eine Blick aus den Augen der Samojeden hatte ihr gereicht. Darin hatte sie das Alte, Ursprüngliche dieser Rasse gesehen, das Wilde und Blutrünstige. Das waren keine Streichelhunde. Marek und Jaroslav Darkowiak hatten Bestien herangezüchtet.

Bislang hatte sich niemand um die Tiere gekümmert. Jagoda hatte erwogen, sie von der Spezialeinheit erschießen zu lassen, jetzt, da die Jungs schon mal da waren. Aber dann waren die verbliebenen sechs Hunde vor der Hitze des Feuers in den backsteinernen Stall geflüchtet. Jagoda hatte den Gedanken fallen lassen und angekündigt, am nächsten Morgen den zuständigen Kreisveterinär zu informieren. Sollte der sich doch um das Problem kümmern. Sie hatten genug andere.

Das größte war, dass sie weder Lea Conroy noch Rieke Schneider oder Ralf Krüger finden konnten. Dessen Wagen, einen alten VW Polo, hatten sie in der windschiefen Wellblechgarage entdeckt. Auch er musste noch spurentechnisch untersucht werden. Das alles würde eine Ewigkeit dauern. Der Wagen sagte aus, dass Ralf und Lea hier gewesen waren. Sie konnten sich also nicht der Illusion hingeben, einer der Darkowiaks habe Leas Handy zufällig gefunden und mit auf den Hof genommen.

Und sie fanden auch keine Hinweise auf den kleinen Robert Dorn. Das Haus war von der Spezialeinheit durchsucht worden. Es gab keine versteckten Räume und keinen Keller. Der Dachboden war voller Gerümpel, das Übliche eben. Auch in den Stallgebäuden waren sie nicht fündig geworden. Darin wimmelte es von Welpen unterschiedlicher Rassen, Manuela hatte mindestens fünfundzwanzig gezählt. Auch auf dem Grundstück hatten sie kein Versteck oder Grab gefunden, geschweige denn eine Höhle. Oleg Schwabe hatte aber davon gesprochen, dass er in einer Höhle gefangen gehalten worden war.

Das bereitete Manuela und Jens Kopfzerbrechen, denn es nährte den Verdacht, den Henry von Anfang an gehabt hatte: Die Vermissten befanden sich allesamt in der Scheune. Schließlich musste Marek einen Grund dafür gehabt haben, sie niederzubrennen. Hatte er geahnt, dass man ihm und seinem Vater nach dem Leichendiebstahl auf die Schliche kommen würde, und beschlossen, alle Spuren zu vernichten? Feuer war die beste Methode dafür. Selbst jetzt, nachdem es gelöscht war, konnten die Spurentechniker nicht mit der Suche beginnen. Der Einsatzleiter der Feuerwehr schätzte, dass es noch bis zum frühen Morgen dauern würde, bis die letzten Glutnester und damit die Hitze erloschen war.

Mit klarem, nicht von verzweifelter Hoffnung getrübtem Verstand betrachtet, mussten sie davon ausgehen, dass alle Vermissten tot waren.

Manuela trat aus der Diele des Wohnhauses auf den Hof hinaus. Inzwischen war es Nacht geworden. Rings um das Gehöft lag tiefe Dunkelheit. Der Hof selbst wurde von Scheinwerfern erhellt, kaltes Licht aus allen Himmelsrichtungen, in dem jeder Mensch vier Schatten warf. Scharfer Brandgeruch hing in der Luft und erschwerte das Atmen. Von den Resten der Scheune stieg Rauch auf. Zum Glück trieb der leichte Wind ihn talwärts, sonst hätte hier niemand arbeiten können.

Manuela sah Henry Conroy mit dem Einsatzleiter der Feuerwehr diskutieren. Er ruderte wild mit den Armen und wirkte verärgert. Doch der dickbäuchige Mann würde frühestens am nächsten Morgen jemanden die Trümmer betreten lassen. Was das anging, war er ziemlich deutlich gewesen.

Hier trafen zwei Verantwortungsbereiche aufeinander – ein klassisches Schachmatt. Dabei wollte Henry nur Klarheit, wollte wissen, ob seine Tochter hier umgekommen war. Was auch immer zwischen ihm und seiner Tochter vorgefallen war, heute Nacht spielte es keine Rolle mehr. Heute Nacht war er ein Vater, der vor Angst um sein einziges Kind fast den Verstand verlor.

Wo blieb nur Dr. Ravenhorst?

Manuela wandte sich einem der Spurentechniker zu, der nah am Zwinger auf dem Boden hockte und etwas betrachtete. Er steckte ein kleines gelbes Schild mit einer Nummer in den Boden. Was hatte er dort gefunden, das sie selbst vorhin übersehen hatte?

Sie ging zu ihm hinüber.

«Was ist das?», fragte sie.

«Man nennt es neunschwänzige Katze», antwortete der Mann. «Und wenn ich raten müsste, würde ich sagen, hier vorn an den Enden der Riemen klebt frisches Blut. Mit diesem Ding wurde vor kurzem jemand geschlagen.»

Was war hier passiert? Zum x-ten Mal versuchte Manuela, es sich vorzustellen. Ein Festmahl in der Küche mit feinem Geschirr und einem weißen Tischtuch. Gleich nebenan liegt die tote Mutter. Ein Streit entbrennt zwischen Vater und Sohn. Hatte Marek seinen Vater mit der Peitsche in den Zwinger getrieben?

Vielleicht. Aber Manuela stellte sich eine ganz andere Frage, die unbedingt zu klären war.

Wo war Elisabeth Darkowiak gestorben?

Hier auf dem Hof nicht, denn dann hätten Marek und Jaroslav sie nicht aus dem Beerdigungsinstitut im fünfzig Kilometer entfernten Traunfeld stehlen müssen. Also war sie vermutlich in der Stadt gestorben. Sie mussten herausfinden, wo. Ein Krankenhaus oder eine Arztpraxis lagen nahe. Als Sackstedt gemeldet hatte, dass eine Leiche aus einem Beerdigungsinstitut gestohlen worden war, hatte er nichts darüber gesagt, woher die Leiche kam. Wahrscheinlich hatte er wegen der Namensgleichheit vergessen, danach zu fragen. Manuela warf einen Blick auf die Uhr. Halb zwei in der Nacht. Um diese Zeit würde sie am Telefon nichts herausfinden.

Warten, warten, warten. Es war zum Mäusemelken.

Manuela wandte sich der Scheune zu.

Henry Conroy stand noch immer vor dem Trümmerhaufen. Der Brandmeister entfernte sich gerade, und Henry sah dem Mann mit einem so zornigen Blick hinterher, als wollte er ihn töten. Dann trat er voller Wut in den Sand, dass es nur so staubte.

Manuela musste mit ihm reden. Er durfte nicht länger allein bleiben mit seinen Selbstvorwürfen, und Dr. Ravenhorst ließ auf sich warten. Also ging sie zu ihm hinüber.

In vier Metern Entfernung von dem Feuer stank es entsetzlich. Man konnte kaum atmen. Der giftige Qualm ließ Manuelas Augen sofort tränen.

Henry Conroy warf ihr einen kurzen Blick von der Seite

zu, sagte aber nichts. Vielleicht sollte Manuela auch schweigen, aber das konnte sie nicht. Schweigen verdichtete Wut, und die konnten sie hier nicht brauchen.

«Ich glaube nicht, dass sie da drin ist», sagte sie.

Henry Conroy stieß ein undefinierbares Geräusch aus.

«Sie wissen, was ich von Ihrem Glauben halte.»

«Haben Sie keinen? Nicht einmal in einem solchen Moment?»

«Ich will Klarheit, sonst nichts.»

«Erzählen Sie mir keinen Scheiß. Sie hoffen genauso wie ich, dass sie nicht in der Scheune war. Die ganze Zeit über suchen Sie nach Begründungen dafür. Aber statt mit uns zu sprechen, spielen Sie den einsamen Wolf.»

«Ich habe jetzt keine Lust auf diesen Scheiß.»

«Nein, natürlich nicht. Jetzt nicht und sowieso nie. Und meinen Sie, mich interessiert das? Ich sage es Ihnen trotzdem. Herrgott, Conroy, haben Sie noch nie davon gehört, dass es hilft, mit anderen zu sprechen?»

Er antwortete nicht sofort.

«Vom Reden kommt sie nicht zurück.»

«Sie wäre gar nicht weg, wenn Sie mit ihr geredet hätten … vor dem hier.»

«Mischen Sie sich nicht in meine Privat…»

Manuela hob abwehrend die Hände. «Ganz bestimmt nicht. Aber Sie wissen genau, dass ich recht habe. Ein einsamer Wolf wie Sie, der kann das natürlich nicht zugeben. Als richtiger Mann zieht man den Kampf der Erkenntnis vor. Tolle Strategie.»

«Sperling … Sie sind ein vorlautes …»

Er brach ab. Schwieg einen Moment und sah sie dann an. Eine Träne löste sich aus seinem Auge. Vielleicht lag es am Qualm.

«Ich kann Lea nicht auch noch verlieren ... nicht so.»

Manuela schüttelte den Kopf.

«Das werden Sie auch nicht. Ich hab es doch schon gesagt, aber ich wiederhole mich gern. Ich glaube nicht, dass Lea und die anderen da drunter sind.»

«Wo sollen sie denn sonst sein?»

Manuela wusste, sie ließ sich hier auf ein gefährliches Spiel ein. Sie konnte aber nicht anders. Hoffnungslosigkeit war ihr zuwider. Und jemanden wie einen Hund leiden zu sehen ebenso. Lieber nahm sie in Kauf, dass Henry den Rest der Nacht hoffnungsvoll verbrachte und sie am Morgen, wenn ein Bagger den Schutt auseinandergefahren hatte, verfluchen würde. Außerdem setzte ihr trotziger Glaube an das Unmögliche einen neuen Denkprozess in Gang. Sie hatte sich viel zu früh mit dem Tod der Vermissten abgefunden. Das war gar nicht ihre Art.

«Sie könnten überall sein. Wir wissen doch überhaupt nicht, was hier passiert ist.»

«Darkowiak wollte die Scheune abfackeln. Er muss einen Grund dafür gehabt haben.»

«Er wollte alles abfackeln, nicht nur die Scheune.»

Manuela zeigte mit ausgestrecktem Arm auf den alten grünen Transporter. Er stand verwaist vor dem Tor. Jemand hatte ihn beiseitegefahren, damit die Feuerwehrfahrzeuge durchfahren konnten. Manuela hatte einen schnellen Blick hineingeworfen, seitdem hatte sich niemand mehr darum gekümmert. Die Spurentechniker würden den Wagen noch unter die Lupe nehmen.

«Auf dem Transporter stehen zwei weitere Kanister Benzin. Das zeigt doch, dass er hier nichts übrig lassen wollte. Wir sind ihm in die Quere gekommen, sonst hätte er auch das Wohnhaus angezündet.»

«Mit der Leiche darin», sagte Henry.

Manuela verstand, was er meinte. Wenn er zusammen mit dem Wohnhaus die Leiche seiner Mutter hatte verschwinden lassen wollen, dann galt dasselbe auch für die Scheune mit eventuell den Leichen der Vermissten darin. Mit vier Worten hatte Conroy ihre Argumentation zerstört.

Sie legte ihm vorsichtig eine Hand auf die Schulter.

«Kommen Sie, lassen Sie uns das Haus auf den Kopf stellen. Jens und ich haben bisher nur oberflächlich gesucht. Vielleicht finden wir ja noch etwas. Irgendwas, das uns weiterhilft. Schlafen können wir heute Nacht sowieso nicht.»

Henry zögerte einen Moment, nickte dann aber.

«Gut. Machen wir das.»

7

Sie öffneten jeden Schrank, jede Schublade, jeden Karton. Sie zogen jedes Möbelstück von der Wand, sahen überall drunter und nahmen auch die Betten auseinander. Dabei fiel ihnen auf, wie rückständig dieser Haushalt war. Moderne Technik gab es nicht im Haus der Darkowiaks. Das Radio in der Küche war steinalt, der Röhrenfernseher ebenfalls, sämtliche Haushaltsgeräte schienen aus einer anderen Epoche zu stammen. Auch die Möbel waren allesamt alt. Schwere massive, aber einfache Teile, wie es sie heute kaum noch zu kaufen gab. Es fand sich kein einziges Stück von Ikea.

Während sie suchten, traf endlich Dr. Ravenhorst ein. Henry empfing sie mit einem feindseligen Blick und fragte sie, was sie hier wolle. Manuela mischte sich ein und argumentierte, sie erhoffe sich von der Psychologin Rückschlüsse auf das, was auf dem Hof der Darkowiaks vorgefallen war. Damit schien sich Henry Conroy zufrieden zu geben. Er suchte nicht das Gespräch mit der Psychologin, sondern setzte seine Durchsuchung in sich gekehrt und wortkarg weiter fort. Manuela hatte nichts anderes erwartet, zog Dr. Ravenhorst beiseite und erklärte ihr die Situation.

«Sollten wir später wirklich Lea unter den Trümmern der Scheune finden, dann hätte ich Sie gern hier», sagte sie abschließend.

Dr. Ravenhorst nickte. «Selbstverständlich. Es ist gut, dass Sie mich angerufen haben, Frau Sperling. Nicht jeder hätte das für Henry Conroy getan … von den Männern wahrscheinlich keiner.»

«Ich hoffe, er nimmt es mir nicht übel.»

«Das wird er wahrscheinlich, aber nur, weil er in dieser Situation nicht klar denken kann. Machen Sie sich nichts daraus. Er wird es verstehen, später.»

Die Psychologin sah sich um.

«Dann zeigen Sie mir doch bitte das Zimmer des Jungen. Dort würde ich mich gern zuerst umsehen.»

Die Tapeten in Marek Darkowiaks Zimmer stammten aus einer Zeit, als Muster noch modern gewesen waren. Er hatte in einem Einzelbett mit Bettkasten geschlafen, wahrscheinlich war es sein Jugendbett. Sein Zimmer war penibel aufgeräumt. Nichts stand oder lag herum. Im Bücherregal fanden sich noch Bücher aus der Schulzeit des Jungen. Auch sein Abschlusszeugnis der Hauptschule machten sie ausfindig: Eine Leuchte war er nicht gewesen. Außer einer Drei in Technik hatte er nur Vieren bekommen. Marek war am Tag seines Todes dreiundvierzig Jahre alt gewesen, aber sein Zimmer wirkte, als sei er nicht aus der Pubertät herausgewachsen. Einer kargen Pubertät, wohlgemerkt, denn es gab keine Zeitschriften, keine Poster oder Aufkleber. Keinen Hinweis darauf, dass er sich für Mädchen interessiert oder je eine Freundin gehabt hatte. Dafür haufenweise alte Matchboxautos und Tausende dieser kleinen grünen Plastiksoldaten, mit denen auch Manuelas große Brüder früher gespielt hatten. Die allermeisten lagen in einem Karton. Einige, vielleicht hundert, waren auf einem Regalbrett zu einer Schlachtszene aufgebaut worden.

Eine Leidenschaft hatte Marek gehabt, das war deutlich: Hunde. Überall standen Fachbücher über Hundezucht und Entwicklung. Auch Wölfe schienen es ihm angetan zu haben. Aber nirgends ein Computer, keine Spielekonsole, keinerlei Hightech.

«Die Jungen waren nie hier», sagte Dr. Ravenhorst.

Sie hatten die Durchsuchung nach zwei Stunden unterbrochen und saßen sich im Wohnzimmer der Darkowiaks gegenüber. Alle hielten einen Becher mit Kaffee in den Händen, den Manuela gekocht hatte. Sie selbst nippte an ihrem nur und fühlte sich wieder einmal in ihrer Überzeugung bestätigt: Kaffee schmeckte einfach nur scheußlich.

«Woraus schließen Sie das?», fragte Henry.

«In seinem Zimmer finden sich keinerlei Hinweise auf eine pädophile Neigung. Keine Bilder, keine Zeitschriften, nichts. Wenn ich mir den Rest dieses puristischen Haushaltes anschaue, muss ich davon ausgehen, dass so etwas hier nicht geduldet worden wäre. Ich würde sogar sagen, die Eltern wussten nichts von der Neigung ihres Sohnes. Wenn es denn eine solche Neigung überhaupt gab.»

«Wir sind uns sehr sicher, dass Marek Darkowiak diese Jungen entführt hat», sagte Manuela.

«Das stelle ich auch nicht in Frage. Aber vielleicht war seine Motivation eine andere.»

«Was meinen Sie?», fragte Manuela.

«Menschenhandel», warf Henry Conroy ein. «Das würde erklären, warum er so gezielt nach bestimmten Jungen gesucht hat. Und es würde auch erklären, warum die wesentlich älteren Mädchen verschwunden sind. Sonst passt das doch alles nicht zusammen.»

Dr. Ravenhorst nickte. «Vielleicht ist das eine mögliche Erklärung. Ich will eine pädophile Neigung des Sohnes auch nicht ausschließen. Aber es gibt noch eine zusätzliche Variante. In diesem Haus finden sie einige Hinweise darauf, dass der Vater ein sehr dominanter Mann gewesen sein muss. Allein die Fotos sprechen für sich. Möglicherweise war Jaroslav Darkowiak gefühlskalt und introvertiert. Wir haben diesen Haken an der Wand gesehen, an dem wahrscheinlich die Peitsche hing. Wurde sie regelmäßig zur Züchtigung eingesetzt? Wenn ja, dann kann ich mir vorstellen, wie Marek aufgewachsen ist. Wir beobachten relativ häufig, dass Menschen, die in jungen Jahren durch ihre Eltern Gewalt erfahren, später sehr exzessiv auf der Suche nach Liebe und Anerkennung sind. Marek könnte beides bei den kleinen Jungen gesucht haben.

Allerdings …»

Dr. Ravenhorst brach ab, trank von ihrem Kaffee und verzog angewidert das Gesicht.

«Was?», fragte Manuela.

«In vielen Fällen wiederholen solche Täter das Verhaltensmuster der Eltern einfach. Wenn sie nicht bekommen, was sie suchen, quälen sie ihre Opfer, so, wie sie selbst gequält wurden.»

«Und töten sie», setzte Henry Conroy hinzu, ohne aufzusehen.

Sie schwiegen.

«Glaube ich nicht», fing Manuela wieder an. «Marek hat die Jungen woanders versteckt, da stimme ich Dr. Ravenhorst zu. Und dort hält er auch Lea und Ralf und Rieke gefangen. Und jetzt will ich nicht wieder hören, dass Glaube bei einer Ermittlung nichts zu suchen hat.»

Henry Conroy schüttelte den Kopf, machte Anstalten, von seinem Kaffee zu trinken, stellte den Becher dann aber auf dem Tisch ab.

«Hat Ihnen schon mal jemand gesagt, dass Sie den schlechtesten Kaffee der Welt kochen?»

«Stimmt, da hat er recht», sagte Dr. Ravenhorst und stellte ihren Becher ebenfalls ab.

Bevor Manuela etwas erwidern konnte, polterte es auf der

Treppe zum Dachboden, und einen Moment später kam Jens Jagoda zu ihnen ins Wohnzimmer. In der Hand hielt er einen verbogenen und verstaubten Aktenordner. Seine Kleidung und sogar seine Glatze waren verstaubt. Selbst auf den Wimpern hatten sich Staubkörnchen verfangen.

«Braucht jemand eine interessante Nachricht?», fragte er und ließ sich auf den einzigen freien Sessel fallen.

«Alles, was du bieten kannst», sagte Henry.

«In diesem Ordner befinden sich alte Lohnabrechnungen. Jaroslav Darkowiak war fünfundsiebzig Jahre alt, das wissen wir ja bereits. Er bezieht ... Verzeihung, bezog eine Rente von monatlich 650 Euro, zusätzlich eine Behindertenrente von 175 Euro. Den Unterlagen nach hatte er einen schweren Arbeitsunfall. Und jetzt ratet mal, aus welcher Beschäftigung sich diese Renten generierten.»

«Mach es nicht so spannend. War er Tierpfleger oder was?»

«Nein. Er hat einmal Metzger gelernt, aber dann als Maurer gearbeitet. Zwanzig Jahre, von seinem dreißigsten bis zu seinem fünfzigsten Lebensjahr, für ein Bauunternehmen in Hohberg. Buhrmann und Sohn.»

8

Um sechs Uhr in der Früh erwachte der Hof der Toten zum Leben.

Die Sonne war noch nicht aufgegangen. Es war weder richtig dunkel noch richtig hell, zudem braute sich in der kühlen Morgenluft Nebel zusammen, der schnell immer dichter wurde.

Die Feuerwehr hatte einen Bagger herangeschafft. Weil der Forstweg für den Schwertransporter zu schmal war und er die Holzbrücke wegen seines Gewichts nicht befahren durfte, hatte der Bagger den ganzen Weg im Schneckentempo zurücklegen müssen. Und weil ein Überholen auf der Strecke ebenso wenig möglich war, war der stellvertretende Polizeichef Nikolaus Sackstedt mit seinem Wagen hinter dem Bagger hergeschlichen. Eine gute Stunde hatte das gedauert.

Deswegen hatte Sackstedt schon am frühen Morgen ziemlich schlechte Laune, als er den Hof der Darkowiaks erreichte. Er wollte sofort mit Henry Conroy reden, der gerade den Baggerfahrer einwies, doch Manuela stellte sich ihm in den Weg und quatschte ihn gnadenlos und ohne Punkt und Komma zu. Henry hatte jetzt keine Zeit, sich mit einem genervten Nikolaus abzugeben.

Vieles hatte Sackstedt zwar schon übers Telefon erfahren, aber Manuela wiederholte alles und reichte dann noch nach, was sie in der Nacht durch das Sichten der Unterlagen herausgefunden oder sich zusammengereimt hatten.

«Dann hätten wir also eine Verbindung», sagte Sackstedt. «Buhrmann, Schwabe, Darkowiak. Die unheilige Dreifaltigkeit. Kannten sich Schwabe und Jaroslav Darkowiak?»

«Wahrscheinlich nicht. Als Arthur Schwabe in Buhrmanns Unternehmen anfing, war Darkowiak längst nicht mehr dort.»

«Aber die Schwabes haben ihren Hund von den Darkowiaks.»

«Ja, weil Carl Theiß Arthur Schwabe die Telefonnummer gegeben hat. Buhrmann hat Schwabes Hund erschossen, und Theiß hat versucht, die Wogen zu glätten. Er hat Schwabe ja auch Geld für einen neuen Hund gegeben.»

«Und Buhrmann hat den Hund erschossen, weil er Arthur Schwabe zeigen wollte, dass er sich nicht erpressen lassen würde?»

Manuela nickte. «Die Erpressung lief schon eine Weile, aber vielleicht war Schwabe zu gierig geworden. Jemand wie Buhrmann lässt sich so etwas nicht allzu lange gefallen.»

Sackstedt dachte einen Moment nach. Im Hintergrund schepperte und krachte es. Manuela sah hinüber. Der Bagger langte mit seinem Hydraulikarm in den Schutthaufen und trug so vorsichtig, wie es ging, Schicht für Schicht ab.

«Dann sind wir also durch diese simple Erpressungsgeschichte einem seit über einem Jahrzehnt aktiven Kinderschänder auf die Spur gekommen?», fragte Sackstedt.

«Bei aller Bescheidenheit, Herr Sackstedt», begann Manuela und sah ihn direkt an. «*Ich* bin ihm auf die Schliche gekommen. Sie haben meine Hundehändlerspur ins Lächerliche gezogen.»

Das war natürlich wenig diplomatisch, aber nach Diplomatie war Manuela gerade gar nicht zumute. Es nervte sie, dass Sackstedt die ganze Zeit von «Wir» sprach, obwohl er doch ihre Ermittlungen nur erschwert, aber nicht unterstützt hatte. Bis auf den entscheidenden Hinweis natürlich: den

Leichendiebstahl. Der war von ihm gekommen. Aber auch ein blindes Huhn fand bekanntlich mal ein Korn.

Sackstedt schluckte ihre Bemerkung hinunter, sah kurz zu dem Bagger hinüber und dann wieder sie an.

«Ich habe mich geirrt», sagte er laut und deutlich. «Und ich entschuldige mich dafür. Sie haben den richtigen Riecher gehabt. Meinen Glückwunsch.»

Manuela traute ihren Ohren nicht. Für den Moment war sie sprachlos. Der Schwall an Worten, der sich in ihrem Mund gesammelt hatte für den Fall, dass sie sich gegen Sackstedt zur Wehr setzen müsste, war so groß, dass sie ihn nur unter Mühen wieder hinunterschlucken konnte. Am Ende brachte sie nicht mehr als ein «Danke» hervor.

Sackstedt nickte. «Wenn ich einen Fehler gemacht habe, dann stehe ich auch dazu.» Das klang schon wieder mehr nach dem selbstgerechten und überheblichen stellvertretenden Polizeichef.

Hinter ihnen ertönte Geschrei.

Henry und Jens winkten aufgeregt mit den Armen. Der Baggerfahrer fuhr den Hydraulikarm hoch und zur Seite. Ein Trupp Feuerwehrleute machte sich mit Schaufeln an die Arbeit. Anscheinend hatten sie etwas entdeckt, wofür die Schaufel des Baggers zu groß war.

Die Anspannung in Manuela wuchs. Sie tanzte von einem Bein aufs andere. Hier mit Sackstedt zu stehen war anstrengender, als sich an der Suche zu beteiligen. Es war eine regelrechte Strafe.

«Ich verstehe nur nicht, wie Conroys Tochter und die anderen beiden jungen Leute ins Bild passen», sagte Sackstedt.

«Wie es aussieht, gibt es doch Zufälle. Rieke Schneider engagiert sich im Tierschutz, und irgendwie, wir wissen noch nicht wie, ist sie auf die Darkowiaks aufmerksam geworden.

Sie ist Leas Freundin. Auch Lea hat hin und wieder bei dieser Tierschutzgruppe mitgemacht. Die Ereignisse haben sich nur zufällig überschnitten.»

«Die unfassbarsten Geschichten schreibt das Leben, nicht wahr?», sagte Sackstedt.

«Uns fehlt aber noch ein wichtiges Puzzleteilchen», sagte sie, statt auf den blöden Satz zu antworten. Irgendwie musste sie Sackstedt loswerden, und hier bot sich eine Möglichkeit.

«Und das wäre?»

«Elisabeth Darkowiak ... wir wissen nicht, wo und woran die Frau gestorben ist. Können Sie die Kollegen anrufen, die den Fall des Leichenraubs bearbeiten? Vielleicht bekommen die es ja raus.»

«Klar, kein Problem.» Sackstedt sah auf die Uhr. «Sobald dort jemand im Büro ist.»

Der Bagger röhrte noch immer im Leerlauf vor sich hin, der mächtige Arm lag seitlich neben dem Schutthaufen. Die Männer arbeiteten mit Schaufeln, zwei knieten sogar auf dem Boden und wühlten mit den Händen. Es waren Jens und Henry.

«Ich muss da jetzt mal hin», sagte Manuela und wandte sich ab.

Sackstedt hielt sie nicht zurück, folgte ihr aber auch nicht.

Manuela eilte in großem Bogen an dem Bagger und dem Haufen Schutt vorbei, den die Maschine seitlich aufgeschüttet hatte, bis hin zum Brandmeister, der mit einem Funkgerät in der Hand dastand.

«Was ist da?», fragte sie ihn.

«Irgendwas unter der Erde. Verflucht, Ihr Kollege hört aber auch gar nicht», regte er sich auf. «Der stürmt einfach so da rein, dabei ist es noch viel zu früh. Da könnten noch Glutnester sein.»

Irgendwas unter der Erde.

Höhlen waren unter der Erde.

Oleg hatte von einer Höhle gesprochen. Manuela wurde schlecht bei der Vorstellung, dass die Männer gleich drei oder vielleicht sogar vier verkohlte Leichen aus dem Schutt hervorziehen würden. Davon würde Henry sich nie erholen.

Da sie keinen Schutzanzug trug, konnte sie nicht helfen. Jens und Henry hatten sich von der Feuerwehr Schutzanzüge ausgeliehen, aber der Feuerwehrmann hatte mit Blick auf Manuelas Körpergröße bemerkt, bei einem solchen Einsatz hätten sie keine Kindergrößen dabei. Also blieb ihr nichts anderes übrig, als dabei zuzusehen, wie sich die Männer in dem Schutthaufen abmühten. Eine Viertelstunde lang konnte sie Henry und Jens noch sehen, dann verschwanden sie in der Erde.

Die Männer der Feuerwehr starrten wie gebannt in ein Loch, das Manuela von ihrer Position aus nicht sehen konnte. Sie lief zum Bagger und stieg die vier Stufen zur Fahrerkabine hinauf. Der Fahrer sah sie aus großen Augen fragend an. Manuela verdeutlichte ihm per Handzeichen, dass sie nur besser sehen wollte. Es war laut und warm auf dem Bagger und roch nach Hydrauliköl. Direkt hinter ihr wummerte der Motor Auspuffabgase in die Luft.

Manuela erkannte ein großes quadratisches Loch in dem Schutthaufen, offenbar gab es einen Keller unter der Scheune. Wie es aussah, hatten die Männer eine Holzdecke aufbrechen müssen, um hineinzugelangen. Was Henry und Jens da unten taten, konnte Manuela nicht sehen. Und sie musste noch einmal fünf Minuten auf dem Bagger warten, bis die Feuerwehrmänner aktiv wurden und Henry und Jens aus der Grube halfen.

Jens entdeckte sie und schüttelte den Kopf.

Henry entfernte sich mit starrem Blick aus dem Schutthaufen. Er stolperte von den Menschen und den Gebäuden
hinaus auf die freie Wiese und verschwand im dichten Nebel.

9

Was für ein Licht.

In den dichten, wattigen Nebel sickerten die ersten zaghaften Sonnenstrahlen des beginnenden Tages. Millionen Tautropfen spielten damit, brachen das Licht und veränderten dessen Farbe. Es war weiß, blau, gelb und orange zugleich, ein Regenbogen auf der Erde, im finsteren Tal am Ende der Welt. Ein stiller Gegenspieler des Schreckens, der an diesem Ort allgegenwärtig war.

Henry Conroy ließ sich in das feuchte Gras fallen und streckte die Beine aus. Unter der viel zu großen feuerfesten Jacke trug er seine eigene, und in deren Innentasche steckten eine Schachtel Zigaretten und ein Feuerzeug. Er holte beides hervor. Zwei Zigaretten waren noch übrig. Mit zittrigen Händen steckte er sich eine an.

Es tat gut, daran zu ziehen. Das bewusste Ein- und Ausatmen reduzierte die in den letzten Stunden so stark angestiegene Anspannung. Als die Feuerwehr angekündigt hatte, dass der Bagger den Weg hinauf zum Hof im Schritttempo zurücklegen würde, wäre Henry fast geplatzt. Hätte Jagoda ihn nicht zurückgehalten, er hätte eigenhändig mit der Arbeit begonnen.

Und dann war es doch schneller gegangen als gedacht.

Da unten, in diesem Verlies … die Wahrheit, so grausam und klar, wie sie nun mal war.

Er rauchte. Schaute über das Tal, das im Nebel verschwunden war.

Dieses Licht … irgendwas darin war ungemein tröstlich, auf eine fast schon göttliche Art. Hineinzublicken linderte seinen Schmerz, und er fragte sich, wie es wäre, sich darin aufzulösen. Jetzt sofort. Diesen ganzen beschissenen Ballast hinter sich zu lassen und endlich Ruhe zu haben. Jetzt, wo die Erkenntnis des Verlustes die Anspannung vertrieb, fühlte Henry sich plötzlich unsagbar müde. Aber da war immer noch dieses Ziehen und Zerren in seinem Brustkorb, stärker als je zuvor. Es fühlte sich an, als wolle es ihn fortlocken. An einen schöneren Ort als diesen hier. Henry wäre gern gegangen, gleichzeitig wusste er aber auch, dass er noch nicht so weit war.

Ein Geräusch hinter seinem Rücken ließ ihn aufschrecken.

Er hatte keine Kraft, sich umzudrehen. Aber er wusste schon, wer da kam. Es gab hier nicht viele Menschen, die in einer solchen Situation das Gespräch suchten. Eigentlich nur einen.

«Darf ich?», fragte Manuela Sperling.

Er nickte.

Sie trug keine wasserdichte, feuerfeste Hose wie er, trotzdem ließ sie sich neben ihn ins nasse Gras fallen.

«Wunderschönes Licht», bemerkte sie.

Henry nickte nur, und Manuela Sperling schaffte es tatsächlich, für zwei Minuten schweigend neben ihm zu sitzen.

«Es tut mir entsetzlich leid», sagte sie schließlich.

Henry biss sich auf die Unterlippe. So fest, dass er Blut schmeckte. Der heftige Schmerz trieb ihm die Tränen zurück in die Augen.

«Sie hatten mich wirklich angesteckt mit Ihrem Optimismus», sagte er. Es klang genau so bitter, wie das Blut in seinem Mund schmeckte.

«Es tut …»

«Hören Sie auf», unterbrach er sie. «Sie haben getan, was Sie für richtig hielten, das war mehr, als ich damals getan habe. Ich hatte keine Lust auf diese Tanzveranstaltung. Ich wollte nicht sehen, wie meine bildhübsche Tochter in den Armen irgendeines Jungen über die Tanzfläche schwebt, nur Augen für ihn, nicht mehr für ihre Eltern. Ich dachte, ich würde sie an dem Abend ein Stück weit verlieren. Und genau so ist es auch gekommen, nur viel grausamer, als ich es mir je hätte ausmalen können. In den letzten Jahren habe ich Lea Stück für Stück verloren. Und jetzt … jetzt ist sie ganz fort … und das ist allein meine Schuld.»

Henry legte den Kopf in den Nacken und schloss die Augen.

«Lassen Sie mich allein», sagte er.

«Aber …»

«Hauen Sie ab, na los!»

Sie zögerte sekundenlang, dann stand sie auf und verschwand.

Jeder Schritt zurück auf den Hof fiel Manuela so schwer, als würde sie den höchsten Berg der Welt besteigen. Sie hatte das Gefühl, Henry Conroy im Stich zu lassen. Aber was sollte sie machen? Er wollte es so. Und es gab auch kaum noch etwas zu sagen. In ein paar Stunden würde er vielleicht für tröstende Worte empfänglich sein, aber nicht jetzt. Manuela bezweifelte, ihn noch einmal so erreichen zu können wie in der vergangenen Nacht. Sie kannte ihn nicht gut genug, um einschätzen zu können, wie stark er war. Er hatte bereits viel durchgemacht. Vielleicht war seine Kraft jetzt einfach verbraucht.

Das war so verdammt ungerecht.

Sie hatte den Hof noch nicht ganz erreicht, da kam ihr Sackstedt entgegen. Der hatte ihr gerade noch gefehlt.

«Sperling», rief er und wedelte mit seinem Handy.

«Die Kollegen aus Traunfeld. Elisabeth Darkowiak ist auf der Palliativstation der Uni-Klinik gestorben. An Krebs. Sie wurde am Tag darauf an das Beerdigungsinstitut Hellmann übergeben. Und dass Darkowiak die Leiche von dort geholt hat, steht fest. Gestern Abend nach Dienstschluss hat sich ein Zeuge gemeldet, der ein verdächtiges Fahrzeug in der Nähe des Bestattungsinstitutes gesehen haben will. Einen blauen Ford Transit. Die Kollegen in Traunfeld haben das Kennzeichen überprüft. Der Wagen ist zugelassen auf Marek Darkowiak.»

Manuela starrte Sackstedt an.

«Was ist?», fragte der.

«Mitkommen», blaffte sie ihn an, lief los und spurtete an dem arbeitenden Bagger vorbei über den Hof.

Davor stand noch immer der grüne VW-Transporter.

Kein blauer Ford Transit.

Sackstedt war ihr tatsächlich gefolgt. «Was soll das?», fragte er außer Atem.

«Das Kennzeichen ... ist es dieses hier?» Sie deutete auf das Nummernschild des grünen VW.

«Nein», sagte Sackstedt. «Ist es nicht.»

«Dann brauche ich sofort eine Halterabfrage für dieses Fahrzeug», sagte Manuela. «Wir sind nämlich bislang davon ausgegangen, dass dieser Wagen den Darkowiaks gehört.»

Ohne weitere Fragen zu stellen, klemmte Sackstedt sich ans Telefon. Ein paar Minuten später hatte er die Information.

«Der Wagen ist auf Carl Theiß zugelassen.»

«Scheiße», rief Manuela.

10

Die Oberfläche des Granitblocks war eben wie ein Brett. Er lagerte auf einigen anderen Blöcken und ragte ein Stück weit über den Hang hinaus. Von dort aus hatte man einen guten Ausblick auf den dreihundert Meter tiefer liegenden Hof und das Tal. Normalerweise. Jetzt war der Hof jedoch im dichten Nebel verschwunden. Bis hier herauf reichte der Nebel nicht. Sanft schmiegte sich die weiße Watte an die Hänge. Darüber ging die Sonne auf. Der Anblick war einzigartig schön.

Schon gestern Abend hatte Marek hier gelegen und das Feuerschauspiel beobachtet. Da war der Felsen noch warm von der Sonne des Tages gewesen. Heute in der Frühe war er kalt, und die Kälte kroch in seinen Körper.

Schon als Vater ihm befohlen hatte, den fremden Wagen in die Stadt zu fahren, hatte Marek geahnt, dass es diesmal nicht gut ausgehen würde. Früher war nie jemand überraschend auf ihrem Hof aufgetaucht. Die anderen Frauen waren alle mit dem Wagen gebracht worden. Theiß, «der Chef», wie er sich selbst nannte, hatte gesagt, niemand würde sie vermissen. Sie müssten weg, hatte er gesagt. Spurlos verschwinden. Der Chef hatte Vater Geld bezahlt, und Vater hatte die jungen Frauen, die alle Tschechisch, Ungarisch oder Russisch gesprochen hatten, zerlegt und den Samojeden zum Fressen gegeben. Nie war jemand auf ihrem Hof aufgetaucht oder hatte nach diesen Frauen gefragt. Auch nach den Jungs nicht.

Aber mit dieser Frau hatte sich alles geändert. Marek ahnte, wie alles zusammenhing. Die beiden jungen Leute hatten die Frau vermisst. Sie hatten gewusst, wo sie suchen mussten, und jetzt war die Polizei auf dem Hof.

Der Hof war verloren, er würde niemals dorthin zurückkehren können.

Es wurde Zeit, dass er sein eigenes Leben lebte.

Mit seiner eigenen Familie.

Marek sprang von dem Felsen und kämpfte sich durch das Brombeerdickicht zurück auf den Wildwechsel. Der führte ihn tiefer in den Wald. Zehn Minuten lang ging es steil bergan. Manchmal musste er sich an Wurzeln emporziehen, so steil war es. Auf der Kuppe des Hanges angekommen, verschnaufte er einen Moment. Dann ging er zwischen zwei Felsblöcken hindurch, die wie ein Tor wirkten. Hier war der Wildwechsel deutlich zu erkennen. Er folgte ihm abermals, ließ ihn nach ein paar Minuten aber links liegen und schritt durch wegloses Gelände.

In einer halben Stunde würde er zurück sein.

In seinem eigenen Haus. Bei seiner eigenen Familie.

Eine halbe Stunde später hatte der Bagger den gesamten Grundriss der Scheune freigelegt. Der in den Boden eingegrabene Keller bestand aus einem circa fünf Meter langen Gang und drei nebeneinanderliegenden Räumen. Damit der Erdboden nicht einstürzte, waren alle Wände und die Decken mit stabilen Holzbohlen abgestützt worden. Die Decken waren größtenteils verbrannt und durch heruntergefallene Balken zerstört worden. Die Leute der Feuerwehr hatten das meiste davon entfernt, sodass sie jetzt einen guten Überblick hatten.

In dem Verlies lag eine verkohlte Leiche.

Neben ihr kniete der Rechtsmediziner Gruber. Manuela und Jens standen am Rand des Lochs und starrten zu ihm hinab. Wo Henry Conroy war, wusste Manuela nicht, aber sie hatte beobachtet, wie Dr. Ravenhorst zu ihm gegangen war.

«Was ist, sag was!», fuhr Jens den Rechtsmediziner an.

«Definitiv weiblich», rief der ihnen zu.

Okay, das wussten sie schon. Jens Jagoda hatte ihr erzählt, dass Henry sich vorhin abgewandt hatte, als feststand, dass es sich bei der Leiche um eine Frau handelte. Für ihn war die Sache damit klar. Sie hingegen hoffte immer noch, dass es sich nicht um Lea handelte, sondern vielleicht um Rieke Schneider. Die musste schließlich auch irgendwo abgeblieben sein.

«Erzähl uns was Neues», knurrte Jens.

«Komm mal runter zu mir», forderte Gruber ihn auf.

Also stieg er die Leiter hinab und hockte sich neben ihn. Manuela konnte hören, was sie sagten.

«Sie hat Kleidung aus Kunststoff getragen, und die ist mit ihrer Haut verschmolzen. Hilf mir bitte, sie umzudrehen.»

Gemeinsam drehten sie die Leiche auf den Bauch. Die Rückseite war nicht verbrannt.

«Weiße Kleidung», sagte Gruber, «ein Kittel oder etwas Ähnliches.»

«Was ist das?», fragte Jens. Er beugte sich vor und scharrte etwas aus dem Sand, das Manuela nicht sehen konnte.

Schließlich stand er auf und wandte sich zu Manuela um. In der rechten Hand hielt er einen Gegenstand, der wie ein Namensschild aussah.

«Das ist nicht Lea. Diese Frau heißt Silke Kleinfeld.»

«Dann muss es noch ein anderes Versteck geben», sagte Manuela. «Wenn der Mann, der den Hof anzünden wollte, nicht Marek war, sondern Carl Theiß, dann ist Marek in seinem Versteck. Schließlich ist sein Wagen nicht hier.»

«Und wer war dann der Mann in Theiß' Scheune, dem die Hunde Gesicht und Hände weggefressen haben?», fragte Jens Jagoda.

«Keine Ahnung, und das ist jetzt auch nicht so wichtig. Manuela hat recht. Darkowiak hat noch irgendwo ein Versteck. Und dort befindet sich auch Lea.»

Seit Manuela mit dem Namensschild in der Hand zu Henry Conroy gerannt war, Dr. Ravenhorst im Gespräch unterbrochen und ihn aus seiner Trauer gerissen hatte, war er wie verwandelt. Er lief so hochtourig, wie sie ihn bisher noch nicht erlebt hatte, und duzte sie plötzlich.

Sie wussten jetzt, wie die weibliche Leiche in den Keller unter der Scheune geraten sein musste. Sackstedt hatte es telefonisch in Erfahrung gebracht.

Silke Kleinfeld war Nachtschwester der Palliativstation und wurde seit gestern vermisst. Sie hatte nachweislich Kontakt mit Marek Darkowiak gehabt, der seine Mutter in den vergangenen Wochen beinahe jede Nacht besucht hatte. Die Kollegen in Traunfeld hatten nur noch keine Verbindung zwischen dem Leichendiebstahl und Silke Kleinfeld hergestellt. Es war immer und überall das gleiche Problem: Die Abteilungen sprachen nicht miteinander.

«Wir müssen dieses Versteck finden», sagte Manuela.

«Es könnte überall sein.» Henry drehte sich im Kreis und ließ seinen Blick über die bewaldeten Hügel gleiten. Der Nebel hatte sich noch nicht aufgelöst, war aber heller geworden, weil die Sonne höher gestiegen war. Das Weiß blendete regelrecht. «Auch auf der anderen Seite der Grenze. Vielleicht haben die Darkowiaks dort Besitz.»

«Sackstedt ist schon am Grundbuchamt dran, aber da schmeißt vor acht Uhr keiner seinen PC an», sagte Manuela und sah auf die Uhr. Zehn vor acht. Sie war dem stellvertretenden Polizeichef dankbar, dass er diese Aufgabe übernahm.

«Es gibt bestimmt Höhlen in diesen Bergen», sagte sie.

Gleichzeitig schlich sich ein anderer Verdacht in ihre Gedanken, doch der war zu grauenhaft, um ihn laut auszusprechen. Die Hunde hier auf dem Hof fraßen Menschen, das hatte sie selbst gesehen.

Hunde!

Von Anfang an waren sie das verbindende Element in diesem Fall gewesen.

«Hunde», sagte Manuela laut. «Genau. Das ist es.»

«Was ist los?», fragten Henry und Jens zugleich.

12

Bobby schlief noch.

In letzter Zeit tat er eigentlich kaum noch etwas anderes, und wenn er wach war, wirkte er müde und teilnahmslos. Er ließ sich kaum noch zu Gesprächen verleiten. Selbst wenn Marek ihn bestrafte, war es nicht mehr wie früher. Es war langweilig geworden. Bobby fürchtete sich nicht mehr. Er weinte nicht mehr. Er schrie nicht mehr. Wie sollte man ein Kind bestrafen, wenn es nichts empfand?

Deswegen hatte er ihn loswerden wollen. Deswegen hatte er Oleg zu sich geholt. Oleg war lange Zeit sein Wunschkind gewesen, so wie Bobby damals auch. Es lag an den Augen. Beide hatten große blaue Augen. Man konnte so vieles darin lesen. Was sie dachten, was sie fühlten, wenn sie sich fürchteten oder freuten. Solche Augen mochte Marek. Er mochte es, in die Jungen hineinsehen zu können. Und in diesen besonderen Momenten, wenn sie zusammen waren und sich wie Vater und Sohn fühlten und Marek in diese Augen schaute, dann spürte er etwas in sich. Etwas Schönes. Was er nicht beschreiben konnte. Aber es machte ihn glücklich.

Bobby schaute nicht mehr so. Schon eine Weile nicht mehr. Seine Augen waren irgendwie ... erloschen. Wie wenn man in eine brennende Kerze schaute und sie dann auspustete. Für einen Moment sah man die Flamme dann trotzdem noch, aber ohne den Glanz und die Wärme. So waren Bobbys Augen jetzt. Das tat Marek weh. Die glücklichen Momente mit ihm waren wohl vorbei. Aber er wollte und konnte nicht darauf verzichten.

Jetzt wusste Marek, er hätte Oleg schon viel früher zu sich holen sollen. Aber er hielt sich an die Regel, mindestens zwei

Jahre verstreichen zu lassen. Nach zwei Jahren, so hatte man ihm gesagt, verschwand kein weiterer Junge, sondern ein anderer. Und wenn man dazu noch so weit fuhr, wie Marek es getan hatte, dann schöpfte niemand Verdacht, dann sah niemand eine Verbindung.

Als er Oleg endlich zu sich geholt hatte, war es der falsche Zeitpunkt gewesen. Nach Mutters langer Abwesenheit hatte Marek sich so sehr nach Liebe und Zuneigung gesehnt, er hatte nicht länger warten können. Und wenn Vater nicht diese Besitzerin des Autos verfüttert hätte, dann wäre ja auch alles gutgegangen.

Marek hatte die Katastrophe kommen sehen und gehandelt. Eigentlich hatte er den Jungen töten wollen, es aber nicht übers Herz gebracht. Diese schönen blauen Augen hatten ihn so flehend angeschaut. Schweren Herzens hatte er Oleg zurückgebracht. Die Trennung hatte ihm sehr wehgetan. Doch es war zu gefährlich gewesen, den Jungen unter diesen Umständen hierzubehalten. Was, wenn die Polizei auf der Suche nach der Besitzerin des Wagens auch die Wälder um den Hof herum abgesucht hätte? Nein, Oleg zurückzubringen war die richtige Entscheidung gewesen. Eigentlich hatte er auch den kranken und nutzlosen Bobby verschwinden lassen wollen. In der tiefen Spalte, wo auch die anderen Jungen lagen. Aber dazu war es nicht mehr gekommen, und jetzt hatte Marek Angst, den Jungen zu verlieren. Jetzt war es auch nicht mehr nötig. Alles hatte sich geändert. Sicher würde es Bobby bald wieder gutgehen.

Marek rüttelte an Bobbys Schulter. Er brannte darauf, ihm die Neuigkeiten mitzuteilen. Ab heute würde er nie mehr allein sein, denn sie waren jetzt eine richtige Familie. Mit ihm als Oberhaupt. Marek hatte verstanden, warum Bobbys Augen nicht mehr glänzten. Ihm fehlte eine Familie.

«Bobby, wach auf.»

Der Junge rührte sich nicht.

Marek kniff ihn in den nackten Oberarm.

Der Junge rührte sich trotzdem nicht. Er atmete pfeifend, und irgendwie roch sein Atem unangenehm.

Marek betrachtete ihn nachdenklich. Konnte man so tief schlafen? Tot war er nicht, er atmete ja noch. Was war also los mit ihm? Vielleicht war er krank? Das war schon ein paarmal vorgekommen. Marek hatte nie gewusst, was er dann tun sollte. Er hatte einfach vor seiner Mutter die gleichen Symptome markiert, wie Bobby sie gezeigt hatte. Und den Tee, den Mutter ihm gekocht hatte, hatte er auch für den Jungen gemacht.

Der Junge brauchte jetzt eine Mutter.

Wie gut, dass Marek ihm eine besorgt hatte. Er hatte sie aus dem Verlies unter der Scheune geholt und war mit ihr hinaufgestiegen in sein geheimes Versteck.

Er ging hinüber in den anderen Raum.

Dort hockte sie mit angewinkelten Beinen auf der Holzpritsche und starrte ihn aus weit aufgerissenen Augen an. Diesen Blick konnte Marek schon jetzt nicht leiden. Er war ängstlich, gleichzeitig aber auch ohne Respekt und ohne Liebe. Aber er würde ihr schon noch beibringen, wer in diesem Haus das Sagen hatte. Wie das ging, hatte er bei seinem Vater gelernt.

«Steh auf», fuhr er sie an.

«Was wollen Sie von mir?», fragte sie. «Lassen Sie mich gehen, bitte.»

Oh, sie konnte bitte sagen. Das war doch schon mal ein vielversprechender Anfang. Jetzt musste sie nur noch tun, was er sagte.

«Steh auf», wiederholte er.

«Du kannst mich mal.»

Marek glaubte, seinen Ohren nicht zu trauen. Er wusste, er war nicht eine solch ehrfurchtgebietende Erscheinung wie sein Vater, aber Respekt konnte man auch anders einfordern.

Er öffnete die Lederscheide an der linken Seite seines Gürtels und zog das Messer hervor.

«Steh auf, oder ich stech dich ab.»

Ja, da wurden ihre Augen sogar noch größer! Was hatte sie denn gedacht? Dass er ein Weichling war, der sich nicht durchsetzen konnte? Da hatte schon Vater sich sehr geirrt. Seit Marek denken konnte, hatte er sich Beschimpfungen wie «Jammerlappen», «Nichtsnutz» und «Tunichtgut» anhören müssen. Nur weil er nicht so stark war wie Vater, weil er nicht die schweren Säcke tragen konnte und weil er Angst vor den Samojeden hatte. Aber am Ende hatte er Vater gezeigt, worin seine wirkliche Stärke bestand. Und auch diese Frau würde es noch lernen.

Sie krabbelte von der Holzpritsche.

Ihre Bewegungen waren zögerlich und viel zu langsam.

«Komm schon, mach ein bisschen hin», forderte er sie auf. «Da rüber, durch die Tür. Drüben wartet jemand auf dich.»

Ihr Blick war wie gebannt auf das Messer gerichtet. Mit größtmöglichem Abstand drückte sie sich an ihm vorbei. Die Hütte war eng, es würde ihr in Zukunft nicht mehr gelingen, so viel Abstand zu wahren. Sie würden zusammenrücken müssen. Aber das war in Ordnung. Schließlich wollten sie eine Familie werden.

Sie ging rückwärts durch den Türrahmen und machte keine Anstalten, sich zu Bobby umzudrehen. Mann, war die blöd.

«Hinter dir, na los, dreh dich schon um. Kümmere dich um den Jungen.»

Sie schob sich tiefer in den Raum. Ihr Blick gefiel ihm immer weniger. Die Angst, die aufgeblitzt war, als er das Messer gezogen hatte, war schon wieder verschwunden. Durch das düstere Licht hier drinnen konnte er es nicht so genau erkennen, aber lag da etwa Arglist in ihrem Blick?

Schließlich entdeckte sie Bobby.

«Großer Gott», stieß sie aus und ließ sich neben dem einfachen Matratzenlager auf die Knie fallen. Sie legte ihm eine Hand auf die Stirn.

«Der Junge glüht ja», sagte sie. «Er ist krank, er braucht einen Arzt.»

«Dafür bist du da. Du bist jetzt seine Mutter. Kümmere dich um ihn.»

«Was? Das kann ich nicht, nicht hier. Er braucht Antibiotika. Wir müssen zu einem Arzt, diese Medikamente bekommt man nicht einfach so.»

«Glaubst du, ich bin blöd? Meinst du das, ja?!»

Er riss das Messer hoch und ging einen Schritt auf sie zu. Glaubte sie wirklich, sie könne ihn verarschen? Zu einem Arzt. Na klar. Und der würde ja auch bestimmt keine Fragen stellen.

Sie hob schützend ihre Hände vors Gesicht. «Nein, bitte nicht.»

Mit dem erhobenen Messer verharrte er vor ihr. Sein ganzer Körper zitterte. Er hatte das Bedürfnis, sie zu verletzen. Sie sollte bluten, weil sie ihn für dumm hielt. Aber das ging nicht, dann würde nie eine Familie aus ihnen werden.

Also beruhigte er sich. Auch wenn es ihm schwerfiel.

«Draußen ist ein Brunnen. Wir holen Wasser. Ihm fehlt nichts, er braucht bloß Wasser. Los, geh voran.»

13

Carlos war sechzig Zentimeter groß, fünfzig Kilogramm schwer und hatte braunes Fell mit schwarzen Flecken, eine riesige Nase, weit herunterhängende Schlappohren und einen einzigartigen Schlafzimmerblick. Auf seine ruhige Art wirkte er edel und großmütig. Er sah ein bisschen aus wie Al Pacino.

Manuela verliebte sich sofort in ihn.

Leider war er schon vergeben. An Svenja Fryen. Eine große, schlanke Frau von nordischem Typ, die derbe Boots, Jeans und eine wetterfeste Jacke trug. Aus der olivfarbenen Baseballkappe wippte ein langer blonder Pferdeschwanz. Die helle Haut ihres Gesichts war mit Sommersprossen übersät.

«Carlos ist ein Bloodhound», sagte Svenja Fryen. «Wir beide haben gerade erst die zweijährige Ausbildungszeit abgeschlossen. Mein Großer hier ist der Beste.»

Manuela war in die Hocke gegangen, um Carlos auf Augenhöhe zu begrüßen. Seine Rute bewegte sich ein wenig, aber großes Tamtam machte er ihretwegen nicht. Sein Schlafzimmerblick war so entzückend, dass Manuela gar nicht anders konnte, als ihm die Ohren zu streicheln.

Carlos und Svenja gehörten zur Diensthundestaffel Traunfeld. Es hatte anderthalb Stunden gedauert, bis sie auf dem Hof der Darkowiaks eingetroffen waren. Das war schnell, wenn man bedachte, dass die Fahrt allein schon eine Stunde dauerte.

In der Zwischenzeit hatte das Grundbuchamt gemeldet, es gebe keine weiteren zum Hof gehörenden Gebäude oder Grundstücke. Die Rechtsmediziner der pathologischen Abteilung der Uni Traunfeld hatten mit der Obduktion der männlichen Leiche begonnen. Wie erwartet, würde das Ergebnis auf sich warten lassen.

«Wo kann er den Geruch der Zielperson aufnehmen?», fragte Svenja.

«Kommt mit.» Manuela führte sie in Marek Darkowiaks Schlafzimmer.

«Geht das?», fragte sie und zeigte auf das zerwühlte Bett.

«Wunderbar, paradiesische Zustände», sagte Svenja. «So leicht haben wir es nicht oft.»

«Wieso leicht?» Manuela hatte noch nie mit einem Mantrailer gearbeitet und wusste nicht viel darüber.

«Das Bett ist voller Hautschuppen», klärte Svenja sie auf, während sie Carlos dorthin führte. «Die Individualspur eines Menschen besteht neben einigen anderen Bestandteilen hauptsächlich aus Hautschuppen. Sie werden durch Bakterien zersetzt, und daraus entstehen Gase. Die kann Carlos riechen. So eine Individualspur lässt sich nicht verhindern oder nachträglich vernichten.»

Carlos stand mit den Vorderpfoten auf dem Bett und beschnupperte die Matratze. Schließlich sprang er hinunter, sah Svenja mit seinem Schlafzimmerblick an und wedelte enthusiastisch mit der Rute.

«Okay, kann losgehen», sagte Svenja.

Draußen vor dem Haus warteten Henry, Jens und zwei Männer des Spezialkommandos. Henry und Jens trugen schusssichere Kevlarwesten. Die beiden Spezis waren in ihre übliche schwarze Kampfmontur gehüllt und hielten ihre Präzisionsgewehre mit einer Hingabe fest, als wären es ihre Frauen.

Henry reichte Manuela eine Weste. «Anziehen oder hierbleiben», befahl er.

Seufzend quälte sie sich hinein. Natürlich war sie zu groß.

Der steife Kragen drückte ihre Ohren hoch. Sie fühlte sich eingesperrt, unbeweglich und dick.

Svenja Fryen führte Carlos an einem Geschirr, das über einen Hüftgurt an ihrem Körper befestigt war. Die beiden liefen voran. Mit tiefer Nase führte Carlos sie durch den Garten an der Längsseite des Hauses entlang. Zwanzig Meter weiter endete das Grundstück am hohen Maschendrahtzaun. Allerdings gab es hier eine Tür. Sie war nicht verschlossen. Sie gingen hindurch und entdeckten auf der anderen Seite einen schmalen Trampelpfad. Dieser Pfad führte bergan über die Wiese und verschwand im Nebel.

Carlos lief unbeirrt weiter.

14

Wenige Meter von der Hütte entfernt stand eine eiserne Schwengelpumpe mit einem Sandsteintrog davor. Der Trog war bis zur Oberkante mit klarem Wasser gefüllt. Auf der Kante des Troges stand ein Henkeltopf. Mit dem holte Marek immer Wasser zum Waschen oder Kochen. In der einfachen Jagdhütte selbst gab es kein Wasser. Sie war eigentlich nicht zum ständigen Bewohnen gedacht.

Marek konnte sich noch erinnern, wie glücklich er gewesen war, als er die Hütte entdeckt hatte. Niemand außer ihm kam hier hinauf. Seit seinem Arbeitsunfall hatte Vater kaum noch laufen können, steil bergan gehen gleich gar nicht. So war die Jagdhütte hier oben all die Jahre sein Versteck gewesen. Ein Ort, an dem er allein sein und seine Wunden lecken konnte, wenn Großvaters Haut mal wieder zugeschlagen hatte. Meist war er nachts hier gewesen, wenn ihn auf dem Hof niemand vermisste. Vater war immer sehr misstrauisch gewesen.

«Füll den Topf mit Wasser», wies er die Frau an.

Sie nahm den Topf und wollte ihn in den Trog tauchen.

«Das ist abgestanden. Füll ihn mit Wasser aus der Pumpe.»

Der musste man ja wirklich alles sagen. Typisch Stadtmensch.

Aber sie wusste, wie man die Pumpe bediente. Sie füllte den Topf, und Marek ließ seinen Blick über die Hänge wandern. Die Hütte lag in einem winzigen Hochtal, das von allen Seiten umschlossen war, fast wie ein Vulkankegel. Vom Hof hierher gab es keinen Weg, nur den Trampelpfad, den er selbst geschaffen hatte. Vom Forstweg, der zu ihrem Hof führte, ging ein Stichweg ab. Den konnte man befahren, wenn man die tückischen Stellen kannte. Er war sehr steil und eigentlich nur für Forstfahrzeuge gedacht. Er endete an einem ehemaligen Holzlagerplatz. Aber von dort war es nur noch ein Fußmarsch von zehn Minuten hierher. Auf diesem Weg hatte er alle Jungen hierhergebracht.

Plötzlich bekam er einen Schwall eiskaltes Wasser ins Gesicht.

Marek erschrak, schrie auf und japste.

Im nächsten Moment drosch sie ihm den Topf mitten ins Gesicht. Seine bereits gebrochene Nase sandte heiße Stiche bis tief in den Kopf. Ihm wurde schwarz vor Augen. Er kippte nach hinten, verlor aber nicht das Bewusstsein.

Vor ihm ragte die Frau auf. Sie hatte den Topf nicht losgelassen und holte abermals aus. Im letzten Moment riss er den Arm hoch und wehrte den Schlag ab. Allerdings traf sie mit der Kante des Topfes die Knochen seines Unterarmes, und das tat höllisch weh. Marek trat nach ihr und traf sie am Schienbein. Sie taumelte zurück, ging aber sofort wieder auf ihn los.

Doch diesmal hielt Marek rechtzeitig das Messer nach vorn, fuchtelte verzweifelt damit herum und hatte Glück, dass er sie traf. Blut spritzte ihm ins Gesicht. Sie schrie, ließ den Topf fallen, zog sich zurück und presste sich die rechte Hand gegen den Brustkorb. Blut strömte an ihrem Arm entlang.

Er hatte sie richtig ordentlich erwischt.

Marek kam auf die Beine. Jetzt war es klar: Sie war nicht die Richtige. Mit ihr konnte er keine Familie gründen, sie war zu wild. Sicher würde sie sich nicht liebevoll um den Jungen kümmern. Vielleicht sollte er noch einmal ganz von vorn anfangen. Es gab ja noch drei Jungs mit großen blauen Augen, und er hatte ihre Adressen.

Die Frau stolperte ein paar Schritte zurück. Dann drehte sie sich plötzlich um und lief. Rannte über die freie Grasfläche auf den westlichen Hang zu. Auf die Bäume zu. Im Wald würde sie sich vielleicht verstecken können.

Marek taumelte hinterher. Der Schlag ins Gesicht war hart gewesen. Er sah alles verschwommen und meinte, sich gleich übergeben zu müssen. Blut lief in Strömen aus seiner Nase über seine Lippen und in den Kragen seines Hemds. Er musste sich trotzdem beeilen. Wenn sie es den kurzen Hang hinauf und auf der anderen Seite hinunter schaffte, könnte sie die Polizisten auf dem Hof auf sich aufmerksam machen.

Aber noch bevor sie die Baumgrenze erreichte, taumelte sie und fiel hin. Sie rappelte sich wieder auf, nur, um ein paar Meter weiter erneut zu stürzen. Jetzt wusste Marek, dass er sich Zeit lassen konnte. Sie würde ihm nicht entkommen. Er hatte sie schlimmer mit dem Messer erwischt, als er gedacht hatte. Das Gras vor ihm war voller Blut.

Sie krabbelte vor ihm her. Sie presste die verletzte Hand gegen ihre Brust. Sie keuchte und stöhnte, aber aufgeben wollte sie nicht. Marek fand jetzt Spaß daran. Es war wie jagen. Früher war er ein paarmal mit seinem Vater jagen gewesen. Vater wusste alles darüber, er hatte es von seinem eigenen Großvater gelernt. Marek hatte aber nie etwas getroffen. Er war nicht ruhig genug, und schließlich hatte Vater ihn nicht mehr mitgenommen.

Die Frau erreichte die Baumgrenze. Hoch ragten die mächtigen alten Fichten vor ihr auf. Am ersten Stamm konnte sie nicht mehr. Sie fiel hin und drehte sich zu ihm um.

Marek hob sein Messer.

Aber ihr Blick.

Wieso war da keine Angst? Wieso kein Respekt? Wieso

konnte sie ihn immer noch so ansehen, als wäre er ein widerlicher kleiner Schwächling?

«Verpiss dich», sagte sie. Zwar leise und ohne Kraft, aber trotzdem war es, als spucke sie ihm ins Gesicht.

Das war zu viel.

15

Carlos lief mal schnell, mal langsam, er wich immer wieder nach rechts oder links aus, aber nie hatte Manuela den Eindruck, er hätte die Spur von Marek Darkowiak verloren.

Svenja Fryen hatte ihr erklärt, dass eine solche Spur durch Witterungseinflüsse oder durch die Bewegungen der verfolgten Person niemals wie am Lineal gezogen verlief. Der Hund versuchte stets, den deutlichsten Geruchseindrücken zu folgen. Dabei würde es ihn auch nicht stören, wenn die Person sich über einen belebten Marktplatz bewegt hätte. Hier draußen war es für Carlos verhältnismäßig einfach, zumal die Spur vor nicht allzu langer Zeit gelegt worden war. Als ideal galt ein Zeitraum von 36 Stunden.

Manuela geriet trotz der kühlen Luft ins Schwitzen. Steil bergan zu gehen war doch etwas anderes, als jeden Morgen sechs Kilometer zu laufen. Sie hatten die Wiese hinter dem Haus längst hinter sich gelassen und stiegen seitdem durch dichten Tannenwald. Der Nebel wurde hier immer dünner, so als würden Höhe und Fichten ihn zurückdrängen. Hin und wieder sah es so aus, als folgte Carlos einem Weg, aber dann endete er plötzlich oder verlief in eine ganz andere Richtung. Laut Svenja waren das nur Wildwechsel. Bestimmte Strecken, die das Rot- oder Damwild immer wieder ablief.

Nach zwanzig Minuten Suche blieben Svenja und Carlos am Scheitelpunkt des Hanges stehen. Die junge Frau war gut in Form, aber auch sie musste jetzt eine kurze Pause einlegen. Manuela war ihr am dichtesten auf den Fersen, dann folgten Henry, die beiden Scharfschützen und schließlich Jens. Das Muskelpaket pustete wie eine alte Dampflok.

«Ich ... hätte ... Cardiotraining ... machen ... sollen», stieß er mühsam aus, als er sie erreichte.

«Jetzt geht es runter», verkündete Svenja. «Können wir weiter?»

Alle nickten. Sie gab Carlos ein Zeichen, indem sie kurz an seinem Geschirr zog. Der Hund reagierte sofort, senkte die Nase und lief los. Der Hang fiel steil ab. Da sie kaum noch kontrollieren konnten, wohin sie traten, veranstalteten sie einen Höllenlärm. Ständig brachen trockene Zweige und Äste unter ihren Schuhsohlen.

Bald erreichten sie eine Felsformation, die aussah wie ein Tor. Sie liefen hindurch. Fünfzig Meter weiter wurde der Wald lichter. Sie krabbelten in einen Graben hinab, dem Carlos ein paar Minuten lang folgte. An dessen Ende mussten sie kurz bergan steigen. Sofort begann Manuelas Herz wieder zu rasen.

Plötzlich hörte sie einen Schrei.

Alle erstarrten, auch Carlos hielt inne.

Carlos stieß ein einziges Bellen aus, und alle liefen gleichzeitig los, als sei das ein Startsignal gewesen. Manuela hielt ihren Vorsprung nicht lange, sie wurde von den beiden Scharfschützen eingeholt, die über jedes Hindernis sprangen.

Sie näherten sich dem Waldrand. Durch die Bäume konnten sie eine grüne Wiese erkennen. Ganz vorn, wo der Wald endete, bemerkte Manuela eine Bewegung.

«Da», rief sie.

Die beiden Männer blieben stehen. Manuela zeigte nach links hinüber und machte sie darauf aufmerksam. Im nächsten Moment rannte ein Mann davon. Er lief auf die Wiese hinaus, strauchelte, fiel hin, rappelte sich wieder auf und lief weiter.

Henry holte Manuela ein. Gemeinsam stolperten sie den

restlichen Hang hinunter. Da vorn am Baum lag jemand. Reglos. Sie hielten darauf zu. Henry wurde schneller. Die beiden Scharfschützen fielen auf der freien Wiese auf die Knie und brachten ihre Gewehre in Anschlag.

«Nicht töten», rief Manuela.

Der Mann lief auf eine Hütte zu. Die Wände bestanden aus aufeinanderliegenden Baumstämmen. Das niedrige Dach war von Moos bewachsen. Wäre der Mann nicht darauf zugelaufen, hätten sie die Hütte im Vorbeigehen vielleicht nicht einmal bemerkt, so gut getarnt war sie.

Ein Schuss fiel.

Wenige Meter vor der Hütte wurde dem Mann das rechte Bein unter dem Körper weggerissen. Er stürzte ins lange Gras und verschwand darin.

Henry hockte am Boden vor dem Stamm einer Fichte. Mit seinem breiten Rücken verdeckte er die Person, um die er sich kümmerte.

«Nein, nein, nein», wiederholte er immer wieder. Mit blutigen Händen riss er sich die Jacke vom Körper.

Manuela gelang ein kurzer Blick an ihm vorbei. Da lag eine junge Frau. Alles war voller Blut – die Haare, das Gesicht, die Kleidung. Jens, der näher bei Henry war, lief auf ihn zu.

Manuela wandte sich ab und ging zu den beiden Scharfschützen. Die waren aufgestanden, hielten ihre Gewehre aber noch im Anschlag.

«Wo ist er?»

«Im Gras. Wir sehen ihn nicht.»

«Also los, holen wir ihn uns.»

Je näher sie der Hütte kamen, desto mehr Einzelheiten

erkannte Manuela. Die Hütte war nicht vor, sondern in den Berg hineingebaut worden.

Die Höhle ... das ist die Höhle, schoss es ihr durch den Kopf.

Fünf Meter vor der Hütte entdeckten sie eine Blutspur, die auf die offen stehende Tür zuführte. Die beiden Männer wichen nach rechts und links aus und drückten sich neben der Tür an die Hüttenwand. Manuela hielt sich hinter ihnen. Sie verständigten sich per Handzeichen.

Drei, zwei, eins ... der Erste schnellte um die Ecke.

Nur Sekunden danach der Zweite.

Mit angehaltenem Atem wartete Manuela noch einen Augenblick, dann folgte sie selbst.

Es war düster hier drin. Die beiden kleinen Fenster ließen nur wenig Licht herein. Sie stand in einem großen Raum, der die gesamte Breite einnahm. Ungefähr in der Mitte gab es einen niedrigen Durchgang, der in den Berg führte; wie tief, konnte Manuela nur erahnen, denn darin war es noch dunkler. Einer der beiden Scharfschützen huschte von links nach rechts. Kurz darauf hörte sie einen Ruf.

«Gesichert.»

Manuela wagte sich in den Gang. Die Seitenwände bestanden aus nacktem Stein. Es war hier kühl und roch mineralisch. Es musste riesige Mühen gekostet haben, diesen Gang in den Berg zu treiben, denn er war nicht gesprengt, sondern hineingeschlagen worden, das erkannte Manuela an den behauenen Wänden.

Sie ging an zwei offenen Kammern vorbei und erreichte eine massive Holztür. In dem Raum dahinter brannte Kerzenlicht. Die Luft war verbraucht und roch schlecht.

Die Gewehre der beiden Scharfschützen zielten auf den verletzten Mann. Er lag in der hinteren rechten Ecke auf einem Matratzenlager und hielt einen kleinen Jungen in seinen Armen.

«Lassen Sie den Jungen los», sagte Manuela.

Der Mann, den sie für Marek Darkowiak hielt, sah entsetzlich aus. Sein Gesicht war blutverschmiert, die Nase stand schief, Rotz hing darunter. Tränen liefen ihm über die Wangen.

«Er gehört mir», wimmerte er. «Ihr dürft ihn mir nicht wegnehmen.»

Manuela ging näher heran. Der Junge schien bewusstlos zu sein.

«Nicht in die Schusslinie», zischte einer der beiden Männer hinter ihr.

«Marek, ist das Bobby?»

Marek Darkowiak nickte.

«Bobby ist mein Kind, ihr dürft ihn mir nicht wegnehmen.»

Manuela streckte die Hand aus. «Er ist krank, Marek, jemand muss sich um ihn kümmern. Lassen Sie mich nach ihm sehen, bitte.»

Aus großen Augen blickte Marek sie an, und hinter dieser grässlich verunstalteten Fratze entdeckte Manuela etwas anderes als ein Monster, das kleine Kinder entführte und tötete. Sie entdeckte einen kleinen verängstigten Jungen.

«Bitte», wiederholte sie.

Schließlich ließ Marek Bobby los. Manuela fing den Jungen auf, schloss den kraftlosen, fiebrigen Körper in ihre Arme und trug ihn hinaus. Hinter ihr fielen die beiden Männer über Marek her.

Der schrie, als würde er ausgepeitscht werden.

16

Die hohen schlanken Fichten bogen und schüttelten sich unter der urplötzlichen Gewalt. Metallene Messer zerfetzten die Luft, ohrenbetäubendes Turbinenkreischen füllte die kleine Hochebene. Manuela hielt sich die Ohren zu und beobachtete, wie der Rettungshubschrauber abhob. Für einen Moment sah es so aus, als würde er nicht vom Boden hochkommen, doch dann drehte sich das Cockpit von ihr weg, die Maschine gewann rasch an Höhe und verschwand schließlich über den Baumwipfeln am Horizont.

Die Stille kehrte auf die Hochebene zurück.

Nur der Gestank nach verbranntem Treibstoff blieb.

Manuela legte den Kopf in den Nacken und sah dem Hubschrauber noch lange nach.

Bobby Dorn lebte, gerade noch. Der Notarzt hatte auf eine schwere Lungenentzündung getippt, in deren Folge der Junge ins Koma gefallen war. Seine Chancen standen nicht gut, aber das wusste Manuela auch so. Sie hatte noch nie einen so glühenden Körper in den Armen gehabt. Hätten sie den Jungen nur einen Tag später gefunden, dann wäre er tot gewesen. Manuela mochte sich gar nicht vorstellen, was der Kleine hier oben durchgemacht hatte. Eingesperrt in einen in den Fels gehauenen Raum am Ende der Welt, wo ihn niemand hatte schreien hören. Sie mochte auch nicht an die anderen Jungen denken, die Marek sicher ebenfalls hierhergebracht hatte.

Ob aus Wut oder Trauer oder einfach nur wegen des hellen frühmorgendlichen Sonnenlichts: Manuela liefen Tränen übers Gesicht. Sie schlang die Arme um den Oberkörper und glaubte, noch immer die fiebrige Hitze des Jungen zu spüren.

Würde Bobby das Krankenhaus nicht lebend erreichen, dann hätten seine Eltern immerhin Gewissheit und könnten ihren Jungen zu Grabe tragen. War das ein tröstlicher Gedanke? Nein, überhaupt nicht. Es war ein ganz beschissener Gedanke, der ihre Wut noch ein bisschen mehr anfeuerte. Nach zwei Jahren in den Händen des Hundehändlers wäre es eine himmelschreiende Ungerechtigkeit, wenn Bobby jetzt sterben würde. Dabei wusste Manuela nicht einmal, auf wen sie wütend war. Auf Marek Darkowiak? Nein. Dafür war der Mann viel zu armselig. Einfach so wütend zu sein war aber auch in Ordnung. Die Umstände erforderten es geradezu.

Sie hörte Schritte im Gras.

Henry Conroy trat neben sie. Er sah schlimm aus. Der ungezähmte Bartwuchs, das zerzauste Haar, die müden roten Augen, und überall war Blut – in seinem Gesicht, an den Händen, an der Kleidung. Seine Tochter hatte eine Menge Blut verloren.

«Ich fahre jetzt hinterher», sagte er. «Du kommst mit Jens allein klar, oder?»

Manuela tat, wonach ihr jetzt am meisten war: Sie umarmte Henrys Taille. An seine Schulter reichte sie leider nicht heran, dafür war er zu groß und sie zu klein.

«Sie schafft das», sagte sie.

Henry nickte. «Sicher. Sie hat meinen Dickkopf.»

Er legte ihr den Arm auf die Schultern. Er war schwer.

«Danke», sagte er.

Manuela sah zu ihm auf. «Wofür?»

«Einfach so.»

Einfach so war okay, fand Manuela. Schulter an Hüfte standen sie schweigend da, bis Henry ihr einen freundschaftlichen Klaps auf die Schulter gab und fortging. Zurück zu seiner Tochter.

Die Besuchszeiten waren längst vorbei, und in die Uni-Klinik Traunfeld war Ruhe eingekehrt. Der Parkplatz hatte sich geleert. Manuela fand eine freie Stellfläche in der Nähe des Haupteingangs. Sie stellte den Motor ab, blieb aber noch sitzen, um ein wenig zur Ruhe zu kommen. Im Westen versank die Sonne am Horizont. Die Dämmerung hatte eingesetzt, so gut wie alle Fenster des Krankenhauses waren erleuchtet.

Das war der aufreibendste und anstrengendste Tag, den sie bisher erlebt hatte. Und so, wie es aussah, würden noch einige davon folgen. Der Tatort draußen in den Wäldern bei Kumrow war unübersichtlich. Sie wussten nicht, wo sie nach den Leichen der drei Jungen suchen sollten. Auf dem Hof? In der Nähe der Jagdhütte? Und wo waren die Leichen von Ralf und Rieke? So vieles war noch zu klären.

Aber heute nicht mehr.

Obwohl Manuela die bleierne Müdigkeit hinter den Augen spürte, wollte sie noch bei Henry und seiner Tochter vorbeischauen.

Sie klappte die Sonnenblende herunter, blickte in den Spiegel und brachte rasch ihr Haar in Ordnung. Dann stieg sie aus, betrat das Foyer und erkundigte sich, wo sie die beiden finden konnte. Der Fahrstuhl brachte sie in die dritte Etage. Von dort aus rechts den Gang hinunter, durch zwei automatische Türen und wieder rechts. So hatte es die nette Dame an der Information beschrieben.

Manuela bog um die letzte Ecke und sah Henry im Wartebereich sitzen. Er war allein dort, saß vornübergebeugt auf der Kante eines Stuhls, die Ellenbogen auf den Knien abgestützt, den Kopf tief zwischen den Schultern. Manuela blieb stehen und betrachtete ihn. Niemand konnte sich vorstellen, was Henry gerade durchmachte, auch sie nicht. Aber irgendjemand sollte ihm beistehen. Und wenn niemand anderes da war, musste sie das übernehmen.

Sie trat zu ihm.

Henry sah zu ihr auf. Seine Augen waren klein und gerötet, tiefe Schatten lagen darunter.

«Was machst du hier?», fragte er mit matter Stimme.

«Nachsehen, wie es euch geht. Darf ich?»

Henry nickte, und Manuela ließ sich neben ihn auf einen Stuhl fallen.

«Sie operieren gerade», sagte Henry, ohne sie anzusehen.

Lea hatte den Zeigefinger ihrer linken Hand verloren. Einer der beiden Männer der Spezialeinheit hatte ihn neben dem Wassertrog vor der Hütte gefunden.

«Es war ein glatter Schnitt, wahrscheinlich wird sie den Finger wieder gebrauchen können», sagte Henry.

«Das freut mich. Keine weiteren Verletzungen?»

«Ein paar Abschürfungen, blaue Flecke, sonst nichts.»

«Sie hat wirklich großes Glück gehabt», sagte Manuela.

Henry betrachtete noch einen Moment seine Schuhe, dann sah er Manuela an.

«Ich hab vor der OP mit ihr gesprochen», begann er. «Marek Darkowiak hatte Zeit genug, sie zu töten, nachdem sie am Waldrand zusammengebrochen war. Aber dann hat sie ihm gesagt, er solle sich verpissen, und er hat genau das getan. Er ist weggelaufen. Er hatte das Messer schon erhoben und hat es doch nicht fertiggebracht, auf sie einzustechen.»

Es passte zu dem, was Manuela in der Hütte gesehen hatte: einen kleinen Jungen, der Rotz und Wasser heulte und nicht wusste, was er tun sollte. Marek Darkowiak war ein Mann, der über ein Jahrzehnt lang kleine Jungen entführt hatte und nicht entdeckt worden war. Marek Darkowiak würde in der

Presse als Monster dargestellt werden, als teuflischer Hunde-händler. Manuela aber ahnte, dass das wirkliche Monster von den Samojeden gefressen worden war.

«Ja, Lea hat riesiges Glück gehabt», fuhr Henry fort. «Aber ich auch. Ich mag mir nicht vorstellen, was passiert wäre …»

Er brach ab, sah wieder zu Boden und schüttelte den Kopf.

Manuela nahm seine Hand zwischen ihre. Er ließ es geschehen.

«Dann tu es auch nicht. Sie wird bald wieder wohlauf sein, nur daran solltest du denken. Und dann habt ihr beide alle Zeit der Welt.»

Seine Hand war groß und rau und fühlte sich trotzdem gut an. Ohne weiter darüber nachzudenken, verschränkte sie ihre Finger zwischen seinen. Als Henry aufsah, lächelte er.

«Du siehst immer alles positiv, oder?», sagte er.

«Ich versuch's zumindest.»

«Das gefällt mir. Immer besser.»

Sie sahen sich in die Augen. Keiner senkte den Blick. Manuela spürte, wie die Umgebung verschwand, die Gerüche und Geräusche des Krankenhauses, die Gedanken an den Darkowiak-Fall.

Lass diesen Moment ewig dauern, dachte sie.

Da klingelte Manuelas Handy.

Es war Sackstedt.

«Es gibt Neuigkeiten aus der Pathologie», sagte er. «Der Mann aus Theiß' Scheune, dem der Hund das Gesicht weg-gefressen hat …»

«Ja. Was ist mit dem?»

«Es ist doch Carl Theiß. Der Abgleich der Zahnunterla-gen hat das zweifelsfrei ergeben.»

Manuela stockte der Atem. «Und wer hat dann versucht,

den Hof der Darkowiaks niederzubrennen?», brachte sie hervor.

«Gute Frage. Finden Sie es heraus.»

Letzte Worte

Manchmal holen mich meine Geschichten ein. Bei dieser war es so.

2013 überquerte ich allein zu Fuß die Alpen und erreichte an einem nebligen, düsteren Tag ein abgelegenes Tal. Seit Stunden hatte ich keinen Menschen mehr gesehen. Ich näherte mich einem Hof, der in einem Waldstück lag, weil ich wusste, dass man dort übernachten konnte. Schon von weitem war lautes Hundegebell zu hören. Auf dem Hof befand ich mich plötzlich in einer Situation, die der im Roman ähnelte: rechts von mir der grausame Jaroslav, links ein wütender Hund.

Ich übernachtete trotzdem dort, aber es war eine unruhige Nacht, und mein Jagdmesser hielt ich stets griffbereit.

Wenn die Geschichte nicht schon geschrieben gewesen wäre, hätte ich sie mir in dieser Nacht ausgedacht.

Die Inspiration zu «Die Zucht» entsprang aber verschiedenen anderen Quellen. Eine davon war eine kleine Geschichte, die mir Frank Fass beim gemeinsamen Abendessen erzählte. Frank ist Besitzer eines Wolfsgeheges, zudem Jäger und Hundehalter. Ich bin mir sicher, er verzeiht mir niemals, was ich aus seiner Geschichte gemacht habe. Frank, vielen Dank!

Mein Dank gilt außerdem: meiner Frau Stefanie, meiner Tochter Nina, meiner Lektorin Katharina Naumann, allen, die bei Wunderlich an diesem Buch mitgearbeitet haben, sowie Christel und Siegfried für den besten einsamen Ort der Welt.

Euch, liebe Leserinnen und Leser, gilt natürlich mein ganz besonderer Dank.

Wenn ihr mögt, besucht mich mal unter

www.andreaswinkelmann.com

oder auf Facebook unter Andreas Winkelmann, Schriftsteller.

Andreas Winkelmann

KILLGAME

Thriller

Wunderlich

Das Mädchen hat Angst. Seit Tagen ist es in einem Verschlag unter der Erde gefangen.

Jemand wirft Laufkleidung herunter und lässt die Klappe offen. Das Mädchen klettert heraus und beginnt zu rennen. In die Freiheit. In den Wald.

Da zischt der erste Pfeil ganz dicht an seinem Kopf vorbei ...

Dries Torwellen hat geschworen, seine Nichte zu finden, die von zu Hause ausgerissen ist. Ihre Spur führt ihn zu einer Lodge in den tiefen Wäldern Kanadas. Ihre Betreiber werben mit einem einzigartigen Urlaubserlebnis. Einem Erlebnis, das alle Grenzen sprengt ...

Der neue Thriller von Andreas Winkelmann – eine atemlose Jagd durch die Wälder Kanadas

Der schmale Spalt war verschwunden. Vielleicht war er auch noch da, aber sie konnte ihn nicht mehr sehen, denn ihr hölzernes Gefängnis war jetzt angefüllt mit hellem Licht. Mit Tageslicht, das durch die geöffnete Falltür hereinfiel. Sonnenstrahlen berührten ihre Füße, ein warmer Kuss, unerträglich schön. Minutenlang blieb sie sitzen, spürte der Wärme an ihren Füßen nach und lauschte. Eine Falle, es musste einfach eine Falle sein. Warum sollten die gierigen Männer sie nach alledem gehen lassen? Sie hatte ihre Gesichter gesehen, sie würde sie nie wieder vergessen und jedes einzelne wiederkennen in einem Heer anderer Gesichter.

Sie dachte an den gestrigen Abend. Irgendwas war schiefgelaufen. Nachdem das Brüllen verklungen und der grausamste aller Männer mit einem Gewehr über der Schulter aus dem Dunkel in den Feuerkreis getreten war, hatten die Männer sie auf einen stummen Wink des Grausamen hin gepackt und ins Verlies zurückgeworfen. Sie hatten sie nicht wieder vergewaltigt. Irgendwann war sie eingeschlafen und hatte nicht einmal gehört, wie die Falltür geöffnet und die aus grob behauenem Holz gefertigte Sprossenleiter heruntergelassen worden war. Da stand sie nun, von der Sonne angestrahlt, und die Stufen wiesen den Weg in die Freiheit. Staubpartikel tanzten im Licht, ein paar Kriebelmücken hatten den Weg hinunter gefunden, aber so früh am Morgen waren sie noch viel zu träge, um auf die Jagd zu gehen.

Etwas an der Leiter zog ihren Blick geradezu magisch an.

Kleidung. Auf der dritten Sprosse von oben hing Kleidung.

Seit Tagen war sie nackt und hatte sich bereits daran gewöhnt, aber die Aussicht darauf, endlich wieder etwas anziehen zu können, brachte schlagartig die Scham zurück.

Sie stand auf und torkelte auf die Leiter zu. Sobald ihr ganzer Körper von den Sonnenstrahlen eingehüllt war, blieb sie stehen, legte die Hände an das harzige Holz, schloss die Augen und genoss die Wärme. Schließlich stieg sie zwei Stufen hinauf. Sie zupfte die

Kleidung von der Leiter und stieg wieder hinab. Es waren eine kurze schwarze Sporthose aus Lycra und ein leuchtend violettes, schulterfreies Oberteil aus dem gleichen Material. Keine Unterwäsche.

Sie zog alles an und stieg dann die Leiter hinauf. Langsam schob sie den Kopf über den Rand der Falltür und erwartete schon, gepackt und herausgezerrt zu werden, doch das geschah nicht. Sie blinzelte ins grelle Licht, Tränen traten ihr in die Augen, und sie musste einen Moment am oberen Ende der Leiter verharren. Mehr tastend als sehend erklomm sie die letzten Stufen und sackte auf den sandigen Boden.

Die Luft war warm und angefüllt vom Geruch des kalten Feuers.

Schwarzes Holz, weiße Asche, aus der geisterhafter Rauch aufstieg.

Über ihr spannte sich ein weiter blauer Bogen von Horizont zu Horizont, mehr Himmel, als sie ertragen konnte, eingefasst darin die leicht milchig verklärte Scheibe der frühmorgendlichen Sonne mit dünnen Wolkenstreifen davor.

Sie ertrug die Weite nicht, sah zu Boden und entdeckte ein Paar weiße Sportschuhe. Sie griff danach und betrachtete sie. Sechsunddreißig, genau ihre Größe. Sie zog die Schuhe an und sah sich dann um.

Um sie herum, außerhalb eines Kreises von vielleicht vierzig Metern Durchmesser, stand still und starr ein undurchdringlicher Wald aus Fichten, Birken und Pappeln. Das Unterholz war dicht wie ein Vorhang, der Boden verschwand unter kniehohen Blaubeerbüschen. Die gierigen Männer könnten sie aus dem Wald heraus beobachten, und sie würde es nicht sehen können. Jedes Lebewesen verschmolz mit dem Dickicht, wenn es sich nur ein paar Meter hineinwagte, und wo es eben noch einen Tritt, eine Spur hinterlassen hatte, war Minuten später nichts mehr davon zu sehen.

Das Mädchen richtete sich auf, drehte sich im Kreis, musterte den Waldrand und wusste nicht, was es tun sollte. Fliehen? Hinein in den Wald? War das die so verzweifelt herbeigesehnte Freiheit oder doch nur eine andere Art des Gefängnisses? Und warum ließen die Männer sie plötzlich gehen? Die drängendste Frage aber war, ob das, was in der zurückliegenden Nacht gebrüllt und die Männer in Schrecken versetzt hatte, noch da war. Verharrte es still im Unterholz? Wartete es auf sie?

Sie ging ein paar Schritte auf den Waldrand zu und spürte dabei schmerzhaft ihren Unterleib. Die Verletzungen waren noch nicht verheilt, aber sie hatte zu bluten aufgehört. Bis auf zwei Meter wagte sie sich an den grünen Saum heran, erkannte dann, dass es keinen Einlass gab und kehrte um. Sie suchte die kreisrunde Lichtung ab. Wenn die Männer hierhergekommen waren, dann musste es einen Weg hinein und hinaus geben. Sie musste ihn nur finden. Vielleicht war es nur ein schmaler Pfad, eventuell hatten sie ihn auch getarnt. Aber warum taten sie das und öffneten gleichzeitig die Falltür?

Hatte jemand vielleicht vergessen, die Klappe zu schließen?

War das brüllende Unding zurückgekehrt und hatte die Männer just im richtigen Augenblick vertrieben?

Dann fiel ihr der Grausame ein, und sie verwarf den Gedanken so schnell, wie er gekommen war. Der Grausame würde sich nicht vertreiben lassen, vielleicht war er selbst es gewesen, der so gebrüllt hatte, was wusste sie schon von ihm. Er mochte aussehen wie ein Mensch, mochte sprechen und sich bewegen wie ein Mensch, menschlich war er dennoch nicht. Da war etwas anderes in ihm, und es stammte nicht von dieser Welt. Sie wollte gar nicht weiter über den Grausamen nachdenken, denn allein das versetzte sie in Furcht und Schrecken und lähmte ihren Körper. Sie würde nicht mehr fragen, sondern endlich handeln.

Gott bot ihr eine Chance, und sie würde sie nutzen.

Leseprobe

Aus dem heruntergebrannten Feuer zog sie einen kräftigen Stock, der nur zur Hälfte verbrannt war. Die übrig gebliebene Hälfte reichte ihr bis zur Hüfte, war leicht gebogen und fühlte sich gut an in ihren Händen. Sie hob den Stock an und schlug damit in die Luft. Sofort zog ein scharfer Schmerz durch ihren Unterleib. Sie sog die Atemluft zwischen den Zähnen ein und krümmte sich zusammen. In ihr war längst noch nicht alles in Ordnung, aber davon durfte sie sich nicht aufhalten lassen.

Zweimal umrundete sie die Lichtung, dann fand sie eine Stelle, in der sie, wenn sie sich bückte, in den Wald eintauchten konnte.

Sie warf einen Blick zurück. Die offen stehende, von einem Ast gehaltene Falltür, das qualmende Feuer, die sandige, von Spuren übersäte Lichtung – das alles kam ihr surreal vor.

Sie konnte es nicht fassen, dass sie hier gelandet war.

Es war so schnell gegangen.

Und nur, weil sie nach langer Zeit wieder einmal Vertrauen gefasst hatte.

Sie wandte sich ab, und der Wald tat sich auf und verschluckte sie.

Rainer Kampen ließ die Göre nicht aus den Augen. Seit einer Viertelstunde lungerte sie vor dem Regal mit den Süßigkeiten herum, sah sich immer wieder verstohlen um und machte sich damit so verdächtig, als trüge sie ein Schild um den Hals mit der Aufschrift «Ladendieb».

Ihr langes blondes Haar wirkte ungepflegt, die Kleidung war schmutzig, der kurze Jeansrock am Hintern dreckig. Das ärmellose grüne Oberteil saß eng, schmiegte sich um ihre schmale Taille und die kleinen Brüste. Die Göre hatte eine gute Figur, das sah Kampen sofort. Gertenschlank, lange braune Beine und dazu noch ein markantes Gesicht mit ausgeprägten Sommersprossen. An einem anderen Ort und mit einer Blume im Haar wäre sie als Hippiebraut durchgegangen, aber in seinem Laden war sie nichts weiter als eine Schlampe von der Straße, die versuchte, ihn zu beklauen. Aber nicht mit ihm. Rainer Kampen hatte die Schnauze voll von diesen Jugendlichen, die glaubten, für nichts bezahlen zu müssen. Sie waren respektlos und frech, und seiner Meinung nach gehörten die alle eingesperrt. Nur ließen die Bullen sie immer wieder laufen. Drei minderjährige Ladendiebe hatte er in den vergangenen zwei Wochen erwischt und festgehalten, bis die Bullen kamen. Die hatten die Kids zwar mit zur Wache genommen, dort aber nur die Personalien aufgenommen und die Eltern informiert. Ein paar Tage später standen die Kids dann wieder in seinem Laden, lachten ihn aus und ließen etwas mitgehen, wenn er nicht hinsah.

Die Gesellschaft war vor die Hunde gegangen. Als ehrlicher Kaufmann konnte man heutzutage ohne Konsequenzen beklaut und verhöhnt werden. Aber dieses Flittchen würde sich noch wundern. In zehn Minuten schloss der Laden, sie musste jetzt langsam aktiv werden, wenn sie noch etwas mitgehen lassen wollte.

Rainer Kampen befand sich hinter einer Spiegelglaswand in seinem Büro. Über einen kleinen Monitor beobachtete er die Blondine, die sich in einem leeren, unbeobachteten Gang wähnte. Während sie weiterhin die Auslage mit Süßigkeiten betrachtete, als könne sie sich nicht entscheiden, stopfte Kampen einen Schokoladenkeks nach dem anderen in sich hinein. Krümel blieben auf seinem dicken Bauch liegen, doch das störte ihn nicht. Er hatte nur Augen für diese Ladendiebin mit den kleinen Titten und dem festen runden Arsch.

Da!

Sie griff zu. Ein Fünferpack Snickers wanderte mit einer schnellen Bewegung in ihre kleine Handtasche.

Rainer Kampen sprang auf. Eilig verließ er sein Büro und arbeitete sich über Umwege zur Kasse vor, damit die Blondine ihn nicht zu früh bemerkte. Die Kids hier in der Gegend kannten ihn, sie wussten, was drohte, sobald er durch den Laden stürmte. Die Blondine hatte er zwar noch nie zuvor gesehen, aber es konnte nicht schaden, umsichtig zu sein, denn diesen Fang wollte er sich auf keinen Fall entgehen lassen.

Er gab Franco, dem jungen Italiener, der in den Abendstunden die Kasse machte, ein Zeichen, postierte sich an den Obstkörben neben der Eingangstür und tat so, als sortiere er fauliges Obst aus.

Die Blondine erschien an der Kasse und legte eine 0,5-Liter-Flasche Mineralwasser für fünfundneunzig Cent aufs Band. Sie hatte das Kleingeld abgezählt in der Hand, ließ es in den Teller fallen und wollte mit gesenktem Kopf den Laden verlassen.

Rainer Kampen stellte sich ihr in den Weg. Auch wenn das Mädchen noch so dünn war, an seinen einhundertdreißig Kilo kam sie nicht vorbei.

Sie sah ihn an, ihre Augen flackerten.

«Darf ich einen Blick in deine Handtasche werfen?», fragte Rainer Kampen.

Sie war nah an einer Panik, ihr Kopf zuckte herum auf der Suche nach einem Ausweg.

«Nein … warum?»

Natürlich! Aufmüpfiger Tonfall, obwohl sie ertappt worden war. Die waren alle gleich, spielten sich auf, als wären sie es, denen Unrecht angetan wurde. Da stieg ihm schon wieder die Galle hoch.

«Weil ich dich dabei beobachtet habe, wie du Snickers

in deine Tasche gesteckt hast. Ich hab das sogar auf Video, du kannst also leugnen so viel du willst, aus der Nummer kommst du nicht mehr raus, Blondie.»

Ihre Lider flatterten, sie war jetzt den Tränen nahe.

«Ach ja … die … oh, tut mir leid, die habe ich total vergessen.»

«Jaja, ist klar, das hab ich schon viel zu oft gehört. Siehst du das Schild da?»

Rainer Kampen deutete auf ein weißes Klebeschild an der Kasse. Darauf stand, dass jeder Ladendieb angezeigt wurde, hundertfünfzig Euro Bearbeitungsgebühr bezahlen musste und Hausverbot erhielt.

«Bitte … ich hab das echt vergessen, ich wollte nicht klauen.»

Die erste Träne lief, und Kampen freute sich wie ein kleiner Junge zu Weihnachten. Diese Tussi rettete ihm kurz vor Feierabend den Tag. Er liebte es, wenn sie winselten und ihn anflehten, nicht die Polizei zu rufen.

«Kannst du alles der Polizei erzählen», sagte er und genoss es, wie sie unter der Drohung endgültig zusammenbrach.

Sie öffnete die Handtasche, holte die Snickers heraus und legte sie auf das Kassenband. Ihre Hand zitterte.

«Bitte … es tut mir leid, ich wollte das nicht.»

Okay, der Blick aus ihren hellblauen Augen war wirklich mitleiderregend, und wie sie so vor ihm stand, abgerissen, abgebrannt, wehrlos, aber durchaus hübsch anzusehen, kam ihm eine andere Idee. Sie konnte es wiedergutmachen.

«Wir gehen mal in mein Büro, das muss ja nicht jeder mitbekommen», sagte er. Und dann, an Franco gewandt: «Du kannst abschließen und gehen, ich kümmere mich um den Rest.»

Rainer Kampen packte die Blondine am Handgelenk und

führte sie ab. Auch wenn sie wahrscheinlich ein paar Tage nicht geduscht hatte, roch sie gut – nach Sommer. Nach Haut, die im Laufe des Tages einmal nass geworden war, vielleicht im Brunnen in der Fußgängerzone, vielleicht im See im Stadtpark, und danach unter der Sonne getrocknet war. Rainer warf einen Blick auf die Innenseiten ihrer dünnen Arme, konnte aber keine Einstichstellen entdecken. Heutzutage musste das nicht viel heißen, vielleicht spritzte sie kein Heroin, schnupfte dafür aber Meth oder irgendeinen anderen Scheiß. Wenn sie es tat, tat sie es noch nicht lange, denn bis auf ihre Kraftlosigkeit wirkte sie gesund.

Ein echter Glücksgriff.

Rainer Kampen bugsierte sie in sein kleines, stickiges Büro hinter der Spiegelglasscheibe, drückte sie auf den einzigen Besucherstuhl und ließ sich selbst auf dem Schreibtischstuhl nieder. In dem grellen Licht der Neonröhre unter der Decke, die er beim Hereinkommen eingeschaltet hatte, betrachtete er sie aus einem Meter Abstand in aller Ruhe.

Sie saß auf der Kante des Stuhls, hielt die Knie zusammengepresst und drückte mit beiden Händen den kurzen Rock in den Schritt. In diesem Moment sah sie wie fünfzehn aus.

«Wie alt bist du?»

«Achtzehn.»

«Ohne Scheiß?»

«Hören Sie, wenn ich …»

«Nein, Süße, du hörst zu. Ich habe dich beim Ladendiebstahl ertappt, und das ist kein Kavaliersdelikt. Es liegt jetzt an dir, ob ich die Polizei rufe oder nicht. Kannst du die Snickers bezahlen?»

Sie senkte das Kinn und schüttelte den Kopf.

«Hab ich mir gedacht. Und was meinst du, wie wir diese dumme Situation lösen?»

«Ich weiß nicht ... sagen Sie es mir.»

«Nun ... du bist wirklich achtzehn?»

«Wenn ich es doch sage.»

«Hast du deinen Personalausweis dabei?»

Wieder schüttelte sie den Kopf.

«Tja, das ist blöd. Aber ich glaube dir einfach mal. Du siehst aus, als könntest du achtzehn sein. Du siehst überhaupt ziemlich gut aus.»

Sie sah zu ihm auf, lächelte schüchtern und warf ihm einen aufreizenden Blick zu. Verletzlich, anmutig und auf einzigartige Weise erotisch. Dieses kleine Luder wusste genau, was hier lief.

«Entspann dich ein wenig, du wirkst so verkrampft», sagte Kampen, streckte die Hand aus, legte sie auf ihr rechtes Knie und drückte das Bein nach außen. Er musste kaum Kraft aufwenden, bereitwillig spreizte sie die Beine.

«Warst viel in der Sonne, was? Bist richtig schön gebräunt. Überall, oder nur da, wo ich es sehe?»

«Weiß nicht.»

Kampen lachte leise und streichelte ihr Knie. Sie hatte wunderbar glatte Haut.

«Aber klar weißt du das, eine wie du weiß so was ganz genau. Wie man Männern den Kopf verdreht und so, nicht wahr? Warum läufst du sonst in diesem kurzen Fummel herum?»

Er schob den Saum ihres Rocks ein Stück hinauf. Die kleine Schlampe rutschte von ihm weg, hob das Kinn und sah ihn an.

«Ich zeige dir, wie braun ich bin, aber ich lasse mich nicht von dir begrapschen. Wenn dir das nicht reicht, du notgeiler Arsch, dann ruf die Polizei. Ist mir scheißegal.»

Jetzt wurde sie doch noch widerspenstig, aber das gefiel Kampen.

«Du ziehst alles aus, sonst haben wir keinen Deal.»

Ihr Blick fraß sich an seinen Augen fest, und das gefiel ihm überhaupt nicht. Da war etwas an ihr, das ihm fast ein bisschen Angst machte. Aber noch ehe er es sich überlegen konnte, stand sie ohne ein weiteres Wort auf und zog das Top aus. Kampen lehnte sich zurück und genoss die Show. Hatte er also mit seiner Vermutung doch richtiggelegen: Die Kleine rettete ihm den Abend.

Sie verharrte mit den Händen am seitlich angebrachten Reißverschluss des Rocks. Ihr Blick war zu Boden gerichtet, ihr schmaler Brustkorb hob und senkte sich unter schnellen Atemzügen. Sie rang mit sich, überlegte, ob sie das wirklich tun sollte. Wie es aussah, hatte er hier eine Ausreißerin vor sich, die erst seit ein paar Tagen von zu Hause fort war. Sie war forsch und selbstbewusst, keine Frage, aber dies hier war eben nicht das, was sie sich unter einem Leben in Freiheit vorgestellt hatte.

«Na los, weiter», forderte er sie auf. «Oder soll ich doch die Polizei rufen? Die sind in ein paar Minuten hier.»

Das half.

Sie zog den Reißverschluss herunter. In dem stillen Büro klang das sehr laut, und das Geräusch ließ Kampen genussvoll aufstöhnen. Er rieb sich den Schritt.

Blondie ließ den Rock an ihren schmalen Schenkeln hinuntergleiten und trat aus dem Stoffkreis. Sie trug einen weißen Slip, der verhältnismäßig sauber aussah. Kampen hatte erwartet, dass sie die Arme vor der Brust verschränken und die Hände vor den Schritt halten würde, doch das tat sie nicht. Ihre Arme hingen locker herunter, und nach kurzem Zögern schaffte sie es tatsächlich, ihn anzusehen.

«Reicht das?», fragte sie mit diesem aufsässigen Unterton in der Stimme.

«So kann ich doch nicht sehen, ob du nahtlos braun bist, Süße.»

«Bin ich nicht.»

«Ja, vielleicht, aber ich würde mich gern selbst davon überzeugen. Denk an unseren Deal.»

Er griff zum Telefonhörer und nahm ihn ab.

«Schon gut», sagte Blondie, schob ihre Daumen unter den Saum des Slips und streifte ihn rasch ab. Er rutschte hinunter und blieb an ihren schmalen Knöcheln hängen. Jetzt trug sie nur noch die Sneakers und ein ledernes Halsband. Sie war tatsächlich nicht nahtlos braun. Es sah beinahe so aus, als trüge sie ihren Slip noch, so weiß war sie dort. Von ihrem Bauchnabel schlängelte sich ein Tattoo bis unter ihre linke Brust. Es war eine bunt schillernde Schlange mit weit aufgerissenem Maul, und es sah so aus, als schlüge sie ihre Giftzähne in die Brust.

«Schönes Tattoo.»

Er streckte die Hand aus, doch sie wich zurück.

«Nicht anfassen!»

«Süße, du kannst mich doch hier nicht so scharfmachen, und dann läuft nichts. Wenn ich dich nicht anfassen darf …»

Ein lautes Klopfen an der Bürotür schnitt Kampen das Wort ab. Zum Teufel noch mal, er hatte dem Itaker doch gesagt, er sollte nach Hause gehen!

«Was ist?»

«Hier ist jemand von der Gewerbeaufsicht, der Sie sprechen möchte», sagte Franco durch die geschlossene Tür.

Das hatte gerade noch gefehlt. Wieso kam der jetzt, der Laden war doch seit ein paar Minuten geschlossen? Außerdem war die Kontrolle erst für morgen angekündigt. Verdammte Scheiße, ausgerechnet in diesem Moment.

«Zieh dich an», flüsterte Kampen der Blonden zu.

Die hatte schon damit begonnen. In weniger als einer halben Minute war sie wieder angekleidet.

«Ein Wort, und ich zeige dich trotzdem an, denk an das Video», warnte er das Flittchen, schloss die Bürotür auf und schubste sie raus.

Franco trat beiseite, warf ihr einen fragenden Blick zu, sagte aber nichts.

«Hau ab, und lass dich nie wieder hier blicken», rief Kampen dem Mädchen nach.

Dann sah er sich im Laden um, konnte aber außer Franco niemanden entdecken. «Wo ist der Typ von der Gewerbeaufsicht?», fuhr er den jungen Italiener an.

Franco ging ein paar Schritte rückwärts.

«Ich glaube, der zieht sich gerade für dich aus, Fettsack.»

Draußen war es längst dunkel, als Franco auf die Straße lief. Die Luft war warm und stickig, es roch nach Staub, Abgasen und Urin. Gleich nebenan befand sich zwischen zwei Gebäuden eine dunkle Nische, die gern als Toilette missbraucht wurde. Nicht selten übernachteten Gestalten darin, denen das Leben übel mitgespielt hatte, einmal hatte die Polizei früh morgens eine Leiche aus der Nische gezogen. Überdosis.

Franco sah sich um und entdeckte das Mädchen. Im Schein der Straßenlaternen war sie nicht mehr als ein schmaler Schatten, einsam und verletzlich, beinahe schon ätherisch.

Franco hatte geahnt, was passieren würde, es war nicht das erste Mal, dass dieser widerliche Drecksack bei weiblichen Ladendieben zudringlich wurde. Einmal hatte er eine richtige Abreibung bekommen, aber die meisten ließen es sich gefallen. In der Regel waren es Junkies, denen alles egal war.

Dieses Mädchen aber, das hatte Franco sofort erkannt, war kein Junkie.

Mit seiner Aktion hatte Franco den Job bei Kampen geschmissen, aber das war ihm nicht besonders schwergefallen. Der fette Sack war ein nerviger, immer unzufriedener Boss, dem man nie etwas recht machen konnte. Seit einem halben Jahr arbeitete Franco immer von fünf bis Ladenschluss an der Kasse. Kampen zahlte schlecht, und das Geld kam nicht immer pünktlich, aber einen Job zu finden, war nicht so einfach, deshalb hatte Franco es so lange dort ausgehalten.

Vor einem Jahr war er aus Italien nach Deutschland gekommen, mit nicht mehr als einer abgeschlossenen Mechaniker-Ausbildung und dem Traum von einem besseren Leben. In seiner Heimat gab es keine Arbeit, die große Krise hatte die Jobs gefressen. In Deutschland, so hatte es geheißen, fand jeder Arbeit, der was konnte. Aber das war so falsch wie nur irgendwas. Franco hatte festgestellt, dass es gravierende Unterschiede in der Ausbildung gab und die Firmen hier ganz andere Anforderungen stellten. In zwei Werkstätten hatte er es versucht und war beide Male rausgeflogen. Zurück nach Italien konnte er aber nicht, die Demütigung wäre zu groß gewesen. Vor seinen Kumpels, die alle dort geblieben waren, hatte er angegeben und von seinem zukünftigen großen Haus und dem Porsche geschwärmt, den er fahren würde. Außerdem hasste Franco seinen Vater und der ihn. Was sollte er also dort?

Das blonde Mädchen war Richtung Taunusanlagen gerannt und hatte den kleinen Park beinahe erreicht. Mit ihren langen Beinen war sie schnell unterwegs, und Franco befürchtete, sie würde zwischen den Bäumen und Büschen verschwinden. Es gab zahllose Verstecke dadrinnen, vor allem aber war der Park nachts ein gefährlicher Ort. Ein Tummelplatz für Junkies, Dealer und Männer, die auf der Suche nach einer schnellen Nummer waren.

Franco rief ihr zu, sie solle warten, und sie fuhr herum.

«Hey», sagte er, und plötzlich fehlten ihm die Worte.

Sie sagte nichts, sah ihn nur an, und ihr Blick ging bis tief in seinen Bauch. Es lag etwas Durchdringendes und Forschendes darin. Sie traute ihm nicht, obwohl er ihr gerade geholfen hatte. Er hielt ihr die Packung Snickers hin, die er aus dem Laden hatte mitgehen lassen.

«Ich würde sagen, das sind jetzt deine.»

Sie taxierte ihn weiterhin reglos.

«Warum tust du das?», fragte sie schließlich.

Franco zuckte mit den Schultern. «Weil ich den Fettsack nicht leiden kann und sowieso längst kündigen wollte. War der richtige Zeitpunkt, fand ich.»

Einen Moment noch ruhte ihr Blick auf ihm, und Franco spürte, wie er unter seiner italienischen Bräune rot wurde. Dann nahm sie ihm die Snickers ab.

«Danke.»

«Kein Problem. Wenn du willst, gehe ich mit dir zur Polizei, und wir zeigen den Fettsack an.»

Sie schüttelte den Kopf. «Nein, auf keinen Fall.»

«Okay, deine Entscheidung.»

Sie riss die Packung auf, nahm einen Riegel heraus, riss auch den auf, biss davon ab und schloss für einen Moment die Augen.

«Ich hatte heute noch nichts», erklärte sie.

«Das ist das Erste, was du heute isst?»

Das blonde Mädchen nickte.

«Ich lade dich auf einen Burger ein, okay? Gleich da drüben ist ein Burger King.»

«Und was versprichst du dir davon?»

«Dass du was Vernünftiges isst und satt wirst.»

«Ein Burger ist was Vernünftiges?»

«Klar, was denn sonst?»

«Du diebischer Itaker!», kam es plötzlich laut von hinten. «Komm sofort zurück. In der Kasse fehlt Geld.»

Der fette Kampen kam auf sie zugewatschelt.

«Komm mit!», sagte Franco, ergriff die Hand des Mädchens und zog es mit sich. Gemeinsam rannten sie in den Park, und nach wenigen Schritten hatte die Dunkelheit unter den Bäumen sie verschluckt. Sie rannten immer weiter, Franco hielt das Tempo hoch, er wollte hier auf keinen Fall stehen bleiben. Er rechnete damit, dass das Mädchen sich gegen seinen Griff wehren würde, aber das tat sie nicht. Sie liefen am Beethoven-Denkmal vorbei, vor dem eine Gruppe Jugendlicher mit Bierflaschen in den Händen saß und lautstark debattierte, und verließen den Park über die Neue Rothofstraße.

Ein wenig außer Atem blieben sie auf dem Bürgersteig stehen, und sie nahm ihre Hand aus seiner.

«Du hast ihm Geld geklaut?», fragte das Mädchen.

Franco griff in seine Hosentaschen und zog einen Fünfziger hervor.

«Das erste Mal, ich schwöre es, aber er hat es verdient.»

«Du hättest alles nehmen sollen.»

«Ja, aber für ein ordentliches Essen reicht es. Was ist, nimmst du meine Einladung an?»

«Wenn es auf Kosten dieses Arschlochs geht, auf jeden Fall.»

Zum ersten Mal lächelte sie, und ihre gebräunte Gesichtshaut wirkte unter dem rötlichen Licht der Bogenlampe wie Bronze, die Sommersprossen auf dem Nasenrücken und den Jochbeinen wie darin eingeschlossene Kupfersplitter. Ihre

Augen, die bisher ernst und auch ein wenig traurig drein-
geblickt hatten, lächelten mit, ihr Gesicht wurde offener.

«Wie heißt du?», fragte Franco.

«Snake.»

«Schlange? Das ist dein Name?»

«So lange, bis ich dir einen anderen nenne.»

Sie gingen in das Fast-Food-Restaurant in der Freßgass. Vor
der Eingangstür saß ein alter Mann auf einem Stück Pappe
am Boden, vor sich eine kleine Plastikschale, in der ein paar
Münzen lagen. Er hatte langes Haar, einen langen grauen
Bart, trug zerschlissene Kleidung, und seine Fingernägel waren lang und gelb. Neben ihm lag ein Hund, für den der Ausdruck «räudiger Köter» offenbar erfunden worden war. Um
die Schnauze herum war sein Fell so grau wie der Bart seines
Besitzers, seine Augen waren gerötet und nässten stark. Er
war zwar nicht mager, machte aber keinen gesunden Eindruck. Mensch und Tier stanken gleichermaßen.

Im Inneren des Restaurants, gleich hinter der Tür, lag
jemand auf einer Sitzbank. Auf dem Tisch stand ein Tablett
mit Müll und einem geleerten Pappbecher darauf. Der Junge schien nach dem Essen zusammengebrochen zu sein. Er
schlief tief und fest.

An einem anderen Tisch saßen vier stiernackige Gestalten
mit tätowierten Armen. Alle vier trugen Tanktops, Armeehosen und bis auf Millimeter geschorenes Haar, es sah aus,
als gehörten sie einer geheimen Terroreinheit an. Sie stopf-
ten Burger und Pommes in sich hinein und warfen jedem, der
das Restaurant betrat, feindselige Blicke zu. Die Beintaschen
ihrer Armeehosen waren ausgebeult.